華文暢銷作家
清楓聆心——著

霸官

卷四
霽山有色，水無聲

1 瞎眼花豹

趙府已經被馬車遠遠甩在後頭，崔相這才對兒子說觀後感。

「那姑娘好大的脾性，讓人傳一句身體不適，她就不出來了。我不明白，你如何就喜歡她了呢？雖說她勇氣實在不一般，救了玉眞兩回，可家世卻也當眞不好，即便是趙侍郎的侄女，終是無父無母的孤女，趙府根本算不得娘家。趙琦倒是老好人，可趙二夫人對侄女並不寶貝，瞞不過我的眼。」

崔衍知從神情到語氣都恭順。「一表三千里，您要是知道蘭臺夫人的娘家如何慢待朱紅朱甯兩兄弟，就明白趙大人和二夫人待桑六姑娘已經極好。」

崔玥頷首。「朱家的一些事我也有所耳聞。」

崔衍知又道：「父親不是說工部尚書是延大人從前的學生，兩人私交甚篤？若我們能與趙大人多些交情，就不用擔心工部失衡了。」

崔玥再頷首。「不用你說，我也知道，否則何必跑這一趟。趙琦這人……」略沉吟。「為父之前未對你提起，他此回破格提拔，也是為父暗中使力。正因為他老實膽小，不隨便站隊，也不隨便得罪人，老好人似地插科打諢，居然得了不少好名聲。這麼個人，固然沒多大本事，卻也好把握。」

「正是。」崔衍知附議。

「只是桑六娘——」崔玥態度猶豫。「五郎，眾子之中你最像我，為父對你一直寄予厚望，你也從未讓為父失望過。為父原本對你妻子的人選期望也高，說實在的，要不是駙馬沒有實權，還眞想給我崔家娶一個公主兒媳。」

崔衍知神情不動。「五郎明白的。」

「你要眞明白才好。爲父也是見你難得喜歡了誰，老大不小了，就想你趕緊成家立業，這才由得你。但你一定要清楚一點，絕不能獨寵她一人。還有，你母親若實在不肯，你就得退讓一步。我瞧趙侍郎與他夫人大概不會在意侄女爲妾，之前，趙家長女好像還差點許給了安陽王五爲妾，可見那對夫婦還是很懂得以退爲進的。」

面對父親的明示暗示，崔衍知仍是孝順子的模樣。「孩兒自不會讓母親傷心。」

崔珋略顯欣慰。「你一向比兄長姊妹們孝順。」崔珋頓了頓，接著道：「至於你母親那裡，我今晚就跟她說這事，等她惱了，再說桑六娘婚事給她作主的消息，讓她定定心。拜你好六妹所賜，她對這種事十分敏感，風吹草動就能警覺，必然會立刻找你問個明白。你自己也想好適當的說辭，要盡量多說趙侍郎的作用，強調是兩家聯姻，千萬不要說非桑六娘不可、對桑六娘鍾情得很，這等兒女情長的話。」

當年爲貓絕食的事，崔相夫人怕最心愛的五兒受丈夫重罰，硬生生壓下去了，並沒有讓崔相知曉。所以，在崔相心裡，這個兒子從不辜負父母。

崔衍知又說一聲「是」。

父子算是達成了一致。

節南氣呼呼回到院子，想找某人訴一訴，卻發現只有碧雲在打掃杏樹下的碎枝末，伙房門還是緊閉。

「碧雲，九公子呢？」她是不是又自作多情了？

以爲仙荷會跟王九說起前頭發生的事，自己一進門就能碰得上陰陽怪氣。結果別說陰陽怪氣，妖氣沒有，人氣也沒有。青杏居久違了的清靜，讓節南突覺不習慣。

「九公子走了啊。」碧雲下巴頂著掃帚，也是一臉無聊的樣子。

節南吃了一驚。「又去萬德樓了？可有說何時回來？」

碧雲搖頭。「不是啊姑娘，九公子回王家住了，說他的衣物書籍還暫時放在咱們這兒，等五公子何時能把書童借給他，就何時讓書童來搬那些東西，畢竟昨日才借了書童搬書，一時半會兒也不好又借。」

「借什麼借，都是藉口。」節南哼冷，想想就上火了。「這什麼人啊？說來就來，說走就走，昨日書童還擔來兩擔子書，他非要放進我屋裡，我剛才進屋，連下腳的地方都沒有，他這罪魁禍首卻住回家了？」

眞是欠抽吧？姓王的，排九的，知不知道她只給一個人收拾爛攤子，其他人則會倒楣的！

機靈碧雲瞧出節南生氣，吐下舌頭，心想怎麼回事，原來姑娘竟是喜歡九公子賴著不走嗎？不過，這話碧雲可不敢問，但道：「九公子雖然走得匆忙，但聽說姑娘要挑杏枝，親自選了摘了。我們說姑娘會帶崔大人來，九公子卻非要仙荷姊姊去送，說姑娘不會讓崔大人進咱們青杏居的。九公子還說，他回家也是因爲他想起從前的事了，既然恢復了記憶，就沒有理由再住姑娘這兒。當初跟姑娘說好了，他是一定要說話算數的。」

節南嗤笑。「妳聽他呢，他記憶早恢復了！」她也早就看出來了，懶得跟他費口舌而已。

從何時起，她喜歡一早起來就瞧見他在院中石桌看書的畫面？又是從何時起，她能和他一起曬月光，談天說地？明明多數時候平淡如水，偶爾有些讓她臉紅的微風吹漣漪，爲何她心中有酸甜苦辣的各種滋味，攪混在一塊兒，那麼美味？

節南清楚自己對王泮林的心意，早跨越了三萬尺。那時尚不知他的心意，所以享受她自己的那份喜歡，自在、純甜，能收能放，王泮林刻意疏遠，她也沒怎麼難受。後來，王泮林的情意排山倒海，換成節南躲不及避不及，只覺他的情太深、心太深，她那份輕鬆的喜歡太草率，要想想清楚，要掂量掂量，自己是否承受得起。

從何時起？到底從何時起？她的腦袋想清楚之前、她的理智在掂量的時候，還沒算計出承重，她的心已經不可自拔了？所以面對他突然走了的事實，她生氣，她光火，她想跳過牆頭，飛奔南山樓，指著他的鼻梁罵他無良。她那兒焦頭爛額愁著怎麼才能擺脫崔家，他竟然連行李都來不及拿，就拔腿跑了？

王泮林，才是她最大的仇人吧?!

節南想是想去罵王泮林的，但她念頭才動，關了整晚的伙房門終於打開。柒小柒拍著門板走了出來，她自然就不能只顧自己了，囑咐碧雲準備些吃的，將柒小柒拉進屋，問她傷勢。

柒小柒半張福臉趴桌，累得滿眼血絲，說話都沒力氣。「我沒事，皮外傷，已經包紮好了。」

節南聞著柒小柒那身藥味，看看對面伙房。「赫連驊呢？還沒死？」

柒小柒腦袋點兩下。

「柒小柒，妳到底是看上哪個了？」都沒死就好，節南翻杯倒茶，壓壓心火。

柒小柒猛地用下巴殼支起頭來，眨巴眼睛。「什麼看上哪個了？」

「明琅公子，還是不男不女啊？我早知道，咱姊妹倆討人喜歡，卻不知道小柒師姊還能同時踩兩船。」而且白天一個，晚上一個，游刃有餘。

柒小柒眼睛溜圓。「……我和十二是好朋友；不男不女那傢伙不是跟咱們一個幫的嘛，不能看他被人宰了吧？」

節南聽不出答案。「咱先說赫兒。妳因爲一個幫的，就忘了師父的教導，將自己置身於人前，連師妹我都不顧了？妳哄誰呢？我和妳，一向我明妳暗，不到生死關頭，妳不能跑出來，不然還叫影探做什麼？」

「我又不知道妳在那兒。」柒小柒沒說假話。「那時我在二樓設了機關弩，就想讓那傢伙見機行事，哪知他腦袋想尋死，給他打開了口子，他也不知道要跑，我要不出手，他這會兒就是死人了。」

「小柒，說實話，咱們不是普通百姓，爲了執行任務，也不是沒眼睜睜瞧無辜的人被殺，迄今妳可在我面前跟敵人動過一次手？只有妳我二人的話，要麼分開行動，要麼一明一暗，我瞧見妳和十二在樓上，所以上臺後一直給妳打手勢，妳不可能沒瞧見。」

柒小柒眼珠子定著不動。「可能我正在裝機關弩。」

大概覺得節南的表情寫著不信，柒小柒嘴微嘟。「沒瞧見就是沒瞧見，我騙妳幹嘛？所以，這算我單獨行動，就跟以前每回單獨行動一樣，丟給妳收拾爛攤子唄。」

「臭小柒，妳那些機關弩已經落在禁軍手裡，我怎麼收拾？」節南撇撇嘴。「開始我真以爲妳喜新厭舊，後來倒是想明白了妳究竟爲什麼強行出手。」

柒小柒的腦袋又側趴了桌，後腦勺對著節南，不言語。

節南用手當梳子，幫柒小柒扒拉扒拉亂糟糟的頭髮。「師父和咱倆就是身陷重圍，眼看著咱們叫著叔叔伯伯的人一個個被殺，最後師父爲咱倆放下劍服毒自絕，可他本來可以自己脫身的。妳幫赫連驊，是因爲他和我們面臨相似的遭遇，慘遭變故，已經沒有退路，幫他的人紛紛死在他眼前，他像師父那樣豁出了自己的命。而妳救他，是彌補當年沒能救得了師父的遺憾。」

柒小柒聲音抽泣。「臭小山，就妳能說……我想師父了……」突然雙手趴桌臉朝下，哇哇大哭。

碧雲端著熱粥愣在門外，節南食指豎唇，小丫頭輕手輕腳進來放下托盤，又輕手輕腳出去了。

節南輕拍嚎啕大哭的柒小柒，眼裡也泛了紅。師父走得那麼悲絕，柒小柒和她都受了重創，不可能痊癒，只能任傷口開開合合，伴她們一輩子。

柒小柒哭著哭著睡著了，節南給她披上一件大衫，關了屋門，走進伙房。

伙房血腥藥香混雜，一排小爐尚有餘煙，飄進煙囪管。外屋大灶讓柒小柒改成了練藥大爐，這會兒還有溫火，只覺得熱，看不出爐子裡面的東西。節南見了，繞道走。剛拜師時跟小柒搗蛋，在她的藥爐子裡加料，練壞了藥丸，師父罰兩人各服了一顆，結果拉三天肚子，那種經歷如今可以笑過，當時可慘，發誓從此絕不碰小柒的藥爐。

伙房裡屋其實是柴房，地方很小，柒小柒閉關的時候用來睡覺，所以總是鋪著乾草垛子。這會兒，臉色蒼白的赫連驊躺在上面，上身沒穿衣服，卻被白布裹成了乾屍，仍見深深淺淺的血紅散在各處。右腿也傷了，膝蓋以下裹著布，還夾著兩塊木板，顯然斷了骨頭。

即便氣息奄奄，這人這張臉仍透出明豔的俊美。

大概是感覺到有人進來，赫連驊的眼睫顫了顫，沒有血色的嘴唇蠕動，吐出幾個字，幾不可聞——

「別管我……給我滾開……」

節南耳力卻好，聞言挑高了眉，神情冷嘲，走上去一抬腳，踩住赫連驊的胸口，手肘往膝頭一撐。

赫連驊疼得暫態倒抽一口涼氣，奮力睜開雙眼，以爲敵人找上門來，卻驚見桑節南。

他斷斷續續咳著。「幫主……妳作甚……」

「這一腳，爲小柒踩的！」身體前傾，將大半重量壓在那隻踩著赫連驊的腳上，節南笑得冷颼颼。「警告你，下回要再尋死，挑個安靜點兒的地方、省心點兒的死法，別在那麼多人面前裝英雄，更別讓我姊妹倆瞧見！」

赫連驊額頭立刻冒起一層冷汗，張著嘴，卻說不出一個字。

腳漸漸踮起，變成足尖頂住心尖，節南眯著笑眼，壓上更多重量，看赫連驊這回疼得眼瞳翻上也沒多半點同情。「赫連驊，你不是世上最悲慘的人，但肯定是報仇最愚蠢的人，看你那麼喜歡挨仇人的刀子，我要是你爹娘，我要是你大哥，大概會再被你氣死一回。不僅沒讓大皇子吃苦頭，還給他機會斬草除根，不留你全屍。」

赫連驊才覺眼前發黑，胸口的重量頓然消失。

節南已經轉身往外走。赫連驊奮力伸手捉住節南的衣角。

節南身形一頓，回頭，低眼睨著赫連驊因憤怒憋紅的臉。「看來眞是活過來了，氣色不錯。」語氣陡沉。「放手，不然我砍了它！」

赫連驊喪氣垂下手。

節南笑顏歡暢。「眞乖。」突然斂笑，目光犀利。「我知道你爲何豁出了命。你覺得自己失去了一切，已經沒有什麼可失去的了。可惜，小柒把你當成自己人，我就不得不把你也當自己人，還有千方百計想要阻止你送死的整個文心閣……」

節南彎身，與赫連驊四目相對。「你說，是我們都瞎了眼把你當自己人，還是你瞎了眼瞧不見自己人？」

那對本來無光的豹眸，頓顯鋒芒。

八月初七，夜。

悶熱，滿天布暗雲。

崔衍知在懷化郎府裡喝酒，心情和天氣一樣悶悶不樂。

父親告知母親他喜歡節南的心思之後，母親堅決反對，即便父親說已跟趙府說好，桑六娘的婚事完全可以由母親作主，母親的態度也沒軟化，而且並未照他所想，母親連問都不問他，是直接對他置之不理了。

他雖然篤定最後自己還是能贏過母親，但這會兒還是難免不舒暢，所以才來找好友喝酒。

延昱這晚應酬回來，瞧見崔衍知在自家喝酒，猜到好友有心事，卻也不問，上來就喝乾了一罈子。酒後崔衍知話多了起來，將去趙府的事說了個大概，還提到自己跟桑節南表了情，卻被她毫不猶豫拒絕，而日日回家對著母親的冷臉。

私事不順，公事也不順，因為傅秦的案子和他多少有點關係，提刑司上官故意不讓他辦案，將他調到舊案庫裡收拾陳年懸案，已經吃了半個月的灰。

崔衍知今晚捧罈子喝酒，咕咚咕咚小半罈下去，衣衫濕了也不在意。「你說，我有什麼不好？雖不會哄人開心，可我既不是花天酒地的薄情人，又不是家境家世配不上，對她真是實心實意。她若待我無意，何必喚我姊夫尋我開心？我以為她對我至少是有一點點在意的……」

延昱聽崔衍知抱怨了半天，一直沒插話，到這兒才好奇了。「她為何叫你姊夫？」

崔衍知酒後話多，神智卻還挺清晰，語氣頓了頓。「投親趙府的是姊妹倆，不過姊姊深居簡出，我也只見過一面兩面罷了。她就玩笑說要給她姊姊找我這樣的姊夫，所以——」

崔衍知沒說實話，他自覺喜歡節南的事和節南家裡的事不應混為一談，更何況節南是鳳來縣土霸主桑大天的小女兒，或者節南從小學武，還成了劍術高手，再或者節南是一幫兔子的領頭，天不怕地不怕，這些事沒一件能幫他獲得長輩或朋友的認可。況且，他要是說出來，以節南的脾氣，別說嫁他，估計一劍劈了他都有可能，畢竟巴掌都打下來了。

「是嗎？小六兒還有姊姊？」延昱挺稀奇。

「小六兒？」崔衍知皺眉。「延昱你——」

延昱呵呵笑道：「好兄弟可千萬別誤會，我早看出你對她有意，怎會奪兄弟所愛？不過上回她來我府上，家母特別喜歡她，打心底當了女兒，我自然也要當她妹妹。過幾日玉真進門，你就是我妻舅；等你娶了小六兒，我也想當半個妻舅，可否啊？」

「你可真會安慰人。」崔衍知搖頭好笑。「我本都打算妥當了，可將打算告訴她之後，她給了我一巴掌。也是，她哪裡是那種聽話的姑娘，我是太歲頭上動土，拔了老虎鬚了。」

延昱嘖嘖兩聲。「真想不到衍知你也會慫！不知道的，還以爲你要打老虎呢，怎能想到你是要娶一個姑娘？小六兒再與眾不同，也是姑娘家，婚事自然是聽父母之命媒妁之言，不聽都不行。你只要搞定了趙家，再讓你老子娘覺著稱心，這門親事就成了。至於小六兒，我看她就是矜持不好意思吧，能嫁崔五郎，光是三城姑娘的乾醋就夠她喝幾年的，等你倆過起自己的日子，只怕她離了你一日都不成。」

崔衍知聽了，說：「若眞那麼簡單，倒好了。」突然反問：「你對我六妹也是這麼打算的？明知她喜歡的另有其人，仍願意娶她進門，等她慢慢喜歡上你，總有一日她離不開你？」

延昱一怔，沒想到崔衍知會說到他的婚事，隨即苦笑。「我喜歡她那麼多年，她能點頭下嫁，與我成爲夫妻，今生無憾了。」

「六妹只是被寵壞了，很多時候還像小孩子的脾氣，我想她嫁你之後會懂事起來，明白你用心良苦，與你夫唱婦隨。」崔衍知安慰不了自己，卻能安慰別人。

延昱哈笑。「這話我也反過來贈你。咱倆原本是兄弟，如今是難兄難弟，都在自己喜歡的姑娘身上折了，爲她們受苦受難。」

月娥拿了藥箱過來，延昱坦然捲起袖子。手臂腫高了，瘀青得厲害。

崔衍知神情肅然。「這是怎麼了？」

延昱道聲「沒事」。「我同禁軍幾位同袍洛水園吃酒，遇到劉郡馬醉酒鬧事，看不得他打園裡的歌姬，勸了幾句，哪知他竟莫名動手，我當然不可能挨打，就打了一架。」

「劉睿鬧事打人？他一個文謅謅的書呆子？」崔衍知不認識誰，也不能不認識劉睿——節南的前未婚夫。

「我也這麼想，都沒敢用力，怕一拳打斷他骨頭，想不到他發起酒瘋了不得，抓著我的胳膊就往山石上衝撞了好幾下，差點變成我斷了骨頭。」延昱神情卻悠然。「明日肯定會傳成笑柄，今後我看到劉郡馬要躲開。」

「上門女婿不好當。」崔衍知聳聳肩，心覺劉睿是在炎王府受了氣。

「也不一定，我瞧對門朱大人就當得挺舒服。有時約他一起去郡衙，他說起妻家，就跟自己家一樣，十分愛護。還有他弟弟，穿著比趙家小公子不差，可見他夫人不虧待小叔子。」延昱觀察也細緻。

崔衍知不甚關心，與延昱碰罈子拚酒。「這幾日最好的消息，莫過於燎大皇子總算啟程回去了，雖然還未找到刺客……」

崔衍知想到，那晚在護城河上追到節南，節南說她沒有刺殺燎大皇子，只是燎大皇子昏庸，她路見不平……。他記得，當初她說到接官，也是這股子江湖正氣，雖然理直氣壯，但令他頭痛不已，又沒法跟任何人訴苦，一股子憋氣全化成想要醉過去的渴望。「……今晚不醉不歸！」

明知節南說得沒錯，他和她不同道，可他就是喜歡她喜歡到了骨子裡，連喜歡的理由都弄不明白，看不到她心裡想得慌，看到她卻更是心慌意亂，讓他動不動抓狂！

而這時懷化郎府的對門，一道暗影溜出，眨眼消失在月黑風高的夜裡。

2 隱弓傳說

風吹雲動，淡雲散開還是無星無月的深夜。

「梆、梆、梆」三聲響，兩個打更人；一個提著燈籠，一個喊著「小心火燭」，經過城東信局門口，開始交頭接耳。

「聽說沒有？信局要關門了哪。」

「當然聽說啦。說是這家掌櫃賭錢輸得精光，連地契都拿去抵押，如今新地主要收回這塊地，不關門都不行。不過，新地主帶了一群手下來收地，掌櫃和夥計們拿著傢伙大吵大鬧，說新地主設局騙了地契，怎麼都不肯搬。最後信局的女東家都出來了，兩邊打得不可開交，從街頭打到街尾，信局的人全趴了。」

「咦？這我可不知道。官府怎麼不管啊？」

「嘿，你也不看看新地主是誰。」

「是誰啊？」

「何氏當鋪的財東歐四爺。」

「哦唷，那是不得了。」

「而且信局自從換了女東家，就不大對勁了。有街坊鄰里看到半夜信局的屋頂飄鬼火，更有人瞧清是白衣女鬼，然後託他們家送的東西，不是弄丟，就是損壞。前幾日，一個大戶老爺來吵吵，說是送到安陽的貨，過了半個月都沒收到，結果連掌櫃的面都沒見上，直接讓夥計們打出了門。後來乾脆白日裡都不開門，根本不像誠心做買賣的。」

「難道是招了邪妖了？」

「肯定是啊！反正早關早好，換成歐四爺那樣的純爺們，才能壓得住邪勁。」

燈籠裡的燭火忽然矮了矮。一人嚇得哆嗦。「呀，你瞧見沒有？」

另一人縮頭縮腦。「瞧見鬼啊，你別嚇唬我。」

燭火滅，兩人喊著「娘啊」，丟下燈籠梆子，撒丫子就跑了。

一聲輕笑，飛過信局牆頭，一身夜行的節南無聲落在青石板上。院中靜悄悄的，只有秋蟬在何處低鳴，一個活人也沒有。

沒有活人，但有死人，好些死人。一看就是信局夥計的死人。

節南用黑巾蒙上臉，兔幫名聲有些響亮，兔面具如今反而不大好用了。

半年來，節南只來過一回，不過這地方小，好記得很。她穿過當初羌掌櫃喪命的中堂，一推門，一道寒光迎面劈來。寒光快，節南更快，不但閃了過去，更是飛出門，看清對方黑衣蒙面，兩眼殺氣騰騰，她手中的蜻螭也就不容情了，還對方一道碧光。

這名黑衣人撲地命絕。

節南再掃看一圈，七名黑衣手持鋼刀，一動不動瞪著自己。地上橫著數具屍體，死的都是信局的人，顯然不是黑衣人的對手。按說，神弓門下的弟子沒那麼弱，但死得這麼無聲無息，只有一個緣故——這七名黑衣是高手。而她運氣好，剛剛宰了的那個正是唯一一隻弱雞？

「哦。」節南從黑衣人的屍體上踏過去，眞心誇讚。「眞乾淨，眞利索。」

上蒼有眼，終於被她的第無數次心聲弄得不耐煩，開始收拾多行不義必自斃的金利母女了？

「啊——」一聲淒厲慘叫，從最大的屋門後面傳出來。是沉香的叫聲。

節南安靜走到正中，任七人圍住自己，她自己稍稍揚起了聲。「各位同誰家大老混？都是同道，混口飯吃不容易，還請幫我引見引見。」

這些人不可能是來打劫信局的。恰好沉香不會做生意，信局已經沒活接了，他們也不可能是奔著誰家的貨物而來。所以，就剩一種可能——

對方知道這間信局是神弓門的暗堂，是來拔釘的！

金利沉香那屋裡跳出一人來，明顯是今晚帶頭的，一抬手。「聽她扯鳥！格殺勿論！」

八對一，還是殺人無聲的殺手。

節南雖然自信，卻不自大。單單剛才金利沉香那聲慘叫，就可能引來官差，她可沒有在這麼短時間內將這些人都幹掉的決心。她之所以揚聲說話，正是要把金利沉香屋裡的人引出來。俗話說得好，擒賊先擒王。

那人才說格殺勿論，節南就躍出包圍圈，看那人劈來月輪刀也不怕，驟然急跌，雙膝著地滑出。

那人以爲節南失誤，惡狠狠將刀壓下，卻聽嘶嘶聲，還有火星四濺，眼皮底下忽然出現一面碧波。他心覺對方劍氣合一，不可小覷，急忙收勢，往旁邊閃開。接著定眼看到月輪刀上的燙口，隱隱竟有一點凹，頓時殺氣緊斂，瞇眼盯住節南手中翊紋劍。

「妳就是蜻螭劍主？」

那人強大的內勁，那柄月輪刀也是好刀，讓她全力一劍劃過去，竟看似分毫不傷，絕非無名之輩。節南其實心裡也是一驚，卻不說話，免得洩露底氣，只是一抖蜻螭，碧光之中顯出螭龍龍形。

這一招，師父傳給她時交代過，螭龍顯形劍主才出，遇到絕頂高手時或可救急。

那人果然將刀收到身後。「三十年前就聞蜻螭劍主挑戰各派高手，一場未輸，可惜曇花一現，我沒機會討教。今日任務在身，這裡也非比武的好地方，還請劍主十日後到安陽萬佛寺，與我一決高下。告辭！」

說罷，那人長臂一展，騰過牆去。黑衣人也紛紛踏牆，翻不見了。

節南長吁一口氣，心想不管十日後如何，今晚總算是僥倖混過了。

她一邊想，一邊走進屋去，看到沉香的手下丫頭個個斷了氣，死在同一人同一招下，更覺自己還好沒硬拚。那人的功力很可能與丁大先生有一拚，而她晚生了三十年。

再往裡走，窗子上罩了布，伸手不見五指，節南搖亮火摺子，點亮桌上的蠟燭，這才看到伏在榻上的金利沉香。裝死裝昏的詐法實在太常見，她就到屋外找了根長棍子，回來發現金利沉香姿勢未變，但還是離得丈遠，用棍子戳金利沉香的頭。

金利沉香突然動了，痛哼著，轉過臉來。「誰？你究竟是誰？」又喊：「來人！快來人！把燈點上！太黑了，我什麼都看不見！」

燭火跳竄，將節南的影子拉得又長又細，正好覆過金利沉香那張臉，看著醜惡。

節南冷笑，又突然斂眸。

金利沉香眼下兩道血痕，睜著眼卻說黑，分明瞎了。

身後傳來細微腳步聲，節南回頭，看到年顏站在外屋，白眼珠子淡淡轉過，然後面無表情看向了她，重踩著步子走來。第一反應是年顏會以爲她是凶手，節南擺手搖頭。「不是我做的，我照你們約定的時辰，也不過剛剛到而已。」

昨日，年顏送來沉香的最後通牒，要求節南今晚子夜會面。節南本又想不理會，但這回年顏說神弓門暗堂即將遷離都城，她就好奇了，想來看沉香搬家。誰知，看到的是神弓門被人趕盡殺絕！

金利沉香聽得出節南的聲音，無神的雙眼撐得又圓又驚。「桑節南？妳怎麼在我屋裡？給我滾出去！」

她又呼喝道：「來人！都死光了嗎？誰讓這女人進我屋子的？快給我點燈！爲什麼這麼黑？」

年顏愣然定立門前，因爲他也瞧見了金利沉香流血的雙眼，而且聽她喊點燈又喊黑，就知道她眼睛看不見了。

節南側過身，同時防著兩人，但對沉香冷道：「別喊了，我來回答妳。我會在妳屋裡，是因爲妳叫我來的。沒錯，因爲人都死光了，我就自己走進來了。燈點著呢，妳覺得黑，是因爲妳眼睛瞎了。」

沉香本來心裡就慌得要死，已經感覺眼前黑得不大對勁，聽節南說人死光了，雖然心驚，但還能當她胡說八道，但等最後一句出來，頓時傻住。

然後她滿面猙獰，身體不顧一切前撲。「桑節南，妳敢咒——啊——」整個人從榻上滾下。

節南扔掉了棍子，對付一個瞎子，不需要傢伙，氣定神閒。「說吧，叫我來做什麼？」斜睨門前醜男人一眼，看他還跟門杜一樣動也不動，意外這位承受力這麼差。

沉香這會兒也清醒意識到自己眞瞧不見了，雙手摸索著眼睛四周，激動喊道：「桑節南妳還我眼睛！桑節南妳快把解藥給我！我要殺了妳！將妳碎屍萬段……」狠狠罵了好一段之後，開始眼淚亂流，哭得嘴吃鼻涕，變成淒淒哀求。「桑節南，只要妳把解藥給我，我答應妳，幫妳向我娘拿赤朱的最終解藥。眞的！只要我能重新看得見，我什麼都幫妳做。我不能瞎的！我怎麼能瞎呢？我是要當皇后的，我怎麼能瞎呢！桑節南，回答我！」聲音變得瘋狂淒厲。

看沉香伏地喘氣，節南才道：「隨妳信不信，妳的眼睛不是我弄瞎的，妳心裡也應該很明白。」

沉香一連說了十幾個「不」，猛抬頭，血淚布橫她扭曲的面容。「就是妳，桑節南。可能不是妳親自動的手，也是妳手下那幫兔子幹的！妳別跟我裝蒜！妳本事那麼大，連何氏當舖的財東都爲妳做事，逼得三大暗堂在都城沒了立足之地。表面說得好聽，讓我們遷走，暗地卻趕盡殺絕。」

節南看了年顏一眼；他不動，她就不動。

「我還眞是小看妳了，料不到妳也會心狠手辣！」沉香換過氣，一邊哭一邊又有力氣發狠話了。

「有本事妳現在就殺了我，千萬別讓我活命，否則我一定會讓妳後悔！別以爲神弓門大不如前，妳就能為所欲為。瘦死的駱駝比馬大，妳和小柒不過是神弓門的螻蟻，我娘一根手指頭就能摁死你們！」

節南蹲身噓一聲。「沉香，妳已經語無倫次，閉嘴歇會兒吧。我雖沒廢了妳的眼，不過看到妳這個樣子，眞是很解氣。當年師父同妳娘比武爭幫主，妳色誘年顏，讓他替換小柒給我師父的補藥。為此，妳就該死一次！妳幫妳娘設陷阱，害我們師徒深受重圍，妳像個瘋子一樣殘殺同門，又該死一次；妳後來給小柒下蠱，害得她變成如今這個樣子，更該死一次！妳不死，我都活不痛快！可是，我突然覺得這樣也挺好。妳瞎了之後臉醜得沒法看，不但再看不到妳心愛的男人，也得不到皇后的后冠，大概連呼兒納都會嫌棄妳，從今往後只有和年顏那麼醜的男人湊成一對醜夫妻，一起嚇哭小娃娃了。」

節南之涼薄話音，無影無形，直接剔骨。

「小賤人妳給我住口，住口，住口！」沉香堵住耳朵，爬起來，瘋子一般亂揮掌，想打節南，卻往相反方向衝去，砰一聲腦袋撞到牆，直直往後仰倒。

年顏終於動了，接住沉香。

沉香這時哪裡分得清敵我，以為是節南，嚇得就是一通亂打尖叫。

年顏將沉香的雙手反剪，打橫抱她回到榻上，按住她拚命掙扎的雙肩。「冷靜點，是我。」

對這個聲音，沉香曾經無比厭惡，而且因為不得不利用他接近節南她們，還要藏起厭惡裝著喜歡，更讓她覺得這個醜男人噁心到不行。然而，這時年顏的聲音，卻成了她漆黑世界裡唯一的光明。

「年師兄——」沉香抓住年顏的手臂，醜惡的哭相頓變梨花帶雨。

節南哼笑一聲，金利沉香大概是黑寡婦，不吃男人活不了。

可能眼睛看不見，聽力突然敏銳，沉香聽到了節南那聲笑，神情才又顯狠厲。「年顏，幫我殺了桑節南，我就是你的。」

年顏看一眼節南。

節南那種無時無地都要炫一炫的頑劣鑽了出來。「年師兄可要想想清楚。沉香的男人多得數不清，你要當其中之一，還是要當今後獨一無二的一個，我可以教你。畢竟她瞎了，這時你是她唯一的依靠，機會稍縱即逝。」

沉香一顫，收緊抓著年顏手臂的十指。「不，年師兄，別聽她的，你在我心中永遠最重要，無人可比……」感覺手裡突然抓空，她沮喪地喊：「不要離開我！」

年顏卻只是坐在榻邊。「安心，我不會走的。」

沉香大大鬆了口氣，摸到他的一隻胳膊，側身抱住，像個失沽的孩子，無所倚仗，抓到什麼都安心。節南看著對面那兩人，心中居然還挺唏噓。曾幾何時，年顏苦求沉香施捨一片心一片情，卻如今沉香哀求年顏不要走，年顏守得雲開見月明了？

「沉香，桑節南沒有說謊，門人非她所殺，妳的眼睛應該不是她弄的。我出去不過片刻，走時人都活著，這麼短的工夫內能做到悄聲無息殺了全信局的人，就算她的功夫沒廢也不可能。」

節南倒是不詫異年顏會這麼說。這人，除了幫沉香換藥害師父比武輸了之外，再沒有做過一件讓節南和小柒咬牙切齒的惡事。而他聽命於桑浣和沉香，監視或傳信之類的，可以忽略不計。

「我不相信她。她這人詭計多端，十分奸猾。」沉香說歸說，語氣冷靜了不少。

「妳不相信她，卻要相信我。妳也好好想想，妳最後看見的，到底是什麼人？」年顏長得醜，聲音卻沉磁好聽。

沉香也是難得聽話，眞想了一會兒。「是個黑衣人，手裡一柄像月輪形狀的怪刀，我還來不及動，就覺兩眼劇烈疼痛，什麼都不知道了。等我再醒來，眼睛就看不見了……」說到這兒，她可憐兮兮揪著年顏的袖子。「年師兄，你一定要想辦法，我不要看不見，我不要當瞎子……」

節南雖瞧不出沉香是裝可憐還是眞可憐，卻無意待下去。「你倆慢慢聊，我走了。」

「站住！」

「站住。」

語氣不同，沉香和年顏卻異口同聲。

節南本來就沒動，笑道：「要不要這麼快就有夫妻相啊？」

沉香兩隻盲眼瞪得凶煞，張了張嘴，眼珠子一轉，卻沒說話。

節南笑得大聲。「哈哈，沉香師妹慘了。從前妳心裡打鬼主意，絕對不會顯在臉上，如今可能因爲眼睛瞎了，控制不了自己的表情，剛才眼珠子轉著往上翻，卻讓我一看就知道妳爲何欲言又止。妳怕自己要是反駁我，讓年顏灰了心，不由妳操縱，對吧？」

「我沒有！」沉香咬牙。「年師兄不要聽她挑撥。」

年顏面無表情，聲音卻安定沉香的心。「要聽早聽了。沉香，妳今晚讓我把桑節南找來，不是說有重要的事要告訴她？」

節南雙眉挑高，沒說話。她分得很清楚，何時嘲諷，何時閉嘴。

沉香語氣就有些埋怨。「都什麼時候了，你還顧得上這件事？如果不是桑節南弄瞎了我的眼，當務之急就該找出眞凶，最怕南頌朝廷知道了這裡是大今探點，因此拔之而後快。」

「不會是南頌朝廷。」節南作爲目擊證人，挺老實。「共有九名黑衣，一名讓我斬殺，另外八名跑了，身手很不錯，尤其帶頭的那位，可能身懷半甲子內力，年顏在他手上過不了十招。」

「那會是什麼人——」沉香這話一出，發現自己竟向世上最討厭的人討教，急忙抿緊了唇。

節南不以爲意。「這就要妳這個神弓門的護法去想了。我以前門裡打雜，如今更不是門裡人，怎知妳們母女倆給神弓門招惹了怎樣的敵人？」

半晌後，沉香的眼突然睁了睁。正如節南所說，她瞧不見東西，這時表情盡流露眞心思。

「沉香。」年顏適時喚她。

沉香脫口而出：「會不會是隱弓堂？」

節南一怔，年顏也是一怔，同時顯出不可思議的驚訝狀。

不論私人恩怨，三人皆是神弓門年輕一輩中的佼佼者，知道普通門人所不知的門中傳說，而「隱弓堂」就是其中之一。傳說第一代門主為了防止內部崩裂腐壞，設有一個神祕的法堂，叫作隱弓堂，隱藏在神弓的影子中，獨立於門主之外。不過，比起神弓門的其他傳說，隱弓堂的神祕更像空談，流傳的僅僅隻字片語，讓人覺得就是嚇唬小孩子的妖怪故事。

節南問過柒珍，柒珍都說無稽之談，還反問她，如果真有這麼個法堂，為何連門主都不知道？而門主都不知的話，隱弓堂又憑什麼證明它屬於神弓門，完全自相矛盾。

再後來師父出事，節南就肯定隱弓堂是鬼扯了。所以節南驚訝之後就好笑。「妳這是壞事做多了心裡發虛？真有隱弓堂的話，妳我的立場早對調了，我是神弓門耀武揚威的大護法，妳是打雜的。」

金利沉香翻著眼珠。「妳懂什麼！傳說隱弓堂是執法堂而已，要我說卻可能是一群叛徒，跟妳師父一樣。我今日叫妳來，就是想要告訴妳，別以為妳師父是什麼好東西，當年我娘當上門主，並無意殺他，相反還很尊重他這個長老，事事與他商議。可妳師父容不得自己在女人手下做事，口口聲聲說要分出去，卻打著要我娘讓位的如意算盤——」

節南不怒。「妳能不能來點兒新鮮的？每回嘴裡都噴一樣臭的糞，真是吃的是屎，噴的也是屎？」這對娘兒倆翻來覆去只會說一套話，聽得她耳朵生繭。

「桑節南妳——」金利沉香磨著牙。「好，我告訴妳一件實在事。我娘說過，柒珍其實也打算背叛燎帝，借韓唐控制朝局，只不過她比柒珍快了一步，所以他才恨我娘。後來他要求分出去，他完全可以一個人走，哪怕帶著妳和小柒走，我娘也會放人的，但帶走整個器冑堂的人？若妳是門主，妳會同意嗎？器冑堂是神弓門最重要的一部分——」

節南沉臉打斷。「似乎也沒那麼重要吧？聽說金利門主著重培養殺手和密探，打算關了器冑堂和謀術堂。」

「還不是因爲柒珍?!」

「金利沉香，妳給我閉嘴！就算我師父已經不在，我也不容妳汙蔑他！」豈有此理，瞎了眼還能蹦躂，她該這會兒就要了這女人的命！

節南往榻前跨出一步。

年顏突然出手點了沉香的穴，令她昏睡過去，起身對節南道：「我們出去說。」

節南撇笑，轉身跟出，對年顏冷嘲熱諷。「年師兄可終於等到今日了。你放心，我今晚上看到的，一個字都不會說。你完全可以帶著心愛的女人遠走高飛，到一個誰也不認識你們的地方，與她當同命鴛鴦。她如今眼睛瞎了，你也別給她治，時日一久，她哪裡還記得你的醜，感激你不嫌棄她還來不及——」

年顏冷然盯著節南。「口下積德。妳以前雖然頑皮，從來沒有失了善良的純心。」

節南哈道：「善良的純心？我不是你，幾十個同門在眼前沒了，還能對仇人保持善良的純心。你要我怎麼樣？謝謝沉香不殺之恩，謝謝金利家留我這條卑微的命？聽沉香胡說八道，懷疑我師父也是叛徒？」

韓唐！這個名字，再不能帶給她榮耀感。

「我讓妳說話不要那麼刻薄而已。」年顏三角吊眼睨了睨。「沉香眼睛看不見，心情不好，說的多是氣話，不用當眞。我也不信什麼隱弓門，但信有一股很大的勢力，將北燎大今、甚至南頌，玩弄在股掌之間。妳和神弓門既然已經了斷，就不要再糾結過去的仇怨了。」

節南是聰明姑娘，自然聽出年顏話裡有話。「你什麼意思？」

「就是讓妳顧好自己的意思。」

一道閃電劈開沉雲，年顏的黑瞳幾乎縮成了黑點，削瘦臉頰像極無常。

節南不怕。雖然她和小柒總說這張臉醜得沒救了，可是這張臉曾屬於一個面冷心熱的好兄長，直至今時今日，她們還希望這個兄長能迷途知返，哪怕渺茫。

「前幾日我問過你，長白幫劫持崔玉眞，神弓門有沒有插手，你說沒有。」節南從腰帶裡翻出一塊烏鐵牌子。「我有證物。」

年顏垂眼掃過。「神弓門的浮屠腰牌又如何？隱退的門人只要不與神弓門爲敵，就可以做他們想做的事。」

「長白幫與大今勾結，你我都知道，如今還有腰牌爲證，你卻說神弓門並沒有插手，我怎能信呢？」節南無意幫官府找眞凶，事實上官府已經以長白幫殘餘報復崔衍知，劫持崔玉眞和傅秦，很快結案了，可是她仍對那名黃衣人耿耿於懷。

「沉香接管這裡後，哪件事我不知道？我說沒有，就是沒有。」又一道閃電劈下，這回沒有照到年顏的臉，因沉香在屋裡哭喊他的名字，他轉身往屋裡走去。

「年顏，不是說笑，你想得到沉香，這就是最後遠走高飛的機會。」這才是她桑節南的純心。念舊，總有道義。

「我帶沉香回門裡覆命。」年顏卻不知逃避，性格跟石頭疙瘩一樣。「雖然妳和小柒不把神弓門當回事，卻是我的家。我一直記得柒叔說過的話：『有朝一日，神弓門不屬於任何一個國，卻屬於我們自己，守護它是我們每個人的使命。』除非我死，絕不離開神弓門。妳走吧！」

節南怔怔看著年顏進屋，連著兩道電光，劈得天欲裂，她才飛身離開。

可節南沒回青杏居，恍惚間翻進了王家。經過魚池前，雷聲大作，沉積了一夜的烏雲終於砸下大雨，正要推門上水廊，眼角忽然瞥見一道鬼鬼祟祟的身影閃出園門。

不是音落，又是誰？

節南瞇起眼，同時也打起精神，尾隨音落，一直到了王老夫人的園門前，看她抬手要拍門板的瞬間，連手帶人拽拉開去，點了昏穴，原路拖回。

音落昏沉沉醒來，發現自己手腳皆被麻繩綁住，吊在頂著廊屋門的那塊假山石下。節南盤膝坐在門裡，身旁一只小爐子；爐子上的瓷鍋冒著熱氣，鮮香撲鼻。

音落忽然直瞪著爐子旁邊幾片澄黃羽毛。「那……那是鶯……鶯……」

雨水成簾，灌進她嘴裡；風吹背心，冷得她瑟瑟抖，從頭到腳如同浸在水裡。但她無論如何不會看錯，那是她養的黃鶯！

節南將鍋蓋放一邊，拿木勺攪拌著鮮湯，湯麵不時翻滾出粉嫩的肉塊，全然無視音落驚恐的面容。「音落姑娘自己大半夜想淋雨或不睡覺，怎麼都行，為何要打擾老人家清靜呢？」隨後盛出一碗湯。「火候差不多了，薑湯驅寒，特意給妳煮的。我餵妳。」

她將木勺綁在棍子上，還眞給送到了音落嘴邊。

音落哪裡肯喝，不但不喝，她對節南怒目相向。「放我下去！」

「放妳下來，妳豈不是要到老夫人那裡告狀？我又不是傻子。」節南一翻手，勺裡的湯倒入雨地，笑眼藏冷。「什麼樣的主人養什麼樣的狗。這隻鳥應該也跟妳差不多，成天吃飽了撐著，沒事就知道瞎叫喚。」

對音落來說，黃鶯變成肉湯，其利用價值可比普通寵物大多了，不過她表面還是顯得很悲傷的，哭腔陣陣。

「妳將我的鶯鶯變成了肉湯，我當然要告訴老夫人！」一邊得意喊叫，一邊吐出雨水。音落希望能把王泮林叫出來，看清這個女子殘忍的眞面目。「我說過，我不在意名分，只想留在九公子身邊。既然不求名分，自然也不會在意公子娶妻，不過妳就別想了，妳根本配不上公子！」

節南起身，拎起瓷鍋，作勢往音落身上潑。

音落嚇得尖叫，節南卻是嚇唬人，瓷鍋從音落旁邊飛過，咕咚落進魚池裡。

音落不甘休，想著今晚就把節南趕出南山樓，張大了嘴要放出最大聲量——

啪！節南踩斷木勺，用裂斷的尖頭抵住音落的咽喉，刺出痛感。「今晚已經夠吵了，不需要再聽妳裝柔弱。」

音落驚恐看著眼前女子。一直以爲所謂的劍童只是桑節南接近公子的藉口，說到底就是一個有著好親戚、卻父母雙亡、還不如她的野丫頭。卻想不到，桑節南弄暈了她，綁了她，吊了她，現在抵著她的咽喉，眼神眞像要殺人一般。

「妳……妳不敢傷……我的……」雖然沒再喊叫，音落勇氣可嘉。

節南手腕一抖，音落雪白的脖頸上頓時出現一道血痕。「別的事不好說，做這種事的膽子我可是不缺的。」

音落只覺刺疼變成劇痛，低眼瞧見淺紅的血水，還以爲節南眞下了毒手，眼前不由發綠，兩眼珠子往上翻，要暈。

「只是劃破了點皮。妳要這麼暈了，我就把妳扔進魚池。明日一早，大家會發現妳和妳那隻寵物鳥雙雙溺斃，以爲妳爲了救心愛的黃鶯，不愼跌落。」節南笑呵呵道。

音落陡然精神。

電閃雷鳴，畫亮一幅絕對不會賞心悅目的景象。

一位可憐女子被吊在大雨中，眼淚，雨水，血口子，狼狽之極，柔弱之極。門裡一名黑衣女子笑得沒心沒肺，手中一根尖叉長棍，抵著可憐女子細白長頸。

不知情的人看了，多會得出這樣一個自以爲是的結論：惡毒的黑衣女子欺侮柔弱的善良姑娘。世人對善惡的畫分，多數時候其實粗淺，看著弱的，就是善良，看著強的，就是惡霸；明明羊皮下面可能是狼，狼皮下面可能是羊，卻愚昧不察，還管不住嘴皮子，喜歡給是是非非下斷論，不知自己輕率。好在，黑衣女子桑節南大是大非面前不含糊，但對眾口爍金這種攻擊是很看得開的。說好聽是通透豁達，說不好聽是皮厚自私，反正自己怎麼舒服怎麼來。

要說音落，喜歡自己服侍的公子，想要留在他身邊，不求名分，本來並沒有錯。但她嘴上說的比做的好聽，留在身邊還不夠，不惜用各種手段勾引，說是說不求名分，一見節南就渾身炸毛，嫉妒得眼神瘋狂。

節南已然看穿她。音落，還不如沉香。沉香從來不會在一根繩上吊死，大概確實深愛盛親王，然而最愛的應該是皇后之位，和盛親王是一類人。

音落既沒有容人的雅量，又沒有大的野心，一顆腦袋一顆心，除了愛愛愛，什麼都不裝。

這時，音落泣泣訴衷腸。「世上只有我最愛公子，我為了他，什麼都可以做，連自己都能捨棄。」

世人稱之癡情種，節南稱之有毛病。她也喜歡王泮林，為之痛，為之悅，心中之情一日比一日滋長，但她還是桑節南，不是喜歡王泮林的某某氏某某女。她有她的自尊，自信，自私，她沒有膨脹的野心，卻絕不放棄自我。因為這是桑節南的人生，不是王泮林的人生，她有責任守護她自己。

節南因此冷笑連連。「妳為了妳家公子真是什麼都做，鑽空子說自己是妾室，給他配上海棠花的香囊，就和妳成了一對鴛鴦。聽說妳還裝兔子鑽進了被窩，可惜讓妳家公子捲了被子扔出屋子。今晚雷電交加，老天爺巡視人間，妳就別滿嘴胡說八道了，小心他老人家劈了妳！」

音落驚睜雙目，想不到節南連那件事都知道。

有書童這雙小耳目，節南不知道也難。「以他人之名，行齷齪之事，真讓我噁心。妳小心思小動作太多，騙不了我，更騙不了他，所以他也沒給過妳好臉。而妳能死纏到這會兒，已經出乎我預料。」

音落咬緊了牙。「公子對我本不是那麼冷淡的，都是因為妳迷惑他。」

「哦？他原來怎麼對妳？」節南垂眼一笑，終於藏不住尾巴了？

「原來的公子溫文儒雅，從不對人，哪怕是下人，發脾氣。我自小進府，一開始就在公子身邊服侍，公子不嫌棄我笨手笨腳，幫我度過很多難關，那是我這輩子最開心的時候。人人都以爲他眞不在了，可我知道他會回來的，哪怕他回來後完全變成了另一個人，再沒有從前半分溫柔，但我確信他就是七公子。」

果然音落知道王九就是王七，節南心想難道眞要貫徹「死人才會守密」的密探行規？

「妳算什麼東西?!」說著說著，音落聲音就尖銳起來。「妳我都是孤兒，妳不過就比我多了一房親戚，壓根算不上眞正的千金姑娘，厚臉皮地死纏爛打，卻憑什麼……卻憑什麼……」

音落不想承認，但她親眼看著公子對桑節南的寵溺縱容，甚至不曾在崔小姐面前展露過的熾烈情意。她不想承認，也不想讓對方得意。

節南忽然手指一彈。

音落感覺什麼東西滑入喉，嚇得亂嚷。「妳給我吃了什麼？妳想殺我，就像殺了鶯鶯一樣？我一定要告訴老夫人，讓她知道妳有多惡毒。我知道公子眞正的身分，就算公子怕妳不悅而反對，老夫人卻會爲我作主。死了的人還活著，這可是欺君犯上、滿門抄斬的罪，爲了安陽王氏——」下一個字卻發不出聲音，啞了。

啞還不算，噗噗噗——連放響屁。雖然讓雷聲雨聲掩蓋，她自己卻能感覺得到，立即憋紅了臉。

節南耳力則不同尋常，當然也聽得很清楚，笑道：「有趣有趣，總算不用聽妳鬼叫，又幫妳排一排心裡的臭氣。」又從門後提出一只鳥籠，籠子裡黃色小鳥撲楞著翅膀。「我雖然愛吃雞肉，對這種都是骨頭的小東西卻沒食欲，妳千萬別再往我頭上扣罪名，我可擔不起。」

節南又往門後歪歪腦瓜。「聽見了？」

三道人影，走到門前。

音落的臉一下子白了，眼瞳裡映著淡到疏漠的王泮林、冷若冰霜的王芷，以及高深莫測的王老夫人。

「九公子的丫頭，認定九公子是死了的七公子，因此犯了欺君大罪。九公子若不收她進房，老夫人若不給她作主，她就要你們安陽王氏永遠消失。」節南退後兩步，給三位讓出門前正位。「老夫人、乾娘，您二位既然都聽清楚了，且容小山告退，實在是夜深——」

告狀誰不會?!

「小山姑娘叫醒老身的時候，已經夜深了，多留片刻也無妨。」王老夫人卻不放人走。

王泮林輕笑，立即讓節南惡狠狠瞪了一眼。

王芷扶著母親，雙眸沉寒。「音落，妳自小賣入我王家爲僕，家裡從不曾虧待妳，養得妳比普通門戶家的千金還嬌氣。妳不但不感恩，竟心存歹毒之念，爲滿足一己之私，威脅我王家滅族？」

音落拚命搖著頭，張嘴用力發聲，結果全成噗噗噗。

相比氣憤的王芷，王老夫人不愧是大主母，神情穩重，語氣平波。「七郎已去，妳爲何就是放不下執念？這是九郎，他和七郎只是長得相像，並無其他共同之處。妳一向細心，怎麼突然就糊塗了呢？」

王泮林的聲音似冬水刺骨。「我看她是魔障了，還是盡快找大夫得好。」

大雨變成了小雨。

南山樓裡，桑節南和王老夫人、王芷對坐。

商花花睡在節南腳邊的地舖，時不時睡眼惺忪睇開一條縫，看一眼節南，然後才又呼呼睡去。

音落由王泮林和文心閣的人帶走了。發了瘋的人，不可能留在王家，去了哪兒，節南沒問，畢竟是王家家事，不過可以肯定的是，這輩子也不會再看到這個人。王九是王七，這麼大的一個祕密，事關安陽王氏一族存亡，音落敢用它來要脅王家人，等同自掘墳墓。

音落向王老夫人裝可憐，告發節南充當劍童，混在王九身邊，毫無廉恥。今晚，節南就當著老夫人揭露音落的「強韌」，也算滿足了音落當堂對質的願望。一報還一報。

王芷見母親和節南都不說話，想著居中調和，拍拍節南腳邊的商娃。「這娃恁地黏妳，認識妳似的。」

節南笑笑，不好說自己是這娃的救命恩人，一大一小從鳳來縣那塊死地闖出來的。

王老夫人大半夜被吵醒，臉上也不見疲累，精神好得很。「桑六姑娘與九郎眞是有緣，從大王嶺下來，又都到了都城。桑節南、桑小山、桑六姑娘，老身聽了妳的名兒那麼多回，好奇得緊。每回見妳，都有別人在場，我也不好跟妳多說話。」

節南葉兒眼清亮，對這位老夫人可是愈來愈好奇了。

王七郎只留一句生平，正是王老夫人求來的。王七變成王九，王家大家長都不知道，更別說王七的親生父母，但王老夫人知道，王芷也知道。萬德樓是王芷的嫁妝，嫁妝多是母親準備的，所以王老夫人極可能曾是萬德樓的東家。王泮林把吉康他們喊來，老夫人也不驚訝，還單獨囑咐了吉康幾句。

節南一直以爲，文心閣與王泮林走得如此近，文心閣就跟王家開的一樣，多是因爲安陽王氏夫與文心閣有故交，還付了很多很多銀子，如今看來另有淵源。

「以爲九郎麻煩夠多了，想不到六姑娘的麻煩更多，不過老身年紀大了，不想管你們這些孩子的麻煩事。只要不牽扯到家裡，自己的事自己想法子解決，今後沒空就別到我園子裡晃，尤其還是深更半夜。」老夫人見節南不說話，心道懂事的，一邊笑一邊接著道：「妳瞧我平時像嘮叨的老祖母，卻也是沒法子，一大家子人動不動要我作主。」

節南完全沒料到王老夫人會這麼說。

「至於音落，瞧她在我身邊時挺乖覺，九郎又剛回家來，她說想給九郎過個伴，請我成全，我也沒深想——」老夫人捉了王芷的手起身，當眞只是爲了瞧一瞧節南本人，沒打算問長問短。「我自己做壞了的事，當然要自己出面收拾，但人老了眞是會犯糊塗。」

節南也趕緊站起來。

「娘，您說什麼呢？」王芷扶著母親，神情好笑。「對我那麼嚴厲，對這孩子怎麼一點脾氣沒有？」

「說我自己服老了，想要頤養天年，讓他們別跟妳似的，這麼大歲數還讓我操碎了心。不過呢，妳到底是我獨生女兒，這些孩子卻隔了一輩，我不管也沒什麼對不住的。更何況，這孩子也好，那孩子也好，都比妳厲害，妳可抓牢了，老了靠他們養妳。」

王老夫人對女兒說完，回頭看看乾瞪眼的節南。「明晚認親我們老的就不去湊熱鬧了，只是王家這輩上認的乾女兒，妳是獨一個。雖然妳這乾娘不大穩靠，可王家還是能給妳撐撐腰的。」

「謝老夫人。」節南說了第一句話，也是最後一句話，就看老夫人和王芷走了。

之後，節南叉著腰，用腳輕輕揉了揉腳邊湯圓的小肚皮。「商花花，要不要被我拐啊？」

商花花迷瞪著眼，滾半圈，抱住節南的小腿，以實際行動回答。

節南很利索，將商花花身下的小方毯四角掖起，連娃子一起背在身後，也走了。

等王泮林回到南山樓，不見節南，也不見商花花。娃娃的睡舖上只有一張紙，寫著「欲討花花，拿信來換」。

書童跟進來，看到那八個字，哇哇道：「花花被人劫走了！怎麼辦？」

王泮林敲一下書童的腦殼。「一看就知是小山寫的，你不要一驚一乍。」

書童恍然大悟。「拿信來換卻是什麼意思？」

王泮林上樓去。「自然是我的情信了。」

書童笑哈哈。「怎麼可能？六姑娘才不是那種肉麻兮兮的姑娘——娘咧——」一縮脖，險險避開一只飛來的木屐，再看好整以暇睨著自己的九公子，舌頭打轉。「九公子說得太對了！」

王泮林的另一只木屐飛過去。「回你家公子那兒去，告訴他，他既然不准我去明日認親宴，那他就得代我出席。他不去，就會錯過一位故人，而且這回要是錯過，這輩子也見不著了。」

書童剛要張口——

王泮林又道：「你要多問一個字，我就罰你去守魚池，正好走了個丫頭。」

書童掉頭就跑。

王泮林上了樓，坐在窗下看書，直到日夜交替，湖光映出山色。

堇燊從視窗跳進來，還以爲他在晨讀。「你起得倒早，天還沒亮，想來小山姑娘已經告訴你好消息了。」

「什麼好消息？」王泮林闔上書本，發枯的眼裡終於有了點光亮。

「神弓門三個暗點讓人一鍋端，天一亮金利沉香就和年顏上了前往香州的江船，金利沉香眼上蒙著紗布，似乎看不見了。何氏財東歐四確實本事不小，能逼得他們沒有立足之地。」

王泮林聽了顯得很驚訝，隨即沉吟。

堇燊問：「怎麼？」

王泮林搖搖頭。「歐四這回用的手段我都知道。拿到了三家舖子的地契，他當惡地主，讓他們走人，同時又警告了各家掮客，不得租賣房屋給那些人。這種手段，對一般人有用，對神弓門卻未必行得通。你說讓人一鍋端，是全死了的意思？」

「是，除了上了船的那兩個。」

王泮林突然起身，快步走到窗前。

不對勁！就像給崔衍知設下的陷阱，對方每一回行動必是一舉多得，這回不但拔大今扎在南頌的釘子，還要摘工部侍郎的官帽子！

3 大風起兮

八月初八好日子，好日子裡如果發生壞事，壞事也會變成好事？

當然是不可能的！

節南雖然這麼認爲，可是等到天黑，上了桑浣的馬車，趙府仍一片平寧。

馬車出了趙府，桑浣瞧節南仍看窗外，問道：「有這麼高興嗎？認個乾親罷了，猴子屁股坐不住的。」

節南乾脆旁敲側擊。「姑姑的嫁妝舖子是怎麼交給新東家的？去官府正經辦了文書嗎？」

桑浣一聽就挑了眉。「人說無事不登三寶殿，妳是無事不說神叨話，突然說起這個幹什麼？」

「姑姑先答了我。」

王泮林能想到的事，節南也能想得到，就是慢了一晚，今早日上三竿起床後才想到信局的屍體是個大麻煩。以前那三間舖子是掛在桑浣名下的，神弓門突然換堂主，連帶嫁妝一起接管，沒桑浣什麼事了，可這才管了沒多久，就出了人命官司，還是全滅，官差不來找桑浣才怪！

「自然都辦妥了，沉香太自以爲是，我可不想等她惹了禍事，卻要由我當替死鬼。」桑浣眼中沉了沉。「快說，到底怎麼了？」

節南就把昨晚的事說了一遍。

桑浣縱然預感不妙，也想不到這個結果，畢竟是她多年苦心經營，歷經遷都大磨難，如今輕易毀於一旦，令她半晌說不出話來，最後目光黯然，長長一嘆——

「神弓門氣數將盡。」

「姑姑如今也算不得神弓門的人了，可否跟我說些實話？年顏是何時跟著姑姑的？」有些事令節南在意。

「兩年前，妳師父死了之後，他被金利撻芳遣來這裡。」

「可他明明在師父比武之後就不見了，這之間有一年多。」年顏去了哪裡？

桑浣不甚在意。「許是他替沉香背了給妳師父下藥的罪名，引起不少門人的厭惡，金利撻芳讓他避風頭去了。」

「也不算替沉香背罪名，我就不信他不知湯藥有問題。」節南嗤笑。

「妳總是自覺聰明，擅下定論，可妳到底問過年顏沒有？他承認知情，從頭到尾？」桑浣反問。

「還用問嗎？每回我和小柒說他背叛師父，他都默認了啊。再說，沉香也早把他供出來了！」節南不以爲然。

桑浣蹙眉搖頭。「年顏不像妳倆能說會道，他沒說話，不代表他默認；至於沉香，正經事做不出名堂，挑撥離間倒是一等一的。」

「昨晚她兩眼瞎著，還能挑撥我和師父的感情，說師父在她娘投靠大今之前就有意背叛北燎，還勾結韓唐，後來帶器胄堂分立，也是有企圖的。甚至把傳說中的隱弓堂都搬出來了，說他們是一群叛徒，我師父跟他們都一樣。」節南冷笑。

桑浣吃驚。「妳師父和隱弓堂？」忽地神情一變。

節南瞇了瞇眼，故作無視。「姑姑這會兒不要擔心旁的了，還是擔心自己吧。我不知城南城西，但城東信局屍身遍地，姑姑小心陷阱，有人要妳有苦說不出，影響了姑父官運。」

桑浣回神，頗爲淡定。「我已將三間鋪子過戶，出事與我何干？倒是妳，昨晚冷眼旁觀，等沉香見到她娘，必定不會說妳好話，萬一沉香的眼治不好，妳小心她母女這回斬草除根。」

節南無所謂。「神弓門分崩離析，她倆眞要那麼鬧，我也不怕奉陪到底。」

桑浣心知節南說得不錯。「也許眞會讓妳師父臨終之言說中，金利撻芳總有一日咎由自取。」

「也許吧。」師父讓她們別報仇，她當時雖然悲絕，卻能分辨師父是眞心說那話的。「再請師叔給句實話，以妳來看，我師父原本有幾成機會當上門主？」

「十成十。」桑浣說完實話就嘆。「連我都知道要防備金利撻芳的詭詐，妳師父竟屢屢中了她的計，最後居然自盡——只能說人無完人，驕兵必敗。」

萬德樓到了，桑浣準備下車。

節南忽然來一句。「姑姑可要吸取我師父的教訓，小心驕兵必敗啊。」

桑浣回頭撇笑。「妳這丫頭就對我說不出好話來，正好，這話我也原封不動送給妳。妳要是能嫁崔五郎那才可以驕橫，若崔相夫人狠起心腸就不收妳這個兒媳婦，王家一個出嫁的女兒又能幫妳多少？安陽王氏後繼無人，崔相和他兒子們卻都穩坐朝中，富可敵國也買不到崔家一個少夫人的頭銜。」

節南哈道：「就知道姑姑自作聰明，將我推給崔五郎，還以爲是成全了我。」

桑浣挑眉。「難道崔五郎對妳無意？」

節南懶得多說，過去幫桑浣打起車簾。桑浣知道她這是不搭理自己了，哼了一聲，下車去。

節南上樓前，就知道今晚認親宴不大。芷夫人說了，官樓兩個包間，一間三桌酒，一間一桌酒。大間都是和王家平時來往的各家女眷，小間就是王平洲帶著王五、王十二、王十六，湊成一桌叔伯兄弟。所以，等她上到二樓，看堂間都坐滿了人，有男有女的，各個包間都敞著門，裡面也是客，她只以爲是官樓生意好。

卻不料，人人看到她就肅靜了。節南才發現裡面有不少商樓那邊的老熟人，包括那位長期合作的大香藥商在內。她才覺怪異，芷夫人就走了出來，一手挽她，一手挽桑浣。

桑浣也敏銳。「芷夫人，這是——」

王芷還沒說話，節南就見紀叔韌從一包間走出，心道不是吧，這人怎麼還沒回江陵啊？

紀叔韌舉杯，笑著對滿堂人說道：「在座不少朋友已經認識工部侍郎的侄女桑六姑娘，可是等到過了今晚，桑六姑娘還是安陽王氏和江陵紀氏兩家的千金姑娘，請各位今後多多照拂我女兒，叔韌敬各位一杯，先乾為淨！」

紀叔韌說話的時候，王芷就湊著桑浣耳邊低語：「這人擅作主張，包了二樓其他地方，請了三城中紀家的朋友。我事前不知，如今不好隨便趕人，畢竟也多是我認識的，只能由他了。」

桑浣聽著，忽覺這場認親不是她以為的那麼隨便。

節南倒不是那麼在意紀叔韌的大手筆，顯然他是為了追妻來的。借芷夫人的認親宴，正好可以表現婦唱夫隨，與她沒多大關係，故而一句不說，只是微笑，挽著芷夫人的胳膊，乖巧無比。

等節南走進王芷訂的包間，看到裡面一個比一個華貴的夫人，還有坐在主桌的崔相夫人，笑得就有點僵。她原本希望這位夫人賭氣不來，那她至少能安心吃完這頓飯，現在看來是她天真。不過，值得慶幸的是，崔相夫人的座位在王大夫人和王芷之間，她坐王芷和桑浣之間，不方便說話——至少她以為。

「趙二夫人近來真是福星高照，不但趙大人升任侍郎，侄女成了紀二夫婦的乾女兒，從此紀氏王氏都是趙府的親戚。我看，除了延大人家，真是沒有誰家比趙家的福旺，怪不得不上我那兒走動了。」結果，崔相夫人沒跟她說話，卻跟桑浣說話。

桑浣從那聲「趙二夫人」起就感覺崔相夫人話裡有氣，最後一句更是直指她小人得志，但她笑得柔慧。「確實怪我。大夫人過身不久，我隨老爺送大夫人的棺槨回鄉，本打算待上一年半年的，結果老爺的調令下來，匆忙趕回，六娘又受了重傷。傷筋動骨一百日，她讓毒箭穿了胸口，差點沒緩過來，嚇得我守在府裡，哪兒都不敢去。一眨眼，就到今日了。」

隨後，桑浣讓淺春托著酒壺和杯子，走到崔相夫人身旁，給自己倒杯酒。「我先自罰一杯，給您陪不是。」再為崔相夫人倒酒。「再敬您一杯，六娘今後還要請您幫著照看。」

節南垂眼淡笑，心想桑浣當眾服軟，以崔相夫人對外樹立的親善姿態，應該就可以混過去了。崔相夫人卻不喝那杯酒。「妳家六娘哪兒還需要我照看？外頭有江陵首富紀家的二爺，裡頭有安陽王氏的掌上明珠芷夫人這位乾娘，趙二夫人說笑了。我本來還想登門拜訪，今晚既然見著了，索性便說清楚吧。我家五郎對六娘無意，趙二夫人就不用想了。」

這話一出，眾人難掩驚訝，而王大夫人和王芷原本不知怎麼回事，這下也明白了，立刻皺了眉頭。

桑浣想起自己年輕時候，某家醋罈子夫人打上洛水園，罵她各種不堪，卻想不到時至今日，丈夫有身分有地位，她雖是妾室，與正妻無異，日子過得挺富挺貴了，仍會受到羞辱。因為對方是一品夫人，對方的娘家也是太后的娘家，極貴極富，根本不把趙府當回事。可笑的是，當年她遭到羞辱，什麼也沒能說；今日她遭到羞辱，似乎也只能沉默。

「無意就無意吧，戴姊姊和桑妹妹見面也不必尷尬。我之前想給我兒選妻，結果他還不是自作主張？」忽有一人笑道。

節南回頭，才看到延夫人居然坐在尾桌。

延夫人又道：「孩子愈大，主意愈大，父母長輩操碎了心，他們也不領情，不如隨他們去，還得個開明的好名聲。就如戴姊姊方才說的，桑六姑娘不但是趙大人的侄女，還有王氏紀氏兩家親人，只怕媒人能踩破趙王紀三家門檻。而衍知就更是優秀了，上至八十老嫗，下至三歲女娃……」

王芷笑出聲來。「衍知若聽到這話，豈不嚇得跳窗？」

眾人皆笑，打破了僵冷的氣氛。

崔相夫人大概也覺得自己失態了，隨之一笑。「五郎怎麼都不願我幫他相看，偏我是真喜歡六娘的，方才悲從心中來，氣那不肖子，又不知怎麼對桑妹妹交代，一時語氣衝了些，桑妹妹莫惱。」

桑浣笑得極淡。「不妨事，其實都是緣分。」

「可不是嘛。」王芷又中間插花，拉著桑浣重新坐下。「趙二夫人，崔五郎和六娘沒有緣分確實可惜，可我們王家還沒娶媳婦的小子好幾個，妳怎麼都得先盡著我這邊，暫時別看別家的。我知道，林夫人最近急著找媒婆看畫像，恨不得明日就能娶進門。」

林溫他娘就坐延夫人旁邊，聞言笑著回道：「芷夫人妳這可不對，敢情打著肥水不流外人田的主意，才認乾女兒的？」

「林夫人可以學我，瞧見好姑娘就趕緊認了乾閨女。溫小子雖和衍知似的，都是倔性子，難保日久生情，近水樓臺，妳又多一個自己看中的兒媳，兩全其美。要是沒緣分，就等於多個貼心女兒，怎麼都不虧的。」王芷一邊笑，一邊拍拍節南的手背。

節南才覺王芷指尖冰涼，由此想到王芷曾提過不擅長和各家夫人應酬，不禁心生感激，回握王芷的手。她長這麼大，母緣淡薄，天性又叛逆又刁霸，和年長的女子打交道，就是討不得喜愛，而王芷沒有子女，很難像一個眞正的母親，卻給了她實實在在的母愛。

延夫人推一推林夫人。「別聽芷妹妹的，現成的好姑娘擺在這兒，妳何必再去找好姑娘認女兒，繞一大段遠路？」

林夫人性格開朗，和林溫一樣。「就是說啊。再說，我家二郎認識六姑娘的，在我面前說過她的好。我今晚回家就問個清楚明白，那小子要眞有那心，我明日就到趙府提親。」

桑浣這會兒笑得嘴都闔不攏，哪怕心知這幾位只爲化解一場僵局，還是感覺挺有面子的。

崔相夫人的腦袋也正常運轉了，故意瞪眼，臉上卻笑得親切。「眞是讓妳們臊死了，就因爲生了一個不開竅的笨兒子。不行，妳們誰也別想著了，等我回去揍五郎一頓，看他改不改主意。」

數日來，崔相夫人滿心都是對心愛兒子的失望，以及對桑節南的憎惡。接到王芷認親宴的請帖，就更加覺得桑節南有心機。但她瞭解自己的丈夫和兒子，他們將桑節南的婚事交給她，其實是一種妥協，她要是實在忍受不了，就能讓桑節南當兒子的側妻，甚至妾室。如今卻被她一個衝動，甩還給了桑浣。

崔相夫人後悔了，王芷還不肯讓她後悔呢。「六娘既是我乾女兒，今日各家夫人怎麼都得讓我先作樁媒，成與不成，以六娘的意願爲好，如何？」

節南一聽，欸？今日?!

欸，欸，欸？

節南心想，才覺得芷夫人和別人不一樣，怎麼一眨眼也要給她作媒了？就算是王家子弟，就算是王泮林，她也不希望這時候突然被長輩強塞一個過來。雖然芷夫人說以她的意願爲好，但當著這麼多人的面，就有些不容她說不的意味了。當然，她可能想多了。畢竟崔相夫人咄咄逼人，一上來說崔五郎對她無意，要是沒有芷夫人幫她，今晚之後，大家就會將桑節南傳爲一個想要高攀卻不知自己斤兩的傻姑娘。芷夫人之所以要給她作媒，極可能因爲看出崔相夫人打著別的主意。作爲傑出的商人，芷夫人出手一定快狠準，而且虛虛實實——

驚詫之後，節南堅信芷夫人不是那種長輩，下一瞬就見芷夫人對自己眨了眨眼，彷彿示意自己什麼。她立刻冷靜下來，正想自己應該找什麼藉口溜出去，紀叔韌突然走進包間。

他對各桌作個揖，看向王芷。「夫人，我請的人雜些，趁他們還沒開始喝酒，帶六娘去認個臉，他們也好放開了喝，省得喝醉賴了見面禮。」

王芷這會兒也沒得挑幫手了，對三桌的女客道：「本來我沒打算大辦，奈何讓紀家那邊知道了，一下子請了這些人來，不讓六娘去見見又失禮。」

桑浣總算有點像姑母的樣子，幫王芷合力轉移視線。「應該的。能來就是有心人，定要讓六娘去敬酒。」轉而對節南道：「六娘，去吧，別讓紀二爺等妳。」

節南起身剛要走，聽崔相夫人說聲「等一下」，只得壓住心火，轉身看回來。

崔相夫人道：「芷夫人不是要作媒嗎？我們都等著聽呢。誰家子弟都好，相信芷夫人的眼光不會差，更不會委屈了乾女兒。不過趙大人和浣妹妹要求侄女婿必須有官身，肥水可流不進自家田了。」擺明說王家子弟沒有當官的。

王芷笑道：「趙大人榜下捉婿的玩笑話我家也是知道的。」

節南心裡嘆了又嘆，眞是好事不出門壞事傳千里，還有誰不知道趙府侄女婿必須是個當官的啊？

王芷接著道：「這不，也眞是巧，九月州試我家幾個孩子都要考，雖說和趙大人的戲言沒有多大干係，皆因我父親這回督促得緊，個個偷不得懶了。」

一聽王家子弟今年要參加科考，眾人竊竊私語。

安陽王氏在朝中雖有王中書，連同一品銜的清閒大學士王端嚴在內，都是沒有實權的虛銜。比如王十二他爹王平洲，拿著三品的俸祿，每日家裡蹲。年輕一輩只有兩個大的外放爲官，無心回朝，而王五王十王十二等子弟，雖然名氣大，卻至今沒有參加科考，未入仕途，安心當著紈絝子弟。今時今日，崔相紅極，延文光新得聖寵，以爲安陽王氏終要沒落，王家子弟竟要科考了。這個節骨眼上，沒人會眞以爲是爲了榜下捉婿。

安陽王氏，豈止出過一門三相，二品以上高官就有十來人，當年人才濟濟的書畫院，暉帝曾先後封了王家五名待詔大人，哪個姓氏能有安陽王氏的榮光？還不算上安陽王氏之前的輝煌祖宗們。

讓人不平衡的是，不論王家如今朝中勢力如何，家裡就是養得出才子，一個比得一個，詩詞歌賦琴棋書畫，皆有不凡悟性，在民間輕易贏得了詩人詞人書法家大畫家大文豪的美譽。有人說笑，安陽王氏是魏晉名士風流的最後一支傳承，才華天生，文曲星文昌星回回投胎都轉世到王家去了，故而才子層出不窮，怎麼都生不出笨蛋來。

崔相夫人提到王家子弟不出官，本來就是存著一點小心眼，想不到王芷說王家子弟今年要入考場，立刻和其他人一樣，感覺事大。因此，崔相夫人也顧不得桑節南的事了，就想問個清楚。「這可是大好消息！不知是哪幾位參加大比？」

王芷數起手指頭。「本家老五、老九、老十、小十六就在本城考，十三、十四、小十八在外省考。」

崔相夫人一聽，這是一髮則動全身？

延夫人笑道：「乖乖，三年不鳴，一鳴驚人，今年皇上要高興壞了，你們家可要頭疼了。兄弟齊上陣，狀元榜眼探花可怎麼分哪？事前得商量好，免得傷和氣。」

眾人連道「就是、就是」，氣氛陡然活躍。

節南今日特別喜愛延夫人，要麼不開口，一開口鎮住全場，眼看都城第一夫人今晚之後就要換人當。忽然，她反應過來——王九也要參加科考？

口口聲聲當官無用的王泮林？自雲堂跌落死裡逃生的王泮林？

王芷謙虛道：「哪裡啊，還不是跟風？老九心血來潮，兩個月來發憤讀書，父親欣慰極了，怕他來不及讀完，就要老五老十幫他，結果兄弟感情好，乾脆一起考。至於十六那小子，瞎湊熱鬧，多半解試都過不了。外省小十八聽說十六要考，非鬧著也報了名。」

延夫人問：「十六郎今年不到十四吧。」

王芷點頭。「延夫人記性真好。」

「古有十六歲解元，十四歲若能考上解元，那可了不得。」林夫人嘆道。

王芷抿嘴樂道：「不能。那小子縱有癡心妄想，頭上幾位兄長怎麼也不會讓他得逞的，多沒面子……」

王芷的聲音遠了，節南已隨紀二爺走出包間。

4 送人送西

紀叔韌以扇骨敲手心，嘖嘆：「女人多的地方是非多，一點小事當了天大。妳得多謝我解圍，不然今晚認親宴可就成了相親宴，還是眾家相看妳一個，如坐針氈。」

「沒二爺說得誇張。」紀叔韌不來，節南就打算用「解手」這招老俗卻百試百靈的法子遁走。「不過我還挺驚訝，原來二爺還知道女人多的地方是非多啊。」

紀二怎能不明白節南的嘲諷，瞇眼睨著。「妳這丫頭懂不懂鑑毛辨色？剛剛上樓還挺乖巧的，怎麼這會兒又要竄上我腦袋來？」他可是剛剛幫過她。

「懂是懂，可二爺招乾娘不待見，乾女兒自然要偏乾娘的。二爺身邊不缺溫柔解語花，乾娘卻對你冷臉冷心冷言語，二爺何必糾纏不放？」節南並非多管閒事，而是當眞好奇。

「未出閣的小丫頭懂什麼？」紀二目光但凝，滿堂喧嘩不在他眼中。「我自己的壞毛病自己知道，你乾娘也知道，這麼些年都過下來了，爲何如今才要鬧分開？」

「這麼多年乾娘也許還抱著一絲希望，如今絕望了，或者想通了，所以要放手。我要是二爺——」紀二冷然打斷。「妳不是我。她既發誓，就要信守，我和她這輩子糾纏在一起，不可能她說放手就放手。」

節南陡覺近來最常看到的就是執念，連王泮林都無比執著起來了，竟然要重返官場？

「也許發生了二爺不知道的事，乾娘哀莫大於心死。以乾娘的性子，既然忍了，應該會忍到底，除非——」節南隨意一猜。

「除非出了什麼事，我卻蒙在鼓裡。」紀二目放冷芒，沉吟半晌忽道：「丫頭，妳請乾娘找的東西，我已經派人去取了，十天半月一準拿到，不過能不能到妳手裡——」

節南機靈勁立刻來了。「我盡快跟乾娘打聽一下。」臨了才補充條件。「二爺可別真的去鏟雲茶島，您愈厲害，乾娘也就愈鐵了心，等到王家長輩插手，和離可不是二爺說不行就不行的。」

紀二哼了哼。「可我不放心連城。」

「連大島主光明磊落，不是趁人之危的小人，聽說他至今未娶，家裡連個妾都沒有……」發覺紀二神情不對，節南急忙換一種說法。「乾娘也不是那種人，和您還沒鬧出個結果，哪兒能扭頭就找別人，她怎麼說都是安陽王氏的千金，要顧及家聲的。」

「若非她極其看重娘家，她早就離開我了。」紀二什麼都明白。「至於姓連的，我自會給他些苦頭嘗嘗，讓他莫動歪念，大動作暫時是不會有的。」

什麼都明白，就是改不了，卻也是常理。

節南作爲土霸之女，努力扭轉在鳳來的名聲，終究還是一窩土霸之一，所以太明白這個道理了。

「丫頭，那位香藥大商等會兒可能會邀妳去他家吃飯，妳可別答應。」紀二招來隨侍倒酒的小童，開始往最近的一桌走去。

「他剛買了我三船的香藥，吃頓飯也沒什麼。」王芷和紀二的事，節南管不了，只能當小鬼，但能跟兩人學習經商，可是修來的福分。

「他嫡長子剛滿十八，接下來就不用我多說了吧。」紀二笑道。

節南訕訕然。「一人得道雞犬升天，我怎麼感覺要被拽到地底下去了呢？」

「誰讓妳一個老姑娘端著不嫁，如今傍著紀氏王氏兩大靠山，家裡沒兒子的都恨不能趕緊生一個兒子來娶妳回家。我紀二名下的生意且不說，妳乾娘光是嫁妝就百萬貫，加上她自己擅長經營，每年成倍漲。原本她膝下無子女，這些財產就歸我紀氏子弟，可現在認了妳這個乾女兒，將來妳養她天年，自然全會留給妳。」

節南想都沒想過。「二爺想多了，只是乾親罷了。」

「別家乾親隨便認，可芷兒認妳，等同過繼。這一點，她已跟我爹娘稟明，且徵得了紀王兩家族長的同意。她是打算把一切都交給妳的，如果妳不明白她的用意，千萬別喊這聲『乾娘』。因為一旦喊了，肩上的擔子可重了。至於妳乾爹我這邊——」

節南端起酒杯，深吸一口氣。「二爺別操心，我絕不會喊這一聲的。」

她微笑，舉杯，喊著叔伯嬸娘，開始長袖善舞。真別拿財產嚇唬她，她眼珠子都不會轉，從小金山銀山堆裡爬著揍兩哥哥玩的。

敬完外堂敬包間，敬完包間，上半夜過去了，節南又藉口方便，溜掉半個時辰。等她再要上樓的時候，聽樓外傳來一陣急踏的馬蹄聲，眼瞅著一大群府兵湧進大堂。她看得眼睛發亮，乾脆往樓梯木階上一坐，瞧起好來。

一黑臉軍官，舉起權杖，大聲呼喝。「我等奉命緝查百變女賊，各位還請安坐原地，不要隨意走動，否則莫怪我等動手。」

大概因為知道官樓裡坐的多是官，說話挺客氣。也正因為是官樓，不少人敢哈拉，問百變女賊是什麼人，犯了什麼案子，到官樓來查是何道理，等等。

黑臉軍官長得跟張飛似的，卻真耐心作答。「百變女賊擅長變臉招搖撞騙，有人報案，說此女賊裝成慶和公主，意圖詐取錢財。我們收到線報，今晚百變女賊可能混進官樓行騙，特來抓捕。」

節南雖然記臉不行，記名的本事不小，立刻將這位公主從腦袋裡翻出來了。

慶和公主，暉帝么女，與暉帝一同被俘，看管在大今帝都。她離開神弓門時，不曾聽聞慶和公主死訊，而大今皇貴以折磨被俘的南頌帝族為樂，絕不會隱瞞任何一名皇室成員的死亡消息，反而會大肆宣揚，所以慶和公主確實可能還活著。

在座有位花鬍子老官，顯然是北都舊人。「哦，慶和公主，當年暉帝十分喜歡這位么女，可謂萬千寵愛於一身。北都淪陷之時，她剛過十五歲生辰，暉帝特為她建造一座奢侈行宮，還不曾入住，她就被俘到大今去了。」

有人道：「既然被俘，只怕凶多吉少，怎麼還有人冒充慶和公主行騙？」

如今市井間很少提及北都淪陷和暉帝一族的人和事，但都心知肚明，那是一場慘絕人寰的大屠殺。帝族皇族貴族、高門高官被俘者上萬，活到今日的，寥寥無幾。女子更是可憐，多少貴女慘遭欺凌，多少貴婦死無潔名，眞是落難的鳳凰不如雞。從北方傳過來的悲愴故事一個個數不清，最後逼得皇帝下禁令，民間不得記載不得印刷，每一個故事都是往如今的帝族身上添加恥辱，控訴他們的軟弱可欺，如鴕鳥一般，將腦袋藏在了沙子裡，對被俘的親人舊友不聞不問。

「慶和公主應該還活著。」不用節南說，官員當中自然有明白的。

「難道還眞是慶和公主不成？」說這話的，絕對是新入官場的，分不清什麼話該說清楚，什麼話該模稜兩可，什麼話連一個字都不能冒。

黑臉軍官則分得清對什麼人該客氣，對什麼人該吼。「不要信口開河！慶和公主既然在大今，就不可能在此地出現，肯定是冒名騙財的女賊！」

接著，黑臉軍官讓人把住門口，自己帶著人一桌桌問話。

節南聽完八卦，正要起身，忽見一個年輕女子抱著包裹，縮在樓梯下的角落裡，看似進退兩難。這讓她不由挑起眉，心想這個女子不是官兵要找的百變女賊吧？原本不想多管閒事，卻瞥見女子腰間掛墜，節南一垂眼，走下樓，繞到女子身後，拍了拍她的肩。那女子嚇了一跳，回過頭來。

節南在這座城裡已經認識了不少千金。崔玉眞傾城國色，趙雪蘭清高如蓮，蘿江郡主秀色可餐，而觀鞠社的姑娘們雖然容貌可以分上好幾等，皆一眼就能看出名貴。而眼前這位一身布衣荊釵農女打扮，容貌雖是中等，立姿婷婷，氣質靜好，目光與她直視，不怯不卑，也似出身不凡。

「這位姑娘怎麼一人站在這兒，可是走錯了樓？」節南這回看清了那姑娘腰間那枚蹴鞠掛飾。

女子抱緊了寒磣的布包，略有些戒備，但音色十分柔美。「不是，我在等人，多謝姑娘掛心。」

節南從荷包裡掏出一枚蹴鞠耳墜。「我就說姑娘腰上的掛飾挺眼熟的，竟是耳墜改了掛飾。」

女子欣喜。「妳也是觀鞠社的——」忽覺自己不該說這話似的，將腰上的掛飾塞進腰帶裡。「姑娘的耳墜是純金的，我這是銅的，並不一樣，姑娘看錯了。」說完，女子低著頭就往官樓外走。

「喂，妳！站住！」黑臉軍官一下子就瞧見了那女子，看她年齡和上峰給的描述差不多，一身窮酸打扮，卻不像農家女，頓時起疑。女子站住了，身影發僵。

「妳叫什麼？跟誰來的？」黑臉軍官同時掃視一圈，發現沒人認識這姑娘，於是一手擱在刀把上，防備起來。

「軍爺，這姑娘是跟著我來的丫頭。」節南走出來，抬眼看看樓上。「我家在二樓設宴，您不信可以問掌櫃的。」

黑臉軍官瞧節南一身貴氣，半信半疑。「她既然是跟著小姐來的，為何穿戴有如村婦？」

節南不慌不忙。「樓上正玩猜戲，我讓丫頭扮成這副模樣，要讓大家猜這是幹什麼活的農家姑娘。軍爺，您猜得出來嗎？」

黑臉軍官抓抓臉，就讓節南帶著走了。「不像幹活的，倒像離家出走的小媳婦。」

不少人笑起來。

節南唉呀一聲，拿過那女子手裡的包裹，拉著她就往樓上走。「妳看看吧，我就說妳扮得不像，好好的採桑女，揪著個包袱算什麼嘛。算了算了，扮不像還不如不扮了，免得讓大家看笑話。」

走一半，節南又回過頭來。「軍爺先查著，等會兒到了二樓，還請喝上一杯，我讓這丫頭斟酒，給您找麻煩了。」

黑臉軍官怔望兩人消失在樓梯拐角，哪裡說不上來的不對勁，正要跟上去。

官樓掌櫃過來。「方才那位是工部侍郎趙大人的侄女桑六姑娘，今日江陵紀二夫婦認她乾女兒，包下二樓辦認親宴，全城有頭有臉的大戶差不多到齊了，另有紀二夫人娘家安陽王氏的五老爺和幾位公子，官夫人三桌，軍爺還是緩著些來。」

黑臉軍官咋舌，江陵紀氏和安陽王氏，哪一個都不能得罪，更何況還放在一起？他再一想，百變女賊在官樓裡扮成一名村婦也不大合理，自然而然就不懷疑了，卻不知節南與這女子壓根不相識。

樓梯上，節南回頭，見那女子停了下來。「姑娘要是再想都不想就衝下去，那位軍爺極可能會眞當妳是冒充公主的女賊捉起來。我瞧妳不太想和官軍碰面，許是有什麼難言之隱，二樓有門廊通到茶樓，妳可以從那裡離開。」

女子又露出了兩難神色。「方才多謝姑娘解圍，我並非是他們要捉的人……可我也確實不該在這兒。」一咬牙，就著樓梯深深屈膝。「只好請姑娘再幫我一回。」

節南好奇的小爪撓著心。「幫人幫到底，我本來就打算送妳出去，只不知姑娘姓甚名誰，剛才又在等什麼人？」

女子咬唇，抬眼卻無半點猶豫。「小女子舒風華，誤闖此地，並非等人。」

「風華絕代，好名字。」節南往上走兩步，突又回頭。「不對，我還不能馬上送妳走，那軍爺等會兒上來查問，我答應他讓妳斟酒的，妳不見了，他不起疑才怪。我倒是不怕，就怕他畫張人像通緝妳，妳出城都難了。」

舒風華往二樓樓欄看了看，眼中有些瑩光。節南看不懂，卻突然覺得這姑娘等的人是否在二樓，偏又正好想到紀二爺的風流，脫口問：「舒姑娘不會來找負心人的吧？」

舒風華露出驚嚇的表情，連連擺手。「怎會？我——」

節南道聲「阿彌陀佛」。「對不住，我讓某人的花心弄得頭大，瞧舒姑娘氣質上佳，就以爲又是那人的風流債。」

「還以為乾女兒與別人不同，不會在背後亂嚼舌根，卻原來也是一樣的。說誰花心風流？」紀叔韌站在樓梯口，桃花目冷誚。「我可先說好，我雖風流，絕不欠債，喜歡就會好吃好穿供著她，直到不喜歡為止。」

節南兩眼翻上，拉著傻了的舒風華就往上走，扔給紀叔韌一句冷話。「我看二爺真是無可救藥了，風流必欠債，這點自覺也無，還怎麼讓乾娘回頭？」

節南一上樓，叫碧雲拿來一套自己的衣物給舒風華換上。

碧雲看著這女子從村姑變成淑女，驚嘆：「六姑娘，這姑娘倒比妳更像千金小姐。」

節南不但沒怪，還幫腔，左看右看舒風華。「可不是嘛！帶著她去敬酒，比帶著妳有面子。」

說到做到，拉著舒風華給王平洲那桌敬酒去也。

一出耳房，舒風華就緊緊低著頭，袖子時不時掩面。

節南起初以為舒風華怕見人，結果卻發現她在找人，不禁挑眉一笑，心想她有觀鞠社給千金姑娘們訂製的金蹴鞠，穿著貧窮，氣質富貴，真神祕，但也不再多問。「舒姑娘莫以為我要差遣妳，只是擔心等會兒軍爺上樓時妳裝不像我的丫頭，所以先帶妳轉轉，習慣一下。」

舒風華終於露出一絲笑。「六姑娘真是妙人兒，也不問我來歷就幫我。」

「因我這人眼力還行，分不出壞人，卻辨得出好人，我瞧著舒姑娘是個好人，想幫就幫了。」

節南說完，走進包間，繞過屏風，盈盈一福。「六娘給五伯、五哥、十二弟、十六弟弟見禮。」

王五王雲深猛地站了起來，雖然對他來說，站和跳一樣，而且還不如坐著感覺高。

王平洲奇道：「五郎怎麼了？」

王楚風瞧得仔細些，見五哥兩眼直瞪節南旁邊的女子，也打量了舒風華兩眼，只是從來不曾見過此女，不知從何問起。只有十六弟弟眼裡有正主，笑嘻嘻起身，給節南作了個大大的揖，再跑到節南面前說悄悄話。「南姊姊，小十六給您回禮了。小十六歲數小，不喜歡紅包那些俗物，就想要一套變戲法的傢伙。聽說南姊姊本事大，沒有您弄不到的東西，小十六就把這個心願託付給您了。九哥說了，心願太小，就不要打擾佛祖菩薩，找準了人也一樣能實現。」

節南頭一回見到這個孩子，覺得眞好玩，那麼伶俐的小活寶，平時一定沒少淘氣。「可以啊。聽說你要陪哥哥們參加科考？我要求不高，你只要中了舉人，我就給你弄一套來。」

小十六笑咧了嘴，跟節南拉勾手指，一言爲定，接著往五哥那兒一看，哦哦兩聲。「九哥神啦。」節南聽到王九就腦瓜全力開轉。「怎麼神法？」

「他說今晚南姊姊認親雖沒意思，但五哥有桃花運。」小十六眼睛撲楞撲楞地眨。

讓小十六這麼一說，節南想起來，之前曾和王泮林開玩笑，祝王雲深找到一個比劉彩凝好的姑娘，王泮林當時回一句「沒準那姑娘已經在來這兒的路上了」。難道這位舒姑娘才是王五的眞命？

節南忽然和小十六一樣，心情興奮起來了，還馬上煽風點火。「五哥認識我這個丫頭啊？」

王五笑了笑，靦腆的大頭少年貌，卻是對舒風華說的。「小華妳到趙府了？挺好的，今後都在一個城裡。」

舒風華雖然換了衣服，包袱這回卻沒離手，看著王雲深的目光綿長，神情幾乎要哭出來了，最後硬是擠出一抹笑，慌慌張張地將包袱放到一旁花案上。

「不……不是……也沒什麼事……這裡是我幫你整理的百篇長賦，你那時走得急，我趕不上送給你，趁著今日……聽說你成親……多保重！」語無倫次，聽得人稀里糊塗，舒風華就跑出去了。

王五跑了兩步，又停住，皺眉嘆氣，嘆氣皺眉，結果只是走到花案那兒，抱起包袱坐回桌後。

「五郎，你要不要去看看那位姑娘？」王平洲沒聽出個所以然，但也比侄子開竅。

王五卻搖頭。「五叔忘了嗎？我已經成親了。」

節南也不知該嘆這人死腦筋，還是該欣賞這人對婚姻的忠實。「要不，我幫五哥看看去？」

王五一想大好。「有勞南妹妹。」跟著小十六，以南稱之，與小山有別，與六娘無尤。

節南還記得敬酒，趕緊上前給王平洲倒了杯酒。「我素來野慣了，不大懂規矩，聽乾娘說五伯脾氣最好，今後還要請五伯多擔待些。」

王平洲喝盡，笑道：「規矩沒有人情大，一家人不說兩家話，王家姑娘少兒郎多，能多妳這個女兒家，長輩們很是歡喜，今日雖沒來，都備了見面禮，我直接送到妳園子裡去了……」

「五叔。」王五心裡著急，怕節南趕不及。

王平洲呵呵。「少見五郎跟人起急，我就不多囉嗦了，今後有的是機會說話。」

節南應了一聲，轉身走出去，往門旁一瞧，舒風華立得好好的，垂眼望著腳尖，略顯沮喪。

「原來舒姑娘找的是雲深公子。」說話時，恰好瞧見黑臉軍官走上樓，但和紀叔韌說了沒幾句，就又下樓去了。節南心知為什麼，覺得也好，省得還要跨樓找狸子開門廊。

「對不住，騙了六姑娘。我聽說今晚五公子會到萬德樓來，原來就打算見一面，可後來想想，我無他人陪同，這麼見五公子並不妥當，所以就猶豫了，一直到方才請六姑娘幫忙，也是真心要走的。沒想到……」舒風華苦笑，眼中卻是滿足。「這麼容易就見到了……嚇我一跳！話都不會說了。」

「妳和五哥有緣分。」節南笑道。

舒風華搖搖頭，淺然一笑，千言萬語化作無聲。

「舒姑娘若不介意，能否告知妳今後如何打算，要回家呢，還是留在這兒？」

節南問完，等了一會兒，見舒風華不答，又道：「我看舒姑娘不大情願碰上官兵，又看妳那枚蹴鞠掛飾，還對雲深公子頗為仰慕的模樣，就想起我朋友說起過一人。那位是觀鞠社以前的社員，十分欣賞雲深公子，連帶著其他姑娘都喜歡讀雲深公子的詞賦，只是她家裡後來出了事，離開了都城。舒姓少見，所以我還記得，剛遷都那會兒，有位舒大人向皇上諫言發兵大今救回暉帝，卻因此遭到反戰派彈劾，流放永州。不知那位忠君忠國的舒大人與舒姑娘可有關係？」

舒風華神情一肅。「正是先父。」

「舒大人過世了?」節南只知其一未知其二。

「已經過世三年。」節南對父親的讚揚，讓舒風華心中完全放下戒備。「我在永州官學當官婢，如今剛得了自由身，只是昨日才到都城，還不知去哪裡定居，更未遷戶本，才怕官兵查起來惹了不必要的嫌疑。」

「那就是尚未決定去處?」節南眼珠一轉溜。「舒姑娘要不要到我家來住上幾日?」

她喿節南最喜歡下這種棋——撿便宜的棋。

八月初八好日子，好日子裡發生壞事，壞事就變成好事了?也沒準。

王泮林看著萬德樓方向的煙花火，就知道認親宴已近尾聲。另一邊碼頭方向，突放沖天炮，一聲比一聲炸響，很快升騰起一片煙霧。

很好，事情都挺順利。

「你到底在不在聽我說話?」果兒姑娘伸手過來，本要放上王泮林的肩，王泮林卻正好讓開。

「聽是聽了，不太明白意思而已。」王泮林眸底清冷，嘴角微勾，似笑非笑。「慶和公主。」

暉帝么女慶和公主，小名果兒。

「我還不能進宮!」慶和公主面上驕氣難控。「這可是你的計策，讓我向明公公透露眞正身分，結果現在滿城都在找冒充慶和公主的女賊!我估摸著，沒準還能就地正法。我早說過，宮裡不會開開心心迎我的，我的存在只是時刻提醒他們的懦弱、無情和自私，讓你一定要謹愼行事。」

王泮林神情卻淡。「那麼，公主到底要不要進宮?」

慶和公主咬唇。王泮林似笑非笑就帶了嘲意。「公主可記得在巴州時我說過的話?我說過，公主大可不必回宮，我可以幫公主準備一處世外桃源，除了公主名銜、帝族榮耀、無上尊寵，日子過得和公主差不了多少。這話目前還算數，公主若改了主意——」

慶和公主眼中閃過一絲決意。「不！當然要進宮！這本是我父皇的天下、我兄長的天下，我比當今長公主還尊貴，自出生那刻起就是帝族一員，而他們只不過是旁支。憑什麼他們霸占著皇宮，我這個眞正的公主要流落民間？」

王泮林嘲意更深。「既然公主心意已決，我自當遵守約定。我之所以讓公主向明公公透露身分，因爲這樣才能最快分清誰是公主的親人，誰是公主的敵人。明公公是太后親信，太后與公主的母妃情同姊妹，太后當年也曾被俘，據聞與公主母妃關在一處，受公主母妃多次恩惠，逃回後曾要皇上發誓營救公主，皇上也答應了。」

慶和公主冷冷一笑。「那可不好說。誰都知道被俘的皇族女子會遭遇什麼，忠節的一個都活不下來，活下來的都是不要臉的。太后被俘的時日雖然不長，也足夠她爲敵人生孩子了。我可是聽某位大今貴族炫耀過，他的一對龍鳳娃和當今頌帝是兄弟妹呢。」

「公主何必苛責自家人？」王泮林不唏噓不同情不感嘆，看得通通透透。「史冊不記，口述不傳，殘酷的眞相就會湮沒在黃沙之中，或被扭曲成不再殘酷的謊言。要說活法，有人求轟轟烈烈，有人求苟延殘喘，有人求平平安安，有人求冒險刺激，心中渴望各不同而已。若是傷害自己求活法，那就更不由他人評說對錯了。」

慶和公主目光灼亮，看著王泮林。「你心裡也當眞這麼看嗎？不輕蔑，不苛責，仍當我們高貴高潔？」

「我心裡怎麼看的，並不重要，重要的是公主怎麼看待自己。」

王泮林心想，他確實不會蔑視苛責那些爲了在敵人殺戮下，想盡辦法活下來的人，不過最後那話，他不能苟同。高貴高潔，在於人的內心，而不在於人的地位。只是這種話，他也懶得說給不開竅的人聽。慶和公主是暉帝血脈，暉帝於他終究還有師恩，他才答應幫慶和公主，哪怕對慶和公主回宮的決心不置可否。該說的，都說了，毋須再廢話。

慶和公主雖然有所有皇族固有的傲慢，性格也絕不平易近人，但本心不壞。「王九郎，你知道嗎？我喜歡你。」

王泮林知道。「謝公主垂愛，可惜我已有心上人。」

慶和公主抬高了眉梢。「你要知道，若我順利進宮，恢復公主名號，我可以指名嫁你，你縱有心上人也無用。就算你言不由衷，其實心裡嫌我不潔，也不能違抗聖命。」

她豈止苛責了自家人，還苛責自己。爲了從地獄裡逃出來，她甚至活得不像個人，可是她最終活著出來了！如今，只要忘卻。

王泮林語氣不急不緩。「但公主不會這麼做。公主拒絕了世外桃源，一定要重回皇宮，是因爲心中有著高過一切的願望，以至於公主決意捨棄自己。爲此，泮林深感佩服，儘管以我自私的立場，大不以爲然。」

慶和公主目中戚冷，神情哀沉。「父皇薨天，兄長還在，除了我，他無可依靠。」

王泮林笑意清遠，不語。

「若沒有發生那場戰爭，我大概會學太平公主，非你王泮林不嫁，管你是否有妻有妾，兒女成群，對我有心無心。而如今，我也只能逞一逞口舌之強。」

「泮林明白。」所以，他一直容忍她在人前表示曖昧。「老天其實公平，給了每個人選擇的機會，公主雖然選了一條非常難走的路，自己覺得值得就好。」

「每回我心中動搖，你三言兩語就能讓我重新堅定，你可眞是殘忍。我若短命，就是你害的，因爲你不給我生路，讓我只能往前走了。」

「公主且信，除我之外，想要幫助公主的人還有很多。宮裡宮外，都會有的。」而他王泮林交上一份名單，就幫到這裡爲止。「公主進宮後，小心這些人，只是這張名單並非全部。」

「信與不信，我都不悔。」慶和公主接過，看完就燒去了。「多謝。你我這就是此生最後一面，今後各自保重。等你成親的時候，我就不送賀禮了，以免小人多心，再查到我倆的舊情，還惹得尊夫人吃醋。若我命長，將來自會找機會報答你，你就不用來討人情了，我會當成要脅，派人滅口的。」

王泮林沒笑，深知這些話句句當眞。

堇燊的聲音傳入。「宮門開了，皇上車輦已上吊橋，請公主盡快下車。」

慶和公主再望一眼王泮林，見他依舊清清冷冷，不禁一笑，悸動的心終於平靜，深吸一口氣，下車去。

王泮林坐在車上，從暗處觀望。

舍海、一排服侍過慶和公主的北都舊人，以及從香州一塊兒過來的匠人們，恭隨兩側。慶和公主這晚穿著一身北都朝服，朝服雖小雖舊，拆了接，接了補，才能穿得上去，然而即便在明亮的琉璃燈火中，她的尊貴氣質蓋過了苦難烙身的痕跡。很快，皇上從車輦上下來，神情從不可置信到大喜過望，親自過去牽住堂姊的手，激動說著什麼。同時，宮人們和已經知情的官貴們跪伏，齊喊「公主千歲」。

堇燊今晚當車夫。「明知不可爲而爲之，本覺得她過於傲慢，自從知道她身分之後，又覺作爲公主，算是很不一般了。再看今晚，公子幾乎明示她危險，她仍義無反顧，令我刮目相看。」

王泮林看著皇上和慶和公主一起上了車輦，宮門沉沉闔上，吊橋升起，夜歸於靜，才淡然說道：「老天雖然公平，給了我們選擇的機會，但我們的選擇由自身性格決定；性格難改，選擇難改，就成老天注定的命運了。」

堇燊聽出其中的悲觀。「慶和公主入宮未必一定不幸，今晚這麼多人隨皇上出迎，可見支持她的人不少。我記得鳳來出事的時候，公子也說鳳來是死地了，可結果卻是呼兒納逃之夭夭。」

「堇大說得一點沒錯，大王嶺，成翔府，天馬軍鎮，鳳來縣，這四個地方可以說沒有一個讓我完全料中結局，都有出乎意料的收穫。大王嶺，我認識了小山；成翔府，我支使了小山；天馬軍鎮，是小山對我的漂亮反擊；鳳來縣，小山將它置死地而後生，根本甩我十萬八千里遠了。堇大有沒有發現什麼共同點？」

堇燊一聽這個不能再熟悉的調侃語氣就頭疼，隨口諏應。「都有九公子你，還有小山姑娘？」

「對了！」王泮林一笑就斂。「可是，慶和公主身邊沒有我，也沒有小山，皇宮卻是吃人不吐骨頭的地方。」

堇燊就道：「既然公子這麼明白，可以繼續幫公主。」

王泮林大覺好笑。「我如今又不想死，爲什麼要去送死？那位公主去了一個吃人不吐骨頭的地方，要做一件絕對不可能成功的事，但她畢竟身上流著那家人的血，或許憑此能保住一條性命，幫她的人卻不會有這樣的好運。」

「可公子要參加科考。科考中舉，就能當官，以公子之能，一旦走上仕途，必然平步青雲，終有一日會出入那個吃人不吐骨頭的地方。」堇燊自覺能說過王泮林了。

「誰說當官就要升官？」王泮林淡淡反問，堵噎了堇大先生。「回吧，只要想到地上那堆書，我就睡不著覺。」

馬車遠了，從更暗處卻走出兩人來。

螳螂捕蟬，黃雀在後，不過這隻黃雀不吃螳螂。

「所以，果兒姑娘其實是慶和公主？」節南的聲音。

認親宴散後，她腳趾頭才戳到青杏居的石板地，就讓吉康帶了出來。

「是。」吉康答。

「難怪書童說那位難伺候，我也覺得她動不動就傲嬌的，不像花魁像公主。」節南轉身上屋頂，輕踏無聲。

吉康起初跟得有些吃力，隨即發覺節南放慢了速度，暗暗感激。

「你爲何帶我來呢？」

離王泮林的馬車那麼近，節南沒有去見他。自從知道王九「心血來潮」要參加科考，她也「心血來潮」想做一件早該做的事了。

「堇大說妳應該要知道果兒姑娘眞正的身分，以免對九公子生誤會。」吉康應道。

「怎麼會呢？」節南睨笑。「九公子俊是俊，看著挺招姑娘喜歡，可是性格跟我一樣，都不討喜，桃花運大概還沒雲深公子多——還有吉平。」

舊書舖子的魏姑娘，一聽說吉平重傷，扔下舖子就衝到文心閣，接手照顧吉平日常生活。如今吉平乖得跟一隻小狗，魏姑娘讓他做什麼，他就做什麼，成爲「一見美人英雄矬」的榜樣。

吉康這麼回：「那是因爲九公子只對幫主一人……」想想如何措辭——和顏悅色？萬般柔情？寵到了天上？

「只對幫主一人獨好。」最後敲定。

「吉康，知不知道所謂的自言自語，就是你自己聽得見，別人聽不見？」節南抿開了嘴，樂得啊。

「呃？」吉康沒反應過來。

「九公子不止對我一人和顏悅色，要看他心情；也不是展現萬般柔情的那種人，他沒那麼俗；至於他寵我寵到了天上——」節南搖搖頭。「沒有，只有氣得我恨不得踹他上天的時候。」

吉康笑咳了。

節南沒良心地想起音落來，隨即拋到腦後。那不能算一朵桃花，是狗皮膏藥。

「幫主這就回青杏居了嗎？」吉康咳完了問。

「不，我要出趟遠門。」如今認了乾娘，她不在趙府也不會有人奇怪。

吉康詫異，突發奇想。「幫主不會因爲不想接管我們，要跑了吧？」

節南笑。「哪裡需要我接管，兔幫和文心閣已經合併，什麼事情皆讓你們搶著做了，我都來不及培養自己的勢力，今後只好指望你們當我的勢力了。」

吉康搖頭。「幫主還沒收下丁大先生的梨木牌，我們只好聽從九公子的調派。」

「吉康，文心閣在大興府可有什麼鋪子或買賣？」突然停下，節南就著屋頂鋪開一張羊皮地圖。「或者正天府附近的也可以。」

「大興是大今都府，正天是盛親王原來的封地，也是南頌北都。兩地相隔遠了，妳——」吉康大驚。「幫主要去大今都府嗎？」

節南笑眯了眼。

半個時辰後，吉康站在堇燊和王泮林面前，這麼回報：「幫主出遠門了，可能要到臨河府去取東西，也可能經過正天府，如果兩個地方都沒有她要找的人，再去一趟大興府。」說得自己額頭發汗。

堇燊聽得糊塗。「她到底是取物還是找人，而且北燎舊都、南頌舊都、大今帝都，專挑好地方去，送死嗎？」

王泮林皺眉。「還有什麼話？」

吉康道：「她讓九公子好好讀書，州試拿個解元，省試拿個省元，殿試拿個狀元，那雖然不可能，好歹要考到三甲四甲五甲，上個榜有個名。」

王泮林清冷的眸子一下子輝亮。

5 希望絕望

秋九月，大今向北燎宣戰的第二個月，戰神呼兒納連破六州。沒有了武神的燎軍如一盤散沙，或投降，或棄守，讓他如入無人之境，眼看戰火將燒過整片西原。反觀南頌，無視燎帝求援，拖延大今聯手的請求，難得不用擔心邊境，迎來三年一度的全國科考，各地興農業修水利，與大今的榷市重新開通，江南大城商貿比任何時候繁忙，士農工商皆顯欣欣向榮。

這日，州試開考，一早街邊的食鋪子裡就出現了士子，吃飯還捧著書，好似抓緊這最後一刻，就能中了舉人。

懷化郎府，延昱已經做完每日早上的武課，沐浴之後，叫月娥進來給他更衣梳頭。

月娥動作輕柔，捉髮梳髮，淡問：「昨晚大公子何時回來的？妾身等得都睡著了，也沒能伺候。」

「剛回來，做了武課，更衣吃飯，就得趕回大理寺坐班。」一晚沒闔眼的延昱看不出疲累。「大今隨時可能攻到燎都，每日都有七八回急報，這節骨眼上也只有考官最清閒了。為了讓他們專心出考題，皇上特准他們不必管公職上的差事，由我們這些沒學問的同袍代勞。」

月娥輕笑。「這話可別讓主考大人聽見。」

延昱轉開話題。「燎大皇子那時惡狠狠要我們追查赫連驊等人的下落，還以兩個月為限，否則要限制兩國馬匹皮毛的買賣往來。」嗤冷一聲。「如今可好，那位還沒搬進太子府，就等著亡國了，竹籃打水一場空。」

「大公子還要搜捕那些人嗎？」月娥眼角餘光瞥見定在窗紙上的纖影，不動聲色。

「自家的事都多得管不過來，哪來工夫捉一個亡國太子的仇人，捉到了卻又要交給誰去？」延昱瞥門邊窗上一眼。「自然是不搜不捕了。青杏居那邊妳問了嗎？小六兒何時從江陵回來？」

月娥答：「問過了。紀家那邊想留六姑娘七姑娘過年，可能開春才回，而且也不一定回趙府。」

「不回趙府，能回哪裡？」崔玉眞走了進來，看月娥幫延昱梳頭插簪，神情無波。

八月十六成爲延家媳婦崔氏，這才過了一個月，崔玉眞的臉上卻無新嫁娘的喜氣福氣，面色如雪，乍看膚白，卻又讓人說不上來的愁緒。

「當然還可以回她乾娘那兒去。本以爲認個乾親能有多了得，想不到芷夫人認眞得很，竟讓紀王兩家的老人點了頭，跟過繼閨女似的，去官府辦了正經文書，將來就算把所有嫁妝都留給六娘，別人也說不得一句閒話。」

延昱起身，笑著去牽崔玉眞的手，卻見她將手放到背後。他動作一僵，隨即自然縮回手。「桑六姑娘都快成家喻戶曉的福星了，連她是第一個上商樓的女子的事也被人挖了出來。傳言她是經商奇才，所以才結識了江陵紀氏和……」

「別說了，我沒興趣聽桑六娘的事。」崔玉眞打斷丈夫。

延昱攤開雙手。「不說就不說，妳別不高興就是。今日怎麼起得這麼早？」

「玉好昨日來跟我說，五哥不著家，母親舊疾復發，所以我想回娘家住一晚，陪陪母親。」崔玉眞只說了一半實話，其實昨晚等了大半夜，不見延昱回府，也不像以往提前派人知會，所以一早過來瞧瞧。

嫁進來一個月，延昱這個丈夫無可挑剔，事事爲她著想，對她呵護備至，如他婚前保證的那樣，照顧著她。最讓她感動的是，他爲她準備了一處清幽獨園，平時去她那兒一定會先知會，讓她能安心自在地生活。即使後來讓婆婆知道了，婆婆表示不滿，延昱也一力承擔了下來。

至於月娥，崔玉眞在別莊時就聽延昱說過。當時她覺得挺好，丈夫有個溫柔的侍妾，自己就不用擔心延家斷後這些事。即便沒有月娥，她也一定會帶陪嫁丫鬟。只是，崔玉眞今日頭回主動到延昱的園子裡來，親眼瞧見兩人默契十足的親密關係，心中就有那麼一點點不高興。因爲不高興，所以比平常更加冷漠，一看延昱來牽手，就做出了很任性的一個動作，甚至編了藉口要回娘家。

延昱笑道：「妳我成親後，我還沒見過衍知，以爲他跟我一樣忙得頭頭轉，他倒還有餘力跟岳母鬥氣，看來提刑司好混。」隨即一點頭。「岳母向來疼妳，當然應該去陪陪她，多住幾日也無妨。哪日要回來，就派人報個信，我親自去接妳。」

崔玉眞「嗯」了一聲，視線掃過靜靜立在丈夫身後的溫柔倩影，心中又生不快。「不用，住一晚就好，嫁出去的女兒潑出去的水，就算我想多住，母親也不會同意的。你用過飯就要去大理寺，可以順道送我。」

「恐怕不行，我騎馬去的，妳們女人家出門又麻煩得很，就讓月娥打點吧。」

崔玉眞微愕。雖然這是一件微不足道的小事，可延昱拒絕了自己。而這之前，延昱對她所有的要求都說好的。難道是因爲剛才自己不讓他牽手？

崔玉眞高傲立現，轉身就走。「不必別人打點，我自己回去。」

延昱看崔玉眞走了，這才吩咐月娥傳膳。兩人同桌吃飯。

月娥道：「她興許有點點吃醋了。」

延昱道：「那就好，因爲我的耐心也差不多要用完了。妳給仙荷寫封信，就說妳正好得空，趁著她還在江陵，可以一起玩上十天半個月。」

月娥道是，爲延昱布菜。

這時，正天府弓弩司的大工坊，也開始放早飯了。其中一個還迷瞪的工匠打著呵欠，正要進飯堂，冷不丁讓一個突然竄出來的小廝撞跌得四腳朝天，但想罵，人卻已經跑遠了。

冒失鬼穿過眾工的宿舍，穿過晾衣的曬場，最後在一排雜物房旁的小屋前停住，喊道：「早飯來啦！」

沒一會兒，屋裡傳出窸窸窣窣的聲音，然後匡啷噹啷，最後有人大叫一聲，門才開了。門裡面，一個披頭散髮的姑娘，抱著一個紮沖天辮的娃娃，互掐著臉蛋，模樣可笑極了。

「死小子，你到底是什麼投胎的，動不動就偷親我？」

披頭散髮的姑娘瘦得像柴，皮膚也黑，就一雙葉兒眼靈秀逼人，還有說起話來一閃一閃的白牙像珍珠，正是桑節南。娃娃約摸兩歲，腦袋就跟一顆粉糰湯圓似的。一對琥珀秋瞳，一雙狗狗眼，奶腔奶氣卻出口成狠。「娘娘就要親親花花，花花就要親親娘娘。」

小名商花花、大名暫缺的商家獨苗苗，天資不賴，兩歲不到，妖氣橫衝直撞。節南右手廢，使不出大力氣，掐花花也不疼。商花花卻一臉懋疼的小模樣，眼睛裡面還晃蕩起眼淚來。

小廝不由就順著妖氣走。「商姊姊別掐了，手指頭印都出來了，把花花疼哭啦。」

節南睇眼。「阿左，他用便祕的表情騙你呢。兩歲娃娃都能騙到你，怪不得你怎麼都考不上學徒。」

叫阿左的少年十四歲，一心想要成爲弓弩司的學工，靠廚娘娘親的關係在伙房幫廚。

阿左被戳中短處，嘴裡乾脆不把門了。「雖然商姊姊不肯承認，但我娘說了，花花肯定是妳親生的兒，一看就知道。」

「放屁！」沒有柒小柒管著她的氣質，節南爆粗口。「本姑娘還沒成親呢！這小子是我弟弟，我和他是姊——弟——」

商花花兩隻胖胳膊立刻像游水一般掄起，劈里啪啦打節南的頭。「就是娘娘！就是娘娘！」

節南左手拎住花花的後脖領，看他兩胳膊掄空了，笑得得意。「就是打不著！就是打不著！」帶兩歲娃娃的後果，就是自己也變成了兩歲。

阿左看這一大一小鬧騰，無奈大喊：「好啦，母子也好，姊弟也好，我娘讓我告訴妳，親王府總管讓她明晚去膳房做些頌地美食，還特地點名荷葉包雞，聽口氣似乎要招待貴客。」

節南神情不變，笑嘻嘻說：「知道了。」

正天府的親王府，只有一座盛親王府。大興府是大今都城，盛文帝當然要在大興府坐鎮，不過據稱他有意將都城遷到正天府，正好又同北燎打仗，也無心享受美人恩，故而將九位國色美妃都留在了親王府中。盛親王已經成了盛文帝，后位卻待定，這九位中任何一位都可能成爲皇后，加之幾位側妃靠山來頭大，市井因此笑傳此時親王府的守衛可能比大興皇宮還森嚴。

阿左進屋，將熱粥、小菜和大包子放在小桌上，又走到牆角大桌那邊，自發自覺拿起一張紙來看。「不客氣，妳幫我，我娘幫妳。」

紙上畫的是弓弩造圖。

阿左的娘親煮得一手南方好菜，頗受管工大吏關照，還常被調去親王府幫忙，而阿左想要考弓弩司學工，節南就答應教阿左，阿左娘便和弓弩司的管工大吏打了招呼，說是自己的遠親，讓節南混了進來。弓弩司本該是官府重地，不過山高皇帝遠，人人關注著與北燎的戰事，大工坊日夜趕造弓弩，忙得人睡覺吃飯的工夫都沒有，誰還有那閒空操心一個乾巴巴黑姑娘的來歷，更何況她還帶著一個兩歲娃娃。

雖說認識節南也有大半個月了，每看一回她的造圖，阿左就會佩服一回。工坊裡的造圖都當寶貝一樣，不讓人隨便看，可是阿左想盡辦法偷偷瞧過幾眼，就沒有畫得這麼精細的，而且節南的解述也很淺顯易懂。

「商姊姊要是男子就好了，一定能當上大匠。」

阿左嘆道，卻沒聽見回應，抬頭一看，嘿，剛才還打得那麼鬧騰，這會兒大的餵得細心，小的吃得乖巧，畫面不能更美。

「那我拿回家看了。」阿左捲起造圖往外走。「不懂再來問妳。」

「這圖花花都能看懂，你要是看不明白，還是別考學工了。」節南正好餵完粥，塞個包子給娃娃，自己這才吃起來。「晚飯給我們留在桌上，可能很晚回來。」

阿左應了又嘟囔。「妳哪日早回來過？」

「我又不能一直住在這兒，總要找份工掙點錢，另外租個地方住。」

阿左以爲節南說眞的。「沒事，我娘可好心了，妳還教我手藝，不用覺得不好意思。」

節南眨眨眼，壞笑。「我沒覺得不好意思，辛苦教你這個笨孩子，你娘也就包我吃住。掙不到錢，怎麼買漂亮衣服穿？打扮得不漂亮，怎麼給自己找個有錢的俊相公？」

阿左「啊」了一聲，氣哼著就走。「想得美吧，妳。」

節南對著阿左的背影揮揮手，回眼看到花花的小臉埋在大包子裡，忍不住伸手拉一下他的沖天辮，免得他把自己吃悶死了。

她一邊喝粥，一邊開始自言自語。

沒錯，她終於找到可以代替魚，聽她自言自語的「小動物」了。

商花花！

「今日是什麼日子，你知道嗎？」

對面小腦瓜聳聳，絲毫不理節南，鍥而不捨往大包子裡挖。自打吃過肉包子，此子就學聰明了。

「你先生考解元的日子。」節南拿起包子，感覺包子還沒她的手熱，提醒自己出門之前一定要吃小柒的藥。「不過，他是不會考第一的。」

商花花終於咬到肉，啊嗚歡笑。

「你問我爲什麼？」節南表情認眞，想了想。「因爲高處不勝寒，爬得愈快，將來就摔得愈狠，他已經吃過一次虧，這回肯定學乖了。你先生若眞來個三元及第，那和找死沒區別。」

商花花仰頭，嘴裡叼著大塊肉團，忽然嘴一咧，肉團就掉進了嘴巴裡，腮幫子鼓成兩個小拳頭大小，撐凸了兩眼珠子，嚼得那麼費勁，卻又那麼得意，因爲——

「今天我不跟你搶。」節南一句話露餡。

前幾日她頓頓搶肉吃，把被王家養得挑食的小娃娃逼急了。商花花沒理節南，戒備的小眼神盯著她，彷彿在說「哄騙行不通」。

節南好笑。

原本打算自己一個人出這趟門，只寫了封信告訴小柒仙荷她們要怎麼做，要走的時候這娃娃卻抓著自己不肯放，她稍用力去掰，小傢伙就一副要把大家吵醒的哭相，才變成一起出門。

結果，居然還是個不錯的夥伴。

雲茶島，茶樹墨綠，香氣滿山。

連城這日到鄰家作客，送王芷一盒碧螺春茶丸。

王芷早已不在連城面前女扮男裝，一身並不繁複的青蘿紫藤直身裙優雅素淡，但取兩顆墨色茶丸做了茶，聞香嘗味，大讚好。

連城高興。「這種茶丸的烘製法可以留住明前清香，還能另外調入果香花香，口感煞是有趣，年輕人會喜歡的。」

王芷笑道：「也只有你這個種茶人，這麼多年和茶打交道，還像剛學茶的少年郎，新鮮感十足的，才煞是有趣。」

連城嘿嘿抓頭。「我笨，只知道種茶製茶做茶，要是沒了新鮮感，還得了。」

王芷深吸茶香。「不是笨，是專一……」忽覺這麼說引人誤會，急忙轉了個話題。「說起笨，我就怕聰明人做了笨蛋事，也不知她這會兒好不好。」

作爲無話不談的好鄰居，連城知道王芷在說誰。「沒有消息就是好消息，而且妳不是說她知道自己在做什麼嗎？」

「是，她知道，可我不知道，當然就會替她提心吊膽。她爹給她留了一份生辰禮，存在臨河府通寶銀號了。我本來請紀家大伯幫忙，大伯說臨河府銀號還在，東西也應該在，但他幫著自家兄弟，讓給紀二去處置了。我大概知道紀二會怎麼做。臨河府是小分號，每季要將長期存銀和貴重物品轉運正天府分號，九月底正天府就可以提了節南的生辰禮，連同秋季大今各分號的會帳一起送到紀二手上，不用特意花費人力物力財力。」

紀二賺錢的本事可不是吹出來的，開源節流，一樣不少。

王芷嘆。「可是節南心裡不安，怕紀二借此強迫我回江陵，決定親自去取。我實在拗不過，就找了從前跟我做事、如今在正天府通寶銀號帳房的人，讓他想辦法把東西扣住，等節南去取。可今早才收到帳房九月初一寄出的信，說臨河府的秋運大約九月十日到，但他還不曾見有人來問東西的。」

連城算了算。「那丫頭是八月初九走的吧？從這兒到正天府，騎馬半個多月，水路須十一二日，要是她走走停停，走上一個月也有可能。這信卻慢，沒準這會兒已經碰上了，消息還沒送到而已。」

「但願如此。」王芷心情好了些。「說起來，今年雲茶島的茶農可以過個豐收年了吧。」

連城笑得闔不攏嘴。「多虧九公子出的好主意，我怎麼都想不到提刑官還能管茶地畫分，一旦畫成非產茶地，茶葉就不用上交官府，不受官價和茶引價格打壓。」

「最重要的是，免你坐大牢掉腦袋。」王芷目光和煦。「九郎平時聰明，就不知今日會否怯場。」

子。

「我可一點都不擔心九公子。」連城想起王泮林上雲茶島的那一回，根本無從想像他怯場的樣子。

「沒錯，擔心你自己就可以了！」紀叔韌疾步而來，兩眼幾乎噴出火來。「姓連的，我可是警告過你的，別對我夫人心懷不軌意圖接近，否則就不是壓賤了你雲茶官價那麼簡單的了。」

王芷一聽，比紀叔韌更火。「紀叔韌你竟然這麼做？」

紀叔韌看到這兩人並肩站，如何還能克制脾氣。「王芷，妳當眞絕情如此，爲了離開我，連自己的名聲都不顧不管了？只要妳在雲茶島住的消息傳出去，妳可知會惹多少非議？妳又知不知道，爲了封住這個消息，我費盡心思……」

王芷不要聽。「別說得那麼好，你分明怕丟了你的臉面。」

「王芷！」

數月來，紀叔韌一直逗留都城，想盡辦法勸王芷回家，卻始終得不到她點頭，反而看她和連城相處甚歡，心裡醋意直接變成怒意。

「好！妳一定要和離，我可以答應妳，只要妳告訴我究竟發生什麼事，讓妳忍不下去了，不惜違背白頭偕老的誓言！」原本要等桑節南那丫頭幫他打聽的，誰知那丫頭跑正天府去了，擺明不相信他會把那份生辰禮拿給她，大概還以爲他要拿來要脅王芷回江陵什麼的。

一個如此，兩個也如此，這麼無視他。眞母女啊，這是！

可也太看低他紀叔韌了吧？他也許風流，也許花心，卻絕不會說話不算話，不像王芷，說不放手的，半輩子過去，卻突然甩手了。

紀叔韌紅了眼，呼吸都難。

王芷和他多年夫妻，怎能聽不出他這回話裡的認眞，乾脆把心一橫。「好！記住你說的！我告訴你眞正的原因，你我就和離！」

「說吧，我做什麼不可饒恕的事了，讓妳判了我死罪？」紀叔韌長吐一口氣，等著。

「去年你生辰的時候，包了一條船遊湖，我說不舒服，可你非要拉我上船。」

「妳我成親後每年我生辰都是一起過的啊。」有什麼問題？

王芷都懶得說他亂打斷，接著道：「結果遇到一條花船，你被船上美人的琵琶深深迷住，扔下自己船上的妻妾，徹夜未歸，不對，半個月沒回家。」看紀叔韌又要說話。「你要再打斷我，我就不說了。」

紀叔韌立刻閉緊嘴巴。

「你回來後發現少了一個妾，還問我她怎麼不見了，我說她害我落水，就把她送走了。你說那是該送走的，不守本分的妾室絕不能留，不過這種事今後最好等你回來再處置，免得有什麼誤會。可你沒有問一問我有沒有事。」

紀叔韌面上有些內疚。「我只是看妳樣子好好的——」

「是啊，落水之後已經過了半個月，生孩子都快做完月子了，更何況我只是懷孕三個月，孩子沒了而已。」王芷的神情突然痛苦，眼中泛光，最後咬一字頓一字。

紀叔韌大驚。

「而且，以後都不可能生了。雖然二十五歲之後我就以為自己不能生，不過眼看快四十歲，流產後聽大夫那麼說，剎那就對你死心了。」

王芷說完就走，連城略猶豫，還是跟了去。

紀叔韌捉著凳子坐下，卻直接跌在地上，發了半晌呆，突然抱住頭，臉埋膝蓋，痛哭出聲。

6 江山易改

別人是做文課武課，節南是做自言自語的早課，做完了就背商花花去碼頭。

臨河府的東西會運過來，神弓門就在正天府，盛文帝的九妃守在這兒，呼兒納的軍備大營就在城外，時不時就有盛文帝要回正天府的消息從北方傳來，她已經不用去別的地方，時間充裕得很。至於找工，自然是騙阿左的，每天早出晚歸，在碼頭邊上的讀書舖子裡坐著。

節南黑不溜秋又乾又瘦，花花整個包在大裹布裡，看上去就是一對窮母子。瑟瑟秋風裡，人人自顧自，誰也沒多看兩人一眼。

讀書舖子小歸小，有個心很大的舖名，叫「鯤鵬」。

鯤鵬舖子與其他書舖不同的地方，在於它只賣自家刻版的書冊，其他書只能在舖子裡讀。巴掌大的地兒還闢出一塊豆腐乾大的小食攤，書很多，桌兩張，簷下排椅一長條，早做粥餅，午售茶點，晚賣酒菜，生意不溫不火。

鯤鵬的老闆叫「昆朋」，五十出頭，一人又當老闆又當夥計，兩撇小鬍看著有點刁滑，一開口卻文質彬彬，眞叫貌不正言壓眾。

節南到的時候，舖子屋簷下的排椅都坐滿了喝粥吃餅的人，兩張桌卻空了一張。她把花花放在竹椅子裡，用大裹布仔細圍住，這才去和昆朋打招呼。

「昆大早，今日生意興隆啊。」招呼過，就在架子上挑書。

昆朋忙得熱汗直流。「突然來了一隊商客，手忙腳亂的，姑娘先坐會兒，我馬上來上茶。」

節南道聲好，回到桌前，推給花花鯤鵬自刻的連環畫《孔子傳》，自己打開一捆紙紮，「文心小報」四個字赫然入目。

這份文心小報與都安的不同，本地所印，每五日出一份，以戲曲話本和怪奇故事爲主。節南之所以感興趣，皆因它還會轉載都安文心小報的部分內容，雖然到這兒新聞已經成了舊聞，總比一無所知得好。

昆朋沒耽擱多久，很快端了一盤果乾，一盤脯肉，一大壺茶，來不及聊天就又回去忙了。

花花拍著桌子，奶聲喊：「果果。」節南將果乾盤子推過去，順手拿了一根肉脯條，歪在嘴裡嚼著，突然看到一則消息。「花花，這個好玩，我給你念念。工部侍郎二夫人桑氏的三間嫁妝舖子一夜之間人去樓空，儘管桑氏已將三間舖子賣給了別人，但那些尚未拿到貨款的商家、已經交託信局寄物的客人，還有支付了銀兩卻沒取貨的買家，認爲舖子賣出得如此倉促，很可能是桑氏設下的騙財圈套，因此堵在趙府門口要賠償，後來驚動到郡衙，派官差保護趙府，結果雙方打了起來，官差抓了領頭鬧事的。」

花花學節南，歪嚼著果乾條，拍手笑。「打，打，打。」

節南搓搓花花的湯圓臉，教壞娃子。「對，打架是很好玩的，特別打那些欺負你的人。」

花花兩歲小腦瓜比同齡的娃複雜，小拳頭舉一舉，歪嘴鼓眼，一整個小霸王。「還有欺負娘娘的人。」

節南捏他肉臉蛋。「別，欺負我的，我會欺負回去，你不要跟我搶，不然我打你。」轉念一想，不能讓娃娃從小失去奮鬥目標。「不過你可以幫你先生打架，他的瘦胳膊，連你吃的包子都拿不起來。」

花花卻突然一癟嘴。「不要幫。」

節南奇道：「爲什麼不幫？你不是很喜歡在他後面當小跟屁蟲？」想起花花紙堆裡找字的情形，

嘖嘖，就是一隻聽話的小狗啊。

「怕怕。」娃雖小，心裡雪亮，誰嚴厲誰縱容，只不過當著嚴厲的那位，他不敢依賴縱容自己的人而已。

節南笑了。「你個小小子，可憐喔。」笑完卻一本正色，手指輕敲文心小報。「你是該怕他的。等我想到的時候，他早就看清對手的下一步，所以已把屍體搬走，將凶殺的痕跡全部清理乾淨，誤導所有人，以爲只是一樁捲款攜逃案……」

不可能是那群黑衣凶手去而復返，也不可能是年顏，只有王泮林。更何況，節南去信局那晚，就知道文心閣的人跟著自己。文心閣的年輕人未必個個高手，但個個機靈，傳遞消息極快。而他們不止保護著南山樓，也保護著青杏居。

節南知道，柒小柒也知道。所以節南這回出遠門，柒小柒並沒有追上來，聽節南的安排，到江陵作客去了。

節南手指畫過紙面，繼續念道：「經郡衙查實，桑氏在大夫人劉氏過身之後賣鋪子，有回鄉守祖地的打算，其情感人，其理正大光明，有官府文書等物證，並無半點罪責。另查實，掌櫃們平時就沆瀣一氣，朋比爲奸，設局騙何氏財東買下鋪面之後，捲走鋪子裡的值錢物什逃離，行爲惡劣，現向全國發布通緝令，捉拿三人……」

哈！通緝死人？

花花打了個呵欠，畢竟只有兩歲，吃了睡，睡了吃，才是正道理。面前那本《孔子傳》翻都沒翻開，沒有壓力，讀書沒勁。

節南自己都不愛看的書，意思意思就算，免得將來某人怪她寵壞娃子。「……雖差點蒙受不白之冤，趙大人與夫人大方捐出三個月的俸祿，由郡府酌情發放給受害者，仁心好官之名一時傳遍——肯定又是你先生的主意。」

錢財上的事，趙琦聽桑浣的，而桑浣愛斂財，不可能想到捐俸祿這個法子。但此法太妙，讓趙琦因禍得福，官聲更上一層樓。

仁心好官哪！

花花小腦瓜一垂，睡著了。節南也說完了，解下披風給花花蓋上，倒茶，喝茶。

一艘大江船泊進碼頭。

節南驚訝盯住船上的大旗——鞠英社？

不是吧？

「喂喂，那是鞠英社的船？」旁桌商客聲音忽高。

「真的！之前聽說雲和社要和鞠英社打比賽，我還以爲是胡說八道。」另一個也大呼小叫，轉頭就喊昆朋。「老闆，你知道何時比賽啊？」

「本月二十八。」

昆朋正好也忙完了，笑呵呵過來給客人加水，腰上一串樟木珠子，在節南眼裡蕩悠悠。

眾客興高采烈議論著即將到來的蹴鞠賽，昆朋則走到節南這桌前，將竹椅背往後放倒，讓花花躺得舒服些。

節南瞧著大船頭上正說話的百里老將軍和林家溫二郎，輕聲道：「西面戰事到底多輕鬆，這時候居然還有工夫打蹴鞠？」

昆朋也低聲：「這場友情賽在議和時就定下了，只是一直沒有決定何時何地，我們也是直到鞠英社進入大今地界才知曉。九月二十八是離妃生辰，她愛看蹴鞠。離妃是魑離公主，盛文帝自然重視，故而選在那日。至於定在正天府，大概就有好幾層深意了，南頌縱想說不，也沒那骨氣。」

正天府是南頌北都，對頌人而言，這種舊地重遊的感覺可不會太愉快。恥辱感，壓迫感，悲憤感，恐懼感，還可能有不甘心之感，南頌遠道而來的蹴鞠小將們這時五味雜陳吧。

「這就怪了。」節南葉兒眼眯起笑來。

「哪裡怪？」昆朋問。

「既然沒骨氣，敷衍一下就是。鞠英社那麼大，社員那麼多，爲何這回要由百里老將軍領隊？還有那個溫二郎，自從他入軍伍之後我還沒見過他呢。這兩人一站出來，不像來打蹴鞠的，倒像來出使的。」

昆朋望瞭望船頭那對老少。「姑娘眼辣。」

「昆大不過不認識他倆罷——」

船頭出現第三人，高髻插簪，杏華青錦，面龐清朗，身軀峻拔，掩不住的那一身官氣。節南半張著口，頓時說不出話來。

「小山姑娘？」昆朋見節南那麼吃驚，不知爲何。

節南慢慢調回目光，神態恢復自然。「昆大，這下可以確定了，這支蹴鞠隊就算不衝著別的，也是衝著贏過大今蹴鞠隊來的。當年大今南頌交戰北都，頌軍潰敗，北都淪陷，變成正天府，而今日南頌大今正天比球，南頌若能贏，或多或少能出一口氣。」

昆朋疑惑。

「因爲崔相五子崔衍知，提刑推官崔大人，可不是會認輸的人。」撇開「私人恩怨」，辦差的崔衍知絕對不打馬虎眼，所到之處必起風雲。

昆朋恍然大悟。「莫非打著蹴鞠賽的幌子來探大今虛實，或與大今密談聯手滅燎？」

「聯手滅燎便罷了，大今已經穩贏的戰事，此時可不需要他人來分一杯羹。」節南並不以爲然。「可能是爲了盛文帝遷都之事來的。」

昆朋點點頭。「大今一旦遷都，勢必對都安形成巨大威脅，兩地相隔太近。」

「誇張些，就是一江之隔。」節南笑，還調侃：「南頌皇帝要夜夜睡不著覺了，彷彿頭上懸著一柄寶劍，隨時能掉下來要了他的命。」

昆朋不能更同意。

「怪不得明晚親王府要做頌地美食，原來是為了迎接他們。」節南沉吟片刻，隨即道：「明晚我混進去打探一下。」

「娃娃放我這兒？」昆朋問。

節南搖頭。「放在阿左家裡，最危險的地方就是最安全的地方。若我出了事，請昆大再想辦法把花花送回南頌。」

「小山姑娘和娃子都會平安回去的。」昆朋笑道：「我敢拍胸脯保證。」

「靠昆大罩著了。」節南淡然一句，再看碼頭，說笑。「等了半個月，沒等到臨河府過來的船，反而等到了都安的船。通寶銀號不會讓人打劫了吧？」

「若讓人劫了，早有消息傳來，姑娘放心吧，江陵紀氏財大氣粗，押銀子的是北嶽劍宗，江湖上誰能得罪得起。」昆朋說完，聽到客人叫他，連忙招呼去了。

過了一會兒，百里將軍和崔衍知一行人牽馬上岸，將行李箱一只只裝上馬車，直接從節南面前馳過去。

節南咬著茶碗，正笑得白牙閃閃，卻見崔衍知忽然勒馬調頭，嚇得她趕緊縮到桌子底下，聽馬蹄聲都遠了才鑽出來。

崔衍知已然不在原地，節南拍拍胸口鬆口氣。她雖然想知道這支文武全才的蹴鞠隊打算做什麼，但可不想讓崔文官知道她在這兒。本來可以姊夫除外，他卻明說不能當她的姊夫了，那就只好敬而遠之。

驛館門前，林溫看崔衍知望著來的方向發呆，上前拍他一記。「想什麼呢？」

崔衍知醒神。「剛才……」撇撇嘴角。「沒什麼，就想這地方蕭條不少。」

「長街萬燈火葉紅，當年主人今年客。」林溫苦笑。「我家住紅葉山附近，離開北都時還是少年，以爲記憶已經模糊，這會兒才知根本忘不掉。你說，我們還能打回來嗎？」

崔衍知也苦笑。「南北分界已定，打回來談何容易，只怕我們還沒動，盛文帝就南下了，遷都只是第一步。」

「雖然我也知道打回來不容易，但大今想要滅我南頌？癡人說夢！」林溫一身戎裝，南頌重文輕武，武官比文官容易升階，但他是眞心報效。

崔衍知反拍好友肩膀。「是，我們至少不會再退了，所以也不能讓盛文帝遷都，要想辦法說服他打消主意。」

林溫樂天派，眨眨眼道：「拿蹴鞠賽跟他賭，如何？」

崔衍知不開玩笑。「雲和社的社員由盛文帝親自挑選，我們是玩蹴鞠，他們是用命拚的，輸即是死。」

「聽說過。」林溫道聲殘忍。「難道要我們故意輸給他們嗎？」

「別說那麼輕巧。」百里老將軍走出來。「雖然對方輸即死，我們卻也不能輸，因爲我們已經輸過一回了，付出了慘痛的代價，怎能再被擊敗一回，在我南頌曾經的國都？」

崔衍知一怔。「老將軍，我們出來時皇上不是這麼交代的。我父親也提到，那位魑離公主在盛文帝面前說話頗有分量，只要我們能想辦法說服她，也許她會願意勸一勸盛文帝。魑離公主非常喜歡蹴鞠，她若要看雲和社贏——」

百里老將軍卻道：「將在外，君命有所不受。這場比賽無論如何不能輸！你倆問問自己，站在這兒，趙大將軍和無數將士戰死的地方，暉帝和無數南頌子民被擄走的地方，能不能讓自己故意輸給雲和社？」

林溫神色一正，搖頭道：「不能！」

崔衍知垂了眼。

這晚，節南將睡著的花花交給阿左照顧，與阿左娘一起去親王府。

阿左娘原是江南人，嫁到了北方，丈夫死於當年戰亂，從此與兒子相依爲命，憑藉一手好廚藝立足生根。她既不恨今人，也不恨頌人，和正天府多數百姓一樣，誰的國都不重要，重要的是活著。

「商姑娘，前頭就是親王府了，妳記得進去後別主動跟人說話，一定要緊跟著我。要是我忙得顧不上妳，妳也千萬別亂跑。親王府到處都有巡兵，萬一讓他們撞上，以爲妳來歷不明，可不跟妳客氣，會直接殺了作數。」阿左娘再三囑咐。「妳說想要開開眼，我才帶妳來的，要是害妳喪命——」

節南接過話去。「妳放心，我不會亂跑——」才怪。

一到正天府，節南就找上了神弓門。

神弓門雖然不爲人知，但它畢竟是爲帝王效命的暗司，門人眾多，小地方根本容不下四大分堂，所以掛了羊頭賣狗肉，表面看起來是弓弩司的一處工坊。誰知，離開兩年，這地方掛了羊頭賣起了羊肉，竟然眞成弓弩坊，一點兒神祕感都沒有了。

儘管如此，節南還是想辦法混進了工坊，借著阿左娘的好人緣，還有阿左那個機靈的小子，打聽到有人在親王府看到過工坊原來的女管吏。

不用說，女管吏就是金利撻芳。

然而，節南並沒有立刻找上親王府。其一，親王府戒備森嚴，需要時日摸索；其二，她也想從旁打探一下神弓門突然遷走的原因。結果一切準備得差不多，今晚機會就來了。

親王府的正大門跟宮門一樣，阿左娘是沒資格走的，只能走偏門。不過即使是偏門，也有兩名侍衛把守，外面請來的臨時人手還必須由王府裡的管事接，才能進得去。

請阿左娘的是大管事，接阿左娘的是小管事，聽阿左娘說節南是幫廚，問都沒問一聲，催著阿左娘往裡走。

阿左娘走著走著，問道：「這路不對吧？」

管事道聲「沒錯」。「今日也不知吹什麼邪風，外伙房裡壞了兩口灶，水井裡面居然有死老鼠，哪敢用來做膳食。離妃娘娘開恩，把後府的伙房借給咱們用，記著沿桔色燈籠照的路走，萬一我忙不開，妳們就得自己出去。」

阿左娘應是。

到了伙房，大廚馬上把阿左娘喊走了，節南看著周圍一片雞飛狗跳，剛想溜出去，卻迎面碰上兩名宮女。

「聽說今晚來了個會做南頌荷葉包雞的廚娘？」宮女以為節南是幫廚。

節南心念一轉。「是。」

宮女往伙房裡看看，瞧著人仰馬翻吵鬧之極，也就懶得進去了。「妳轉告大廚，讓那廚娘多做一份荷葉包雞，再備一些地道的南頌家常菜，盡快送去給東別館的客人。」

節南奇道：「南頌來的客人不是都在前頭宴庭嗎？」

「要妳送就送，哪兒那麼多話！」宮女蛾眉一蹙。「小心拔了妳的舌頭。」

節南就是話多。「不知兩位是哪個宮裡的姊姊，我是臨時來幫忙的，可不敢亂傳話，弄錯就慘了。」

宮女給節南一個白眼。「東別館是離妃娘娘待客之處，誰敢假傳離妃娘娘的旨意？妳只管轉告我的話，大廚知道怎麼做，用不著妳疑神疑鬼的，還自作聰明。」

宮女轉身走了，節南心想不能連累阿左娘，只好回伙房，向大廚轉告了宮女的話。

「東別館最近不是空關著嗎？」大廚說歸說，卻也不敢馬虎，對阿左娘道：「離妃娘娘咱可得罪不起，只好請妳多受累，先整一桌出來。」

阿左娘趕緊忙去了，大廚也忙去了，誰也沒想到今晚這陣邪風就是桑節南吹的。親王府的外庭好混，內庭難進，她破壞了外伙房，迫使內庭的伙房開放，果然輕鬆混進來。但憑直覺，節南突然對東別館的客人產生了好奇，忘了今晚進來的兩個目的，隨手拎起一個食盒，從某個小宮女嘴裡騙到東別館的方位，轉而往東別館走去。

走著走著，節南開始覺著兩旁的景致十分眼熟，等到想起來了，就不由睜大了眼。

沒有翻新，也沒有讓戰火毀壞分毫，這裡正是她當年待過的學士閣！正因爲待過，正因爲沒變，節南知道怎麼避開所有可能埋伏暗樁的地方，飛上紅牆黑瓦，往下望。

小小的一格園子，鋪滿白沙，一泓淺池。

沙鷗園。

那人說園名是他取的時候，她還嘲笑過，說哪來的沙鷗。然後那人就脫了鞋，赤足往淺池裡一跳，張開雙手，說沙鷗在此。

當年展開雙翅無處飛的沙鷗，此時站在池子中央，頂著天，立著地。

那雙曾經清亮的眼已深沉似海，那把修剪美觀的黑髯已遮去笑容，那身沒有太多修飾的青衣官服已換成威儀顯赫的錦繡雲袍。

韓唐，她桑節南接過的第一位官，從南頌接到北燎去。

第二位，就是宋子安，從大王嶺接到鳳來縣去，只不過和接韓唐的心情截然不同。

接韓唐時，她意氣風發，不知天高地厚，年紀雖小，野心大過天；接宋子安時，她身無長物，半死不活，只剩一點私心。

而今，還是這個園子，還是這個人，已經物是人非。

節南無聲轉身，正想走——

「小南，別來無恙？」韓唐不但看見了她，還認出了她。

節南呵呵一笑，起身一點足，向後翻身一圈，仍落在紅牆黑瓦上，俯看。「聽說韓大人在天牢中受盡皮肉之苦，如今看來是謠傳，眞太好了。」

韓唐不介意仰望。「我知妳心中很多疑惑。」

「可不是嘛。」節南冷睨。「多到我都不知從何問起，直接割了你的腦袋就是。」

韓唐笑出了聲。「這個口氣，這個眼神，小南妳從小到大都是這麼敢愛敢恨的性子，該說是本性難移？」

「我是本性難移，那你是水性楊花嗎？」節南哼道：「南頌學士，北燎太子太傅，到大今要當什麼官了？」

說到這兒，自己否定自己。「不對，不對，瞧我笨的，這回是要封王侯了吧？恭喜恭喜！」

月河靜流，清池淺。

那一年，他閒到跟上官要了造園子的活兒，自己動手造了沙鷗園。也是那一年，他在園門口百無聊賴看著白沙清水，一個漂亮小姑娘跳上了紅牆黑瓦，笑嘻嘻問他這個園子有什麼名堂。

學士閣和皇宮一牆之隔，他想可能是頑皮小宮女之類的，告訴她這叫「沙鷗園」。小姑娘大笑，說只有沙子，哪來的沙鷗。他那時突發奇想，脫了鞋，赤腳跳進淺池裡，學海鷗展翅，說沙鷗在此。如今回想起來，那是他成年後做過的，最幼稚的、卻是最高興的傻事了。

但小姑娘出奇地認眞，葉兒眼彎彎如芽，說他不像沙鷗，倒像淺水的海魚，明明出生在海裡，卻忘記了海有多大，只爲淹過腳踝的水而心滿意足。

「要不要我幫你？」

他永遠都不會忘記小姑娘的聲音，分明童眞年少，卻智慧超凡。還有那雙眼，瞳裡有海，廣闊無垠，同此時牆上這位黑瘦姑娘的眼，一般無二。

他和她是一類人，他那麼篤定著——

韓唐抬眼看著節南。「小南別忘了，是妳接我去北燎的。」

啊——啊——還是要算舊帳，是吧？節南索性坐在牆頭。「所以說，年少輕狂，志大才疏嘛。大人原諒我小時候不懂事，還不知道引狼入室這個詞兒。」

韓唐不氣反笑。「幾年不見，小南妳愈發地犀利了，偏生妳這樣子最是耀眼，誰與爭輝。」

他很早以前就知道，這姑娘會長成一位極其出眾的人物，哪怕世道對女子苛待。

桑節南的可貴在於灑脫、不輕易動搖的霸性、洞穿愚昧言談和陰謀的睿智頭腦。她生在女兒身，卻有男兒的豁達，心中自有一片明亮丘壑，她的勇氣甚至令男兒自愧不如，她的頑劣卻比最淘氣的兒郎還教人頭疼。喜愛她的，自會喜愛到骨子裡；憎恨她的，自會憎恨到骨子裡。沒有模稜兩可的可能。

「好說。」節南也笑，笑不及眼，故意假笑給對方看。

「不過，妳誤會了，我不是到大今來當官當王侯的，只是路經此處，幫人捎封家書罷了。」韓唐背手而立，淺池的月影成片片光刃。

節南眼中浮著那道道刃影，長長「哦」了一聲。「韓大人，你我曾經也算得是忘年交，可否如實回答我一個問題？」

「曾經而已嗎？我直到此時，還將妳當成我最喜愛的小友，無他人可比，而且今後也會一直這麼覺得。沒有妳，就沒有今日的我。雖然別人聽起來可能很不可思議，妳縱然聰明，也不過聽妳師父之命接近我而已。可妳我皆知沒有那麼簡單，當年你們到這兒來，要爭取的官員有一大串，而我的名字不在上面。」

「沒錯，我和你說過話之後，跟師父說起你。師父查了你這個人，才把名字添上去的。又因爲沒有其他人可派，就安排我當了學士閣宮女，可以說師父並不認爲我能說服你，儘管他給我出了不少主意。」節南自覺探子不像探子，宮女不像宮女，跟在韓唐身邊的那段日子卻一生難忘，包括《千里江山》王七郎。不過……「韓大人是貴客，我卻是偷溜進來的小鬼，能不能請你廢話少說？」

「本以爲妳在江南，要再過一段時日才能見面，想不到今晚能碰上，眞是天意。」韓唐絲毫不惱。「妳要問妳爹的事，還是要問燎四皇子的事，還是燎大皇子的事？」

「難道不是一串上的葡萄嗎？」節南嗤笑。

韓唐呵笑連連。「與小南說話總是痛快。不錯，都是一串上的葡萄。」突然在淺水裡踱起步子。「給妳爹寫信，並讓他運送糧草兵器的人，確實是我，不是四皇子。妳爹雖然沒見過多大世面，但他絕不是一個笨人，以四皇子的名義，遠比用我自己的名義，更具說服力。這一點上，我相信妳比我清楚。」

後腳跟踢著牆，節南聳聳肩。「我家老爹看著土霸子，自比諸葛孔明，可會算計了。我的確很清楚，清楚到我都不信我爹能上你的當，讓幾封假信給騙了。要說他幫四皇子，是因爲四皇子將來登基就能重用我，這個理由聽起來眞像那麼回事，我也曾那麼想過，感動我爹終於明白女兒也可自強的道理了。可我奇怪的是，隨我一哭二鬧三上吊，我爹到死都沒有取消娃娃親，一直嘮叨女子應該安安分分相夫教子，而且他選的準女婿是頌人，不是燎人。所以我想，即便我爹有助我之願，大概也不是那麼強烈，會搭上桑家所有人的性命。」

韓唐笑容淡斂，腳下水波打散了刃影，化爲數不清的絲絲銀線。

節南看在眼裡。「韓大人，以你我之間的過往交情，加之你方才所言，莫非還換不到幾句眞心話？」

「小南妳小看妳爹對妳的父愛了，他與妳大娘奉父母之命成親，所生子女才貌平乏；而妳是他和心愛之人的女兒，又極為出眾，自然寵妳入骨。他幫妳訂親，不過掩人耳目罷了。」韓唐如此說道。

節南瞇了瞇眼。「好，就算你說的都是實情，所以你利用完之後殺人滅口？」

韓唐語氣堅決。「當然不是！」

「除了你這個騙他的人，還有誰？」節南根本不信韓唐無辜。「而你既然承認借用四皇子的名義讓我爹出錢出力，我倒要問問你屯養的那些私兵在哪兒？」

韓唐沉默著。

節南挑眉，冷笑道：「韓大人祕密也太多了，還想在我面前充忘年交，可能嗎？不如打開天窗說亮話，今後該殺就殺，該狠就狠。」

「小南半點糊塗都不犯，我若不老實，還眞是——」韓唐笑了一聲。「難以自圓其說，似乎只能自己背下殺人滅口的罪名。」

「你不想自己背，直接告訴我是誰就好。」多簡單。

「既然這樣，那我就背了吧。」韓唐突然停步，直望節南。「那年北燎退守西原，你爹卻來信索帳，且威脅要將這件事說出去，我派人放了一把火。」

節南一腳蹬牆，另一腳往韓唐胸口踢去。

「大人小心！」

一道黑影，橫插韓唐和節南之間，踩碎清池月光，手抬起一柄帶鞘月輪刀。節南正好踢中鞘身，輕輕落進淺水白沙。

秋水浸涼了鞋，她眼中料峭，毫不在意那道黑影。「韓唐，你當我三歲娃娃哄嗎？我爹向你索帳？」哼笑一聲。「他若在乎那些帳，為何還拿出所有家財？你和我爹之間到底發生了什麼事？北燎眼看就沒了，你大概也有了更好的去處，究竟幫誰養兵都好，我管不著，也不關心，我就想知道誰害死了我爹，害死我桑家幾十口。」

韓唐眸裡幽深。「妳要報仇，儘管衝我來。就算妳爹不索帳，他知道的也太多了。」

「果然你沒說實話！」節南咬牙。「桑家滅門，北燎滅國，四皇子根本沒有養私兵，而你領受北燎朝廷一品銜，官至太子太傅，到頭來卻挑唆內鬥，一邊往四皇子身上潑髒水，一邊讓大皇子謀害兄弟，禍國殃民之後安然抽身，跑到離妃娘娘這兒，幫她捎家書。」

黑衣人拔出一段刀刃，韓唐淡手推了回去。「子期，莫傷小南。」

節南又哼。「韓大人，還用我說下去嗎？你如今成了魑離部落的狗──」

這個猜想，已在節南心中盤旋不少時日，而年顏提到一股強大的勢力，非南頌、大今和北燎，讓她愈發確信自己沒有猜錯。

魑離部落，遠在草原，卻眞的還遠嗎？

黑衣人冷道：「放肆！」

「子期！」韓唐口氣嚴厲，轉而對著節南卻長嘆。「小南，妳這麼聰明，爲何偏偏這麼倔強？良禽擇木而棲，還是妳教我的。燎帝確實待我不薄，但他耳根子軟，沒有野心，也無能力守國，退守西原之後，若敢用我的新國策，或還有一線生機，可惜他這不敢得罪，那不敢變動，一味討各方勢力的好。」

節南一抬手。「韓大人別說得自己竭智盡力，多忠誠似的。你冒充四皇子讓我爹做事的時候，你在北燎一年都不到。」說說自己就想笑。「原來你從頭到尾都是利用我。」

雖說年少不懂事，她還喜滋滋當成自己的成就，居然傻到今日。

「不是，我眞心隨妳到北燎爲官，但妳師父讓我看清了眞正該選的路。燎帝並非明君，也並非是我想要效命的君主，一年不到，我已知北燎會一敗塗地，一敗再敗，最終無力回天。既然我知道了這個必然的結局，就不可能和北燎一起沉下去。」

節南怔。「我師父讓你看清了路？」

叫子期的黑衣人再次插嘴。「柒珍答應，一旦成爲門主，就會帶神弓門投靠魑離。」

韓唐輕斥。「子期，我們中原有句話：死者爲大。」

子期撇笑。「這有什麼？大人才說良禽擇木而棲，這姑娘也用這個道理勸過大人。北燎當時遍地瘡痍，燎帝是個好人不錯，但明明可以作爲卻不作爲，置子民水深火熱之中，就是昏君，神弓門總不能毀在他手上。」

節南心涼了刹那，而後冷然一笑。「這說法可不新鮮了，你們要誹謗我師父，最好換一套說辭。」

「誹謗？」韓唐呵然。「妳爲何覺著妳師父投靠魑離這種話就是誹謗呢？而妳又眞的懂妳師父嗎？他文武全才，善工善謀，連我都佩服的這麼一個了不起的人物，能教得出妳這般心比天高、不得了的徒兒，他會沒有雄心壯志，沒有想要成就的大業？」

節南握起雙拳。是，她有時候都替師父叫屈，感覺神弓門就是腳下這灘淺池，師父就是困在淺池上的沙鷗，和韓唐一樣，沒有伸展雙翅的海闊天空，可是——

「師父他不會卑鄙，不會無恥，陰謀陽謀詭道詐道，皆從坦蕩心懷中來。」她也許不懂師父，但她相信師父，如此足夠。「師父若要帶我們改投魑離，就會先同每個人商量，因爲他懂得尊重他人。」

子期嗤聲。「他還眞是坦蕩，所以服了毒藥也不自知，讓金利撻芳贏了門主之位，神弓門就變成盛親王手中的權杖。等我們另外布局，萬事俱備，只欠他東風一吹，竟又教金利撻芳搶快一步，最終死在那女人的手裡。話說，妳師父和那女人是不是有什麼私情……」

節南突然出掌，似要扇子期的臉。

子期拿刀一擋。

節南的左掌頓時成爪，一招玄妙無比的空手奪白刃，將月輪刀拿到手，又扔進淺池中。

「妳別太得意，我一時大意而已。」子期嘴上道自己大意，心裡卻震驚節南的功夫精深，彎腰去撿刀。

節南一聲不吭，左手雙指併攏，連點子期幾處大穴，看他軟趴趴浸到了水裡，又一腳把人踢個仰面朝天。

子期怒極罵道：「臭ㄚ頭，妳竟然偷襲？」又喊韓唐。「大人當眞要小心她，她比柒珍狡猾多了。」

韓唐瞥一眼子期。「無妨。」遂看節南。「青出於藍而勝於藍，我知道總能看到這麼一天的。本聽說妳右手被廢，著實替妳惋惜，卻想不到妳能左右開弓。好了，妳想殺我，儘管動手吧。」

節南卻笑了。「哎唷，韓大人知道我不會殺你，剛才那一腳也絕對不會踢死你，何必非要充好漢呢？」

韓唐眸裡閃過一道芒光。「小南，跟我一起到魑離去，好不好？我會是魑離國相，妳要什麼，我都能幫妳得到，一品女官也好，魑離國后也好，信手拈來。」

「韓大人哪是當國相去的，分明是當一國之君去的。」節南笑開，皓齒明眸，黑皮都擋不住靈氣逼人。「可惜我沒那麼好命。」

韓唐又一記嘆。「小南，妳千萬不要妄自菲薄，要知道——」

「我不要知道，」節南猛地打斷韓唐的話。「只要知道我桑家滅門的眞相。」

韓唐轉過身，往園門走。

「韓唐！」節南撿起月輪刀，拔刀扔鞘，壓住韓唐的肩頭。「我知道你一開始說的才是眞話，我爹不是你派人殺的。是不是魑離部落的人？」

而她還要問出眞凶，不能立刻痛下殺手。

7 笑泯恩仇

今夜沙鷗淺池，困住的都是蛟龍。

子期仰面躺倒，動彈不得；韓唐肩頭千斤，能感覺刀刃森冷貼著自己脖頸；節南離桑家滅門的眞相那麼近，卻苦苦不得。

「事到如今有何不能說？」節南眞的不明白。

「事到如今說與不說有何不同？」韓唐突然轉身，望著節南搖頭嘆。「小南，妳怎麼變得如此沒出息？」

啊？節南哈笑。「敢情死的不是你全家？還有我師父的事，我都會查個水落石出的，你知道我很倔，一旦決意，便不會放棄。」

「妳放棄了妳當初的志向。」韓唐到底是站在權力中心的人，不會讓節南三言兩語就擊敗。「妳我本是同道中人，如今妳卻在我對立面，指摘我卑鄙無恥，狼子野心。妳的堅持呢？妳的不服輸呢？妳說再不讓世人輕蔑女子的凌雲壯志呢？妳師父之死，妳爹之死，皆因他們軟弱，妳是不同的……」

「我的志向……」節南喃喃，眼中明光不減。「是，是變了，師父最後教會我，力爭上游卻常常變成了身不由己，連本心都失去了，陷入爭權奪利的沼澤而樂此不疲，還用理想粉飾自己。韓大人可曾想過，因爲你力爭上游要做人上人，無數人就成了你計謀下的犧牲品，因爲你偉大的理想，此時此刻成千上萬的北燎百姓身處戰火。」

「成就大事者——」

「不應拘泥於小節嘛。」大道理節南也學得很多，而且曾經像一盞盞明燈，高照在她前行的路上。「犧牲少數人，換取多數人的太平嘛——那你怎麼不去犧牲？」

師父死後，爹死後，節南嘗盡底層的艱辛，才懂得每一條生命都可貴，應當把握在自己手裡，而不是王侯將相、任何所謂的成大事者之手。愈往高處走，離這些生命就愈遠，本心是爲他們造福的，到頭來他們卻成爲野心的墊腳石，所以她明白了，如果實現這種志向需要犧牲無辜的人，不如腳踏實地，幫多少人是多少人。而她也相信，只要和她志同道合的人夠多，那就眞能挑戰亂世了。

「還是韓大人以爲自己是上天選中的人，你的命比別人的命重要？」節南嘴角一抹嘲意。「我記得大人曾說過，眾生平等。乍聞此言時，我幾乎立刻折服了呢。眾生既然平等，大人的命就和眾人的命一樣，沒有高低貴賤，而你犧牲他們的時候怎能毫不猶豫？」

「生命雖然平等，智慧卻有高低，世道的改變必定需要智者引領。」韓唐說到這兒，突然搖了搖頭。「不瞞小南，如同妳已經改變，我也改變了。眾生平等這話其實天眞，但我心意不變，希望自己獲得改變世道的力量，能讓大多數人安居樂業。要知道，盛世太平之前都會經歷暴亂和戰爭，無一例外，而北燎沒有我也一樣會亂，只不過早晚而已。北燎不能給我力量，但魑離可以，我當然義無反顧。」

節南沉吟，垂眸再抬，笑了。「看來，我已沒有資格當韓大人的小友了，雞同鴨講，已說不通。」腕子一翻，月輪刀落水。「用一句不太貼切的話來說，這叫師父領進門，修行在個人。準確而言，我將韓大人引到北燎後，其實就分道揚鑣了，韓大人表裡不一，拿著北燎一品官的俸祿，當著齷齪無恥的叛徒，那是你的選擇。我這人，性子自私，即便如今悔不當初，竟然引狼入室，卻也不爲北燎，只爲家人罷了。」

「妳實在不必自責，妳爹——」韓唐又含糊其辭了。「若能讓妳心裡好過，恨我就是。」

節南退開兩步。「韓大人好生奇怪，你是吃準了我不會狂性大發，不會不明不白摘你腦袋，所以一直往自己身上背？還是打算關鍵時刻招認了凶手，這個凶手不會把你拖下水？」

隱隱聽到人聲，節南也不慌。「我可先說好，大人這條命先寄著而已，等眞凶出來一道取。」

韓唐眼中竟有一絲笑意。「這麼多年，妳變我也變，應該都學到了一點——話不可說太滿。」

節南存著小心思。「意思是我殺不了眞凶，也殺不了你？」

「小南，有句話叫一笑泯恩仇。」韓唐沒提防。

「除非我爹我哥哥我姊姊，幾十口人統統都是裝死。」一笑泯恩仇？說得她桑家滅門好像只是死了一群螞蟻！節南一蹬足，上牆。

韓唐背手望著牆上。「金利撻芳在地下水牢，如果妳混進來是爲了找她的話。」

節南猛回頭，雙目睇尖。

「神弓門已被盛文帝廢去，樹倒猢猻散，毋須驚訝。至於爲什麼能猜到妳來的目的，很簡單。」韓唐有腦子，有本事，具有權臣之能。「妳是神弓門弟子，這裡是神弓門總堂。神弓門失勢，金利母子朝不保夕，正是妳爲師父報仇的最佳時候。只是，我沒想到妳會獨自過來，在有一幫人爲妳效命的情形之下，未免有些失策。」

節南沒說話。這時候，說什麼都多餘。

「小南應該感謝子期才是。若不是他將神弓門分堂個個滅去，令盛文帝對神弓門徹底失望，也不會這麼快下旨廢掉了曾經很有用的左膀右臂。不過，沒有利用價値的人和物，下場就是如此，怪只怪金利撻芳沒有大將之才，與妳師父根本不能比擬，小人得志，終究曇花一現。」

節南神情一改，嬉笑刁賴。「挺好，讓我撿了便宜。」

子期突然跳起，竟是自解了穴道。「丫頭，我這次忍妳，下次再敢對我不敬，休怪我出手教訓妳。」

「不敬啊——」節南露出恍然大悟的表情。「哦，原來是隱弓堂的前輩，失敬失敬。不知道您滅神弓門的時候，有沒有搜到藥瓶子之類的東西？神弓門最厲害的毒叫赤朱，我倒楣中了，需要解藥保命，還請前輩大發慈悲。」

「赤朱算什麼——」子期脫口而出，卻又立刻狡賴。「什麼隱弓堂？聽都沒聽過！」

節南嗤笑。隱弓堂，還眞不是傳說。

這時，兩名宮女出現在園門外。其中一個笑道：「晚膳已經備下，請大人——啊！」突然看到牆頭有人，嚇得驚呼。

「子期。」

月輪揮出兩道刃光，宮女們脖頸被割，當即歪倒在地，血染半肩。

「我可是爲了保護小南妳，以免離妃娘娘知道妳，節外生枝。」韓唐淡笑。

節南面無表情，即便認出那是剛才在伙房外讓她傳話的宮女，即便韓唐將殺人的理由說成是爲了她，她卻並沒有開口討伐韓唐。世上的悲苦實在數不清，她從來沒有一顆憐憫天下蒼生的善心，更何況今日已跟韓唐說得太多，對超出自己能力之外發生的慘象既無力阻止，也無意抨擊。

她很自信，還有優越感，以至於性子上毛病很不少，常不把他人放在眼裡。但她也磊落，愛恨分明，不喜歡跟人虛僞，所以如今能踏實得下來。她還相信一句話——有其師，有其徒。

一言不發，節南跳下牆去。

金利撻芳算什麼？要趕緊和花花換個地方，她和韓唐這筆舊帳算不清，似乎又要添新帳，說也說不明白，就是預感不好。韓唐一人就不好應付，還有傳說中的隱弓堂，不知多深的底。

「爹啊爹——」節南才想問候一下自家鬼爹，抱怨下他給她招了怎樣的仇人，弄得一笑泯恩仇都出來了，卻見子期從後面追上來。

她雖不記臉，但記得他的刀，也記得還欠他一個十日之後安陽萬佛寺的約。雖然她爽約了，不過，這人顯然不知她就是那晚的蜻螭劍主，只知她是柒珍的徒弟，也許她還能暗算他一下？

子期見她停下來，好似等他一般。「妳竟不跑？」說著話，一刀就衝節南的脖子劃了過去。

節南上身閃讓，同時左手拽捉了子期的手腕，左手肘隨即頂上來，快得不可思議，力道也大得驚人，迫使子期整個人翻了一個筋斗，不敢被她手肘頂到。好在節南也無意糾鬥，一鬆手，看子期連退幾步，笑容那個叫壞。「一回叫大意，兩回叫活該，第三回前輩的一世英名就毀了。」手掌一翻，從指縫間掉下一塊浮屠鐵牌。「就像這塊牌子的主人一樣。」

南頌官府並未通報黃衣人的死訊，節南篤定子期會吃驚。

子期果然驚了驚。「是妳殺了菊東。」

「他叫『菊東』啊。」節南將牌子收回手裡，再一抬胳膊，就滑進袖子中去了。「原來隱弓堂是由隱退的神弓門人所組成嗎？我說怎麼隱退的前輩要麼再沒消息，要麼就已經不在人世。這麼說，桑浣也會成爲隱弓堂的人了？」

子期一撇嘴。「隱弓堂可不是什麼人都能進的，桑浣還是在家相夫教子吧。」

這才想到韓唐的吩咐，讓他不要再回答節南的任何問題，因爲對方很能抽絲剝繭，誘問的本事爐火純青。他懊惱得要命。「大人讓我帶妳去見金利撻芳，妳給我閉上嘴，老實跟我走。只要妳膽敢說一個字，誰的面子我都不會給，立刻要妳的命。」

然而嘴上雖凶，心裡卻有些明白了，爲何柒珍和韓唐這麼護這匹叫桑節南的犢子，有勇有謀，功夫不能小覷。

節南難得乖乖聽話，跟在子期身後，七拐八彎來到一座不起眼的屋子前。

子期敲門，有人從門板上的小窗探看一眼，再伸出手來，他就在那人手裡放了一錠銀子，門才開。

節南好笑。「親王府的牢門倒是容易開。」

子期哼。「那也得看是誰給銀子。」

牢頭帶兩人走到水牢前，語氣不善。「給你們半刻鐘，這女人是重犯，明日一早就要押解大興，我可不想在出發前出什麼么蛾子。」

子期應好，牢頭就到外頭等著了。

節南蹲身往下看，水發出陣陣臭味，熏得她捂鼻，但見一人半身浸在水裡，讓鐵鏈勒了好幾圈，雙手吊在地面鐵欄杆上。那人甩開亂髮，抬起臉，看清鐵欄外的人，本來頹唐的神情一下子變得萬分詫異。「桑節南，妳怎麼在這兒？」

「原是來找妳報仇的，想不到沒輪上我動手。」節南這回來，就爲解決和神弓門的恩怨，從此能拋諸腦後，再不用「牽掛」金利這家子。「兩年不見，眞是歲月催人老。」

金利撻芳四十出頭，她女兒的美貌不及她三分，是個容貌極爲出色的漂亮女子，只可惜一旦缺了保養，老態就顯出來了。因此金利撻芳最聽不得別人說她老，尤其看她笑話的還是她最厭惡的人之一。「妳有何可得意？等我到大興府見到皇上，自有辦法說服他收回成命，可妳呢？」

從她的角度，看不到子期。

「我怎麼了？」節南下巴抵膝蓋，葉兒眼彎起。

「妳卻只有死路一條，解藥全被我毀去，製法也化成了灰，全天下就我一人知道怎麼救妳的小命。」金利撻芳眼珠一轉。「妳也別以爲皇上能保得住妳，我給他的解藥是假的。」

「不愧是用陰招當上門主的，連大今皇帝妳都敢騙，我眞受教了。」節南相信金利撻芳做得出這種事。「看妳坐牢坐得挺好，我就再告訴妳個好消息——妳的寶貝女兒眼睛瞎了。」

金利撻芳瞠目，大叫一聲。「什麼？」

節南看金利撻芳不似假裝，心知這人確實不知道。

那就奇怪了。她已經到了大半個月，日日到碼頭，晚上還有昆朋幫她盯著，她又住原神弓門總堂，卻一直沒見到年顏和金利沉香。

「妳別不信，凶手在此。」節南對子期招招手。「還請前輩露個臉。」

子期往前走兩步，置身於火光之下，垂眼睨著吊在水裡的人。「是我弄瞎了妳女兒又如何？柒珍教徒弟，妳也教徒弟，怎麼差那麼多？」

節南挑挑眉，莫名被誇了？

金利撻芳兩眼圓睜，無法相信的驚愕模樣。「你……你是……」

「妳剛才說赤朱的解藥全毀了，製法也燒了，只有妳一人知道製法？」子期突然打開鐵欄，捉住鐵鍊就把金利撻芳往上提。

金利撻芳立刻掙扎，同時呼喝。「桑節南，殺了他，我就把製法告訴妳！」

子期才要笑，就見一道碧光——

節南一手劍花，笑答：「好。」

蜻螭出現得突然，子期心中一驚，手上月輪刀慢了半拍，肩上已讓它拉出一條血口子。他疼得低咆，本來只想防禦的招式頓轉凌厲殺招，月輪刀化成滿月，朝節南腰上橫斬。節南卻輕盈一躍，從刀光上方旋過，蜻螭嗡嗡作響，又在同樣的地方劃了子期一劍，還蹬人一腳。

對手厲害，所以她每一招都不會含糊，那一腳看似簡單，卻衝著膝關節，力道之大，足以踹折普通人的骨頭。不過子期本能反應很快，腿上一覺壓力，立刻彎膝，連退幾步之後猛回身，瞧瞧自己的肩傷，再瞧瞧節南手中蜻螭，神情從詫異到冷寒，最後一抹撇笑，舉刀擺出攻勢。

「我竟一而再、再而三，看走了眼，想不到柒珍會是蜻螭劍主。」

金利撻芳怔道：「蜻螭劍主是什麼？」

子期瞥金利撻芳一眼，蔑道：「像妳這麼個蠢女人，真不知柒珍怎麼能敗給了妳?!」

金利撻芳奮力爬起，卻讓鏈條限制了行動，只能叫囂。「沒錯，我這麼個蠢女人就是贏了不得了的柒珍，還把他不得了的徒弟踩在腳下，甚至不配給我的女兒提鞋！」

子期呸了一口，指著老神在在的節南。「蠢到這個地步也是沒救了。妳倒看看清楚，臭丫頭讓妳踩著了嗎？如今是她將妳玩弄股掌之中，妳的女兒已經成了毫無用處的瞎子，連唯一會用的美人計都施展不開。」

蜻螭劍尖垂地，節南輕笑。「承蒙前輩看得起，不過只要金利門主拿著解藥的製法，我還是會聽她話的。」

金利撻芳漿糊一樣的腦中忽然清明，心道不錯，雖然桑節南功夫沒廢的這個事實，讓她還挺不痛快，但反過來成爲她自己的殺人工具，可以大大利用一把。於是她定下心來。「桑節南，我不想聽他廢話了，妳再不動手，就和我一道下去見閻王吧。」

「心急吃不了熱豆腐，」節南沒看金利撻芳一眼。「而且這位前輩到底是誰，門主不應該跟我說說嗎？俗話說得好，知己知彼百戰百勝。」

金利撻芳習慣節南這副叛逆調調，因此不以爲意，乖答道：「此人叫木子期，是老門主的師兄，我的師伯。和妳師父一樣，都成了喪家之犬，很早就下落不明了。」

節南立朝對面抱拳行禮。「雖說我已不是神弓門弟子，叫一回『師伯祖』也應該。」

木子期哼了一聲。「不敢當，妳本事多大啊，本想幫妳問解藥的製法，反倒好心沒好報，被妳暗算。桑節南，妳敢劃我兩劍，我就要削了妳一隻胳膊，否則我過不去自己這坎。說吧，妳想留哪一隻？」

節南兩眼瞪瞪圓，嘴角噙笑，就是不答，直到金利撻芳在一旁猛勁催促，才嘆道：「不是晚輩不領情，實在與自己性命攸關，對不住——」

話音未落，見木子期飛身攻來。

眼角餘光裡，金利撻芳陰笑連連，節南卻斂起笑，一招「神針定海」，看似毫無花哨，正面迎上，蜻螭就往無數光刃之中插去。

一插，即鬆手。

木子期沒想到節南一出手，就敢用兩敗俱傷的笨招，心中剎那猶豫，招式便慢了一點點，月輪直接撞上蜻螭，震得他手發麻，月輪刀飛脫出去。

不過，讓木子期感覺安慰的是，蜻螭也一起飛出去了。

「赤手空拳妳就更沒勝——」

一隻拳頭，打中他的鼻梁，疼疼疼疼，也打散了他的話。

木子期彎腰撫臉，卻見兩隻腳將自己的腳纏住，又是冷不丁被桑節南整了個大馬趴，而且驚覺自己不但動不了腿，兩胳膊也讓桑節南從背後鉗制，隨他怎麼滾動，全身就像五花大綁似的，擺脫不了。

木子期從沒經歷過這種死纏爛打法，無所適從，最後任自己被死死壓在地上，感覺自己右臂上傳來一股可怕的力量，他才暗道不妙——

「啪」一聲，右臂生生被折斷！

木子期淒喊才出，節南手掌成刀，劈下去，這人就不吭聲了。

她一個俐落的起跳，自己毫髮未傷，又悠悠撿起蜻螭。「眞是僥倖。」還問目瞪口呆的金利撻芳。「是不是？」

金利撻芳結巴不成句。「妳……妳的手……怎麼……怎麼能……」

節南笑答：「多虧妳告訴我他姓木，我才想起師父以前跟我提過，門主有位木師兄內功修爲頗高，刀法出神入化，硬拚是贏不過的，要想辦法弄掉他的刀，用『鎖字訣』，讓他施展不了內力，再趁機折斷他的胳膊或腿，然後趕緊跑就對了。」

金利撻芳神情驚懼。「桑……桑節南！」突然口齒流利。「妳給我滾開！不准妳靠近我！」

她終於意識到，想要控制這個姑娘的念頭根本可笑。

節南沒滾，見守衛衝進來，直接扔劍，一串正中兩心窩，然後過去摘了鑰匙，打開金利撻芳身上的鐵鎖。金利撻芳手腳沒了綁縛，立刻撲到木子期那裡，撿起月輪刀，兩眼殺氣騰騰。「我能殺了妳師父，也能殺了妳。」

節南點頭，蜻螭也在點。「金利門主當年將我師父踢下比武臺的情形，仍歷歷在目，我自然不會懷疑妳的本事。不過，金利門主剛才說要給我解藥製法，我才以下犯上，還請妳說話算話。」

金利撻芳心裡正在掂量。這次盛文帝取締神弓門的行動，其實讓她措手不及，也不知前因後果，突然就被關進了親王府。而盛文帝登基後對神弓門完全不聞不問，她送過去的各種報告書全無回音，她心覺不對，找她平時打通的人脈，竟是一個都不理會，最後還是女婿呼兒納派來一封短信，讓她什麼都不要做，一切到大興府再說。如今想來，呼兒納一定知道盛文帝的打算。所以，去大興才是上上策，哪怕是被押著去。

金利撻芳想到這兒，瞇起眼，暗暗讓自己冷靜。儘管桑節南鎖字訣功夫邪勁，赤手空拳就能將木子期打得毫無還手之力，這時也不知死活，但她只要手上有刀，桑節南就不可能是她的對手。柒珍劍術不如她的刀術，更何況桑節南剛才一招就把劍撞飛了！

木子期醒來的時候，水牢已經無人，只有兩具守衛的屍體疊在一起，讓人一劍穿心。

「桑節南！」他咬牙低喊，一動胳膊，疼得倒抽涼氣，隨後發現地上一片凌亂的濕腳印，但走到外面，卻一個濕腳印都找不到。

「看來子期還是吃了小南的大虧。」韓唐一人挑燈而來，皺眉看木子期一條胳膊無力垂在身側。「受傷重嗎？」

木子期怎麼可能承認傷重。「無大礙。可我不明白，你爲何待她如此心軟，莫非眞當她是你的恩人不成？」

「她還眞是我的恩人。」韓唐走進水牢，很快又走了出來。「外面沒有腳印，顯然小南帶走了金利撻芳。我雖知她聰慧過人，卻不知她功夫也過人，連你都不敵。」

木子期雙目閃狠。「都是因爲你千叮萬囑不可傷她，我沒出全力，又不小心著了她的道，竟然棄劍不用——」想想那手鎖鬥的古怪功夫就胳膊疼。「柒珍一向不屑於詭道，偏他徒弟詭詐得很，他還那般寵她。」

「不是不屑，而是做不到，但小南有柒珍所沒有的狠勁。柒珍大概知道自己的下場，因此傾囊相授，拚死也要保住小南的命。只要小南活著，報仇也罷，尋求眞相也罷，都比柒珍放得開手。柒珍是帶著這個心願，毫無遺憾離開人世的吧。」韓唐一笑。

「眞虧你笑得出來。」木子期托著斷掉的胳膊。「可別怪我說徽話，你對她顧念舊情，她卻是個絕情的丫頭。你遲遲不動手，等她統領江南一帶的民間勢力，就難解決她了。」

韓唐撫過黑髯，眉宇抬高。「子期，她本來可以殺你的。」

「……」木子期抿薄了嘴。「大概因爲她以爲我死了。」

「你覺得以她的本事，到底是打暈了你，還是打死了你，她會不知道？」韓唐問。

木子期乾咳一聲。「難道她故意放我一馬嗎？」

「正是。」韓唐肯定又好笑的語氣。「這麼說吧，你要是擋了她的道，她什麼法子都敢用，邪得沒邊，匪夷所思。她殺人，一定是必須殺；她留命，也一定有必要留。所以，她沒殺你，是有用意的。」

木子期哈笑。「她把我胳膊都掰折了，還等著下回見面我謝謝她不成？」

「不。」韓唐乾脆說明白。「是留著你提醒我，讓我知道，她這回能掰折了你的胳膊，下回就能摘了我的腦袋。」

木子期瞇冷了眼。「我只要一隻手就能取她的命，之前不過是——」

「別誤會我的意思。」韓唐打斷。「我不怕她再來殺我，卻怕你懷恨在心，對她痛下殺手。」

「大人給個痛快話，爲何殺不得那丫頭？」木子期不會猜，也不想猜。

韓唐張了張嘴，忽見前方來了三人。

「到處找不見大人，只見兩名侍女的屍身，還以爲大人出了事。」頭前一名女子，年約二十七八，一身榮貴，容貌嫵媚明麗，一雙大眼如狐。

「離妃娘娘，適才突有蒙面人襲擊，虧得子期護我周全，但我轉念一想，莫不是神弓門的人來劫金利撻芳，就立刻趕來水牢，結果——」韓唐搖了搖頭，表情嘆惜。「人已被救走。」

離妃吃驚。「時拓北遠在大興府，本就對神弓門不滿，是我讓人密告金利撻芳暗中與數位大臣會面，居心叵測，時拓北因此下旨撤掉神弓門。神弓門本來就不爲人知，撤掉也不會引起騷亂，但金利撻芳畢竟幫了時拓北很多，他才要把人先拘起來，押到大興府親審。一旦金利撻芳逃出去，有呼兒納幫襯，也正好給了嫻妃和宰相一個機會，萬一金利撻芳變成宰相那邊的力量，對我們一點好處也沒有。我絕不能讓她活著離開正天府！」

盛親王雖受萬眾期待，登上了皇位，但並不表示後宮就齊心協力了。九妃之中以宰相之女嫻妃和魑離公主離妃最爲強勢，一方面爲了爭奪后位而明裡暗裡鬥，另一方面爲了各自的娘家，或剷除異己，或尋求助力。

金利撻芳心胸狹窄，陰謀論者，因此讓神弓門走上了末路，失去了輝煌。可是作爲暗司，在培養殺手和打探情報兩方面確實有出色之處，所以魑離想要剷除她，大今宰相則想將她收歸己用。金利撻芳這回遭難，其實就是人禍，離妃和韓唐已打算讓她死在半道上。

「娘娘稍安勿躁。」韓唐安撫離妃。「我已做好安排，金利撻芳活不過今晚。」

離妃真就放心了。「我魑離不日就將稱國，又有大人您這樣的輔國賢臣，何愁天下人不歸順我魑離？」

韓唐笑了笑。「謝離妃娘娘看重，韓某自當竭盡全力。離妃娘娘這會兒應該還在招待遠道而來的蹴鞠小將，半當中離席，不知原本找我有何事？」

離妃讓韓唐提醒，忙道：「要請大人出個主意……」

韓唐聽完，說了幾句，離妃連連點頭就走了。

木子期對國家大事的關心，還抵不上對金利撻芳的關心，稀奇問道：「大人做什麼安排了，我竟半點不知道？」

「我什麼安排都沒做，不過——」韓唐卻說得輕巧。「金利撻芳活不過今晚這句話，並非誑語。你可知今日是什麼日子？」

木子期一頭霧水。韓唐當然不會等他瞎猜，自問自答。「今日是柒珍忌日。這樣的日子若能手刃仇人，替師父報仇，那可眞是再愉快不過了。」

木子期有些懷疑。「那她爲何不直接在水牢裡把人幹掉？」

「因爲她是個很講究的孩子，既然要祭仇人的血，當然會選一處風水寶地。」韓唐笑。

「大人不會那麼神，知道那處風水寶地在哪兒吧？」木子期完全是隨口一問。

「紅葉山道觀。」韓唐還眞知道。「當年柒珍帶小南來，就住在那裡。」

韓唐往沙鷗園的方向走了幾步，回頭卻看木子期沒跟上。

木子期托著那隻動不了的胳膊。「我去找大夫接骨，大人先歇息吧。」

韓唐站在原地，直到瞧不見木子期的身影，才撇出一抹笑，自言自語。「你要是把另一支胳膊也弄折了，我就告訴你爲何殺不得她。」

8 空山無寶

紅葉觀，燈火通明。

爲新登帝位的盛文帝點著九百九十九盞長明燈，要點足三百三十三日。

紅葉觀靠著紅葉山，觀後大片大片都是紅葉林子，一條修繕極好的路通向紅葉山頂。山頂原本有一座望亭，聽說盛親王很喜歡這座望亭，所以不再對普通百姓開放，成爲盛親王府專用的登高賞景處。如今親王變成皇帝，又有意遷都，風水師建議將此閣照皇宮建築的規格重修，面向南方，似龍首昂揚，因此盛文帝下旨拆了原來的亭子，正造一座富麗堂皇的三層望閣。

深夜無人，長明燈的光遠遠照不到這裡，月光卻彷彿明亮的水流，靜靜淌過節南腳邊，將她映得閃閃生輝，笑顏美麗。

不遠處一個剛剛熄滅的火堆，上面架著一只小爐子，仍冒水氣，與景致十分違和。

金利撻芳沒在意，只是一臉驚訝。她完全不知自己怎麼來的，明明之前正和桑節南打鬥。然而，有一點她現在非常清楚，就是桑節南的武功修爲極高，自己絕對不是對手。

「爲何？」金利撻芳手裡的刀發顫。「妳……柒珍他……妳拜過別的師父？」

刀，已不是月輪刀，而是普通鋼刀，但這時金利撻芳也沒工夫去糾結。

「怎麼會呢？」節南手裡卻是樹枝，修過的、沒有枝杈、一根光禿禿的樹枝。「金利門主若是奇怪我的功夫居然還不錯，都要歸功我師父。」

金利撻芳搖頭。「不可能，柒珍的武技不過略高我一籌。」

節南眸底浮起一層寒光。「不容易，能聽妳承認我師父比妳強。」金利撻芳一直自視甚高，口頭總說比她師父強，從未服過軟。

金利撻芳哼了一聲。「武功再好也沒用，平時再強也沒用，因爲他最終是輸家。」

「奇怪，當所有人都這麼說的時候，我才覺得不對。」節南將樹枝向上一挑，明顯一道厲風，看來運氣自如，藥力還沒起來，要再等等。

「哪裡不對？」金利撻芳聽風變色。

「師父輸得太輕巧。」當年的事雖然已無跡可尋，節南心裡反而漸漸確定了一個眞相。「所以，今日我要向金利門主挑戰，看看到底師父是怎麼輸的。」

「我不接受。」金利撻芳不傻，眼前這個臭丫頭出手怪又奇。「妳的路數與柒珍大不相同，鬼知道妳是否偷學了歪門邪道的功夫，再者妳師父也不是武功輸我。」

節南這會兒的神情，就像世上任何壞傢伙一樣，可惡之極。「金利門主不會覺得這時候還能由妳選吧？我只用劍招挑戰，已是讓了一步。」

金利撻芳啐一口。「說得好聽，還不是想我死？」

「這個結果雖不能改變，至少可以選個不那麼難看的死法。」節南噗笑。「能在我師父的忌日，用妳們母女的血祭他，是我這些年的心願，可惜沒等到沉香。不過老天能將妳送到我面前，已是開眼。」

刀光暴長，金利撻芳冷笑劈來。「別廢話了，妳想下去陪妳師父，我就成全妳！」

節南身影一晃，就到了金利撻芳身後，沒再說話，手提樹枝，往對方背心刺去。

錚——樹枝打鋼刀。

金利撻芳早有防備，及時反手一擋。擋住之後，她還得意。「桑節南，妳以爲自己是什麼隱世高人，拿根樹枝當劍，摘葉飛花也能殺——」

節南左手換右手捉樹枝，甩左袖，一道極細的影子從金利撻芳臉旁擦過。

金利撻芳一疼，手摸過臉，看到了血，詫異道：「妳暗算——」

節南不等她說完，左手連彈數枚葉子鏢。

嗖！嗖！嗖！

金利撻芳翻轉幾圈，讓得狼狽，但還沒站穩，就覺小腿讓什麼東西狠狠扎了，急忙低頭一看，見節南不知何時蹲在她腳邊，原本手上那根樹枝插在她腿上。

「妳——」金利撻芳呼道。

節南一掌劈斷樹枝，旋身而起，又狠狠往金利撻芳的另一條腿扎去。

金利撻芳跳高了，飛退，卻發覺擺脫不了桑節南鬼魅般的快影。

節南身旋如風，快得不可思議，將樹枝尖扎進對手的前臂，劈枝，退開，一氣呵成。

金利撻芳終於知道節省體力，沒再說話，刀刃轉得呼呼生風，卻到處找不到桑節南。但她動作一停，桑節南的影子就飄來了，這回扎的是肩頸，疼得她慘呼一聲，反射性朝影子揮刀，結果發現砍中的是樹。她才覺不妙，就見一根樹枝從樹後刺出，眨眼間連刺她半身肩頸、前臂、腿，能聽到劈里啪啦的樹枝斷裂聲。

金利撻芳嚇傻了，桑節南的動作快得她前所未見，刀也不拔了，往後倒地，呆呆看節南從她身後走上前來，原本三尺長的樹枝，斷了六段，插在她身上，讓她動彈不得。最後一段還在節南手中，短若匕首，她隱隱感覺會插在哪裡。

「卑鄙！妳在鏢上塗軟筋散了吧？這麼贏我——」金利撻芳想到自己就是如此卑鄙贏了柒珍，頓時閉緊了嘴，出手將六段樹枝拔出，悶哼著爬起。

「我沒對妳用軟筋散，但我剛剛服下了當年沉香換給師父的散氣湯。」節南任金利撻芳拔枝爬起，笑看她往後退。「即使這樣，我仍能打得妳毫無招架之力，而我師父的功力還遠在我之上，相信妳也該知道了。」

金利撻芳身形頓住。「妳說服了散氣湯，我就要相信妳嗎？」

爐子火堆都可以是擺給她看的！

「我不需要妳相信，只想弄清師父是否故意輸給妳。」她桑節南做人做事都是講道理的。

「好，妳說，他爲什麼故意輸？」打敗柒珍，是金利撻芳這輩子最驕傲的成就，豈容他人否決？

「大概因爲他不想加入隱弓堂，不想當魑離的殺人工具，所以他故意輸給妳，讓妳當了神弓門門主。之後他又迫於隱弓堂的壓力，跟妳再度鬧翻，卻提前知會妳他要分立出去的日子，讓妳有時間做好萬全準備。我現在想想，原本跟隨師父的人一個個轉投靠妳，大概是聽了師父的勸。而那晚戰死的叔叔伯伯，都選擇了和師父一樣的路。」

節南終於明白，那晚爲何總給她一種難以言喻的壓抑感，因爲行動之前就已注定悲局。

金利撻芳怔了半晌，突然哈哈笑出聲。「桑節南，妳可真是個好徒弟，心心念念爲妳師父正名，見不得他死在我手裡，連這種荒謬的謊話都編得出來！」

柒珍雖是自盡，卻是被她逼得走投無路，絕不可能會故意輸給她！笑岔了氣，狂咳一陣，金利撻芳兩眼沖紅。「隱弓堂根本不存在！還有，柒珍多大的本事，爲什麼要死遁，又爲什麼要借我的手去死？」

節南搖搖頭。「師父已經不在了，誰也不知道他當初怎麼想的。可是，今晚同金利門主一戰，我可以確定師父是不可能輸給妳的，除非他已不想活。」

今晚之前，節南從未同金利撻芳動過手；今晚之後，知道師父即便中毒，也不可能輸掉那一場，她親身服毒，親身領教，不再需要任何憑據。

節南又道：「也許師父還是尊重妳的，畢竟他一直教導我們女子當自強，說起花木蘭武則天這些女子的事，總帶著十分欣賞的語氣。所以，他選擇死在妳手裡，至少能給妳一個機會。而他死前當著妳的面囑咐我們不要報仇，說妳心胸狹隘，做不成大事——」

「不錯，他那麼說我，難道還是尊重我？」金利撻芳冷笑。

「不，他提醒妳，只是妳沒聽進去，最終還是毀了神弓門。」

節南說到這兒，忽然感到很爲難。「師父既然不是妳害死的，那我還該不該向妳尋仇呢？」

金利撻芳腦中一片混沌，眼珠子左右轉著，似在對這一眞相苦思冥想。同意柒珍安排了一切，就否認她一生最得意的贏局，這讓她比死還難受；若認定自己擊敗了柒珍，今晚也逃不脫一個死，但至少——

「妳殺了我吧！」至少，她贏過柒珍了。

「不對不對。」節南怎能不知金利撻芳的心思，將手中短枝扔掉。「我扎了妳六個洞，放了妳不少血，今晚也算血祭了一場。而妳如今下場沒好到哪兒去，即便逃過一死，沒有神弓門可以耀武揚威，妳就不過給人打雜罷了。師父沒殺妳，我這個做徒弟的，怎能殺妳？」

「我不會把解藥製法給妳。」金利撻芳深吸一口氣，告訴自己這是桑節南的陰謀，想以此讓她崩潰而已，她一定要冷靜，千萬不能中了對方的計。

「我知道。」節南眨眨眼，頑劣鬼的淘氣模樣。「所以我給妳服了絕朱，趁妳睡著的時候。」

金利撻芳一撩袖子，果見脈上泛起絲絲墨色。「適才妳說要殺我，我以爲妳根本不在乎解藥，結果還不是怕死？妳眞是半點不像妳師父，他若活著，看妳這麼——」

「聰明機靈，爲了活下去如此努力，師父他一定會非常欣慰的。」節南接過話。「我原本打算跟妳慢慢耗，不過妳要是著急去見妳主子，也可以立刻交出來，我幫妳配好藥解好毒，就能放妳走，從此橋歸橋路歸路。」

金利撻芳張嘴正要說話，忽然雙手環住脖子，兩眼暴凸。

節南吃驚，不上前去看金利撻芳怎麼回事，反而立刻退得遠遠的。

有人一聲笑。「聽說柒珍的徒弟是個機靈鬼，還眞是不錯，不管別人死活，自己先顧著自己。」

節南掃了一圈，看不見人，聽聲辨位也沒法判別方位，馬上就知道來的是高手。自己在明處，躲也躲不開，索性揚聲道：「世道艱難，想要活下來不容易。」

那人笑聲更亮。「說得對，尤其像妳這樣特別能招惹麻煩的人，總要防著更大的麻煩找上門。」

「比如你。」節南的目光投向那座尚未完工的望閣，然後在二樓的一角飛簷找到了說話的人。

不過節南困惑，那麼遠的距離，如何暗算得到金利撻芳？

那人對上節南的目光，雙臂一展從簷上飛下，轉眼間就到了金利撻芳身旁，一腳踢過去，滿意看著那張白裡透青的死人臉。

「讓這種人當了門主，簡直有辱祖師爺的臉面。」

節南瞥過死不瞑目的金利撻芳，心中已無起伏。雖說這人不是害死師父的眞凶，但也實在沒做什麼好事，可以說是死有餘辜，只可惜眼看要到手的解藥方子又飛了。

那人十分仔細，彎身在死人身上搜了一遍，將零零碎碎小東西都收進自己的口袋，才接著道：「要不是聽到妳倆一番對話，我竟沒料到柒珍兩面三刀，一邊答應加入隱弓堂，一邊卻將門主之位讓給了這個女人，最後甚至不惜自絕，做得像被這女人害死了一樣。我曾經嘲笑子期看走眼，居然爲了這麼個沒用的傢伙就輕易暴露我隱弓堂，結果這會兒才知我錯了，料錯了柒珍，也看錯了柒珍的徒弟，放任妳桑節南逍遙至今，眼看就要成爲隱弓堂的大患。」

那人抬起頭來，與木子期一模一樣的臉，但雙臂伸展自如，腳下走動無聲，太陽穴高鼓，兩眼精光湛湛，顯然比木子期內功深厚。

「妳剛剛不是很能說嗎？」那人等半晌，不見節南回應。「我叫木子珩——」

節南掉頭就往山下跑，輕功提速。

木子珩愣了一下再追，卻是追不上了，眼睜睜看節南的影子愈縱愈遠，消失在山路那頭。

「木子期你給我滾出來！」木子珩火大地喊。

紅葉林深處，木子期探步而出，一隻手用布條簡單吊了一下，臉上也很惱火。「喊什麼喊？你讓人跑了，對我發什麼火？娘的！死丫頭剛才還狠得跟混世魔王一樣，敢情欺軟怕硬，一有不對，跑得比兔子還快！」

木子珩拿起藥爐子聞了聞。「死丫頭沒說謊，藥還真是散功用的，不是欺軟怕硬，而是留得青山在不愁沒柴燒。她那雙刁眼，還有古里古怪捉摸不透的性子，卻讓我想起一人。」

「誰？你認識的人裡面難道還有我不認識的？快告訴我！」木子期太好奇了。

木子珩一臉蠢死了的表情。「堂主。」

木子期頓然啞聲。

木子珩忽然側耳聽了聽，對木子期做個說話的手勢，就往一棵大樹走去。

木子期領會，大聲道：「你什麼眼神？根本一點都不像！」

木子珩身法陡快，五指成爪，就從樹後拎出一個黑衣蒙面人來，當胸一掌。黑衣人飛出丈遠，爬起來，也跑得一溜煙。

木子期要追，木子珩卻道：「多半是桑節南手下小嘍囉，已中我陰寒功，若不能逼出寒氣，七日之後全身經脈盡廢，不用追。」

「你說人三更死，閻王都不能留他到五更，不過你適才說那丫頭像堂主，我可不覺得。」木子期一動胳膊就齜牙，想起讓桑節南折斷了手，面上無光。「堂主做事講道理，死丫頭全憑高興，功夫毫無章法，快狠又邪，似乎比她師父還厲害，而且根本和她講不通。」

木子珩眼角睇冷。「不，那丫頭做事不僅講道理，而且還很聰明，你自己笨罷了。」

他說完就走，木子期快步跟上去。「好，就算像堂主又怎麼樣？你不幫我出氣也無妨，她可是蜻螭劍主，你一直最想較量的對手，雖然那把蜻螭在她手裡更像拿著好看的。」又想起來了，桑節南赤手空拳硬生生掰斷他的胳膊！

木子珩一掌推開老弟。「你以爲韓唐是心慈手軟的人？那隻老狐狸護著桑節南，必定還有別的理由，而且——」語氣稍頓。「堂主曾失蹤過一年多。」

「那又如何？」有個聰明的老兄，木子期只需要動動嘴皮子。

「桑節南就是那年出生，母不詳。」木子珩瞭解節南的身世。「之前沒在意，如今看韓唐如此，又親眼瞧見本人，難免往那方向猜。」

「難道桑節南是韓唐的私生女？」木子期張大了嘴。「我看他對女色挺節制。」

木子珩白了老弟一眼。「母不詳，不是父不詳，你個沒腦子的。」

木子期眼珠子往外滾。「桑節南是……不可能！既然是她女兒，爲什麼不接到身邊？母女相認，那丫頭又了得，比那中看不中用的魑離公主厲害了不知多少，咱們如虎添翼。」

「我們自是不在意，但她另一個身分不容這等醜聞，正好讓那些沒本事卻又眼紅的敵人利用，再取而代之。」木子珩話鋒一轉。「再說，我只是猜測，也未必如此。沒準就是韓唐自己的私心，表面道貌岸然，實則衣冠禽獸，不過只要他爲魑離幹實事，他私底下做什麼，關我們鳥事。」

木子期反而放不開。「這種事還是要問清楚得好，桑節南要眞是……咱今後就不能下狠手了。」

木子珩眼中流露好笑。「我倒覺得你還是下狠手得好。要是不下狠手，你死在她手上，我還不能給你報仇，那你就太慘了。」

木子期笑不出來。「我眞是大意而已！小丫頭細胳膊細腿的，我要認眞打，她馬上就散架！」

兄弟倆說著話就下了山。

不一會兒，一道黑影從樹上跌落，伏在地上半晌沒動彈，然後吃力起身，將金利撻芳的屍身扛了，蹣跚離去。那是方才被木子珩打了一掌的人，假裝跑了，其實去而復返，將兄弟倆的對話聽得一句不漏。

而這時節南已回到親王府，見阿左娘挽著一個食籃子在伙房外左顧右盼，找她呢。

「阿左娘，王府太大了，差點迷路。」就是說，她開眼界去了。

阿左娘不知說什麼好，搖頭笑道：「本想找妳幫忙，卻裡外不見妳，就知妳是說到做到的姑娘，還真敢逛親王府。」

「今晚都在忙著招待貴客，沒人留意到我。」從紅葉觀出來，節南本想接花花走，但再一想，既然和阿左娘一起進府，如果不一起出府，只怕會給阿左娘招惹禍事。

不久，領她們進府的管事來了，對她們急急招手。「快跟我走，算妳倆運氣好，有大管事作擔保，能平安出府。」

阿左娘奇道：「府裡出什麼事了？」

「遭了賊，死了兩侍女，就算是貴客，都要搜過身才能出府。」

阿左娘立刻看向節南，她做個驚訝不知的表情，悄擺手，但問那管事：「丟了什麼東西，還要搜身？」感覺這個賊不是指她。

管事答：「皇上賜給離妃娘娘的『朝鳳珠』，那可是和白龍珠成一對的。」

節南心想，今晚聽到的都是離妃娘娘如何如何，離妃娘娘似乎掌管著這座沒有男主人的府邸。但據說那位宰相之女嫻妃可不是省油的燈，難道目前養精蓄銳中？話又說回來，朝鳳珠真被偷了嗎？

雖然疑問不少，節南卻沒再說話。

管事送兩人到偏門，門衛看一下食籃，就放她們出府了。

回到阿左家，看到熟睡的商花花，節南總算鬆口氣，把娃娃抱回雜物房，自己卻怎麼也睡不著。

今晚找到了金利撻芳，而且金利撻芳死了，她到正天府的目的姑且完成了一半，但是韓唐的事、隱弓堂的事，突然浮到明面上來，令她困惑。魑離的野心雖與她沒多大關係，可只要一想到害死她爹的凶手可能就在魑離，她就必須和韓唐，以及隱弓堂打交道。

「取了東西就回家，怎麼樣？」節南望著花花一睡覺就會更加圓的臉蛋，和他「商量」。「我一個人也只能做到這個地步了，木氏兄弟難對付，韓唐更難對付……」

突然門被拍響，傳來阿左娘慌張的聲音。「商姑娘妳睡下了嗎？」

節南開了門，阿左娘就閃身進來，一邊讓她關門，一邊放下那只從親王府帶出來的食籃，從裡面拿出一隻少了一條腿的荷葉雞，然後手伸進雞肚子裡，掏出一顆眼珠子大小的東西來。

節南眼睛微微睜圓。「這東西不會就是朝鳳珠吧？」

阿左娘都要哭出來了。「我不知道啊。平時我去親王府幫忙，大廚常讓我帶那些沒怎麼動過的菜回家，今晚也一樣。我當時就看了一眼，完全沒想到雞肚子裡藏著東西。不過，真不是我塞進去的！」

「阿左娘別慌。」節南用袖子將珠子一夾，一手熄燈。「別吵了花花睡覺，咱們外邊說。」

擦乾淨的珠子顯得暗淡。月偏西卻蒼白，這夜即將過去。

「朝鳳珠——」節南將珠子在手心裡轉了幾圈。「出大事了。」

阿左娘面色發焦，心慌意亂。「要不然我馬上還回去，跟他們說我什麼都不知道……」

「只怕他們沒這麼容易相信妳，萬一找不到真正的小賊，就拿妳頂罪交差，妳全身長滿嘴也說不清楚。」屈打成招的事可不新鮮。

阿左娘神情一垮。「那我該怎麼做？總不能不吭聲，裝作什麼都不知道，拿著這顆珠子吧？」

節南還是搖頭。「阿左娘，妳想想，誰有機會把這顆珠子塞進雞肚子裡？」

阿左娘膽戰心驚，哪裡想得出來。節南倒看著前方空空蕩蕩的曬場道：「親王府守衛森嚴，能拿到朝鳳珠的，只能是兩種人。一，有心的客人；二，府裡的內賊。客人怕搜身，所以臨時起意將東西藏進雞肚。或許是請妳今晚去做菜的大管事，或是給妳這盤雞的大廚，也或是那名接送我們的小管事，借這只食籃將珠子運出府。小管事可能性最小，因為我沒瞧見他有任何異樣的動作。大廚親自把雞放進籃子的嗎？」

「不知道，大廚直接把食籃給我了，但我覺得大廚和大管事都不可能。他們是親王府的老人，受皇上和娘娘們的重用，為何要偷離妃娘娘的朝鳳珠？」阿左娘比較瞭解親王府裡的人事。

「既然妳這麼肯定，那就只可能是今晚的客人了。」節南忽然想到自己。「阿左娘，我先說好，這顆珠子絕不是我偷出來的，今晚之前我壓根沒聽過朝鳳珠。」

「我要是不相信妳，也不會過來找妳商量，再說哪有帶著兩歲娃娃的小賊啊。」阿左娘並沒有懷疑節南。

節南呵笑，心想商花花的作用真大。

「無論這賊是誰，等他查出是妳把珠子帶走，就一定會來找妳，而且，親王府可能還是會懷疑到妳身上，再來傳妳問話。妳偏偏不會撒謊，露出口風，會讓他們以為妳是同謀。」節南接下來說的話才是重點。「阿左娘，妳和阿左最好馬上離開此地，以免被捲入危險之中。」

阿左娘咬住唇。「明明與我們無干，為何要逃？我和阿左如今的日子雖然過得還不錯，起初卻十分艱辛，好不容易阿左長大了，也有了盼頭——」突然哽咽，拿袖子拭淚。「真的沒別的法子了嗎？」

節南不停搓著珠子，陡然握住。「阿左娘若信我，就把珠子交給我，妳先回去睡，明早再說。」

「這珠子跟燙手山芋似的，光是想到它在我家裡，我就心驚肉跳，能放妳那兒就最好不過了。」

阿左娘心裡沉甸甸的，但覺先睡一覺也好，轉身離去。

第二日一早，阿左娘還沒起身，阿左就在窗下吱哇亂叫。「娘！娘！您怎麼還在睡哪？商姑娘和花花不見了！」

阿左娘急忙推開窗。「你說什麼？」

阿左手裡揮著一張紙。「她給您留了封信。」

阿左娘不識字。「你快念念。」

阿左念道：「阿左娘，多謝這一個月的照顧，我事情已辦完，今日就帶花花回家了，妳毋須再掛心。任何人來問起昨晚之事，妳可說食籃裡的東西給我當了乾糧，實在不行，便直說被我騙了，以爲我是妳遠親就是。另留基本弓形造圖一冊，贈與阿左，願他順利考上學工。若遇危險，可向碼頭鯤鵬書舖的老闆求助。青山不改，後會有期，閱完此信請燒去——」

阿左娘一把搶過紙，點了火盆，將信燒成灰燼。

阿左看得呆呆的。「娘？」

阿左娘驚慌不定的目光一看到兒子就堅毅起來，吐口氣，笑了笑。「阿左，不要多問，若有人問起商姑娘，你就說她走了，和咱們只是遠親，之前從沒見過面，完全不知她的事。還有她教你造弓弩畫造圖那些，你可千萬別說出去。」

阿左皺了好一會兒眉，最後點點頭。「我都聽娘的，但是就想問娘一句話。」

「什麼話？」阿左娘是個好母親，對兒子耐性十足。

「商姑娘是好人吧？」那封怪怪的信、商姑娘和花花的不告而別，還有娘似乎要和商姑娘畫清界限的叮嚀，聽起來商姑娘突然成了騙子。

阿左娘堅定道：「她當然是好人，這麼做都是爲了保護咱們，連退路也幫咱們安排好。若將來有機會還能見到她，咱們一定要好好謝她。」

這日下午，親王府的大總管果然找阿左娘去問話，還問到食籃，阿左娘按照節南信中吩咐回話，安然過關。這日晚上，阿左娘忙完，和兒子回到家中，發現家裡被人翻了個底朝天，尤其是廚房。阿左嚇了一大跳，卻發現娘親彷彿預料到了一般，居然挺冷靜。之後數日，娘親都很仔細檢查門窗抽屜櫃子這些開關的地方，沒再有人闖進來的跡象，才鬆了口氣，告訴他安心準備考試。

阿左母子有驚無險，日子總算恢復了尋常。

再說節南留下信，卻並沒有眞的離開正天府，而在客棧住了三日，等到昆朋告訴她臨河府的船到岸，才去通寶銀號取東西。

節南本以爲還要費些周章，誰知銀號的人一看王芷認親時送她的玉牌，就立刻將一只紅木嵌翡翠的寶盒子交給她，還安排一間屋子，又是奉茶又是送點心，讓她能慢慢做事。

節南自然知道這些殷勤皆是衝著王芷和紀叔韌的面子，卻不喝茶不吃點心，打開盒子一看，一邊呵笑一邊回頭，對背上的商花花說：「花花幫我瞧瞧，盒子裡面是什麼啊？」

商花花歪著小腦瓜，眼睛往盒子裡瞄，沒心沒肺笑著。「空空的，空空的。」

盒子裡面空空如也。

節南伸手進去摸一圈，立刻知道不可能有空間造暗格，眞是一只空盒子。

她搖頭好笑。

有人敲門，她心道正好，直接讓人進來。「寄物的話，你們銀號可會記載是什麼物品？」

到底是讓人後來取走了，還是她爹從一開始就要她玩呢？

那人是帳房打扮，聽節南這麼問，恭敬答道：「這得看客人怎麼要求。有些客人不願意銀號知道寄什麼東西，咱們就只記下存放箱的號碼，客人可憑寄放憑條、戶本，或暗語取物。」

節南看他一身行頭。「你不是前頭的掌櫃？」

「小的屈進，原本跟著芷夫人做事，如今在銀號管後帳房。」他遞上一封信。「夫人讓我轉交給南姑娘。」

節南拆開看過，笑道：「乾娘當我小孩子，讓我見信後立即回轉，怕我在外頭調皮搗蛋，惹是生非呢。」

屈進答：「夫人疼愛姑娘。」

「你可有法子幫我拿到憑條和當初設置的取物暗語？」節南問。

「已經拿來了。」屈進再拿出一本薄薄的小冊子。「都夾在裡頭。」

「屈帳房這麼能幹，乾娘把你留在紀家，還眞怪可惜的。」節南雖然不想放過一處細節，內心卻對憑條和暗語沒多少期望。

屈進躬身。「謝姑娘誇獎，小的今年年底就回江陵了，到時候自會跟芷夫人走。」

節南心眼兒多，聽了就挑眉。「照你的意思，我乾娘一定會離開紀家了？」

屈進垂目。「芷夫人雖然性子柔善，但若下定了決心，沒有什麼事是做不到的。」

「你幫我乾娘多久了？」節南突問。

「自芷夫人嫁到紀家，小的就在芷夫人手下辦差，已經二十載。」屈進如實作答，因他心裡很清楚，眼前這位就是芷夫人未來的繼承人了。

「怪不得。」節南心想這人低調不揚，沒有半點老資格姿態，卻可能是最瞭解芷夫人爲何要離開紀叔韌的人了。她張張嘴，最後還是沒問。「我什麼都不懂，今後還請屈叔多擔待。」

唉，清官難斷家務事，何況她只是一個小輩，就算乾娘要性子非要離開紀家，她也無力管，更甭提紀叔韌太風流，積沙成塔，還是會塌的。

「不敢當，小的必定竭盡所能。不知姑娘下榻何處？自夫人吩咐下來，小的就讓人打掃了一處別苑，姑娘若須再待些時日，可暫住那裡。」

節南道聲「不必」。「我今日就要搬去驛館，不勞屈叔了。」

「驛館？」屈進微愕。「莫非是鞠英社小將們居住的大今官家驛館？」

「是。」節南笑了笑。「屈叔可以寫信讓我乾娘放心，我打算同鞠英社一起回南頌，先到江陵紀家拜見二老，再到都安，如此夠安全了吧。」

屈進也笑了笑。「小的可算知道芷夫人爲何喜愛姑娘了。」這出其不意的聰敏性子，大概比芷夫人有過之而無不及。「正天府看似太平，外面到底在打仗，這幾日城裡突然增加了幾倍的巡邏兵，城門口搜查十分嚴密，所有船隻都不得出城，總感覺要出事，姑娘若能同鞠英社一起走，那眞是太好了。」

說完，趕緊給芷夫人寫信去了。

節南先看憑條，確定是師父的筆跡，上面只寫紅木玉盒一只，沒提到盒子裡的東西，然後再看暗語——

「旦辭黃河去，暮至黑山頭？」節南向背後搖搖紙片。「花花，這是什麼意思哪？」

哪知商花花咿呀咿呀念起來。「不聞爺娘喚女聲，但聞燕山胡騎鳴啾啾。萬里赴戎機，關山度若飛，朔氣傳金柝，寒光照鐵衣，將軍百戰死，壯士十年歸——娘娘笨笨！」

節南將商花花一把抱過頭頂，和小傢伙眼對眼。「你才笨呢。小時候會背詩的神童長大都平庸，知道爲什麼嗎？」

商花花氣鼓鼓。「花花不笨。」

「不笨你叫你自己花花啊！」拿花花當成魚，往往就成和魚妖對話了。「死記硬背有什麼用？你先生不想你比他聰明，故意往笨裡教你，你還樂呵樂呵的。你姊姊我一首詩都不背，從小就——」魚肉鄉里？欺行霸市？打得劉家兄弟哇哇叫？

節南甩甩頭。「從小就跟著我師父闖天涯，實戰中出眞知，懂不懂？」

商花花突然皺起眉毛皺起鼻子皺起嘴巴，節南以爲他這是要哭。「小祖宗欸，你不要一贏不過就哭。」小孩子的哭聲都是魔音！

「花花要跟著娘娘。」小傢伙卻沒哭，是思考之後作出了一個決定。「打打打！」

節南瞇起了眼，放下商花花的小身板，看他滿地又走又滾，撞疼了也不哭，爬起來繼續東摸西摸。她當初住進雜物房，就是把屋子整個這麼摸了一遍，怕有什麼老鼠洞貓狗洞，結果讓花花學去了。但她不自我檢討，只想這娃是不是受了全家慘死的刺激，長得一點兒不像商師爺，腦瓜早慧得逆了天。

節南兀自坐了一會兒，對她爹留給她的空盒子一點頭緒也沒有，想到的唯一可能就是有人拿走了盒子裡的東西，而且她愈想愈有可能。畢竟這東西在銀號放了多年，盒子還完好無損，已經很不錯。於是她把花花抱上桌，想要重新背起他，準備走了，花花卻趴在桌上，胖手指頭指著盒子正面的雕畫。「黃黃的河，黑黑的山。」

節南看去一眼，那是用黃玉鑲成的河流，以及上了漆色的黑山，笑道：「〈木蘭辭〉裡的黃河黑山可不是指——」心念一動，不由拿起盒子湊近看。

一直以為這盒子只是裝禮物用的，雖然看著就有她爹一貫的品味，明明可以憑古木和做工顯貴，非要鑲玉描金，變成俗到土裡去的物什。但經花花一指，節南忽然想到另一種可能。

會不會這盒子就是禮物？

盒子的紅木觸感沁涼，又極易染上體溫，四邊與底邊無接縫，取木心挖空製成，不僅用料奢侈，還對工藝的要求極高。而後，節南發現盒蓋盒身上那些俗氣的玉飾和描金竟是後來加上去的，如果忽略不計，就能看出原來的盒子只有正面一幅雕畫，畫中的河流用黃玉鑲成。同時，必須看得很仔細，才能辨出紅山群中只有一座山上了黑漆。

手指摩挲過河畔那些極小卻精緻的屋舍街道，她笑呵呵抱起花花，親小傢伙的肉頰面。「旦辭黃河去，暮至黑山頭。原來是一幅地經。」

9 四分之一

崔衍知和百里老將軍從比賽場地回來，就見林溫在會客堂裡，不知和什麼人說話，眉飛色舞。

百里老將軍笑道：「溫二郎笑得像朵花，難道來了嬌客？」

崔衍知眼裡疲倦，臉上卻強打精神。「咱們才來幾日，怎會有姑娘家找來？」說著話就走進了廳堂，看客人的背影還當眞是個姑娘家，只是——駝背？

崔衍知突生一股不妙的熟悉感！

林溫招手。「衍知，快看誰來了！」

「駝背」姑娘一回頭，崔衍知覺得自己有了心理準備也沒用。

他聽到牙齒磨過的聲音，嘆息輕悄滑出嘴邊，還是難掩驚訝。「怎麼是妳？」

還有她背上那團東西，他是領教過的，就不知她這回又從哪兒撿來一個小東西。

「駝背」姑娘桑節南笑得白牙閃閃，起身福禮。「桑六娘見過百里老將軍和推官大人。」

百里老將軍沒正式見過節南，倒是聽過她不少事。「桑六娘？趙侍郎的侄女，安陽王氏和江陵紀氏認的那門乾親，對吧？」

節南道聲「正是」。

百里老將軍滿面疑惑，直截了當問道：「桑六姑娘不在家裡侍著，怎麼跑到大今來了？」

節南敢來，自然料到有人會這麼問，神情自若。「原本去江陵探望紀家長輩，結果接到了師兄的信，讓我到正天府一聚。」

「妳還有師兄？」林溫才知道。

崔衍知撇笑。「妳同桑姑娘說笑半日，難道還沒問到她爲何會在此地？」

林溫不知有人心裡泛酸泡，摸摸腦袋乾笑。「他鄉遇故知，光顧著高興了。」

節南就犀利得多。「推官大人不要苛責溫二郎，我剛剛才到，沒說上幾句話。」

百里老將軍頓覺兩人針尖對麥芒，但不知前因，也不好妄自下定論。「桑六姑娘一人來的？」瞥過節南背後。

節南回道：「不瞞老將軍，我自幼拜師學藝，隨師父到過不少地方，並非養在深閨的姑娘家。而我師兄住在正天府，師父去世之後，我與他已很久不曾聯絡，突然收到他的信，才不得不趕緊來一趟。結果倒好，他把他兒子丟給我，自己跑關外找藥材去了，讓我帶娃娃一個冬天。」

說罷，側過身來，給百里老將軍看布包裡的小腦袋。

崔衍知當然也會看，見一個紮兩只小辮子的粉團團娃娃。

「花花，叫爺爺。」節南拍拍小傢伙。

來之前她就想好了，崔衍知見過一歲的商娃娃，但是沒見過兩歲的商花花，沒準就能蒙混過關。畢竟崔衍知不可能很仔細看過商娃娃，過了一年還能記得娃娃的樣子。更何況，娃娃一天一個樣，如今長開不少，還受到後天後養某隻妖孽的很大影響。

節南偷眼觀察著崔衍知，看他蹙眉似乎在回想什麼，最終卻是面無表情，應該沒看出來這是同一個娃娃。

「爺爺。」兩歲的娃，奶聲奶氣嗲兮兮，模樣又秀氣，皮膚白裡透紅。

百里老將軍看到這麼可愛的娃娃，哪裡還板得起臉。「背在身上多沉，六姑娘趕緊把娃娃放下來吧。」

林溫上前幫忙，對節南笑。「其實我早就瞧見花花了，沒好意思問妳。」轉而對百里老將軍道：

「桑六姑娘過來是想問問，能不能坐咱們的船回去。」

節南一邊解開裹布，一邊點頭。「我原本要走了，聽說鞠英社與雲和社打比賽，就想要是和你們一道回南頌，我還能看你們比賽，兩全其美。」

百里老將軍抱起花花，剛要湊近，花花十根手指頭就揪住他的鬍子往外扯，同時笑得天眞無邪，乖喊著「爺爺」，以至於這個爺爺都沒法喊疼。不過老爺子還是挺狡猾的，叫林溫當大馬，終於轉移花花的爪子，小傢伙抓著林溫的衣領轉圈圈。接著，花花指著牆上一幅畫念題辭，讓兩人驚爲天才。

崔衍知對節南做個出去說的眼勢。

節南跟著他走進一間屋子，看他關上門，仍氣定神閒。她來，可不僅僅來搭船的。

「妳——」一開口，自覺語氣太重，吐了口氣，崔衍知莫可奈何，搖頭道：「我瞧見妳應該開心才是——」

開心是開心，痛苦也是痛苦，他已經分不清哪個更多。而他每回絞盡腦汁想要拉近距離，每回結果卻離得更遠，以至於他不知道接下來該怎麼做，卻只知道不能放開手。

「推官大人還是對自己坦率些得好。」節南坐下，手放上桌。「難道大人不覺得撇開兒女私情，可以與我相處得更愉快嗎？」

崔衍知沉默片刻，突然好笑。「若沒有這份兒女私情，我剛才就在老將軍和林溫面前揭穿妳了。鳳來縣土霸王的小女兒、兔幫幫主，打算爲家人報仇，還有很多祕密。師從何人？學了那麼高的劍術卻用在何處？組織兔幫意欲何爲？此時此刻，大今與北燎交戰，本該在南頌的妳，隻身出現在大今，眞相又是什麼？若讓人知道這些，妳還能安然當著趙侍郎的侄女、兩大名門的乾親？單是殺人的罪名，妳身上就背了多少樁？」

「每個人都有祕密。」面對崔衍知那麼多聲問，節南一點不緊張。「推官大人沒有揭穿我，所以我也幫大人保守了祕密。」

崔衍知臉色一變。「我有什麼祕密？」

節南五指撐起，掌下一顆珠子。「推官大人這幾日為了找朝鳳珠，茶飯不思，累得都沒怎麼闔眼。」

崔衍知閉了閉眼，慢慢坐下，終於想通了的表情。「妳就是那對母子的遠親！」撫額，嘆氣，隨即正色。「好，妳我撇開兒女私情，就說說這珠子的事。」

節南一笑。「我洗耳恭聽。」

「首先，這不是朝鳳珠。離妃為了掩人耳目，才說丟了朝鳳珠，還能打擊嫻妃。大今後宮的爭鬥，就不用我詳說了吧？」讓節南說對了，與她說著正事，崔衍知的心情就平靜了下來。

「我確實沒興趣。」節南道。

「這是趙大將軍戰袍上護心鏡裡的滾珠。當年呼兒納兵破北都，大將軍的戰袍就落在盛親王手裡，一直存放在親王府，但沒人知道護心鏡裡有一顆珠子，珠子裡藏著四分之一張地圖。」

節南一聽，又是地圖?!

「你怎麼知道珠子裡有地圖？」其實，節南早覺得這顆珠子不像朝鳳珠。她見過白龍珠，如果朝鳳珠和白龍珠是一對，手上的珠子可就看著太廉價了。

「趙大將軍大戰前寄出了一封信。我在京畿提刑司整理舊案，到北都舊物庫中找偶爾發現的。信封上字跡潦草，被當作無關緊要的公文夾在一堆舊信中，所以才借蹴鞠賽的機會過來一探，想不到真在護心鏡裡找到了這顆珠子。」

崔衍知沒想過會在這兒遇到桑節南，然而突然遇到了，驚訝一瞬就過，很快就覺得理所當然了。他反而更驚訝自己為何會有這種理所當然的感覺，甚至將此行目的都告訴她，卻對林溫和百里老將軍隻字未提。

「人說因禍得福，大概就是指推官大人這種了。雖然仕途一時不順，被打發去整理舊案，結果卻找到了趙大將軍的遺物。」珠子在手心裡轉著，節南捨不得放，腦子飛轉，太感興趣了。「信裡說什麼？」

這時，崔衍知雖然還沒意識到桑節南吸引自己的眞正原因，卻有些放任自己隨心走，想看這姑娘眼睛發亮的模樣，不由自主就往外冒實話。

「趙大將軍提到他軍中的工匠們造出了一種黑火武器，能擊穿呼兒納浮屠戰甲，雖然已經來不及在北都之戰中使用，但將武器藏在某處，繪製了地圖，其中三份交給他信任的人，自己守護一份。」

果然是四份！

節南終於知道盛文帝親力親爲到底爲了什麼，肯定就是其中的兩份！

不是一份追日弓的造圖，卻是一張地圖，藏著一樣讓大今軍隊再不能戰無不勝的武器。

不過，黑火武器，就是用火藥？王泮林的火弩坊雖然造出了不少有意思的傢伙，但還沒有能擊穿浮屠戰甲的火力，所以節南對這個祕密武器的力量仍有所懷疑。然而，讓盛文帝花費那麼多心力，也許還有她所不知的其他憑證。

「推官大人辦案講證據，單憑一封信就專程跑來，我該不該信呢？」節南但瞇眼。

崔衍知的話又可信嗎？他可不是表面上看起來的正直文官，而且照盛文帝所說，有一份地圖在崔相那裡。崔衍知雖然稍稍算計了他爹一下，但大事上肯定是父子兵上陣。崔相是主和派，拿到這份地圖，說不定擱置，說不定毀去，更說不定落到大今手裡。

崔衍知見節南懷疑起他來。「我知道，妳如今看我大概是爲達目的不擇手段的人，爲了娶妳，甚至利用我自己爹娘。可是——」他苦笑。「自從我意外找到趙大將軍的信之後，暫時也沒有心思再想別的了。」

節南坦然與崔衍知對望，知道他說的是實話，淡淡一笑。「這才是我認識的崔衍知，不管他人怎麼看，總有你自己的堅持，至於做事的手段，我也沒什麼立場指責你就是了。但我有一事想問你，玉眞姑娘被劫持，兩支箭分別射來，幫腦要回來救我，我和你同時喊不，你是要他救玉眞的意思吧？」

崔衍知垂下眼，然而誠答：「是。玉眞是我親妹子，我沒辦法……我還心存僥倖，以爲當時那麼混亂，妳不會察覺，原來又讓妳看穿我卑鄙。」

節南搖頭。「危急關頭只能選一個，當然會選骨肉至親，是人之常情。我這麼問你，不是想說你卑鄙，只希望你知道，你並沒有那麼在意我罷了。」

崔衍知心頭湧上千言萬語，到嘴邊卻是無言。

節南又不由想到某九，換作他，不知道能頂回多少話來，因此笑了一聲。「姊夫，啊，壞習慣改不過來了，如果這珠子裡眞有四分之一的地圖，大人接下來如何打算？」

崔衍知聽到那聲久違的姊夫，才發覺原來她叫他姊夫的時候是眞當他自己人的，但他貪心，以致兩人相見成仇。他想咬咬牙，還讓她叫自己姊夫算了，可是——

「我打算再追查另外三份圖的下落，找到那樣武器。如果眞有那麼大威力，我南頌北上就指日可待了。」可是，他喜歡這姑娘的心意卻再眞不過，哪怕他知道他一廂情願，甚至是極自私的。

自從跟她表了情，日日過得慘冬一般，家裡母親沒好臉，衙裡上司沒好臉，崔衍知出生至今，除了北都淪陷那陣，情緒再沒這麼低落過，甚至喘不過氣。不過，扎在舊案灰塵堆裡，腦子裡空閒下來，倒是有些明白自己不該用辦差的方法對待喜歡的姑娘。

母親參加完認親宴回來，終於肯跟他談節南的事。母親說王芷將節南的婚事權硬搶過去了，打著肥水不流外人田的主意，不過她是不會乾看著的，會幫他向趙府提親，正好看看趙侍郎是哪邊的人。他聽了，竟一點高興不起來。他本想速戰速決，不給節南拒絕的機會，也不給自己心軟的機會，結果讓母親這麼一耽擱，他卻做不到了。

他記得節南打他的那巴掌，雖然當時他態度絲毫不軟，事後卻火辣辣地燒心。

他不是天資聰穎的人，雖然人們總說他含著金湯匙出生，卻不知正因如此，他不能像普通人那麼活。背負父母的期望，孩童時期不能任意玩耍，吃穿住行都有規矩，連交什麼樣的朋友都經父母篩選。比別人努力十倍百倍，也未必獲得父母一聲讚賞，只會要求他更努力，並時刻告訴他，他出身上層，絕不能紆尊降貴。

他不能讀閒書養寵物，即便在原地發呆一會兒，都會被說成浪費光陰。小時候只知道乖乖的，稍大一點就學會了利用父母心，從內疚到理所當然，覺得是自己應得的。因爲他不能像普通人家的孩子那樣撒個嬌，或者努力一下，就會得到獎賞，父母的要求無止境，不關心他想要的東西，甚至愈是他想要的，愈是反對他，認爲玩物喪志。

節南那時一巴掌打下，直言他不是他自己，而今日他確實眞誠，節南說這才是她認識的崔衍知。

他是不是應該，做自己就好？

節南聽崔衍知說要追查另三份圖，沉思片刻，才問：「趙大將軍的信裡不曾提及那三人？」

崔衍知搖搖頭。「不曾，只說他若出意外，他的那份地圖就放在護心鏡中。可能因爲事關重大，萬一這封信落在敵人手裡，趙大將軍才沒說。」

「趙大將軍倒不怕三人變節或出意外，那麼一來，這地圖恐怕就很難送到南頌皇帝手裡了。」節南決定暫時觀望，不說崔衍知他爹手上有一幅盛文帝很感興趣的畫。

很簡單，若崔相已經拿到其中的四分之一張圖，爲何沒有交給南頌皇帝？

「趙大將軍行事十分謹慎，又提到三人可信，變節不太可能，意外多半也是因爲戰亂，而且，信裡還是留有線索的。」崔衍知沒察覺到節南的心思。

「當時趙大將軍身邊最信任的、卻沒有死在北都戰場上的人。」節南一語點破。

「不錯。」崔衍知沉悶已久的情緒今日變得有些開朗，而他還眞需要找個人商量。

這回不像在大王嶺。大王嶺上屍橫遍野，他讓節南指得團團轉，卻別無選擇。如今知道這姑娘的本事，撇開私心，他相信她至少直率。

崔衍知接著道：「如此一一排除，正好有那麼三個人。一位是王老大人，前宰相，也是妳的大伯父了。大今打到北都那夜，王老大人和趙大將軍一起守城樓，後來王老大人及時出了北都，返回安陽王家祖宅。」

節南倒是完全沒想到。「王老大人？」

不過，王泮林以前同趙大將軍相交莫逆，他爹和趙大將軍交情好也正常。

「可是，王老大人為何不把東西給皇上？」她相信盛文帝的消息是不會錯的，四分之一地圖應該在崔相那裡。

崔衍知是推官，這樣的問題自然考慮過。「可能怕走漏消息，引大今覬覦，所以想等其他人出現再拿出來。」

節南想的卻是，難道崔相就這麼想的？

崔衍知見節南默然，以為她同意自己的說法，又道：「另一位也和妳有緣，別號畢魯班，趙大將軍工營中的大匠，被大今俘虜幾年，好不容易逃出，卻在齊賀山墜崖喪命，可我很難相信畢魯班會讓那麼重要的東西和他一起墜崖。其他人都是你們兔幫救的，出事時妳可曾留意畢魯班有沒有將什麼東西遞給任何人？」

畢正隱瞞自己是畢魯班，到工部報到時只說自己是畢魯班的徒弟。舊都官匠的名冊全靠東拼西湊，都知道有缺失，但也不敢亂補，弄了一套複雜的認證章程，正好工部新舊交替，根本沒人管畢正補官籍的事。畢正一火大，乾脆不回工部，去了王泮林那裡幹活。所以，既沒人知道畢魯班的真面貌，也沒人知道畢魯班和畢正是同一人。

這件事節南是知道的，但關係到畢正，也不能把他直接抖出來。「第三個人是誰？」

「第三位是趙大將軍的侄子。趙家軍全軍覆沒，但那位是文官，在南方當知縣，所以倖免於難。不過，妳絕對料不到他死在哪裡。」崔衍知心想，將這件事告訴節南，也許不止因為節南直率，還出於他自己莫名的直覺。

節南悄瞇了眼。「不會又跟我有緣分吧？」

崔衍知抬眉。「趙大將軍的義子死在大王嶺，我在成翔府任上時曾看過這樁案子的文書，板上釘釘是山賊所殺。」

節南腦子轉得多快。「趙大將軍的義子是知縣。人死在大王嶺。山賊所殺——」驚睜雙目。「趙大將軍的義子不會是調任鳳來縣、但遲遲不到、商師爺以爲臨陣脫逃的那位新知縣吧？」

「知縣死於非命，還是趙氏遺族，知府怕擔責任，就仗著山高皇帝遠，鳳來縣又微不足道，一直沒有往上報。」崔衍知答道。

節南太驚訝了。

桑家遭遇天火那一年，新知縣遲遲不到，舊知縣只好匆忙結案就到別處上任去了。她後來回鳳來，不相信謠傳，查家仇的時候順便也查了下新知縣，結果發現新知縣其實是讓山賊殺了。但她還以爲新知縣露了財才被山賊誤殺，因此也沒深究。哪知，所有看似偶然，其實都不是偶然。

「知縣之死，會與我桑家血案有關聯嗎？」節南這一問，並非問崔衍知。

卻輪到崔衍知一驚。「爲何妳會這麼想？」

節南醒神，頓時打哈哈。「我胡思亂想。」看崔衍知神情滿是狐疑。「暫時別管那三位了，這會兒最要緊的，是把珠子裡的地圖弄出來。」

她手指一撥，將珠子往崔衍知那邊送去。

崔衍知急忙捏起，果然就關注到珠子上了，心想要切開嗎？

他對著光看半晌，然後瞧見節南也一臉好奇，就將珠子收了起來，一本正經道：「恕我不能給妳看裡面的東西。」

節南皺皺鼻子。「大人眞小氣，也不想想是誰把珠子送回到你手上的，我若私吞，保證你永遠都找不到，白跑一趟。再說，你既然不能給我看，又爲何跟我商量？如今吊起我的胃口，卻不讓我知道究竟，這不是要人命嘛！」

崔衍知至今就沒贏過桑節南的口才。「妳想怎樣？」

「簡單。」節南笑起來。「讓我看一眼就行了。」

崔衍知攏眉看著節南。「妳眞只是好奇？」

「當然——」不止。

「好，但妳要保守祕密，絕對不能對任何人說起，包括妳兔幫的幫腦在內。」崔衍知有條件。

「好。」某九的消息靈通，哪需要她透露。

崔衍知卻看不透節南的鬼心眼，「我需要花些工夫，妳先和妳師兄的孩子安頓吧。」忽而眼裡又起疑。「那是妳師兄的兒子嗎？」

「大人要我走，我馬上就走。」節南沒回答，起身走出去，還幫崔衍知關門。

崔衍知瞪著門無語，覺著又讓這姑娘耍了一回。

然而，節南關上門轉過身的瞬間，嬉笑的神情就冷了下來。

趙大將軍的義子到鳳來縣赴任，結果死在大王嶺；不久之後，她桑家滅門。兩樁看似毫無關聯的案子，如果放上那幅黃河黑山，就有共同點了。而且，可以肯定，生辰禮眞讓人調了包。

只有師父？

突然一個紙團滾到節南腳下。

節南看一眼四周，沒瞧見可疑的人影，但打開紙團，上面三個字——

希姐兒。

正天府的秋夜蕭索，但也有那麼幾處燈火熱鬧的地方。一條偏僻的長巷走到底，一盞別致的紅燈掛門，走過幽林茂密的前庭，眼前豁然開朗。寬廣的中庭，荷花池幾片，美屋幾座亭幾座，笑聲散開了，琴聲飛高了，看著人影重重，卻不喧嘩。

節南邊走邊想，想那只雕著黃河黑山的盒子。

她之所以知道讓人調了包，是因爲時間上對不起來。她爹到北燎幫她過生辰，那年十三歲。而她十六歲時，趙大將軍的侄子和她爹前後出事，然後北燎退守南頌遷都。如果趙大將軍的侄子真拿了四分之一地圖，就可能是她手上這只盒子的原主。

有人借大王嶺山賊的手殺人奪圖，但怎麼回到通寶銀號的？

師父留下黃河黑山的暗語，盒上繪著黃河黑山，節南想要說服自己師父和這件事無關，竟找不出一條理由。

「好地方。」林溫今晚一身文衫，倜儻俊俏。「可門前怎麼沒人招呼？」

突然收到寫著「希姐兒」的紙團，節南就跟驛臣打聽。

正巧林溫從花花的魔爪中逃出，聽到驛臣說希姐兒是海花樓的當家，就以爲節南想到風月場長見識，立刻自告奮勇帶她去。

節南覺得也好，海花樓晚上營業，有林溫擋著，就不用多和百里老將軍或崔衍知解釋。

「生意好到做熟客就夠了。」節南回道，一邊壞心地想，如果林溫知道這裡的姐兒都是男子，會不會奪門而逃？

林溫哦哦兩聲。「有道理。」笑眼瞧向節南。「以爲六姑娘沒來過這種地方，怎麼倒比我還懂似的。」

「沒來過，但都是生意經，一通百通的道理。」節南一直挺喜歡林溫的性子，溫和卻又有主見，是自己認識的人中難得的眞君子。

林溫又道一聲「有道理」。「聽我娘說，妳是上商樓的第一個女子，擅長生意上的事，見慣大場面，與尋常女子不同，還問我——」陡然抿緊嘴巴，咧笑。

「溫二郎不用尷尬，認親宴上林夫人幫我撐場面，我十分感激，至於她說的話，你我皆不必放在心上。溫二郎性子溫和，找個可愛俏皮脾氣好的姑娘最好。」節南也笑。

「若六姑娘不嫌棄，妳我可否做朋友？」沒有男女之別，林溫當眞欣賞節南。

「……自然。」不知不覺，身邊已經這麼熱鬧，再多一個又有何妨。「溫二郎棄筆從戎，令我刮目相看。」

「不，我自覺資質有限，當不好文官，偏又想做些事，只有從軍了。」林溫謙遜之後再道：「回都安後我就會被派駐天馬軍鎮，所以我娘才著急我的親事。」

「天馬……」節南沉吟。「那裡是南頌對抗大今的最前線，怪不得林夫人憂心，不過孟長河孟將軍善用兵法，治下將士驍勇，溫二郎定會有所作爲。」

林溫只覺心中湧出無盡勇氣。「六姑娘的鼓勵特別實在，好像去過天馬軍鎮一樣，感覺不出客套。」

節南心想，她是去過，差點被當成細作，差點挨軍棍，見識了孟長河的厲害，但她一笑。「可我還眞是客套而已啊。」

這時，一位花枝招展的「姐姐」經過，大概覺得面生，眼兒流媚問道：「二位是來找相好的姐兒，還是頭回來？」

林溫先聽著聲音不對，雌雄難辨的，再看那位身穿牡丹花的長文衫，頭冠戴彩珠，點朱唇描細眉，神態妖嬈，風情不缺，卻分明是男的，怎能不當場傻眼？

那位姐兒瞧清林溫的模樣，眼就發了亮，一隻手就不安分地攀上了他的肩。「這位公子好俊——」

林溫渾身一顫，立刻揮開那位姐兒的手，跳到節南的另一邊，悄聲問：「這裡不是花樓嗎？」

節南忍俊不止。「對啊，只不過海花樓裡的姐姐都是美男子，比女子還美。你若喜歡男色，就把他們當男人看；你若喜歡女色，就當女人看。男女客皆無差別，還聽說如今愈來愈多的女客來這兒找相公，比普通花樓愜意得多了。」

林溫張口結舌。「哪……哪裡愜意了？讓衍知知道我帶妳來這種地方，那還得了！」轉身就往前庭走。「走了走了，趕緊回了。」

但沒聽到任何回應，林溫一回頭，見節南定定心心和那位男姐兒說話，男姐兒指了指園中最華麗的一座屋宇，隨後便衝他拋個媚眼才扭身走了，而節南繼續往裡走，壓根沒有離開的意思。

林溫只好追過去。「六姑娘，妳……」抓耳撓腮，急死他也，說話語無倫次。「妳這麼漂亮的姑娘，只要說句要嫁人的話，不知多少才俊湧上來……啊，不對！衍知他就喜歡妳啊，出來之前正和家裡長輩鬧著，非妳不娶……」

節南腳底暗施輕功，甩出林溫好一段。

林溫疾跑，開始流汗。「不是，就算妳對誰都瞧不上，咱找相公也該去海煙巷，怎麼也不能找大今的男姐兒——」要死要死！他都不知道自己在說什麼了！

節南停在最大的華屋前，頑皮笑道：「溫二郎原來去過海煙巷嗎？那敢情好，熟門熟路。」

林溫快把頭皮都要抓破了。「一點不熟門也不熟路，我聽說罷了，怎會去那種地方！」

他雖欣賞這姑娘，卻不敢有半點歪心思。只要想到下半輩子會讓這姑娘欺負得死死的，感覺頭髮都要掉光了。他還特別佩服好兄弟崔衍知的勇氣，也許正如人們常說的，自己愈缺乏什麼，就愈渴望什麼。衍知自小過得一板一眼，碰到節南這麼完全捉摸不透的，所以不可自拔了吧。

「那種地方又是哪種地方？」

廊柱後面轉出一位姐兒，杏衫繡紅葉，長髮鬆散紮在背後，手裡盤著一根玉骨扇，一雙丹鳳眼飛俏，朱唇迷人，膚如玉潤，長相好不豔麗。

林溫呆呆看著，平時聽聞海煙巷裡的男姐兒漂亮，他總是一笑置之，這會兒才知竟有比玉眞還美的男子。

節南乾咳一聲，提醒林溫收斂驚豔的小眼神。「我來見希姐兒。」

玉骨扇輕點自己的肩，這人笑起來風情萬種。「這位姑娘來找我當一夜相公嗎？」

節南坐在希姐兒的堂屋裡，覺著風格挺新奇的。

沒有桌子，也沒有椅子，靠牆一圈修高，鋪著五彩斑斕的錦毯，酒食杯盞碟子就放在毯子上。偌大的堂屋，客人卻只有十來個，每面牆也就三兩席，客人們能坐能躺。

磚砌的方柱和一片片厚畫氈隔開兩旁，但從前面仍能看到其他客人，沒有簾子遮擋，畫氈卻吸收了聲音，加之刻意放低的聲量，完全聽不到其他客人說話。

中間低下去的是舞臺，或清唱，或獨舞，或獨奏，有女姐兒有男姐兒，技藝皆十分精湛，表演得絲毫不鬧，令人陶醉著迷。

隨侍的姐兒，也是男女皆有，舉手投足均顯得優雅，全不似節南身旁這位從裡往外透出妖媚。不過正是這種鮮明對比，才突出了屋子的正主。滿屋除了節南和林溫，所有客人都會時不時投來傾慕的目光，不分男客女客。

節南看一眼不遠處正襟危坐的林溫，心想他身邊明明是美女侍酒，那麼緊張做什麼？想想就好笑，不由搖了搖頭。

「一會兒就原形畢露了，桑姑娘不用擔心妳朋友不習慣。」希姐兒伸手過來，輕佻想捏節南的臉蛋。

節南一把抓下希姐兒的手，這才淡淡收回目光，轉過頭來，手腕一翻，將之前的紙團放在他手心裡，淡笑透涼。「有人讓我來找希姐兒，希姐兒就別把我當客人了，告訴我。我這人雖然喜歡俊哥兒，對俊姐兒卻無興趣，所以莫動手腳。」

這人的模樣雖與赫連驊有一拚，卻美得俗啊，入不了她的眼。

希姐兒眼神閃過一絲陰鬱，只看了一眼紙上的字，就扔進地爐中，起身傲慢睨節南。「既然不是我的客人，我就不必應酬桑姑娘了。不過，接下來我得上場舞劍，桑姑娘可以想想清楚，到底是妳我各取所需呢，還是妳空手回去。」

希姐兒一下場，就有小童送上一雙打造精美的長短劍。他接過劍，立刻連著兩個旋身，落至場中央，擺出一個漂亮的劍勢。

側臥的客人們個個坐了起來，更甚者坐到了邊緣，那種「牡丹花下死，做鬼也風流」的大無畏，往前拚命湊腦袋，不怕被削。

長劍畫弧，短劍織線，剛中帶柔，媚眼生波。沒有樂，沒有歌，即便由節南這個從小練劍的人來看，希姐兒這套花架子擺得出塵地美，一點俗麗也無。她和其他人一樣看得有些迷眼，這時進來新客，大腹便便兩位老爺，坐入林溫隔壁的錦席，她看了一眼就沒多在意。

一個男姐兒頂替希姐兒來侍候，節南眼角餘光瞥見碎花的衣邊，對著送到眼前剝好的葡萄，略猶豫就張嘴吃了，還道了聲謝。她雖然能打架，也不怕打架，就希姐兒的劍法，哪怕舞成飛天，她也能輕鬆打得他滿地找牙，但是總不能一上來就跟人對著幹，而且還是在對方的地盤，至少要先禮後兵吧。

「這要是毒藥，妳就蠢死了。」

葡萄還沒嚥下，節南聽這一聲，再也顧不得看人耍花劍，立刻望向身邊男姐兒。面紗雖然遮了他大半張臉，但那雙吊眼皮，眼白比眼黑多得非常人，還有熟悉的聲音，讓她不可能錯認。

「要敢拿毒藥餵我，你這會兒就是死人了。」節南語氣冷誚。「原來是你讓我到這兒來的，卻故弄玄虛。幹嘛？怕你讓我出來，我就不出來？想給金利母女報仇嗎？」

年顏靜著。

本來就是沉默寡言的人，節南不期望他突然口齒伶俐，但她也不說話了，因爲她從來也不愛囉嗦。

「希姐兒有絕朱的解藥。」年顏一開口，驚人！

節南驚道：「怎麼可能？」

「他貪妳美色，妳正好引誘他，套出解藥再殺他。」年顏沒回答節南的驚問。

「哈！這活兒你可以讓沉香去幹。」節南嗤笑。

年顏忽然又沉默了。

這回節南卻嗅出異樣，畢竟和年顏一起長大，分得清他沉默的不同意義。「年顏，你不說清楚，我就不會聽你的話。」

年顏白眼珠子往上一翻。「……我殺了沉香。」

節南想都沒想。「騙我有意思嗎？沉香是死是活，我已經不關心，師父他……」語氣稍頓。「師父他讓我別報仇。」

年顏眼角睇笑，卻比哭還難看。「我沒工夫跟妳扯，金利撻芳在神弓門廢除前毀去所有解藥，還有解藥方子，種植蔦英的地方也被她放火燒了。」

「誰跟你扯？」節南自覺很真誠。「金利撻芳既然毀了解藥，希姐兒爲何會有？」

「金利撻芳是他入幕之賓。」年顏瞥正舞劍的希姐兒一眼。「良姊姊讓他打聽解藥的事，他回信說他弄到手了，但是——」

節南不在乎但是不但是。「要我引誘金利撻芳的男人，直接殺了我還痛快些……」不對不對！

「年顏你什麼時候關心起我來了？黃鼠狼給雞拜年，你有何目的？」

年顏仍不正面回答節南的問題。「希姐兒說只有一顆解藥，讓良姊姊親自來取，妳要先下手爲強。金利撻芳死了，盛文帝手裡的解藥又是假的，這是妳最後的機會。」

節南挑起了眉。「你知道的眞多，那晚在紅葉山當壁虎了嗎？」

年顏沒否認。

「你心裡到底懷著什麼鬼胎？」節南哼笑。「到了這時候，可千萬別跟我說你在暗中保護我之類的話……」

師父是故意喝下藥的，師父籌畫了自己的終局，那麼年顏呢？年顏也是師父的一步棋嗎？

年顏又看看場中，希姐兒舞劍近尾聲了，坐姿改爲蹲起。「柒叔已死，金利母女已死，妳我之間已無仇怨，我只是將自己知道的消息告訴妳罷了。」

「我不信你能殺了沉香。」節南太瞭解年顏，這人一旦愛上誰，海枯石爛都不會變。

「妳愛信不信，我言盡於此。」看到希姐兒收起劍勢了，年顏站起身。

節南心裡一大堆疑問，哪能放年顏走，隨意拽他一下。年顏卻轟然倒地，雙目緊閉，竟然暈了！

節南正不知怎麼回事，希姐兒一劍刺來。他狠狠道：「原來妳和此賊是一夥的！」

10 一見鍾情

年顏不省人事，節南也不能這麼閃開，隨手拋出一只酒壺，趁希姐兒讓身時，提足踢飛他手中的青銅短劍，身姿輕躍，接住短劍，人輕飄飄落進場中。

因爲動作太美，人人以爲這是表演，鼓掌喝彩。

希姐兒回頭，睇眼睨著節南，聽到掌聲，一邊顧盼頷首，一邊緩緩走近，壓低了聲：「你們究竟什麼人？」

節南心笑，看來勾引是不可能了，回道：「算是和良姊姊有些交情。我剛聽說，希姐兒是良姊姊的——」海花樓，海月樓，是一家子吧！「妹妹？」

舌尖慢慢舔過上唇，希姐兒媚眼送秋波，身姿妖嬈。「他只喜歡男人，可我男人女人都喜歡，怎能是姊妹呢？充其量，他救過我一命，後來又差點要了我的命，所以算是同行？」

他突然旋身，劈下一劍。「不對，我恨那個男人！若不是他撿我回去，我怎會變成這副德行！」

節南敢拿短劍撞長劍，抬手架住，暗道這人劍式雖是花架子，力氣卻不小。

短劍速速抽出，在長劍落下前，人已旋出，用劍柄狠狠敲了他一記肩背，節南笑著。「我們把這種叫作養育之恩、救命之恩。」

「誰要他救?!他既然救了，憑什麼讓我跟他走一樣的路？」明明吃痛，希姐兒轉身過來時，面相卻妖媚不變，目光投向昏迷不醒的年顏，眼中盡是厭惡。「此人醜到連面紗都遮不住，而他竟爲這麼個醜男人服了毒，算不算上天對他的報應？」

節南一聽，什麼意思？良姊姊和年顏有啥？今晚這是又要打九十九道雷了嗎？

她皓腕柔轉，短劍出擊，注意花架子一定要漂亮，所以直擊化作銀蛇折行，中看不中用。「你弄錯了！」

希姐兒聽到周圍又起一陣掌聲，心想雙人舞劍看來挺引人興致，於是也不急著叫人進來。「他能在海花樓放眼線，我當然也能在海月樓放我的人。他將一個容貌醜陋的男人引為知己，其他客都不接了，只為那男子徹夜留燈。但他不知，我海花樓不比他海煙巷的人脈差，神弓門和赤朱毒的消息一點不新鮮，甚至神弓門主早是海花樓的常客，我要拿到解藥簡直易如反掌……」

對於後面那些話，節南聽得不太專心，只想如此倒也可以解釋良姊姊怎麼中赤朱毒。不過——良姊姊和年顏？

節南甩甩頭，順著希姐兒出劍的長臂，飛轉空中兩圈，無聲落地。那動作，漂亮得連希姐兒都看得呆了呆，節南卻有些打得興起了，落地後就反握短劍，招式恢復狠厲，往希姐兒脖子上橫過去，卻見他發呆，但抬起膝蓋，頂高了他的手臂，短劍這才打在長劍上。

她作勢退開半步，氣笑。「小心啊你！舞個劍，別把自己的命丟了。」

希姐兒的眼神有些迷離，忽問：「姑娘可曾許人？」

啊？幹嘛？

「我對姑娘一見鍾情。」

啊啊？男姐兒們的感情真夠熾熱的！

「妳若也是衝著赤朱毒的解藥而來，只要妳我做了夫妻，我就把它給妳。」

「不是。」真的假的且不管，節南不喜歡任何人用赤朱拿捏自己。「而且我不信你真有解藥。金利撻芳絕不會為了男色忘乎所以，解藥也不可能隨身帶，更不可能被你騙走都察覺不到。」處處是破綻。

「金利門主從來不上我這兒，都是我去神弓門過夜。」希姐兒卻能補破綻。「解藥藏在她屋子下面的祕祠，供奉歷代神弓門主牌位，還有赤朱毒的解藥一瓶，共三顆。我知道盛文帝打算廢除神弓門，在旨意到達前一晚動的手。第二日金利撻芳就燒了祕祠，隨後失蹤。我一直在等她找上門來，結果等到的卻是那個醜男人。他先裝作客人來打聽，不知我已猜到他的目的，故意設局騙他半夜來偷藥，但讓他走脫。然後，妳就來了。」

見節南不說話，希姐兒再補一句。「我手中確確實實有一顆解藥。我沒全偷，因爲覺得這樣玩法才刺激，橫豎又不是我中毒。我看醜男人不等他來，心急著動手，就猜是不是中毒的不止他，他只是被這個男人利用了而已。要說我們這一行，最悲慘的莫過於此。愛錯了人，還是活該，被人罵妓子最無情。」

希姐兒神情中閃過自嘲，慢出一劍。節南卻讓一道雷擊頂！

年顏是爲了利用良姊姊的人脈找解藥，才對良姊姊下了赤朱，而他要在良姊姊來之前拿到解藥，所以通知了她。回頭看一眼躺倒在錦毯上的人，節南銀牙咬緊。

她已經不知道了！

年顏到底在做什麼？爲什麼這麼做？當年他是不是眞的爲愛盲目，明知沉香換了藥，還端給了師父？可是，師父是知道那藥被換了的！然後年顏離開神弓門一年半，究竟幹嘛去了，恰好避過師父自絕的那一晚？

這麼多疑問，卻只要一個假設就能解決——年顏遵從師父之命。就像彩燕一樣，在師父死後，仍執行著師父留給他的任務，而這個任務可能和她密切相關。

因爲出神，讓希姐兒那劍擦過右臂，頓時染紅一片衣袖。隨著幾聲驚呼，節南反射性架開希姐兒的長劍，氣勁令手中短劍劍光暴漲，身影快得化作一片白雲，剎那捲住希姐兒，令他整個人仰倒在地。

待希姐兒終於看清眼前，但見節南弓步蹲在他身旁，一手捉著他的肩衣，另一手將短劍對準他的咽喉，那張靈秀逼人的粉顏這時冷若冰霜，殺氣森然。

「雖然晚了些，敢問姑娘芳名？」愈看她，愈喜愛她！

節南回了神，無語瞪著希姐兒。不是她小瞧自己，但這種情形下，這位沒有叫護院把她和年顏扔出去，居然跟她說什麼一見鍾情，真的好似爲她神魂顛倒，是有陰謀呢？還是有毛病呢？

她還眞希望是前者。畢竟能把海花樓弄得如此別致，希姐兒應該是挺聰明的人，一見漂亮姑娘就變成蠢人，也太可惜了。再說，男姐兒喜歡的都是男的吧！

啪啪啪啪，一陣掌聲！

節南收回短劍，輕放希姐兒身側，站了起來，見左右兩旁的客人個個呆若木雞，就想只有身後的兩個新客在鼓掌了？

節南回過身，想看清楚那兩位眞當劍舞來欣賞的傻瓜，卻是一驚，隨即抿開笑顏。

「良姊姊來了啊。」瘦變胖，最容易溜過人們的視線。她上過當，如今還繼續眼瞎。

已經脫去加胖的外袍、恢復眞容的良姊姊，一身玄衫紅梅怒放，黑髮一絲不苟高束在象牙冠中，雙目靜若夜，深如海，峻拔傲冷，毫無半點脂粉豔氣。

節南看得腦袋不由搖，無聲嘆口氣。良姊姊和年顏，除了一冷一孤、一傲一漠，氣質勉強相類，根本完全無法想像是一對。

海煙巷良姊姊是行業翹楚，聲名遠播，更何況海煙巷還是從北都遷到南方去的，所以這些客人一聽「良姊姊」三個字，眼睛都快冒綠光了。

希姐兒立刻爬起，瞥過已經無視自己的熟客們，抬高了頭，冷道：「良姊姊倒是來得快。」

良姊姊聲音則很溫和。「希弟，兩年不見了，海花樓你經營得很好，眞是讓人覺著舒服輕鬆的地方。」

希姐兒哼笑，卻抿緊唇，沒回應。

良姊姊微微揚聲。「各位不好意思，我想與希弟敘敘舊，可否允我任性一回，包了今晚這間屋子？外面自有人帶各位去別的姐兒那裡，而且今晚免了各位的單，都算在我帳上，請各位盡情享受良辰美景。」

在座的都有錢，免單算不上多大的好處，但良姊姊的面子人人給。有心思的還敢多問一句：「良姊姊可會在海花樓多待些時日？聽聞良姊姊琴棋書畫皆有極高造詣，久仰得很，但願能讓我等開眼。」

良姊姊點頭。「我來看蹴鞠賽的，看完才走，這幾日都會在海花樓，雖然是作客，總不好意思白吃白住。我家老僕就在外面，想見我的客人可同他約好時辰，每日兩個時辰，先到先約，我疏慢。」

客人們喏喏，這下走得快，趕緊約時辰去。

將男姐兒做到這般大氣，是這位良姊姊的本事，憂鬱反而平添他的高傲；而希姐兒身上仍有隱隱自卑，不能與良姊姊相提並論。這一行，不是長得好看就能稱霸的。

屋裡只剩六個人。

良姊姊看向林溫。「這位客人還有何要求？」

林溫剛剛還驚訝節南驚豔的「劍舞」，這會兒又驚訝海煙巷良姊姊的出現，覺得今晚把天下最美的男子都看全了，有點心飄，所以良姊姊問他還有何要求，他答「沒有要求」，怔忡著走出去了。但等他出去，就發現再進不來了，門口有人守著。

良姊姊卻非眞糊塗，目光調回節南身上。「六姑娘也太任性了，丟下一大幫子人，獨自跑到這麼危險的地方來，要教誰牽腸掛肚。」

節南稍怔，隨即笑道：「哎呀，良姊姊這語氣，別故意曖昧啊，嫌我今晚還不夠忙嗎？」

希姐兒專門添忙，一手上前，想把節南拉到身邊，結果她好似身後長了眼，突然走到良姊姊身旁去了。

希姐兒皺眉，眸裡犀利陰鬱。「良姊姊只喜歡男子，而我卻對這姑娘情有獨鍾，請良姊姊成全，否則別怪我傷了舊情誼，爲難你。」

良姊姊瞥一眼節南，眼微彎，笑不似笑。「桑六姑娘怎麼特別招我海煙巷的人喜歡，上回在我那兒鬧花船會，兩位勝出者都願跟妳，只好分成上半夜下半夜。這才過了沒多久，又招惹了希姐兒，還要我成全。這可如何是好？」

節南張張嘴，最後在良姊姊夜海般的沉眸中，保持緘默。

良姊姊走向希姐兒。「希弟，這姑娘有主了，而且性子不好，只怕你領教不起，還是不要沉迷得好。」

希姐兒喊聲「站住」。「請你成全這話，我也不過就那麼一說，你還當眞給我作起主來了。你別在我的地盤上指手畫腳，我知道你其實是著急你的情郎怎麼了，但你可別忘了，你的命如今捏在我手裡。我要是你，會好好勸那位姑娘，讓她改變心意，跟我成親。」

良姊姊這才看了看側躺著的年顏。「我與他不過談得來罷了，並無其他。倒是你，這麼久不見，仍不改小混混的習氣，竟對人下藥，讓我如何放心把海煙巷交給你？」

希姐兒嗤笑。「對，我還是小混混，實在沒你會裝貴公子。要是到你海煙巷的人，都像你這般本性高潔，那該多好。」笑容頓然一斂，陰鬱氣橫衝直撞。「早知會過這種日子，我寧可當叫花子。你欠我的，這輩子也還不清！」

節南實在忍不住。「你現在還是可以選擇去當叫花子，只要放下這兒，換身破衣服，走出去就行了。」

希姐兒對節南的喜愛還眞不是假的。「妳若陪我一起要飯，我脫下這身花衣又何妨？」

節南再次張嘴無言，突然被一股力向後拉，一雙染著相思花的風袖罩住她的雙肩，才覺背後傳來的暖意，就聽清冷的調侃聲音。

「這姑娘喜歡看俊哥兒，可不喜歡看俊姐兒，而我不願意。」

節南全身一顫，心狂跳，不敢回頭去看。

希姐兒這才狠盯親昵環住節南的男子。之前以爲是良姊姊的跟班，立在良姊姊身後，面目不清，周身黯淡無光，因此他根本沒留意。這時再看，墨山眉，漆夜星眸，穿在那身淺緋花衣中，如雲高遠。

這人，是十代良姊姊？

希姐兒努力甩開不及這人的自卑心，對良姊姊冷笑。「從你把我趕到這兒來開始，我就沒指望過再回去。這樣也好，我毀了解藥也不至於內疚——」

說著，希姐兒從袖中拿出一個瓶子，一連倒退幾步，對準地爐就要扔。

「等等！哪怕妳一見鍾情的姑娘也中了赤朱？」某九無良，利用一切可利用的。

希姐兒頓住，大笑。「雲無悔，你還眞讓這個醜男人利用了，眞教我痛快！」然後，他就往外走。「你們商量去吧，誰能出得了我要的報酬，我就把解藥給誰。」

節南要追，不料往後仰倒，隨之落入王泮林無底的漆眸之中。

世上的一切，化爲無。

節南往後仰倒，跌進一堆金繡銀繡的墊子裡，身後的人就到了她身前，隨著她一起倒下，一手托著她的頭，一手撐在她身側，壓著她。

她望進他的眼，右手推抵他的胸膛，看滿掌緋衣上繡著相思花，笑紅了臉。「九公子啊，這麼花哨的衣服，你也好意思穿出……」

王泮林墨眸深凝，描著她的眉眼，一遍又一遍，似要刻進骨子裡去，然後眸底浮起野火，促嘆一聲，俯頭吻她。感覺她身體一僵，就預見那隻了不得的左手要上來推他，看都不帶看，便捉下了她的左手，手指與之交握，反扣在他身後。直到她忘情地閉上那雙總是慧黠明睿的葉兒眼，他才閉了眼，憑感官全心全意捕捉她的唇。

親吻從淺至深，聽節南不規律的呼吸聲變得短促，聽自己的心跳在耳中打成隆隆雷聲，熱血在體內奔騰，叫囂著更多。他睜眼迷離，目光所及盡是她的美。眉、眼、粉頰，他沿著親下去，然後埋進她的雪頸香肩，一口咬吮，感覺她倒吸一口氣，左手掙脫他的鉗制，卻反而緊緊反扣了他的肩。他的右手就得了空，探到她的腰帶上，想要解開它，卻忽然停下所有的動作。

蜻螭的劍氣，穿透特製的軟鞘，冰涼刺骨。

王泮林重新撐起半邊身軀，頭垂在節南耳側，唇輕觸燒紅了耳垂，輕笑出聲，藏起自己失律的氣息。「小山爲何老是在這種地方引誘我呢？我要是繼續，就是放浪形骸；我要是不繼續，就不是正常男人，實在兩難。」

節南轉過頭來，眼裡明動如溪，緋紅的面頰比他的花衣顏色還嬌豔。

王泮林每每賴皮討便宜之後，面對的總是節南又氣又惱，還不曾見過這般濯亮的容顏，讓他的眼不由也亮了起來。「小山妳莫非是故意引誘我？」

節南皺皺鼻子，唇色水潤瑰紅，神情柔裡透媚，笑得刁美。「你這人好沒意思，這樣的事還要動幾圈腦筋，分個誰勝誰負的，這麼不解風情？」

王泮林看著這張漂亮的面孔，一時腦中空白。

忽然，節南左袖一拋，掛在側邊的兩幅氈毯各斷了一根線，改垂到前面，同時她左掌使力，撐起上身，順勢將王泮林往旁邊一推，坐到了他身上，俯面頂額，幾乎唇貼唇。

王泮林眸裡一魘，正想抓她再親。

不料節南滑到他耳邊，張口吞吮他耳垂，感覺他的雙手猛地捉緊她的腰，甚至重重喘息了一聲。她馬上坐得端正，小舌頭磨過一顆顆貝齒，似乎不知自己多誘人，笑似惡魔。「九公子，像這樣才叫引誘呢。」

王泮林全身彷彿被點了穴，兩眼卻似要呑吃了眼前人，胸膛急劇起伏，手中捉住的細腰似乎隨時要化成小蛇游走，以至於他不停收緊，直到看這姑娘皺眉叫了聲疼，才陡然放開。

抬手打額，遮了自己的眼，另一隻手握成拳，王泮林長吸氣吐氣。「小妖精，下來！」他發誓，這姑娘要是不聽話，此地此刻就要變成洞房花燭夜了。

緊接著，他感覺身上的重量消失，放下手，看節南抱膝坐在他身側，一副得逞的俏麗模樣，自己只能苦笑。「我爲何喜歡上小山這麼聰明的姑娘呢？換個笨一點的，就乖乖讓我哄吃了。」

節南想了想，神色一本正經，搖搖頭。「吃完之後呢？你要和那個笨姑娘過一輩子呢！你說什麼她都聽不懂，因爲聽你說話要動腦子的。被你冷嘲熱諷，她也不知那是你親近的方式，反而苦惱自己被你嫌棄，所以你什麼都要一一解釋給她聽，要麼就是不解釋，漸漸你倆就沒話說了，雞同鴨講。你出去找紅顏知己，她在家幫你養孩子，你的孩子都向著她，覺得爹欺負娘……」

王泮林難得睜圓了眼，看到災難的駭意。「小山，妳不會變成那麼笨的吧？」

太恐怖！雖然他知道大多數男人都是那麼過的，但他樂此不疲的，就是比腦力。

節南無聲大笑。「不好說，不過我盡量跟上你的腳步，實在不行就打你一頓，逼得你招架，你就失憶了，咱們再重新來過。以你異於常人的眼光，一直把我看成兔子，所以吸引你也不會太難。」

王泮林笑得愉快極了，望著節南的目光深深。「好。」

節南驚覺自己好似許了承諾，清咳一聲，挑高細眉。「好什麼好？一看你就是當了逃兵，沒參加州考便跑出來了，只能等上三年再——」

雖從趙琦的戲言開始，但知王泮林要參加科考之時，她也和自己做了一個約定：和過去作個了結，等這人金榜題名時，就把自己的未來和他綁在一起，從頭開始來過。至於這人何時考上都沒關係，她不怕等。

但王泮林卻不等節南說完。「考完了，接下來要等開春後的省試，五哥說我可以休息一兩個月。」

節南如今知道，王泮林之前讀書那麼勤，還有王五幫他挑書送書，都是在備考。

聽到王五說能休息一兩個月，她立覺王泮林扯謊。「五公子對你的學業可以說是步步緊逼，我都看在眼裡呢，能讓你休息一兩個月？」省試才是大考，州試小試牛刀罷了。

「妳五哥他如今沒工夫管我，美人在側。」王泮林強調王五也是節南的五哥。

節南卻讓王泮林這話提了醒。「別以爲我不知道，是你幫舒姑娘脫了官籍，故意透露消息給她，讓她在萬德樓和五——五哥重逢。你早知她對五哥傾慕，故意把她接來，分五哥的心，讓他少布置你功課？」

「我怎會爲了功課算計自家兄弟？雖說五哥教書實在太死板。」後半句露出破綻，王泮林也不以爲意，笑道：「若是夫唱婦隨，我自不會多管閒事，但劉氏嫌棄五哥之極，舒氏傾慕五哥而有緣無分，讓人如何看得過眼？小山妳不也推了一把，把那姑娘送到了五哥身邊？」

節南曾問舒風華願不願意住她家，但她指的是她乾娘家，自然而然就把舒風華安排進乾娘原本的居園中。

所以，這二人聯手，誰與爭鋒！

掛毯搖晃，燭火搖晃，對影成雙，濃情相依也好，淺語談笑也罷，雙心只有一意。

「你倆要是卿卿我我好了，就請出來吧，還有人等著救命。」良姊姊的聲音聽上去遙遠。

王泮林起身，爲節南單手抬了掛毯，行爲好不君子，開口卻露出刁賴。「這麼片刻工夫，拉個小手親個小嘴都不夠，如何能好？」

節南還是有些姑娘家的自覺，挑眉斜王泮林一眼，面頰緋色淡返，匆匆走出去爲年顏把脈。她雖不會治病，但練武之人多少懂一點。

良姊姊見節南蹙眉，神情就有些不好看。「如何？」

王泮林沒隨節南過去，就著方磚柱子坐下。「良姊姊與這位當眞是知己？」

良姊姊垂眸望著年顏那張臉，彷彿在看一件精緻的寶物。「我知你們看他長相醜怪，只是我們這一行看多漂亮面孔，已經疲累了。這人，其實和我很像，一直一個人，囚禁著自己，也找不到同行的夥伴……說了你們也不懂。」

節南和王泮林互看一眼，異口同聲：「懂。」

良姊姊見狀。「也是，你倆也非常人，正好湊一對。」

王泮林瞇眼，撇笑。「這說法不好，不是正好湊一對，是天生一對。」

節南噗哧，嘖嘖搖頭。「良姊姊，他沒臉沒皮，我卻是要面子的。我還沒和他湊一對，至於是不是天生的一對，就要等湊成一對才知道。」

王泮林也搖頭。「小山，妳這人太直率了，就算是眞話，但有時候善意的謊言才能幫到別人。良姊姊在尋求勇氣，如此而已。」

「聽不懂。」節南眨眨眼，但對良姊姊道：「年顏暫無性命之憂，只是他中了陰寒的內家氣勁，若不逼出，等到經脈俱損就沒得救了。不過你放心，我還有很多事要問他，等他一醒，就會幫他逼出寒氣，他死不了。」

良姊姊鬆口氣，終於能坐下來。

節南一看，乾脆也坐了。「正好，請問良姊姊怎麼認識年顏的？」決心不管這兩人究竟是何種知己了。

「四五年前，海煙巷還在這裡的時候，這人來向我打聽一件事。我那時和所有人一樣，拿他醜顏說笑，沒把他當回事。他就說同我比琴棋書畫……」似乎陷入往日的回憶中，不愛笑的良姊姊竟微微笑起，欽佩嘆道：「竟是樣樣比我強。」

節南對上王泮林的視線，無聲吐字。「幹嘛？」

王泮林就道：「良姊姊大概不知，教小山和年顏的人是無所不通的曠古奇才，小山的棋藝就深藏不露，大概已經沒有敵手了，幾乎不再下棋盤。」

節南正好誇誇尊師。「師父他確實通曉很多東西，我只學了他兩三樣本事。至於琴棋書畫這些，師父從不藏私，只要有人想學，他就會傾囊相授。我不是沒敵手，只不喜歡下棋盤罷了，太規矩。年顏——」也想起了過去，不禁好笑。「還眞是比我們學得都好，不過從來不在人前露一手，我們猜他大概不好意思。」

年顏與琴棋書畫，就像和眼前這位美男子一樣，乍眼看上去，無法協調的搭配。可是，回憶讓節南記了起來，她和小柒躲在樹上，偷聽年顏習琴，一寸短的美妙時光。

她和小柒雖然總笑年顏醜，可是如果有人敢笑年顏醜，她倆就會同仇敵愾。儘管金利沉香性子實在不敢讓人恭維，曾欺負過小柒，然而眞正讓她們仇視金利沉香，正是年顏喜歡金利沉香以後。她和小柒替年顏不值，誰不能喜歡，喜歡誰不能，偏偏喜歡膚淺又笑他醜的金利沉香，讓她們無法接受。

「年顏向良姊姊打聽何事？」王泮林見節南有點發呆，自覺開始發揮幫腦的作用。

將和年顏的關係說得模糊不清的良姊姊，這回乾脆不答了。「他的事，你還是問他得好。而我只答應配合你日夜兼程的要求，十日水路用了六日，吃也吃不好，睡也睡不香……」

節南回神。「良姊姊仍視年顏知己，即使他可能對你下了赤朱毒，利用你找出解藥？」

這不是挑撥，而是事實，也是疑問。

節南想找出答案。

「不是可能，赤朱毒確實是他下的。」良姊姊夜海的眸子裡無波。「不過如果不是妳告訴我，我並不知自己中毒。當時我們裝不認識對方，並非因爲妳，而因爲我和他一直都是暗中來往。除了第一次會面，後來他皆掩藏眞面目，十分小心。」

節南沉吟。

王泮林道：「小山，他很可能在執行祕密任務，不能暴露行蹤。」

節南點點頭。「照他的說法，金利母女已死，神弓門也廢了，所以我和他恩怨兩清了。但他告訴我希姐兒有解藥，讓我想辦法搶在良姊姊之前拿到手。」

王泮林回應得很快。「所以，他是爲了妳才利用良姊姊，哪怕解藥只有一顆。」

兩人一東一西，中間隔著一片棋盤，卻是聯手棋，對手是良姊姊。

良姊姊當然不敵。「他答應我，只要我弄到解藥，就會告訴我妹妹的下落。」

「妹妹？」節南感覺抓到了什麼。

「是，我和我妹妹差了八歲，我們的娘是——」良姊姊稍頓，以一種涼冷的、習慣性的語氣道：「是海煙巷旁邊一個窮洗衣女，除了長得好看，一無是處。春日裡遇到出來遊樂的男子，傻乎乎被騙，就有了我。然後，上了一回當還不夠，又被人騙了一回，生下妹妹就瘋了，也不知去了哪裡。有一日我出去討羊奶，回家卻發現妹妹讓人抱走了。這些年我爲了找她，不惜一切爬上了良姊姊的位子，所以就算年顏要我的命，我也不在乎，只要能在死之前看我妹妹一眼就好。」

「你妹妹在繦褓之中就被人抱走，你就算見到了，又如何辨別？」王泮林問。

「妹妹是我見過最漂亮的女娃娃，臉上身上毫無瑕疵，除了足底的胎記，像——」

「一朵青色的蓮花。」節南脫口而出。

「妳怎能知道？」良姊姊驚立！

11 死得其所

小柒是良姊姊的妹妹?!

良姊姊驚訝地坐不住，節南又何嘗不驚訝。

她五歲拜師，就知道小柒是師父撿來的孩子，但師父從來不曾說過從哪兒撿的，小柒則從小就神經大條，也從來不問。小柒愈長愈美，沉魚落雁都不爲過的時候，她倒是想過，也許小柒身世不一般。良姊姊大概想不到，把他海月樓樓板打出一個洞來的柒小柒，就是他的親妹妹。他想在死之前看一眼妹妹的心願，已經實現了。

「妳怎能知道？」良姊姊再問一遍，這回急切。

節南卻看和自己坐隔三丈遠的王泮林。輪到他下棋了，他比她會扯。而別看她挺聰明的，卻不太擅長做急中生智這樣的事，喜歡在時間充裕的條件下充分動腦。當然，打架除外，絕對劍比腦快。

王泮林嘴角勾一抹淡笑。「也是該醒了。」

同時，有人道：「別說。」

節南立刻回頭，見年顏已經睜開了眼，禁不住嘆口氣。

她來這座城，本意想要徹底解決她和金利母女，以及神弓門之間的恩怨，豈料從一個小漩流，被捲入大漩流中。以爲的眞相都只是表象，不知該用何種態度來對待這位實質上的師兄。

然而，她卻知道，年顏也許是唯一，通往眞相的門鑰。

良姊姊的心情卻與節南截然不同，眼中沉靜的夜海終於翻起波濤。「你到現在仍不信我？我說過——」

「我記得你說過的每一句話，但信不信卻在我。我信人不爲己天誅地滅，我信你若眞知道你妹妹的下落，你不會把解藥給我，因爲你想和你妹妹一起生活，你會要求更多。阿良，你我太像，都是善於說謊、戴僞面具活著的人，只有事到臨頭才會顯露眞心。如同你在良姊姊這個位置穩坐十年，靠的可不是信用。」年顏撐坐起來，吃力遲緩的樣子讓節南懷疑自己診錯了脈。

「我先幫你療傷。」節南想要上前。

「不，等我把話說完。」年顏抬手，隔空阻攔，但靠上了磚柱，眼珠子定看王泮林的方向。「你若待桑節南眞心，就要比她狠心，該決斷時千萬不要容情，一切皆以她爲先。別看她這樣，其實和小柒一樣，是個心地善良的孩子。」

孩子？他比她大了幾歲？節南想要嗤之以鼻，眼裡卻是一熱，心中捲起莫名的悲愴。

「她爲我而生，我爲她而死，絕不會讓她比我先走一步。」王泮林的聲音，比任何時候都要清冷，卻似鑿斧，將那麼簡單一句話鑿成誓言，不容置疑。

「很好。」所以，年顏也不會質疑。

良姊姊默然垂眼，緩緩道：「在你心裡，我終究比不得她們重要……」嘴角卻一點點翹了起來，手伸進袖中。「這樣也好，對你絕情，我就能心安理得。」

節南看在眼裡，以爲良姊姊要出什麼暗器之類的，動作極快，旋身站到年顏面前。

眞是，做人簡單點，像她一樣，愛恨分明，不行嗎？搞那麼複雜！

良姊姊手掌一攤，沒有暗器，只有一只藥瓶。和希姐兒方才拿出來的，一模一樣的藥瓶。

「一個八歲的孤兒，要養活剛剛出生的妹妹，還有他自己——」輕掂藥瓶，良姊姊面色涼白。「即便當上良姊姊這麼些年，卻無一日不技癢，已經變成了病。所以，偷這麼個小東西，並不是太難。」

王泮林坐著沒動，不擔心打起來，只擔心打不起來，但那只瓷瓶還眞是大麻煩。「小山莫衝動。」

年顏似乎呼吸不暢，一連換了幾口氣，才說得了話。「阿良走到今日實屬不易，本來就毋須對我心軟。我此生能交上你這個朋友，談天說地，鬥琴鬥棋，已經滿足。」

良姊姊突然收緊了手，眼底浮光，聲音也收了緊。「原來你也會花言巧語，只是還不如不說，因爲我最聽不得這等虛僞的話，恨不得爛掉自己的耳朵，再也不用聽進去，噁心了自己。」

說到這兒，良姊姊打開藥瓶，倒出那顆解藥，手移到地爐旁。「說，我妹妹在哪兒？否則，你拚了命保護的師妹難逃一死，而我中的只是赤朱，運氣不好，都能比她多活幾年，更何況運氣好的話，看得到自己年老色衰的那一日。」

原本明暖的屋子，怨氣、怒氣、恨意、情意，泛黃的愉快記憶、新鮮的殘酷現實，一時亂竄，但沒有王泮林和節南什麼事，兩人相對，心卻合一，皆安之若素。

節南再次坐了下來，在年顏下首，就像很久以前，叫著他年哥哥，等他拿小點心給她和柒小柒的時候。

「年顏，是時候告訴我了。」但她已經喊不出那一聲年哥哥。

有些東西，失去了就是失去了，永遠不能恢復如初。

年顏沒看良姊姊，彷彿根本不在意那顆藥丸，但對節南點點頭。他的神情仍呆板，永遠缺乏生氣的一張臉，令世上多數人卻步，他自己又將願意親近他的人推遠，因此孤獨無盡。

有一瞬間，節南感覺年顏身上有師父的影子，但年顏開始說話了，所以她沒能捉緊，如同心中剛剛溜過去的一絲悲愴，想不起那是不祥。

「我是柒珍的大弟子。」

第一句話，就轟得節南腦子裡嗡嗡作響。年顏卻不給節南發問的機會。「師父蜻螭劍主之名正盛的時候，很多人想拜他門下，他只好說不收徒，故而不曾提及我。沒多久，師父突然退隱江湖，加入神弓門，並無意帶我，是我自作主張，瞞著師父成爲神弓門弟子，師父雖然答應我留在門裡，卻還是不說師徒關係，讓我自己闖。因此隱弓堂吸收師父，也不知此事。」

「所以，師父其實是隱弓堂的人。」驚到極限，突然心靜，節南的腦袋開始正常運轉。

「是，因爲師父對神弓門期望太高，但無力改變，又以爲隱弓堂是一群滿懷正義、想要改變亂世、爲天下人爭取太平的同道中人。」年顏說到這兒，居然還笑了笑。

無奈，自嘲。

節南抬頭看看對面的王泮林。「像你。」

屋裡氣氛冷凝，唯有他周身暖光，令她望著就覺心暖。世態炎涼，她幸運，終遇到他。

王泮林笑意深深。「像過去的妳和我。」又補充。「物以類聚，人以群分，既然能湊成一群，總歸相類。不過，人會變，群也會變，想不開的，非要死抱著一團不變，就變成內鬥。」

年顏居然答王泮林一聲「不錯」，再轉對節南說道：「師父特別寵妳，正因妳像他年輕時候，心比天高，不知深淺，但又比他狡猾，比他睿智，感情喜惡分明，下得了決斷，不似他顧忌多多，最終變成了作繭自縛。」

節南無法當作恭維，但哼一聲。「沉香那時提起隱弓堂，看你吃驚的神情實在不像裝的——」但一想，年顏若背負著師父的祕密，都不知道對她和小柒撒了多少謊，於是撇撇嘴。「你言歸正傳吧。」

年顏本來就不打算多誇她。「隱弓堂原是神弓門的執法堂，這是他們起初接近師父時的說法。師父查實確有此事，故而對他們還頗爲信任。隱弓堂並未急著拉師父入夥，只請師父做了幾件他一直想做的事。由隱弓堂輔助，當然都做成了。師父很高興，感覺自己終於找到同伴。隱弓堂也確實很有耐心，只讓師父重振日漸式微的神弓門，並鼓勵他爭門主位。」

節南的又一個迷惑解開，怪不得師父那麼執著要當門主。「這都是什麼時候發生的事？」

年顏未答。「直到韓唐到了北燎，師父欣賞他的才華和理想，覺得志同道合，就將他推薦給隱弓堂。那年正值大今開始露出獠牙，隱弓堂比任何時候都迫切，想要趁亂撈好處，這才曝露了它背後眞正的主人。」

「魑離部落。」節南說著，瞥良姊姊一眼。

良姊姊聽得好不專心，畢竟可以給海煙巷的祕聞閣再添一件大祕密，本能驅使。

「師父和韓唐還去了一趟魑離，但回來後就心事重重，再不像以往那麼熱衷和金利撻芳鬥了。師父對我說，魑離首領雖有宏圖大志，可是對漢民有極重的偏見，剽悍又不開化，仍以奴隸爲財富的象徵，有十分野蠻的等級分層。」

王泮林問道：「神弓門的祖師爺原是漢人，若魑離排斥漢民，爲何不排斥隱弓堂？」

他才問完，就看節南皺皺鼻子，知道她腦瓜裡想什麼，笑著解釋：「坐船無聊，就聽良姊姊說了些神弓門創立之初的事。」

良姊姊哼了哼，不語。即便有聽故事的本能，內心卻無比煎熬。

年顏的視線飛快往良姊姊那裡掃過，語氣波瀾不興。「因爲隱弓堂堂主是魑離人，隱弓堂在魑離也並非是見不得光的暗司，而是地位極高的聖山祭司，在魑離人人敬畏，只在魑離之外以隱弓堂的名義走動而已。」

王泮林點頭表示明白了，做個繼續說的手勢。

「師父告訴我他決定不再爲隱弓堂做事，也不再想爭門主，可是不知爲何又答應了比武。師父從來沒有多說過隱弓堂的事，我也不好隨意問他。到了比武那日，沉香換藥，師父一聞就知道了，結果當著我的面立刻喝下散功湯，並讓我假裝知情，去向金利撻芳請功，借機離開總堂，去幫他做幾件事。」

年顏見節南半點不驚。「妳已經知道師父是故意喝下藥的？」

「前些日子在親王府碰到韓唐，他說起師父是隱弓堂的人，並有意帶神弓門投靠魑離。我想他沒必要騙我，卻也讓我愈發懷疑師父輸得太容易。當晚，我喝了散功湯，找金利撻芳比試了一下，哪知她不堪一擊，才確信自己不會猜錯。師父是故意輸給金利撻芳的，而且不僅如此，師父——」節南長吁一口氣。「師父自絕，眞是自絕，不是金利母女逼的，而是師父設了計。」

年顏的神情終於變化，苦醜的白眼珠子裡一層水光，卻被他用袖子狠狠擦乾。「至少妳那時就在師父身邊，而我全不知情，連最後一面都沒趕上。」

節南張張口，卻又抿緊了。

王泮林張張口，想怪這姑娘待自己太狠，找人報仇還敢服什麼散功湯，出口卻變成了問年顏：「令師讓你做什麼事？」

每個人，都有自己的堅持。

年顏突然對節南目露不忿，哪怕只是轉瞬之間。節南看得很清楚，但她從來也不是逃避的性格，直面相對。「師父讓你做的事，和我有關。」

年顏那張臉重新板冷。「師父讓我查的第一件事，就是妳的身世。」

節南沒想到，反應卻快。「我娘？」

年顏點一下頭。

「你查到是誰了？」節南想得是，爲何師父這麼做？

良姊姊驚聲。「你向我打聽的那個人，莫非是六姑娘的娘親？」

年顏不答，只道：「師父讓我做的第二件事，就是到大王嶺救一個人。」

年顏成功轉移了節南的注意力，她道：「趙大將軍的侄子，本該到鳳來縣的新任縣官。」

「妳確實聰明。」這位小師妹不知道，他曾多眼紅師父偏心，直到他與她比劍，小他十歲的丫頭輕鬆打掉了他的劍，他才心服口服。如今，桑節南的劍術已如師父期望的那般，青出於藍而勝於藍了。

「只是我到的時候，那位縣令僅剩半口氣，只來得及說三個字。」年顏一字一頓。「桑——大——天。」

節南的心猛地一沉，雙眼立刻起火，跳了起來。「胡說！」

王泮林聲音及時到。「小山稍安勿躁，很可能是凶手惡意引導。」

年顏看看王泮林，微一點頭。「我立刻趕到桑家，整個桑府大火熊熊。我雖然沒能見到師父的最後一面，卻見到了妳爹最後一面。」

節南手握成拳。「我爹……說什麼了？」

「他交給我一幅畫，讓我轉交給妳。那時師父還未出事，我就把東西交給了他，他說他自會處置。還有，妳爹讓我轉告妳，不用替他報仇，他壞事做多了，死得其所。」

節南憤怒到迸淚，大叫一聲：「我讓他少欺負鄉里，他從來不肯承認！死得這麼冤，卻說死得其所，臭老頭有病吧！」

氣死她了！

「小山，坐到我這兒來。」王泮林眞怕某人祕密還沒說完，就被蜻螭幹掉。

節南深吸一口氣，長吐一口氣，沒眞的坐過去。她知道，王泮林提醒她冷靜呢。

「我爹可有說那幅畫是從哪裡來的？」這才是關鍵——究竟誰是凶手。

年顏看王泮林的視線調回來，看向節南，嘴角似乎翹了翹，像笑，又不像笑。「妳明知——」聲音突沉。「那畫，是妳爹帶人劫殺了趙縣令，搶的。」

節南閉了閉眼，再睜開，卻閃耀明輝。「可我爹是聽人指使。就像師父一樣，不得不為之。那人才是眞正的十惡不赦，也是害死師父和我爹的眞凶。年顏，你再避而不答也沒有用，因爲我已知那人是誰。」

王泮林站了起來，走向節南。「小山。」

節南抬手，示意王泮林止步，緊緊盯著年顏。「是生我的那個人。」

年顏這回沒避開。「是。隱弓堂現任堂主，前任聖山大祭司，魑離王的胞妹，魑離公主的姑母，正是生妳的那個人。」如果節南不會喊那人娘親，他自然也不會給那人過多尊重。

節南竟然哈笑。「她頭銜還真多。」

良姊姊倒抽了口氣。

節南看在眼裡。「良姊姊似乎還知道她別的頭銜？」

良姊姊拐一眼年顏，見他搖搖頭，竟就說不出來了，同時暗讚這姑娘的敏銳。

「你不說也無妨，我去一趟魑離就會水落石出。」等了這麼久，今晚也撥開了一大半的烏雲。她桑節南可不是笨瓜，有的是耐性，今年才二十出頭，而且絕不會早死，比那個生她的女人耗得起！

「想來那人已不在魑離，不然何須向良姊姊打聽下落。」王泮林雖然沒再往前走，但也沒有坐回去。

淺緋衣相思花，靜靜待在心愛的姑娘讓她待在的地方，足下一寸不移，墨眼似星辰，只繞著月中兔。

節南轉向年顏。「我不明白，還有隱瞞我的必要嗎？」

年顏不說話。

良姊姊說話。「因爲他不想看妳們母女成仇……」

節南冷笑。「發生了這麼多事，難道還能一笑泯——」

終於明白韓唐說「一笑泯恩仇」的自信從哪兒來的了。如果生她的人害死了她的爹，她還能手刃仇人嗎？若不想讓人罵骨肉相殘，一笑泯恩仇或許是唯一的解決之道。但是，這種讓韓唐操控了自己的感覺，光是腦子裡盤一圈，就教她很不爽！

年顏打斷。「不，阿良你錯了，這不是我隱瞞她的原因。」

節南眼睛亮了亮，不由學了柒小柒的疊詞說話。「沒錯，沒錯，已經成仇。」從未見過面的生母，和寵她上天的親爹，她似乎不用考慮。

年顏的眼珠子定白。「是謹遵師父之命，不讓妳去送死。」

節南從來無畏，聞言撇笑。「我雖惜命，卻也絕不怕死。」

「惜命？」年顏好似聽了什麼笑話。「橫衝直撞，當自己有九條命，光是迷沙群島水域就夠妳死上兩回了。」

節南頓悟。「是你把我放到浮板上去的。」

年顏雙唇抿一線，沉默了下去，大概本不想說這件事的。他並不想以此博取感激、改觀，或同情，更無意在這些眞相面前，和誰來一場抱頭痛哭。

不像剛出生就被師父抱回來、受大家喜愛的柒小柒，也不像出身富裕、被霸爹寵壞，但還是很討人喜歡的節南，年顏父母健在，卻因爲厭惡他的長相，從不對他多看一眼，任他被兄弟姊妹們嘲笑，被族人們鄙夷嫌棄，但要派他用處時，又厚著臉皮，不顧他生死，搜刮盡了才罷手。

正因如此，他才拚命守護所有愛過他的人。

所謂的「所有人」，五個手指就能數完了。沒用異樣目光看過他一眼的師父，自小就愛黏著他的小柒，嘴硬心軟卻最夠義氣的節南，三人才是他眞正的家人，他願爲其中任何一個拋開生死。

而沉香——

金利沉香其實是個可憐的女孩，表面好強，被她母親期望得太多，強撐著一副聰明，愛她的人太少，恨她的人太多。也許她自己都不記得了，她曾很喜歡跟在他身後，卻不能像小柒那麼光明正大，總偷偷跟著，只因他幫過她一回。她被教習罵繡花枕頭的時候，他將天牛放進教習的脖頸裡，嚇得教習掉進湖裡，然後她認眞地發誓，她將來要嫁給他，因爲他是對她最好的人，並讓他發誓答應娶她。所以，他一直等著，哪怕看她漸行漸遠，他卻立在原地，忠守誓言，任節南和小柒罵他氣他惱他恨他沒出息。沉香已經不會回頭，他心裡很清楚，但他只是單純喜歡這個變壞了的姑娘而已。愛他的人太少，他想愛的人很多，既然多不稀罕，分沉香一些，有什麼呢？那姑娘再壞，也曾給過他一份眞心，在沒有傷害過任何人的基礎上，他將眞心給誰，都是他自己的事，不需要跟誰交代。

最後就是阿良了，此生第一個、也是唯一的摯友。然而，他從不這麼說，因爲和節南他們不同，他終究會虧欠這人，違背他的本意，無法守護到底，只能——

「你究竟還做過些什麼？」節南打斷了年顏的沉思。

年顏搖搖頭。「沒有了。」他爲她做過什麼，完全不重要，說漏一件已經太多。「師父雖然讓我查妳的身世，卻沒打算做什麼，反而說虎毒不食子，若妳娘眞是隱弓堂堂主的話。」

節南哼笑。「這可不好說。」

「師父那年保護北燎商隊到北都，遇到一個算命的婦人，告訴他大王山上生鳳凰，是百年難遇的練武奇才。」年顏這晚是語不驚人死不休。「師父從魑離回來後，才想起這件往事，覺得那婦人很可能就是妳娘假扮。不然，妳以爲那麼巧，師父能去一個默默無名的小縣城，正好收到妳這個徒弟？」

「……師父後悔了？收我爲徒，教我技藝，卻原來是養虎爲患。」這比她知道韓唐改投魑離，那種引狼入室的感覺，更糟糕。

隱弓堂堂主，聖山大祭司，魑離王之妹，離妃的姑母！

她桑節南竟是那樣一個人的女兒？

老天還眞偏心她！

節南也終於知道，因爲那樣一個人，韓唐才一再容忍她的放肆，甚至承諾只要她想，他就能帶她走上魑離權力的最高層。不是韓唐做得到，而是他背後那個人、生她的那個人，做得到。

節南想提出質疑，自己那位土俗的霸王爹怎麼可能讓那樣一個人願意以身相許，還爲他生孩子？可是，事情到了這個地步，師父死了，爹死了，神弓門完了，隱弓堂已經浮出水面，碎片一般的事實全拼接了起來，只差最後一片。

把那樣一個人塡進去，竟是天衣無縫。

再多質疑，也抵不過心裡的無力感。節南知道，年顏說的每個字，肯定千眞萬確。因爲年顏是石頭性子，不會玩笑，不會浮誇，任何不確定都會化爲沉默，一旦開口，就是眞相。如同他說他喜歡沉香，她和小柒都不能質疑。一個眞正的漢子，頂天立地，心如磐石，堅不可摧。所以，儘管她們怒斥他的背叛，但心底最深處，不約而同，都存著一份信任，甚至像個孩子一樣，還在依賴他，將失去師父的痛苦發洩到他身上。

她是那人的女兒，對年顏和小柒而言，她就仇人之女，那她一直以來的信念，想要和小柒相依爲命的信念，想要踏踏實實做些好事的信念，要崩塌了嗎？

「當然不是。」年顏聽到節南說養虎爲患，語氣立刻嚴厲。「如果師父那麼想，還會把蜻螭交給妳？桑節南，妳不要在這時候耍小性子！從現在起，妳有很多事情要去做，沒工夫傷感妳自己的身世。我曾經恨我爹娘爲何把我生得這麼醜陋，但看他們都厭惡我這張臉，反而覺得他們可憐。我有什麼錯，妳有什麼錯，誰也不能選擇娘胎，妳老說妳絕對不會像妳爹，今後不過再多一個妳不想與之相像的人而已。」

王泮林聲音清朗。「不愧是大師兄，平時誰敢教訓小山！」

「讓你守護她，不是讓你怕她，慣她的人已經夠多了。」年顏歪了歪嘴角。

節南不由抗議。「哪裡多了？不就我爹和師父嘛！」眼角餘光瞄一下王泮林，想了想，這人沒慣過她，是她慣著他才對。

年顏懶得跟她爭。「師父說，那人不會容忍自己有弱點。」

節南自小就很獨立，只是突如其來又出乎意料的身世說，讓她一時迷惘了。但聽年顏方才一席話，心態已擺得很正，既然沒法選擇娘胎，相信自己就是。

「所以，爲了讓我這個弱點消失，她幫我找了師父——」伶俐天生，不對，她爹和師父教得好，節南挑起眉。「我會不會太高看自己，畢竟她生下我就走了，怎麼算得上弱點？」

「即便她可以無視妳，她的敵人不會無視妳。若抓了妳要脅她，她不救就落個冷血無情的名聲，救妳又要犧牲她的利益，怎麼都討不到好。」今晚，王泮林下的是快棋，總比節南快一步。

節南甘願得很，乖乖道聲「也是」。

「師父還告訴我，那人大概沒想到妳眞的天資聰穎，在鱷離會面時對妳表示了很大的興趣。後來我查實那人和妳的關係，師父才確定那人有意和妳相認。」

「想利用我嗎？」節南一笑即隱。「師父自絕前對金利撻芳說廢了我的右手也無妨，只要留我一條命，又囑咐我不要報仇，難道眞正的含意竟是讓那人不再對我感興趣？」

「這我可不知道。」年顏當時遠在江南。

王泮林兩邊幫著動腦。「以妳師父的本事，應該料得到妳會就此隱藏實力，想辦法離開神弓門總堂，暫時從那人視線中沉寂，給妳時間拼出大部分眞相，把壞毛病去去掉，找些厲害的幫手，最終有實力對抗神弓門。他大概還料到了天下的時局要變，隱弓堂肯定要露眞形，這時再由年顏助妳瞭解妳的身世。」

節南瞪眼珠子。

良姊姊居然點了點頭。「這才是柒珍，只用了十年就讓神弓門重獲重用，風光無限，讓人唏噓後來那些一敗塗地太詭異。現在眞相大白，人雖離世，卻能布局到今日這個地步，不見其人，也領略其絕世風采。」

說起布局，節南忽然想到彩燕負責保護畢正，也是師父布置的任務。「師父——本就是奇人。」

「無人知道他的來歷、師從何人，甚至真名。要不是你們說到他是蜻螭劍主，我根本猜不到突然出現將江湖鬧了個底朝天、又突然消失的蜻螭劍主，竟與神弓門柒長老是同一個人。」良姊姊太感慨了，一時忘了他自己的事。

冷凝的氣氛似乎開始融暖，兩把銀鉤交叉在良姊姊的脖前，剎那將暖意摒退。節南沒注意年顏怎麼到良姊姊身後的。王泮林瞧見了，但他沒有示警的理由。

年顏不動手，他也會動手。

今晚年顏說的所有祕密和真相，他並無半點關心，哪怕得知節南生母的身分。從良姊姊拿出解藥瓶子開始，他幾乎全副心神都在良姊姊的那隻手，借著走向節南的機會，這時只要一拔唐刀，砍下良姊姊腦袋就在眨眼之間。

良姊姊以為唐刀是一件配飾，任他帶進了海花樓。

而這時年顏得手，他雙眼仍一瞬不瞬。背後唐刀點地，手已經握住刀柄，以防知己之情影響年顏判斷，他就會立刻補刀，且直取良姊姊性命。

他冒不起那顆解藥落進地爐的風險。

銀鉤寒光沉在良姊姊眼底，憤怒翻騰，神情冷若冰霜。「年顏，你太讓我失望了。」

年顏面色鐵青。「把解藥給我，我就放開你，並告知你妹妹的下落。」

良姊姊沒說話。

年顏銀鉤往兩邊一拉，緊緊貼上良姊姊的脖頸。「阿良，現在不守信用的人是你。」

良姊姊幽幽嘆道：「是，我怕死，因為像我們這樣的人，本來就是好死不如賴活的賤種——」

年顏不等良姊姊說完，一道銀鉤扎進他肩膀。「你想清楚，到底把解藥拿出來，還能靠月服藥活很多年，還是這會兒就下去見閻王。阿良，這是我最後一次問你，我數到三——」

今晚，都得了結。

良姊姊吃痛，只是讓銀鉤扎出的傷口，遠不如年顏在他心裡劃出的傷口。

可笑的是，他以爲自己已經沒有心了。這麼多年下來，他對所謂的情愛早已無感。男人也好，女人也好，他陪他們遊戲人間，身體自己就能動，無心無感，理智超脫於軀殼之上，彷彿旁觀者看自己無望的人生一點點沉進爛泥裡。

年顏是他的摯友、知己，唯一的朋友。他知道多數人怎麼看，和希姐兒一樣，都以爲是一段齷齪不堪的關係。但他無意多說，愈說愈不清楚，最終什麼也不會改變。人們的看法、他和年顏的交情，都不會改變，所以何必費唇舌。可是，當他那麼篤定他和年顏的情誼不會變，年顏的銀鉤架在了他的脖子上。

固然他能明白年顏這麼做的理由，如同他做的一切都是爲了和妹妹重逢，年顏一心守護他的師妹們，獨自背負著對師父的承諾，上刀山下火海，卻還要承受師妹們的誤解，只因愛上了一個不該愛的姑娘，但他以爲他們之間至少不會這麼快就走到了決絕。

那位了不得的桑六姑娘，他見過她的厲害，很難想像這樣的女子還需要年顏暗中保護，但今夜他看得很明白了。這姑娘依賴年顏，興許她自己都不知覺，但在年顏面前，威風凜凜的兔幫幫主就是個任性的小女孩。

這屋裡的人，包括那位看起來如清遠悠雲的兔幫幫腦，必然都有說不得的傷痛，不會輕易流露情感，偏偏內心熾烈如旭日，不能被常人理解，只看到他們不普通的執著，歸爲怪人一類。

眞不錯，難得遇到一屋子同類——

「三！」

良姊姊聽到年顏數到了三，突然一笑。

節南呆了呆，良姊姊不愛笑，淺笑也幾乎和不笑沒區別，卻原來他笑起來才是眞國色，無光的夜海一旦藏起悲涼，那張面顏絕美，動人心魄。

「六姑娘，對不住——」握著藥的手張開。

這節骨眼上，節南竟在想小柒和良姊姊肯定是一家子，眼睜睜看良姊姊要毀去解藥，卻什麼都沒做，也來不及做。

節南沒動，王泮林動了。他時刻準備著，根本不會遲疑。

如眉的唐刀，和主人一般峻拔的刀身，揮出一道暴長的芒光，連帶森森殺氣，無聲咆哮著，去撕裂良姊姊的命。

良姊姊閉上了眼，卻聽節南驚呼一聲——

「不要！」

良姊姊渾身一顫，莫名的恐懼襲捲了心頭，陡然睜開眼，不見銀鉤，不見刀光，但見年顏的背影，將自己完全護在他的影子裡。他伸手想要推開年顏，不知怎麼，聲音發顫。「誰要你多管——」

年顏向後倒來，他連忙接住，待放平了一看，臉色頓失血色。

一道猙獰刀痕，從年顏的胸膛橫過，直到腹部，血很快就染黯了上衣。

良姊姊手足無措，慌忙用袖子幫年顏止血，卻看著自己兩只袖子都是血，雙手都是血，徒勞無用，到了最後只能嘶吼。「爲什麼？爲什麼要救我？你不是和他一樣，都打算要殺我嗎？」

他不會武功，但他是一匹孤狼，能嗅出殺機。

眼見節南要衝過來，良姊姊將解藥朝她扔了過去，怒道：「不准靠近他！拿了這破玩意兒，給我滾出去！」

節南站住了，沒有彎腰，也沒有滾，呆呆望著滿身是血的年顏，雙眼空洞無神，也問：「爲什麼？」

王泮林亦沒想到年顏會這麼做。他目光冰涼，情緒莫測，但慢慢走過去，撿起了那顆藥丸，小心翼翼收進他的懷袋。儘管他知道，他可能會爲這小東西付出代價，可只要節南活下去，一切都是值得的。

「節南。」年顏吃力招了招手。

節南撲跪過去，咬住牙，衣袖用力擦過眼，連點年顏幾處大穴。「你不要說話……」腦中空白，眼淚像決堤，不知是安慰年顏，還是安慰自己，摸著他漸漸弱下去的脈息。「……沒事的。」

她沒法去看王泮林一眼。

這不怪他，她很清楚。但眼下，年顏要死了。

「我查不到那人的行蹤，只知盛文帝身邊的長風也是隱弓堂的人，所以盛文帝鬥不過魑離，妳可以不必再理會他。長風是……」年顏吸口氣，卻覺吸不進去，語速立刻加快。「劉昌在。」

劉昌在，劉睿他爹。

要是擱在平時，這個名字能抵得過幾十道雷，然而節南此刻腦中空空，不能思想，神情呆板。

「好。」

年顏突噴一口血。黑血！

節南大愕，這時才發現。「你中了毒？」

年顏咧嘴苦笑。「對不住，我只能查到這兒了，不過妳是我們三個裡最聰明的，一定能……」連咳幾口血。

節南哭道：「師兄，是我對不住，我老笑你醜，沒用腦子想過……」無望地，也希望拉回年顏一把。「小柒！還有小柒！師兄你等等她，她一定能救你！她不像我沒心沒肺，跟你打架打那麼厲害，也是把你當親哥哥的……」

「小柒……」年顏眼珠子轉定在一旁臉色慘白的良姊姊。「阿良，我師妹小柒是你親妹妹，那晚差點拆了你的樓，她原本很漂亮，如今有點福相……對不住……」

良姊姊顯然和節南一樣，這時除了眼前，關心不了別人。

年顏又道：「節南，別怪他。」

節南知道年顏說的是誰。

「我中了延昱手下的毒箭，又讓木子珩的陰寒掌擊中，本來大限將至。」年顏不再吐黑血，因他的血即將流乾。「這是我能為妳做的最後一件事，今後要靠妳自己了。師父說，如果有人能消滅隱弓堂，那就只能是妳，不因為妳是那人的女兒，而因為妳是他最得意的弟子。還有小柒那裡，幫我說聲對不住……」

很多很多話，想要說，卻已不知從何說起。

「讓我和他單獨待會兒。」良姊姊突然對節南道。「求妳。」

節南站起身，一步步後退。

年顏的聲音低得幾乎聽不見了。「阿良，我自始至終沒想過要你的命，但還是傷了你，對不——」

良姊姊眸底深痛。「別再說對不住，我確實不想交出解藥，逼得你不得不如此，該說對不住的是我。」

「我自覺不再欠誰，唯獨欠了你，這輩子還不清……下輩子……」

年顏閉上眼，嚥下最後一口氣。

良姊姊一臉難以置信，兩眼失神盯著年顏，然後抬起頭，對發怔的節南道：「我妹妹，就請你照顧了。」

節南才覺不對，就見良姊姊抓起年顏的銀鉤，含淚笑往脖子上一抹——

秋，去也。

都，去也。

12 拼圖遊戲

令人窒息的屋子，令人眩暈的燈光，看著倒在血泊中的兩團影子，節南感覺自己的魂魄好似被一股力量抽離出身體，手腳漸漸發涼。她不能懂，不能明白，究竟爲什麼，會變成這樣？

眞相確實驚心，但同時也讓她鬆了口氣。年顏還是那個沉默但愛護她們的兄長，師父仍值得她所有的尊敬、寧折不屈、並不是韓唐那樣爲了野心賣了良心的人。

中毒也罷，陰寒也罷，也不一定沒得救，只要找小柒來——

結果是，年顏讓王泮林一刀斃命。

就算她心裡一清二楚，知道王泮林那一刀想要的是良姊姊的命，也是爲了她才出那麼重的手，她卻不能轉個身就像沒事人一樣，小鳥飛進王泮林的懷抱裡去。縱使她是個我行我素的人，根本不在意他人言辭，但過不了自己那一關，才是要命。

年顏倒下的瞬間，節南曾自私地想，若是二選一，她寧可死的是良姊姊，因爲小柒不在，她可以死死瞞住小柒，使她不用陷入兩難。然而，節南萬萬想不到良姊姊竟會自盡，用決絕悲壯的方式嘲笑她的庸人自擾。世上誰能懂年顏和良姊姊，被一張面顏束縛在怎樣的地獄裡，只有彼此相知，一個走了，另一個就了無生願，隨流言紛擾，不過求個同年同月同日死罷了。

「這樣也好，世人再難苛待他們。」

那聲音，其實並不冷，但在節南苦痛的腦裡盤旋，就成了涼薄。

待到聲音的主人捉了她的手臂，那體溫燙得讓她跳了起來，半空回身，甩出一道碧光。

蜻蛉出鞘！

半片淺緋衣袖飄落，血色映紅了粉白相思花，王泮林將手放到背後，淡眼望著節南，一言不發，另一隻手鬆開了唐刀。

「拾起你的刀。」節南的肩因呼吸起伏，唐刀上年顏的血漬未乾，刺紅了她的雙眼，她怎能視若不見？蜻蛉劃出一道光弧，嗡嗡振著，嘴皮子發出的聲音，沒有經過大腦。「我桑節南，向你求一戰，不論誰勝誰負，一筆兩清。」

誤殺，也是殺，她要過自己那一關，唯有此途。

王泮林墨眸魆冷，足尖一挑，刀回手中。「若能讓妳踏過心裡的坎，別說應妳一戰，我這條命給了妳又有何妨。」

節南眼裡又起水霧，他總是懂她的！他懂她不知道和稀泥，做不到為情忘義，就是這麼個壞性子的姑娘，而且要面子，死要面子，不能傻呵呵就此放過自己。

堇燊從門外進來，看到的就是這麼一幅場景——

年顏和良姊姊氣絕身亡，節南手持蜻蛉，而王泮林唐刀在手，竟是要對戰的架勢。

「小山姑娘？九公子？你們這是——」堇燊話未完。

「我本要殺良姊姊，不料誤殺年顏。小山既是年顏的師妹，總不能放過我這個凶手，堇大先生觀戰就好。」王泮林說得簡短。

堇燊攏眉，再往年顏和良姊姊的方向看了看，雖然不知前因後果，但從王泮林一句話裡聽來，倒也沒法說節南不對。任何人在這種情形下，大概都不會比這兩人處理得更好。

節南出劍！

王泮林正要提起唐刀，卻料不到堇燊突然躍到他身前，一手按下他的刀柄，同時揮刀架開節南的劍。節南沒打算不分青紅皂白見人就揍，立刻往後跳開，數朵劍花極快地收成一根銀線。蜻蛉反手背起，冷冷道：「堇大先生勸得了今日，勸不了明日，我和他只有一戰才能兩清，否則我就過不去。」

王泮林推開堇燊的手。「不錯，而且我還要速戰速決，堇大先生不用多勸。」

堇燊一邊暗讚節南劍術精絕，一邊頭疼王泮林不自覺，嘆道：「欠債還錢，殺人償命，不過還請九公子別忘了爲何而來，以大局爲重。而小山姑娘也該知道，這人一旦動用內力，會有什麼後果。」

節南當然知道，但也不能因此就睜一眼閉一眼，不過——

她看向王泮林。「你到底爲何而來？」還以爲他只是來找她的，卻原來是順便。

「我爲妳而來，順便辦點事。」要不是堇燊提醒，王泮林還眞將那點事拋到腦後了。「不是什麼大事，比不得妳。」

王泮林的沒臉沒皮，這時只能讓節南心酸，不想聽他粉飾太平，轉向堇燊。「還是堇大先生說吧。」

堇燊看王泮林默默頷首，才道：「盛文帝請小山姑娘找的兩張圖，九公子已拿到手。據畢正說，北都大戰之前，他和大匠們造出一種厲害的黑火武器，只是當時已來不及大量投造。趙大將軍就將武器藏了起來，把標著地點的地圖分成了四份，除他自己拿一份，另三份讓人帶出了城。」

王泮林見節南毫不吃驚。「妳已知曉？」

節南點頭。「我手上有四分之一，崔衍知今晚大概能拿到四分之一。你卻怎麼從崔相手裡拿到的？」

看來這一戰只好暫放一旁。地圖一旦拼齊，就能開始破解祕密武器的隱藏地點，接下來要怎麼做，王泮林的腦瓜是不可或缺的。

「那份地圖由趙大將軍交給我父親保管，從來不在崔相手中。我本來也奇怪爲何盛文帝會搞錯，但年顏方才提到盛文帝的親信長風是隱弓堂的人，我想極可能是他故意誤導盛文帝，不讓盛文帝比魑離先拼齊地圖。」王泮林對節南的神情觀察入微。「小山，不戰了？」

節南蹙眉，苦笑。「這節骨眼上，我要是只顧私人恩怨，年顏會化厲鬼來纏我的。他說了那麼多，想我阻止隱弓堂和魑離的野心，我不可能不管，又怕我一個人腦子不夠使。」語氣一肅。「但你別再跟我耍無賴，咱倆專心做正事。」

王泮林斂眸。「不如這樣，把妳我這一戰換成誰能先找到這樣武器，等地圖拼完，妳我各憑本事，結果不論誰輸誰贏，就算兩清。」

節南想了想，眼中清亮。「好主意。你和堇大組隊，我跟著崔衍知，各盡全力爭贏。」

王泮林抬抬眉，語調帶嘲意。「對小山不甚公平，那位姊夫可能拖妳後腿。」

「那就不勞你操心了。」節南收起蜻螭，往外走。

希姐兒手裡揮著一張紙，差點撞上節南。「雲無悔，你這封信什麼意思？別以爲像絕筆，我就不找你算帳……」

節南拍住希姐兒的肩。「將他二人盡快合葬，葬哪兒還請告訴我一聲，我住鞠英社所在驛館。」

希姐兒一怔，衝進去。

無月夜，人靜哭，遠方有風，呼嘯。

九月二十八，大今南頌兩國蹴鞠大賽，正天府比往日熱鬧得多。

但這日清早，崔衍知見節南一身梨白裙，飄過長廊，眼圈粉桃紅，好似哭過一大場，便對身旁的林溫挑起眉。「還說那晚沒什麼事。」

林溫丈二摸不著頭。「眞沒多大的事，就是這姑娘的桃花運頗旺，連海花樓當家希姐兒都被迷住了，纏著她，說什麼一眼鍾情，非要娶她。六姑娘當然不允。兩人正鬧著，海煙巷的良姊姊來了，將大家遣散，大概就是當和事老，然後六姑娘出來，我們就一道回來——」

見崔衍知要跟過去，林溫一把拽住。「你不是已經問過她了嗎？她也說沒什麼，而且就算推官大人你覺得真有什麼事，也等今日比賽打完再問，老將軍在外頭等咱們呢。」

林溫才說完，百里老將軍的大嗓門就喊起來了。崔衍知沒辦法，只好往驛館外走去。

林溫瞧在眼裡，無心笑道：「你當六姑娘是你閨女啊，操心那麼多。」

崔衍知好氣又好笑。「我在意她，自然關心她，怎麼就成她爹了？」

崔衍知大方承認自己喜歡桑節南，林溫也乾脆直說：「六姑娘不是一般的姑娘，上萬德商樓經商，讓兩大家族認她乾親，還能一個人跑到這兒來晃蕩，哪裡是咱們能管頭管腳的。可我瞧你，那晚聽我們去了海花樓就板一臉黑，不像她爹，難道還像她爺爺？」

崔衍知皺眉。「她是報喜不報憂的姑娘，天大的難事也不會顯在臉上，我以前小看了她，如今只希望她不要事事自己擔著罷了。那晚你被良姊姊請出去，裡頭發生什麼，你壓根不知道，但我卻可以肯定有事發生。」

林溫挺驚奇。「讓崔五郎紆尊降貴、不再由你說了算，我這是瞧花眼了吧。」

「如你說言，不能將她當成一般姑娘，那就當成你這般的損友罷。你要是像她般精神不振、魂不守舍飄來飄去，我也會操心的。難道因此你就成了我孫子嗎？」崔衍知其實會說笑。

林溫一個拳頭打過來，崔衍知跳開，反掃好友一腳。兩人打鬧著跑出去。卻不知，節南並沒有走遠，一直暗中盯瞧兩人，直到他們身影消失在驛館大門外，聽著蹴鞠小將們連聲喝駕，馬蹄噠噠遠去，這才走回自己屋裡。

今日年顏和良姊姊下葬，她不能穿喪服，只能穿白裙，遠遠看著棺槨入土才回來。至於那位希姐兒，和她一樣都是糊塗蛋，人在眼前時抱怨一大堆，人走了才發覺世上親人又少了一個，眼淚比她這個姑娘家還多。不過，希姐兒經過這回，似乎沉穩不少，頗有繼承人的架勢了。

有兩人輕輕躍上廊欄，穿窗而入，向節南抱拳。

節南不驚，悠哉哉對其中一人道：「吉康，堇大先生帶了多少人來？」

吉康答：「一船不到百人。」

文心閣的人，說話都似十分真誠。堇燊、吉平、吉康，皆似如此。後來節南才知道，文心閣有一條上訓：說話三分誠七分禮，斯文有道，莫作東郭。什麼意思呢？說話十個字，三個字是真的，七個字只是給人面子，裝斯文有道理，但不要像東郭先生（注）那麼傻。

這條閣訓後來兔幫沿用，但這時的節南絲毫不知情，眼珠子往上翻了翻，後悔別的事。

她怎麼那麼傻？直接讓王泮林與堇燊組隊，王泮林不就能運用整個文心閣的力量了嗎？

本來，丁大先生屬意的接班人可是她，她要是拿到梨木牌，這船人就歸她調派，所以完全是她死要面子活受罪，打腫臉充胖子。

一船不到百人，那就近百人，近百個聰明的腦袋瓜！王泮林別說失憶，就算天傻，也有機會搶先！她那晚就該一戰到底，這會兒也不用算計來算計去，還是發現自己手下沒人。

不過，節南面上絕不顯弱。「都好了嗎？」

「好了。」吉康遞上一卷文心小報，又將一個小包裹放在桌上，幫忙打開。「這是原物，包括九公子手裡的兩份。」

「我需要一個時辰，你倆可以出去轉轉再回來。」節南鋪開小報，裡面夾著四張山水圖，需要她比照包裹裡的原物察看。

另一年輕人跨前。「此圖乃祥豐所繪，祥豐留在這兒，六姑娘若哪裡有疑惑，可直接問。」

節南到文心閣探望吉平時見過這人，他是文先生，當時和吉康一塊兒，透過她看月兔姑娘，目光崇敬得不得了，而她還不知道他們看著自己的畫像長大，只覺古怪。

注：比喻養虎為患的爛好人。

「我守外面。」吉康走了出去。

節南對祥豐笑笑。「你畫畫跟丁大先生學的吧？」

「是。」祥豐比吉康瘦，寬額大鼻，憨傻。

「我看過丁大先生雕的年畫，你的畫風與他雕版的風格相類，線條極細緻，所以山水好似工筆。」節南說著話，一邊將心思放在四幅畫上。

祥豐回道：「這四幅畫，除了趙大將軍那一幅是白線描，均爲仿李延大師的畫風，不過九公子說可能每一筆都有線索，讓我盡量摹細了。六姑娘倒也不用著急，我今早才完成所有的畫，還沒給九公子一份，就和吉康出來了，而且九公子還要出門看蹴鞠，不到下午是不會回客棧的……」

節南如果稍加留意，就能聽出祥豐偏心她，但她只是把四幅畫拼成一大幅。

祥豐雖然負責摹畫，但摹完就趕著交工，並不知裡頭名堂，所以看到節南拼畫，不由走近瞧。

「不是這麼拼吧？」

節南當然一看就知。

撇開趙大將軍那幅白線描的岩石小溪，另外三幅怎麼擺也銜接不起來，黃河黑山是全景圖，一幅是大山圖，一幅是茂林圖。

節南將白線描的那幅推到一旁，對著桌底下說道：「不會是假的吧？」

祥豐不知道說啥。

節南瞇眼又道：「人都死了那麼久，爲何還供著他的戰袍？你說呢？」

「呃——」祥豐正想著是否該應個聲，忽見桌布一動，從桌底下爬出個胖娃娃來。

祥豐差點踩著小傢伙的手，不知道他是誰，看他利索站起來，圓腿蹬蹬跑到節南身旁，抓著她的梨白裙喊「娘娘抱」。這下，他彷彿聽到下巴殼脫落的聲音。

節南沒抱，一手提娃娃上桌，自言自語。「供著戰袍也罷了，護心鏡裡藏著東西，竟然沒人發現，過了幾年遭了偷才大呼小叫找珠子。」

花花不說話，胖巴掌撲在畫上，指著其中一張背誦。「東市買駿馬，西市買鞍韉，南市買轡頭，北市買長鞭。旦辭爺娘去，暮宿黃河邊……」

節南拍他的小腦袋瓜。「不要出聲，我想事情呢。」

祥豐心想，才多大的娃娃，肯定不聽話。誰知，商花花立刻兩巴掌摀住鼻子嘴巴，兩隻眼鼓鼓圓圓的，好似連氣都憋住了。

節南好笑，伸手將花花的兩隻小巴掌往下挪一挪。「只讓你不出聲，沒讓你憋氣。」

花花咧嘴，笑得沒聲音。

祥豐看傻了眼。因為他不知道，花花是在呼兒納屠城的時候被節南救出來的，在這娃娃碎片般的記憶中，節南讓吃東西，就要趕快吃東西，節南讓別出聲，就絕不能出聲，全不似尋常娃娃，生存的本能出類拔萃。

節南沒在意祥豐的表情，把花花手裡的畫抽出來，見那張是趙大將軍的白描，拽一下花花的沖天辮，讓他看黃河黑山那一張畫。「你拿錯了，這張才是有〈木蘭辭〉的。」

花花指指自己的嘴，無聲張開，打個手勢；節南點頭，打個手勢。

花花搖頭晃腦，軟軟嗲音立刻出來。「不聞爺娘喚女聲，但聞黃河流水鳴濺濺。旦辭黃河去，暮至黑山頭，不聞爺娘喚女聲，但聞燕山胡騎聲啾啾。花花背完啦！糖糖！」

節南從荷包裡拿出一顆五彩糖給娃子，看他一屁股坐下吃糖，再不那麼神叨了，才對祥豐嘻嘻一笑。「等你們回去，問九公子能不能把花花接過去，我勢單力薄，萬一照顧不周。」

「這娃難道是九公子和月兔姑娘的——」嚇得連月兔姑娘都順口溜出來了。

節南瞥去一眼，祥豐頓時消聲。然後，祥豐看節南拿起那張白描，在花花面前搖來搖去，反覆問著眞的假的，他便覺著自少年起就傾慕的月兔姑娘形象有點被摧毀。

月兔姑娘的智慧來自於一個小娃娃？傷心！

再過了一會兒，節南站起來，把自己的生辰盒子和趙大將軍那幅白描從包裹裡取出，重新包好，往祥豐那兒一推。「行了，多謝你。」

祥豐問：「六姑娘解出地圖了嗎？」

節南俏皮眨眼。「這可不能告訴你，你是那邊的人。」

祥豐突然往窗外看看，見吉康站得挺遠，低聲道：「丁大先生說六姑娘手中有一顆堇大的樟木珠子？」

節南背過身去，掏啊掏，再回過身來時，手心裡一顆古木樟珠。「你不說我都忘了。」祥豐憨憨的臉上就露出了狐狸表情。「兩位大先生的樟木珠子可不能隨便給的，一顆珠子一份人情，但凡文心閣的人，都要幫著還。六姑娘雖然還沒接下丁大先生的梨木牌，卻隨時能用這顆珠子換人情，還請六姑娘不要再忘了。」

節南終於聽出祥豐暗示可以幫她，就將珠子往他跟前一送。「好，珠子你拿去，你就當我的眼線，九公子有什麼動靜，你想辦法知會我就行。」

祥豐擺著手往後退，笑得又有些像狐狸。「六姑娘，這珠子只能由您還給堇大，我們是不用收的，只要聽拿著珠子的您的吩咐而已。」

節南恍然大悟。「就是我可以反覆用？」

「沒錯！」祥豐大鬆口氣。「不過，吉字輩的六姑娘別用，畢竟堇大是他們的師父，難保他們不會洩密。但我能保證咱祥字輩的，絕對以月兔姑娘馬首是瞻。」

節南聽他又說成月兔姑娘了，心想童年陰影真強大，但笑。「我知道了，只是我也很好奇，爲何你們寧可幫我，也不幫九公子？難道就跟當今朝堂文官武官互瞧不慣，文心閣裡也有明爭暗鬥？」那就太讓人失望了。

祥豐的回答卻沒讓節南失望。「並非如此，只是丁大先生教我們心中應該有桿秤。九公子有堇大，所有堇大的弟子聽命於他，而九公子明知六姑娘獨自來正天府，竟還同六姑娘提出這場比試，其實狡猾。祥豐和幾位師弟想來想去，實在覺得有欠公允，故而借今日來此，向六姑娘表明我等意願。」

不但沒失望，祥豐這般義正辭嚴，反倒讓節南改變了主意，對外喊道：「吉康，你進來。」

吉康大步跨入，見桌上一個正在寫大字的娃娃，詫異之極。「啊，花花怎麼在這兒？」他負責守南山樓，當然認識花花。

節南不答，只道：「你回去跟九公子說，我之前有欠考慮，這會兒想明白了，覺得該要放下面子的時候還是放下得好。」

吉康問得小心翼翼。「六姑娘決定認輸？」

「怎麼可能！」節南和祥豐異口同聲。

吉康看向祥豐，突然有點明白。「祥豐你……」

節南搶過話去。「九公子不能動武，所以堇大和你們還是跟著他，但祥字輩和同行的文先生要歸我調派，如此一來，即便我輸了也心服口服。他要不肯，就是惡劣欺壓，我不服，也不作數，一戰難免。」

接著，節南對祥豐說道：「咱要贏，也要光明正大地贏。你要幫我，那就直接過來，怎麼樣？」

祥豐躬身長揖。「謹遵六姑娘之意。」

吉康啞然半晌，抓抓耳朵。「祥豐你好啊你，趁我不注意，跟六姑娘套近乎，一下子就能跟著六姑娘做事，樂得心裡開花了吧？」

祥豐直起身，憨得一本正經。「你眼紅你可以跟來，記得跟堇大先生說一聲，不然你師父肯定罰你面壁。」

面壁，當然不是面對牆壁那麼簡單。

節南笑著催。「吉康，立刻回去稟報，好讓人盡快過來，我這兒急需用人。」

吉康抱拳就去了，沒有眞不滿。說到底，就是自己人分兩組較量，龍潭虎穴也成趣！

祥豐想起商娃來。「還要送花花過去嗎？」

「既然多了幫手，那就不用了，」不再死要面子的節南，忽覺肩上擔子一輕，背著花花更無憂。「而且，這個小傢伙實在是我的福星呢。」

〈木蘭辭〉，是吧？

「祥豐，你知道鯤鵬書舖嗎？」節南拎著花花到外面花園，在小傢伙腰上栓了條很長的腰帶，另一頭捲在她自己手裡，然後放他去玩。看起來不大良善，然而事實說明，這做法是切實有效的。

祥豐不知節南是跟某九學的，只覺這種方式像極雜耍人帶著小猴子，忍著笑答「當然」。「昆大是丁大先生的師兄。」

節南雖知昆朋學識淵博，倒沒想到身分這麼高，難免覺得奇怪。「那就是你們師伯了，怎會一人留在大今？」

「不是一人。『鯤鵬莊』就在城外，和雕銜莊一樣，專做版書刻畫，比大今官府做出來的版子精良得多，正天府在內的三道六府多求上門來做書，生意比雕銜莊還忙，而且又是舊閣在大今的總莊，統管大今買賣。」

聽完祥豐的話，節南好笑。「所以鯤鵬書舖是昆大的興趣？」至少知道大今的文心小報從哪裡出來的了。

文先生果然想得快。「如果六姑娘常常看到昆大在書舖裡，肯定是衝著您去的。您是丁大先生的接班人，您的安危事關所有人的將來。」

祥豐突然正經起來的尊敬語氣，讓節南才覺著輕的雙肩又猛地被壓了重。她才想訕訕一笑，忽而記起丁大先生交班時說過的話。他說，爲了不淪爲他人的工具，才要關掉文心閣，徹底拋卻半官半民的敏感地位。那時她還不知道隱弓堂，如今才覺丁大先生極可能已經碰到了隱弓堂，而非泛指。

所以，隱弓堂的勢力也進入了南頌朝堂的意思嗎？

再想到劉睿他爹劉昌在，那位只愛做學問說學問的員外老爺、書香門第劉氏的庶子，盛文帝的影子長風，隱弓堂的一員，三重身分這個眞相，其震撼絲毫不亞於生她那位帶給她的顚覆感。不過，這倒也幫她解了一些疑惑。劉睿爲何沒有考狀元，轉而娶了蘿江郡主。而當初她追劉夫人問她爹的死因，卻原來問錯了人，應該找劉老爺問才對。只是劉夫人究竟無不無辜，她已無法斷定。

有機會，要找丁大先生問清楚。

節南這麼想著，對祥豐道：「請你問昆大要一份正天府一帶的地圖，愈詳盡愈好，山水版那種最好不過。」

地經、地圖，有簡單線條勾勒的，也有山水畫繪實景的。

「果然六姑娘已有線索。」

若說畫像中的桑節南靈氣逼人，讓他們這群小的心生傾慕；聽吉平吉康他們說起的桑節南霸氣逼人，令他們一掃對前路的不安。而眼前的桑節南，也確實讓祥豐不知不覺充滿了信心。

「先從能想到的地方著手，生辰盒子上的圖最爲明顯，若可以找到實景，肯定就近了一步，其他的可以到那兒再想。」見花花奔向魚池，節南立刻把腰帶捲起幾圈，算好花花的胖手碰不到水面，看小傢伙奮力向前，她卻挑眉刁笑。「花花不是說了，旦辭黃河去，暮至黑山頭，咱們得找到那條河，往反方向走，再找到那座山，等太陽下山，然後——」

然後，應該會有下一個線索。

吉康找到王泮林的時候，正是雲和社打進一球的時候，喝彩聲遠沒有江南各城看比賽那麼喧鬧，也沒有蓋過門樓上那群大今貴族的叫好聲。

吉康轉述了節南的話。王泮林聽後，笑對堇燊道：「堇大這下可放心了，小山已有接下文心閣的自覺。」

「這個輪不到我擔心，自有丁大想辦法。」

堇燊瞧不出王泮林的眞情緒，但他知道這對小兒女之間的感情。雖然他從來沒想過，小兒女這樣的形容，也是可以很貼切地放在這兩人身上的。畢竟，一個遠得如天邊雲，一個霸得如三昧火，一般人難以靠近。不過反過來想，火燒雲，也就彼此合適。

「堇大說歸說，心裡其實也焦急。」王泮林轉而對吉康說了幾句，照節南的要求，分出些人手給她。

「她不接，你接也一樣。」堇燊沒焦急。

王泮林卻搖頭。「我若考上榜，就是官身，不能接大先生的班，而且，我還是安陽王氏。」

堇燊輕哼，再開口卻說地圖了。「小山姑娘這都來討人手了，很可能已看懂了地圖，你還有閒心看蹴鞠。」

王泮林回道：「不急，再說拖她後腿的人還在這兒，她能跑得了多遠呢？」

堇燊知道王泮林說的是崔衍知。「小山姑娘能向你討人，也能把拖後腿的人甩了。」

王泮林看堇燊的目光陡然新奇。「堇大原來也懂得忽悠。」

堇燊沒好氣。「我不會忽悠，小山姑娘會。」

王泮林又是搖頭。「堇大這回卻錯了，小山不會的。她雖然放下面子要了不少幫手過去，但她一定會帶上崔衍知。不爲別的，就爲一樣。有京畿提刑司的推官大人頭前帶路，她做什麼都可名正言順。那姑娘——」

他說著就笑了起來，墨眼星閃。「她做事從來有後招，絕不會落空的，所以我這回要贏，就得先破她的後招，而不是破解地圖。地圖是死的，人是活的。」

堇燊第一反應。「你這回不應該贏，而應該放水。」

這小子知不知道自己的處境？就算誰都知道，年顏的死確實不能怪罪王泮林，但那一刀又確實要了年顏的命，這筆糊塗帳小山姑娘也是不得不清算。

於情於理，這位都應該輸，而非像成翔府那會兒，把那姑娘算計得有命去沒命回。

「放水？小山即便不分去那些人，我都沒把握贏她，更何況她和我如今的力量平分秋色——不對，她的劍術能以一擋百，還有個小妖怪，了不得的護身符，伴她闖過鳳來而絕地逢生。放水？這麼無恥的事，我怎能做？」

兩聲反問，王泮林笑沒了眼，卻將突然湧進蹴鞠場的正天府兵看得清清楚楚，淡道：「好戲來了。」

正天府兵包圍全場時，雲和社鞠英社打成了平手，一比一，中場休息。

人人都知道府兵可能來幹什麼。因爲等這場比賽結束，如果雲和社輸了，蹴鞠場就會成爲行刑場，今日上場比賽的雲和社員將被處死。

雲和社的成員多是戰俘或囚犯，所以沒有太多人對這項殘忍的處罰提出異議。終歸到底，這些人不踢蹴鞠，也會死在牢裡。然而，百里老將軍、崔衍知、林溫等人看來，這黑壓壓嚴陣以待的架勢，倒像要對付他們的。

林溫覺得喝水都塞牙縫。「我們要是贏了今人，會不會把我們一起砍了？」

「我們要是輸了，就更加難逃一死。」崔衍知說著，看林溫驚目，才笑。「兩國交戰不斷來使，而南頌和大今目前交好，我說笑而已。」

他其實在想，怎麼把地圖和祕密武器的事情告訴他們。

節南說，兔幫已經拿到了另三份圖，今日就能湊齊。他見識過兔幫的厲害，自然不會懷疑節南的話，也顧不得細細追究節南之前為何隱瞞，或者兔幫是怎麼弄到手的，只想趕緊找到那地方，把武器帶回南頌。如此一來，他就需要更多人幫忙。

林溫嘖嘖口水。「衍知你就算為了心上人磨性子，對著她說笑就好。」

百里老將軍資歷深，目光矍鑠。「別的我不懂，但覺來者不善。」

林溫欸了一聲。「這是什麼道理？難道大今剛吃下北燎，立刻就要和我們開戰，所以殺雞儆猴？」

百里將軍抹過絡腮鬍。「難說。」

忽見府兵分開，一駕單騎戰車進入場中。

離妃身穿雲和社蹴鞠衣，揚聲道：「剛獲前方捷報，陛下大獲全勝，燎帝出城獻降，願歸順我大今，西原是我們的了！」

兵士們歡呼如雷。

崔衍知等人縱有準備，聽到北燎亡國的消息，仍是嘆了又嘆。

「本宮代陛下恩赦正天府所有死囚，重罪刑罰減半，輕罪釋放……」離妃說了一大堆，最後才和本場比賽有關。「今日雲和社上場社員均脫奴籍，賽後即刻自由，勝負不計。」

雲和社那些社員開心地大喊大叫。

林溫呼出一口氣。「還好，沒咱們什麼事。」

「不過，前些日子本宮的朝鳳珠不見了，本宮得到消息，已經知道是誰幹的。如果在比賽結束前能將珠子放進這只籃子裡，本宮就不再追究。」離妃不愧是草原公主，雙手拉開一副大弓，將籃子射在蹴鞠風眼旁，「否則，就算是遠道而來的客人，本宮也只好一個個審，直到證明你們清白為止。」

離妃說什麼，除了場邊的人們，多數百姓聽不見，猜測紛紜。

林溫一聽。「豈有此理，不就是說我們偷的嗎？還有誰能把珠子放進風眼旁的籃子裡？」

百里老將軍也察覺到不對。「欲加之罪何患無辭！」

崔衍知最心虛，當下將地圖和黑火武器的事說給兩人聽，才道：「那根本不是朝鳳珠，是趙大將軍的遺物。離妃上回沒搜到，眼看咱們今日就要離開正天府，大概才想出此計，可以扣著人不放。」

百里老將軍和林溫驚得無以復加，也很難置信，但這時除了相信崔衍知的話，別無選擇。

「比賽結束後，離妃肯定就要抓人了，怎麼辦？」林溫暫且不管起因。「而六姑娘還在驛館，她又該怎麼辦？」

百里老將軍神情堅毅。「換人上場，你倆找機會逃出去，帶桑六姑娘離開，若能找到那件武器就最好，不然盡快回南頌，將此事報與朝廷。」

崔衍知卻搖了搖頭。「是我大意，應該早點察覺的，還以爲這些府兵是準備來行刑的。」卻不料對方利用了這種心態，他不及反應，回過神來已經身陷包圍。

⸎

遠在包圍圈之外的堇燊見到場中景象，和很多人一樣，聽不見，看不明。王泮林卻似乎能讀離妃唇語，解釋給堇燊聽。「大今終於攻下北燎，盛文帝大赦天下，而雲和社多是戰俘或死囚，多半免了他們的死罪，所以個個又跳又喊的。離妃將一只籃子射在風眼旁，大概是問人討朝鳳珠，看崔衍知他們神情不愉快，可能離妃打算一個個審他們。」

「你方才說要破小山姑娘的後招，而崔五郎是小山姑娘的後招，所以這一切都是你安排的？」堇燊從無一刻懷疑過王泮林的智慧，只想這麼安排是不是也太狠了，把人往虎口裡送？

王泮林卻好笑。「我哪能如此厲害，可以指使得動離妃？堇大也太看得起我了。」

無論如何，知道王泮林這回品德有保障，堇燊心裡稍稍得到些安慰。

「只是韓唐做事的方式我多多少少還是能摸到一點兒頭緒的。」王泮林曾在韓唐府上蹭吃蹭喝過一段時日。「韓唐喜歡一箭數雕。朝鳳珠，和白龍珠是一對，雖然盛文帝讓離妃保管，卻並非給了她。如果能栽贓給宰相之女，就算拔不起一大串，也能打擊大今宰相在朝堂的勢力；而且扣下鞠英社這些人，用重刑上僞供，大今宰相還有裡通外國之嫌。此其一。」

堇燊還在等王泮林說其二，但見王泮林竟要走了。

「其二呢？」他也會好奇。

王泮林邊走邊說：「其二就是重刑逼眞供，問出珠子的下落。」

堇燊就問：「我們可要幫他們脫困？」

王泮林出了門，往紅葉山的方向眺望。「堇大不是已經幫了？」

堇燊奇道：「怎麼——」

話未說完，忽見一匹快馬穿過熙攘人群。

馬上是個道士，面容發焦，高喊：「紅葉山望閣著火啦！紅葉山望閣著火啦！」

很快，消息傳到蹴鞠場中，離妃大吃一驚，也不知說了什麼，駕著車就往紅葉山方向去。兩列府兵跟跑在離妃身後。

突然，鞠英社的人同場邊的府兵打了起來，趁其反應不過來，兩人成功混進圍觀的老百姓之中。

「原來你讓我安排人到紅葉觀的望閣，只是爲了放火？」堇燊想起來了。

「紅葉山望閣，可不是一座簡單的觀景樓。」王泮林頭也不回，上馬車。

紅葉山望閣，是朝南頌而望的龍首，也是盛文帝遷都理由中最具說服力的一條。龍頭燒沒了，不祥之兆，別說遷都，打不打南頌，就夠盛文帝苦思了。

13 暮至黑山

大火熊熊，不時發出驚人爆裂聲，木頭飛炸。

紅葉林中，韓唐冷著臉色，看救火的人們像灑落的豆子，讓驚爆聲嚇得跳遠跳近，潑出去的水彷彿立刻讓火舌蒸無，望閣就此變成焦樓。

「不就著火了嘛，離妃何至於大驚小怪？」木子期靠著大樹，抱臂斜瞥。望閣前，離妃不怕四濺的木屑，卻是又氣又急，大罵紅葉觀老道沒用，上百個道人吃著皇糧，卻個個瞎眼，連火頭都瞧不見，要等她來救火。

韓唐轉過身去，望向山下不遠的宮樓殿宇。「你可曾聽聞紅葉山龍首之說？」

木子期撇嘴。「市井傳言罷了。」

韓唐說聲「不」。「當年盛文帝攻破北都，改名正天府，將自己的親王府建在此城，就已經打著壓制南頌邊界的主意了。但有一位高人，預言他南下無望，說紅葉山就像一根定尾針，大今版圖到此為止，到他手上極盛又極衰。」

木子期歪笑。「說得對，盛文帝太愛美人，不知紅顏禍水。」

韓唐神情不動。「盛文帝愛美人無妨，卻必輸給自己的自負。這人以梟雄自居，卻不見梟雄都是後繼無人，只顧拓張版圖，不知富國強兵。當年北都數十萬百姓，生活富足繁忙，而今十萬不到，蕭條至此，哪有大國氣象。」

木子期聳聳肩。「他愈自負愈好，給我魑離鐵騎當馬前卒。我魑離要麼不打，一旦開戰，自北向南，一氣併吞天下！而且我們魑離各部落可不像大今這些貴族心懷鬼胎，眞正擁戴魑王。」

韓唐點點頭，表示贊同，但道：「無論如何，盛文帝不會甘於這種結果。他找了三位大師化解此局。三人向天占卦，都得到一個啓示，待盛文帝登基後遷都，如此紅葉山就能變成龍首，龍首向南，有南下之威勢，就能問鼎天下。不過紅葉山本是南頌帝山，要成大今龍首，需要養五年。所以紅葉觀裡有法陣，望闔地下也有法陣，埋大今八位先祖陶像，要將南頌帝氣化爲大今龍氣。」

他走到林邊，撿起一塊陶片。「眼看即將大功告成，大今龍首成形在望，想不到竟讓人窺破此處的名堂，一把火給燒了。」

「不是意外？」木子期這才詫異。

韓唐哈笑。「如果是意外，就不會連陶像都毀去，望闔地下的祭壇可不是大火燒得掉的，而且，祭壇下面還埋著一樣東西，大今八位先祖死死壓著它，想讓它永世不能翻身。」

木子期問什麼東西。韓唐眼中幽明交替。「暉帝頭骨。」

木子期頓起雞皮。「夠邪勁。要說這位皇帝已經很倒楣了，前半生享盡榮華，後半生不如叫花子，死都沒能留個全屍。不過眞有用嗎？」

韓唐臉上閃過一抹笑。「陰陽八卦能知神旨，而風水輪流，貴在可以試探神旨。神旨也未必是一定的。若有誠心，天地可泣。」

木子期抖抖上身，想甩開那股子陰森氣。「好吧，韓大人的意思我算明白了。望闔被燒，龍頭燒沒，盛文帝沒能感動上蒼，就要倒楣了。這對我們是好事，離妃發那麼大脾氣幹什麼？」

「因爲知道紅葉山望闔眞正用意的人沒幾個，後妃中只有離妃知曉，並具守護之責。這麼重要的地方被毀，離妃娘娘當然著急，直接關係到她封后。相比之下，朝鳳珠對嫻妃的影響就沒那麼大了。」韓唐說到這兒，終於攏緊眉頭。「會是誰呢？」

木子期猜。「嫻妃？上回搜珠子，她那眼神，一看就知會有動作。」

韓唐道：「不太可能，嫻妃的娘家和盛文帝命運相連，不至於做出動搖他帝氣的事。與離妃娘娘截然不同，嫻妃卻是極其相信風水的。」

「那就是南頌來的那些人，知道今日要倒楣，所以聲東擊西。」木子期又猜。

「他們——」韓唐似也有所懷疑，但終究搖了搖頭。「你那些手下瞧見他們來過這裡？」

木子期答：「沒有。那還會有誰？總不見得是桑——」

「不會，她無從得知這地方的用意，性格又大而化之，不懂風水之術。」韓唐不會瞎猜。「不論那是誰，定然學識驚人，見識廣博，而且懷舊。」

木子珩突然晃出來。「南頌那些人已經上船，照韓大人吩咐，讓他們出城了，結果他們眞沒往邊界去，反而往上游走。」

木子期不知這個安排。「怎麼把人放了？地圖不找了？」

韓唐笑著往山下走。「桑大天殺人取圖，事後長風卻怎麼都找不到，只能猜測桑大天玉石俱焚。不過我倒覺得那圖到了桑節南手裡，而我們現在可以肯定崔衍知是偷珠之人。桑節南住進驛館，似乎並非你們所以爲的男女私情，卻像兩份圖合一，甚至四份圖合一。畢竟另兩份圖肯定在南頌，崔衍知或桑節南都可能拿到手。如果是這樣，他們可能已經知道趙大將軍的祕密。我們不用再費勁弄地圖，只要緊盯他們的行蹤，當隻黃雀就好。」

木子期哦哦兩聲。「有道理。」

突然又一聲爆裂。

韓唐停步，回望山頂火光和黑煙。「我同子珩先行，子期你留下，幫我查一下暉帝的頭骨還在不在，不要放過任何可疑，稟報給我。」希望他想多了，放火之人與桑節南一行人沒有干係。

木子期應聲轉回去。

王泮林在船上看四幅圖，旁邊站著昆朋。

昆朋觀察了他一會兒。「小山姑娘已經走了大半個時辰，你還不趕緊出發？」

「往哪兒走？」王泮林甚至還沒看昆朋帶來的幾大冊山水版地圖。

「這還不容易。小山姑娘往哪兒走，你就往哪兒走。」昆朋可沒有看這兩人互掐的意思。「我讓人跟著呢，要不要告訴你？」

「鯤鵬莊很閒嗎？」王泮林嘴裡卻不吐象牙。

這時堇燊帶了幾名弟子進來。「人回來了。」

王泮林的語調這才揚起。「找到了？」

爲首的青年捧上一只盒子，盒子四面雕凶煞鬼面。

昆朋知道這四個鬼面是用來鎮魂的，睜了睜目。「這裡頭是——」

王泮林沒讓人費勁猜。「暉帝頭骨。」

這下，可以去追小山了。

離正天府城約摸三十里，逆流而上，有一座大鎮。

祥豐從船上看沿河鎮貌，再對照手中的圖，立刻跑回船艙，高興地告訴節南：「到了，和圖上有九分相似，應該就是這裡。」

桌上鋪著一本本山水圖冊，牆上貼〈木蘭辭〉，祥字輩的年輕人們正在找和大山圖最接近的地圖。

節南坐在地板上，和花花吃麵條。船上的麵條味道不好，但兩人都吃得津津有味。花花吃完了小碗裡的，眼巴巴看著節南的大碗。節南很快就留意到了小傢伙的眼神，將自己碗裡的麵撥過去一些。花花笑咧嘴，搖頭晃腦又開始吃。

看著這一景象，人人的心都化成水了。

節南絲毫沒發現周圍心水的目光，等花花吃完，才將他背起來，對祥豐說：「瞧瞧去。」

上了船頭，花花打個大大的呵欠，揉眼睛，咬著手指頭，眼皮子耷拉耷拉。節南雖然看不到，但能感覺花花小腦袋的熱力，知道小傢伙要睡覺了，反手拍著。

祥豐伸手幫拍。花花立刻睜圓了眼，小腦袋豎起來，很警醒的模樣。祥豐連忙收回手，看花花扭過頭去重新貼了節南的背，笑道：「花花的感覺很敏銳，我一拍他，他就醒了。」

「小孩子都這樣。」節南拿過祥豐手裡的圖，嘆了口氣。「果然如我所料，沒有這麼容易。這裡應該就是第一部分的地圖，黃河清晰，但黑山到底是哪一座卻不好斷定。」

照地圖顯示，黑山的部分由幾座山疊成。

「至少我們現在知道從何找起。」崔衍知和林溫走了過來，他們手上也有一份摹圖。節南讓祥豐多畫了一份。

說實在的，目前的情形有些出乎她意料。

本以爲崔衍知獨自一人，而她有祥豐他們十來人幫手，這位拖後腿的力量是微乎其微的。何曾想離妃公器私用，居然向南頌挑釁，無視鞠英社的使者身分，逼得這隊人不得不撤出正天府，都上了這條船，而且崔衍知還將祕密武器的事告訴了所有人，個個摩拳擦掌要去找，就變成崔衍知那邊人多勢眾的狀況。

祕密，已經變成人盡皆知的探寶比賽。

節南看看江面遠處的船影，興許其中就有王泮林的船。

聽崔衍知說，紅葉觀望閣著火了，離妃突然慌了神，沒顧得上親自抓他們就看火勢去了，所以他們才能順利逃出。

她怎麼想，都覺得那火也掐得太準了，極像王泮林能做的事，不過居心叵測，一時半會兒也猜不透。

「百里老將軍呢？」那位大嗓門、脾氣很烈的老人家，從上船後就一直追問她和文心閣的關係，還有四份地圖是怎麼到她手裡的，又問趙琦知不知道她到正天府的事。

如她所料，人多是非多。

「打盹呢。」林溫笑嘻嘻，望著眼前的景色興嘆。「且辭黃河去，暮至黑山頭。眞有這意境哪。話又說回來，這是哪兒啊？」

「溫二爺在北都長大，這裡離北都不過三十里，你竟不知？」聽到那位老將軍在睡覺，節南眞有鬆口氣之感。

倒不是怕他，實在讓老爺子問得有點招架不住，恨不得從實招了，一了百了。

「我十歲才到北都，我娘管讀書管得嚴，哪裡都去不得，結果沒幾年就……」下面的話也不用說了，大家都知道的。

「這個鎮叫『玢鎮』，統管五縣十六村，人口三萬七千多，水路貿易興旺，木材鹽業發達，屬於風水寶地。就算不知道玢鎮，肯定也知道『封府』吧。這些大山的後面，就是封府轄界。山裡還有暉帝的避暑行宮『坤極宮』和狩獵場。」祥豐是祥字輩中的佼佼者，學問一把把的。

封府也曾是天下聞名的繁榮之地，與北都相鄰。坤極宮更是避暑勝地，傳聞裡面養珍禽奇獸，百草百花，怪石佳木，還有來自波斯等地的異域寶物，是暉帝很多畫作的靈感來處。

「玢鎮在封府的陰山背面罷了。」節南雖也不知這裡，但她捕捉不尋常的本事很大。

崔衍知心頭一動。「藏匿地點會不會就在坤極宮？」

祥豐搶在節南前頭回應：「不可能，坤極宮早就讓盛文帝用作行宮，這些年進進出出，而當年坤極宮更是讓今軍搶掠一空，哪裡還有沒翻過的地方。」

林溫道：「可是，趙大將軍藏武器的地方，多半是和他有淵源的地方。玢鎮，一不是軍鎮，二不是關隘，趙大將軍爲何選這裡？」

「趙大將軍的髮妻就是玢鎮人啊。」祥豐微仰頭，眉毛高抬。

節南想，手下有人，說話省力，就是好。

接下來，林溫和祥豐就拿著大山圖到處比畫。

崔衍知看看節南背上的娃。「不知爲何，看妳背著這小傢伙，總覺得事情不會太順利。」他已知這隻和鳳來那隻是同一隻。

「正因爲背著他，事情才會很順利。那會兒在鳳來縣，你、我、宋大人，加起來也不過幾百人，卻把呼兒納數千兵馬趕了出去，這娃是我的護身符。」節南答應過，只要崔衍知不提男女之情，她就會心平氣和跟他說話。

「但願如此。」崔衍知沒問應該送到玉將軍府的商娃，爲什麼會由節南養著，因爲隱隱覺得這話題會讓兩人吵起來。「說起子安，我來大今之前收到他的信，玉氏生了個女兒，母女平安。」

節南道：「梅清和小柒一直通著信，小柒還給她特製了安胎順產的藥丸，如今平安就好。」說著不由微笑。「當時只覺身陷重圍，喘不過氣來，如今回想起來卻不盡是腥風血雨，亦有美好的人美好的事。」

崔衍知點頭，心有所悟。「子安比我豁達，很容易就取得了妳的信任。」

節南直言：「信任和尊重都是相互的。」

崔衍知苦笑，自小他受到的教導就沒有這一條。母親說，以帶給自己的好處多少來衡量對方價值，再決定是否給予尊重。至於信任，等於讓對方看到自己的弱點，父親認爲是相當愚蠢的行爲。

「我們現在該如何？」如今，他想學會信任，信任自己的夥伴。

「停在這兒，等花花和老將軍醒來，大夥一起看日落。」節南回答。

然後，就看老天爺的意思啦！

日斜照。

旦辭黃河去，暮至黑山頭。

一直在等日落的崔衍知，幾乎和林溫同時抬起手來，指著日頭落下的那座山。「那裡。」

祥豐一邊說「須山」，一邊對守在船艙窗外的師弟點點頭。那位就往船艙裡說須山。很快艙裡跑出兩個年輕人，手捧幾張圖，恭敬地翻給節南看。

林溫看著，低聲對崔衍知說：「趙侍郎的侄女，王氏紀氏乾女兒，商樓第一女商，連文心閣的先生們都對她服服帖帖，這姑娘到底還有多少本事，能嚇咱們一跳？」

崔衍知心想，他還知道這姑娘劍術了得，除了文心閣之外，還有一群神祕的兔子聽命於她。至於出身霸王之家這樣的事，簡直不值一提了。

當然，崔衍知什麼都沒對林溫說。

他即便會用不夠光明磊落的手段，但他還有底線，也明白節南的底線在哪裡。而那姑娘實在聰明，真有公諸於眾的時候，她一定能全身而退。而他崔衍知，還有什麼可驕傲？將一輩子抬不起頭來做人。

節南看過圖，又讓人把那幾幅須山圖拿給崔衍知他們看。

崔衍知一看就知道。「不是須山。」

大山圖和任何角度的須山地圖都不像。

節南搖搖頭，淡然的神色彷彿告訴人們，她早知不是須山。早知，卻嚴謹，沒有因為她的認知輕率忽略任何可能，看圖時非常仔細。

她道：「大今攻破北都時是春天，現在卻是九月。」

崔衍知馬上反應過來。「日落會有偏差。」

林溫拍一下腦袋。「對啊。」來不及佩服節南的細緻，對著西面左轉右轉。「應該是——」

崔衍知也在找。然而，群山疊疊，即便稍稍調整方位，就連著幾座山闖入眼簾。

「這裡山頭也太多了。」祥豐說完，一轉頭，卻發現節南背對著日落，正看對岸大山。

祥豐不解。「六姑娘——」

節南打斷他。「等等。」

日光沉落，天空頓生暮色，那座巨大的山廓，如同灰藍調中突然潑上了墨。

祥豐驚睜雙目，喃喃：「那才是黑山嗎？」

崔衍知和林溫都聽見了，一齊轉身來看，雖然眼見那座山的變化，但並未像祥豐那麼驚訝。

還是那話，人多事多，意見多多。

林溫全然否決。「不可能，那座黑山不是標在祕圖裡了嗎？再說，只要天黑下來，哪座山不黑？」

崔衍知看著那座黑山，心中感覺奇妙，說話卻出自理智的腦瓜。「林溫說得不錯，如果黑山不在祕圖中，就稱不上地圖了。」

節南笑。「誰說這山不在地圖裡？」終於有把握了，很爽氣地抖開第一張圖，指著某處。「二位大人瞧清了，這裡明明白白寫著，前往黑山渡。」

地圖中的河渡口，停著一條船；船前一家小吃鋪，鋪子旁一人撐著一塊木牌子，木牌子倒著，上面有幾個小字。

林溫湊過去，恨不得倒立，兩眼都快鬥雞了，才往後驚退。「這……這也……」倒過來的麻點字正過來看，眞是「前往黑山渡」五個字。

崔衍知也費了好些勁才看出來，這下無語。

祥豐一臉沮喪。「這畫還是我臨摹下來的，竟全沒在意這塊牌子上的字。」

節南卻誇祥豐：「因爲你非常專注，做到了一模一樣，我才能讀出字來。要是馬虎畫兩筆，這條線索就沒了，而雕圖本身更難分辨。」

她又對崔衍知道：「記得記祥豐大功一件。」

花花打著醒呵欠，小腦袋小身體在節南背上聳動，牙牙語。

節南摸到小傢伙的胖手，香一口。「護身符醒啦。」

花花咯咯笑，又喊餓。節南就對眾人道：「咱們可以到黑山腳下看看，查一下那座山名和附近。」說完便往伙房走去，帶花花找東西吃。

祥豐他們先動了起來，回船艙重翻所有的地圖，因爲之前方向都錯了，根本沒想到對岸。

林溫怔望了一會兒那座大黑山，對崔衍知道：「說不上來，雖覺那姑娘的發現很驚人很有道理，可又覺得她太有本事了，讓我不大服氣，又沒法子不服氣，自己好不窩囊的無力感。」

崔衍知感同身受。「我從來說不過她。」

林溫卻以一種全想明白了的表情看著好友。「咱們這麼多年的交情，容我說句實話，找一個你根本對付不了的姑娘過一輩子，你會很辛苦的。以前我只覺這姑娘與別的女子不同，如今才知誰當她一個聰明女子，誰都是小看她。她是個很聰明的人，不要分男女，就是一個很聰明、非常聰明的人。你懂我的意思嗎？」

崔衍知沒懂。「你認爲我會自討苦吃。」

林溫深嘆，拍著崔衍知的肩。「不止，我認爲你會一敗塗地，還會以自己身爲男子而覺恥辱。」

崔衍知怔了怔，隨即好笑。「至於嗎你？」

林溫攤開兩手，往後退幾步。「反正我是打算今後在桑節南桑六姑娘面前當啞巴了，再不會自作聰明。但我絕非討厭她，恰恰相反，我打算俯首聽令，將她歸在我所崇敬的人裡頭。」

崔衍知看林溫走上二樓，睨眼想笑，卻不知怎麼，笑不出來。

到這時，他有些明白林溫的意思。大概是節南太不凡，他們太平凡，不可能平起平坐，這樣的意思。但他還能怎麼辦？縱然知道自己像個傻子，縱然知道自己徒勞，可是，像這樣待在這姑娘的身邊，他就心甘情願了。

什麼，都不要想——

崔衍知握握拳，往伙房的方向看了看，眉宇攏緊，走進文心閣先生們占用的艙房去。

哪怕那些年輕人不待見他，他卻想盡力去做些事。不爲任何人，就爲自己。

僅此而已。

夜星閃亮，船泊入玢鎮直對面的河渡，進入一個寧靜小鎮。

鎮子叫「青鴉鎮」，大山叫「青鴉山」。青鴉，鴉青，與黑同義。

同時，崔衍知和祥豐找到了青鴉山北側山圖，確實和趙大將軍的大山圖十分相似。

在百里老將軍的反對下，在節南的堅持下，一半人下了船，到鎮上逛，就此發現一家客棧，叫「嗚水客棧」。

旦辭爺娘去，暮宿黃河邊，不聞爺娘喚女聲，但聞黃河流水鳴濺濺。

第二幅地圖破解！

客棧很小，沒什麼客人，老闆很殷勤，酒菜給得大方。

節南向老闆打聽。「青鴉山裡可有木蘭花林？」

第三張茂林圖，全是木蘭花樹。

老闆搖搖頭。「沒有，多是松林，向陽那面有些茶園子。」

「你們這個鎮挺新的，老地經裡都沒有這座鎮的標識。」節南喝口酒，一挑眉。「酒，不錯。」

「我家婆娘釀的。」老闆回頭看看後院。「喏，帶孩子吃飯呢。」

節南看一眼。一個布衣粗裙的婦人，三個半大不小的娃，坐在院中老樹下，高高興興吃飯。

「三十多年的鎮子。這地方原是灘地，因北邊不穩，又鬧災，好地方不收容，難民就在這兒墾荒。祖宗們吃足苦頭，我們這些後代子孫才有大樹乘涼。」老闆也不過三十多，看著老實的漢子。

「都說烏鴉不祥，怎麼叫青鴉鎮？」節南問。

崔衍知在對桌，默默喝酒，默默聽。林溫沒來，說到做到，今後遠遠供著桑六姑娘。

「沒有的事，咱這兒的烏鴉吉利著呢，是當年領著祖宗們找到這個地方的神鳥，而且傳說其實那是佛祖座前大鵬金翅雕化身而成。」老闆笑著。「客官們要是不著急走，可以去半山腰的神廟拜一拜，會給你們帶來好運的。」

「好。」節南應了。「老闆這兒有幾間空房，夠我們這麼些人住嗎？」

本來只說打尖，如今變成住店，多了進帳，老闆笑開了花。「樓上三間大房，後面還有兩間廂屋。」

「祥豐，付定金。」節南吩咐。

眼見祥豐跟老闆到櫃上去，崔衍知壓低聲問：「好好的，爲何要住店？我們是從正天府逃出來的，只離那兒三十里，萬一曝露行蹤，隨時要跑，住店太麻煩。」

「昨晚沒睡好。」節南倒了杯酒，給崔衍知推過去。「放心吧，誰能想到我們會往上游跑呢？再說，〈木蘭辭〉裡都說了，暮宿黃河邊。老天要咱們在這兒住一晚，當然要挑舒服的地方住了。喝酒，這酒眞不錯。」

崔衍知垂眼看著酒杯。「妳不止帶了這些文謅謅的書生吧？兔幫那些高手在哪兒？那位幫腦也在暗中，準備隨時接應我們？」這麼說了之後，居然感覺心定。

節南卻覺好笑。「我就帶了這些人，」我們？崔衍知這是打算同流合汙了？「而且我們是在找東西，又不是來打仗，要那麼多能打架的人幹什麼？」

崔衍知知道自己爲什麼定心。因爲那隻青兔子，及其手下高手，比他們一船子的武將都強，眞要遇到大今追兵，逃脫的可能性就大得多。不過，寄望青兔，他也是一時犯糊塗了。

想到這兒，喝一杯酒下去，而且既然打破了他做正事時不喝酒的慣例，索性連喝數杯。大概喝得太快了，眼前一下子有些犯暈，看不太清節南的笑模樣。

「我讓人送你回船？」節南看崔衍知睜不太開眼。

崔衍知搖了搖腦袋，視線仍是不清。「不，我也住客棧，有事好彼此照應。」

「隨你。」

節南的聲音在崔衍知聽來很遠，他甚至打了個很大的呵欠，隨後往桌上一趴，竟然閉眼睡了過去。

祥豐在一旁看著，奇道：「這位推官大人的酒量如此淺？」

老闆過來，看崔衍知睡得這麼沉，倒是沒詫異。「咱這酒喝著甜滋味，後勁可足，喝得愈快，倒得愈快，各位還是悠著點兒喝。」

節南笑。「看他才喝幾杯就倒了，誰還能不知這酒後勁足？不過眞是好酒，讓人喝著上癮，煩請老闆再拿兩盅。」

老闆應聲而去。祥豐飛快掏出一枚銀針，蘸進酒中。

銀針沒變色。

節南看在眼裡，笑道：「不是毒。」

這話，奧妙。不是毒，而非沒有毒。

祥豐聽得明白。「不是毒是什麼？」

「就是酒勁厲害。」節南往每個人手心裡倒了一顆藥丸，自己嚼一顆。「吃了千杯不醉，以後感謝小柒就行了。不過，等會兒喝完那兩盅酒，大家就稱醉，早點回房睡吧。」

祥豐問：「眞睡假睡？」

「當然是假睡。」節南眨眨眼。「除了崔大人眞睡之外，咱們分一下工，看這老闆晚上忙些什麼，他老婆孩子又忙什麼。若他們分開行動，我們也分拆，一個都別落。」

眾人無聲點頭。

這夜，悄悄過去了。

第二日，崔衍知是讓林溫叫醒的。

「你怎麼在我屋裡？」頭很疼，他撫著額，聲音沙啞發乾。

林溫遞一杯水過去，笑得曖昧。「昨晚佳人有約，秉燭談心，喝迷眼了吧？」

崔衍知一口氣喝乾了水。「你別胡說八道。」

「我這回可是有憑有據的。昨晚六姑娘讓人通報，要在客棧住，老將軍說你們貪圖享受，我還沒覺著怎麼。今日一大早，祥豐他們都回船了，還給我們帶一大堆熱呼好吃的，結果日上三竿也不見你和六姑娘回來——」林溫嘿嘿兩聲。「你倆孤男寡女，要不是老將軍要來看，我才自告奮勇，不然……就在剛才進門前，我還擔心看到什麼不該看到的……」

曖昧的語氣陡消，變成嘆氣。

崔衍知砸林溫肩膀一拳。「沒話說了？」

林溫嘖嘴。「誰知你連酒量都不如六姑娘，能醉暈過去。」

說到醉，崔衍知想起昨晚的情形來了，冷冷睇眸，問林溫：「老闆呢？」

林溫答：「在櫃檯後面撥算盤呢。」

崔衍知立刻就走。林溫見崔衍知神情不對。「怎麼？」

崔衍知邊走邊道：「我才喝了幾杯酒，怎會醉過去？」

「他家的酒後勁足，你又喝得快，所以一下子就醉死了。你可千萬別找人算帳，會被笑話酒量淺的。」節南從隔壁屋子走出，一臉神清氣爽，膚色粉潤，睡了一個好覺的樣子。

同樣神清氣爽的花花，在前頭領路，節南一停步子，他就拽腰帶，拍著肚子，表示餓。

崔衍知皺眉。「你怎知他沒有在酒裡動手腳？」

「因爲我們都喝了。」節南頭也不回，聲音帶笑。「溫二郎來得正好，咱們仨一起看木蘭花去。」

崔衍知和林溫互換一眼，掩不住又驚又喜。

第三幅祕圖也解開了？

14 木蘭花林

青鴉山，就是很普通的野山，山勢高而不險，林子茂密，林木乾燥，適合捕獵和砍柴。

節南往下看青鴉鎮。「水澤土肥，其實是個過日子的好地方，卻不知怎麼，有些荒涼。」

崔衍知點頭表示同意。「可能玢鎮繁榮，人們都往對岸遷居，所以肥地無人耕。」

節南回過頭來，明眸湛湛，見林溫遠遠走在前頭，笑問：「溫二郎怎麼了？我走快一步，他走快三步，也不跟我說話。莫非我哪裡得罪了他？」她覺得自己待林溫一直不錯啊。

崔衍知不能轉述林溫那些話。「妳多心了，他急著找木蘭花林而已。」

節南撇一抹笑，心裡本沒太在意，就不再多問。

崔衍知忽然停步，轉身瞇眼，看山道兩旁的林子。

節南挑眉。「你又怎麼了？」

「妳有沒有聽到？」崔衍知鎖眉川。「樹枝斷裂聲。」

節南側耳聽了聽。「豈止樹枝斷裂聲？還有水流聲，風吹樹葉聲，小鳥叫，兔子跑，松鼠推果子進樹洞。」

崔衍知搖頭好笑。「直說我多心就是。我總覺得好像有人跟著我們。」

林溫在上面喊。「你倆能不能邊走邊說？不然天黑都到不了半山腰。」

崔衍知道聲「來了」，沒再遲疑，大步往上走。

節南轉而押後，往身旁的松林淡淡瞥一眼，繼續上山。

不多久，三人終於看到一座石坊，一排陡峭卻寬淨的石階，石階上方種著柏樹，尖塔一般，莊嚴肅穆。

「這就是青鴉神廟？怎麼也沒刻個字掛塊匾？」林溫踏上石階，又在石坊背後找了找。「要麼信佛祖，要麼信三尊，像這種信烏鴉的，是不是有點歪門邪道？」

「不能這麼說。誰知神明會以何種樣貌出現在人前？只要信仰的是善良即可。」崔衍知變成了走在第一個的人，而且說出來的話和他平時不大一樣。

有一種微妙的禪意，節南想。林溫也感覺到了，看看節南。「他怎麼突然虔誠起來了？」他雖然問著節南，同時往旁邊挪開好幾步，拉開距離。

節南沒在意，兩階一步上去。「可能因為遇到了同類吧。」

林溫好奇。「什麼意思？」

節南笑聲難掩。「傳說青鴉是佛祖座下的金翅大鵬鳥所化，金翅大鵬鳥的眼能看世上一切眞相，提刑司追求的也是眞相，不就是同類？」

林溫想了想。「妳說得有點道理，不過同類也太……應該說衍知遇到了他信仰的神明才對。」

節南本想嘲兩句，眼前忽現一座煙黑的屋子，古樸卻不顯簡陋，矮小卻顯靜雅，沒有尋常廟宇的香煙繚繞，也沒有銅彩金彩的光華，卻覺清氣淨土，不敢再有一絲不敬。

林溫一上來，也讓這股清氣洗淨了心，嘀咕道：「妳肯定弄錯了，趙大將軍怎會把東西藏在這裡，褻瀆神靈。」他以為木蘭花林就是最後藏武器的地點。

最早上來的崔衍知擊掌合十，走進大門敞開的正屋去。林溫也進去了。

節南卻繞到廟後面，又見一大片柏林，染得空氣都有了青綠色，如碧海起濤。她剛要繞回前面去，忽然發現柏林那頭的青瓦屋頂。

還有一間屋子？節南才踩下一級石階，想要去找——

「這位姑娘不必過於好奇，那裡只是我的住處，一間小屋子而已。」

身後突然傳來這一聲，節南猛回頭瞪，吃驚自己竟沒聽到半點動靜。

一雙草鞋，綁腿燈籠褲，短布褂，手裡拿著竹笠，背著一大捆柴，梳得一絲不苟的銀髮，和她那雙眼，都在午陽下燦燦生輝。這位年過六十的老婦人，絲毫無老邁相，一身樵夫打扮也難掩其出塵氣質。節南心中畫過崔衍知方才那句話——誰知神明會以何種樣貌出現在人前。

儘管她知道這位當然不是神明，卻不由自主，語氣就無比尊敬起來，躬身行大禮。「晚輩桑節南，見過鴉婆婆。」

客棧老闆告訴她，神廟一直由鴉婆婆照看，主持祭典節慶之類的，鎮上姑娘在未出嫁前，也都會跟鴉婆婆學習。如今見到本人，和想像中不近人情的怪婆婆全然不似。

鴉婆婆呵笑。「姑娘且到前頭稍等，待我放下木柴就來。」

節南喏應，疾步走回前面，恰好遇到出了神堂的崔衍知和林溫。

崔衍知對節南道：「最好還是先拜過，以免隨意亂闖而觸怒神靈。」

「我沒亂闖，到後面看了一眼罷了。」節南走到神堂門外，往裡瞧瞧。

和普通的廟宇大殿也不一樣，裡面窗明几淨，光線充足，正中供著一隻大鴉，木雕的，繪著青彩，在光下顯得生動明快，一點不陰森。

「等會兒吧，鴉婆婆就來了。」節南雙掌合十，閉目稍默，就轉身走到柏樹旁。

崔衍知已聽節南說過這位婆婆。「妳見到她了？」

節南應是。

「她知道木蘭花林在哪兒嗎？」崔衍知相信木蘭花林一定在這座大山中。

「青鴉山上沒有木蘭花林。」鴉婆婆來了，還是綁腿褲布褂衫的打扮。

崔衍知和林溫看著一呆，鴉婆婆卻只看節南。「姑娘剛才不是已經到後面看過了嗎？你們若不信，也可以自己翻一遍青鴉山，別說木蘭花，青鴉山上一棵花樹也沒有。」

節南點點頭。「我已經信了。」

鴉婆婆眼裡微笑。「信了，但是──」

「但是，我還有件事要請教婆婆。」節南語氣謙和。

林溫對崔衍知嘀咕：「這地方說不準真有鴉神庇佑，不但你磕了頭，連桑六姑娘都俯首帖耳。」

崔衍知斜好友一眼，搖頭表示沒話說。

節南繼續道：「當年北都大戰前，趙大將軍將一件祕密武器藏了起來──」

崔衍知想不到節南會把這麼重要的祕密隨便說給人聽，不禁喝道：「不可！」

林溫附和：「六姑娘，不能說！」

節南怎麼可能聽他倆的，語調平平，接著說：「趙大將軍繪製了四張地圖，其中三張交給信任的人帶走，自己那份藏在護心鏡中，以免武器落到大今手中，也希望有朝一日南頌能解開地圖裡的線索。」

鴉婆婆眼燦亮，瞳幽暗。「那妳可知，解不開會有什麼下場呢？」

「死。」節南笑答。

崔衍知立覺鴉婆婆不對勁，因爲只有知情人才能說出這樣的話來，而且威脅感十足。他右手捉握劍柄，輕喝：「桑節南！」

林溫見狀，也立刻按住自己腰後的刀，節南卻對兩人擺擺手。「別急，還不到出手的時候，讓我和婆婆把話說完。」

林溫嘟囔，還是刻意對崔衍知嘟囔。「看吧，當她是男人，我還能服氣，但要是我夫人，我可覺得窩囊死了。我眞希望她能遇到一個制得住她的，已顯咱們大丈夫威武。」

見崔衍知氣瞪自己，林溫也沒住口。「你甘願讓她吃得死死的，我就只能幫你收屍。」

崔衍知扔兩句。「託你這個好友的福，我已經明白自己就是找死去的。我這人就這點惹人嫌，決定的路一定要走到底，對案子也是，對感情也是，所以有勞你收屍。記得帶好簸箕，估計到時都碎成骨頭片了。」

「娘的，死豬不怕開水燙，說的就是你。」林溫從軍兩個月，兵痞子的初胚出爐。「天之驕子都有這毛病，以爲想要什麼就能得什麼。行，兄弟我支持你，別說碎成骨頭片，就是碎成灰，我都會給你掃起來，重新回爐煉煉，還是一把能追姑娘的好劍。」

這兩人說得那個豁然開朗，兔子耳朵的節南聽得直翻白眼。不過，總算知道林溫躲她是因爲怕了她。同時對崔衍知的直率覺得挺驚訝，卻不再有那種不舒服的厭惡感。喜歡一個人，本身並不是錯，如果擺正心態的話。

「麻煩二位大人專心眼前。」只是，也要分清場合。

身後終於安靜，節南才對鴉婆婆道：「我們已經拿到了四張地圖，第一張玢鎮，第二張青鴉山，引我們找到這裡，第三張木蘭花林——」

鴉婆婆打斷。「我已說過，這山上沒有木蘭花林。」

「我也說我已經信了。」節南答得更快。「但是我覺得很奇怪。我們都知道，趙大將軍當年留守北都，已經抱著戰死沙場的信念，而他最後也確實戰到了生命最後一刻。」

鴉婆婆眼裡閃過沉痛。「他——」卻陡然收聲。

節南也不逼問。「既然趙大將軍決意爲國捐軀，爲何還要自己收著一份地圖呢？明知會死，明知戰袍可能毀掉，地圖可能落到敵人手裡？所以，只有一種可能——」

崔衍知脫口而出。「那份地圖是假的。」

節南對崔衍知一點頭。「沒錯。」

林溫有自知之明，不說話最好。

鴉婆婆的神色又如剛才那般難料，微笑入眼。「我眞不知你們在說什麼。你們問我有沒有木蘭花林，我如實回答你們而已。就算你們說了一大段人人皆知的舊事，我一個守廟的老婆子頂多幫你們祭一祭可憐的亡魂，實在幫不上你們。」

花花在背上待不住了，小身子拱來拱去，不出聲，卻是要下來的意思。

節南脫下外袍，解開布條，摸摸花花的圓腦袋。「只能玩一會兒。」

花花蹬胖腿跑起來。

鴉婆婆露出驚訝的表情。「我還以爲姑娘是駝……」話鋒一轉。「……做這種事竟還帶著娃娃，妳怎麼當娘的？」

節南不解釋，但問：「鴉婆婆剛剛說我如果解不開地圖就會死，爲何又突然跟我兜起圈子了呢？」

鴉婆婆啞然。

「趙大將軍那份地圖如果是假的，眞的卻在哪裡？」節南自問，然後自答。「其實根本沒有第四張地圖。人們往往會忽略眼前最明顯的眞相，被其他的事分心，轉移了視線。趙大將軍護心鏡裡找出來的圖和其他三份地圖的風格一看就不同，從一開始他就告訴另三個帶走地圖的人，說圖有四份。所以，都想不到眞相擺在眼前。」

「趙大將軍爲何要說謊？」崔衍知忍不住開口。

節南淡道：「算不得說謊，只能算是謀略。就像我之前說過，那三人可能被俘，可能背叛，地圖可能落到敵人手裡，但只要說有四份，當然會集齊了才開始解圖，然後眞假相混，迷惑解圖的人。對趙大將軍而言，最後他寧可誰都找不到，也不願讓敵人捷足先登。」

鴉婆婆忽然發出幾聲啊叫，從廟頂上飛下一隻烏鴉。烏鴉展翅，扎下那邊的臺階去。

崔衍知聽到很多腳步聲，就要去看看究竟。

「不用瞧了，應該是鎮上的人。」節南伸手一擋。「昨晚你醉過去之後，鳴水客棧的老闆和老闆娘忙到天亮，全鎮開大會，商量著怎麼拿下我們。這會兒，咱們的船應該已被他們控制，就希望百里老將軍不要暴跳如雷，在我們回去之前別把船拆了。」

鴉婆婆原本沉穩的表情突然滲進一絲詫異。「百里原？」

節南立刻笑轉回頭。「是的，婆婆，百里原老將軍本帶了鞠英社小將們來同雲和社比蹴鞠，誰知這位崔大人找到趙大將軍護心鏡裡的珠子，離妃娘娘非說那珠子是朝鳳珠，只好逃出了正天府。恰好我有另外三幅地圖，就順便找了過來。」

鴉婆婆神情淡下。「妳這姑娘模樣挺俏，怎麼說話恁地油嘴滑舌。」

林溫噗笑。「婆婆說得對，她仗著聰明可會欺負人。」

節南決定，從此再不說林溫好，同時左臂一用力，在和螞蟻打架的花花就飛進她的手裡，三下兩下綁了個緊。「花花，要打架了喔。」

花花捏起兩個小拳頭，笑得唇紅齒白。「娘娘打打打！」

鴉婆婆心笑，就覺這對母子特別不同，說話卻不軟。「即便是百里原，解不開木蘭花林，也一樣找不到東西。」

「我知道，所以我才準備下一關。」節南說到這兒，回頭對花花道：「花花，東市買駿馬——」

花花奶聲奶氣背起來。「東市買駿馬，西市買鞍韉，南市買轡頭，北市買長鞭。」

節南說聲「行了」。這時，四列布衣百姓衝上來，手持長槍，各占一方，將節南他們包圍。

節南，開始，紮袖子。

小船碰大船，祥豐爬梯而上，剛落船頭就見到了王泮林和堇燊。他不知王泮林和他是一個師父教出來的，只不過聽了這位那麼多事，他發自內心，不敢造次而已。

「九公子，堇大。」

王泮林他們的船，就停青鴉山北一處小水灣，容易藏身，背靠陡直坡，沒有現成山路，滿眼是樹。

「月兔說青鴉鎮的鎮民很可能是趙家軍，趙大將軍安排他們在這裡守護木蘭花林的祕密。」

堇燊吃驚。「趙家軍！」

趙家軍，南頌最堅硬的盾，和趙大將軍一起，英勇抗擊了人數十倍於他們的今兵，讓呼兒納折損十萬精銳，無力再往南追擊，給孟長河他們爭取到了寶貴的時間，能建起錦關一帶的邊防軍鎮，守住半壁江山。

王泮林卻挑眉。「月兔？」注意力集中的完全不是地方。

吉康一邊餵鷹，一邊偷瞄祥豐，擠眉弄眼。

祥豐沒明白，還是一本正色。「正是。青鴉鎮的客棧老闆灌醉我們後，召集全鎮人密議，今早突襲了我們的船，制伏了百里老將軍和鞠英社，而客棧老闆親帶兩百人包圍神廟，顯然要對付月兔、崔推官和溫二郎。他們行動迅速又整齊，絕對訓練有素，並非普通黑鎮匪類。」

「月兔？」王泮林仍問一樣的問題。

堇燊清清嗓子。「正事要緊。」

但祥豐答道：「月兔是六姑娘的江湖名號，六姑娘讓我們這麼稱呼的。」姑娘二字一定要省略。

王泮林不太痛快的樣子。「明明是我一人的……」抬眼見祥豐一臉不知所以然，嘆笑。「說下去吧。」

祥豐就道：「月兔說，趙大將軍那幅是混淆視線的，真正有用的只有三幅圖而已。然而，除了第一張是地圖，三幅圖裡皆隱藏著〈木蘭辭〉，還是反向指引。暮至黑山頭，讓我們到青鴉山。暮宿黃河邊，讓我們住鳴水客棧。只要解開木蘭花林圖，一切就會水落石出。」

堇燊怔半晌，攏眉，下意識搖著頭，張開口，卻是無聲驚訝。這是一般人能想得到的嗎？

王泮林倒是雲淡風輕。「小山已知如何解了？」

祥豐點頭，很肯定。「月兔說她只要拿到東西南北四把鑰匙，鴉婆婆就會告訴她木蘭花林在哪裡。」

堇燊聽不懂。「東西南北四把鑰匙？」

王泮林沉吟，片刻才道：「東市買駿馬，西市買鞍韉，南市買轡頭，北市買長鞭。對方應該是擺了陣法，讓人陣中取物，而且還要取對了物，否則錯誤的鑰匙是打不開門的。」說到這兒，也搖頭笑嘆。「了得了得，不愧是讓我拜倒裙下的姑娘，真真折服。」

堇燊看祥豐腰杆挺得筆直，就好像王泮林誇了他似的，再看自己這邊的武生們，個個有些萎靡不振，心想人真不能站錯隊伍。

於是，他決定提振一下我方士氣。「九公子，咱們也該上去了。雖說有點像撿現成便宜，不過兵不厭詐，結果很重要，尤其對九公子你，還有小山姑娘的自尊心而言。你什麼都不做，小山姑娘贏了也不高興。」

上方就是神廟，大家搶鑰匙去吧！

誰先搶到手，算誰贏；誰先解開的，一點關係沒有！

王泮林哈笑。「堇大求勝欲原來這麼強，平時還真看不出來。」

堇燊想掐王泮林脖子。讓他放水，他說無恥；讓他去搶贏面，又成了自己求勝欲強？怎麼著？什麼話都讓他說了！

讓堇燊想殺人的兩眼瞪著，王泮林不慌不忙。「祥豐，是小山讓你來報信的吧？」

祥豐立答：「當然。」他怎麼可能自作主張？

祥豐想了想，乾脆直說：「雖然我不明白為何要讓九公子撿便宜，畢竟九公子迄今什麼都沒做，只是暗暗跟在我們後面，顯然打算螳螂捕蟬黃雀在後。」

王泮林還沒說話，假裝餵鳥的吉康不樂意了。

「誰說我們什麼都沒做？隱弓堂的人才是黃雀，要不是九公子安排昆大他們解決了隱弓堂布置在兩處河道口的假漁船，你們找到東西也不可能順利離開。」

祥豐立刻做出不好意思的表情。「還真讓月兔說中了。她說九公子遲遲沒出現，很可能是解決咱們的追兵，而且百里老將軍他們的目標太大，和她先前想的不一樣，拖後腿的人多了一船子，要是九公子只顧輸贏，明知山有虎偏向虎山行，她才真正沒了後招，大夥兒只能一起跳河。」

堇桑一聽，對王泮林道：「小山姑娘這意思是不跟你比了？你倆一個比一個任性，好壞由得你們自己說，活生生急死身邊人！」

「不，不是我們任性，而是形勢比人強。隱弓堂對祕密武器勢在必得，我們又不能任百里和崔衍知他們成為大今階下囚。還有整個青鴉鎮的人，如果他們曾是趙家軍，為趙大將軍守在這裡，我們豈能眼見他們再遭大今屠殺？此時此刻，比我們當初預想的，要危險得多，如同虎巢取卵，不是計較我和她輸贏的時候。」

堇桑面容一肅。「是我錯了，一切應以大局為重。」

「不過——」王泮林的語氣正經不了幾句。「堇大聽到沒？我才是小山的後招哪。」

堇桑仰頭看一下藍天白雲，深吸口氣。「真是榮幸。」

「她的後招一向只交給小柒。」王泮林豈止榮幸，簡直心花怒放。

「也不是吧？還有崔——」堇桑實在想唱反調。

結果，說過崔衍知是桑節南後招的某九，一揮手。「崔衍知不是後招，是擋箭牌。」

堇桑鋼牙恨不得咬碎，這不，還是什麼話都讓他說了！

王泮林瞧董燊氣得咬牙的臉，心頭暗笑，隨即墨眼流轉，淡道：「如此就只能打一場硬仗了。」

再說青鴉山上，這時，東西南北四方列，再分八方列，威赫赫。

崔衍知和林溫，一個拔劍，一個拔刀，正要將這個鎮當成賊窩，卻聽節南說了一句話，讓他們神情大變。

「我一直很想看趙家軍擺陣，平生能如願，眞是大幸。」

聽節南說破他們的來歷，鴉婆婆頗驚訝，目光微讚。

「後生可畏。這幾年我一直在想，這輩子能不能等到來找我的人，而那人又會是怎樣的人。想不到，〈木蘭辭〉引來了一朵木蘭花。姑娘叫什麼名兒？若不幸死在陣中，我好幫妳立碑。」

林溫這時還是挺夠義氣的，回頭嚷道：「這哪兒是趙家軍？一群烏合之眾才對！根本沒有什麼祕密武器，他們編造了這些有的沒的，引人自動送上門，好打劫！」

客棧老闆長槍一抖。「連捨命的決心都沒有，也敢找上門來？你說我們是烏合之眾，我看你們才是宵小鼠輩。告訴你們，別以爲憑圖找到這兒來就算本事，要是破不了此陣，照樣把命留下！」

「有本事一對一單挑，以多勝少算什麼！」林溫不但義氣，火氣今日也挺大。

「看你拿刀的架勢，蛤蟆胳膊舉不起一片葉子。」客棧老闆嗤笑。「就你這樣的，也能當我南頌的兵？」

林溫氣紅了臉，一步跨出，就要動手。崔衍知卻拉住林溫。「別衝動，可能是自己人。」

鴉婆婆也道：「阿勇，不要欺負年輕人。」她又對崔衍知說：「阿勇雖然說話不中聽，倒也是事實。就算百里原在此，就算你們是朝廷的人，甚至已經找到這兒來，但如果沒有赴死的決心，沒有破陣的智慧，單憑『自己人』三個字，就想坐享其成，那是不可能的。大將軍拚命守護的力量，不能隨便交給人，而只能交給憑眞本事得到的人。」

崔衍知回應：「鴉婆婆，晚輩崔衍知，京畿提刑司推官。晚輩認爲，這時不應拘泥於一道死令。北燎滅國，大今下一個要打的就是我南頌。他們的浮屠戰甲刀槍不入，神臂弩雖能克制一二，但往往被大今的巨型攻城武器最先擊殺。神臂弩弓箭手的培養有多難，婆婆應該比我清楚。我南頌，一定要有克制浮屠戰甲的兵器，或者比弩床射程更遠、殺傷力更廣的巨型武器，否則一旦再度開戰，就輪到我南頌亡國了。」

林溫也道：「就是。難道我們拿到趙大將軍的祕密武器之後，還能自己把自己滅了不成？」

鴉婆婆雙目精光湛湛。「初生牛犢不怕虎的勇氣可嘉，可惜天眞。當年大今一路攻到北都，就如今一路攻入西原一樣輕鬆，你們可曾想過爲何？大將軍之所以留守北都，是因爲苦勸暉帝南撤無果，只能與暉帝共存亡。而暉帝信心滿滿，認定大今攻不進北都，你們可曾想過暉帝信心到底從哪裡來？」

節南一言不發，聽熱鬧，看陣法。

鴉婆婆直揭要害。「皆因黨爭激烈，便宜了奸臣進讒，令天子昏智，拱手送上自己的江山。」

崔衍知眉頭緊鎖。「婆婆這話也……」

「你說你姓崔？」鴉婆婆隱居敵國故土，卻知天下事。「崔珋是你什麼人？」

「是我父——」崔衍知話未說完。

鴉婆婆輕哼。「崔珋一貫主和，你把東西交給你父親，這東西大概就永不見天日了。」

「我父親絕非奸佞。」崔衍知力爭。

「是，你父親只是膽小鬼，以生靈塗炭爲藉口，最終長他人志氣滅自己威風，讓我南頌向大今俯首，每年乖乖交歲幣，自己樂此不疲搞黨爭。如今，南頌朝堂膽小鬼奸佞鬼當道，說實在的，我一點也不希望你們解開祕密。」鴉婆婆嘆了嘆。「可是，誰讓我答應了大將軍。」

崔衍知還想再說，節南卻截過話去。「崔大人，多說無益，只要破陣就可以了。」

崔衍知毫無頭緒。「對方有兩百人左右，我們只有三個人，怎麼破？」

節南笑望鴉婆婆。「此陣什麼名堂，如何才算破陣？請婆婆指教。」

林溫忍不住插言：「她剛剛才說不希望我們解開祕密，還能指教我們？」

節南笑容不變。「婆婆能否讓我一人入陣？這兩位心氣高，我說一，他們說二，臨了一人再拖我一後腿，我可就冤枉死了。」

林溫聽了，頓成鼓眼蛙。他雖佩服節南聰明，可讓她說得這麼沒出息，自尊心難免冒頭。

崔衍知反而因爲節南這盆冷水，腦子裡澆明白了些。既然是解密，不可能是兩百人一擁而上，直接把他們幹掉，其中一定有說法。

鴉婆婆讓節南逗樂。「聽多妳幾句油嘴滑舌，才發現三人中妳最直率。」

節南立刻知道了。「不行，是吧？」

鴉婆婆搖頭，繼續笑。「你們三人一起來的，再說三個臭皮匠——」

節南忙道：「婆婆別安慰我，請入正題。」

鴉婆婆這才正經了神色。「妳家娃娃方才背了四句〈木蘭辭〉，妳應該已經知道這陣是怎麼一回事，我就簡單說了。在陣中取四物，每二刻香一物，四物要都取對，取物的順序也要對，然後四物交到我手裡，我就告訴妳木蘭花林。」

「兩刻工夫取一物？」節南沒想到有時限，還短得可憐。

鴉婆婆知道節南聽得清，故而也不重複，看看崔衍知和林溫，倒是又提醒了一回。「二位大人要仔細，刀劍無眼。」說完才轉身，往陣外走去。

崔衍知喊：「等等，要是我們的刀劍無眼，殺了你們的人？」

阿勇朗聲：「我們死而無憾，儘管放馬過來。」

眼見鴉婆婆走出陣，崔衍知看向節南。「〈木蘭辭〉四句到底如何解？」

節南說他和林溫拖後腿，他心裡並不好過，但他確實解讀不出〈木蘭辭〉或三幅畫，感覺自己彷彿眼盲了一般。然而，崔衍知清楚一點，千萬莫像從前逞強，要學會信任。

節南當仁不讓。「〈木蘭辭〉裡東市西市南市北市，暗示了取物的順序。至於取什麼東西，那就是明示了。駿馬、鞍韉、轡頭、長鞭這四樣。」

崔衍知心想還眞是直截了當，可是——

林溫問出崔衍知的心聲：「這些人徒步上來的，哪有馬、鞍、轡頭、長鞭？」

「有個穿藍布褂的，布褂裡面繡著金馬；有個拇指上套著指環，指環是馬鞍狀；還有一個臉上帶蒙巾的，爲了遮住轡頭；最後就是阿勇，他的腰上繫著像繩子一樣的東西，正是長鞭。」

不待崔衍知和林溫提出異議，節南快步朝東。「二位大人，我這背後就靠你倆罩著了，死也要站著死——」

千萬別摔了，扯她後腿！

煙霧囂騰，火花亂濺，兵刃相撞，吆喝不斷。

鴉婆婆站在廟前，看著這幅亂象，已然說不出話來。

就在不久前，那位英姿颯爽、肯定不笨的桑節南姑娘，讓她覺得陣中取物就跟砍敵軍首級一樣簡單，以至於她期望很高，打算要欣賞一下那姑娘的身手。結果一入陣，那姑娘直接甩了幾下手，東陣就完全陷在煙霧裡了；然後，那姑娘飛出，將一件藍布褂拋到她跟前。

接著，西陣竄出一大片煙花鼠，但又和節慶的煙花鼠不同，炸聲十分駭人，嚇得人們紛紛躲閃，陣法一下子就亂了。仍是快得不及眨眼，那姑娘把一枚指環釘在她面前的地裡。

這時還有南北陣，鴉婆婆可以讓他們做出幾十種變化，把對手死死困住，但她目睹那姑娘玩著孩子的小把戲，不知怎麼就沒有了較量的心思，冷眼看桑節南把一團蒙巾拋過來，抬手揮落。

唯一讓鴉婆婆覺得還不錯的地方，就是那姑娘和兩位兒郎組成的三角，始終沒有散架，防禦得密不透風。儘管她後來再想，那姑娘極可能只是利用兩位兒郎保護自己背上的娃娃。

要知道，陣法的優勢恰恰在於迷惑敵人的視線，將其孤立，再用集體力量把強大的敵人個個狙殺。然而，正因爲這個三角，三人護住了彼此的背心，沒有陷入腹背受敵、單獨苦戰的困境。

鴉婆婆想得有些恍神，就聽阿勇大叫一聲——

「你們兩個大男人，解我腰帶幹嘛？」

鴉婆婆定眼瞧去，看阿勇被崔玔之子拖出了陣，被另一個年輕人解了腰帶，再交給桑節南。

節南臉上煙灰土灰，衣裙還被燒出不少破洞，卻是笑眼瞇瞇，扔掉左手的長槍，接過腰帶，走到鴉婆婆面前，將它放在地上，和其他三樣東西並排一線。

鴉婆婆飛快瞅節南背上一眼，正好與娃娃亮亮的雙眼相對。

花花拍手。「娘娘贏了！娘娘贏了！」

鴉婆婆聽了，轉眼對上節南的笑臉。「哦，妳贏了嗎？」

崔衍知和林溫正好走上來，比節南更狼狽，灰頭土臉，衣服沒有一塊乾淨的，只有眼珠子還白，聽到鴉婆婆的反問，同時一怔。

林溫累得喘氣都費勁，辛苦嚥一口口水。「四物不是取來了？妳可不能不認帳。」

崔衍知看看鴉婆婆，看看節南，抱拳道：「還請婆婆說明白。」

被點了穴的阿勇躺成大字，卻聽得清楚，笑喊道：「有什麼好說的，拿錯了唄！不然你們以爲自己能那麼容易破了陣法？一開始就拿錯了東西，我們當然隨便你們瞎鬧騰啦！」

林溫本來一個斯文君子，頓時洩氣，一屁股坐到地上，又沮喪又精疲力盡。「白費勁了?!」

煙啊霧啊散開去，笑聲四起，雖然陣型早就沒有了，之前的鬥志一星半點也不存了。秋陽暖洋洋照著，氣氛竟然變成了愉快。

鴉婆婆剛想跟著笑，卻突然斂目。

崔衍知和林溫刀帶鞘、劍帶鞘，桑節南剛剛扔了長槍，是赤手空拳入陣的，而哪怕再怎麼兒戲，哪怕取錯了物，她用數年練出來的四陣卻是殺陣。

即便她並沒有讓四陣發揮最強威力，到底也是兩百人的陣仗，那姑娘帶著兩個人就闖下一回，不僅自身安然無恙，她這邊也無人重傷陣亡。

可能嗎？那姑娘故意手下留情？

鴉婆婆想到就問：「桑姑娘弄這些把戲，是爲了不傷人？」

節南笑眼不變，語氣認眞。「不傷人是不可能的，不過至少不想自己人殺自己人。」

崔衍知想說鴉婆婆可不把他們當自己人。

節南緊接著道：「婆婆有不得不守護的東西，我也一樣。我不是來殺趙家軍的，而是來完成趙大將軍遺願的。至於找到那樣東西之後，究竟會讓它不見天日，還是讓它發揮力量，我不能保證。我想，趙大將軍的本意只是希望南頌百姓能安居樂業。」

四周一靜。

崔衍知暗道慚愧。林溫靜靜爬起，站直。

鴉婆婆深深望進節南眼裡，彷彿要判斷是眞心還是假意，半晌神情無波。「說得好，只是結果都一樣。你們沒能從陣中取對四樣物件，就沒有鑰匙，我也不會因爲感激妳明白了大將軍的本意而破例。」

崔衍知忽見節南把地上四樣東西拾起來，往鴉婆婆身前走了幾步，將它們一送。鴉婆婆起初撇笑，也不伸手，然而隨後雙眼就漸漸亮起，接過東西，嘴皮子動了動。

崔衍知正想上前聽兩人說什麼，卻聽一聲尖嘯，刺得他立刻捣耳。

不止崔衍知，幾乎所有人都捣住了耳朵。尖嘯音綿長不絕，有些已經受了傷的人支持不住，立即暈死過去。

剛才闖陣完全沒想過用蜻螭的節南，這時絲毫不猶豫，左手抽出碧劍，對準神龕柱子上繫的一大串銅鈴連彈。

銅鈴們一只只飛向高空，「叮噹——叮噹——」清靈的聲音干擾了尖嘯，人人不用再堵耳朵。尖嘯消失，柏樹搖動。一道黑影、兩道黑影，數道黑影躍空而來。緊跟著，臺階那兒竄上更多黑影，如鬼魅一般的步法，清一色寒水劍光，逼得四陣的人直往中間退。

不等帶頭的幾道黑影落地，節南拉起鴉婆婆就往廟後跑。

爲首的黑影足尖點地，即刻轉向，哈哈大笑。「蜻螭劍主，妳已經跑過一回了，難道以爲我還能讓妳跑掉兩回嗎？」

那是木子珩的聲音。

節南沒回頭，但微帶沙啞的聲音隨風傳來。「阿勇，這才是趙家軍該殺的人，快起來布陣！」

阿勇渾身一震，跳起來大喊：「兄弟們擺陣！這回都拿出眞本事來！別辱了大將軍和咱趙家軍的威名！」

本來散成一盤沙的兩百人，立刻同聲高喝：「趙家軍！趙家軍！趙家軍！」

崔衍知和林温想跟上節南。

前方追節南而去的黑影中，突有兩道劍光閃回，殺氣騰騰。

崔衍知功夫扎實，踹牆，直接飛繞過兩名黑衣人，頭也不回，往廟後奔。

15 頂尖對決

林溫急煞住腳步，往旁邊一閃，卻還是被其中一名黑衣人劃破了胳膊。

他不叫疼，反提醒眾人：「大家別留情，這些人殺人不眨眼！」說完，一回頭，見黑衣人一劍刺來。

林溫剛覺躲不過，黑衣人的喉嚨口鑽出一個尖槍頭。

阿勇歪頭露臉，衝林溫樂。「小將軍才要小心啊！」

剛才互相別苗頭，這會兒卻是戰友同袍，可以互相救命。林溫感激道謝，再抱拳道聲「保重」，轉頭去追崔衍知。然而，林溫才轉過彎，就見崔衍知讓四名黑衣人圍住，而節南背著鴉婆婆已經進了柏樹林，十來道黑影在她們身後疾行。

崔衍知看到林溫就喊：「快去幫她們！」

林溫猶豫一下，隨後一刀斬向圍擊崔衍知的一名黑衣人。趁黑衣人躲開，他立刻鑽進包圍圈，與崔衍知並肩背對，擋開一柄刺向崔衍知背心的劍。

崔衍知氣急。「我不用你幫！」

林溫眼睛一瞬不瞬盯著身前兩名黑衣。「我功夫比你差遠了，就算追到六姑娘，肯定要被她說拖後腿。不如幫你，咱倆早點把這幾個解決掉，你就能早點過去英雄救美。雖然有九成九的可能，六姑娘根本不稀罕你救，她自己一人就能抵一前鋒營。」

崔衍知哭笑不得。「你怎麼變得婆婆媽媽的，這時候還能扯？」

不過，有林溫照看著他的背後，崔衍知出劍更加凌厲，暫能將困鬥的形勢扭轉了過來。

再說節南，照鴉婆婆的話，往林子深處的小屋跑，看不見木子珩的人影，聽得清木子珩的聲音，陰森徹寒。

「若妳實在怕我，也可勸那老太婆把祕密說出來，我就放妳一馬。」

節南縱過一條寬溝，笑聲朗朗。「我要是能勸得動婆婆，就不用對付她的百人大陣，弄得灰頭土臉的，連你們何時藏在樹上都不知道，而且你們都瞧見了，我沒能拿對四樣物件，換不到鑰匙。」

木子珩停了停，皺緊眉頭，突然抬手，讓手下們站住。「那丫頭內功底子不錯，我都聽不出方位，而且這林子布有迷陣。」

鴉婆婆拍拍節南的肩，往右邊一指。

節南足尖輕轉，往右邊跑。

「原來妳不止會玩小把戲，還是很有些本事的。」鴉婆婆看節南背著她都不吃力。「蜻螭劍主是什麼？江湖名號？」再一拍一指。

節南滿眼都是樹。「是。」

鴉婆婆等不到下文。「之前油嘴滑舌，此時惜字如金，眞是聰明姑娘。不過像妳這麼聰明的姑娘，只怕嫁人難。」

「婆婆妳怎麼知道？我都快二十二了，還沒訂親呢。」節南油嘴來也。

鴉婆婆笑。「那兩個年輕人裡，有一個似乎中意妳。不過感情這回事，就算你情我願都還不一定成，更何況一廂情願。」

「這話您得跟他說。」節南不太想繼續這個話題，轉而問：「這林子有什麼道道？」

「普通的迷陣而已，擋不了高手太久。」鴉婆婆指指左邊。「轉出去就到了。」

節南應聲，沉吟片刻，看到那座小屋時，忽然又問：「趙大將軍和他的兒子們都戰死沙場，今兵殺到將軍府，裡頭卻一個人都沒有，他們就以爲女眷全逃了。民間有很多謠傳，卻也是老百姓們的衷心希望，希望趙氏一脈香火得以傳承。而我曾聽過，趙大將軍的夫人柏氏也非一般婦人，擅長五行八卦機關陣，婆婆妳是——」

「那個死倔的老頭子，還有那三個臭小子，明明是我肚子裡出來，個個像他們老子死倔。索性一家人死在一塊兒也罷了，死老頭子居然弄暈我。等我醒來，已在青鴉鎮，聽阿勇說起，我才知道他祕藏了一件武器，並且將地圖分成三份。青鴉鎮存在的意義只有一個，等有緣人上門取鑰匙。要是不知道這件事，我一定會回北都；但知道了，就不能不幫他完成心願。」

節南將鴉婆婆放下，轉身就是一拜。

鴉婆婆伸手扶節南起來，便進了屋子。節南也不跟進去，只在屋外，悠悠擦著蜻螭。

今日，蜻螭要飲血了。

約摸過了一刻工夫，鴉婆婆沒出來，木子珩卻找來了，十來名黑衣迅速圍住小屋。

節南左瞧瞧右看看。「韓大人沒來？」

「韓大人爬山慢得很，走兩步歇一步，貪看風景。」木子珩手上沒有兵器。

節南卻知道這人的功力絕不會在丁大先生之下，緊緊盯著他，不敢有半點輕敵。「聰明人都差不多——我也愛看風景，愈是有毒蛇猛獸的地方，愈貪看。」說著風景，就想起某九，暗暗希望這個後招能想出了不得的後招。

木子珩咧嘴，不像笑，像要殺人。「如果不是爲了要趕在韓大人之前會一會妳，我這會兒也應該在看風景。韓大人可是護妳得緊，我來時，千叮萬囑我不能跟妳動手。」

這位是要表示他自己很聰明嗎？

節南笑搖著頭。「你以大欺小。我師父才是擁有不敗戰績的人，而武林榜上有名的那些人，我還一個都沒挑戰過，平時也沒多少機會用劍。再說，不是有那麼句老話嘛。」

木子珩瞇眼。「哪句老話？」

「好男不跟女鬥啊。」拋開面子，雲淡風也清。「你比我大二十年，我還是女的，就算你贏了我，到處炫耀你打敗了蜻螭劍主，大概只會成爲江湖笑柄，再招來不服氣的眞正高手，變成冤死鬼，你可別來找我。」

木子珩怎麼聽怎麼彆扭，正有些猶豫，但聽一聲風嘯，抬眼驚見一片碧光水刃，朝自己面門劈來。

他急忙拔地而起，這般險情中還能雙掌運風，往碧光後面打下去。

然而，碧光後面無人。

那只是一道劍氣，凌厲。

「妳——」木子珩瞪著仍站在原地的節南。

節南卻二話不說，反手將劍一背，身形晃了晃，竟從方才的地方不見了。

木子珩本能回頭。

蜻蜓展翅，振出嗡吟，輕輕，往他眼底飛來，彷彿要停上荷花。

美得，妙不可言。

蜻螭劍主柒珍不曾敗過，除了他挑戰的江湖十大高手，看過蜻螭劍的人，都已經是死人。輸給他的高手們，當然也不會多談他的劍。

江湖僅有蜻螭劍主的傳說。傳說中，那把薄如蜻翅的劍能發出螭龍吟，仗劍的年輕人劍術奧妙，各大名門名派前所未見，而蜻螭劍主年紀輕輕，一身功力卻有甲子。

木子珩想來，不管傳說如何，這樣一柄名劍，招式一定狠，殺人一定快。所以，看到蜻螭悠游而來，好似花哨劍舞，雖然嘆美，轉而卻撇撇嘴。

他說：「不過如此。」雙掌凝氣，往蜻螭尖推。

哪知蜻螭絲毫不受阻，劍刃一豎，悠悠向前。

木子珩的手掌並沒有碰到劍刃，但覺掌心撕疼，急忙縮手，往旁邊讓。

然而，看似優雅的劍，不等他翻看掌心，竟又到了他身前。

木子珩再讓。

毫不費力，碧劍又找到了目標，劍身輕振，朝木子珩飛去。

這麼一讓一讓，等木子珩回過神來，發現自己已經離小屋數丈開外。

劍，其實，一點都不慢。

他讓得很快，但劍的主人動作更快，而劍招只有一個要訣——黏。

木子珩一旦明白過來，心中就有了計較，身法突然詭飄，終於快過了節南，一掌凝七分氣，擊向節南後肩。

節南卻來一招漂亮的劈腿旋身回馬槍，蜻螭劍這回快如一道閃電，直刺木子珩的手腕。

木子珩當然收手，往後跳開，還不及再出招，就見節南直奔小屋門前。

那裡，他的一個手下，想要摸進屋子。

「小心！」木子珩喊了又後悔，如果不能察覺身後有人來襲，還算什麼頂尖殺手？

好在那名手下幾乎同時回了頭，看到節南氣勢洶洶，倒也不含糊，一手架起長劍擋蜻螭，一腳踢向節南腰間。

隱弓堂出來的殺手，一腳就能踹掉一條性命。

節南不閃不讓，蜻螭堅決切下。

對手劍斷脖子斷，剛猛的一腳陡軟，歪死過去。

黑衣人們一看同伴被殺，立刻要群起攻之。

「誰也不准動！」木子珩命道，兩眼灼亮。

方才，桑節南與他對招，一手黏字訣了得，看似簡單，絕不簡單，招式隱藏奧妙，阻止他發力。而與他手下對招，卻又像足殺手，逞凶鬥狠，無所畏懼，志在瞬間取人性命，以快打快。這姑娘，擁有很強的韌性和極高的天賦，劍招隨對手的變化而變化，調整克制的方法。

還有蜻螭，切劍如切豆腐，削鐵如泥。

「她的對手是我。」木子珩已經知道，這姑娘是可以與他匹敵的，並非她剛剛喊的以大欺小，說什麼好男不跟女鬥。

節南踩過那名殺手的屍身，蜻螭尖又垂了地，朝木子珩走去。「那就別趁我不注意，隨便進婆婆的屋子。主人又沒請客人進去，怎能強行闖入？再說，還有個先來後到呢。」

木子珩也朝節南走過去。「我答應妳，沒分出勝負之前，我的人不會進屋——」話音未落，他長臂一擲。

烏沉啞光的一團東西，飛高，又急速砸下。

節南該退則退，往後一縱。

那是一只兩個拳頭大的鐵釘錘，硬生生將地面砸出一個半尺深的坑，讓鏈子一拽，又飛回木子珩手中。

流星錘，能收能放，能遠能近，是對付劍的好兵器。

「別說我欺負小輩。」木子珩晃著釘錘。「這根鐵鏈可不是那麼容易被削斷的。」

節南笑笑，沒再說話，一劍分水光，這回身形如煙輕嫋。

流星錘旋出，鐵鏈一下子繞上了蜻螭，木子珩轉著腕子，運足十成氣勁，感覺那頭分量忽輕，一道碧光被自己拽了過來。

木子珩頓時大喜，還以爲蜻螭終於從節南手中脫出。

蜻螭眞到了。不過，節南也到了，左掌往木子珩胸口，一拍。

木子珩雖然沒料到，反應卻快，用左肩猛撞節南一下，然後才退了幾步，噴出一口血來。

節南只退了一步，身形微晃，揉了揉被木子珩撞到的肩膀，神情不動，從未離手的蜻螭又繪出幾朵劍花。

木子珩咬牙，再戰。

兩人皆是一等一的高手，身法幻妙，內力驚人，一個劍術精絕，一個釘錘凶煞，又在彼此手上吃了虧，皆施展出十成十的功力，打得又快又狠，一時之間，誰在誰手上都討不了大便宜。

中間鬥得天昏地暗，圍觀黑衣眼花撩亂，都沒注意一胖一瘦兩道人影匍匐靠近。

直到，那兩道人影突然躥起，扭斷了兩名黑衣的脖子。

黑衣人再顧不得圍觀，吆喝紛紛，向那兩人招呼過去。這麼一來，節南和木子珩反而打不下去了。

木子珩一錘掃開節南，身上的勁裝讓蜻螭劃破了好幾處，加之被節南那一掌打到內傷，嘴角血絲未乾，又吐一口新血，要比滿身塵土的節南看著狼狽得多。

不過，節南也只是笑在表面。木子珩知道她右手不能使力，專攻右翼，這會兒裂的肯定不止右肩了。

「怎麼不打了？」發現自己近來愈發像某個人，得了便宜還賣乖。「除了師父，我還從未同頂尖高手認眞對決過，剛剛才覺手順，能在三十招內贏你。」

木子珩雖然內功深厚，但他沒料到節南的內力不弱，先受了內傷，以至於體力難撐長久。而節南學習力強，將木子珩的流星錘揣摩了七七八八，心中已有取勝之道。更何況，節南的內勁，歸功於師父和柒小柒早年幫她調養，年方十七時，師父用七成功力，堪堪平手。所以，三十招贏木子珩這話，再真不過。

木子珩自然不信。「別說三十招，一百招妳都贏不了。倒是妳，帶著幫手，也不事先吱一聲，偷偷摸摸殺了我兩個人。」

節南看過去。

哎喲，她的姊姊欸，不是小柒，還是誰？而另一個瘦影，身手頗為眼熟，是赫連驊！還有，這兩人皆穿一身火紅勁裝，戴著長耳兔面具。

節南喜憂參半，不知這兩人是自作主張來湊熱鬧呢，還是某九後招的前招。若是後者，她可以鬆口氣。若是前者，就是往她脖子上多勒兩根繩。

柏林那頭，金戈隱隱；柏林這頭，殺氣不散，戰氣囂長。

那些包圍了柒小柒和赫連驊的黑衣人，群起而攻之，自信膨脹，殺招都有著十足狠勁。柒小柒內力不弱，功夫也不弱，寬劍橫掃，一時誰也不能靠近得了。赫連驊的動作有些遲滯，顯然身體還未恢復到最佳狀態，不過他畢竟是丁大先生的關門弟子，自學也成了才，單憑師門自創的武學，就化解了幾回險象。

木子珩是行家，一看就明。「胖的是妳師姊，輕功和妳一個路數；瘦的那個內勁不穩，招式卻極不簡單。聽說桑六姑娘在江南開幫立派，行動皆戴兔面，高手如雲，還有一位幫腦，與妳這個幫主地位相當，能力功力都在妳之上……」

節南本想去幫柒小柒他們，聽了這句話，柳眉高挑。「道聽塗說不足信。你們隱弓堂打探消息都這麼馬虎？」

幫腦明明手無縛雞之力，怎麼就在她之上？

「我也沒有立派，只不過人多好辦事，找了些幫手，對外打同一個名號而已。」立派是大事，她沒那本事。「你到底打不打了？」

木子珩忽然眯眼。「韓唐來了。」

節南一轉頭，看鬢絲往前飄，嘴角就笑。

兵不厭詐嗎？

木子珩偷襲，雙臂拉弓狀，平生所學都在右拳，蓄力千斤，要報節南的一掌之仇。因爲他知道，等韓唐來了，他就只能抹鼻子吃灰。他也看見節南回過身來，可惜晚了，已在他發力範圍之內，而她的左臂垂著，蜻螭還指著地面。

這姑娘就是太自信。

起劍勢一般分爲前攻、攻帶防、全防備攻三種。多數人會選後兩種，保證自己不給對手先發制人的機會，但同時保守，難給對手太大的威脅。然而，桑節南喜歡劍尖朝下的起勢，全身都是破綻，卻也不給對手看透她的打算，讓對手疏忽大意，反中了她致命一擊。

木子珩很清楚，所以才要趁桑節南不備，極快近身，出手。如此蜻螭劍來不及起來，桑節南全身破綻隨他挑一個揍，就能讓這姑娘收斂一下傲氣。

木子珩並沒有殺人的打算，他只是知道桑節南難對付，拳頭即便蓄足十分力，也不足以要她的命。然而，就在木子珩出拳的瞬間，看見了那雙葉兒眼裡的憐憫，還有一道銀光，插進自己的脖子。

木子珩直直撞地，左手摸到脖子上熱血汩流。

他瞪鼓了眼，口中開始冒血水。「妳……妳的右手……」

絕對不會看錯，桑節南動的是右手。

節南不進反退，右手中那片薄刃轉眼不見，淡看蜷在地上的木子珩，面冷如霜。「何必偷襲？只要你說我們接著打，我會奉陪到底，三十招內便是贏你，也沒打算要你的命。」

千萬別小看瀕死的毒蛇，總留著同歸於盡的最後一絲力氣，那些急吼吼蹲聽遺言的、去驗收成果的，都是傻子。

「妳右手……」木子珩的身體急劇起伏幾下，不動了，兩眼不閉。

節南無聲吐出一口長氣，左手揉揉右肩。「眞疼——」

一轉身，她往柒小柒他們縱去，同時喊：「木子珩已死。」

本來黑衣殺手們仗著人多，剛開始占上風，忽聽木子珩死了，個個驚瞪過來，果然只見一具死不瞑目的屍身。

群龍無首，他們第一個反應當然就是跑。

節南就等他們跑。人在慌不擇路時，反而丟了求生的本事，跑向死亡。

節南衝柒小柒做了個手勢，就從柒小柒身邊跑了過去，去追剩下的黑衣人。

「她什麼意思？」赫連驊有看沒懂。

「殺。」柒小柒說著，返身將手中劍扔了出去。

那一劍，穿敵心而過。

赫連驊不以爲然。「小鬼有何好追？」

柒小柒幾步過去，拔劍，福兔子的面具，煞森森的聲音，奔向另一名將要逃進迷陣的黑衣人。「小山說殺就殺，你怕就待著，廢什麼話！」

「誰怕?!」赫連驊激不起，踢起一柄青劍。

殺手們聯手可能還難解決一些，一旦奔散，正好讓節南他們個個擊破，沒一個有機會逃進迷陣，而其中一半人死在節南的蜻螭之下。

鴉婆婆從屋裡出來，看著躺得七零八落的死人，再看柒小柒和赫連驊兩張兔子臉，最後視線落在節南身上。

臉上，身上，手上，劍上，全是血，那雙原本俏麗慧黠的眸子底裡沉著狠絕，和剛才向她一拜的姑娘氣質截然不同。

然而，鴉婆婆卻能理解這種變化。時勢造英雄，就像她的丈夫，在家明明是個溫和性子的人，在戰場上卻令人心膽俱裂。這樣的人，總是能成就大事。

心裡這麼想，鴉婆婆卻不這麼說。「我才進去多大一會兒，這兒就血流成河了。只是妳殺了這些人也沒用，還會有更多人來的。」

「來一個殺一個，來一雙殺一雙。」節南笑著走到鴉婆婆跟前，屋門就在婆婆身後，她一眼不往裡面瞧。「這些人雖是小鬼，卻已經不能回頭，我今日放過他們，他們還是會乖乖回到主人那兒，改日再來作幫凶。好人濫發善心，惡人來來去去；好人總會疏忽，惡人總有機會？」節南搖搖頭。「婆婆可能瞧不過眼，可我卻瞭解我的敵人，不是我放過他們，就會改過自新的人，而且，擒賊先擒王這套也不管用，只有硬碰硬，狠鬥狠，殺對殺。」

赫連驊終於明白了節南的意圖。「說得好！幫主英明！」

柒小柒也大聲道：「沒錯！我們唯恐天下不亂！」

鴉婆婆失笑，這兩人起哄架秧子，但節南說得卻也不算錯。這是你死我活的戰場，遇到的並非普通善惡，一分善心往往將自己置於死地。

「好了，我謝謝你們，你們現在可以走了。」鴉婆婆笑完，逐客。

柒小柒忙道：「好啊，好啊，我們馬上走。」伸手就去拉節南，卻看她倒抽冷氣。

柒小柒眼睛就豎瞪起來，抓著節南的胳膊一路摸，最後哼哼。「妳把骨頭弄裂了？」

節南沒好氣，努努下巴，衝著木子珩。「是他，不是我。」

話音剛落，有人憤怒大喊：「誰殺了我大哥？」

木子期來了。

韓唐來了。

當然，來的不止韓唐和木子期，還有五六十名黑衣，比剛才那批黑衣的功夫有過之而無不及，從小屋前的那排柏樹頂跳過來，整整齊齊站在韓唐身後。

隱弓堂的實力，由此可見一斑。

節南對鴉婆婆眨眨眼。「瞧，還好我下手快吧，不然他們又多一群幫凶。」

鴉婆婆卻笑不出來，神情有些淒涼。「阿勇他們沒能擋住……」

這麼多人出現在這裡，只能說明，廟前的陣法沒起作用。

節南樂觀。「不一定，而且留得青山在不愁沒柴燒，婆婆還是跟我走得好。」

赫連驊剛才還讚，這會兒又踩。「幫主先別說大話，我們三個能不能闖出去還不一定呢。」

鴉婆婆但道：「我不會走的。」

柒小柒嚼著一把豆子，嘎啦嘎啦響。「婆婆不要聽這人的話，他男扮女裝次數多了，有點陰陽怪氣。您放心，我把您一背，我去哪兒，您就能去哪兒。您這身量，我背仨都不重。」

赫連驊當然還嘴。「婆婆也不用聽她的，除了吃，她就沒長項了。我不是不帶著您，我是說別說得那麼輕巧，要從長計議。」

柒小柒呸道：「這都殺到跟前來了，還從長計議。臭小山雖然想得太多，好歹那是真聰明。你只是裝聰明，明明一個糊塗蛋，還是學我，跟著聰明人打打下手就行了。」

鴉婆婆聽兩人鬥嘴，心中竟然平靜了，面露微笑。「不聽老人言，吃虧在眼前，我讓你們走，你們就走。」

節南低聲問柒小柒：「王泮林呢？」

「呃？」柒小柒奇道：「我怎麼知道他在哪兒？我從江陵直接過來的，實在放心不下妳，結果不男不女非要跟來。」

「所以，只來了你倆，沒多帶一個人？」節南抱著最後一點希望。

「就我倆。」柒小柒答得乾脆，反問：「幹嘛呀？嫌少啊？」

「這種情形下，總不會嫌多。」突然想到小柒還不知道年顏和良姊姊的事，節南挽住她的胳膊，笑嘻嘻道：「小柒師姊，妳來得正好，我可想死妳啦！」

一切，等闖出去再說。

柒小柒斜睨節南，一臉驚疑。「妳……吃錯藥了？還是妳做什麼對不起我的事了？」

她兩姊妹情深是不錯，但不會做出這種肉麻動作。若有例外，肯定有鬼，而且絕不會是什麼好事！

節南心知自己掩飾過頭，正想怎麼給它掰正，木子期那邊跳腳了。

「桑節南，妳別想著跑，我們已布下天羅地網，東西要是不在這山裡，你們誰都不能活著出去。快說！是不是你殺了我兄弟？」

「子期——」韓唐面色不悅。

這時的木子期，對方就是天王老子，他也不怕。「韓大人一旁歇會兒，這是我木氏家仇，她就算是公主，我也要她償命！」

節南張口，剛想承認。

鴉婆婆卻道：「這人是我殺的。」

節南愕然。

鴉婆婆轉而客氣地對節南說道：「姑娘別再糾纏了。既然不能從東西南北四陣當中取對物件，我就不能告訴妳東西藏在哪兒。這是趙大將軍的軍令，無人可以違背。」

木子期嗤笑。「死老太婆，想冒名頂替卻不看看什麼事。我大哥功夫何等了得，能死在妳一個抖手抖腳、站都站不直的老太婆手裡？」

鴉婆婆再道：「其他老太婆可能沒那個本事，但我好歹是個將軍夫人，要殺人，只須動動嘴皮子。這青鴉山，你們眞以爲想來就來想走就走？又眞以爲這林子裡只有我一個孤老婆子？」

韓唐吃驚，卻又不吃驚，不爲別的，只爲「將軍夫人」四個字，忽作長揖。「文生韓唐，曾與趙大將軍同朝爲官，向趙夫人見禮。」

節南看在眼裡，不知心裡什麼滋味。

「你就是後來到北燎做官、官至一品、太子太傅韓唐韓大人？」鴉婆婆竟知韓唐的事。「韓大人辭官後，我聽先夫說起過，他曾嘆惜說皇上醉心書畫，不問朝政，不識韓學士高才。」

韓唐的目光淡淡掃過節南，後者臉上冷笑連連。

韓唐道：「想不到趙大將軍如此高看韓某，可惜韓某已不能向大將軍言謝。」

節南挑眉，心道要是趙大將軍還活著，這會兒肯定劈了韓唐。

她也不說透，只點一句。「北燎已亡，韓大人若想用趙大將軍留下的寶貝救國，那就來遲了。」

鴉婆婆馬上就明白了，只怕韓唐如今的身分可疑，但她最希望的是節南三人安然離開，因此裝沒明白。「韓大人，那人確實是我讓人殺的。起初他指名桑姑娘比試，受了挺重的內傷，殺他並不難，而且他毫無防備。」

「聽她放屁！」木子期死死盯著節南。

他知道，除了桑節南，這裡沒人有那本事能是木子珩的對手，包括他自己在內。

韓唐往前，看了看木子珩的屍身。「子珩的致命傷在脖頸，傷口的切口似匕首所爲，而且傷在左邊，殺他的應該是慣用右手之人。桑節南右手已廢，用左手劍。」

柒小柒補充：「而且她右肩骨讓那死人打裂，一般人都抬不起胳膊。」

木子期目露凶光，照樣往節南的方向走。「誰知道她是不是裝廢？我不管，我本就打算向蜻螭劍主討教，乾脆立個生死狀。」

韓唐呵斥：「木子期！別忘了我們此行的任務！你不需要服從我，你對桑節南有私怨，我也管不著，但要是耽誤正事，我是不會幫你說好話的。」

木子期雙眼充紅，回頭瞪韓唐。「難道我兄弟就這麼白死了？」

「當然不是，可趙夫人承認是她的人殺的，你又怎能找桑節南報仇？」韓唐突然壓低聲音，說了一句話。

「不可能！」木子期大喊，隨即也壓低了聲，和韓唐說話。

鴉婆婆與節南對看一眼，不動聲色，等了一會兒，問韓唐他們：「你們商量好了嗎？祕密我只能告訴一方，而桑姑娘已經失去機會，所以她絕不能留在這裡。」

韓唐抬手，木子期瞇眼，黑衣人讓出一條路。

韓唐說：「桑姑娘，妳可以和妳手下的人離開。」

節南很猶豫，忽然看到空中盤旋著一隻——

鴿子？

節南迅速在腦子裡盤。

她如果留下，這麼多人肯定打不過來，就算韓唐顧忌她和隱弓堂堂主的關係，活捉了她，王泮林就算眞有後招，也沒用了。但她如果走，鴉婆婆一個人對付韓唐，那感覺可不好。

不過，她又想到鴉婆婆剛剛在屋裡半晌，這位夫人又會擺弄機關，沒準早有打算。

「快走。」鴉婆婆又催。

柒小柒看節南。「小山，我們可以殺開一條血路。」

節南看鴉婆婆，卻見她眼中沉毅，忽然明白這是她的決心，而非客套。

「小柒，我們走。」節南轉身就走。

柒小柒默了默，對鴉婆婆點個頭，才去追節南。

赫連驊緊隨柒小柒身後，似乎知道柒小柒難受。「咱們先出去，再想辦法殺回來，留下來也不過等死。」

「……我知道。」柒小柒嘀咕。「師父說，這世道根本不是單憑幾個人的力量就能改變的，到那時候，保護自己就好了。可是，我就是難受，討厭自己沒有用。」

赫連驊何嘗不知，他和四皇子那麼努力，想要讓北燎變得強大，結果還是輸給了——韓唐！

今日之前，他根本想不到這位太子太傅一品紅官，可能會是北燎滅亡的最後推手。

他雖不知究竟怎麼回事，但就在北燎滅國的這個時候，韓唐帶著這些一看就知道不是好鳥的殺手，在大今腹地找武器，沒有半點亡國的傷痛神情，反而一副居高臨下的春風得意，他就知道這人不對頭了。

韓唐，曾是四皇子十分欣賞且信任的人，雖未對四皇子效忠，卻和四皇子政見相同時，不吝幫忙。四皇子府上下，都把韓唐當成自己人。

這樣一個人，如果是敵人，該多麼可怕；這樣一個人，正因爲是敵人，四皇子才一敗塗地！

一直困擾著赫連驊的疑惑，看到此時的韓唐之後，一下子撥雲見日。

目不斜視，從韓唐身側走過，赫連驊聽到自己的牙齒咬得咯咯響。「小柒，學學我，不管我現在多想砍一個人的腦袋，我都得忍住。先保住自己的命，等著，等老天爺讓我們擁有改變世道的力量，那時候所有的仇人一頓解決！」

柒小柒偏頭看看那張漂亮妖豔的兔子臉。「我們可能改變世道嗎？」

「怎麼不可能？」已經走進迷陣，節南卻聽得一字不漏。「如今的世道不正由韓唐、盛文帝、魑離王這些人操控著嗎？他們能，我們也能，但我們需要時間。」

師父、桑家、年顏、良姊姊，很多人的死，雖然她無力挽救，但她愈來愈明白。每個人的死都不是無謂的，他們幫她照亮了前路，讓所有的憤怒委屈痛苦忍耐終於有了意義，不是等待命運，而是迎向命運，向敵人學習耐心，看遠，甚至看過自己的生命線，看到下一代，下下一代，然後到了那時，世道就會成爲她所希望的，太平盛世。

大唐盛世，不是由李世民開啓的，而是比李世民更早的隋朝一群文臣武將開始堅信改變，且努力，並傳承。隱弓堂這時能布下天羅地網，正是幾代人的布局，到了收網的時候而已。而他們，還只是一群小魚，奮力抗爭也擺脫不了，才覺對世道無力。

其實，想錯了。

「今日時勢造出的英雄，是韓唐，是隱弓堂，是魑離王，哪怕他們的作爲讓人不恥，魑離王統治天下的理念也不能讓人認可，可他們的布局卻是成功的。他們鑽了亂世的空子。南頌積弱，北燎積弱，大今後方空虛乏力，用最老套的一句話來形容，那就是鷸蚌相爭漁翁得利。而魑離，進入了兵強馬壯的黃金期，也許還眞有氣吞天下的待發力。」節南吐一口氣，笑了笑。「不承認也不行。」

柒小柒拿下兔面，以一種新奇的目光看著節南，然後肯定地點了點頭。「小山，妳眞的很聰明。」

赫連驊則已經完全說不出話了。

這番言論，就算當今最能說會道的理學家，也未必能辯得過，如眞理貫腦。

「所以，我們必須看得更遠。」前方看似沒有路，卻走出一個人。「歷史的洪流，不會因一絲風改變方向，卻會因颶風改變，只要將正確的信念傳下去，會有愈來愈多的力量彙聚過來，最終再造時勢！」

蒼青衫，流風袖，俊逸面容，氣息彷彿清遠冷漠，那雙曾經似寒星的墨眸如今卻透出旭陽熱力。這朵青雲，已然，停落南山之畔。

「姓王的，排九的，你終於來了。」節南眼底灼灼。

眞奇妙！

她和他的思想，常常就像兩道同起同伏同進同退的波浪。別人覺得性情乖張，腦思怪異，心思刁壞，她和他卻有默契，卻能彼此理解，哪怕嘴上不服，心裡卻服。

和人下棋沒意思，但她和他的聯手棋，互相較勁，又出奇默契，最終出來的棋面才是最驚豔的。

「來了。」王泮林淺笑，張開雙臂。

節南足尖輕點，疾奔過去。

眼看就要兩人相擁，一幅讓人不好意思看下去的畫面。結果，節南臨懷抱而煞車，以王泮林爲中心，前後左右上下找一圈。「別告訴我，你一個人來的。」

王泮林也沒有要抱佳人的意思，雙手放在節南的肩頭，看她疼瞇了眼的表情，手立刻就順著她的胳膊用力捏下去。「別告訴我，妳入了寶山卻空手而回。」

「哈？」節南立刻打開王泮林的手，往後蹦一步，抱臂撇笑。「以爲你想我呢，原來還打著撿現成便宜的主意，一箭雙雕？」

「小山怎麼這麼想我？明明是妳先求一戰。我雖然傷了心，但好不容易調適過來了，還覺妳我自大王嶺之後終於又能對手一局，頗爲期待。結果，妳說不比就不比，讓我準備後招接應妳，我什麼都由著妳，妳卻說我居心不良。孔老夫子說得眞是不錯——」王泮林突然消聲。

因爲，節南笑了，笑得歡朗，笑得眼淚都出來了。

王泮林嘆息，終將節南抱進懷裡。

比起說愛，她和他就只會冷著性子，嬉笑著，算計著，說著和感情全然無關的話，卻將彼此的命交給對方，如此而已。

16 官道如此

「矯情！」柒小柒輕嗤一聲。

節南聽見了，回過頭來眨眼睛。「就是矯情，怎麼了？」

柒小柒吐吐舌，抽了抽鼻子，嘀咕：「妳喜歡他，他也喜歡妳，算妳運氣好。」

赫連驊難得沒嘲笑，伸手想摸柒小柒的頭，最終改拍她的背。「這兩人都是妖孽，要是沒有相互喜歡，而是敵對的情形，這世道只怕更不好收拾。」

「呸，小山才不是妖孽，是仙女下凡，把王九感化收服了，從此少一隻爲禍人間的妖孽。」柒小柒給赫連驊一個白眼，還一巴掌扇他背心。「還有，你別占我便宜！」

赫連驊頓時岔了氣，狂咳，卻不忘頂嘴。「誰占妳便宜啊？皮糙肉厚，拍妳的背，就跟拍豬背的手感沒兩樣！」

柒小柒氣死，一腳踹去，逼得赫連驊竄上樹，罵道：「妳皮薄肉嫩，豬大腿。」

王泮林聽得噴笑。「這兩隻活寶。我應該帶十二來的，只要想到他哭喪著臉，就讓我心情愉快。」低眼想瞧懷裡的節南，結果對上一雙圓溜溜的眼珠子。

「商花花！」怪不得他的手感也不太對，感覺摸駱駝似的。

花花鼓著腮幫子，小手舉出來，對王泮林的胳膊一通亂打。「放開娘娘！放開娘娘！不准欺負娘娘！」

王泮林想把花花提拎出來，卻提不動，只好把小傢伙的圓臉捏成柿餅。「不放你能怎的？這回出來玩野了，等會兒回去抽你功課，做不出來就罰你面壁！」

花花眼裡淚珠子蕩啊蕩，想嘟嘴巴，奈何被王泮林捏開了，最後小腦袋只好拚命往節南背上拱，發出嗚哩嗚哩的小狗叫喚。

兩個月相處下來，節南瞭解小傢伙的習慣，知道他在尋求她的庇護，卻沒良心地哈哈笑，但到底從王泮林懷裡退了出來，免得小傢伙乾嚎魔音。

王泮林卻立刻將節南身上的包裹解開，也不顧花花淚珠子打他的手，喊聲「堇大」。一張黑著的兔子臉出現，嚇得花花奮力轉過上身，衝節南張開胖胳膊，「娘娘娘娘」叫個不停。

節南背了花花那麼久，雖說平時也沒少捉弄這個娃，這會兒還眞有了一點兒心肝肉被挖的痛感。

「還是我來背吧，我都習慣了。堇大又沒背過娃娃，萬一忘了，敞著個背讓人砍，我不就白在花花身上費那麼多心思了嘛。」

堇燊年紀不小，無妻無子，哪裡會抱兩歲的娃，雙手夾在花花咯吱窩下，看花花小腿亂蹬哭鬧叫喊，不知所措。

王泮林多壞啊。「小山妳別太慣著他，慈母多敗兒。花花將來肯定要學武的，正好跟著堇大歷練歷練，順便讓堇大看看資質好不好。」

節南一聽。「什麼慈母多敗兒？我又不是他娘！」狠心不去看娃娃的狗狗眼，親手把他包貼在堇大背上。也好，她人緣不好，之前是沒辦法，這孩子要能跟著堇大，她其實很放心。但花花哭得好不淒慘。

節南拍住小傢伙的臉蛋，神情認眞。「商花花，黑兔子先生本領很大，但你跟著誰都一樣，讓你出聲才能出聲，不然你就見不著姊姊。」

花花立刻摀住自己的嘴巴，鼻涕亮晶晶。

節南捉了袖子給小傢伙擦臉擦鼻涕，動作很輕很柔。「好了，別哭了，等我們離開這兒，我給你買糖人。」

王泮林在一旁看得著迷，霸氣斂淨的桑小山也漂亮。

柒小柒卻酸溜溜的。「怎麼不見妳給我買過糖人？」

「到時候，我也給妳買。以後但凡花花有一份，妳肯定也有一份，行不行？」節南發覺，她身邊大大小小都不是讓人省心的聰明主，就屬她最笨，像耕牛，幫人勞心勞力。

柒小柒偏生聽不出反話。「好，妳說的，不准賴。」

王泮林笑道：「吃的東西還用得著買嗎？小柒妳愛吃什麼，我家小十二都會幫妳做的，他對妳——」

節南乾咳兩聲。「你帶了多少人？」

她心裡卻想，這人狐狸尾巴到底露出來了吧，嘴上說得淡漠，其實就他護短，當初大王嶺也是顧忌自家兄弟，才盡出狠招。不過，王楚風對小柒有心無心，都不是她或王泮林應該插手的，該由兩人自己解決。

「剛好夠用。」王泮林的回答模稜兩可。

赫連驊作爲拔腦，必定要嗆一嗆幫腦。「隱弓堂的人已經布下天羅地網，什麼叫剛好夠用？」

王泮林對節南都能冷嘲熱諷，更何況對著其他人，涼聲回嗆：「剛好都比你強一些，統一行動，聽我號令，不會自己尋死。」

「你倆別在這兒爭了。」節南聽小屋那邊悄無聲息。「我們得趕緊回去救婆婆。」

「小山。」王泮林皺起眉。「隱弓堂虛張聲勢，韓唐總共就帶了這麼些人，倒是那位嫻妃娘娘，和妳一樣，巾幗不讓鬚眉，親自率千名今兵追上，而且調動了水寨布防，所以我們必須趕在布防完成之前離開。」

「你不早說！」節南返身就往小屋跑。

王泮林啞然。他的本意是，沒時間救人，但忘了節南一向叛逆，敢爲他人之不敢爲。

「堇大。」王泮林當然奉陪到底。

堇燊一聲呼哨。節南回頭一看，眼睛放亮。

但見二三十道快影，清一色天藍勁衫，戴著兔面，手背長劍，緊隨堇燊跟上來。以一敵二，這下有勝算。她正想著，忽聽幾聲轟隆巨響，地面顫動，柏林抖搖。

柒小柒哇叫：「怎麼回事？山滾石？」

地動山搖中，王泮林仍是氣定神閒，走過來對眾人道：「都別停，繼續走，是小屋那邊發出來的響動。」

節南他們本來就沒走出多遠，轉眼便回到小屋前。

原本有五六十號殺手，此時只有七八人，一下子就讓堇燊他們擺平。

「不見韓唐和木子期，可能在屋裡。」節南說著就往屋裡走。

王泮林一把拽住，節南再熟悉不過的輕嘲語氣。「小山聰明的腦瓜放哪兒去了？剛剛那麼大的動靜，還沒弄清妳就亂闖？這是讓左拔腦教傻了嗎？」接著便過去問殺手話。

柒小柒當笑則笑，哈哈叫節南沒腦瓜。

赫連驊氣不打一處來。「這跟我有何干係？」

哪知，話音剛落，腳下大地又顫，這回連屋子都開始散架了。

震顫很快又停了，屋子塌了半邊。

王泮林問完話過來。「鴉婆婆說這屋子就是地下迷宮的入口，東西藏在下面，所以韓唐帶著多數人進去了。」

赫連驊狐疑。「那位婆婆，趙大將軍之妻，對幫主不假辭色，說她取錯四物，直接打發我們走，卻這麼容易就對韓唐他們說出東西在哪兒了嗎？」

節南點頭。「不錯，連赫兒都能想明白，更何況韓唐。」

赫連驊起初得意，然後才叫：「我不是傻子！」什麼叫連他都能想明白？

「也許因爲你是乖乖遵照規矩的人，而韓唐不是。韓唐可以拿倖存的趙家軍作爲籌碼，相信婆婆是不會忍心不救的。」王泮林說到這兒，語氣一頓，遠山眉淡淡抬起，要笑不笑。「東西南北，陣中取物，小山妳居然拿錯了？」

節南攏嘴，要笑不笑。「人無完人嘛。不過，就算你在場，也不見得能拿準。兩百號人，即便站著不動讓你找，都吃力，更何況是八卦陣，稍有不慎，就把小命丟了。」

「姊夫可能會很失望，他們浴血奮戰的結果卻是一無所獲。」節南不喊姊夫，王泮林接棒喊。

「事事本不會盡如人意，盡力之後無悔就好。」崔衍知和林溫還活著就好，畢竟他們在闖陣的時候幫了她一個大忙。「現在可以進屋了吧？」

王泮林卻道：「不可以。」

節南嘆了口氣。「你要知道，婆婆是趙大將軍的未亡人。」

「所以，我們要尊重她和丈夫合葬的意願。」王泮林才說完，第三波震動開始。

這回整整持續了一刻那麼久，眾人站都站不住，另半間屋子坍塌，屋頂整個砸下，屋子周圍的地面甚至凹下一大片，頓成廢墟。

眾人皆趴，柒小柒獨站。

柒小柒眼睛有點紅。「好了，誰都不用進去了。」

節南爬起來，先找堇燊，看他背上的花花小手動來動去，這才放心。隨即，她將滑下凹坑的王泮林拉上來，不慌不忙，還不依不饒。「你剛剛說合葬？」

王泮林還沒答，就有一大群人衝到屋前，劈里啪啦跪得那麼重，感覺都沒替自己的膝蓋骨著想。爲首的鳴水客棧老闆阿勇身上到處都是血跡，額頭破了一大片，熱淚和血混在一道，猙獰布在剛毅的臉上，哭吼：「小的們來世再當大將軍和您手下的兵，夫人走好——」

說至此，阿勇喊號：「兄弟們，送夫人！一！二！」

全體雙掌用力拍地，額頭磕出「啪啪啪」三大響。

阿勇再喊：「送戰死的兄弟們！一！二！」

雙掌再度齊拍，「啪啪啪」磕三個頭！沒有哭聲，卻有淚。

趙家軍這些好男兒們縱然彈淚，彈得也是血淚，再悲痛欲絕，也往心底壓下去。

節南跪，王泮林也跪，柒小柒和赫連驊也跪，兔幫立時全跪，無聲磕足三個頭，恭謹送別。

腳下大山彷彿顫不止，柏林送來綿綿不絕的濤聲，一片大鳥「啊啊」叫著，飛進眾人眼簾，在凹地上空盤旋，然後往雲層飛去。陽光穿透了白雲，照在大鳥們的烏羽上，放出青彩光華，就好像真載著今日逝去的美麗靈魂，送上九天。

青鴉消失天際，眾人起身，哀慟未散，久久凝在空氣中。

王泮林最終打破沉默。「趙大將軍戰死後，盛文帝尊重他的氣節，將他厚葬在北都西郊，但不久就有人破壞了墓穴，大將軍屍身不翼而飛，其實是你們做的。」

阿勇道：「是。大將軍到最後一刻都沒倒在敵人刀下，怎能由敵人埋葬？我們將大將軍接到這裡，葬在這間屋子的下面。夫人曾說，她此生將會守在青鴉山，死都不會踏出這裡一步，要同大將軍合葬。而玢鎮本是夫人家鄉，可以隔水望鄉，畢生再無其他心願。」

柒小柒終於忍不住，嗚嗚痛哭。

花花方才就感受到壓抑，見小柒姨姨大哭，也哇哇大哭了起來。雖然，以他的年紀，根本不知發生了什麼，但卻極爲敏感。沒人勸柒小柒不要哭，更沒人想阻止花花，彷彿通過兩人的哭聲，心頭就會少些壓抑，終於能正常呼吸了一樣。

王泮林望望節南。節南明白他的意思，回頭再看一眼凹坑廢墟，才對王泮林一點頭。「走吧。」

王泮林拉起節南的手，淺笑之中暖意深濃，對堇燊和兔幫眾人道聲「走了」。

經過阿勇他們身前，王泮林停下。「今兵很快就會圍剿青鴉山，你們若想留在這裡和他們拚命，我不會相勸，只是告訴你們一句，如果你們想走，我們的船足夠大，載得下你們和你們的家小。」

阿勇雙眼赤紅，剛張口要拒絕王泮林的好意。

「你們甘心這就讓人砍成肉醬，還是等你們守護的祕密重見天日，在眞正的戰場上，和更多的兄弟們一起，一雪國恥？」節南突然低聲問。

阿勇聽明白了，赤紅的雙目裡突然亮起明光。「夫人終於還是破例了？」

節南笑，自信的光芒難掩。「婆婆是重諾守信之人，絕不會對才認識半日的人破例。」

崔衍知認爲他們是南頌的官，婆婆就應該如實說出祕密，節南卻不會這麼理所當然。這世上，陰謀太多，用生命守護的祕密怎能輕率待之？

阿勇疑惑。「那妳怎麼說——」

王泮林輿嘆。「因爲這位聰明的姑娘並未拿錯那四樣東西，趙夫人自然要把鑰匙交給她。」

節南眨眨眼，嘲他：「九公子才想到啊！誰讓你遲遲不來，而隱弓堂的人虎視眈眈盯著我們闖陣，我只能用障眼法，讓婆婆、趙家軍，尤其是隱弓堂，以爲我弄錯了。」

「好計。」王泮林道。

阿勇將信將疑。「我爲何要信妳？」

節南仍壓低了聲：「東市買駿馬，西市買鞍韉，南市買轡頭，北市買長鞭，是指這個——」

一匹青銅馬，馬背套著金鞍韉，精緻的紅銅繩轡頭攥在一名青銅鑄成的女子手中，另一手向後揮著銅長鞭。

寸長的「木蘭飛馬過燕關」青銅雕，靜立節南掌心。

節南用不準確的線索讓崔衍知和林溫吸引趙家軍的注意，順利摘取了青銅雕的四個部分，再包裹在她交給鴉婆婆的東西當中，以至於除了指環是對的，其他三樣看起來都不對。都到了這最後關頭，她桑節南還能弄錯，直接撞豆腐吧！

❋

玢鎮一家酒樓裡，沸水一般鬧騰。

就在不久前，嫻妃娘娘率領的水師戰船停靠青鴉鎮，河渡的船隻全被趕回，過往船隻一律不得靠近青鴉山附近水域，河道兩頭被水師封口。

各種消息發散，怎不引得大家熱議。

這家酒樓正好對著河面，雖說大河茫茫看不見對岸，愛湊熱鬧的人大概覺得望河也能止渴，沒準有機會能看到嫻妃娘娘的風采，因此生意旺爆。

人聲嘈雜中，角落兩桌十來個人就顯得安靜。

「那屋子下面除了大將軍的陵墓，還有一個巨大的機關陣，布置了滾雷石、千斤頂、火槍林等等。當然，我從沒下去過，只聽夫人說起。青鴉山有一連串天然山洞，夫人出嫁後，讓娘家買下了青鴉山，打算等大將軍卸甲歸田……」

聲音一頓，阿勇深呼吸一口，再道：「後來時局不穩，暉帝沉溺享受，聽信那些文臣粉飾太平，重文輕武，不斷削兵，甚至還懷疑大將軍有造反之意，夫人才開始在青鴉山布置機關陣。而北都大戰的前一年，大將軍空有將軍頭銜，手中能調動的兵馬不足五千，我們被分成幾股，派到各地軍鎮閒置。之後，大今兵馬突然打進來，那些守將多是無能之輩，要麼直接投降，要麼派我們到最前線去抵擋，好讓他們自己人逃跑。直到暉帝意識到只有大將軍才能統帥各軍，將十萬趙家軍召回北都守城，回來的僅僅不過兩萬兄弟，最後更是幾乎一個不剩，都死在北都城樓之下。當時我哥守到最後，大將軍命他捎來一封口信，他好不容易跑出來，到青鴉山的第二日就重傷不治死了。」

北都大戰，誰都知道怎麼輸的，但阿勇所說，是他身爲趙家軍一分子的親身經歷、他兄長的親身經歷，沒有任何史書或傳聞，比這個更加眞實。

阿勇最後道：「多謝你們把我們都帶了出來，當時眞想和今兵拚個你死我活，大不了跟著夫人一起走，見大將軍去。但桑姑娘說得對，不能這麼死了，要等殺得敵人片甲不留，打勝仗的那一天。」

阿勇說完了，王泮林的信也寫完了，交給他。「孟大將軍會很高興接納你們的，天馬軍駐紮的軍鎮附近有成翔府城，因爲開通了榷場，頗爲繁榮，可以安置家眷。」

節南略沉吟，補充道：「還有鳳來縣，縣令宋子安很明事理，你們也可以先去拜見他，由他和孟將軍說明，也許更好一些，畢竟軍鎮那種地方不是隨便什麼人就能闖的。」

堇燊立刻瞥王泮林一眼。可惜，王泮林半點愧疚也不露，還厚著臉皮。「小山說得沒錯，軍棍也不是隨便什麼人都能挨的。」

節南翻翻眼珠，接著又道：「縣令夫人玉氏，是玉將軍的女兒，也是個爽直善良的夫人。」

阿勇收好信，背起已經準備好的乾糧袋子，喚他的妻小一同起身。「青山不改，綠水長流，哪日我們說不定還能在陣前並肩作戰。」

節南但笑不語。

王泮林道：「我承諾，定會有那麼一日的。」

阿勇幾人走出了酒樓，就有其他一些人跟上，很快混入人群中，分辨不出了。他們也是最後一批撤離的趙家軍。

感謝嫻妃娘娘沒那麼巾幗，眼裡只有一座青鴉山，既沒向玢鎮派兵，也沒要求玢鎮官府嚴加盤查，以爲人一定會從水路撤走，僅僅看管河道。當然，這樣的疏漏也要歸功於王泮林的提前布置。他在知道後面有追兵後，就請昆大用兩條船做誘餌，在水寨封鎖河道之前開出去，又故意放風給嫻妃，讓嫻妃篤定她自己的想法沒錯。而後，王泮林讓剩下的幾隻船全開到了玢鎮。

最先，將鞠英社小將們分拆，由他們領著千名青鴉鎮民分批下船，走山路，繞道山腳各縣各城，再走西北線，從錦關山一帶榷場進入南頌，投靠天馬軍。

鯤鵬莊的人也走了，一條官道直回正天府。

再來就剩王泮林自己、節南、柒小柒、赫連驊這些，也不說怎麼走，就找了這家酒樓，等吉康和祥豐他們傳遞一批批安然出城的消息，最後親自送走了阿勇等人。

酒樓朝東，這時夕陽收起了所有的錦繡，蒼藍、灰藍、烏藍、墨藍，如海潮捲了大半邊的天，夜色在河面上迅速起牆，很快只能看到碼頭上的船燈。人們仍聊得熱鬧，沒注意角落這兩桌走了些人，又坐了些人。

隔壁桌的百里老將軍拍拍赫連驊的肩。「小夥子，跟你換張桌子。」

赫連驊嘟囔一聲「為什麼是我」，但大鬍子也算長者，他挪到旁桌去。

崔衍知也走過來，沒說話，盯著坐在節南身旁的柒小柒，結果柒小柒沒睬他，旁邊的祥豐在節南的默默頷首中起身讓了位子。

林溫沒動，說保持距離就保持距離，或者說，清楚這些人個個強悍，自己只要服從命令就行了。

百里原道：「王中書之子，王氏九郎，這下可以說說你為何而來吧。」

王泮林沒帶面具，以真面目示人，也直接向百里老將軍說了自己是誰，只是一路上忙著分批分人，面對老將軍咄咄逼人的追問也沒空說明白。

王泮林笑得溫淡。「這話說長也長，說短也短，不怕老將軍笑話。王九此來，就是找小山姑娘的。」

百里原看看節南，再看看柒小柒，最後看定柒小柒，指著柒小柒問王泮林：「你找她作甚？」

柒小柒立刻大咧咧將百里原的手推到節南那個方向。「她才是小山。」

百里原不知道節南的小名，奇怪。「這不是趙侍郎的侄女桑姑娘，行六，閨名好像是——」有點想不起來。「不太像姑娘的名字，和終南山——」

「桑節南。」

王泮林和崔衍知異口同聲。只是，崔衍知哼了一聲。

王泮林從容得意。「小山是桑姑娘的小名，不過我與她相熟，一直都喚小山，免得直呼閨名，讓人聽到了不妥。」

「不可直呼閨名，就可直呼小名？」

此時此刻，大概誰也沒有崔衍知的心火旺。

崔衍知和林溫解決了幾名殺手之後，以爲能趕去幫節南和鴉婆婆，不料遇到了後來的韓唐，再度陷入重圍之中。要不是王泮林正好趕來，兔幫的人加以援手，說不準就死在青鴉山上了。

當時，王泮林帶著兔面，所以崔衍知也沒多想，只當就是那個自以爲是的幫腦，不過對他的援手還是感激的。誰知崔衍知回船後，看到節南安然返回，還不及欣喜，也不及問木蘭花林的線索是否解開，就看到了幫腦的眞面目——王泮林。

怎能想得到?!長得很像王希孟王七郎的男子，安陽王九，王中書獨子，竟是兔幫幫腦！

崔衍知與王九打交道不多，遠不如與王十二，還有一些表兄弟情誼。他在王老夫人大壽上看到王九的時候，就直覺隔閡。

其他人是覺得王九與王七只是形似神不似，因而失望，對王泮林價不高。崔衍知卻正是因爲王九和王七形似，不願與這位表兄弟多來往。

崔衍知從來不喜歡王希孟。有著神童、天才、奇才所有最華麗頭銜的王七郎，從一開始，就不是他這種中等偏上、普通聰明的人能夠比擬的。

既然比不上，那就保持距離，所幸王七郎和他的目標截然不同。那位繪出世間最精彩的青綠山水《千里江山》的時候，他還在書院刻苦發憤；那位進入書畫院，成爲最年輕待詔大人的時候，他剛剛考上三甲，九品起階，仍是日以繼夜讀書，準備考提刑官。

王泮林和王希孟太像，雖然人們都說兩人性格大相徑庭，王泮林乖張刁賴，全無王希孟半分君子光華，但這於他無尤。他只是，看到王九郎，就會想起那位光彩奪人的王七郎，再想到自己曾經的自卑。

是的，在王希孟面前，他崔衍知會自卑。

安陽王氏，雖在這個士族閥門幾近絕跡、寒門崛起的世道，仍有令新貴們不敢不敬的士族之華。即便他們的子孫正從朝堂中減少，即便他們在他看來，更像書香門第，已被權力中心摒棄，但事實並非如此。王中書看似為官溫儒中庸，但凡他力推進行之事卻都成功了。

父親說，還好王沙川和他政見相差不大，若為政敵，絕對棘手。

而安陽王氏外放為官的幾位，都在地方做出了不錯的政績，只是沒有太大的野心，安守一隅而已。

安陽王氏旁支，近年對本家頗無忌憚，卻也是用實力一較長短，年輕一輩子弟中人才輩出，野心勃勃。王泮林的祖父一旦卸任家主，將會有新血注入安陽王氏，所有人都不會懷疑它一定會再入權力場，成就另一段輝煌家族史。王希孟出生在這樣一個名門世家，天生就有絕對優勢，偏偏不止家世出眾，自身才華橫溢，謙謙真君子，還具寬仁廣懷，不似理學家們滿嘴文章，是敢於向君王說真話、想要改變天下、求百姓安居樂業的好官。

崔衍知在考提刑官的時候，雖然讀書專心，倒也並非兩耳不聞窗外事。

王希孟的遭遇他都知道。他只是冷眼旁觀，看這位年齡相仿的天之驕子所處的頂峰終究成為絕峰，誹謗纏身，陰謀纏身，仍看不清官場現實，光明磊落與反對變革的權黨周旋，最後退無可退，跌落谷底，讓暉帝罷免職務不久，便一病不起，撒手人寰。

父親告誡他，不要像王希孟那麼傻，但他內心裡，卻被王希孟的所作所為震撼。

南頌黨爭再激烈，也不會傷及士者整個階層的利益，而王希孟卻是爲民著想的，提出的變革損害了官員和裙帶們享有的特權，故而當時幾乎被所有高官討伐，又傳出各種不堪入耳的流言，最終暉帝妥協，將王希孟逼上了絕路。

換作是他，雖然當提刑官是他自己的理想，但自問不能違背父命，仕途順順利利走到今日，父親的身影籠罩著自己，也將一路籠罩下去，直到他成爲崔家另一個驕傲，攀上權力的頂峰。他做不到像王希孟那樣，義無反顧，無懼身後名，但他羨慕。羨慕王希孟的勇氣，羨慕王希孟的才華，羨慕王希孟天下爲公的理想眞正高潔。他愈是羨慕，愈是自卑，對著和王希孟長相相似的王泮林，毫無意外，久違看到了自己內心醜陋的一面。

他自欺欺人，想當一個好官，但事實是，他永遠都不會當個純粹的官，更別提好官了。他知道不對，卻無別法，官道如此。

王希孟爲此粉身碎骨，他崔衍知則隨波逐流，哪怕兩人的初衷是一樣的。

王泮林墨眼溢彩，看崔衍知眼底的火焰，語氣輕嘲：「小山認我姑姑爲母，我就是她九哥，怎麼喚她都是妥當的，我們是一家人。」

百里原聽林溫提過那麼一點點，這時看兩人互別苗頭，就往節南那兒瞧去，卻發現那姑娘事不關己似的，從腳下抱花花上桌，餵花花吃飯。

沒辦法，百里原只好自己介入。「你還沒答我，爲何找桑六姑娘？」

「自然是擔心她。她一聲不響跑到大今來，姑母擔心地吃不下睡不著。家裡我最閒，就來接小山回去。」王泮林看花花吃了一嘴，掏出帕子幫擦。

百里原看來，眞是其樂融融一家三口。「好吧，接下來你怎麼打算？」

王泮林笑道：「簡單。老將軍刮個鬍子，再委屈崔推官和溫二郎換個扮相，和我們回正天府，堂堂正正走水路。」

百里原摸摸大鬍子。「我倒不是捨不得，不過回正天豈不是自投羅網？」

崔衍知冷笑。「王九郎敢這麼做，自然是有把握的，最危險的地方就是最安全的地方，誰能想到我們還敢回正天府。」

「不愧是推官大人。不過，還有一個重要的原因，就是你們三人的畫像已被傳發下游各省府和關卡，水陸都會嚴加盤查，變裝也有識破的可能，所以我們要到正天府轉坐別家的船出大今邊境。」

王泮林誇人，卻讓被誇的人一點高興不起來。崔衍知心裡的滋味，卻不是高興不高興就能輕易形容的。他不高興、不甘心、不喜歡，但又對王泮林這人的足智多謀、詭計多端、穩坐軍中掌控全域的本事，無法不暗暗讚嘆。

若說王希孟光芒太耀眼，不容半點黑暗的存在，王泮林有光有影，眞實，踏實，敢施陰謀，卻又有原則，比之強大得多。

文心閣的地位自不用說。雖然前陣子文心閣突然將創帝御賜牌匾還給朝廷，徹底脫離半官方的身分，包括父親在內的很多高官都覺得是個好消息，畢竟文心閣的存在很微妙，不受朝廷約束，又被朝廷依賴，無法掌握，而且文心閣和安陽王氏之間的關係說不清道不明，讓各股勢力忌憚。所以，文心閣自願放棄特權，變成普通的民間組織，最好不過。

不過，大概父親他們萬萬想不到，文心閣和無法無天的兔幫攪混在一起，進入官府根本管束不住的江湖，將來一定會擁有更加巨大的力量。如同放虎歸山，如同蛟龍入海，同意文心閣與官府斷絕關係，是父親爲首的內閣，嚴重失誤。

崔衍知這時清楚無比，但並無恐慌，反而心中湧起一陣大潮，那種自己雖然已經放棄，卻有人能幫他實現理想的心潮洶湧。

崔衍知自知只是嘴硬，明知有些事已成定局，但驕傲不允他低頭。出身、經歷、家族、個性，注定他和王七也好，王九也好，不可能成爲同道中人，就像他——不能和節南成爲同道中人一樣。他唯一能做的，就是試著把這姑娘強拉到他的道上來，但已經失敗，沒辦法將無恥進行到底。哪怕他對這姑娘的感情深得連他自己都看不清，哪怕他看著節南和王泮林無聲的默契，心如刀絞，至少不用再違背自己的良心，甚至違背自己的本性。

痛苦到了極點，崔衍知卻聽到自己冷靜的聲音：「誰家的船？」

不求了，能走一路是一路，直到走不下去，必須分道揚鑣，也別再讓心上人多厭惡自己幾分，這樣就好。

「通寶銀號的船。」這桌的人，唯有王泮林自始至終觀察著崔衍知眼中的情緒，雖不懂他究竟想什麼，但覺那股子偏激似乎化了無，此時目光清正。

這讓王泮林願意說得詳細些。「通寶銀號的船一向從楚州出境，而楚州邊將是北嶽劍宗弟子，平時就拿了很多好處，不但要給江陵紀家面子，還有北嶽劍宗的面子，可保萬無一失。」

崔衍知點了點頭，起身和祥豐換回座位。

林溫是崔衍知多年好友，心有所感，低聲笑侃：「還以爲你就算不和情敵一爭高下，也會賴坐在六姑娘身旁，怎麼坐回來了？」

「心裡這火燒著燒著，突然熄了。」崔衍知也不瞞。

林溫擠眉弄眼。「那姑娘咱根本駕馭不了，安陽王九一出來，我就明白了，什麼叫一物降一物。」

崔衍知搖搖頭。「我不怕王九，不過節南和他兩情相悅，我再自以爲是糾纏下去，與跳梁小丑無異。本來就是我自己喜歡節南，何必彼此怨念。」

林溫贊同。「沒錯，喜歡一個不喜歡自己的姑娘，沒啥了不起的。我也跟你說句實話，我至今就喜歡玉梅清一個，看她追在宋子安後面跑，我想殺人的心可不止一回。」

崔衍知忍俊不止。「我早看出來了。」

林溫瞪眼，隨即失笑。「這叫什麼事兒？咱倆長得也不寒磣，偏偏都是單相思。還好延昱娶到自己喜歡的姑娘，不然要去算算命了。」

崔衍知卻斂了笑。

林溫問：「怎麼？」

如果是之前的崔衍知，肯定不會說，然而此時的崔衍知力圖改變自己。「我不是跟你說過，在舊案堆裡找到趙大將軍的信嗎？」

林溫道是。

「那封信最後還有句話——」崔衍知幾近喃喃。「小心太學長。」

林溫馬上想到的是：「小心傅秦？爲什麼？」

「不對。」崔衍知提醒道：「趙大將軍寫信的時候，傅秦只是書畫院院長。」

林溫一驚，連忙看看四周，沒人注意他倆，低道：「當時的太學長是延大人！」

崔衍知無聲點點頭。

「可是，爲什麼？」林溫大爲不解。「延大人那時是主戰的啊。」

「我一點線索也沒有，不過——」崔衍知往鄰桌看去一眼。「溫二郎，雖然我不想承認，王九和節南這兩人雖然鬼精，但確實很有本事，對吧？」

林溫也看去一眼，洩氣又服氣。「因爲這兩人天不怕地不怕，能想我們所不能想。你如果開不了這個口請他們幫忙，我可以開口。如果延大人眞有祕密，必定關係我南頌江山社稷，絕非我倆能應對，而你若是告訴你父親或百里將軍，朝局將會動蕩。」

崔衍知也是這麼想的，不敢驚動官場，但也許借助王泮林和節南的力量，借助兔幫的力量——有了好友的支持，崔衍知終於下定決心。

青鴉山。神廟後面的柏林，已經燒成火海，因爲嫻妃的遷怒。

嫻妃此來，並不知王泮林和節南的存在，只想來抓離妃的把柄。作爲盛文帝最寵愛的二妃之一，嫻妃也知道趙大將軍留下的祕密，所以在弄清朝鳳珠的事件眞相後，親自追來，打算抓到魑離人之後，歸罪離妃叛國，就可以向盛文帝告發，后位就是她的了。哪知，青鴉山裡沒有人跡，一座供奉烏鴉的破廟，古古怪怪差點繞不出去的柏林子，還有一片凹下去的廢墟，折騰到天亮，事事親力親爲，就差親手挖坑的嫻妃，連個鬼影子都沒撈著，所以放了這把火才走。

火煙氣中，廢墟上的木頭突然往上翹動，而且愈動愈厲害，最後頂出一個人頭來。那人很快從散木中爬出來，並伸手拉出了第二個人，再拉第三人……

如此，沒有人跡的青鴉山，多了五個人，原本該成爲活死人的人。

其中一人，髮髻散了，美髯也被扯了一半，下巴血淋淋，再無半點一品官的得意——

正是韓唐。

時勢所造，大難不死。

17 木蘭非花

朝辭白帝彩雲間，千里江陵一日還。節南已到江陵紀家數日。

這裡的冬，來得比江南早，仙荷拿出孔雀翎羽織錦風袍、狐毛圍脖，還有鹿皮靴子。

雖說才到幾日，節南已經見識了江陵首富之富。不像桑家俗金，也不像王家低調，紀家是該顯擺的地方絕不馬虎，不該顯擺的地方絕不在乎。而紀家姑娘們的穿戴，絕對是重中之重。她還沒來，紀家老夫人已經讓仙荷拿了她的衣裳比尺寸，讓人趕製了一堆最新款的冬裝，還有可以搭配的首飾兩大盒。節南不至於受寵若驚，但知這是她乾娘的大面子。看來，紀家二老非常疼愛王芷，傳言半點不虛。

仙荷幫節南扣圍脖，還沒扣上，節南就讓狐狸毛弄得脖子癢，笑著放一旁，也不要那件披著像孔雀的袍子，只喜歡那雙鹿皮靴子，又輕便又保暖。

仙荷說「不好」，既然要跟老夫人逛龍王會，怎能不穿得像樣一點？說到後來，兩人各讓一步，圍脖不戴，披孔雀風袍。

龍王會，是江陵的節日，更是江陵紀家的祭祖日。有關紀二爺和神龍船的說法，就是從龍王會來的。每年這日，紀家的神龍船會載滿米糧，沿河發放給窮苦百姓。發完米糧之後，要在神龍船上進行祭祖的儀式。最後稻草稈紮的神龍小船掛滿元寶桔燈，送進河道下游，祈求神龍賜福來年豐收興旺。

碧雲走進屋，期期艾艾。「七姑娘出門了。」

從大今回來的路上，節南將年顏和良姊姊的事都告訴了柒小柒，包括良姊姊是柒小柒親哥哥的事。柒小柒的反應，比她料想得還要大，幾乎是一路哭回江陵的，而且，柒小柒大概對她還有點埋怨，大半個月不願搭理她。

仙荷也清楚來龍去脈，嘆道：「一個是待七姑娘如親妹妹的師兄，一個是七姑娘的親哥哥，走一個都不好受，更何況兩人同時走了，七姑娘都沒能見上最後一面，肯定要難受好一陣。六姑娘耐著些性子，暫且隨七姑娘去吧。」

節南抿了抿嘴。「現在是小柒埋怨我沒本事救人，不是我埋怨她不理我。不過她不埋怨我，又能埋怨誰？碧雲，赫兒跟去了嗎？」

碧雲點頭。「去了去了。」

節南道：「那就好。想不到我也有指著那塊賴皮糖的時候。」

仙荷噗哧笑。「這會兒也只有赫兒不怕七姑娘發脾氣，還能跟她不依不饒地頂嘴，把她逗樂了。」

忽然，門外進來一位模樣俏麗、穿戴「顯擺」的年輕姑娘。「南姊姊好了沒？」

仙荷碧雲齊聲喊：「大姑娘好。」

紀寶樊，十九，紀伯丈嫡長女。雖然家裡經商，她是半點不沾的，卻喜歡武刀弄棒，之前一直在北嶽劍宗學劍，這兩年回家來待嫁，已許本城一個富得流油的大地主。不過，沒啥悲慘的，大地主很年輕，與她青梅竹馬，等到她十九大齡，始終一心。世上專情的男子雖少，倒也不是一個沒有。

「寶樊妳今日真有大小姐的架勢，這一身金玉，走路會不會掉小零碎下來，正好做了善事。」都是老姑娘，都愛武，又都不是扭捏性子，節南和紀寶樊自然一拍即合。

節南這種說話方式，在小氣人聽來是刻薄，在大氣人聽來是幽默。紀寶樊是大氣人，噗哧笑出。「這法子好，又做善事，又減了身上分量，沉得我喲，跟穿了盔甲似的。」

兩人說著話，就往外走。

仙荷喚節南一聲，節南想起來了。「妳和月娥姑娘玩兒去吧，今日城裡人擠人，自己小心點。」月娥比節南晚到兩日。

仙荷謝應。

走出挺遠，紀寶樊才笑得意味深長。「妳可知道那位月娥姑娘一來就打聽妳的事？似乎懷疑妳沒在紀府，跑去了別的地方。」

「知道，不然我讓仙荷跟著她幹嘛？」從一開始，就是探子反探子的策略。「其實她懷疑不懷疑都已不重要。」

心懷鬼胎的人，才會在意她去了哪裡。對方只要一試探，就是打草驚蛇，驚了她這條蛇。派月娥來，實在是那人的失策。

紀寶樊側眼瞧著節南。「我怎麼沒早認識妳呢？」

節南好笑。「爲何？」

「就能和妳一起興風作浪了唄。」已經從通寶銀號的掌櫃，還有押銀回來的師叔那裡聽說了正天府發生的大事，紀寶樊只恨自己沒在那兒。

節南不勸，反眨眼，煽風點火。「現在認識也不晚，世道正亂，正好作亂，帶上妳夫君一道。」

紀寶樊沒有笑，彷彿讓那句「世道正亂，正好作亂」引發了深思，最後居然點了點頭。「我決定跟妳去都安，瞧瞧妳的兔幫。」

節南不知紀寶樊竟知兔幫，挑起眉來。「然後呢？」

「要是合我心意，我也許會加入。」習武之人，生逢亂世，都會有一種情懷，用這身苦練出來的本事做些什麼的情懷。

節南抿笑，頷首默應。

「我娘昨晚回來了，不過今早起來眼睛腫，我爹請了大夫，也不讓她跟咱們放糧，要過晌午才會上船。」認眞的話說完，閒聊起家事。

紀寶樊母親、紀伯丈的夫人白氏是個虔誠佛教徒，又因爲身子弱，一年有大半年住山庵裡靜養，只在祭祖和年節才回來住數月。即便如此，紀伯丈也只有這一位夫人，和他那位風流的親弟弟有天壤之別。

「妳爹眞著緊妳娘。」節南眼底閃芒。

「著緊得要命，連自己親生子女都不放眼裡，我們在娘肚子裡時我爹就嫌棄我們。」紀寶樊的語氣卻透出愉悅。

「妳在妳娘肚子裡，還能知道妳爹嫌棄妳？」節南笑不動。

「我娘懷我大弟時，我都三歲了，記得我爹怎麼嫌棄大弟吃太多，以至於娘的肚子太大，還讓娘腳腫，各種嫌棄！兒子都這樣，更何況女兒？」紀寶樊很認眞地說。

「其實妳是羨慕。」節南一語道破。

紀寶樊說：「我就是羨慕。所以，我的夫君不好當，要是不能像足我爹，我就休了他。」

物以類聚，找到自己同類的感覺，眞的很舒服，節南心嘆。

都安。

萬德樓，沒有深秋初冬的瑟寒意，處處裝點著金黃麥穗兒和秋令農家作物，掛著橙黃桔形燈，豐年熱鬧之感，別具一格。

崔衍知品一口果子酒，不似他以爲的那麼甜，果香，酒更香，清涼爽口。

旁席林溫直接。「這眞是果子酒？不像我從前喝的甜膩、姑娘家喝著玩兒的，沒意思。」

「自家釀的，溫二郎要不是說客套話，我可贈你一車，帶去孟將軍那兒，保准你立刻和他們稱兄

道弟了。」那聲音，清冷的，總似傲慢，總似輕嘲慢諷

崔衍知抬眼，卻見王泮林一張微笑的臉，反倒是他旁邊的王楚風不知怎麼嗆到，咳得面紅耳赤，還瞪了王泮林一眼。

林溫絲毫不知覺。「一車就罷了，兩罈子還能放得下，只要不麻煩。」開春，林溫就要到天馬軍駐紮的金鎮當尉官。

「一點都不麻煩，只要交給十二弟，他會辦得妥妥當當的，哪怕沒有現成的，也能給你現釀兩壇出來。」王泮林這才看向自家兄弟。「是不是，十二弟？」

王楚風無聲吐口長氣，才對林溫謙笑道：「這有何難。」

門外夥計報：「姑娘們來了。」

王泮林看看崔衍知。崔衍知起身，拉上隔門，一間屋子頓時小了一半。

王泮林才道：「請。」

門一開，進來六位身著綾羅輕紗的美人，容姿各優，卻都帶著同一種嫵媚。美人們本不知點她們出來的是哪家客，這會兒見到了，眼珠子頓如貓兒見了魚，閃亮起來。楚風公子溫文君子，是燕子姑娘求而不得的人物；而泮林公子是洛水園姑娘們喜愛的新客，出手極大方。一雙年輕才俊，難得美人們不互相擠兌，安靜分了兩位公子。

夜深深，美人們醉態酣然，琴聲走了調也沒在意，舞步亂了序也沒在乎，讓兩位風度翩翩的俊男灌多了酒也不自知，笑個不停，說個不停，更看不出人家醉翁之意不在酒，幾個笑臉幾聲好話就被迷得神魂顛倒。

「劉郡馬脾氣可壞了。」

「就是就是。記得他剛到洛水園來的時候，斯文有禮，說話動不動就引經引典，秋妹妹還說他是老學究呢。」

「唉唷，那是當著別人的面裝正經。進了我的房，立刻就化了狼，僞君子一個。不過，那會兒劉郡馬好像已經娶了郡主，多半是欲求不滿，也不好跟郡主多纏，卻把我累慘……」

接下來說得大膽露骨，眾熟女笑得花枝亂顫，兩位公子則聽得面不改色。

「聽說劉郡馬與燕子姑娘是同鄉？」某九墨眸瞇笑，往王十二那邊瞥，得回對方一抹不著痕跡的冷笑。

「可不是嘛，之前我們誰都不知道，直到上回——」

「劉郡馬喝醉了，非要燕娘伺候他，還抬出兩人同鄉的關係。也不想想，燕娘如今可是洛水園的頭姬，媽媽掌心裡的寶貝，怎麼可能伺候一個小小郡馬？」

「而且，那會兒燕娘正陪延大官人，也抽不開身。我當時在撫琴，劉郡馬就衝了進來，到處砸東西，還跟延大官人動上了手，我們相勸，劉郡馬就不管不顧，把我們都趕了出去。然後媽媽趕來，我往裡看了一眼，燕娘嚇得臉色慘白，劉郡馬讓延大官人反扭了胳膊，動彈不得，不過延大官人的袖子被扯掉半只，還見了血。總之，差點就出大事了。」

「妳說，劉郡馬和延大官人打架的時候，妳們都被趕出去了。既然沒瞧見，怎知打得激烈？」這話，還是王九問的。

「燕娘說的啊。」

「燕娘爲此受了不小驚嚇，媽媽心疼她，特許她去觀音庵住了幾日，一來求菩薩保佑，二來散散心壓壓驚。」

「我還從別的大人口中聽說，劉郡馬和延大官人這就對上了。延大官人想要在楚州加造軍防工事，工部卻駁回了，說巴州那邊就要修水庫，人手緊缺。劉郡馬不是在工部當了個什麼官兒嘛，雖說權不大，工部新尚書對他仰賴頗多呢。」

「爭風吃醋的事，就別說了，怪沒意思的。」美人餵酒，卻讓王九一笑迷了心，酒被自己喝乾都不知不覺。

「這種事才有意思。」王九笑意及眼，沉進眼底，波瀾不興。「我這人詩詞不通，音律不通，和姑娘們在一起，還就只愛聽個閒聊。說得好聽，有賞錢拿。」

本來眾女還怕兩位神仙似的文雅公子不愛聽人嚼舌頭，想不到說閒話還能拿賞錢，更加來了精神，說起各種各樣的閒事來。

但王泮林沒再聽到什麼有用的，打算打發眾女之前，隨口問了問：「樞密使大人也常去園子？」

「沒見過。」

「從沒見過。」

「延大官人倒是常來，還好不對誰長情。」

「即便是燕子姑娘，一曲《長恨歌》的琴技和歌聲能令那麼多客人傾倒，延大官人不過說一句以鳳尾琴彈奏必能更加動人。」

王泮林斂眸，未動聲色，但道晚了，讓夥計進來送嬌客。姑娘們個個不依，王泮林給王楚風使個眼色，王楚風怎能不領會這是發賞銀的意思。

發好了，美人們高高興興走了，王楚風突然想到。「不是你請客？」

王泮林敲敲隔門。「本來是，可我後來想想，橫豎我還要賣消息給十二弟，不如直接由你結了帳。」

「賣什麼消息？」王楚風直覺一點都不好。

「十二弟最想要知道什麼消息，我就賣什麼消息。」

隔門打開，林溫肆無忌憚。「楚風最想知道什麼消息？」

王楚風笑笑，顯得不怎麼在意的神情。「莫聽我九哥胡說。」

王泮林就更加不在意了，抬眼看向崔衍知。「推官大人都聽清了嗎？」

崔衍知點點頭。「有問題。」
王泮林也點點頭。「的確有問題。」
林溫問：「有什麼問題？我沒聽出名堂啊。不就是劉郡馬和延昱鬧翻了，公報私仇嗎？我們要查的是延大人，可延大人都不去洛水園。」
王楚風裝慣君子，不知道，也會裝著不是不知道，而是「非禮勿言」。

龍王會已經進行過半，米糧派發完了，請神龍的大鼓戲也結束了。已到晌午，紀家人多數下了船，到自家的酒樓用膳。節南只道早膳吃得多，還不餓，留在船上看集市。
約摸過了半個時辰，四個漢子跳上船來，雄赳赳的架勢。其後上來兩名僕婦，比一般婦人骨架子大得多。再來一個十二三歲的小丫頭，抱著暖手銅爐，稚聲稚氣道：「大夫人仔細腳下。」
節南微微瞇起眼，看一位夫人走上來。
這位，還沒到天寒地凍，就已經穿起了長及腳踝的墨色塡絨厚緞襖，烏髮密鬢樸實無華，只插了一根不起眼的木簪。因爲身上穿得厚，人又瘦，顯得臉盤特別小，說巴掌大也不誇張。五官生得極細巧，膚色白皙如雪，故而容顏仍若少婦。
小丫頭環顧一圈，最後視線落在節南身上，對那位夫人道：「大夫人，有位生面孔的姑娘，穿著您親手做的鹿皮靴子，我猜應該就是南姑娘了。」
小丫頭的話才說完，節南已到她們面前，彷彿沒注意那幾名漢子緊繃的身軀，盈盈作禮。「桑節南見過大夫人。」
能上紀家神龍船的大夫人，應該只有紀伯丈之妻了，看上去竟比芷夫人年輕一輪，和紀寶樊倒像姊妹花。

「好。」大夫人一字應了，就往艙裡走。

節南要跟，卻被兩僕婦擋住。

小丫頭道：「大夫人剛坐了馬車，有些暈，要稍作歇息，南姑娘不必急著磕頭，自去玩吧。等老夫人她們回來，到時再依照順序行大禮奉茶就是。」

這是被人輕視了，還是被人無視了啊？比起不滿，節南感嘆的卻是——這才對嘛。

紀家大概因爲是靠經商起家的巨賈，家風沒有官貴那般嚴謹，對節南的孤女身分並不低看，又看在紀二爺和芷夫人的面子上，待她如紀家嫡姑娘一般，反而讓她有種腳踩不到地的飄忽感。如今讓這位冷淡的大夫人碰自己一鼻子灰，她一下子踩著地面，踏實了。

好吧，是她桑節南性子怪，過不了幾天舒心日子，她懂得。無論如何，最近因爲大家的好，她桑節南也不好意思逆反，一日要說幾十遍「好啊」、「多謝啊」這樣的順從話。腦子都快懶廢的時候，終於老天爺看不過眼了，要讓她的腦瓜開動，豎起自己的逆鱗。

節南刁笑。「大夫人不舒服，我這個晚輩怎能自顧去玩，當然要在長輩面前侍奉著。妳這丫頭，年紀還小，不懂事我也不怪妳。」

一邊說，一邊從小丫頭身邊繞過去。

話又說回來，眞以爲她桑節南願意在船上吃風哪！她可是抱著僥倖心，啊，不對，從今日早上起，一直向老天爺求著，能給她單獨和大夫人相處的機會，所以才餓肚子等著的。

「放肆！」小丫頭急叱。

那兩名僕婦十指成爪，就往節南肩頭扣來。哪知，眼見纖長的身影滴溜溜縮下去，就從面前不見了。節南已到僕婦身後，劍指速速兩點，將人定穴，心中雪亮。這兩僕婦內功不弱，多半沒料到她功夫這麼不錯，一時讓她搶占先機。

四名漢子見此變故，幾乎同時拔出腰間的佩劍來。

「住手。」綿紙窗上，靜靜一道單影，薄淡如一層山水遠綠。「讓南姑娘進來吧，我說話的力氣還是有的。」

漢子們立刻送劍回鞘，四雙眼八道冷光，盯住節南，彷彿警告她不要妄動。節南卻嬉笑一聲，走進船艙去，且道：「我有話，想同大夫人單獨說。」

這時，小丫頭的手正撩簾，一只繡鞋踏進來。蒼白到透明的面容透出堅毅，聲音從容。「歡兒，妳們都在外邊守著。」

鞋，退了回去；手，收回去，又遞進來，多了一只暖手爐。

節南接過，等紀大夫人坐好，將暖手爐遞過去。紀大夫人接爐子的時候，節南不小心碰到她的指尖，冰涼無溫，禁不住道：「大夫人還冷嗎？」

十月就已經穿襖子了，十一二月打算捲著被子出門嗎？

「我天生體寒。」紀大夫人的語氣，雖不至於和她手指一樣冰涼，也沒多少熱度就是了。「南姑娘有什麼重要的話，還要單獨同我說？我與妳，就在剛才，才見頭一回面吧？」

「是。」節南的語氣，卻乖了。「雖是頭回見面，不過大夫人應該已經知道我。」

「南姑娘這性子倒是好，宜靜宜動，剛才還以爲妳要拆船，這會兒低眉順目。」容顏宛如少婦，氣質病柔，眼中沉慧。「我當然已經知道妳。妳是芷妹選中的繼承人，雖說芷妹和二叔最終還是和離了，我公公婆婆卻絕不會因此對芷妹不喜，畢竟今日的結果皆是二叔咎由自取。紀王兩家的交情仍在，妳來，就是紀家貴客，我送妳一雙鹿皮靴子，也不過略表心意罷了，妳不用特別謝我。」

節南吃驚。「乾娘和二爺和離了嗎？」

紀大夫人表情淡淡。「上個月的事。」

節南心中唏噓，怪不得紀家沒安排她住二爺的園子，反而緊鄰老夫人的地方住著，而龍王會的大日子也不見紀叔韌回來，原來是受刺激了。

「妳也不必唏噓，二叔遊戲人間，應該要付出代價，否則永遠都是長不大的依賴性子。」紀大夫人細目如新月，目光卻銳。

節南知道紀大夫人說得對，橫豎也不是自己管得了的事，當下轉回正題。「大夫人是北嶽劍宗的人，劍宗在北地武林地位超然，對正天府發生的事不可能不清楚，所以我才說大夫人應該已經知道我。」

紀大夫人不驚不訝。「這在紀家並不算祕密，我本就是宗主之女。若非如此，北嶽劍宗的高手們為何要為通寶銀號護航開道？也不是花大價錢就能請得動的。不過，我後來練心法時走火入魔，內功盡廢，這幾年早已不問劍宗之事，都是伯丈和寶樊在打理。妳說我知道正天府的事，我偏偏半點不知。」

節南笑。「大夫人這語氣，怎麼有些賴皮啊？」

紀大夫人一點不覺得好笑，身體病弱，並非性子柔弱。「妳這姑娘兜來繞去，不知所謂。我知妳也好，不知妳也好，我一年連寶樊都見不到幾面，難道還要討妳的親近？」

節南鑑毛辨色。「晚輩不敢，只想知道大夫人知道我多少事，也許就不需要我多話，直接拿出東西就好。」

紀大夫人涼涼呵笑。「恐怕要讓妳失望，我是當眞與世隔絕，而且對任何事都不大有興趣了，妳可以說，也可以不說，結果都是四個字——幫不了妳。」

雖然與想像中大有出入，節南也不以為意。「既然如此，請恕晚輩直接問了。大夫人娘家可姓柏？」

紀大夫人細眼微垂，淡道：「北嶽劍宗白松之女，自然姓白。」

她發音那麼清晰，這位夫人不可能錯聽，只怕是打馬虎眼。節南一笑，連串問來。「大夫人閨名可是柏蘭？其實姓趙？大夫人與白宗主並非親生父女？大夫人的親生父母可是趙大將軍夫婦——」

「住口。」聲音陡沉，不再能冷然面對，紀大夫人終於露出震驚神色。一連串的問題，其實不是提問，是陳述事實。

木蘭花林，不是一個地方，是一個人名。

趙家獨女之名，趙柏蘭。

當鴉婆婆告訴她趙柏蘭在哪兒的時候，節南的震驚絕不比此時紀大夫人的震驚少。萬萬料不到，趙家僅存的血脈，竟是江陵紀家的兒媳婦，和自己會產生這麼近的淵源。不過，照她方才的試探，紀大夫人並不像知道青鴉山的樣子，而且對於她知道自己身分的反應，也不是驚慌，而是抗拒和抵觸。

鴉婆婆只說對不起女兒，卻沒有詳說如何對不起。節南本以爲是沒能陪伴女兒到底的意思，此時才覺，只怕還有更深的內情。

「出去。」震驚之後，紀大夫人語氣極不友善。

節南不黏糊，轉身就走。

瞞過了婆家，這麼多年的祕密，突然讓一個全然不熟的人說破了，趕人絕對在情理之中。

她不急，等得起。

「等等！妳聽誰說的？」這等於親口承認。

「妳娘。」節南停下腳步，轉過身來，回答。

「我娘？」紀大夫人卻咳笑。「南姑娘差點就讓我以爲妳有什麼眞憑實據，卻原來是道聽塗說。天下人誰不知道趙大將軍與他的兒子們在北都大戰中陣亡，將軍府滿門被今兵所殺，無一人倖存。我看妳年紀不大，北都大戰那年，應該還是個小丫頭。就算妳是從趙府裡僥倖逃出來的，將軍夫人又憑什麼告訴妳這樣的事？」

「大夫人的問法很奇怪。」某九不在，某山的腦子轉速第一。「天下人都知趙大將軍膝下無女，妳卻只問我憑據，一點不驚訝趙家有女兒的事。」

紀大夫人啞然，半晌才勉強找到藉口。「我不知趙家有沒有女兒，只不過妳說這事是趙大夫人告訴妳的，但覺荒謬而已。」

「就是趙大夫人告訴我的啊。趙大夫人並沒有死於北都之戰，而是隱姓埋名，住在玢鎮對面的青鴉山，守護趙大將軍託付給她的祕密。」

果然，不出意外，紀大夫人聽到母親還活著的消息時，蒼白的臉色中滲入一絲喜紅。

節南決定長痛不如短痛。「因爲我解開了趙大將軍設下的謎局，趙大夫人才告訴我妳的事，然後她誘敵進入大將軍的陵墓，發動機關，與敵人同歸於盡，也完成了與大將軍合葬的心願。」

紅潤之色頓時退潮，紀大夫人猛地站了起來，暖爐匡噹墜地。

歡兒在外頭忙問：「大夫人，出了什麼事？」

節南滿眼歉意。「對不住，我沒來得及阻止妳娘，她其實可以不用那麼做，哪怕阿勇說，和趙大將軍合葬是她最後的心願，她早就決定不會離開青鴉山。」眼裡泛酸，想起那些她沒法救下的人。「雖然我這樣自私的人，是無法理解寧可選擇死亡、也不苟活下去的想法，但每個人心中都有自己的取捨信念。」

歡兒連聲問「什麼事」。

紀大夫人揚聲，帶著堵噎的鼻音。「沒事。」

外頭靜了。

「坐下吧，把整件事詳細告訴我。」紀大夫人信了節南。

節南依言走回去，不急著坐，卻俯身拾起手爐，放回紀大夫人手裡，這才坐到一旁，將趙大將軍留下祕密武器，並以四幅圖爲線索，她如何得到圖，如何破解，如何找到青鴉山，見到最後一支趙家軍，還有鴉婆婆，破陣拿四物，換取了「趙柏蘭」這個名字。

聽完了，紀大夫人泣不成聲。

節南也不勸，也不催，無聲守著。

良久，紀大夫人才開了口：「我恨我爹娘。」

節南神情平靜。「我也很討厭我爹。」

紀大夫人搖頭。「不，妳不會懂。別人只誇將門出虎子，不知我祖母重男輕女，還迷信。有個道士說趙氏一門會毀在女兒手上，結果我祖母生下我小姑姑沒多久，曾祖和祖父就死在戰場上。祖母從此偏激，家裡根本沒有女兒說話的份，兩個姑姑早早被嫁了出去，因爲婚事決定得草率，日子過得很不好，都沒活過三十就走了。我爹是嫡長子，我們和祖母同住，我是母親頭胎生下的。因爲是女兒，我和母親受盡祖母苛待，祖母甚至不允許全家對外提起我這個女兒，直到大弟出生，母親的日子才好過了。但祖母仍不喜我，既不幫我正趙氏女兒之名，也不許我爹娘疼愛我一分一毫，直到白宗主夫婦出現，想收我爲徒，我祖母很乾脆地把我打發了。那年，我七歲，在趙家只是一個影子，對外我根本不存在。」

家家有本難念的經，趙家這本經，和桑家經一樣難念。

紀大夫人繼續說道：「大約我十五歲吧，我祖母過身，我爹我娘想要將我認回去——」

「卻已經回不去了。」節南明白的。

「對，回不去了！」紀大夫人情緒有些激動。「我養父母待我視如己出，可我親生父母什麼都沒爲我做過——即便做過些什麼，他們沒能堅持到底，還是放棄了我。最終，趙氏一門還是毀了，我眞想問問祖母，是不是毀在了我手上！」

誰能想到，忠君忠國的趙大將軍，到死都沒跪過敵人，受南頌百姓尊敬，卻被自己的女兒痛恨。通曉大義的柏氏已經失去了丈夫兒子，和趙家軍一起守著亡夫的墓，卻偏偏沒有女兒的守護。重男輕女，自古有之，又有孝道壓身，趙氏夫婦在祖母和女兒之間做了選擇。旁觀者來看，這樣的選擇何其不易，但受到傷害的趙柏蘭無法原諒，也是情理之中。

紀大夫人沒有將自己的遭遇說成悲慘故事，短短幾句，道完小半生，道出別人看不到的趙家，但到底骨肉相連血脈相通，聽到母親的消息才忽喜忽悲。無論如何，趙家眞剩她一個了。否認不否認，結果都一樣。

紀大夫人眞是長話短說，直切主題。「我娘爲何要把我的事告訴妳？我和木蘭花林有何干係？除了我這身骨頭血肉，我一樣趙家的東西也拿不出來了。」

節南從香袋中取出木蘭銅雕。「趙夫人告訴我，只要把這個拿給妳，妳就知道了。」

紀大夫人看到銅雕，臉上竟露好笑。「南姑娘，妳讓我娘騙了，就像她騙了我，讓我以爲她和我爹一塊兒死在了北都一樣。這木蘭銅雕是我小時候最喜歡玩的小玩意。我祖母老說女兒家沒用沒用的，我就拿這個小玩意氣她，整日背〈木蘭辭〉。後來我才知道，背什麼都沒用，老太太自己就是被重男輕女的爹娘過繼給別人家的，所以親情淡漠，對弟弟們也不算好，就是覺得能幫趙家傳宗接代，盡到她這個主母的責任罷了。老太太誰都不愛，就愛她自己。」

節南可以肯定，趙家那本經都是被那位老太太弄難念的，不過她不想多問。「還請您好好想想，妳娘不會拿這麼大的事糊弄我的。四幅圖以〈木蘭辭〉串聯，最後的線索『木蘭花林』，指的其實就是妳。妳是趙家僅存的一脈，妳相信女子當自強，如花木蘭一樣。我想，妳爹娘打心底思念妳，所以這個重要的祕密以妳爲名，他們守護這個祕密，如同守護妳一般，以此彌補他們心中的虧欠。而答案，一定就在妳手裡。」

紀大夫人鼻子又是一酸。「妳和趙家有什麼淵源，這麼替他們說好話？我爹明明是爲南頌——」

「爲了南頌，也是爲了嫁到江陵的妳。一旦錦關山最後一線被大今攻破，江陵安在，紀家安在？紀大夫人可曾想過，即便北嶽劍宗再強，國破家就亡了。」

紀大夫人深吸一口氣，眸中沉光。「妳——很會說話。」

節南搖搖頭。「我不喜歡講大道理，我只告訴妳事實，是大夫人妳太驕傲了，口不對心。容節南放肆，且問大夫人一句，妳不是走火入魔練岔了氣，而是中了陰寒功，以至於經脈受損，體溫才低於常人吧？」

紀大夫人瞇了瞇眼。「是又如何？」

「練這種陰寒功的，我認識一個，叫木子珩。」

「不認識。」實話。

「那麼，盛文帝的影衛『寞雪』呢？」

在回來的路上，節南和王泮林理了理各條脈絡，發現除了長風是隱弓堂的爪牙之外，寞雪也有問題。傳聞中，寞雪殺人無影無形，多是數日後死於寒氣攻心經脈盡斷。年顏正是這種症狀，陰寒入體，卻是木子珩下的手。

也就是說，寞雪很可能就是木子珩，或是木子期。

「……」紀大夫人張了張口，哼笑。

「眞不愧是將門女兒，倔脾氣和婆婆有得一比。」對於有把握的事，節南也不用紀大夫人承認。「大今兵臨北都，妳父親、妳的弟弟們，決意與北都共存亡，而妳看似事不關己，卻偷偷潛入盛親王王帳，意圖行刺，被寞雪打成重傷，雖然僥倖逃脫，但也變成了如今這副模樣。妳還在戰後去過北都，尋找妳娘，可妳不知妳爹早將妳娘送到青鴉山，以爲她死在戰火之中。可是，妳救走了趙府其他人，所以呼兒納到趙府的時候，已經變成了一座空府。」

紀大夫人目光終於柔軟下來。「妳眞的很聰明。」

「承蒙誇獎，從正天府到江陵，坐了十日船，閒工夫太多，就想得多了些。」她比不得王泮林的急智，但給她充分的考慮時間，她還是能解決一些高難度的謎題。「對外，夫人是北嶽宗主之女。這樣的消息，還是不難打聽到的。不過北嶽劍宗和妳娘的淵源頗花了些功夫。」多虧文心閣的老底子深厚。

「北嶽劍宗和我娘有何淵源？」紀大夫人一愣。

「白松。柏氏。松柏。妳娘是白松同父異母的妹妹，本名『白柏』，嫁給妳爹後，不知爲何一直用名當姓，也不曾公開過和白宗主的兄妹關係，我就不知情了，您得問白宗主。不過，我大概猜得到，妳娘爲何請白宗主收養妳。趙柏蘭，趙大將軍希望妳能像妳娘，而妳娘希望妳像花木蘭，如果將軍府只能讓妳憋屈，不如把妳送到一個可以有所成就的地方去。」

紀大夫人驚搗了嘴，眼淚又下。

外面傳來很多腳步聲，應該是老夫人她們上船了。

節南起身，將木蘭銅雕放進紀大夫人的手裡，神情難得慎重。「大夫人，請一定仔細想一想，您手上眞的沒有一件妳爹娘給您的東西了嗎？」

門外小丫頭歡兒大概耐不住了，跑進來正要通報。「大夫人，老夫人——」

她見紀大夫人哭得稀里嘩啦，立刻護起主子，對節南叉腰瞪眼。「南姑娘怎麼把我家夫人惹哭了？夫人身子不好，禁不起這些的。」

節南這下是眞往外走，而且是大步走。「有說那麼多話的工夫，還不把大夫人扶進裡屋，免得讓老夫人她們瞧見了，擔心些有的沒的。」

簾子一掀一落，節南已經到了甲板上，裡頭怎麼樣都不關她的事了。而到這份上，該她桑節南做的，都做了。最後，絕殺的武器能否現世，不是她能掌控的。

節南，其實，對這武器的殺傷力抱著很大的懷疑。

黑火造出來的大傢伙，應該又是雷聲大，雨點小吧。

18 福神小柒

祭祖時，紀大夫人沒出來。

如同對二兒媳婦的寬容，甚至默許了和離，紀家老太爺和老夫人對此一點不介意，畢竟紀叔韌都沒露面，又如何苛責身體孱弱的大兒媳婦。所以，沒有了兩大能幹的兒媳撐場面，沒有了花蝴蝶紀叔韌的串場，節南就成了神龍船上的中心。

祭祖儀式完成後，給族裡年紀最大的長老們敬茶磕頭，給一群老婆婆們敬茶磕頭，給紀伯丈在內的叔伯長輩們敬茶磕頭，再同紀寶樊這一代的表弟表妹們敬酒，簡直滿場飛。

夜幕降臨，晝市變成了夜市，送神龍船的吉時到，節南才終於結束她今日的使命，讓紀氏一族認住了她這張臉，有工夫喘口氣了。

紀寶樊走過來，手裡各拿一只神龍小船，船上掛著精緻桔燈，遞給節南一只。

桔燈閃閃，照亮紀寶樊心思甸甸的面容。節南好猜，卻不能猜到紀大夫人會告訴女兒多少事，就問：「怎麼了？大夫人的狀況沒好轉嗎？」

紀寶樊搖搖頭。「我方才進去瞧了一眼，我爹就把我趕出來了，但覺我娘的臉色比昨晚還差，眼睛都腫了。」

「大概是太吵了，鬧心。」節南無意試探紀寶樊。

她的目標很明確，將事情原委向趙柏蘭全盤托出，交銅雕，毋須再從紀家其他人那裡打探什麼。

「我爹也是這意思，等和我娘一起放了神龍船，就會先回府。」

放神龍船，就是向神龍祈願，紀大伯的心願十分明顯。

「我突然想起來，既然我乾娘已經和妳二叔和離了，我為何要磕了那麼多頭，敬了那麼多茶，傻子一般認了一大群長輩呢？」

節南看船尾，紀老太爺和老夫人正扶著紀氏年紀最大的老人家放神龍船，焚香祈天，求來年五穀豐登，買賣興旺，國泰家康。

「這有什麼為什麼？妳是王芷的乾女兒，就不是我的乾女兒了嗎？王家的親戚要認，紀家的親戚當然也要認。」船側，紀叔韌攀著繩梯跳上來。

紀寶樊忙行禮。「二叔好。」

「不好，一點都不好。」紀叔韌煩躁地揮揮手，腳下有些浮。

節南瞧他髮髻有些鬆散，臉上鬍渣冒青，雙眼無名火亂竄。紀叔韌這麼講究穿著的一個人，身上皺巴巴的，革靴都是泥漿點，此時哪裡還有半點拿神龍船裝銀子的氣魄。

節南不行禮，還笑了。「二爺活該。」

紀寶樊在外頭算得上女俠一枚，在家裡還是尊老愛幼的乖乖牌大小姐，聽節南敢這麼嗆二叔，連忙拽拽節南的袖子。雖然她心裡也是這麼想的，但怎麼好說出來呢？

紀叔韌雖然喝了不少，意識卻很清晰，知道節南嘲笑他，眼裡的火就燒大了。「丫頭，我忍妳很久了，妳對王芷乖乖順順，對我橫眉冷對，看著二爺我好欺負，是吧？我告訴妳，我若認真對付妳，或是那個連城，能讓你們一夜之間變成叫花子，妳信不信？嗯？」

節南囂天的主，哪能怕這種口頭要脅。「二爺今晚就可以放手一試，看我明天早上是不是就上街要飯去了。」

紀寶樊一聽，還火上澆油哪？

「南姊姊，二叔他喝多了，別跟他計較。」她目光無奈，請節南手下留情。

紀叔韌大火。「寶樊，妳這丫頭怎麼也背叛我啊？我比妳親爹還疼妳，妳的尿片我比他換得多；妳的生辰，妳親爹不記得，我記得，喜歡什麼我都想辦法弄給妳，除了天上的星星我摘不下來。」

紀寶樊臊紅了臉。「二叔！」

紀叔韌也不理，調頭冷盯節南。「至於妳，我本來是打算當妳親女兒疼的。」

節南淡淡「哦」了一聲。「我有親爹，人雖然已不在世上，從無一刻敢忘，所以就不想再找一個爹了。二爺有心——」語氣稍頓。「不對，說錯了，二爺看上去好像是有心人，其實卻壓根沒長心吧？」

紀叔韌怒，朝節南跨大一步，手捏拳。「妳說什麼?!」

紀寶樊急忙擋在兩人中間。「二叔，南姊姊，你們都別吵了，會驚動長輩的。」

節南可無所謂。「快四十的大男人，卻像個孩子一樣。拿乾娘的事來說，乾娘對你的付出，你貪得無厭只嫌少。你對自己的吝嗇卻絲毫不知，一開口就是自己對乾娘怎麼長情，怎麼呵護，怎麼大度，容忍了她的小性子，但每回出場要帶三四位美妾隨侍。有人皮厚，好歹自知；你皮厚，卻不自知，索性承認沒臉沒皮倒也罷了。」順帶「罵罵」某九。

「人多情不可恥，可恥的是自己多情卻要求別人長情專情，難道這還是長了心的？」節南嗤之以鼻。「所謂有心，不是你買些什麼，而是你做些什麼。便是生意經，做得長久的，必是用了心的。二爺那麼會做買賣，且捫心自問，若乾娘是一位大主顧，就你花裡胡哨空口套白狼的，可有本事拿得下來？只怕你待乾娘，不如待你的合夥人和大客戶。」

說說就來氣，節南卻見紀大伯過來了，急收斂。「既然都和離了，二爺也瀟灑些吧。無心，有無心的活法，不就是少了個知情知心的人爲你等門嘛，沒事。一堆指著你神龍船上的銀子、穿金戴玉的美人也等門呢，湊合湊合，一堆無心人抱作團，一輩子很快就過完了。」

紀寶樊聽得愣，這話……這話……怎麼那麼——解氣呢！

紀叔韌聽得卻無比酸楚。待節南和紀寶樊走開，紀伯丈上前怪他怎麼才來，他拍住兄長的肩，垂了頭，掩口掩鼻痛哭起來。

紀伯丈立刻明白幾分，回頭瞪不遠處偷瞧他的大女兒一眼。

紀寶樊吐吐舌頭，忙轉回來，一邊放燈，一邊對節南道：「太解氣了！妳不知道，二叔讓二嬸受了多少氣，就仗著二嬸在意他呢，連老太爺老太太都看不過眼。」

「不過，兩位老人家能同意和離，我還挺意外的。」

比起兒子、更喜歡兒媳婦的二老，足見紀家家風可愛。節南嘴上雖說自己像傻子認了那麼多親，心底其實不抗拒。

桔燈豐暖，在水道裡順流飄出，與其他桔燈匯在一起，往更遠的江河去。

無數心願，皆求美好未來。

紀寶樊眼裡也沉著虔誠的願望，但道：「本來確實不同意，二嬸不但對二叔好，對二老更好，又是經商的一把好手，讓我爹想走就走，跑我娘那兒去住幾個月都不用操心生意，只要二嬸在。不過，二叔突然跑回來說他同意了，讓老太爺打斷半條棒子也不肯改口。老太太特意跑了都安一趟，結果回來說夫妻兩人要是都鐵了心，誰能勸回頭？請老太爺就此作罷。」

節南心想，多半是乾娘下定決心和離的真正理由，打擊到了紀二爺，所以才鬆口。

「真是不讓人省心啊。」她不由嘆出口。

紀寶樊雙手合十，默然一會兒，睜眼道：「就是說啊。世道又這樣，大今吞了北燎，接下來極可能同我們開戰，朝廷主和派卻捧著那紙友好契約，欺瞞百姓。我爹正在將通寶銀號從北方撤出，重心南移，爲此受到同行譏嘲，說他膽子小，這仗打不起來。但我江陵紀氏，正因爲謹慎，才做到百年不倒。」

「北嶽劍宗呢？」節南好奇。

「北嶽暫觀事態，十七歲以下弟子隨時準備撤往南嶽，一旦兩國開戰，北嶽將加入錦關山南頌守軍，助他們一臂之力。我南頌山河最後一道防線，絕不能失守。」紀寶樊英氣長揚。

「的確，不能再退讓了。」節南心中本無國，不知不覺間，才發現自己最終作了抉擇。

節南推出手中的神龍小船，將自己的心願送了出去。

過了幾日，氣候突然回暖，陽光明豔，鳥兒歡啾，柒小柒終於答應節南一塊兒出門逛玩。

江陵小吃很多，點心舖子也不少，但柒小柒興味索然，只爲了壓制後遺症，時不時嚼幾粒乾黃豆，看著別說滋味，比鳥食還不如。

節南看看身後正和仙荷說話的赫連驊，確定那傢伙聽不見。「幹嘛？妳眞看上赫連驊了？爲他消瘦？」可憐的十二公子，如果小柒打算瘦身，他那手廚藝豈非要減分？

柒小柒白節南一眼。

節南明白。「我說笑而已，看妳這死氣沉沉的樣子，沒法子習慣。」

柒小柒突然抓住節南的腕子，撩袖看到幾道清爽淺脈，鬆口氣，也嗤笑一聲。「果然，我就是個沒用的東西。」

節南身上的絕朱已解。她早對小柒說過，但那時小柒讓年顏和良姊姊的事打擊到，對此毫無反應。這會兒緩過勁來，才想到確認。

節南皺眉。「柒小柒，妳這是趙府七姑娘附身，眞當自己千金小姐，還傷春悲秋起來了？」

柒小柒是個想做什麼就做什麼、愛湊熱鬧、愛挑熱鬧的姑娘，滿不在乎留下爛攤子給桑節南師妹收拾，從不考慮收拾爛攤子應該是她這個師姊的責任。除了睡俊郎這樣的事，目前尚未付諸實施。無論如何，柒小柒就算難過，也肯定不是這麼安分的，因爲師父寵她，師兄寵她，師妹寵她，王楚風、赫連驊這樣的俊郎都寵著她，還有王泮林，都是給足她面子的。

柒小柒是個走到哪兒，都能靠著臉蛋混吃混喝的幸運孩子——

雖然實話是，她心地比桑節南善良得多，想得少，做得多，有一種讓人稀罕的純良可愛的特質，要麼就是吸引了惡人使勁欺負她，要麼就是吸引了好人使勁呵護她。所以，傷春悲秋，絕對不是柒小柒。

但讓節南這麼說了，柒小柒沒有跳腳，雖然以往她應該在節南說死氣沉沉的時候就踩一個坑出來的。

柒小柒只道：「我要離開一陣子。」

節南怎麼也想不到柒小柒會來這茬。「我看妳不是不喜歡動腦子，而是腦子僵掉了吧？」

節南和柒小柒就是親姊妹，兩人說話誰也不會掩藏眞性子，有什麼說什麼。

「我想著，畢竟發生了這麼難過的事，放任妳發發脾氣也沒什麼。年顏對妳一向偏心眼，我不是不知道，雖然妳罵起他來比我狠多了。而良姊姊居然是妳親哥哥，爲妳還忍辱負重當了良姊姊，苦熬這麼多年。他倆一起走了，在妳看來，失去了兩個兄長，妳怪我沒能做些什麼，我都明白。我也怪我自己，這會兒心裡還沒完全過去，儘管殺了一個木子珩，也算報了一半的仇。不過，妳要是討厭我到要離家出走，是不是過分了？」

柒小柒終於起了絲煙氣。「年顏偏心我，師父還偏心妳呢，妳有什麼好叫屈的？」切了一聲。「就妳聰明！就妳會動腦子！我是木頭腦袋，行了吧？我什麼時候埋怨妳了？妳腦子太好，所以就可以不用耳朵聽了，直接猜我心裡想什麼？」

「難道不是？」節南嗤聲反問。

「當然不是！」煙氣生火，柒小柒福臉化煞神。「我說我要離開一陣子，怎麼就變成離家出走了？我只怪我自己沒用，一直要性子，吃得這麼胖，讓人一眼就能認出來，所以也不能配合妳行事，結果出了這樣的事。師父說過，妳是光，我就是影，姊妹一心，才能將所學發揮極致。如果……如果……」

煞神裝不久，就變成要哭鼻子的福娃娃。「如果我當時能在場，就能救哥哥們。」

節南卻很認眞想了想這種假設，最後搖頭。「沒用，王泮林的全力一擊，我都沒把握擋住，妳在不在場結果都不會變。更何況，年顏和良姊姊他們——」隨著時間推移，她漸漸了悟。「也許已經痛不欲生。」

沒有一張醜極的無常面孔，沒有一張美極的男生女相，無法感同身受他倆內心的苦楚淒涼。

「也不止這件事。」柒小柒的烈脾氣曇花一現，沒有哭出來，卻愁眉苦臉。「我沒能幫妳解毒。」

「我本來也沒全指望妳……」在柒小柒凶瞪之下，節南趕緊拐過話。「沒有妳，我也熬不到拿到解藥的這一日。還有吉平他們，都靠妳的醫術才保住了性命。」

「……這倒是。」柒小柒想想也對。「可是我自詡醫術高明，如今這樣，感覺自己說了大話。所以這幾日我想來想去，都不能如此下去了。」

小柒和小山，一起長大。小山霸氣，小柒純良。小山剛入師門時，正是小柒被沉香欺負慘了的時候，小山強大的保護，令小柒對小山十分崇拜，從此以師妹馬首是瞻，幾乎言聽計從，同時又保留了純良本性，可以做自己想做的事，反正有小山這座大靠山。小山還告訴了柒珍和年顏小柒受欺負的事，以至於柒珍年顏也開始過分保護小柒。

懶惰、如旋風一樣任性，柒小柒就是這麼被寵出來的，絕不笨，但懶得多想，就像她喜歡下快棋，圖一個爽快乾脆。這樣的性子，固然眞我善良，卻少了自我壓力，讓柒小柒在她擅長的領域難以突破。

柒小柒道：「因爲臭小山妳太強了，我總是依賴妳，醫術停滯不前，其他更是什麼事都做不成，我才想離開一陣，自己到外頭闖一闖。」

雖然常常鬥嘴，柒小柒心裡從來沒有埋怨過節南半點，相反還仗著節南強大的耀武揚威，但年顏和哥哥的事給了她當頭棒喝。她本來應該在那兒的，她和小山應該一起行動的，她應該像小山一樣強，那麼這一切就不會發生。她有自己的天賦，承繼了柒珍一半的力量，卻需要磨煉。小山的絕朱解了，柒小柒當然很高興，可是不是她解的，又覺得自己太沒出息，而今後還有更強大的敵人。

姊妹同心，節南知道小柒再認真不過，但卻不同意。「我不介意師姊依賴我，幫師姊收拾爛攤子是我活著的最大樂趣之一。」

柒小柒啐節南一口。「臭小山，絕朱解了，妳就覺著萬事大吉了？」

節南再接再厲。「本來就和絕朱沒多大關係，我從來不怕。只有我們姊妹倆在一塊兒，萬事才大吉大利。妳這尊福神走了，我會走霉運的，不行不行。」

「妳如今的福神是九公子了，不是我。」柒小柒癟癟嘴。「妳別忽悠我。我知道，妳就是嫉妒我比妳好看，就不想我比妳聰明。」

「王九是我頭頂烏雲才對，不過妳說得沒錯，我嫉妒妳好看。」只要能勸小柒改變心意，節南什麼都認了。「我的好師姊，妳要自己闖，可以。等外頭不再兵荒馬亂，把隱弓堂滅了，妳只管去闖，我絕不再攔著。」

「為了對付隱弓堂，我更要離開。」柒小柒心軟，一般都聽節南的，然而這回心意已決。「小山，妳其實知道我說得都對。」

節南嘆口氣。「是，我知道。」

關鍵時刻，小柒才是說話算數的那一個。

「我就只有最後一個請求，妳把紀大夫人治好再走，總行了吧？妳別忘了，前幾日答應我的，說話算話。」說不動，那就用拖延戰術。

「我已經找到治法。紀大夫人受陰寒內氣傷及經脈，一直在用北嶽劍宗心法壓制，雖然勉強熬過來了，卻始終不能治癒。其實，與其壓制它，不若將它逼出。我開了兩張藥方子，第一張散其北嶽內家罡氣，再由妳將陰寒氣逼出，並照第二張方子上的藥，連續服用三年，專養心脈。雖說代價大了些，要散去一身功力，而且還要當三年藥罐子。但紀大夫人如今這樣，也撐不了幾年，至少治好了內傷，還能健康長壽。」柒小柒潤圓的臉上小得意。「我就知道妳會用這招，能拖則拖，拖不下去了，再找一個疑難雜症來。但是，小山，我這回出去闖，也是爲了九公子。」

節南哼了哼。「妳才別用這招。王九身邊能人多多，丁大先生親自幫他找治法，還有神龍見首不見尾的醫鬼聖手，可我身邊只有師姊妳——」

「少裝可憐。」柒小柒不理節南耍花腔。

節南聳聳肩。「那妳打算什麼時候走？」

「這會兒。」柒小柒道。

節南眞驚訝。「這會兒？妳行李呢？」

「在這裡。」柒小柒拍拍心口。「紀大伯給我一大筆診金，通寶銀號的票子到哪兒都能換成錢，缺什麼買就是了。」

節南腦裡閃過一念，這麼會敗家，沒幾日就把錢都花完，灰溜溜回來，再不提獨闖的事了吧？想著，節南就道：「也好，說走就走，可見小柒妳是眞下定了決心。我不攔著妳了，只要妳答應，每到一處落腳點就捎個信給我，口信也無妨。」

節南再一想，小柒其實也有和她分開的時候，七八日左右，也算得上一陣子，就當再放小柒去打探消息好了。

柒小柒應了，笑道一聲「保重」，突然往前跑了出去。

節南想得樂觀，臨了卻看小柒頭也不回，又有些失落。這時才發現，小柒沒再穿她最喜歡的鮮豔紅衣，卻是不起眼的素布褙子衫，一擠進人群，福娃的身影就消失了。

仙荷和赫連驊以爲出了什麼事，上前來問節南。

「小柒說要獨自出去闖一陣。」

節南這話才說完，赫連驊就追了出去。

節南皺眉。「別告訴我，這小子對小柒眞有啥念頭。」她要操心的事怎麼那麼多啊？

仙荷答：「赫兒要是沒那心思，爲何老是跟七姑娘拌嘴？男子多如此，喜歡在心，口難開，就只好用這種方式吸引姑娘注意。」

「不是多如此，而是幼稚的才如此。」節南不好這口。

仙荷多聰慧。「可不是幼稚嗎？怎比得九公子，一旦確定自己心意，大膽又直白，用六姑娘妳的話，就是那什麼——」

「沒臉沒皮。」仙荷不好說自己的恩公，節南接過去，隨後反應過來。「跟王九比什麼比，他是妖孽。」

仙荷不好說王九，就更不好說節南了，心笑妖孽只有妖孽配。

仙荷只擔心。「赫兒能把七姑娘勸回來嗎？」

節南雖然希望小柒能打消主意，但到底也是最瞭解小柒的人。「勸是勸不回來的，除非赫兒賴跟著去。」

然而，等節南回到紀府，還沒喝上一口茶，赫連驊就回來了。

節南看看赫連驊身後，沒有柒小柒的影子，撇笑道：「我就知道你不會跟小柒走，因你背負太多。而你今日不跟她走，今後你和她就再無可能。不能爲小柒付出一切的男子、不能給小柒全心全意的男子，恕我代師父說聲不允。」

那笑聲，微涼，微嘲，卻是明明白白、讀懂了的赫連驊。

江陵郊外，江口碼頭，柒小柒坐在茶鋪子裡，一邊剝小核桃，一邊等船靠岸。她不是心血來潮要離開，而是有明確打算的，知道接下來自己該去哪兒，又該做什麼。

小核桃肉很難挑，柒小柒也不用內力，拿個小錘子敲開來，剝了一刻，就吃到半粒肉。想挑戰她的後遺症，看看自己的食量能減到什麼地步都不會反嘔出來。她不嫌自己胖得不好看，只嫌福娃身段太招人注目，拖累了小山，浪費了師父教她的本事。

隱弓堂那麼強，而隱弓堂堂主是小山的娘親，柒小柒不想讓小山獨自去面對。不過，話是說得很滿，有生以來第一次抱定了獨自闖蕩的念頭；眞的出來了，她心裡又很忐忑。

她知道小山怎麼想的！肯定覺得她熬不了幾日，把銀子花光了，就灰溜溜回去了。

但她瞞了小山一件事。紀大伯感激她找到了救治他夫人的方法，給了她一枚印章。這枚印章，可以到各地通寶銀號取銀兩，既不用愁沒錢花，也可以報平安。

她要是告訴小山的話，小山一定會把印章偷走。小山做得出這種事。

柒小柒知道，一直知道，自己從來沒缺過親情，撇開小時候那段沉香欺負自己的日子，她所受的寵愛太多了。比故作堅強、沒有母親、被鳳來縣百姓指脊梁骨長大的小山，多得多。

柒小柒嘆口氣，被寵壞了的自己，眞的能獨自闖蕩？不會被小山料中，沒幾日就回去從前的日子了嗎？

「柒小柒，千萬不能再說大話了！」她一拳頭敲下，小核桃碎成屑屑。

嚇得來添茶的小二哥大茶壺掉地，動作發僵地拎了空茶壺，打算跟櫃檯後面的掌櫃咬耳朵去，卻撞上一位剛進門的客，趕緊又哈腰說「對不住」。

柒小柒全沒注意那邊的情形，但想到赫連驊，粉白的臉突然起了紅暈，讓她不由托起雙腮，想用涼手散熱，結果手心卻被烘暖了。

臭小山一定想不到，赫連驊說喜歡她呢。

那麼漂亮的俊哥兒，說就喜歡她胖呼呼的模樣，還有大大咧咧可愛直率的性子呢。那麼傲驕的赫美人，用力抱著她，求她不要走，留在他身邊，並肩作戰，還說她的醫術絕對是不可缺的力量，幫大家對付那些陰險的敵人呢。她也不是只會留爛攤子的，她也不是只會吃吃喝喝的，她也不是只會被寵，依賴著別人的——

糟了，糟了，惰性又出來了！

柒小柒望著江面那條靠過來的客船，用力搖了兩下頭，長吁一口氣，拍拍心口。「還好，還好。」

她對赫連驊說，她不能再滿足於現狀，她要靠自己的力量做些事，她謝謝他的喜歡，但她不知道會出去多久，不知道什麼時候回來，所以不能回報他的感情。

然後，她就走了。

雖然，她告訴自己，如果赫連驊像王九那樣死纏爛打，非要跟著來，她也不會趕他走。她喜歡和赫連驊鬥嘴，非常好玩有趣，很開心，沒有牽腸掛肚的情念，但日久也能生情，故而不是很困惑。更何況，她心裡其實很害怕獨闖。長那麼大，沒有眞正離開過師父、小山和年顏的保護範圍，只聽從他們的決定，很少自己決定什麼。如今，雖然決定了目標，卻又時刻在動搖，怕自己錯了，而錯了又該怎麼改，她還沒想到。

但，赫連驊沒跟來。

柒小柒有過那麼一點點失望，卻清楚是虛榮心作祟，加上大而化之的心性，轉念之間就放下了。

只不過，還沒踏出第一步，光是一個人坐著等出發，柒小柒就覺得腦仁疼。托腮的動作，改為抱頭，柒小柒自言自語：「有什麼呢？就當臭小山又指派我幹活，嗯，這樣就好！」

突然，一片明光，在柒小柒眼角放亮。

柒小柒呆呆托腮抬頭，望見對面那張令她可以不用呼吸就能活的俊容。

君子如明琅，華貴而清雅，讓人目不轉睛；小爪撓心，卻絕不敢隨便拿著把玩。

「小柒——」楚地的風，暖入心懷，但那雙眼，灼燒情思。「妳讓我好找。」

「明琅你……」聲音頓啞，柒小柒清清嗓子，卻還不完全回神。「我還以爲你生我氣呢。」

兩人在曲芳臺見面，她爲救赫連驊而拋下他，之後再沒見過面。

「妳知我生氣，還出遠門，連說一聲都省了？」十二公子，因爲眼前這個姑娘而解開心結，不再刻意裝溫潤君子，有脾氣，還挑剔，小毛病絕不少。

柒小柒見到這樣的十二，回神了。「呃？我不是不說……九公子知道我去了哪兒，我就以爲……我想寫信給你，又想到你不識字，怕你誤會我嘲笑你……」

她是個壞姑娘！剛才還想著給赫美人機會，這時卻爲明琅十二心肝亂跳，明知自己配不上。小山在就好了，可以問小山，花心怎麼治！

看吧，看吧！她就是個沒出息的，還沒離開江陵，就又想依賴小山了。

王楚風瞧柒小柒慌神，自己卻不慌不忙。「我雖不介意多跑幾趟江陵，找不到妳，卻會擔心。」

「你來找過我？」柒小柒聽出來。

王楚風點頭。「拜訪過紀府，紀大伯說妳去正天府接小山姑娘，不知何時回轉。還好，這一趟沒白跑——」眸瞳深深，凝住了柒小柒的影子。「不過，妳又要出門？」

九哥告知他小柒已回江陵，他就立刻趕過來了。正巧，在去紀府的路上看到姊妹倆逛街，但姊妹倆說話的神情讓他覺得有事發生。隨後赫連驊追著小柒出城，他當然也跟著，聽清兩人對話，才知小柒決心自己闖蕩。至於赫連驊向小柒表明心意——

王楚風墨眉微挑，嘴角悄翹。還好赫連驊沒追到底，還好老天偏愛他。

柒小柒沒注意明琅公子的「惡魔」表情，把和小山說的話挑重點又說了一遍。

王楚風故作深沉「哦」了一聲，沉吟片刻，開口。「妳我同行，如何？」

「欸？」柒小柒完全沒料到。「可是，我不想依賴別人了。」

「妳想瘦身，找法子治好後遺症，我可以幫妳做不會長胖的零嘴，負責妳的飲食起居。但我不會武功，不懂治病救人，甚至連路牌店名都不認識，從來也沒自己一個人出過遠門，萬一遇到危險，一定要靠妳救我。」

柒小柒懵。

「妳看，妳不但不能依賴我，我卻還要依賴妳，這是多好的歷練。」

柒小柒恍然大悟，當下道：「同行，同行。」

安陽王氏，子弟看著挺貴，可比王孫，其實，個個屬賴，沒臉沒皮。

轉眼十二月，家家都在準備年節，到外面經商的人一批批回到江陵，似乎未受到北燎亡國的絲毫影響。

節南把該逛的景點都逛了兩遍以上，把該吃的特產都變成了日常膳食，只覺江陵城裡一日比一日人多，百無聊賴到和赫連驊下棋的地步。

這日，迎來初雪。

紀寶樊興沖沖跑進來，一身賞雪的裝扮頓讓節南太陽穴跳，千萬別又要她參加什麼社的活動。節南已經深刻意識到，觀鞠社是最好混的社，一幫愛看蹴鞠，不學無術的姑娘追追蹴鞠小將之外，就是閒嗑瓜子，玩玩擲箭，打打牌。崔玉眞是其中個別的、會寫寫畫畫的姑娘。但到了江陵之後，紀寶樊帶她去的社，都是玩高深的，詩畫社、錦繡社、曲社、琴社、棋社、鬥茶社，諸如此類，根本不是她能插科打諢的地方。玩一圈下來，腦僵死。

當然，像節南這樣的姑娘，是絕不怕動腦子的，但動了腦子沒回報，白費勁，瞎折騰，她就一點興趣也沒有了。於是，節南袖尾一掃，弄亂了棋盤，起身就往屋裡躲。「哎呀，我頭疼，不下了。寶樊，對不住，妳自己玩去。」

赫連驊的腦袋往棋盤上一撞，歪倒，感覺解脫。他也是自找的，跟桑節南下什麼棋啊，沒贏過一盤。

紀寶樊一個箭步逮住節南，已經很熟悉這姑娘的刁性子。「今日哪兒都不去，就上自家的船，到江面賞雪。」

節南卻讓紀寶樊誠實的樣子騙過好幾回，感嘆果然更容易上自己人的當。

紀寶樊看節南狐疑。「眞的。」說著要笑。「妳就那麼怕千金社啊？又不是鬥不過！」

「鬥來無用，偏妳爹又不讓我跟他學做買賣。」要不是早定下過完年才走，節南眞是一日都待不下去，太閒！

「妳是來作客的。」紀寶樊拉著節南往外走。「好了，走吧，賞雪景去，妳不去一定後悔。」

節南心一動，對赫連驊招招手。「赫兒來，跟主人我一塊兒去。」

紀家家風開明，本就有北嶽弟子來來往往，因此赫連驊作爲節南的隨護，出入女眷的住處也很自由。

「主人？」紀寶樊聽著新鮮。「他不是請來的嗎？」

「他說他要是再輸一盤，就當一天小狗。我不是主人，又是什麼？」節南嘻笑。

赫連驊低咒一聲：「我還沒輸呢。」不情不願，到底跟了上來。

紀寶樊也笑。「我瞧他和小柒倒是互相逗樂逗得凶，在妳面前卻溫馴。」

「這叫一物降一物。」節南大言不慚。

赫連驊聽見了，沒法反駁，氣死自己而已。

岸上是初雪，江上是小雨。

「說好的賞雪呢？」茫茫無際，天水一色。「混沌初開，哪來的雪景？」

紀寶樊撐著繪青花油布傘。「等等，就快到了。」

不多久，蒼茫中出現一線青，很快變成大片陸地。原來，她們竟然過江到了對岸。岸上也沒景致，光禿禿一片灘地，秋草冬枯，只有一排排絕對稱不上好看的大倉房子。

節南的眼睛反而亮了。「這就是大名鼎鼎的『紀家江邊排庫』。」

要說商道中最好賺錢的方法之一，就是投資沿江碼頭兩岸的庫房，因爲水道通商便利，船上的大宗貨物都需要臨時儲放的庫房，很多地主以此起家發家，地價比城裡的房價還貴，租金更是源源不斷的便利生財之道。而紀家作爲首富，早就吃下一大片黃金地皮，建造了江邊庫房區，不僅供自己用，也租賃給別人，單這一樁買賣的進項就流油了。

節南自從打開了香藥和交引的路子，手上有些閒錢，就想買庫房收租，無奈她的日子過得不安穩，解決了舊敵，又冒出了新敵，賺錢只能快進快出，暫時做不了這種放長線釣大魚的買賣。不過，對紀家排庫，已是久仰。

「我爹在等我們了。」

岸上，那位斯儒的、並不像商人的商人，臨風當立。而在他身側約摸半里，車水馬龍，卸貨取貨的漢子們川流不息，船隻進出有條不紊，一副欣欣向榮的景象。如此熱火朝天，別說雪，雨絲兒都重新蒸回雲裡去了。

節南瞧見了，心念一動。「原來這才是賞雪的好地方。」

紀寶樊手中的傘轉了轉，水滴飛入江邊的蘆花叢，笑聲朗朗。「妳不是嫌無聊嗎？我爹好不容易抽出空來了，讓我帶妳來玩。那邊是主碼頭，這裡是我紀家專用。」

說罷，這姑娘蹬欄而出，傘花悠悠轉下，一落地就衝著節南招手。「南姊姊下來吧，就咱們三個，別再麻煩船大放舢板了吧。」

節南和赫連驊雙雙飛下，一個蜻蜓點水，一個豹下石崖，讓紀寶樊亮了亮眼，道聲「好身手」。紀伯丈見怪不怪，神情如常。「跟我來。」

紀寶樊和她爹並肩，說小弟偷懶，好幾日不做早課，要她爹出面罰一罰淘氣包；又說三叔家的女兒在外開私舖子，便宜東西賣天貴，打著紀氏的名號，云云。

赫連驊好笑，低聲道：「看紀大姑娘氣度不凡，又說不管家中生意，竟喜歡背地裡告狀。」

節南有些了悟。「不能這麼說。咱們看紀家家風開明，長輩們好相處，各房和和睦睦，兄弟姊妹相親相愛，但咱們畢竟是客，看不到水面之下暗潮湧。家族愈大，問題愈多，與其粉飾太平，不如像寶樊這般，一有問題就說出來，大家想辦法解決。如同治水，疏通才是正道理。」

紀家好，是因為抱作一團的凝心力，就算紀叔韌那麼喜歡往外跑的，最終還是會回家。再大的事，沒有家大。這是紀家守得最緊的一條家規。

節南突然駐足，往方才上岸的地方看了看。

赫連驊不遲鈍，也往後看，詫異道：「什麼時候多了這些人這些船？」

一排身著北嶽錦蘭衣的佩劍劍士，背對著他們，面對著蘆花，手握劍柄。另有十幾隻小舟，在蘆花蕩裡穿梭，船槳不時打出水花。

蘆葦蕩十里，冬草等春榮。

豎見水邊的蘆稈，似魚鉤上的浮漂。

19 破釜之舟

「南姊姊？」紀寶樊喊節南。

「來了。」節南斂眸，回頭淡笑，大步追上。

赫連驊也緊隨不捨，唇動密語，入節南耳。「怎麼回事？」

紀寶樊已在眼前，節南卻無祕密，大方回赫連驊。「水裡多半有人。」

紀寶樊聽得清，笑道：「我們的船出發時就被跟蹤了，不過南姊姊放心，要是連這麼點事都辦不好，我江陵紀家還好意思招待客人嗎？他們一個都跑不掉。」

節南笑。「我放心得很。」

紀伯丈一直沒說話，和紀二爺全然不同的性子，儼然有一家之主的威嚴，卻愛妻如命，對子女算得上是嚴父，又很公正明理。

四人走上灘地坡頂，來到最裡頭的一間庫房前。庫房大門緊閉，只開一道小門，節南進了裡邊，卻見紀大夫人也來了。她心中更篤定今日所爲何來，當下過去行禮。

紀大夫人的陰寒氣，先經柒小柒用奇藥散去北嶽罡正內功，再經過節南用純清氣勁逼出，已經不再損蝕經脈。如今只須長久將養，就能恢復尋常人的健康體質。紀伯丈即便沒特意顯露情緒，節南也能看出他眉宇間的開朗，與她剛到江陵時所見的鬱鬱鎖眉山大不同。

「多虧了妳們姊倆。」紀伯丈言語上沒有多表示，但紀寶樊卻是謝了又謝。「我娘一日好過一日，我們總算不用擔心爹了。」

「這是什麼話？」不擔心娘，擔心爹？

「自從我外公外婆說娘身上的傷不好治，只能延幾年壽命，我爹就沒啥活頭的樣子。我們都覺得，萬一娘走了，爹也會跟著去的。如今，阿彌陀佛——」絕對是大大鬆口氣。

「紀大伯的優點，紀二爺哪怕學到三成，也不至於成孤家寡人。」節南也就那麼一嘆，隨即打量這間大庫房。

一張巨大的海帆布罩著，最高的地方幾乎頂到房梁，像一座小山。

赫連驊是知情人，眨兩眼。「要是這麼大傢伙的話，可能還眞有看頭。」

懷疑黑火武器雷聲大雨點小的人，不止節南一個。

節南嗤鼻好笑。「這麼大的傢伙，一座運起來都很有看頭，更別說要排滿邊城了。」

赫連驊頓時氣癟。「也是。」

這時，紀大夫人卻走了過來，帶著節南來到龐然大物面前。「不是我沒想起來，而是伯丈沒告訴我。」

節南望望紀伯丈，他才道：「妳大伯母的事我都知道，她已經把妳說的話都告訴了我。我仔細看過木蘭銅雕，起初當眞一點頭緒也沒有，後來才想起來了。」

節南就知道。「所以，大伯母手上確實還有趙家之物。」

紀大夫人不語。

紀伯丈搖頭。「妳大伯母不知道，是因爲我一直沒告訴她。就在北都大戰前半年，我曾收到過——呃——」大概糾結了一下稱呼。「趙大將軍的親筆信，說當年爲妳大伯母準備了一些嫁妝，放在趙府多年，還是決定送來江陵。」

紀寶樊顯然不知道母親的身世。「爹，妳說的趙大將軍，是南頌趙家軍的大元帥嗎？他幹嘛要給娘準備嫁妝啊？」

紀伯丈既然能讓女兒來，就是打算如實相告的。「正是那位元帥，妳娘是他獨生女，妳現在的姥爺是趙大將軍的妻舅，所以妳眞正的姥爺應該是——」

紀寶樊驚喝：「趙大將軍是我親姥爺?!」

赫連驊都嚇了一跳。

紀大夫人神情沉靜。「也不是什麼了不得的事，趙家已然絕後，你們只是外孫，算不得趙家後人，只因妳是家中老大，妳爹堅持要告訴妳，妳知道就可以了，暫不必告訴奇兒他們。」

面對母親的淡然，紀寶樊心裡可是跌宕起伏，說話語氣不能連貫。「就算外孫……也……也算後人吧？而且，這麼大的事，瞞著……不……不太好……大弟他們生氣起來……」

「最近因妳二叔，家裡氣氛不好，就不要再給老人們添堵了，多一事不如少一事。這也是妳爹的意思。」紀大夫人的話，就是紀伯丈的話，夫妻一心。

紀寶樊抿攏了嘴，嘆口氣，看節南面色不改的模樣，立時無聲吐三個字——妳知道？

節南點點頭，但對紀伯丈道，「大伯請接著說。」

紀伯丈就道：「我知妳大伯母不喜歡提趙家任何事，因此決定等東西到了再跟她說，哪知這船快到排庫時，沉了。我當時接到消息，趕到出事的江段，船已經完全沉入水中。然後正在我打算打撈的時候，趙大將軍的第二封信到了。他說也不是什麼貴重物品，要是會惹得妳大伯母不高興，就讓我代爲保管，不用跟她說。我想既然如此，乾脆不打撈了。」

紀伯丈說到這兒，讓紀寶樊和赫連驊將帆布掀開。

那是一堆船骸，木頭千瘡百孔，因爲還有半根桅杆豎著，才撐到了房梁高。

但節南一眼就看到了，庫房正中間，黝黑的鐵板四四方方，圍成和底艙差不多大小的鐵箱子。

紀伯丈道：「昨晚才打撈上來，妳大伯母說趙大將軍設下的謎局是妳解開的，就應該由妳來打開它，我們只是清理了一下。」

節南卻搖頭長嘆。「無論是誰設計的，從四份地圖到藏東西的地點，從〈木蘭辭〉到破釜沉舟，全套謎局，眞是讓人驚豔。」

「破釜沉舟？」紀大夫人問。

「這個箱子造得幾乎和底艙一樣大，表明這條小船是專爲箱子量身定做。造了一半之後，將箱子放進去，再封船板。趙大將軍寫的第一封信是告知紀大伯要送嫁妝過來，無論紀大伯您是否會告知夫人，至少您二人中有一個可以知情。第二封信是特意等著沉船之後才送達的，很可能就是運送箱子的人送的信。一個目的是爲了讓您知道沉船的地方，另一個目的就是暗示您不用打撈。」

節南解釋完畢，對紀大夫婦驚訝的神情沒有多看，上前推了推箱子。「這麼重的鐵箱，沉進江裡也不怕被水流捲走，但紀氏運貨的大江船還能拖得動，而且也只有在這個碼頭靠岸。」所有的細節都想到了。

趙大將軍，或給趙大將軍出主意的那個人，和師父一樣，布下一個需要時間化解的巧局，等到時機成熟，才會眞相大白。節南之所以覺得未必是趙大將軍的主意，因爲趙大將軍是能征善戰之人，而非設計這種精巧謎局的人。

紀大夫人也有同感。「確實不像我爹能想得到的。不過，是誰設計此局並不重要，重要的是，只要妳將鑰匙放進去，此局就全部解開了。」

節南看紀大夫人遞來木蘭銅雕。「這眞是鑰匙？」

紀伯丈走到鐵箱前，指著一個形狀古怪的洞。「這裡。」

紀大夫人對節南點點頭。「若我所料不錯，這是照我娘設計的機關盒打造而成，必須用精準形狀和重量的鑰匙才能打開。我小時候見過，卻想不到能造出這麼大的。妳要小心，沉在水底多年，說不準機關失靈，有鑰匙也未必安全，誰也不知道有什麼樣的機關，但肯定不是機關小盒子裡放出的煙霧和紙箭。」

節南雙手接銅雕。「那就恭敬不如從命了。」

節南才拿過鑰匙，紀伯丈就過去扶起妻子，叫上女兒，說他們一家在庫房外等，讓她打開鐵箱後再知會。

紀寶樊不敢置信。「這是臨陣脫逃！我不走！親姥爺既然把東西說成是嫁妝，交給爹娘保管，不會再有致命機關的。畢竟能拿到鑰匙的人一定是經過重重考驗，且爹娘信任的人。」

紀大夫婦互看一眼。

紀大夫人重新坐下。「伯丈，寶樊說得對，我其實也想親眼看著箱子打開。」

紀伯丈不太贊同，但他尊重妻子的決定，站到她身旁。「好，不過一旦有什麼異樣，我們先出去再說，到時候別再和我爭。」

紀大夫人頷首。

節南看看赫連驊。「赫兒可以到外面等，我保證不笑你膽子小。」

赫連驊撇笑。「我怎會錯過最強殺器現世？死都要看上一眼才瞑目！」

「看來大家達成一致了。」節南笑道：「要是最強殺器失控，好歹咱們黃泉路上還有伴，挺好。」

紀寶樊嗔道：「南姊姊——」

節南卻沒聽紀寶樊往下說，施展輕功，眨眼已到鑰匙洞前，做了幾回嘗試，最後將銅雕底座對合上去。紀寶樊屏息，眾人屏息。

但什麼也沒發生。

赫連驊開口：「就這樣？」

節南輕捉木蘭像，很小心左右轉了一下，忽聽喀嚏一聲，就有股強大的吸力，將銅雕整個吸進了鑰匙洞，只聽到骨碌碌滾動的聲音，隨後又全然安靜下來。

赫連驊喊節南：「妳能不能退後點兒？以防萬一？」

節南沒動。

赫連驊就上來拉她退後，還擋她身前，是真的緊張。「我送死，本是無足輕重，妳罵得我狗血淋頭，妳卻是我們老大，妳不怕死，我們怕妳死。還請幫主愛惜自己的小命，行不行？」

節南一個漂亮的轉身，同赫連驊換了位，嬉笑。「左拔腦功夫不好，還是讓老大罩著妳吧。」

赫連驊再怎麼也不能讓節南擋前，轉而站在她身側。

紀寶樊噓了一聲。「你們快聽！」

「咯啦啦啦——咕嚕嚕嚕——」輪子傾軋，鏈條拖曳，什麼東西收起來了，又有什麼東西彈開，動靜愈來愈大，各種聲音擠在一起，還有幾聲連著爆破的響動，最後箱子四角騰出幾股青煙，箱蓋子被往上頂了頂，三度安靜。

沒人說話，也沒人動，等了整整一刻。

紀寶樊小聲，雖然也不知道爲啥要小聲，總之不敢大聲，問：「娘？」

紀大夫人聲音也低。「別問我，我什麼都不知道，這東西聽起來比我小時候看到的複雜得多。」

赫連驊眯了眯眼。「我去看看？」

他的話音未落，身旁人已經點足飛上。

「算妳是老大！」赫連驊當下也不猶豫，提氣奔竄上鐵箱頂。

這兩人一動，紀寶樊想都不想，緊隨其後。三人分落箱頂三面。

在節南帶頭下，赫連驊和紀寶樊捉住已經鬆動的頂蓋沿，一起往上抬。第一抬，沒成功，因爲誰也沒想到那麼重。第二抬，三人用了全力，勉強打開一條可以讓一人鑽下去的窄縫。

赫連驊去拿了火把上來，往裡頭一照。

紀寶樊蹙起柳眉。「還是進水了。」

節南看得仔細。

紀大夫人問：「裡面是什麼？」

紀寶樊道：「呃——鐵箱是雙層的，裡面其實小了一半……」答不上來了。

節南接過話。「大概考慮到船體載重量，內層用的是厚木板。隔層當然就是機關所在，各種木軸鐵鍊錯綜複雜，卻不盡關聯，顯然考慮到會浸在水裡很久，設造了幾閥啓動裝置，以免出現無法開啓的狀況。箱蓋四角是磷石打火裝置和爆破火粉，另安裝搖輪啓頂托盤。雖然箱子底裡進了些水，大概也在設計者的考慮之內。內層應該造了排水閥門，隔層則有儲水的地方，不拆開是看不到的。不過，積水肯定超過了閥門水準位，內壁綠苔蔓延嚴重，這箱子頂多再撐半年。」

眾人聽得一愣一愣。

紀寶樊好奇地問：「南姊姊還懂機關術？」

「我師父和小柒懂得多，我只學了皮毛，因爲造弩機需要。」

「妳還會造弩？」赫連驊也好奇。

「追月弓就是神弓門所造，妳說我會不會？」節南眨眨眼，再來一記勁爆。「呼兒納戰甲的浮屠鐵，是我師父和神弓門工匠鍛造而成，只不過被這任門主偷偷獻給了盛文帝，連帶整個神弓門都投靠大今，不然如今戰無不勝的就應該是北燎了。」

赫連驊才發現，自己對這位老大原來一點都不瞭解，不過……「假設或後悔，皆無意義。」

「你想通就好，因爲我們只會往前走，復國這種蠢事，是不會去做的。北燎被滅，氣數已盡。」節南就是試探。

紀寶樊眼睛不眨，盯著赫連驊，暗暗吃驚他到底有什麼過往，還牽扯出復國？

「我又不是皇族，復國關我什麼事？再說四皇子已死。」赫連驊還是很明白的，朝黑黝黝的下方努努下巴。「現在最要緊的是，妳趕緊下去看看？」

「你下。」節南才不想蹚渾水，壞笑。「老大命令。」

出了庫房，裹著紀大夫人的裘皮披風，赫連驊的牙齒還在上下打架，但耷拉著腦袋，一聲不吭。

「妳眞壞。」紀寶樊同節南嘀咕。

節南俏皮眨眨眼。「冤枉。我不知道裡面積水那麼深，而且是他自己滑倒的。」

「那是因爲妳說箱子底裡進了些水，怎料到那麼多水。」紀寶樊嘀咕歸嘀咕，沒多少同情心，純屬八卦。「不過我更奇怪的是，他居然一個字都不埋怨。難道是因爲他對七姑娘有心思，咬牙都要討好妳這個小姨子？」

「他和小柒不可能，他自己也清楚，但他卻確實是一個勇士，不愧是北燎第一武將的親兄弟。」節南喜歡耍壞，心中卻比多數人明澈。「他還有一個強大的仇人，因此比我更在意鐵箱子裡的東西。」

「是誰？」紀寶樊問。

節南答：「魑離。」

紀寶樊困惑。「草原牧民部落？」

節南輕嘆。「已經不是簡單的牧民部落，而是擁有剽悍騎兵的一個國。」

紀伯丈是商人，聽到這樣的消息，自然敏感。「魑離要立國？」

節南道是。「沒準已經立國，消息還沒傳過來而已。就我所知，魑離的勢力已經伸到大今南頌，大概沒有什麼力量能阻止他們崛起，因爲他們已經準備了很久，利用人們以爲他們只是單純牧民的輕忽。大伯父若同他們有買賣往來，最好要打探清楚，我這邊若有消息，也會知會您。」

紀伯丈點頭。紀大夫人也不禁參與到對話中來，雖然乍聽與魑離無關。「我……爹留下的那箱子東西真的沒用了嗎？」

原本一直耷拉腦袋的赫連驊，突然抬眼，聲音聽著咬牙切齒。「一堆零碎東西，全都浸了水生了鏽，怎麼用？」

紀寶樊苦笑。「我能說我本來就沒抱很大的希望嗎？」

千辛萬苦，絞盡腦汁，破解了一環又一環，不惜生命所守護的，最終只剩生銹廢鐵，別說殺威，連威懾的架子都沒有，成了零碎。紀大夫婦神情卻沒多大變化，到他們這樣的年紀，已經很難期望過高。

紀伯丈問節南：「這箱東西妳想如何處置？」

節南也神情如常。「請大伯父幫我運到都安城外雕銜莊，哪怕我們再失望，只怕口說無憑，有人會笑話我有眼不識金鑲玉。」

紀寶樊不知雕銜莊裡有個王九，赫連驊知道，但他嗤鼻。「就算魯班再世，也不可能把一堆破爛東西變成無敵武器，更何況王九郎只是一家小作坊的東家，除了出錢，什麼都不懂。」

王泮林到底只是出錢，還是出錢又出力，節南不想拿出來論。

「抓到水鬼八名，如何處置還請師姑示下。」一名劍宗弟子迎上前來。

紀寶樊踮腳尖往蘆花蕩那邊瞧，果然瞧見跪著一排身穿江色水衣的人，插嘴問道：「可有漏網的？」

「因爲師妹妳說對方凶狠狡猾，我們今日請了刀魚幫的人布置水下，天羅地網，一條也沒漏出去。」劍宗弟子很有自信。

紀寶樊就對母親道：「娘，交給我和南姊姊處置吧，本就是衝著南姊姊來的。」

紀大夫人同意了，只囑咐小心些。

看爹娘上了另一條船，紀寶樊就急沖沖往那些水鬼走去。赫連驊想跟，節南卻道：「去換了乾衣服再來，省得心裡罵我壞。」

赫連驊搖頭似想否認，最後卻什麼話也沒說，慢吞吞走回船上去了。

節南明白，這人原本憋著口氣，如今竹籃打水一場空，心裡萬分失落。而她沒對任何人說自己其實也失望，因爲失望還沒變成絕望，比赫連驊多憋了一口氣。這口氣，在沒聽到王泮林的想法之前，會一直憋著。

忽聽紀寶樊一聲嬌叱。「你們！」

節南心道不好，連忙趕到紀寶樊身旁，但見水鬼們歪倒，口吐白沫，很快就沒氣了。紀寶樊要上前查看，節南卻一把拉住她。

「妳不知道那是什麼毒，小心爲上。」

紀寶樊氣道：「莫名奇妙！我說能放過他們，只要老實回答我的問題，他們答應得挺痛快，結果我才問了一個問題，他們就突然一起服毒。難道還讓鷓鴣叫嚇到了不成？」

「鷓鴣叫？」節南急問：「哪個方向傳來的？」

紀寶樊往東一指，節南立即縱去。紀寶樊立刻明白過來，可能有人用鷓鴣叫逼這些水鬼自絕，急忙也要追，卻讓方才那位師兄攔住。

紀寶樊瞪眼。「大師兄讓開，我要幫南姊姊去！」

大師兄紋絲不動。「師妹還是不要過去添亂了，我瞧妳那位姊姊比妳厲害不知多少倍，只消一眼就看出這些人的毒可從皮膚沾染，而且妳那位姊姊輕功也是頂尖的……」

紀寶樊，長長、長長，嘆口氣，堵上耳朵。家醜，不可外揚。大師兄婆婆媽媽，眞的不是她紀寶樊的錯。

且說節南腳下追風，很快就看到前方一抹淡影跑進了灘地楂樹林，連忙抄近路，借蘆稈反彈力，施展「海鷗扎浪」，如箭穿入林中。

「站住！」節南冷喝，半空直落，停在那人面前。

青眉如月，烏髮一束，沒有蒙面，容顏姣好，目光嫺靜。

「月娥姑娘。」節南微微笑起

月娥眼波輕轉，居然還對節南鞠了個禮。「月娥見過六姑娘。」

「初雪好看嗎？」節南笑著，抿攏了唇。

月娥直起身，不答，但道：「六姑娘的功夫好不驚人，出乎妾身意料。早知如此，妾身就不用跟來了。」

「是啊。」節南這聲感嘆似挺遺憾。「月娥姑娘替延大公子辦事嗎？雖然我這麼問，妳肯定不會承認。」

月娥道：「爲什麼不承認呢？我確實是替大公子來看望六姑娘的。」

節南突然想起對手厲害，少說爲妙。

月娥又道：「大公子很喜歡六姑娘，將六姑娘當親妹妹看待，擔心六姑娘在江陵不習慣，特意叮囑月娥過來照看，只不過六姑娘似乎防心極重，不讓月娥靠近，月娥因此只能遠遠跟著。不過，今日好像不太平，江裡藏了水鬼，還好紀氏實力不俗，能保護六姑娘周全。」

「水鬼變成鬼，月娥姑娘眞是一身輕啊。」

人說三句，她桑節南好歹回一句，不然不禮貌。

「我讓月娥姑娘更輕鬆一點吧？」

節南出劍。

20 雙官高照

安平，三城之中最小。在都安只能算二流門戶的劉氏，在這裡卻是書香名門，備受當地人的尊敬。劉氏不經商，只開一間學堂，原本江南一帶盛名不衰，不過近來名氣有些萎縮，因爲劉彩凝的傳聞。劉彩凝嫁安陽王五，別說劉家，對整個安平都是很光彩的事。雲深公子，受年輕文人們推崇，其華明曜如日，即便不少人知道他的長相不太一般，也不會惡意去宣揚。但劉彩凝嫁進去沒幾日，就傳出讓雲深公子吃閉門羹，嫌棄他的外貌，後來更是回了娘家，令安平的文人學子大感不滿，紛紛抵制劉氏學堂。不少大戶人家也爲孩子退了學，覺得劉氏連自家的女兒都教不好，又怎能教好孩子們。

這種情形，即便劉彩凝已經回到王家，也沒有太大變化，因爲又有新的傳聞，說劉彩凝不但仍對雲深公子冷眼相待，還對一位欣賞雲深公子才華的王家丫頭大打出手，鬧到了王家連夜請劉大學士過府的地步。於是，另一波傳聞又起，說劉彩凝本來蠢笨，都是沾了她表姊趙侍郎之女的光，冒充才女，其實本身並無特質，又虛榮，又心胸狹隘。所以，即便快過年了，劉學士府門前冷清之極，前兩天下的雪還光潔一片，只有自己府裡人的幾串腳印。

反倒是對街不遠，劉學士庶弟，劉昌在劉員外家門庭若市。一來劉員外的兒子娶了炎王爺獨生女，二來劉員外學問當真做得好，在安平這一年交了很多朋友。

劉學士回府的時候，正遇上劉睿出府，人們向劉睿拜早年的聲音，與劉學士踩著厚雪的聲音，簡直對比鮮明。劉學士氣哼哼進了後宅，本想向夫人抱怨一番，卻見女兒劉彩凝又回娘家來，還在哭哭啼啼，他心火立刻燒起來，抓了手邊一把茶壺，就往女兒腳邊砸去。

劉彩凝嚇得縮腳，想藏母親懷裡，哪知母親冷冷將自己推開。

劉學士怒道：「妳又回來幹什麼？我告訴妳，和離是不可能的，除非我死！」

劉彩凝眼淚流花了妝容，樣子再稱不上楚楚可憐。「不是我要和離，是……是……」

「你的好女兒就快拿著休書回來了。」劉夫人幫女兒說完整。

「什麼！」劉學士吼。「妳讓王家休了？」

劉夫人雖然將女兒推開了，但到底還是要面子的，對丈夫說道：「你女婿對你女兒說，他對她沒感情，她也沒法對著他過日子，兩廂不情願，實在沒必要將就。趁著過年，讓你女兒回來散散心，免人說閒話。等你女兒想好了，就可以由咱們這邊提和離，他背所有的責任，否則只能他那邊直接休書一封。至於王家，你女兒可以不用再回去了，等過一陣子事情都了結，他會派人把東西送過來。這不是和休了沒兩樣嗎？」

劉學士額角爆青筋，衝上去就給女兒兩巴掌。「什麼叫妳沒法對著他過日子？妳上回鬧完之後不是明白過來了嗎？」

劉彩凝從沒被父親打過，還是重重兩巴掌，兩眼冒金星，捧著臉大哭。「你們說得容易，和王五過日子的卻是我！我管他是才子還是文豪，我就是受不了他的侏儒相，只要想到他碰我，我就噁心得想吐！」

劉學士只恨生了個蠢女兒，好不容易能和王家結親，結果這女兒一點幫不到自己不說，還拖累了學館。因書香門第這塊牌子，祖訓不能做買賣不能投資，他只能通過辦學牟利。如今倒好，謠傳一波一波不停息，毀了他和夫人這些年爲女兒建立起來的才女名聲，生源少了一大半，明年還不知如何是好。屋漏偏逢連夜雨，這節骨眼上，女婿要休女兒？

劉學士扶著桌子坐下來，一氣喝了兩杯燙茶。「那妳就和他當名義夫妻，相敬如賓就是。」

劉彩凝眼淚啪啪掉。「娘剛才都說了，不僅僅是我這邊，而是他對我沒感情。」

劉學士好歹也是男的，嗤笑。「怎麼？妳爹我讓自己的學生寫詩誇妳，讓人以爲妳受年輕學子們的傾慕，捧妳成爲安平第一才女，難道妳自己都當眞了？面對一個嫌棄自己相貌的夫人，妳無德無能無才，王五郎難道還能待妳感情深？」

劉彩凝臉色削白，淚盈盈看向母親。「娘——」

「妳若連撒嬌哄人都施展不開，我就不知妳還有何用處了？」劉夫人卻不比丈夫寬容多少。「我和妳爹在妳身上花了那麼多心血，早知今日，不如待雪蘭好一些，成全了她和王五，至少她還會對我們夫婦感恩戴德。」

劉彩凝死死咬住了唇，半晌才道：「我是你們的親生女兒嗎？你們怎麼忍心？」

劉夫人終於冒出火腔。「我們是把妳賣給人家當童養媳了，還是把妳嫁給老頭子當小妾了？妳自己不懂事，枉費父母一片心，還問我們是不是親生的？王五郎相貌雖說不出眾，他要不是安陽王氏，妳爹和我也壓根不會多看一眼，但在王家之中他口碑最好，爲人相當敦厚……」

劉彩凝突然冷哼，吸吸鼻子。「別騙我了，分明是你們知道高攀不上王家，故意選了王雲深，因爲王雲深有缺陷，而我有才有貌，王家才可能考慮這門親事。」

劉夫人噎了噎，劉學士卻道：「沒錯，不然安陽王氏的嫡子孫，爲何要娶一個學士之女？就算妳眞有才有貌，也是我劉氏高攀，更何況妳的才貌雙全是我和妳娘捧出來的。」

劉彩凝雙目怒睜。「所以，我的虛榮也是你們教出來的！我告訴你們，我不會回王家！我也不要再和一個賤婢搶王五那樣的侏儒！我照娘說的，打得賤婢差點斷氣，可我一點都不羨慕她。看王五抱著她哭，我也沒有半點心痛的感覺。你們可以打死我，我死，也要死在這個家裡。」

劉學士眼睜睜看女兒跑出去，撫額喊頭疼。

忽然有管事來報——送小姐回來的九公子還在客廳候見。

不盡園裡，王雲深正在批一篇文章。他批得那麼專心，對屋外一大一小的笑聲置若罔聞，直到王泮林進來，在他身前喊一聲「五哥」，他才皺起眉。

「九弟這文章膽大有餘，措辭過於激烈，只怕難斷好壞，還是收斂著些性子，中規中矩得好。再說，你的目標是三四五甲，不是狀元。」

王泮林看都不看那張批滿紅圈的紙，淡望仍然熱鬧的野園子裡，舒風華和商花花若隱若現的身影。「舒姑娘身體好些了？」

王雲深這才往外定定看了半晌。「好多了，給花花做了新襖送過來，才逗他玩一會兒，馬上就會走。」

王泮林一笑。「五哥何必急著撇清？你一向相信清者自清，是不喜歡多言的。」

王雲深的笑卻無奈。「我是這麼相信著的，可是更多人相信默認。我不開口說清楚，就會連累他人。」

「直說舒姑娘就是。」王泮林挑眉，嘴角抿彎。「不過能讓五哥表明心意，也不枉舒姑娘挨了幾十板子。五哥放心，舒姑娘看似柔弱，卻是堅強的姑娘，否則早在她家破人亡時就撐不住了。」

舒大人被貶，是官場冤案；舒大人病死永州，舒夫人緊隨而去，舒風華的一對兄弟還在服苦役，是一門慘禍。

「我沒……我只是就事論事……劉氏不喜我，卻也不應遷怒小華。」王五長嘆。「我與小華只是朋友，從無半點踰矩。就算劉氏打的是其他人，我也一樣會護著。僕人不是奴隸，南頌也沒有奴隸，他們應獲得尊重。」

「完全贊同，只要想到魑離還以農奴數量的多寡決定牧主的地位，就讓我寒毛直立。」王泮林難得論制，點一句就過。「知道五哥你拉不下這臉，所以身爲弟弟的我，幫你做了件事。」即便是王五的聰明腦袋，也想不出王九能做什麼事，因爲不夠壞。

王泮林繼續道：「我以五哥的名義告知劉氏，如果她不和離，你就休了她。爲了讓劉氏能考慮清楚，我送劉氏回了安平。」

王五愕然。「你說什麼？」

「五哥明明聽得清楚，就不要讓我重複一遍了。」王泮林墨眸閃幽光。「我還見到了劉學士劉大人，和他達成了共識，劉大人已經同意女兒和離，不過他提出考慮到女兒的名聲，能否等到明年年底，謠言都平息了，再辦正式手續。這期間，劉氏還是會住王家，但絕不會再干擾五哥的生活。」

王五很驚訝。「上回劉氏吵著要和離，她爹娘說死都不會同意……」䩄腆的性子，絕非遲鈍的性子。「什麼條件？」

王泮林雲淡風輕。「把劉大人長子安排進三司。」

王五搖頭撇笑。「那位大舅兄不學無術，走科考根本不可能，而三司主管財政，掌握國之經濟要脈，劉家好大的胃口。」

「我答應了。」王泮林神情不動。

王五認眞看著自家兄弟。「你答應有何用？」

「我答應，就是我父親答應。父親再不濟，安排一個三司小吏的位置給你家大舅兄還是輕而易舉的。」

王五聽了道：「九弟這話也太霸橫了。二伯爲何要答應這等無理要求？」

「和王劉聯姻一樣的道理，聯姻若走不通，就要走另一條路。五哥大概沒想過，祖父爲你選劉氏爲妻的眞正原因。」

王五道：「我洗耳恭聽。」

「因爲有些東西我安陽王氏不能出面爭，就需要有人爲我們爭。這樣的人選當然不會太多，而劉學士恰恰合適。劉學士謹守家規，只敢開學堂賺小利，可見膽子小。他在官場經營也不善，只會將女兒捧成安平第一才女，通過聯姻這種穩妥的方式，可見不聰明。劉學士的庶弟劉昌在卻混得風生水起，一年不到，隱有取代他的勢頭，他這會兒正焦頭爛額，不知如何保住自己嫡系地位。所以，只要我安陽王氏願意給他撐腰，他必鞍前馬後，聯不聯姻倒是其次。對他而言，長子要是能出息，當然比女兒嫁得好更有用。對我而言，五哥能擺脫劉氏，劉學士能爲我辦事，同時阻止劉昌在根植勢力，一箭三雕。」

王五怔然，好半晌才道：「九弟不愧是祖父看中的接班人。」

王泮林哈哈一笑。「這話從何說起？我不過早同祖父和父親商量過，先得了他們點頭，才敢如此作爲。別說你爹娘，連祖父都看不過眼劉氏之蠢。那樣的孫媳婦，敗壞安陽王氏之名，不若休了，還換個家和萬事興。而如今崔相和延樞密使把握朝政，中書省權力削減，今後可能完全成爲虛設，父親要另圖高職，需要……」

王五打斷。「九弟毋須多說，我都明白。安陽王氏，仍保有士族傲氣，卻也活在當下，大今虎，魑離狼，南頌江山岌岌可危，有些事是必須去做的。這件事上，還能一箭三雕，已經十分幸運。」對王泮林作一長揖。「是我無能，自己的事都處理不好，有勞了你。」

安陽王氏，兩三輩中出一高官，承接家族之名，爲百姓謀福利，不至於浪費老天爺賜予的才華，足矣。

王泮林斂了笑。「自家兄弟，五哥不必客氣，我不止爲了五哥，也是爲了——」

書童氣喘吁吁跑進來。「九公子，雕銜莊送來急信，請公子趕緊過去一趟。」

王泮林抬了抬眉，轉眼就想到了。「可是同小山有關？」

「不曾提及。」書童的回答卻令人失望。

王泮林興致就消了一半。「小山還眞打算在江陵過年了，好沒意思。」

書童咧嘴樂。「小山姑娘不過來，九公子就過去啊。」

王泮林搖搖頭。「不去，我忙著呢，今晚要去林侍郎府吃飯，而且一直到正月十五都有飯局。等那會兒，她就回來了。那之前，我就掰著手指頭，盼星星盼月亮吧。」

王五好笑。「九弟你也太……」

「直白？」王泮林知道王五的意思。「五哥，不是當弟弟說你，男子漢大丈夫，頂天立地，流血不流淚，要是連自己喜歡的姑娘都不敢追，還如何做到頂天立地？」

這話說得，眞是讓王五沒法辯駁。

「十二都追到江陵去了，你那位近在眼前，障礙你弟弟我都已幫你掃清，你要再一本正經，可就矯情了。」王泮林說完，出門去，拎了花花，喊了書童，留下窗裡窗外兩個人。

◆

南山樓，水亭外，一葉扁舟，兩根魚竿，兩身青衣。

崔衍知怎麼都想不到，自己還能和王泮林同舟釣魚。他不會再對這個人偏見，甚至承認這人很聰明，希望借助這人的力量，但並未打算成爲朋友，或者他感覺不大可能成爲朋友，卻如今——釣魚？太彆扭了！

「我剛從安平劉學士府上回來，打聽到幾件有意思的事。」一身青衣，屬於王泮林，神情悠閒，語氣悠閒，一點彆扭也無。「你與懷化郎可曾見過面了？是否有收穫？」

「見是見了，他與往常並無不同，而且趙大將軍說的是延大人，不是延昱，我和延昱認識了一輩子……」

「崔大人才多大歲數，小半輩子都沒有。再說，延夫人帶著懷化郎到北都時，懷化郎十歲左右，延大人三十五，剛當了太學學長，當時延夫人的美貌引得多少人豔羨，這就不說了。之後延大人被俘，懷化郎追父千里，一去五年。所以，你認識懷化郎的時間，滿打滿算，八年不到，而且那會兒崔大人讀書勤奮，沒有多少工夫玩樂，懷化郎卻呼朋喚友，結交甚廣，並非整日和你一起混。」

「話雖如此，延昱一向行爲坦蕩——」崔衍知忽然覺察一點。「聽十二郎說，你之前一直住在外面，不曾到過北都。」

「這種事一打聽就知道了。」王泮林早有準備。「不過，我說了那麼多，崔大人可明白了？」

「你想讓我查延昱在大今那段時日做了些什麼。」崔衍知以爲，延文光如果在北都之戰時就背叛了南頌，他被俘也必定是幌子，肯定有線索可查。

王泮林卻是搖頭。「這種事崔大人肯定想得到，毋須我多說。我的意思是，反正都要挖坑了，當然挖得愈深愈好，畢竟到延大人這般歲數，城府極深，我們這些後生晚輩，是很難找到他的破綻的。」

崔衍知懂了。「我記得延大人的故鄉在永州。前幾日你提起舒大人的案子，我跟上官說了，他同意我向永州官府調取相關文書，我正好可以——」恍然大悟。「你早有此打算，才讓我以舒大人的案子掩人耳目，不會驚動延府。」

王泮林表情訝然。「怎會？」

崔衍知張張口，最終，算了。

「崔大人要是沒有可信的手下差人幫辦此事，我兔幫可以出份力，只須崔大人的官憑蓋印。」說著怎會，事事已在王泮林的盤算之中。

崔衍知卻道聲「不必」。「永州有我同窗，正直可信。」

「那就好，但請他小心行事，爲了他的小命著想。」

崔衍知聽得此言，皺眉。「何至於如此？」

王泮林也皺眉。「崔大人若以這等輕忽的心態辦案，一樁案子也破不成。且不論延大人到底是不是居心叵測，他受二帝寵信，還受盛文帝禮遇，年紀輕輕就成太學學長，如今更是一品樞密使，他的學生遍布各州縣，短短數月掌管全國兵防。你我縱是施展全力，也抵不過他一根手指頭，若再不以爲然，豈不是雞蛋碰石頭，自尋死路？」

崔衍知駁道：「你也不必說得誇張，延大人還未必有罪。」

王泮林輕嘲的語氣就起來了。「我以爲提刑司斷案，不以對方有罪沒罪進行區別對待，而是一視同仁，認眞尋找證明其有罪或沒罪的證據。崔大人要是偏心，這案子還是不要親自辦了，都交給我就是。」

崔衍知悶了，最後咬牙。「你說得對，我總想證明延大人無辜、延昱無辜，故而態度輕忽。但我不會再這麼做，延家在永州的事，我一定好好查證，不放過任何蛛絲馬跡。」

王泮林笑。「崔大人不必同我表態。」

崔衍知瞪著湖面，魚線至今一動不動。「方才你說打聽到有意思的事？」

「啊，對了。」王泮林才想起來的模樣。「據劉學士所說，他的庶弟劉昌在，也就是劉郡馬的父親，分家之後只領到鳳來縣一片農地，如今回到安平，置地購房，出手闊綽，前陣子捐五十萬貫造橋修路，買到了太平鄉紳的名頭。劉學士還說，劉昌在平時在家裡會客，隨手贈送古玩字畫，均價值不菲，而且我也聽聞，劉昌在幫劉郡馬求官，表面看來只是請客吃飯這些，靠太學長傅秦走通關係，其實傅秦受了百萬貫的好處，才爲這對父子那麼賣力。工部新任尚書母親大壽，劉郡馬贈一塊海南風音石，沒有幾百萬貫可運不過來。」

「劉昌在哪兒來那麼多家財？」崔衍知大覺有問題。

王泮林笑得有些意味。「你前丈人家的家財啊。」

崔衍知一怔，隨即了悟。「桑家。」

王泮林也不瞞。「其實我們在正天府的時候聽到一則消息，說劉昌在不僅是盛文帝的影衛長風，還是隱弓堂的人，具有雙重身分。」

「隱弓堂卻為魑離賣命。」崔衍知已不會計較為何現在才說這樣的事，卻想到一個可能。「劉昌在是桑家滅門的眞凶嗎？」

「可能是直接執行者。」王泮林的說法存有奧妙。

崔衍知聽得出來。「你似乎也知道眞凶可能是誰。」

「小山大概也知道，不過崔大人就不要猜了。你是推官，不能像我們這麼不負責任，養成臆測的陋習。」這話絕非諷刺。

崔衍知也沒作評價。「劉昌在是隱弓堂的人，劉睿進工部的目的就絕不單純。他與延昱爭執，公開不合，以至於楚州邊防工事被擱置，其實卻是各自代表魑離和大今？」

王泮林又搖頭。「我不這麼認為。自從出了劉睿和延昱打架的事，最明顯的變化，就是炎王爺對女婿讚不絕口。這個女婿雖然是炎王爺自己挑的，聽說有段時間挺後悔，對劉睿的冒進很是不滿，也不肯出力幫他。而劉睿動用工部的人脈，和延昱唱對臺，推動炎王爺大力贊成的巴州水利工事，炎王爺很高興，如今翁婿齊心。但你應該知道，炎王爺眞正想要推動的工事。」

「王爺一直關注錦關山邊防。」崔衍知目光一凜，終於想到。「你難道覺得劉睿故意和延昱鬧不合，為了獲取王爺的信任——」

「邊防工事總要有人做。誰去做，怎麼做，才最重要。偷工減料，做成紙城牆，不費吹灰之力。」

王泮林說得也似不費力。「我想，你該給你爹一些暗示了。」

崔衍知發覺自己在王泮林面前簡直無知。「暗示什麼？」

「就我所知，皇上表面駁回了炎王爺的摺子，其實還是想要加固錦關山邊防的，不敢明目這麼做而已。皇上很快就會下旨，讓炎王爺代天子巡檢西北道，押送巴州水利工程所需物資，兼任工事督監。當然，造水利是假，造邊防是眞。你說，炎王爺一定會舉薦誰與他同行？」

「劉睿。」崔衍知自嘆不如。「眞是機關算盡。」

「所以，要讓延文光算計落空，讓劉睿前功盡棄，單憑你一個五品推官，或我這連官身還沒考上的人，是不可能做到的。但你爹可以。只有崔相，能與延黨分庭抗禮。」

崔衍知知道王泮林說得不錯。「可我爹和延大人皆是主和派，崔延兩家私交甚篤。也是我爹，提議讓延大人主持兩國和談，延大人才有機會回朝。」

「那是因爲崔相根本沒料到延大人歸勢洶洶，一回來就成了樞密使，滿朝文武一半成爲延黨，借著掌握全國兵防，還有他當年太學學長的聲望，令各州縣官員服服帖帖。樞密使一般由宰相兼任，延大人坐上了樞密使這個位置，難道還能容你父親繼續當宰相？聽說最近崔相推舉的中書舍人封還詞頭，拒絕皇上兩道旨意，皇上大爲惱怒，向崔相抱怨，責他推舉不當。崔相有苦說不出，因那名官員是牆頭草，已是延黨一名。」

「你爲何知道朝中這麼多事？」崔衍知愈來愈驚訝。

「我父親到底還是中書令，中書舍人是中書省管轄之下，不過皇上知道此事與我父親無關，是崔相直接下令的。」宰相權力可越過中書令，直接安排人事。

「可見崔相雖還念及兩家交情，延大人出手卻不大給面子。朝堂風雲，變幻不過朝夕之間，相信崔相比我們這些小輩都清楚。雖然我們並無延劉合謀的眞憑實據，你父親和延大人都是主和派，但你父親總不是賣國派吧。」

「當然不是！」黨爭哪朝沒有？崔衍知很清楚自己的父親不是清正廉明，反而深諳爲官之道，處心積慮經營，才有今日高位，但他相信父親不會賣國求榮。「我會暗示父親，他一定有辦法。」

「那就行了。」王泮林目的達到。「今天沒魚上鉤，收穫卻不小，是吧？」

崔衍知不得不同意。「但我們不能光憑猜測，延劉兩家究竟是否聯手，延大人是否真已叛國，都需要確鑿的證據。」

「只怕——」王泮林搖頭。「不會有崔大人你想要的那種確鑿證據，只會看到各種關聯，讓我們確信無疑他們是什麼樣的人，在做什麼樣的事，但無法用南頌的刑法來判他們有罪。」

「為何？」崔衍知突覺自己的官道太順，並非一件好事。

「因為他們就像章魚，你以為能砍他們的腦袋了，他們卻只不過放棄一根觸角，照樣穩坐高位。」王泮林是吃一塹長一智。「要按小山的說法，我們就得跟他們拚壽命，看誰活得久，誰才是贏家。」其實，就是腳踏實地，不要想著一步登天，等著水到渠成，時機成熟。

崔衍知卻沒那麼容易轉過彎來。「若延大人，還有延昱，他們真成了大今或魑離的爪牙，我絕不會放任他們。」

王泮林聳聳肩，收魚竿，上水亭。「崔大人走好，恕不遠送。」

崔衍知搖舟遠去。

一直在水亭裡候著的書童終於能表達自己的意見。「崔五公子真倔性。」

「合作罷了，他怎麼當官，可不歸我管。」王泮林語氣略頓。「不過，他善惡分明，該狠的時候絕不軟弱，比他父親胸襟寬廣，將來青雲直上，是能做些實事的。」

書童撇撇嘴。「他青雲直上，還不如九公子你上。」

王泮林呵笑連連。「鶴立雞群，砍頭先砍鶴頭，我再不會那麼傻了。咱當官，就當雞群裡面不高不矮的，怎麼都砍不著，上頭依賴著我，下頭依靠著我，默默無聞，卻萬事皆成。」

書童咋舌，聞所未聞。

再說延府這日，過小年，請了不少客。

延昱喝得頭暈腦熱，從前堂裡出來，坐一塊沙丘大石上，喝湯醒酒。忽聞大石底下撲通一聲，他才要往下看，卻見一道黑影飛上來。延昱藝高人膽大，坐著不動，但等瞧清來人，笑了。

「小六兒終於回家來了。」

節南也笑。「一回家，就聽到延府好樂好歌，趕緊過來拜個早年。」

延昱拍拍身側。「小六兒坐，大哥給妳講個故事。」

節南環顧一周，坐下。「延大公子眞會留客，我本來打算說句話就走了。」

「小六兒對我是不是有誤會？我們在崔家別業的時候不是還好好的？難道是因爲我太像一個嚴厲的兄長，而小六兒偏偏是個叛逆的妹妹，不喜歡他人管束？」延昱將節南警惕的神情看在眼裡。

「說對了。」節南不含糊。「我想延大公子也不會喜歡別人對你的事指手畫腳。」

「話是這麼說，我對小六兒卻當眞關心。」延昱聲音沉厚，顯得很有誠意。「罷了，我還是說故事得好，免得小六兒一火大，不聽就走了。」

節南沒說話。

「從前草原上有個公主——」

節南噗哧一聲。「對不住，只覺得像延大公子這樣的人講故事，應該從某個月黑風高的夜晚開始說起，怎麼都和公主沾不上邊。」

延昱可沒笑。「小六兒，妳太皮了，妳知不知道？」

節南做個請勢。「有娘生，沒娘教，你知道的。」

延昱眉頭攏川。「妳知道這個公主是誰？」

「我娘。」

說她皮？總比她發火好！

21 趙府宴散

一般人家都愛種上幾株梅，臨水種一片水仙，延府卻乾沙漠土，有幾分冷風刻骨的漠原氣息。

延昱聽節南說公主是她娘，不否認，也不承認。「那公主漂亮聰明，自小不同，讓一位高人看中，收爲徒兒，學了一身本事，但她性格溫婉，從不仗著自己的本事欺負人。直到有一日，她的部落被大部落侵占，她的父母慘遭殺害，她的族人淪爲奴隸，那時她不過十五歲。她帶著仇恨，四處求助卻四處碰壁，最後決定靠自己，隱姓埋名躲進母系表親的部落中，成爲神廟一名小小女祭司。」

節南面無表情，其實，聽得很認眞。善惡之分，只需要一個契機。

「她憑藉自己的智慧，贏得大祭司的賞識，參與王族的軍事策略，親身參戰，幫王族連打勝仗，讓這個部落很快稱霸草原一方。她爲了復仇，放棄了很多東西，包括她心愛的男子，終於一切準備就緒，到了復仇的那一日。那場戰，大概是草原百年來最慘烈的一戰，贏得很辛苦，但她還是贏了，滅了仇族，親自追殺逃出去的一支仇敵，斬下最後一顆仇人的頭顱。也因爲那一戰，各部落紛紛俯首稱臣，草原一統，有了自己眞正的王。王登基之後，她卻推辭了公主封號，繼任大祭司，發誓終身不嫁，侍奉草原之神，效忠王室，要助王統一天下。」

「延大公子說錯了吧？她不是嫁人了嗎？」從復仇的本願，走向了一統天下的野心，這條路本身不錯。

「不，她從沒嫁過人，她只是生了一個孩子。」延昱不看節南，看明燈照耀下的那片枯黃草地，彷彿無限依戀。「她追殺仇人，從草原追進大山，最終雖然將仇人斬殺，自己也受了重傷，失去意識。等她醒過來，已經被一男子所救，但她那時什麼都想不起來，相信那男子說的，她是他的妾室，跟那男子到了一座小縣城。她沒多久就恢復了記憶，卻發現自己已有身孕，因此在那座縣城待了大半年。我想，那大概是那位公主一生中最清閒最舒坦的時光了。」

「想像得到。」節南一笑。「也許延大公子不適合說故事，我對那位堪稱巾幗的公主、她坎坷的半生，還有比男子還厲害的凌雲壯志，一點都不覺得感慨。當然，也可能是因爲我是她放棄掉的東西之一，無法欣賞欽佩。」

延昱終於收回遠眺的目光，望著節南略帶譏諷的面容。「她若已然放棄妳，我爲何又要跟妳說這個故事呢？」

節南唉唷一聲。「還好我已經放棄她了。不過，我就好奇一件事。」

「妳好奇她在哪兒。」延昱以爲。

「我好奇你是誰。」節南偏偏不讓他如意。「說起那位公主，不像在說我娘，倒像你自己的娘親，而你又一直當自己是我兄長——呃，雖然我可能想多了，你跟我難道是同母——」

「妳想多了。」延昱神情好笑。

節南立刻鬆口氣。「我就知道，老天不會那麼待我的，兩個笨蛋哥哥還不夠，再送一個來。」

「這麼說來，延夫人，絕對，應該，不是生她的那位了吧？那就好。她還挺喜歡延夫人的。」

延昱豈能聽不出其中的意味，卻也不在意。「故事聽完了，小六兒也是時候決定了。」

「決定什麼？」節南瞇起眼。

延昱跳下大石，仰望她，如仰望月亮。「回妳的母國。」

腳底升起一股寒意，節南禁不住打個冷戰，隨之卻是冷笑。「延大公子糊塗了。我家就在你家對面，你我就站在母國的土地上。」母國?!

風吹動了延昱腳下的黃沙。濃眉虎目，稜角分明，這張面相，一直很正氣，但今夜，讓這小片乾沙枯草映襯著，竟透出尊貴之氣來。

從來沒覺得，然而節南剛剛發現。「你——不是中原人。」那雙眼，渴望豐沃的水源草地，渴望富饒的山川大澤，眼前的美景吸引不了它們，永遠只追逐遠方星辰的，狼性。

延昱望著節南。「妳也不是。」

節南眼裡起了火焰。延昱笑了，開懷的笑容。「妳會比她還要出色，因爲妳是天生的戰神，我魑離的戰神。妳發怒的樣子，眞是漂亮，小六兒。」

「眞不知道你在說什麼。」節南站起來，立在石上，睨著延昱。「就算我左手劍還不錯，戰神這個稱號可擔當不起，也對當花木蘭這樣的事毫無興趣。今日我來，只想告訴你，你放了仙荷，我就放了月娥。」

魑離戰神？這可是最近聽到的，最荒謬的話了！就算她親娘出現，她都不會孝順，更何況是幫遠在千里之外的魑離打仗。

「心太軟可不是一件好事。」延昱神色如常。「而妳現在可不是擔心這些小事的時候。小六兒，魑離正月十五那日就會有自己的國號，妳還有十六日可以決定。」

節南哼笑。「延大公子心腸眞硬，我以爲像月娥這般的紅顏知己是十分難得的。」

「小六兒，妳以爲我在說笑的話，是對妳自己不利，與我無尤。不過，我最後提醒妳一回，妳有十六日，決定回魑離。」

「不決定又如何？」節南早覺不對，沒得選啊。

「到那時，妳不能決定，我就幫妳決定。」這麼簡單。

「……這麼重要的決定，就憑延大公子一個故事？」節南沉思片刻。「我要見見那一位。」

「哪一位？仙荷？」延昱明知故問。

「生我的那一位。」節南不介意直說。「好歹聽聽她的故事，對我默默付出了多少，看能否感動我對她行孝。」

延昱顯然不喜歡節南毫不尊重的語氣。「小六兒，她是妳娘親，無論妳對她有何不滿，妳的命是她給予的。」

「我學你硬心腸。」節南的口才刁賴，語氣陡轉直下，沉冷道：「別讓我說第三遍！放了仙荷！」節南左手成刀，往延昱脖頸砍去。

一道疾影，從大石後面竄出，雙袖朝節南揮出。

節南竟快不過那道影子，讓那雙衣袖擊中，橫飛了出去，翻滾幾圈才穩住身形，嗓子眼泛甜，嘗到血腥味。但等她嚥下那口血，再找那影子，影子卻又閃回大石後頭去了。節南雖知延府是虎穴龍潭，卻料不到延昱身邊的暗樁比木子珩的身手還要高，心中吃驚之極，面上卻帶微笑。

「是我魯莽。」知錯就改，她很明白的。「延大公子，我一定好好考慮，正月十五之前，你給得很充裕。仙荷——」

「我拿著她作何用？妳前腳進我延府，仙荷後腳回了趙府。」延昱的自信來自強大的影子。

「那我也回去了，一確定仙荷無恙，我立刻——」風向不對，趕緊走。

「月娥已死，小六兒不用哄我了。」延昱這時的笑模樣，不藏陰險，眞不在意一朵解語花。「但我不能怪妳。換作我是妳，我也不會留活口，畢竟蜻螭名聲在外，一見飛仙，而月娥被妳識破且捉住，本就是她的無能。」

不寒而慄的感覺再度湧上，節南咬住牙。「她還是害我師兄的凶手之一。」

藏在影子裡的敵人，終於來到她面前。如她所料，他們占盡天時地利人和。

「哦，妳知道了。」延昱語調平淡。「那是我和小六兒初次見面，我本意只想月娥殺了馬成均夫婦，哪知半途殺出妳那位師兄。他以為月娥也要對妳不利，爭搶之下月娥才下重手。別看月娥在陸上的功夫平平，在水下只怕蜻螭劍主也無力。」

「我一向運氣不錯。」節南轉身就走。

「站住。」延昱淡道，節南面前頓時出現一柄劍。

劍閃赤光，劍後那身黑衣好似惡鬼，斗篷帶帽，帽沿擋去大半張臉。

節南學乖了，站住不動。「延大公子剛說我還有十六日考慮的時間。難道說話不算話？」

「怎會？」延昱愈發氣定神閒，哪裡還有半分醉意。「小六兒不是說要見妳娘嗎？約大年初二觀音庵，如何？」

節南的心砰砰重擊，幾乎透不過氣來，目光卻無懼意。「好。」

「母女團聚，就不用告知外人了。」

節南知道延昱警告她不能帶幫手，又答一聲「好」。

「小六兒——」

節南耐性忍到極限。「你有完沒完？我從江陵趕回來，沒睡過一晚好覺，這會兒睏得眼睛睜不開，還被你的人打了一掌，也不知道有沒有內傷。」

「好心再告訴妳一句話罷了。妳原本想運到雕銜莊的東西，已經在我手裡。」延昱平靜的語氣，卻讓節南恨得牙癢。「說完了，妳趕緊回去歇著吧。」

延昱關心的語氣，更讓節南想撕人。但這是延昱的地盤，她已經吃了虧，不得不忍，否則對方不再給她十六日，她可能走不出這家的大門。

節南一回青杏居，仙荷和碧雲就急忙迎了上來，赫連驊坐在石桌上，對她只瞥了一眼，就繼續對著他手中的酒壺了。赫連驊近來酒量漸長。

「讓六姑娘擔心了，仙荷沒用，明知月娥故意接近，仍中了她的計。」

節南將仙荷從頭到腳打量仔細。「他們沒對你怎麼樣吧？」

「沒有，月娥給我下了迷藥，醒來也不知自己在哪兒，有人看守，直到剛才放了我，我才知道那是延府。」仙荷面色有些憔悴，精神確實還好。「月娥她……」

節南淡搖頭。

仙荷垂了眼。「她待我不惡。」

「各爲其主罷了。」節南自覺自己亦善亦惡，只是道不同不相爲謀。

仙荷再抬眼，清明無比。「是的。」

碧雲卻顯得無措，七姑娘走了，仙荷被捉又被放，感覺青杏居飄搖不安。

節南看出來了，摸摸碧雲的頭。「沒事的。」

碧雲苦笑。「我一直覺得青杏居雖小，卻固若金湯。」

節南的笑卻安定人心。「不是青杏居不穩固，而是外頭的風浪變大了。不過，不怕，這是早在意料之中的變化。明天過大年，咱們熱熱鬧鬧慶賀一番，再去想明年。」

仙荷對節南點點頭，拉著碧雲回屋。

節南走到石桌前，奪過赫連驊手裡的酒壺，一氣喝了三杯，才覺身上寒戰全退，卻咳出一些血絲。

赫連驊大驚，伸手就來抓脈。「妳！」

節南輕鬆揮開。「不妨事，延府藏有高手，不小心挨了兩袖子。」

赫連驊眸中豹金點點。「兩袖子就能震妳五臟六腑，這個延家到底什麼底子？」

「隱弓堂的底子。」節南掏出一把小丸子嚼了，看赫連驊有些出神，知道他可能想起小柒，毫無同情心地拉他回神。「延家投靠了魑離，至少。」

「至少？」赫連驊又喝一杯酒。「至多呢？」

「至多就是魑離人。」節南拍拍杏樹。「當眞待不下去了。我才把這兒當作家呢。」

「淺灘困不住妳罷了。」赫連驊倒挺會安慰。

「延昱說他拿到了那堆破銅爛鐵。」節南不敢再喝酒，她剛才是一時氣忘了。「還約了大年初二觀音庵，安排我給生我的那位拜年。」

後面那句話才讓赫連驊睜了睜目，隨即豹眸笑起。「那妳一定很期待。」

「你跑一趟，告訴王泮林，魑離正月十五建國，也就是說那日大吉大利，要給兔幫改名，讓咱們揚名立萬，也選那日就最好了。」

「妳自己不去？」赫連驊以為節南一回來就會直奔南山樓，結果仙荷的事都解決了，她還不去會情郎？

「我得養傷，而我和他不急在這一時，日子長著呢。」節南還囑咐：「觀音庵之約你可以告訴他，但讓他不要去看熱鬧。雖然延大公子警告我不得帶幫手，不過我也不希望有人打擾我和那位重逢。還有，你帶上自己的行李，讓他安排你住處吧。」

赫連驊瞇眸。「說搬就搬啊？」

「搬家這麼丁點兒大的事，就不用選黃道吉日了，我和仙荷年初二那日搬。」雖說心裡對青杏居有家的眷戀，但要打包裝箱的行李眞不多。

「妳們搬哪兒？」赫連驊很關心。

「你搬哪兒，我們搬哪兒。」節南笑。

橫豎，就是聽王泮林的了。

❖

大年初二一早，趙府全家難得齊全，一起用完早膳。

趙琦完全不知節南搬家的打算，還封給節南一個大紅包，就帶著家裡的少壯男丁們出門拜年了；桑浣也約好了，要到林侍郎府，和夫人們聚玩一日；趙雪蘭則要去拜訪丈夫同僚的女眷們。

不過，桑浣和趙雪蘭是知道節南要搬的。

桑浣出門前，讓節南送自己上馬車，語氣還像長輩，說的話卻已不帶鋒芒。「想不到我能功成身退竟是託了妳的福。」神弓門最終敗在金利撻芳手裡，桑浣再不用擔心這麻煩的出身來歷，可以安然當著侍郎夫人了。節南笑笑，沒多言。正天府發生的那麼多事裡，她只挑了和神弓門有關的消息告訴桑浣，雖有漏洞，但她篤定聰明如桑浣，是絕不會多問的。

「今後，妳自己要多加小心。不過，趙府固然不眞是妳的娘家，外人卻並不清楚，完全不來往反倒引人猜度，還以爲妳有了乾娘就忘了親姑。只要妳還在都城，就算難得，也要回來看看，再說妳和雪蘭不是變得挺要好的嘛。」

節南點頭應是。桑浣這話雖然都是爲自己的小家滿打滿算，可節南早已習慣。桑浣對她當然算不得好，除了提供給她一處棲身之所，似乎也沒給過其他好處，不過桑浣是個好娘親，所求僅僅有一個自己的小家，能夠安居樂業。這點自私自利，其實並不過分。

「出嫁要請我和你姑丈喝喜酒。」

節南聽了這最後一句，失笑。「姑姑眞是半點探子的自覺都沒有了？眞當我搬出去是過好日子去的？」

桑浣美目但凝。「不懂妳在說什麼。妳是紀王兩家的千金姑娘，如今搬到妳乾娘家住，自是爲了在王家兒郎中挑一個如意郎君，各家夫人都等著喝喜酒呢。妳記得定下親事之後就知會我，免得眾人皆知我不知，還當我虧待妳。」

前塵往事，皆忘記，人生煥然一新，眞好。

節南笑著再應。「好。還請姑姑也記得，我這侄女當得委實不壞，住進趙府之後，趙府鴻運高照，將來肯定能繼續給姑丈帶來好運，關鍵時候姑姑可別犯糊塗。」

桑浣笑意深深。「我心裡有數。」

送完桑浣，送趙雪蘭。

節南語調就要輕鬆得多。「怎麼回事？明明要搬出去的人是我，我卻成了送人出門的那個。」

趙雪蘭握住節南的手，眞心不捨的表情，「妳沒良心，說走就走。」

「天下無不散的筵席，雖然我很喜歡青杏居。」節南反握趙雪蘭的手。

「留著給妳回來住。」趙雪蘭近來的性子愈發柔和，有母性光輝。

節南心念一動，捉摸了趙雪蘭的脈，忽然笑開。「不用，給妳肚裡的孩兒住吧，青杏居的風水好。」尤其是那張桌，曬曬月光吸吸靈氣，滿血復活。

趙雪蘭以爲節南說笑，紅了臉笑打她。「胡說什麼哪！」

「找個大夫確診一下。」節南很認眞。

趙雪蘭愕然，眼中漸漸充滿欣喜。「可能嗎？」

節南哈笑。「瞧妳這話問的。一個嫁得如意郎君的少夫人，問一個嫁不出去的老姑娘？」

趙雪蘭已經信了九成九，手禁不住摸向平坦小腹。「我要當娘了嗎？」

節南「嗯」了一聲。「時候不早，趕緊玩兒去吧，不過可別飮酒了，盡快找大夫看一看。」

趙雪蘭欸應，上了馬車，才想起來好些話都沒說，掀開簾子。「碧雲的約契我讓橙夕一早拿給她了，多發了兩個月月錢給她。」

「多謝。」碧雲已經不適合留在趙府，節南請趙雪蘭提早解契，放碧雲自由。

見趙雪蘭欲言又止，節南卻明白她想說什麼。「等我安頓好，會告訴妳住哪兒的。再說妳我又不是絕交了，今後還會常來往，妳別弄得像見不著面了似的。」

趙雪蘭默然，點了點頭。

「還有，隔壁家的那位少夫人，妳盡量少來往。」崔玉眞的八字太差，挑來選去，最終竟還是跳進龍潭虎穴之中，吉凶難卜。

趙雪蘭神情略猶豫。「妳不知道，她怪可憐的。」

節南瞪眼扮凶。「聽我的不會錯，妳別再主動和她來往。她心態不正，愈活愈陰暗，妳卻恰好相反，大好日子還在後頭呢，別受她影響。」

趙雪蘭也是聰明的，又對節南深信不疑，鄭重答：「知道了。」

趙雪蘭的馬車馳出趙府大門，節南才往青杏居走去。

小門開著，兩駕大馬車正等，仙荷在院裡盯著腳夫們搬箱子，碧雲手裡拎著個小包裹候在小門旁。

「要我幫忙嗎？」節南沒進院子，最後看一眼小小的居所，心中淡淡離別依惜。

「不用，六姑娘先上車吧。」仙荷很忙。

碧雲趕緊出門，拿出墊腳板凳，笑得像哭。「六姑娘記得安頓好了，要來找碧雲啊，碧雲還想伺候六姑娘的。」

節南嗔道：「我說話這麼沒信用啊。」

碧雲嘀咕：「不是六姑娘沒信用，而是六姑娘七姑娘都是自在慣了的人，來去像陣風。」

「就算妳家姑娘來去像陣風，只要王家還在，妳都可以找上門的。」車簾捲起，舒風華垂頭而出，同節南見禮。碧雲頓時高興，笑著退到小門後面，幫仙荷去了。

節南笑道：「到底年紀小，再機靈也還只是孩子。舒姑娘怎麼來了？」

舒風華伸手扶節南上車。「六姑娘要住到芷夫人的園子裡，我又是六姑娘安置在芷園的丫頭，自然要來接六姑娘。」

「妳不是我丫頭。」但節南也不好說自己把舒風華當成雲深公子的人。「我只是看舒姑娘沒地方去，暫時給妳提供一個住處，妳是我的客人才對。」

舒風華感激笑笑。「聽九公子說六姑娘回芷園之前要去觀音庵，巧得很，今日蘿江郡主邀我觀音庵上香，我可與六姑娘同去。」

節南原以爲王泮林讓舒風華來的，想不到蘿江郡主和舒風華約到觀音庵。不過她再一想，新年伊始，今日觀音庵會有很多香客，而延昱只說不能帶幫手，舒風華不會武，跟她也不熟，算不得一個吧。

節南再到觀音庵的時候，看著絡繹不絕的香客，忽然發覺這處佛門清靜地其實從來沒清靜過。

「舒姊姊。」蘿江郡主的聲音。

節南一回頭，笑望一身珠光寶氣的郡主，與舒風華一起，淺淺施禮。「郡主新年好。」

蘿江神情更加歡朗。「妳從江陵回來了？不是說要在那兒過年嗎？」上來就扶住節南和舒風華。「有沒有帶那邊的特產給我？」

「有。等我搬好家，就派人送到妳府上。」節南才說完，就見蘿江那輛豪華馬車後面轉出一個人——劉睿。

節南想，劉睿的爹劉昌在是隱弓堂的人，而自己是隱弓堂堂主的女兒，莫非她和劉睿訂親是因爲這層緣故？不過，若是如此，怎麼就能讓她那麼容易退了親呢？難道劉夫人眞不知丈夫的身分，所以擅自作主？

「郡馬爺也來了。」時至今日，節南已經完全沒有向郡主說往事的打算。本來還怕劉睿哪天發瘋，如今篤定他一定會守口如瓶，因爲她「特殊」的身分。

「是啊，我婆婆和小姑小叔都來了，他順便全家團聚。」蘿江郡主笑嘻嘻眨眼。

蘿江和崔玉眞的境遇有一點點類似，都對她們的丈夫沒有感情，但蘿江讓自己過得很快活，崔玉眞卻只會怨，怨天怨地怨所有人，就是不會怨自己。

「妳怎麼和舒姊姊一塊兒來的？」蘿江郡主不知節南同舒風華的淵源。「哎呀，我忘了，妳也算安陽王氏的千金，舒姊姊住在王家，妳倆自然是認識的。」

「其實是六姑娘收留了我，將我安置在芷夫人的園子裡。」舒風華坦言，不想抬高自己身價。節南大概說了遇到舒風華的經過。

「還有這麼巧的事。」蘿江郡主卻不細問，但笑道：「所以，這就是老天爺的意思了，讓舒姊姊和雲深公子住在同一屋簷下。」

節南拉蘿江郡主下水。「要不是郡主之前跟我提起過觀鞠社有位姑娘仰慕雲深公子，而恰好舒姑娘戴著觀鞠社的社徽，我才不會管閒事。所以，郡主才是功不可沒的那個。」

蘿江郡主笑得促狹。「那我要一封大大的謝媒紅包，比節南的大。」

舒風華但笑不語。

節南察言觀色。「看來舒姊姊的好事將近，我本來還擔心劉彩凝會爲難妳呢。」

提起這個，蘿江郡主就來氣。「妳在江陵，所以不知道。劉彩凝從娘家回來之後，依舊不讓雲深公子進園子，卻將舒姊姊當成王家丫鬟，毫無理由就打了她二十棍子，折騰得雞飛狗跳。我起初還不知劉彩凝打的是舒姊姊，只覺這女人不知所謂，自己膚淺，還好意思吃醋。後來聽說那是舒姊姊，可把我氣壞了，怎能饒過？」

舒風華才知道。「外頭那麼多謠言是觀鞠社放出去的？」

蘿江郡主得意。「我們觀鞠社一向只放眞相。」

節南忍不住，噗哧笑道：「對，觀鞠社只放眞相，對市井中各種不符眞相的謠言一概不負責。」

蘿江郡主還點頭。「沒錯。」

三個女人一臺戲，三十個女人抵得過千張嘴，觀鞠社雖然沒有才女，仗著一二三品的靠山，八卦的分量和靠山一樣重。

進了庵門，人潮擠窄了路，蘿江郡主和舒風華走在前面，節南落後，很快與劉睿並排。

「是你嗎？」節南瞥劉睿一眼。

這人，眞是，書呆一張臉，日日年年不曾變。

「什麼？」

至少，語氣不再那麼衝。

「北燎大王子被刺那晚，有人跟蹤我，又消失在炎王府附近。」想想看，她和他也算得上一起長大的。

「不知道妳在說什麼。」語氣不衝，聲音發冷。

「你知道你爹的事。」

子承父業，劉夫人和女兒不一定知道的事，劉睿身爲長子，極可能是劉昌在的左右手。劉昌在不方便行動的時候，在外求學的劉睿可以行動。

節南特意讓出右側的位置，左掌蓄了十成勁，隨時可以發力。

劉睿面上彷彿結了冷霜，嘴皮子蠕動，看似無聲，卻字字撞進節南耳中。

「桑節南，我爹是我爹，我是我。」

節南挑眉。「哦？你這是要背叛隱弓堂的意思嗎？」

劉睿冷睨節南。「妳可以試著說服我一下，不過色誘就免了。」

色誘？節南眞想笑，可是一看到劉睿那張一本正經的臉就覺沒意思。「我要是燕子姑娘，也許會認眞考慮色誘，好在我這人挺有自知之明。從前我年少無知，以爲你家貪圖我爹有錢，如今才知完全不是那麼回事，那你我爲何要訂親呢？」

劉睿沒再裝不懂，大概也因爲答案無關緊要。「如此桑劉兩家名正言順走得近。」

「就這樣？」節南「哦」了一聲。「那爲何又容我退親了呢？」

「我娘自作主張。不過，顯然，那位本來就不可能中意我這個女婿。桑節南，妳多了不起，桑大天那麼心狠手辣的人，不知情的時候就寵妳上天，知情後仍待妳公主一般，而等妳回去，公主、國后，最尊貴的位子全都等著妳坐。我算什麼？若獲得妳的青睞也還罷了，如今不過一個臣下，將來縱能官居一品，也……」劉睿突然看遠。

節南順著劉睿的目光看出去，見延昱立在偏廊下，對她笑著。

廊下香客遊客熙攘而過，偏偏那條廊上只立他一人，也許是廊口兩名佩劍軍士威武，也許是他一身懷化郎官袍讓人退避三尺。

「我知道妳想什麼。」劉睿轉過身，背對著延昱，對節南道。

「說說看。」節南朝延昱揮揮手，回笑。

「妳想和妳娘作對，就像和桑大天作對一樣，興風作浪，撒潑耍賴，最後桑大天總會妥協，妳總會贏。可妳已經不是孩子了，魑離也不是桑家，任妳胡鬧。」

劉睿要走，節南捉住他的胳膊。劉睿大驚，立刻掙脫，且回頭不安地往延昱那邊看了一眼。

節南看在眼裡，冷笑。「看起來，雖然劉延兩家都是隱弓堂的爪牙，劉家父子的地位卻遠不及延家父子。劉睿，你眞的甘心嗎？你若參加科考，說不定能三元及第，可以不受任何人控制，在南頌官場闖出一番名堂，而不是當魑離的狗！」

劉睿眸瞳顫了顫。「覆巢之下焉有完卵，而良禽擇木而棲。」

他甩袖走了。

22 魑離戰神

覆巢之下焉有完卵。

節南走向延昱，腦中一直在想這句話。劉睿是說南頌將滅，在南頌當再大的官也無用嗎？

「小六兒來得眞遲。」延昱看節南踩上廊欄，大剌剌跳過來，目光帶賞。「我就喜歡妳毫不扭捏的性子。」

節南跟著延昱走，出了庵，走上庵旁的山道，她也不問爲何，但笑。「劉郡馬怕延大公子呢。」

延昱竟坦言。「當然。他父親縱是妳母親最器重的屬下，終究也是主從關係，更何況劉睿的才智遠不如他父親。」

留意到節南得逞的表情，延昱已然看穿她，反過來譏嘲。「妳即便知道了我和劉睿是假裝不合，又如何？小六兒最好早點看出來得好。」

節南收斂了表情。「看出魑離是大勢所趨，人心所向嗎？」發出嗤笑。「且容我說句實話，對貴部落還將人口當牲畜買賣這一點，我就無法苟同。窮兵黷武，就算你們眞能打進來，其破壞力也遠大過你們所謂的天下太平，讓我們倒退回春秋戰國罷了。」

延昱何曾聽過這等論調，直罵魑離是不開化的野蠻部落，怎不惱火？一把捉了節南的腕子，一手推著她的肩，朝山道旁一棵大樹撞去。節南豈容得延昱上手，皓腕靈活一轉，就往腰間捉去。

卻有一團影子，撞到她的腰。碧光抽離，蜻螭隨影子閃入半山腰的林子中。

同時，節南後背狠狠撞到了樹幹，面對延昱的怒容。

「這個世道需要強大的王權統治和絕對的服從，而不是一群書呆子的指手畫腳，老百姓讀太多書了。因爲人生來都是自私的，懂得愈多就渴望愈多，人心不齊，世道才會亂。魑離制度分明，等級森嚴，牧民就該放牧，農民就該種糧，皇貴乃是上天選中的優等統治者。」

「愚民政策？貧賤天生？」節南咳笑。「敢情我還高看你們了，連商周都不如。」

「南頌先被北燎打，再受大今欺，愈縮愈小，皇帝連加封個妃子都要看文官們的臉色——」延昱目中輕慢。「南頌還眞是開明，比商周還靠前，帝位就不要老子傳兒子了，何不禪讓給我魑離？」

「昱兒。」山道那頭，忽現一身姑袍。「新年開春，別說那麼正經的話了，開心過幾日再憂國憂民。」

延昱收回手，神色仍不好看，低聲道：「聰明固然比蠢好，聰明過頭就不討人喜歡了，小六兒今後愼言，尤其回去以後。」

節南都懶得問回哪兒去，快步往山道那頭走去，漸漸看清了姑袍的主人。

大大出乎意料——觀音庵庵主?!節南雖然見過這位庵主好幾回，卻實在是個不大起眼的人，五官沒有一處特別，而且看起來年約六十，呈老尼相。她桑節南的長相是一直讓人誇漂亮的，本以爲既然不隨她爹，就應該隨了那位生她的人。節南站在庵主面前，反覆打量她那張臉皮，看不出半點易容的痕跡。

「我的模樣讓妳失望了嗎？」庵主溫慈笑一下，返身走到半山腰的亭子裡。

延昱顯然還惱節南的大言不慚，落在後面，遲遲不到亭前。

節南就問：「妳易容了？」

「沒有，不過年紀大了，自比不得當年。」庵主斟了一杯茶，熱氣騰騰。「『節南』二字，是貧尼給妳取的，希望妳與眾不同，如嵯峨之終南山，肩負蒼天。結果桑大天給妳取了小山的小名，眞是俗人。」

節南一聽來氣。「我爹雖又土又俗，只能由我這個女兒來笑，由不得別人說三道四。呃——庵主法號是什麼來著？不好意思，來觀音庵幾回了，沒用心記。」

「記不得就不用記了。」這回答有一分出塵，但下一句立墜魔地。「端茶磕頭吧。」

節南自然要笑。「我以爲出家人無親無故，剃去三千煩髮，從此一心侍佛。」

偏那位會說話。「我是假出家人，過年還想喝一杯女兒孝敬的熱茶。」

節南道：「不急，您先跟我敘敘舊。」

庵主目中慈祥。「我以爲妳已經聽昱兒說了。」

節南搖頭。「但他沒說妳爲何丟下我，爲何這麼多年沒出現，如今爲何又想認回我了。」眼一拐，見延昱已在亭階外，背對著她們，似無意進來看母女相聚。

「當然是因爲——」忽然，林子那邊，紅庵牆內，一串美妙琴聲。

「庵裡今日來了那麼多貴客，不親自招待嗎？」節南問。

「樞密使夫人借貧尼的後庵沐琴聽經，不用貧尼露面。」庵主語氣一敬。

節南的目光移到庵主那雙手上，心念轉。「聽聞庵主鳳尾琴的技藝一絕，可否讓我欣賞欣賞？」

庵主怔道：「我……」

「妳不會鳳尾琴。」節南似笑非笑。「不是我以貌取人，只是看庵主十指粗短，實在不像會彈一手好鳳尾琴的。」

節南說得大聲，引延昱進亭子，自己卻往外走。「她不見就不見，你何必找人冒充？」

「端茶磕頭。」延昱擋住。

「不端茶不磕頭。」節南不高興。「本尊在此我都要考慮，更何況還是冒充的。」

庵主忽然笑。「早聞這姑娘是又聰明又倔性，今日親眼瞧過，才知厲害。既然是個不愛聽話的，那我這個作長輩的，就只能動手了！大公子且容我一試——」

一道掌風，凌厲帶嚣，明明往外走的節南，突然拉回身形，以迅雷不及掩耳之勢，再無留手。

節南在延府吃過暗虧，剛才又被搶了蜻螭，經受著出師以來前所未有的打擊，但她半句抱怨也沒有，連蜻螭兩字都不提，憋著一口氣。這口氣，在庵主說要動手時，終於決定吐出來。

庵主笑聲戛止，身軀弓成蝦，似乎躲過了節南那一掌，卻覺胸口壓上千斤，逼得她連連後退，全身血脈不暢之感。

「原來妳不止劍法好。」庵主雙掌翻花，咳一口。「好得很。」

節南身輕如燕，穿出半山亭，杏裙半片輕折入腰帶，葉兒眼鋒芒犀利，左臂成刀，右掌托肘，作請勢。

延昱立在亭上，看亭外兩人掌對掌，氣勁捲起滿地枯葉，似乎功夫相當。不過，他內心卻再度驚詫。節南不僅比庵主年輕得多，還只是單掌對戰。以她今日的功夫，實在不難想像將來，成爲宗師級的人物也不在話下。庵主顯然也感覺到了，本來還有前輩的自覺，不欺節南的右翼，然而二三十招下來沒討得便宜，她就有些心急了。突然手掌成爪，捉進節南的右袖之中，打算抓住那隻廢手，再踴斷其右肋骨頭，速戰速決。因爲這姑娘一身叛骨，不斷不折骨氣。這種骨氣，如果是爲了魑離，當然好，目前只能挫其銳刺。但，節南的右袖，突然捲裹了庵主的手。

庵主暗道不好，想要收手。節南笑叱：「哪裡走！」

庵主慘呼一聲。杏花雪袖鼓風張開，一支三寸長的鐵箭，插透庵主右手掌心。

「妳好歹毒！」庵主又痛又怒，面目猙獰，不顧右手穿箭，雙掌化觀音千手，以畢生絕學困住節南，朝她天靈蓋打下。

節南腳下雖然動彈不得，但翻花袖，左掌護住頭頂，右手五指扣拳，衝著庵主的臉，袖中彈出四道青煙。庵主自覺已有準備，拿袖子去揮青煙。煙散開，卻驚見暗器竟穿破了她的衣袖，直直朝她的臉打來。她吃過節南暗手的虧，只得收勢讓開，但還是讓什麼打中了額角。

砰！

一層黑霧飄入眼簾，庵主右眼刺痛，眼前立刻敷了一片豔紅色，隨即黑下。她下意識用手一摸，額角皮焦肉爛，鮮血發熱。一而再、再而三被暗算，瞎了一隻眼、穿了一隻手的庵主，終於有了殺意，然而氣勁才膨起她那身尼姑袍，突然噴出一口血霧。

黑色的血霧！

庵主一屁股坐地，抬起右臂，盯著掌心那支黝黑的鐵箭，驚道：「箭上有毒！」

延昱也大吃一驚，急忙奔過來，掏出一個瓷瓶，倒出一顆藥丸，給庵主服下。

庵主吃力盤坐，左手裹袖，將右掌中的毒箭拔出，嗆咳道：「別放這丫頭走。放虎歸山，後患無窮。」

說完這句話，已疼得滿頭大汗，嘴唇發紫，眉宇發黑，再無力說什麼，閉目調息。

延昱嘆口氣，起身，回頭看向冷著神情的節南。「她不過試探妳的功夫底子，妳何必下盡毒手？」

節南笑了起來。「明知我右手使不上力，卻攻我右翼，這叫試探？延大公子身邊高手如雲，我要是毫無心眼，獨自赴今日之約，豈不是傻子？一上山，延大公子的人就偷了我的劍，我手無寸鐵，不靠暗箭，難道還讓你們打不還手罵不還口？而且，我也就不說你們以多欺少了，拜個年還搞這麼多事！」身上讓老尼姑打了好幾掌，只不過她耐打，沒老尼姑會喊疼而已。

延昱竟無法反駁。

節南走進亭子，看著桌上茶杯，再看地上跪墊，立得更加筆直，左手擺弄著杯子，忽然往下一按，杯子竟縮進石桌裡去了，再單腳往跪墊上用勁一踩、踢墊子前的一塊紅磚，石桌下發出「啪」一聲，露出一條地縫。

「有機關就說有機關，說什麼端茶磕頭，非要看人屈膝的小心眼也是夠幼稚的了！」

節南捲起右袖，卸下手臂上的暗弩，再捲左袖，給延昱看清楚再沒帶暗器。「現在放心了吧？請延大公子帶路。」

延昱沉眼，冷盯著節南腳上那雙繡花鞋。「小六兒鞋子裡沒藏東西？」

節南蹙眉，目光更冷，俐落脫了冬袍，拍拍全身，再脫了鞋，脫了襪，乾脆赤足，甚至露了露小半截腿，才重新直起身，挑眉嘲問：「滿意了沒？」

延昱走過來。「妳這性子實在──」拿起冬袍，似要給節南披回去。

節南一把搶過，不著痕跡退一步。「不勞延大公子動手，我自己來。」

她知道自己怕這個人，怕這個人身後那團深不可測的黑影。可她也並不膽怯，敢面對自己的恐懼。

「打我一掌、還搶了我蜻螭的那位，不會就是我要拜年的人吧？」無懼，才敢問。

延昱推開桌下石板。「隨護這樣的小事，怎能勞動她？」

「可那位隨護的本事比庵主大。」節南跟延昱鑽下去，不意外發現自己在一條地道裡。

延昱突然拉住節南的手腕，感覺節南要掙脫。「妳可以自己問他，他在妳身後。」

節南驚回頭。真的！

一團藏在黑斗篷裡的影子，離自己一劍蜻螭之距，而蜻螭就在他手裡。

節南訕訕一笑。「要不，我走延大公子前面，給你開道？」

延昱對這姑娘說風是雨的性子覺得好笑。「小六兒方才周身殺氣凜冽，比得最狠毒的殺手，轉眼卻活潑俏皮，討人喜愛，性子是否也太極端？」

「可不是嘛，這毛病自己控制不了，還教人膽戰心驚。延大公子最好離我遠一點，可以不用看那位的面子對我好。等會兒見了她，我也保證不會埋怨你冷落。」節南往自己臉上「抹黑」，結果，只引得延昱笑了一串。之後，任延昱說話，節南再不回應一個字。

密道走完，兩人進入一間寬敞石室，但節南發現黑斗篷不見了。

「這裡是隱弓堂密議廳，上面就是觀音後庵……」延昱看節南堵住耳朵，不由又好笑。「妳作甚？」

「延大公子不用告訴我這些，我沒興趣。」祕密知道的愈多，她這隻老虎會被直接關籠子，還是被宰了剝虎皮？

延昱明白了。「但妳知不知道這些，都不可能置身事外。」

琴聲又錚錚。延昱靜默片刻，忽道：「現在妳可以上去了。」

節南看著石室中唯一的石階，卻完全不明白。「上去？」

「這是她的琴聲。上去之後，妳就會知道她是誰。」延昱卻往密道口走。「不過，妳大概不至於嚇一跳。」

節南心口一緊。「她既然在庵裡，你為何要大費周章領我走密道？」

「這不是明擺著嗎？」延昱沒回頭。「庵主想要先教教妳這個常年放養的野丫頭，見她之前，先折妳幾根骨頭，讓妳學乖一點，免得大過年的，沖煞她的福氣。」

節南上石階，淡笑。「煩請延大公子給庵主捎句話，來世再對那位盡忠吧。」

小柒製毒，豈是普通解毒丸能解得了的?!

石室上面是一間簡單的寢屋，大概也是庵主的屋子。

節南打開屋門，門前廊下一個人影也沒有，屋前一座七步園，琴聲很近。她踏出小園子，繞過假山，看到相思古樹下的廣亭，王泮林送她相思花的地方，一群女子靜靜圍坐，正在賞琴。

彈琴者，面對著她，容貌因發福而不顯山露水，絲毫看不出故事所形容的堅毅不屈，或戰無不勝的決斷之力，從頭到腳沒有半分違和，甚至連目光都是溫和慈柔的。

相思花已謝，相思豆已落；心上人不在，而給她生命的人已拋棄她。

延夫人。

的確，不至於嚇她一跳，卻讓她覺得痛楚。她雙手握拳，搜尋記憶裡每一個有延夫人的片段。烹茶招待她的延夫人，認親宴上巧言打擊崔相夫人的延夫人，然後，就是今日了。

三個片段，僅此而已。

人發福，手指卻靈。那架鳳尾琴，讓節南想起弄丟在劉府魚池裡的訂親信物。一首她不知名的曲調高低起伏，靜如高雲，動若流水，曠遠悠揚。

延夫人說她喜歡樓蘭，其實暗指草原；黃沙乾漠，總是與草原相伴的，如處在沙漠中的樓蘭一樣。延夫人曾是名動北都的美人，而那位公主的美貌也受草原之神的祝福。延夫人隨丈夫和兒子四處遷移，那位公主也從來不在神廟或魑離王宮裡乖乖待著，神龍見首不見尾。

延昱說，那位公主一生未嫁。也就是說，延夫人與延大人的夫妻關係是假的。

那麼延氏父子又是什麼人？延大人是科考入仕，在南頌當了幾十年的官，又比延夫人大十多歲。延大人當官的時候，延夫人大概十五六，剛發生滅族之禍，還輾轉於草原。所以，延大人是魑離人的可能性不大，只能是後來勸服投靠了魑離的。但延昱對魑離的感情很不一般，說故事之時就對那位公主深懷敬佩，之前的言談舉止裡也與延夫人母子情深，看不出半點假情假意。

延昱可能是隨延夫人一起的。十歲到北都，人人以爲他是延大人之子，考取武狀元，考上進士，按部就班一步步成爲拾武狀元。延大人被俘，母子倆似乎流離失所，追隨延大人流浪，但誰也沒親眼瞧見這對母子到底跟沒跟著。即便那些感人的事蹟都是眞的，也可能找人替身。橫豎隱弓堂隻手遮天，什麼難事都不是難事。

他們的目的，是捧延文光上位嗎？多聰明啊。北燎捧了個韓唐，南頌捧了個延文光，大今有魑離公主，還有長風劉昌在。而劉延兩家明明同屬一國，卻在南頌朝堂對峙，是打算挑動大今和南頌的戰爭，魑離漁翁得利嗎？一環扣一環的謀略，錯綜複雜的因果，從很多年前就開始布局。節南半途入局，到今日能看出全域形勢，已是幸運，但要翻盤——

一曲終，掌聲熱絡，不似恭維而已。延夫人起身，微笑而望，與節南的目光對上。

二十年過去，兩人終於見面，以母女的清晰關係。

節南一步都不想動。痛楚很快就過去了，這時，心中涼冷無盡。

她對那位生下自己就離開的生母毫無好感，做不到寬宏大量，不管那位有什麼不得已的理由。與良姊姊和小柒的失散截然不同，那位索性丟下她也還罷了，暗中觀察著，看她不笨，就給她找個好師父。練得差不多成材了，又強勢介入，打算接管她，讓她當什麼魑離戰神。只要想到這些年，自己毫不知情，而那位對自己的關注可能無處不在，節南一點歡喜感都沒有，只覺得毛骨悚然。

她是一件兵器，還是一件首飾？磨練鋒利了，可以用來殺人？打磨精緻了，可以用來炫耀？

延夫人對周圍的人說了什麼，然後離開人群，朝節南的方向走過來。

節南看到舒風華坐到延夫人方才的位置，蘿江郡主的侍女們放上鳳尾琴，再聽舒風華撥起一曲，竟是耳熟能詳的〈木蘭辭〉。

忽然，節南覺得自己並不孤單了，因爲舒風華的身後也有影子——王泮林的影子。

「節南。」

節南調回目光。溫柔的眼，慈和的笑，除卻發福的地方，五官皆美，年紀也正好。

「延夫人，新年好。」她還能稱呼對方什麼呢？名姓，年齡，一無所知。

「我的漢名叫池賽朵爾，雖然如今年紀大了，叫賽朵爾不太合適，但身體髮膚受之父母，名字也是一樣的，不好隨自己的心意亂改。」延夫人語氣很平和。「如我給妳取名節南，縱然不像女兒家的名字，卻有我對妳的期盼。」

「像終南山嵯峨。」節南對魑離瞭解得不多，沒法將池姓和魑離部落的姓氏聯想到一塊兒。「庵主剛剛已經傳達過了。」

延夫人聽得出節南的冷淡。「她對你出手重了？」

這個話題開得好，節南笑起。「沒我出手重，一不小心要了她的命。」

延夫人溫柔的神情竟然沒有一絲裂縫。「她不該激怒妳，我早吩咐過，不過可能執掌江南久了，就把自己當成了主人。妳別看我好像又是堂主又是祭司的，其實不服氣的大有人在，敵人圍伺。」嘆口氣，輕搖頭。「昱兒同妳說起回去的事了嗎？」

節南心想，別呀，這就完了？果然，給壞人當手下，都是傻的，生命沒保障。

「妳這孩子，腹誹什麼呢？」延夫人一招手，上來兩個小丫頭，煮水挑茶，擺盤鋪碟。

節南看延夫人在茶蓋中放了一顆圓不溜丟的墨綠丸子，挑起眉來。「我沒腹誹，倒是夫人這丸子不像茶丸，有點像毒藥。」

延夫人點頭。「眼光不錯。」

節南表情無辜，心裡呸呸呸。「給我吃的嗎？」

「是啊。」延夫人的笑容很純淨，雙眼如寶石，依稀可見當年絕色。「不過這藥不是致命的。柒珍吃了，桑大天也吃了，妳可曾見他們被這藥折磨？」

她師父、她爹，都是死人了，好不好！她娘的不致命！

節南只知道，世上再沒有人，比她更有資格罵娘了。

節南道：「這座觀音庵裡的觀音娘娘，可能遠遊去了，任魔魘猖獗。」

延夫人彷彿沒聽見，用熱水沖開了墨丸，一杯碧螺春色。

「妳要知道，如果妳不隨意出手殺人，我是不會這麼做的。」延夫人靜靜推杯。「而我今日本來只想和妳一起喝杯茶，聽妳罵我無情，生了妳，卻又拋棄了妳，還敢厚顏認女兒。可是，節南哪，妳的脾氣眞要好好收一收。月娥、木子珩、慧智，他們對妳都沒有殺意，但都死在了妳的手上，而妳明知他們是我的手下。」

節南笑得無聲。

「縱是我親生女，妳如此下狠手，我就不能庇護妳，否則豈不讓跟隨我的人心寒。」延夫人也笑，溫和得很。「喝吧。這藥說毒也不毒，一定期限不服解藥，內力就慢慢消散，一兩年以後和普通人無異。我已經挑了最輕的懲罰，別讓我爲難。」

「不喝又如何？」只要她一聲呼救，就會驚動不遠處的女人群。「而且延夫人這話不對。月娥害我師兄，木子珩偷襲我，慧智老尼氣焰囂張，也因爲他們都是隱弓堂的人，我與隱弓堂有不共戴天殺師殺父之仇，管他們是否留手，我的殺氣不曾有過一絲隱藏。」

「不共戴天，殺師殺父？」延夫人笑容淡下去一些。「那妳也會殺我？」

「不著急。」她桑節南對報仇一向充滿耐心。「妳我頭回母女見面，我死要面子的毛病也沒徹底改掉，今日怎麼都要客客氣氣一番的。」

「……涼了就會苦。」延夫人突然起身，一手按著節南的肩，換坐節南身旁，端起杯子。「我餵妳吧。」

節南用力一掙，全身竟然動彈不得，口也闔不攏，任那杯綠水大半流過咽喉。

然後延夫人坐回去，沒事人一樣，遞來一方白帕。「妳以爲妳這身好根骨是隨了誰？我五歲拜師，十五歲之後超過了師父，再未遇過敵手，柒珍也是我手下敗將。不過我最近才知妳師父是蜻螭劍主。南頌重文輕武，限刀令讓幾家人合用一把菜刀，中原武林怎能不凋零。」

節南沒接帕子，袖子擦過嘴角。初生牛犢不怕虎，她不能急中生智，卻能臨危不亂。也沒什麼好亂，赤朱絕朱都熬過來了，還怕一兩年後失去功力、這麼遙遠的毒？

自師父死後，她都是活好當下，踏踏實實，一日一過。

「延夫人早露一手，我就乖乖喝了。」節南嘴裡討巧。「天外有天，人外有人，延大公子身邊的影子已讓我連連吃虧，卻想不到延夫人也功夫了得。」

「紮那是我徒兒，自小跟著我，得我五分眞傳。」

才五分？節南神情自若，吸收得到的情報。「延夫人連女兒都不要了，卻還能帶徒弟，看來只能怪我生下來的面相太笨？」

「想聽實話嗎？」延夫人再推來一杯清水。「漱漱苦味。」

節南沒碰。「教會了徒弟，餓死了師父，妳忌憚我。」

延夫人自己端了杯茶，垂眼抿著。「以妳現在的功夫底子，學我的本事也不難，只要妳懂道理些，不要再像個吃不到糖的孩子任性耍賴。節南，我是妳娘，可我也是泰赤兀部落的公主。泰赤兀當年滅族，上千族人爲了救我而死，我發誓不僅要手刃仇人，還要振興泰赤兀。如今，泰赤兀是魑離王族奇兒只最信任的部族，魑離王與我歃血爲盟，允我泰赤兀部與奇兒只共用天下，妳明白這其中的意義嗎？」

節南沉吟，淡淡呵笑。「有趣眞有趣！我十五歲那年，心中宏圖大志，男子不可比擬，原來竟是像妳。可惜，在妳隱弓堂逼迫我師父致死之後，在我和小柒戰戰兢兢當廢物之後，我對野心派一點興趣也沒有了。因爲我看得太清楚，如盛親王、金利撻芳、韓唐、妳，這樣的人掌握著強大的力量，卻毫無寬仁之心，明明出自私欲，卻編造美好的謊言。妳要泰赤兀輝煌，超越妳父母妳先祖所創的榮耀，泰赤兀部落的人成爲貴族，分享天下財富，顯然普通老百姓根本就不在妳偉大的宏願當中，還說什麼意義？」

節南愈說愈好笑。「公主殿下，恕我愚鈍，妳來教教我吧。不過先說好，標榜自己是蒼天選中、非要說人天生分爲三六九等，牧民就該放牧，農民就該務農，這樣的歪理就實在不必了，我不是白傻子。如果照妳兒子的說法，魑離部落就該待在草原放馬放羊放牛，敢進中原，會被草原之神詛咒！」

延夫人良久不語，隨後抬起眼，笑顏明朗。「妳說對了。我確實不為天下人，我只為我族人一支的至上榮耀。只是，世人愚昧，需要說些大道理，才能讓他們盲從。」

節南對她的坦承還挺出乎意料，以為這人怎麼都會扛著大旗裝到底。「延夫人既然明白，就該特別理解我才對。我只為我自己，求安居樂業，平靜度日。妳生了我，我感謝妳；妳拋棄我，我憎恨妳。如今重逢，我總算知道了妳的長相、名姓、來歷，就到此為止吧。」

延夫人再度默然抿茶。

「妳欠我的。」節南其實很不喜歡囉嗦，今日說了好多話，差不多了。

「妳也欠我。」延夫人緩道：「我欠妳二十年養育，妳卻欠我一條命。」

節南搖頭哈笑。「我逼妳生我的嗎？要不要我再跟妳多算一筆？為何隨便把我生下來，也不問問我願不願意！」

她上輩子是不是很淘氣，讓溫柔無比的娘親傷了心，所以這輩子受到懲罰，攤上這麼個娘？

延夫人也笑，氣死人不償命的笑法。「問過了。」

啊？節南愕然。

「從我知道懷了妳，到懷孕五個月，我常問妳願不願意被生下來，而且，我還試著跑、跳、落水、摔倒，妳在我肚子裡的時候就很倔，紋絲兒不掉。最後我還弄了打胎藥，卻讓桑大天發現。妳讓我知道了妳想被生下來的強烈意願，這筆帳應該可以當作清算過了。」

節南猛地站了起來。

「要走了嗎？」延夫人自問自答。「也好。昱兒已經告訴妳了吧？正月十五魑離建國，妳需要作出選擇。」

節南哼了一聲。「二選一嘛。回魑離，還是回魑離。」

「不，妳還是可以選擇的。」延夫人仍坐著。「那位舒姑娘，琴藝雖高，卻有些心不在焉哪。」

「延夫人還是說正題吧。」節南一刻都待不下去了。

「妳可以選擇自願回魑離，或者選擇被迫回魑離。若是後者，妳的身邊會血流成河。」長得福相的一個人，帶著福氣的神態，說出血流成河四個字，那可一點都不好笑。

「妳讓自己有很多弱點，妳意識到了嗎？柒珍死後的那三年，除了柒小柒，妳已經做到絕情絕義，我覺得接妳的時機差不多成熟，才借呼兒納之手屠鳳來縣。妳是我女兒，一旦我認回妳，很多人會查探妳的底細；查到妳，就會查到我當年，他們會以此攻擊我詆毀我，挑起王對我的猜忌。所以，鳳來縣不能留。」

想不到連呼兒納偷襲大王嶺這麼重要的行動，都由魑離挑起，節南不知該說什麼。

「大今一直欺壓我魑離，氣焰囂張跋扈，不斷向我魑離討要馬匹草料，若能攻下大王嶺一線，與南頌的關係勢必再惡化，和談破裂，兩國大軍壓邊境，大今就無心顧及魑離，魑離就得以休養生息。」

「延夫人不用同我說這些，只須告訴我，滅我桑家滿門的是不是妳？」說那麼多國爭，都只是滿足一己私欲，節南無興致。

延夫人輕嘆。「桑大天雖是土地霸，卻很聰明。弱肉強食，他正是明白這個道理，所以從不顯弱，哪怕他其實是個心地很好的男人。他是我的救命恩人，也對我一見鍾情，看我失憶，就騙我是他的妾，我與他生活了一年多，直到妳出生。他待我千依百順，對我卻從無要求，所以我恢復記憶之後，沒有怪他。更何況，我懷了妳，也不能立刻回魑離去。」

節南沒吭聲，想聽下去，這人和她爹的故事。

「而且我也確信，即便我回了魑離，他也會好好將妳寵大。後來，我果然沒料錯，他寵妳上了天，妳還不懂事的時候就成了鳳來縣的小霸王，只好由我暗中幫妳找師父。柒珍也不完全算我安排給妳，因為他並不信什麼根骨奇佳，倒是聽說桑家霸道，本想要去為民除害的。不過，妳顯然對了他的眼緣。」

節南內心有些釋然。

「妳爹待我雖好，我對他卻只有恩情。他既不知我來歷，也不知我去了哪兒，整整十三年，我沒給他半點音訊。他似乎有妳萬事足，也沒有拚命找我。劉昌在就是那時候加入隱弓堂，我還傳授了劉昌在幾套師門功夫。劉昌在資質很不錯，大器晚成，足智多謀。表面看起來是桑大天強求的娃娃親，其實是劉昌在設了巧計。劉家就是我在鳳來縣的耳目，桑家發生的事我幾乎一清二楚。」

「十三年後呢？」

「也是因緣際會。十三年後，妳引韓唐到北燎，韓唐從柒珍那裡知道了隱弓堂，大感志同道合，願爲魑離開闢疆土，因此看中桑大天生財的本事，以四皇子的名義請他購買糧草兵器。起初桑大天毫不懷疑，爲了幫妳在北燎站穩腳跟，根本不在乎身外物。但桑大天從來是聰明的，沒多久就起了疑心，暗中查到四皇子並沒有屯養私兵，才找妳師父商量。劉昌在察覺桑大天的動向，爲免意外，向我報告了此事。」

節南忽然明白。「妳聯絡了我爹。」

延夫人頷首。「我見了他，告知他我所有的過往，還有準備要做的事，他答應幫我。那些糧草兵器，全都運到了魑離，通過西原，避開大今。」

「那妳爲何還要殺我爹滅口？」她爹對這人不是百依百順嗎？

「桑大天背叛了我。」延夫人神情中閃過失望。

節南不懂。「怎麼說？」

延夫人但道：「那之後又過去了三年，桑大天突然同劉昌在鬧翻，拒絕再運送物資。那時正好大今攻破北都，南頌在江南建立新都，而我們得到了一個十分重要的消息。」

節南知道。「趙大將軍的侄兒帶著四分之一地圖到鳳來當縣令。」

「劉昌在就讓桑大天奪圖，做最後一件事，桑大天答應了。」

「我爹卻不知道妳會讓人滅口。」節南已知她爹殺縣令取地圖的事，還好她爹將地圖交給了年顏。

延夫人沉眼。「有句話叫作將在外君命有所不受，我將鳳來縣的事都交給了劉昌在打理，不可能事事過問，等我接到消息時，桑家已經滅門。」

撇清了？節南瞇眸。「劉昌在明知妳和我爹的關係，沒有妳的授意，他敢自作主張殺我桑家滿門？」

「桑大天與我有何關係？」延夫人反問。

節南一懵，氣笑。「不敢相信。」

延夫人繼續道：「那時候我也想不太明白，桑大天為何突然變了。如今知道柒珍是故意將神弓門門主位讓給金利撻芳的。他對隱弓堂生了異心，最後更是不惜死遁，我才明白，桑大天極可能和柒珍選了同一條路——和我作對。柒珍死了，桑大天死了，妳覺得是我害死了他們，才對我恨之入骨，報師仇父仇。這恰恰是他們的目的，要挑撥我們母女感情。」

「明明是因為他們不願意助紂為虐。」節南的心絲毫不受動搖。「你們施展的手段都不光明磊落，害這個殺那個，強取豪奪，挑動兩國戰爭，不知死傷多少無辜。」

隨即，節南一嘆。「算了，說這些也是白費。延夫人即便沒有直接下令滅口，我師父之死、我爹之死，也脫不掉干係。大年初二，給長輩拜年，趁此機會也跟延夫人說清楚，我桑節南沒有親娘。今後再找我認親，來一個我殺一個，來一雙我殺一雙，不打誑語。」

「至於妳剛才餵我的毒，我忘了說了，本姑娘已養得百毒不侵。」

拼圖已經完整，節南再無困惑。

「再會，延夫人。」

23 從根治起

「娘，就這麼讓她走了嗎？」原本節南坐著的位子上，換成了延昱，泰然自若，端壺泡茶，自斟自飲。

「今日到此爲止吧。」延夫人淡眼看節南走到亭邊，舒風華和蘿江郡主迎上去，三人說笑著走了。

延夫人看延昱。「她還不知我是她娘時，沒有敵意，謹愼卻不失坦率，很討我的喜歡。桑大天養得很好，柒珍教得更好，她既有公主的驕傲，又具有大智大謀，鱷離將來一統天下，你的國后又捨她其誰？」

延昱眸裡閃光，笑應：「娘說的是，只是她對我們恨得咬牙，下手不容情面，不太可能乖乖跟我們回鱷離。」

「錯過了接她的最佳時機。」延夫人的笑容裡卻有著驕傲。「連我都被她騙過了，以爲柒珍一死，她的右手廢了，人也眞變成了廢物。哪知她置死地而後生，從大王嶺殺千眼蠍王開始大放異彩，每一步都超出了我的預料，連帶我們早布置好的局面也被她攪亂不少。」

「所以說，血脈騙不了人，她和娘很像。」延昱也望著節南的背影。「父王和娘非要我娶她，說實話，本來我極不甘願。」

「我知道。」延夫人笑眯了眼。「你是我接生的，親自養大，不是親生，勝似親生；你想什麼，我怎能猜不到？你對崔玉眞自小迷戀，而以你的性格，愈是得不到就愈不會放棄。然而，崔玉眞是紫藤花般的女子，美麗得乏味；那麼柔弱，渴望攀附，又渴望對方全情投入。她需要的是另一株紫藤花，兩人同命可憐，緊緊糾纏，不用有所作爲，一起開過花期就無憾了。可你是狼、是鷹、是龍，給不了她想要的，一旦和她朝夕相對，你也會很快覺得無趣。」

「都讓娘說中了。早知就該聽娘的話，不娶的。」延昱攏眉，神色懊惱。

「不娶，你的迷戀就永遠解不開，如今明白過來就好了。」延夫人起身。「而且，崔延兩家結了親，崔相才會疏忽大意，讓我們迅速穩固勢力，崔玉眞的作用是不可或缺的，甚至今後還有可能把崔相拉過來。」

延昱微聳肩，不太在意的樣子。

「節南也一樣。她這會兒對我恨之入骨，積壓了二十年的怨氣，總要讓她發洩出來。我將眞相全盤托出，只想她明白，一切皆因她與我們立場不同，只要她轉換立場，就沒什麼怨恨不能化解。對她而言，我之前不是個好母親，但我有我的苦衷，也希望用我後半輩子補償她。」

「小六兒若不肯站過來呢？」

「那我這個當娘的，只能再狠狠心，哪怕折了她的手腳，打斷她全身的骨頭，也要帶她過來。她是我的骨肉，是泰赤兀的公主，要將我的血脈傳承下去。這是她必須承擔的責任，也是她欠我的。」

延夫人說到這兒，扶欄站了起來。「讓桀那把蜻螭還給她。雖然如今我做什麼，她可能都不會感激，但我眞心希望她到魑離親眼看一看，知道她的根在哪兒，明白這麼多年我所背負的，能同我一起生活一段日子。到時她要再折騰再決絕，那我也就死心了。」

「泰赤兀的鷹神會照亮小六兒回家的路。」延昱隨延夫人站起，笑著安慰她。

看蘿江郡主上了馬車，節南握著舒風華的手突然一緊。

舒風華連忙扶住節南回馬車。「妳沒事嗎？臉色從剛才起就很不好看。」

節南連吐幾口氣，敲著膝蓋骨，苦笑。「郡主面前我只好死撐著，其實腿一直發軟，郡主要再慢兩步上車，我估計就給跪了。」

舒風華今日雖只是第二次見節南，卻有些瞭解這姑娘不同一般，但道：「我適才瞧妳同延夫人說話。」

節南靠上車壁，看舒風華半晌。「等舒姑娘成了我五嫂，我再跟妳說。」

舒風華慧眼明覺，見節南一臉疲累，自然沒多問，只吩咐車夫回王家。

約摸三刻時，車夫的聲音傳進來。「前面有駕馬車堵了巷子。」

閉目養神的節南睜開眼，正好舒風華掀開簾子，讓她看清馬車旁的那個婆子。

那是她認得的臉。

「劉府馬車。」節南忽然全身來了力氣，鑽出車。「舒姑娘在車裡等我，我過去看看。」

舒風華沒動，看節南走過去，又留意到車夫以萬分警惕的眼神掃著四周。她童年無憂無慮，一朝變天，吃盡了苦頭，對周遭的變化十分敏感，所以明白時局動蕩，看似溫婉輕柔的江南，亦有危機四伏。正因爲明白，她比普通女子睿智，以靜制動，不由盲目的好奇心牽著走。

節南上了車，語氣淡而有禮。「劉夫人。」

命運捉弄，不是她說緣盡就眞盡了。

劉夫人神色不佳，甚至可以說慌張，突來捉節南的手腕。「六娘，幫幫我！」

但劉夫人捉了空。節南抬手捉袖，目光疏冷。「這話從何說起？」

「妳和妳娘見面了，不是嗎？」劉夫人促聲道：「我剛剛瞧見妳倆坐一起說話。」

節南心想這位劉夫人也是強人，既然開口，當然有把握，就不否認了。「二十年過去，她的樣子和劉夫人跟我之前提及的大不相同，劉夫人居然還認得出來。她要是知道，可能會驚訝。」

劉夫人慌忙搖頭。「不，別告訴她。我已見過她幾面，可直到今日，看妳和她坐一塊兒，我才能認出她。她的面廓確實發了福，五官卻變化不大，一如當年——」

「是嗎？」節南笑了笑。「劉夫人要我幫什麼忙？」

劉夫人遙想當年的感慨還不及收住，語氣陡然發急。「求妳幫我向她求情，放過我兒明軒。」明軒，劉睿的字。

節南腦思轉了又轉，神情作出困惑狀，劉夫人就道：「妳當初問我，劉家和妳爹的死有沒有關係，我說沒有，其實……其實……」咬牙吐露：「我隱瞞了些事。可是，我一直覺得這些事，與妳爹，與妳桑家，是沒有關係的。眞的！」

「看來今日劉夫人要跟我說說這些事了。」節南挑眉。

「我曾以爲我家老爺他和妳娘有私情——」

但劉夫人這一開口，節南就沒有聽下去的興趣了。

「劉夫人誤會了。」節南打斷。

劉夫人卻沒被打斷。「我如今知道了。不過，我家老爺確實是在認識妳娘之後，變成了另一個人。他說要做學問，時常出門，從來不說去哪兒，也不提外面的事。即便回家來，也是自己待著，不喜歡我打擾。孩子們出世，他仍我行我素。可我撞見過他和妳娘進了同一間屋子。我後來質問他，他卻只說我是愚婦，根本不懂他的心思。」

節南一撇嘴角。「劉老爺的心思大如天，自己家的事都沒空管，哪裡會有閒暇風流？劉夫人可以寬心。」隱弓堂，都是一群志向高遠之士，哈！

劉夫人搖搖頭。「妳還沒嫁人，不知嫁雞隨雞、嫁狗隨狗的提心吊膽。我家老爺是庶出，分得一些薄田就被趕出本家，他一直憤憤不平，卻又只會空談，沒有賺錢的本事。妳出生那年，我劉家還住在只有三間屋子的小院裡，因爲我家老爺花錢如流水，我還不得不刺繡貼補家用，而明軒常常餓著肚子。」

「這些事，我是知道的。」鳳來縣的劉家就是靠「書香門第」那塊牌匾值大了面子。「妳娘到了鳳來後的半年，也就是我覺著她和老爺有私情的時候，老爺手頭突然寬裕起來了，還給足我家用。妳娘走後不久，老爺買了大宅，我問他錢從哪裡來，他也不說。再後來，老爺給我一大筆本金，跟我說妳爹賺錢的本事大，讓我跟著妳爹合夥做買賣，但他因爲祖訓不方便出面，叮囑我對外千萬別提及他，而且他也確實從不過問買賣上的事。我早前跟妳說的，並無半句謊話。」

節南都知道，但也不囉嗦。「就算劉老爺有事瞞著夫人，和劉睿又有何牽扯？」

「我可以對老爺不聞不問，卻不忍看我兒身不由己。」

節南心嘆，別人的娘多正常。

「我本以爲是爲了讓明軒科考才搬回安平的，誰知老爺請傅大人向炎王爺舉薦明軒爲郡馬，我十分吃驚，就問明軒怎會放棄科考。明軒什麼都沒說，但我那時才發現，其實他在成翔的時候就不對勁了。那會兒妳退親，他得知之後很不高興，我苦勸無果，老爺答應會幫著勸。父子倆秉燭長談，我還挺開心的。」劉夫人哼笑一聲，卻是充滿了無奈。「而我也以爲明軒後來悶悶不樂，仍是因爲退親的事，想著總會過去。」

節南想，劉昌在多半把實情全盤托出，打算培養兒子接班吧。

「可是，直到明軒娶了郡主，性情愈發冷沉，像他爹一樣，變了個人似的，回家就和他爹關起門來說話，一說就是一兩個時辰，也不大理會家裡人了，我才覺得這麼不聞不問是不行的。」

「劉夫人做了什麼？」節南終於有些興趣。

「我直接問了明軒，知道老爺他……」劉夫人面露怯意。「老爺他在幫延大人做事，所以讓明軒娶了郡主，好以郡馬身分暗中行事。具體的我也不清楚，明軒他不肯說。」

「他說的已經足夠多了，讓劉夫人看到延夫人，並向我求救。」

眼前這位能讓她下出一步好棋嗎？節南暗忖。

「她生下妳就離開了桑家，肯定覺得對妳虧欠，認回妳自然是想彌補，只要妳爲明軒說句好話，我別的什麼都不求……」劉夫人嘴唇顫動，傳達出心中恐懼。「我家老爺怎麼做，我可以不管，但明軒是我大兒，他本來前途光明，我不能眼睜睜看他做危險的事！」

「危險的事？」節南斂眸。「延大人是皇上器重的樞密使，手握全國兵防部署，劉睿能爲延大人做事，今後前途不可限量，能有什麼危險？」

「明軒對巴州水利工事的帳面做了手腳，以劣質的木材充優等木材，從中差價一千萬文，交給了延大人。」

「劉睿親口說的？」來了，她的好棋！

南山樓外冷風呼嘯，南山樓裡，整層地板都是暖的，下面燒著地炕，上面燃著火盆。

花花不在。書童說小傢伙最近賴在十公子那裡看《道德經》，不肯挪動屁股一下。

這說法，節南是不信的。王十崇尚清修，他那園子據說是照著山洞造的，家具都是天然石，花花的品味卻讓南山樓養刁了，喜歡聞木頭香味，趴木桌，抱木偶，睡木床。唯一正解是：小妖孽得罪大妖孽，被懲罰了。

滿地滿地的書。節南掂著足尖，小心翼翼落腳，往一排排書櫃後面走。

窗下、暖木板上，鋪著一張黑白山水的大氈毯。氈毯前放著麒麟桌案，案上白紙黑墨紅圈圈，一支筆滾在紙上，龍飛鳳舞寫著四個紅字──狗屁文章。

那身青衫洗白躺平，風袖罩臉，人正睡覺。

節南進樓時就脫了鞋，這會兒脫襪上氈毯，拿了被批「狗屁文章」的那張紙，坐上窗櫺，靜靜讀。風袖一甩，左手捉了她的腳踝，王泮林笑得魅惑，輕輕使力，設計她掉進自己懷裡，抱個正好，親個正好。

一邊風聲怒吼，一邊暖陽春濤。屋裡熾烈情火，燒得滿地書卷恨不能化作飛灰。

節南笑著從王泮林身上翻下來，彈著那張紙。「這文章不是寫得挺好嗎？直指官職與實職脫節嚴重，機構龐大冗贅，不做事的官員比做事的官員多得多，而且一人擔任多部之職，職責不清……」

「寫得好，不一定能拿好評。」王泮林不是不知道，搶過那張紙，揉成團，扔進不遠處的火盆裡。「不說這麼無聊的。如今除了吃飯睡覺做正事，就是背書看書，來我這兒的兄弟個個都說考題，再要和妳聊這個，我要變成呆子了。說說，妳今日和妳娘見面，有沒有掐起來？」

節南哈哈好笑。「知我者，泮林公子是也。」

絮絮叨叨，說了一遍經過。

王泮林絕對會總結。「所以，妳今日弄丟了一把劍，殺了一個尼姑，喝了一杯毒藥，知道了妳娘是誰，將迄今爲止的謎統統解開了。而最最幸運的是，遇到了劉夫人，說她兒子幫延大人偷了巴州水利的預算銀子，讓妳替她兒子求情。」

「你也覺得幸運吧，可以下一步好棋。」面若桃花，笑意盈盈。

「倒覺得妳最近正走霉運，諸事不宜。」王泮林眨眼，意味深長。

烏髮青絲，緊緊交纏，心中彼此情深。

正月十二開大朝，百官賀新年，閣部無大事，江山挺穩固，皇帝很高興。

散朝後，崔衍知步出宮門，忽聽有人叫他，神情一正，轉過身卻笑。「延昱。」

延昱大步而來。「大過年的，唯有你崔推官腳步匆匆。怎麼，難道還有什麼大案子發生，讓你不能過完元宵？」

崔衍知回應：「我近來不管案子，還在整理舊案文庫。」

延昱皺眉。「整個年節都找不到你人，敢情還在吃灰。你的上官仍跟你過不去，爲了救玉眞之事責怪你不盡公職？如果這樣的話，我要請父親出面了。那件案子已經水落石出，你沒有任何責任。」

「沒有，這回是我自己請求的。遷都之後很多舊案紀錄沒有人整理。去年王老大人整理了一本《推案百錄》，很多同僚說深受啓發。所以我和上官商量了一下，打算和學士閣一起做一套《十州要案典實》。」

延昱笑。「這個想法好。」

「是啊，一直以來提刑司辦案多憑個人經驗和口述相傳，但王老大人的《推案百錄》中百樁奇案，涉及到地域、氣候對驗屍和證物的影響，如何分辨證詞，並總結推案思路，如今提刑司人手一冊，奉爲辦案手冊，讓我深覺有關破案的書太少了。明明提刑司存放著那麼多紀錄，若都能整理出來，不僅幫助提刑官，與大理寺、六扇門、各州縣衙門辦案都有益。」

「王老大人是前朝宰相王端嚴王閣老？」延昱問。

「正是。王老大人還答應幫我們做這套典實，由我收集案冊，再交給老大人過目，選取其中典案進行詳細取證，有時還要跑當地衙門再行確認，所以今年我不得不到處走。」崔衍知抬掌，拍拍延昱的肩。「玉眞就拜託你了。」

延昱目光朗然。「還用你說？她是我的妻。」

崔衍知收回手。「說起來，我最近整理建州一帶的紀錄，其中就有你家鄉寧平府一樁奇案。」

延昱神情不動。「寧平府繁榮地，數十萬人口，每天都有不少惡案發生。我卻好奇，什麼案子還能讓衍知你稱之爲奇？」

「一宗拐賣小兒案。」崔衍知接著道：「十幾年前，寧平府接連數日發生小兒失蹤的事，弄得人心惶惶，父母們一不見了孩子就慌張，結果當地衙門一個月內接到百餘起報案，引起軒然大波。然而，經過查實，多數都是誤報，真正有九個孩子被拐賣。」

延昱聽到這兒，想起來似的。「這案子我知道。說起來好笑，我娘那會兒就是誤報者之一。那年我六歲，父親給我在鄰縣找了位大儒當先生，大管事帶我去拜師。大儒嚴格，說好要住上一年不能回家。哪知我娘竟忘得一乾二淨，一聽說到處有孩子被拐走，回家又找不到我，嚇得六神無主，趕緊報了衙門。」

「我正要說這事。看到你的名字在冊，我著實吃了一驚，想你從來也不曾提過。」崔衍知的眼神也平常。

「又不是什麼值得宣揚的事。」延昱笑搖著頭。「你不知道，家裡僕人後來提醒我娘，我娘居然不信，自己跑出去找我，結果摔下陡坡，昏迷了好幾日，醒來也是迷迷瞪瞪，神智不大清楚。知府大人派衙差尋到先生府上，親眼瞧見了我，回去跟我娘說，我娘仍戰戰兢兢。一年後我回家，我娘竟認不出我，魔障了似的，說我不是她兒子，又跑到衙門大吵大鬧。最後，連遠在北都的我爹都驚動了，特意趕回家安撫我娘，而我為此停學半年。」

「原來如此。」崔衍知笑了笑。「案冊上雖然記載了你娘身體狀況不佳，並未詳說。看延伯母如今的模樣，真是福泰安康，難以想像她當年認不出你，跑到衙門吵鬧。」

「說句實話，我娘出身不好，容貌卻出色，我爹起先就喜歡她的模樣，也沒想別的，就娶回家了。兩人年紀相差挺大，我爹心氣又高，為官之後非要混出名堂，故而我娘那幾年特別焦躁，怕我爹拋妻棄子，總是過度緊張。大夫說，我娘受到小兒失蹤案的刺激，心裡那根弦繃斷了，才會意識不清。後來我爹特地在鄰縣租了宅子，讓我娘能就近瞧見我，我娘才慢慢恢復了。」

「延大人怪罪家中僕人照顧不周，你娘搬到鄰縣後，就辭退了所有人？」崔衍知說道。

「老宅本來就沒幾個僕從，不滿意我娘出身，又仗著資格老，確實有些輕慢我娘。我娘找不到我之時，他們還看我娘笑話，故意拖延著不告訴她我的下落，後來更是隱瞞我娘的病情，直至我回家，我娘的身體已經十分糟糕。別說我爹生氣，我也很氣憤。」

「還有這等隱情？那就怪不得了。」崔衍知神情頓時了然的模樣。「要說做人還是要厚道些，這幾個僕人離開延府之後似乎都不長命。」

延昱詫異。「是嗎？」搖了搖頭。「這我還真不清楚，先生嚴厲，我娘又病著，實在無暇顧及其他。衍知，你說的奇案，難道就是指這件事？這頂多算是我的家事吧。」

「自然不是，我只是在拐賣人口案中發現了你的名字，有些好奇而已。要說奇特，那幫人販子來無影去無蹤，當年一點線索也沒有，想不到這麼多年後竟然有了新線索。」

延昱眉頭一攏，卻很快平復，笑問。「什麼新線索？」

「有個自稱是當年被拐的孩子，不但找回了寧平府親生父母家裡，仍記得人販子的模樣和藏匿的窩點，甚至還有幾名孩子被賣的地點。」崔衍知看看不遠處的隨從。「司裡有事，我先走一步。元節玉真要回門，你來不來？」

延昱點頭。「那當然是要陪著她回的，元宵見。」

崔衍知道聲「好」，大步走到坐騎旁，上馬。

延昱臉色這才沉了，幾乎甩袖，轉了身。崔衍知回頭，正好瞧見那道甩袖而去的背影，抬眉，神情漸漸冷峻。

湖光山色，雲蒸霞。漁船忙著拉最後幾網魚，一隻畫舫，悠哉。

「不管他會不會上當，我看得出他動搖了。」崔衍知苦笑著對王泮林道，卻彷彿對正看漁夫撒網的節南視若無睹。

他知道節南已經住進了王家，也知道這兩人的默契讓自己沒有絲毫插足的餘地，但他懂得了喜歡一個人的正確心態，那就是希望自己喜歡的人笑容常在，哪怕那樣的笑容不是自己帶給對方的。有什麼關係呢？她開心，他就開心，還本歸原，感情其實純粹。

「他會上當的。」王泮林在削一塊長條形的木頭。「世上沒有不透風的牆，更何況還是一面舊牆，我們只要撒上幾顆草籽，他們自己就會把牆挖開。延夫人已經承認自己是魑離大祭司和隱弓堂堂主，她與延昱情同母子，以草原人對血脈極其重視的傳統來看，不可能僅僅因為延家父子投靠了魑離。」既然和崔衍知合作，王泮林也挺誠摯，分享多數情報。

「本來不知延家曾鬧過那一齣也罷了，一旦知曉，立刻覺察不少疑點，只是苦無證據。」崔衍知輕嘆。「不瞞你，我第一回希望自己判斷出錯，畢竟我認識延昱也算得久了，他從未有過半點異常的舉止言談。」

「那是因為還不到最後時刻。」王泮林睨看削得是否直。「而他們前期的布局天衣無縫，即便如今隱弓堂浮出水面，延夫人想要認回節南，延昱更是對節南光明正大說魑離是他的母國，眞相一件又一件，是由他們親自擺到我們眼前，因為他們篤定──」

「沒有證據，我們就拿他們毫無辦法。」崔衍知很清楚。

「對，沒有證據。」王泮林神色卻淡然。「延大人是兩朝天子近臣，迄今為止他所作的一切都是照著天子的心意走。你說他怯懦無能，他當初一力主戰，陪著暉帝被俘，直至暉帝薨逝；你說他賣國求榮，他為兩國和談確實出了很多力，沒讓南頌再讓出半寸江山。」

「可如果我們能證實延夫人和延昱的身分，延大人也百口莫辯，再多政績又有何用？」崔衍知抱著期望。

「崔大人可能過於樂觀了。我雖說延昱會上當、一定會對寧平府那面舊牆出手，但牆要是完全不見了，證據何在？所謂口說無憑啊。」

崔衍知目瞪口呆看著王泮林笑。「這不是你出的主意嗎？你還笑得出來？」

節南托著腮幫子，轉過眼來。「九公子的意思是，就別想著證據了，能說服我們自己，延昱不是延昱，如此而已。」

王泮林墨眉起山。「小山山窮水盡，我卻柳暗花明。誰說如此而已，沒有證據又如何？崔大人是提刑的官，做事就得捧著頌刑統，我們做事卻不用太講究，石頭碰石頭，來一個解決一個。」

「難道還跟他們來軟的？」王泮林反問。這是她的風格啊！節南嘶嘶嘴。「你要硬來？」

崔衍知看不懂這兩人互相拆臺，橫豎他只能乾瞪眼，歸爲一類。「你們到底如何打算？」

「他們不留證據，我們不留活口，削減隱弓堂殺手數目，想辦法找出他們的暗堂，一個個拔除。」王泮林手下的木條有了劍的雛形。「崔大人別對著我們執法辦差就行了。」

「你們？」崔衍知瞇了瞇眼，很快明白了。「兔幫。」

「尊明社。」王泮林糾正崔衍知。

節南兩眼亮晶晶。「新名字？」

王泮林炫耀般笑道：「尊重光明，嚮往光明，大氣否？」

節南想了想。「大氣不大氣我不知道，就知道如果改爲尊明教，直接就是一邪教了。」

這下，連崔衍知都笑了出來。

「我讀書少，要不還是幫主取一個，一聽就是名門正派的？」王泮林謙遜得很。

節南嘴角往下一彎，雙手抱拳，無聲告饒狀。

崔衍知一面心羨，一面鬼使神差。「我這邊有任何隱弓堂的蛛絲馬跡，也會立刻知會你們，即便稱不上證據。」

節南驚奇看著崔衍知，嘆道：「崔大人跟我們學壞了。」

王泮林吹開木劍上的薄屑。「小山不能這麼說，應該說崔大人終於知道規矩是死的人是活的，上有政策下有對策，取之於民用之於民……」

「少扯。」崔衍知正色打斷。「如節南所說，即便沒有證據，我能說服我自己正在做正確的事，非常時期非常法。」

「崔大人能想通，那就最好了，還眞怕你半信半疑，用著我們又不信任我們。」王泮林眼鋒犀銳。「小山會領著尊明社追擊隱弓堂，崔大人暗中提供線索，一旦有大宗命案之類的，且幫尊明社兜住。」

節南忍笑，這人眞是無堅不摧，但再一想，就覺不對。「我和崔大人忙活著，你幹嘛呢？」

「我還有大考啊。」王泮林一副理所當然。

反而崔衍知憂心忡忡。「後日就是十五，延昱會陪玉眞回崔府過節，節南很可能面對的是延夫人。延夫人的功夫高過節南，到時又當如何？」

「崔大人該擔心的是自家妹妹，聰明小山的家事，她自己會處理好。」

「比起崔大人，你簡直沒心沒肺。」節南嘲罵，語氣卻妙。「就知道不能依賴你，我已經想好怎麼做。」

「你倆要是故意在我面前裝不熟，還是免了，怎麼看都是打情罵俏。」能逼得崔衍知說出這樣的話，除了桑六王九，也沒誰了。「至於玉眞，我也不知道該拿她怎麼辦。」崔衍知無力。

節南卻道：「我們也許都小看了玉眞姑娘。」

王泮林問：「怎麼說？」

「都以爲她柔弱，但她喜歡孟元，爲他多年不嫁，淡定地瞞過了所有人的眼睛。她爲孟元奮不顧身，可以拋棄擁有的一切。這樣的勇氣，不是一般人能做到的。她如今只是絕望，絕望之後迷惘，不知自己該討好丈夫，還是該堅守自己的心愛。這麼放任著不管，遲早她自己會毀了自己，用她的勇氣。」

「所以呢？」王泮林再問。

節南淺笑。「我們應該把實情告訴她，尊重她的選擇，成全她的決定。」

正月十四，陰雲低沉。

牡丹菜園，所有的植物都在蓄力，等待那一聲春雷。

崔玉真走進園子，看到節南在瓜棚架子下摸竹枝上的青藤。她冷聲道：「那是假葡萄藤。」

節南好似很感興趣。「像真的一樣。」這才轉回頭來，輕笑。「玉真姑娘新年好，崔大人說妳要見我。」

崔玉真這日素顏，人比黃花瘦。昔日瑩潤清高的大美人，如今只剩一副骨架，似乎能讓那身繡著紅梅的桃粉長襖壓垮。

相思之毒，可比赤朱。只是，比起上回相見，崔玉真眼裡不再乾涸，絲絲泉光。

「我要聽妳的實話。」崔玉真沒再走近。眼裡的桑節南，從來不失光華，一日盛一日，怒放不敗。節南不會知道，她多羨慕她。

節南眉眼都彎了起來。「崔大人是玉真姑娘的親哥哥。」

「正因如此，他只會揀選他以爲是爲我好的話來說，而我已經膩煩聽『都是爲了妳好』這句話。」崔玉真是個癡人，但不是個傻人。

節南難得贊同。「這倒是，我從五歲開始就特別聽不得人說這話，一聽就渾身長骨刺，不叛逆都不行。」

崔玉真一默，慢慢挑高了一邊眉。「妳的意思是，我雖然開竅晚，總算開了竅？」

崔玉眞說話一向有大小姐氣，節南已經很習慣。「不是，我什麼意思也沒有，就那麼一說。我這人從來自顧自，對玉眞姑娘無意說教。每個人活法不同，而同樣的活法，換作不同的人，結果也不一樣，都得靠自己摸索。不過，玉眞姑娘怨天怨地怨所有人的毛病可以改一改，今後遇事先自省一番，別一開口就讓別人覺得不痛快。想想妳怎麼容忍孟元，拿出三分那樣的寬容心，日子會好過很多。」

崔玉眞嘴角不經意微翹。「這叫無意說教？」

節南輕打自己的嘴。「大年節下，瓜子吃多了，嘮叨。」

崔玉眞笑顏一點點發澀。「我曾眞心想交妳這朋友。」

節南淡笑。「我知道，但妳也要知道，交朋友這樣的事是不需要特意去想的。」話鋒一轉。「玉眞姑娘要聽什麼實話呢？」

「孟元沒死？」

「是。」

「他眞正的身分是大今盛文帝？」

「是。」

「他接近我，只是爲了一份祕密地圖？」

「……至少是他的初衷。」

崔玉眞突而咄咄。「他對我其實一點感情也沒有？」

節南望了崔玉眞半晌。「以那位的性子，若不是他心儀的，他也懶得陪著作戲。再說，妳與他相處得久，應該比我明白。」能讓梟雄起掠奪之心的女子，不會毫不起眼。

崔玉眞的呼吸有些急，雙肩起伏。「我不能確定，因爲我從前自視太高。」

「能有覺悟也是好事。」節南語氣刁壞，眉跳，一笑。「卻不用妄自菲薄，畢竟玉眞姑娘還是有驕傲的資格的。」

崔玉眞在書畫方面的造詣，若不是鑽進牛角尖，她桑節南望塵莫及。

「五哥希望我離開延昱，好好想清楚，但並不希望我去找孟元。他是大今的皇帝，後宮三千，即便他待我有過眞心，宮門深似海，五哥覺得我不會快活。」

節南見崔玉眞目光渴切看著自己，好笑。「玉眞姑娘剛剛才說膩煩了『都是爲了妳好』這句話？」

崔玉眞咬唇。

節南再道：「妳五哥說得不錯，大今後宮沒有三千，卻有九宮絕色，以大今宰相之女嫻妃和魑離公主離妃爲首，熱鬧可想而知。玉眞姑娘要是抱著原本和孟元一人一心廝守一生的念頭去找他，無疑自尋死路。」

「……我知。」自從聽五哥說了，崔玉眞心中悲喜交加，一面爲孟元活著而感覺自己也能活了，另一面卻爲孟元的身分痛苦到窒息。她第一個想到、唯一想到可以幫她一把的，就是桑節南。

「可是妳不能死心。」節南時而想想，其實崔玉眞挺可憐的，一直活在謊言裡，人人當她柔弱，以至於她也當自己弱小，苦求可以全心依賴的人，結果——

明明是塊好材料，可以長成大樹的。

「……不能。」崔玉眞眼中的泉光聚成一片明亮。「我想見他一面，當面問清楚，若他對我眞的只有欺騙，至少可以給我自己一個交代，知道是自己太蠢，才能徹底放開。」

「我想也是。」

崔玉眞被保護得太好，但除了她自己，沒有人能保護她一輩子。節南也毫不懷疑，等延昱的眞面目露出來，崔玉眞會落到無比淒涼的下場，被所有人的謊言折磨到生命終結。

「眞相雖遠不及玉眞姑娘的美好嚮往，但還是有選擇的。」節南忽覺，延夫人說得挺對，選擇總是有的。

崔玉真又是默然。她今日說話，一直很謹愼。良久，崔玉眞長吐一口氣，彷彿要將心中長久的鬱結全吐出來。「我要去大今見盛文帝，妳可有能力幫我？」

「可以，但我有條件。」節南看崔玉眞睒眸，又道：「我早說過，我有私心。」

「桑節南，知道我爲何總能對妳說心事嗎？妳就是一盆冰水，每每潑我透心涼，卻讓我看到自己沒什麼了不起。妳也對我說謊，可妳從不遮掩妳在說謊，而我知道，只要我問妳眞相，妳就會告訴我的。」

節南不語，自知刁心眼。崔玉眞也不在意。「不管妳有什麼條件，大概都要建在盛文帝對我有些眞情意之上。」

節南眼中芒光悄燦。「玉眞姑娘要是發揮了才智，九宮絕色有何了得？」

崔玉眞神情不動。「妳不必暗示我什麼，但妳如果能把我送到大今，安排我和他見面，我就欠妳一份人情。之後的事，之後再說。」決定了，與其當活死人，不如求痛快一死！「節南，請妳送我一程。」

節南看在眼裡。「好。」

上了馬車，往某九腿上一躺，出了崔府，節南揉著額角。「我太壞了。」

王泮林一手梳理節南長髮，一手捧書，拿眼珠子啃文章。「她應該知道眞相，而她這麼決定，是她遵從內心的本願，只是她被人決定慣了，才向妳求助，其實根本沒有妳插嘴的餘地。」

「話是這麼說，可是大今後宮也許比延府更危險。」節南覺得自己都不一定有本事應付。

「至少她爲了她的心愛，會感受到活願強過一切，如我爲了妳，小山。」

王泮林俯身，笑吻他之心愛。

無情天，落情雪。

24 金夜迷沙

正月十五，元宵夜，雪如柳絮，燈如長河。萬德商樓砸金磚，看初五請來的金裝財神爺，開一場黃金大市，金價又高一分。節南受邀前來，王芷隨她而來，再不用男裝打扮，出手吸納黃金，有多少吃多少，令富商巨賈咋舌，想不到王芷就是紀連紀老爺，只知不再是紀家婦。

不知哪家多金的爺，英俊瀟灑，上來與王芷攀談，一談就不願走了。節南聽兩人說起市舶司與南海各國的貿易，倒也長了不少知識。

忽然桌旁的狸子立正就喊：「紀二爺來了啊。」

節南轉頭往樓梯口看，豈止紀二來了，紀老夫婦、紀大都來了，只是沒看到紀大夫人。不過紀大夫人一向不大在人前露面，眾傳她身子骨弱，紀家也樂得正好，以此保護她。

紀二一個眼神，原本和王芷說得很起勁的爺訕訕起身，退回自己的小桌去。紀老夫婦則招呼著王芷一塊兒包間坐，王芷自然推不掉，但她如今有節南這個女兒擋前，對紀二全然無視，挽著老夫人的臂彎走過去。

紀二冷冷看節南，見她也冷冷回看著自己，哼笑。「過年不拜年，也不叫人？」

節南立刻笑得甜。「給二爺拜年，願二爺今年鴻運當頭，財源廣進，風流依舊。」

紀二聽到最後四個字。「丫頭扇我臉，當眞不怕我報復，是嗎？」

節南見好就收。「不是不怕，而是二爺不會那麼做的。二爺千不好萬不好，但只要對乾娘還存著一份憐惜，就不會和我這個小輩眞生氣。」

紀二睨過，什麼也沒再說，砸來一個紅包，走進包間去了。節南好奇，打開紅包一瞧，葉兒眼閃亮。有錢還大方，是很難能可貴的，連忙收收好，跟進去。

包間是商樓最大的品字間，分爲三間，用紗簾隔開。

紀二走入正中一間，瞧見紀寶樊已經在座。他看看節南，再看看寶樊，抬起眉來。這兩姑娘，從頭到腳，穿得一模一樣，同樣的髮式，同樣的配飾，身高身段又差不多，初看竟分辨不出。

江陵首富，當然不是沒有祕密的人家，紀二神情如常，一個字不問。「不管妳倆打算幹什麼，大過年的，小心些，別讓妳乾娘、我大哥，還有老人家們擔心。」

紀寶樊早已知會過家裡，反倒是毫不知情的王芷，皺深了眉心。她問：「這是怎麼回事？」

節南笑回。「外面可能有人盯著我，所以讓寶樊替我坐一會兒，我好出去一趟。」

王芷還想問爲什麼有人盯，紀二坐到她身旁，給她倒茶拿點心。「那麼大的人，又是不一般的丫頭，她有分寸的，妳別太嘮叨了。」

王芷不一定聽得進紀二的話，卻聽得進道理，對節南道：「妳自己當心。」

節南應了，走到紀寶樊跟前，打量她。「眞像。就算瞧正面，都可能錯認。」

紀寶樊笑道：「我倆本就是姊妹。」

然後紀寶樊拿出一套丫鬟裝，拉節南去隔壁間換了，又幫她稍微變了一下髮式，將她的臉抹成薑黃。「妳這麼出去，肯定沒人認得出來。」

節南照了照銅鏡，滿意點頭。

不一會兒，紀家邀請的客人們陸陸續續到了，節南混在僕從中，出了萬德商樓，走出很遠，換騎馬，到一處不起眼的安靜河渡，讓一道健碩的黑影擋住。

節南看清那人，高興極了。「吉平？」

方正臉，老實漢，即便在王泮林的壓力面前，都會偷偷偏心她的吉平，回來了。那感覺，簡直就是看見自己的心腹。

「奉堇大之命，來接六姑娘。」吉平抱拳，咧笑。

「你傷及心脈，哪兒能那麼快出任務？」高興歸高興，節南仍清楚記得吉平受傷的那一刻。

「多虧七七姑娘的藥，全都好了。」

節南作勢要打吉平的傷口，但看吉平眼皮子不眨，只好收回拳頭。「胡說，你傷的是心脈，看著恢復了，也不是眞的痊癒，需要養上一年半載。你趕緊回家去，要是實在閒得發慌，可以成親，趁養傷期間當個爹什麼的。」

吉平憨紅了臉。「我只是來接六姑娘，這點小事還是能勝任的，還請六姑娘上船。」

節南拗不過這位好漢，跳上小船，但見搖櫓的是吉康，心中才放心下來。

吉康道：「六姑娘，大師兄說了，怎麼也不能錯過今日這等大日子，可比他成親重要。」

吉平瞪師弟。「划船。」

節南笑而不言，坐進小小的船艙中去。

出了城，小船停靠江岸，等換大船，堇燊親自來迎節南，一聲「掌社」。節南也不驚，開心看見一船兔子臉，威武之中不失活潑。

今日起正式成立「尊明社」，但兔面具會是尊明社的祕密面貌，兔幫會是尊明社的影子。

崔玉眞跟在堇燊後面，一身素錦，一只包裹，神色沉靜。

大吉大利的日子，適合遠行，適合送行。送崔玉眞去大今的江船也已在等。節南將半塊神弓木牌交給她，又給一顆樟木珠。經堇燊點頭，崔玉眞可以用樟木珠換取正天府鯤鵬莊的幫助，但不再有無限制討人情的特權。這份特權，只屬於特別的人，比如桑節南。

崔玉眞沒去想這麼跑出來，娘家會如何，婆家又會如何。她想得太多，做得太少，所以這次絕不會再猶豫，接過節南交給自己的東西，道聲謝。

「也請轉告盛文帝，他想我找的東西本來到手了，最後卻讓人劫走。對方十分厲害，我想來想去，只可能是他託付我的消息走漏，我才被人盯上的，請盛文帝小心他身邊有對方的細作。至於本來說好的酬勞，我當然也不好意思要，請盛文帝不用再掛心。」

崔玉眞點頭，本來轉身要走了，忽然又轉回來，緊緊抓住節南的手。節南知道，崔玉眞在怕，但她什麼也沒說，只是緊緊回握了崔玉眞的手，直到崔玉眞自己鬆開，重新走上舢板。

「保重。」節南道。

崔玉眞身形一頓，沒再回頭。

節南上了大船，等雪飛盡，看霧散清，熟悉的水道讓她想起與馬成均的那一戰，還有王泮林那船老樹發枝的煙花。

鳧明社，竟然，成了迷沙群島的新主人。

到了一座小島，節南才下船，就有個少年跑過來喊「南姊姊」。

「大馬？」她當然記得馬成均這對兒子，弟弟叫大馬，哥哥叫二馬。

「南姊姊啥時候空了，跟我講講神臂弓。」大馬跳左跳右，指指不遠處的船。「那上面的大傢伙，我哥不讓我碰，氣死我啦。我要造火銃，借助神臂弓的強發弩機，突破一千步，讓我哥再不敢小瞧我。」

節南知道這少年的天賦，答應得爽快。「改日把造圖畫給你。」

大馬往上一竄，大叫「好欸」。

「火銃缺乏威力，不在於射發力，而在於目前調製出的火藥炸力不足。你連這都沒搞懂，還想改進火銃，作夢哈哈哈！」二馬青年，打著呵欠，沒睡飽的樣子，哈笑聲卻響亮。

他身後，畢正江傑兩位大匠，不知道說什麼，心無旁鶩的專注神態；彩燕和仙荷走在一塊兒，比畫手勢，仙荷邊學邊說，交流也挺順暢；歐四爺、李羊、祥豐，三人並立，身後三方列，代表三股力量合一；丁大先生與關門弟子赫連驊一起，赫連驊畢恭畢敬，不時瞥向節南，作各種苦瓜表情，讓節南大感好笑。

「丁大先生什麼時候回來的？」節南問堇燊。

「沒離開過。」堇燊答道：「自從長白幫垮了之後，一直在這座島上。」

這座島，原本是馬成均藏身的地方，不大，但位置最爲隱祕。看似慵懶的某九，其實一直很忙，不僅在這裡建起尊明社，還將眞正的火弩坊遷到此處。

「我以爲丁大先生說王泮林的病情不能再拖，去找醫鬼前輩了。」尊明社氣候已成，然而有一個大隱患——王泮林的怪病。

這其中，固然有節南的私心，卻也是這裡所有人的私心。在艱難的時局中，幫節南建兔幫、領文心閣走出危局、挽救長白幫最核心的力量，全在王泮林這個幫腦巧妙的謀畫。

節南從不將自己居於首位，自覺是前鋒，愛殺愛拚，其他事上一律偷懶，都推給了王泮林。以至於最近她頻繁地想，如果師父在世，和王泮林比腦子，大概也不一定穩贏。

「良姊姊已找到了醫鬼，他正在趕過來的路上，由東海分社的人親自護送，二月初能到。」

新代良姊姊，也就是希姐兒，這時同王泮林走在一起，一雙勾魂眼放媚，那隻妖爪擱在王泮林肩上，整個人就要纏過去了。

節南心裡大不爽，忽然小腿上感覺一沉。她低頭狠瞪，卻見花花，立即笑開，將小傢伙抱到肩上，開始「自言自語」。「這個希姐兒眞是多情啊，之前明明說對我一見鍾情，這才過了幾日，就勾搭別人去了？而且，誰不勾搭，偏勾搭你先生，豈有此理。花花，等會兒找機會咬他，知不知道？」

花花兩條小胳膊圈著節南的額頭，眼睛鼓鼓。「咬掉他耳朵！」

「那傢伙靠臉蛋吃飯的，沒了耳朵沒飯吃，而且他死皮賴臉非要加入咱們，很快就是自己人了。所以，咱咬得他喊疼就行。就那個穿花衣服的，記住咯。」節南瞇起一隻眼，刁笑。

花花短腿空踢兩下，做準備運動。「好。」

於是，節南直直走過去，看準希姐兒的脖子，將花花放上去。花花張開口，啊嗚——

希姐兒啊呀叫，妖爪與王泮林的肩膀分離，和花花搏鬥去了。王泮林似笑非笑，墨眼已然看穿節南的小心眼，知她吃醋，卻不說她吃醋。今日立社，也立掌社，兒女情長要等改日。

他雙袖合攏，雙掌合併，作揖，讓身。沒有桑節南，又怎有他王泮林？

所有人，皆正色，一齊行禮，讓身。花花鬆開了口，希姐兒收斂了豔，讓身。

火光，忽然全滅。寬闊的大道盡頭，天水之間漆黑無邊，一尊銅鼎發出幽幽蒼青，兩杆大旗捲合，就等第一縷敬香，啓開光明。

節南大步走去。一身杏白，黑暗難掩其華。

深夜，酒席方散，燈街卻未靜，還有最後一場煙火。節南陪王芷走出包間，恰見官樓那邊來了一群貴婦。夥計們忙著清理臨窗的桌子，重新擺上點心甜酒和花茶。

延夫人當首，笑與王芷打招呼。「說是這邊看煙火最好，芷夫人也來一塊兒坐吧。」

林溫娘親林夫人也在，直接勾了王芷的胳膊，坐到窗邊去了。延夫人則順勢挽入節南的肘彎。

「王芷和紀家人似乎都對妳很好。」

節南想要往前走，竟拽不動對方，但也不倔。「的確很寵我。」

「這話是在怨我這個娘親不寵妳？」延夫人低笑。

「怎會？」節南淺笑。「還不知生我的人是誰時，我是愛恨交加；如今知道是誰，反倒沒感覺了。就好像妳也不把我當女兒，我只是武器、工具，還是妳身上一塊肉，應該乖乖服從妳的意願。」

延夫人笑容反而深了。「看來妳作出了讓彼此都艱難的選擇。」

「不。」節南眼兒彎彎。「我一個都不選，讓妳選。」

延夫人怔住。「什麼意思？」

節南不答，但道：「正好，今晚能否將蜻螭還給我？偷了我的劍，手法已經不夠光明正大，居然又偷偷摸摸，想進芷園。延夫人親自教大的徒兒難道連正面挑戰的勇氣都沒有？」

提起這個，延夫人眼神就有些冷。看似勢衰的安陽王氏，防護竟然十分周密，紮那才到芷園周邊就被人發現，沒能還劍。

「妳連自己的劍都守不住，不可能是紮那的對手，蜻螭又是廢鐵，我拿著毫無用處。」延夫人開始走起來，拉著節南一起。「我雖理解妳所有像耍賴孩子的幼稚行爲，也盡量容忍妳，但不可能一直放任下去。節南，我的要求並不過分，隨我去魑離看看，再決定其他的事。」

「延夫人和延大公子打算什麼時候回去呢？」節南似很好奇。

延夫人想了想，看不出這問題有什麼問題，就道：「我很快會走，延昱要再等一等。」

忽然，官樓那邊有個丫頭慌里慌張，找到延夫人，立刻跑過來，湊耳說了幾句話。

延夫人神情大變。節南立在窗邊，聽煙花炸鬧，滿街綻彩，眼裡清淺笑意。

都不要等了，哪兒來的，趕緊滾回哪裡去！

江水滾滾，黑暗無際。雪已停，烏雲壓沉了桅杆，風帆鼓足。

延昱手中攢著一枚珠花，拇指摩挲中間那顆珍珠。這枚珠花，是延家送給崔玉眞的聘禮之一，然而跟其他聘禮不同，這是他買了最貴的珍珠，請珍寶名匠特別打造，唯一自己費了心的禮物。

在母親面前說得對崔玉眞毫不在意，順著母親的心意誇節南好，可是他心知自己逞強。他迷戀崔玉眞，她的絕色容顏，她的冰蓮脾性，她的才氣靈氣。他等了十年，看崔玉眞和王七郎訂親，看崔玉眞爲孟元心碎，終於等到他的機會。他娶了崔玉眞，眼看她爲自己動搖而得意。他耐著性子等她喜歡自己，全心全意仰賴他而活，待她傾折驕傲奉他爲天。

他這麼期待著，今日卻晴天霹靂。

午後，崔玉眞說要回崔府幫忙準備家宴。他其實也沒什麼事，不過欲擒故縱，藉口同僚小聚，沒同她一道走，而且拖到天黑才去了崔府。那時已經要開宴了，崔衍知問他玉眞怎麼沒來，他才驚覺不對勁。這事當然也因此驚動了崔家人，崔相夫婦沒有好臉色，和他一樣，想的也是崔玉眞跑了，怎麼都不敢聲張，只讓崔衍知他們幾個兄弟靜靜出去找。延昱沒去，等在崔府，滿腦子都是崔玉眞和孟元。孟元從懸崖直接落進水中，雖說有暗礁，也並非全無倖存的可能。經過半夜焦灼的等待，他已認定孟元還活著，所以崔玉眞才跑了。

漸怒，漸覺恥辱，漸漸想起崔玉眞昨日今日的異樣，分明是不安且雀躍的。如果月娥還在，一定會發覺並提醒他。

之後，崔衍知回來了，說四處都找不到，卻讓他回延府看看，也許玉眞已經回家。他並不以爲是，但等在崔府只讓他愈來愈憤怒，於是他出了崔府。

哪知還在半路上，他派出打探的人終於傳來消息，說有人看見崔玉眞上了城東碼頭的一條船，但樣子很奇怪，讓四名大漢圍著，腳不沾地上了船，而且他的人還拿到了崔玉眞的珠花。

他急忙趕到碼頭，找附近的店家仔細查問，發現不少疑點，又沿河出城，問了一路，在田邊碰上一名老農，說看到了迷沙江賊的船影子。迷沙江賊一直都很猖獗，六扇門最近更有不少拐賣女子案，明線暗線直指這群江賊。他覺得鬆了口氣，至少崔玉眞不是與人私奔，同時立刻讓桀那調動隱弓堂的船和人，上江追趕。即使桀那勸他先稟報延夫人，他也沒聽。他知道，如果先告訴娘的話，娘根本不會在乎崔玉眞的生死，就算顧慮到崔家，也可能延誤救人的時機。

「我還是要說，你太衝動，師父會不高興。」紮那的影子，與桅杆的影子合一。

延昱將珠花往懷袋裡一放。「無論如何，她目前還是我的夫人，又關係到崔延兩家交情，我不能看她被江賊擄走都無動於衷，而且別以爲我不知道，你早讓人送出了消息，娘這會兒應該已經知道了。」

「我不想挨訓。」紮那的聲音沙沉冷酷。「你也不必找藉口，我並不關心你在意哪個女人，我只是不太喜歡水。」

「江賊只是烏合之眾，而我們這船上的每個人都能沉掉一條江賊的船，有何可擔心？」隱弓堂堂主所在地，就是隱弓總堂，精銳盡在都安，隨時聽堂主命令，執行最高難度的任務。

紮那沉默半晌。「我的感覺告訴我不妙，再行三刻，要是追不上，我們就返回。」

延昱不答，猛地站起，撇笑。「不用等三刻，你看前面是什麼？」

烏雲變淺，月行雲中，銀光縷縷投在江面，映出一隻船影，還有那面讓人聞風喪膽的凶煞鬼旗。

延昱下令加快行進，很快就只差了五百步，能很清楚地看到對面的人影。

「再近些。」延昱命道。

「不能再近，江賊有勁弩，三四百步就進入射程，且稍安勿躁。」桅杆下的影子化爲兩道。

延昱這回倒是聽從了紮那的話，卻不料原本往前行駛的江賊船突然調頭，衝著他們奔來，一下子拉近了三百步。

江賊船頭一名身材短魁、頭戴赤紅鬼面的大漢高聲喊道：「船大滾出來，深更半夜跟在老子們屁股後頭，等著吃屎啊！」

延昱大步上前，紮那的手捉了個空。

「延某無意與鬼泊幫作對，只是貴幫大概搞錯了，誤抓我夫人上船，還請貴幫放人。」

赤鬼賊頭仰天大笑。「我管你姓鹽還是姓糖，我船上的男人女人都歸鬼泊幫，搞錯的人是你。本幫主今日要和美人拜堂成親，心情好，不和你計較，趕緊滾遠點兒。」

延昱一聽，自覺赤鬼賊頭說的美人正是崔玉真，不禁怒氣沖天，一抬手，對身後下令：「給我殺！誰摘了那赤鬼的腦袋，我賞百金！」

剎那，帶著繩索的鋼鉤纏上鬼泊幫賊船，幾十道黑影簌簌飛去。

不消片刻，火光閃爍，兵刃相接，慘呼驚叫一大串，黑影頻晃，顯然已占了上風。

也許是水流，不知不覺兩船並齊，側身相距不過數丈，拾武狀元延昱再也不能乾等著，拽著繩索跳上了鬼泊幫的船，無視身後紮那的勸阻。然而，延昱的雙腳才落上船板，就發現上當了。

兩方都穿黑衣，只是鬼泊幫眾手臂上紮了赤巾，黑燈瞎火的，混淆了他的視線。他的人根本還沒有占上風，甚至處於下風，因爲鬼泊幫的人多出他們兩倍，而且身手也出奇地好。

紮那冷聲刺耳。「上當了，快走！」

延昱剛要蹬腳，眼前劍光無數，交織成一張網，當頭覆下。

紮那雖然老和延昱唱反調，關鍵時候護主不含糊，身形拔長，雙手雙劍，動作又快又狠，劈里啪啦將劍網打碎，拽著延昱跳出對方的攻擊圈。四柄長劍，四身黑衣，臨風而立。

延昱看著自己的手下一個個被收拾掉，再不明白就傻了。「你們不是江賊。」

赤鬼賊頭仍高立船頭，手往船艙那兒一指。「你看，那位是不是你家夫人？」

延昱瞇眸一看，從艙裡出來一個人，身穿崔玉真的雲錦牡丹雪袍，但等那人抬頭，赫然一張明媚兔面，令他的心沉到谷底。

如雷貫耳，兔幫。

不是圈套，還能是什麼！

長街，人潮已退，明燈盞盞熄去，王家馬車馳入那座古樸的宅邸，大門沉闔。

不一會兒，兩道矯捷的身影，從芷園旁的側牆躍出，往城東飛奔。兩道身影後方，突現四道影，走屋頂，遠遠隨行。但跟得好好的，突然發現兩道身影不見了，四人急追到前頭，從屋頂跳下，在空無一人的小路兩頭來回望。

「找我？」一聲輕笑。

四個蒙面人同時抬頭望去。

屋頂上，那雙葉兒眼涼水般寒，笑顏無溫。「不是隱弓堂的人站出來。」

四人背對背，靠作一團，同時伸手摸向腰間。

忽然一隻煙花鼠從路旁的屋子裡溜出來，在四人面前炸開。兩旁十幾扇窗子齊翻，箭疾發。也不管對方成了刺蝟，又有十幾道黑影從各道門裡閃出，補刀要命，並拿掉了死人的蒙巾。

節南睨著其中一張臉，那是給延夫人報信的丫頭。她特意記住了，因爲確定那丫頭身分的瞬間，已決定遲早要對方的命，只要敢出現在她面前。她桑節南的眼裡容不下一粒沙子，尤其是隱弓堂出來的沙子，而且，就要以多欺少，怎麼著？南頌是尊明社的地盤，隱弓堂滾出去！

「走吧。」紀寶樊喚節南，再對下方的眾人點點頭。「有勞各位清場。」

黑影們迅速動了起來。

節南道聲「多謝」，轉而往洛水園的方向去了。

這下再無尾巴。

沉默行了一段路，紀寶樊忽道：「妳和王九定出這個計策時，我本來覺得挺卑鄙，也不向人宣戰，一言不發直接從蝦兵蟹將殺起。可是，看那幾人的眼神才知道是死士，不殺他們，他們會一直捲土重來，難以清靜。」

「相信我，我們要是跟對方宣戰，還不等開戰，就死光光了。」開玩笑，延文光是樞密使，朝堂一半是他的人，勢力早就培養成熟。「我們能做的，已經沒有多少。所以敵人卑鄙，就只能比敵人更卑鄙，以多欺少，地頭蛇壓死強龍，打一個措手不及，打得他們發懵，稀里糊塗犯糊塗，還不知道能否爭取一兩年的太平。」

紀寶樊愣然望著節南的背影，心嘆不如，卻覺熱血奔騰，提氣追上。「桑節南，本姑娘跟定妳啦。」

節南乾笑。「不要，我怕妳夫君買凶殺我，他那麼有錢，請得起高手。」

紀寶樊笑哈哈。「他敢！」

兩人說話間，就落在洛水園一間美屋前。燕子娘的屋子。

紀寶樊守在外，節南推門而入。

既然要血流成河，不如讓敵人血流成河。

江上，月走雲。

中圈套的延昱，帶著他自誇的幾十名能沉幾十條江賊船的高手，成了困獸。對方既不是烏合之眾，也有萬全準備，多出三倍的人數，以三打一的默契打法，穩操勝券。

對付延昱和紮那的，更是誇張。

十二人的劍陣，占了一半的甲板，任紮那攻擊，只防禦，不主動出招，直至紮那的招式出現遲滯，才突然化防守為進攻，一步步收攏包圍圈。

延昱突然對紮那喝道：「他們不敢把我怎麼樣！你自己走！」

紮那毫不猶豫，雙劍出兩輪彎月殺鐮，不用顧慮延昱，終於讓他突破了劍陣最弱的一角防禦，往船欄衝去，想要跳進江中。

延昱嘴角才上揚，但見一片陰影從頭上飄過，頓覺不好。「小心！」

紮那回頭，什麼還沒來得及做，就被一道掌風扇離了船舷，又覺握不住雙劍，眼睜睜看它們飛出船舷，自己重摔在甲板上，噴出一大口血。立來幾把劍，架在紮那脖子上。

紮那狠瞪襲他之人。

白雲大袍，流風袖，一頂寬沿斗笠擋住臉，只露瀟灑黑髯。「功夫還不錯，就是鬼鬼祟祟的樣子不討喜，今後行爲坦蕩一些。」

說罷，這人就走回艙裡去了，彷彿只爲打紮那一掌，奪紮那兩柄劍，其他事與他無干。

沒有紮那護著的延昱，身前身後都是劍尖，倒也沒有懼意。「讓桑節南出來見我。」別人不知，延昱知道得清楚，兔幫幫主是誰。

赤鬼大漢「啊」了一聲。「誰？」

延昱只覺胸口一團火氣就要炸了。「你們不是兔幫？」

赤鬼漢子好像剛想起來，大笑道：「當然不是，我鬼泊幫爲啥要裝那群兔子？只是最近流行戴兔面具，老子買來討好新夫人的。」

延昱不信。「我看你對兔幫知道得挺多。」傲抬下巴，斜睨艙門前穿著崔玉眞衣裙的女子。「讓她摘了面具，我要親眼看看是誰！」

赤鬼大漢道聲「廢話」。「要是連兔幫都不知道，老子還混什麼江湖。」

而艙前女子嬌笑。「聽說兔幫幫主是個漂亮姑娘，這位公子似乎認識她，你看看我可像她？」

兔面摘下，一張明豔面容，桃目粉腮。

延昱只看一眼就能分辨，不是崔玉眞，更不是桑節南，但問：「妳爲何穿著我夫人的衣裙？」

「這是你夫人的衣裙嗎？」美人明眸善睞，顧盼生姿。「哎唷，不瞞公子說，我家漢子本來還眞是看中了尊夫人的美貌，打算拐她賣錢的。誰讓今天是好日子呢，我瞧她可憐，就當作善事，勸我家漢子放人。她瞧我喜歡她那身衣裙，就送給我了。她還說，她丈夫面善心惡，日子過不下去，要到北方尋她的心上人。可我看公子這模樣，挺俊挺好啊，以爲你夫人被我們拐了，奮不顧身追過來。」

延昱告訴自己這人是胡說八道，但又壓抑不住怒火中燒。

「我沒騙你，你夫人已經坐上去大今的船，早走遠了。」美人拋個媚眼。「我看這位公子還是不要傷神了，趕緊寫封家書，讓你爹娘送上百萬錢來贖你。留得青山在不愁沒柴燒，保住小命回家還能娶美嬌妻的嘛。」

延昱聽得「大今」二字，眸子幽暗。「她去了大今？」心中信了七八分。

美人沒再說話，進艙去了。

赤鬼大漢大叫。「來人，把糖公子押下去，給他紙筆寫信。」

延昱不禁困惑。「你們眞是江賊？」

赤鬼大漢再說一句廢話。「把眼珠子瞪白咯，看清楚江面，兔子幫能有這陣仗？」

延昱看出去，怔住。不知何時，江上多了七八艘大船，月光遊映，皆揚鬼面大旗。

眞是鬼泊幫？

赤鬼大漢走進船艙，拿掉面具，卻是李羊。

他揚著手裡的信。「姓延的眞被我們搞糊塗了，憑此信可索要百萬錢。」

艙中美女變美男，赫兒美人臉色發臭，嘀嘀咕咕。「……騙我，說不用我再扮女裝，結果呢？」

白雲袍的師父很通情達理。「爲師今日才發現，小驊你在男扮女裝上確實天賦驚人，上了妝之後，面貌與男相截然不同，且你的動作聲氣當真半點看不出男子——」

赫兒美人惱火。「師父！」

師父就是師父。「小驊，天賦是難能可貴的，最重要是你有一顆男子漢的心，抓緊娶一個好姑娘，謠言可以不攻自破。」

謠言不攻自破？什麼謠言?!赫連驊想找個地洞。

不過，正事要緊，赫連驊問：「要我說，直接殺了延昱，把屍身沉了江，管他是魑離什麼人。」

丁大先生搖頭。「泮林賭延昱自尊心強，會上江追妻。小山賭延夫人在意兒子，會答應我們的條件。狗急了跳牆，眞讓他們無所顧忌，撕破了臉，我們的損失更大。」

最短時間內，最大限度內，從周邊往裡滅殺，讓對方突然感受巨大壓力的同時，給對方全身而退的選擇，而且誘對方作出這個選擇。

這是王泮林和桑節南的急智。

赫連驊道：「是誰說，強龍難壓地頭蛇？」

丁大先生卻看得很清楚。「小驊，你忘了一件事，這條地頭蛇還是剛剛孵出的小蛇，而死在強龍手裡的強者不計其數，你甚至親嘗過苦頭。所以，千萬別自以為是，但讓這條龍吃吃苦頭，最好還能一朝被蛇咬十年怕井繩，就是這回對局的贏家了。」

赫連驊聽師父說到這兒，國仇家恨湧上心頭，無聲長吐一口氣。

「我去給王九報信。」的確，他操之過急了，但要怪尊明社給他太強烈的期待。

李羊將那封家書交給赫連驊。「有勞左明使。」

赫連驊接信就走，約摸一刻以後，上另一條大船，見王泮林和崔衍知站一塊兒接他。

延昱看到的，其實沒有一條鬼泊幫的船，只是江陵紀家出借的幾艘貨船，豎了幾根木杆子，依葫蘆畫瓢弄了大旗，看起來像賊船而已。

王泮林讀過信，再給崔衍知。「剿滅鬼泊幫，就交給崔姊夫你了。」

鬼泊幫凶殘，仗著奇霧和複雜的水流，在迷沙水域爲非作歹多年，官府剿了幾回都不能滅盡。王泮林先接管了馬成均藏身的小島，故意大張旗鼓讓鬼泊幫的人上來找麻煩，又借著談判的機會摸清了鬼泊幫所占主島的位置，提供崔衍知地圖。

而今夜冒鬼泊幫的名，擒下延昱，除了不留任何明顯的證據，也是圖謀借朝廷的手清理江上亂賊，尊明社可以不費一兵一卒，控制迷沙所有島嶼，達到一箭雙雕的目的。

崔衍知也讀了一遍，居然道：「百萬錢不過延大人一年俸祿，是不是少了些？」說著，自顧自磨墨蘸筆，竟想往信上添數目。

赫連驊聽過崔衍知的名聲，那可是人人稱道的年輕有爲、剛正不阿，哪知這位拐彎不帶眨眼的，半張著說不出話來。不對，王泮林叫崔衍知什麼？崔姊夫？崔衍知喜歡的不是他們的掌社美人，什麼時候娶了王家女兒？

赫連驊滿腦袋冒問號，王泮林卻跟崔衍知哥倆好似的，捉過了筆。「崔姊夫的謹慎小心呢？」

「延昱不是延大人親生子，且延昱的字跡我還是熟悉的。」崔衍知已不記得王泮林何時開始喊自己姊夫，也不記得自己給了他多少白眼，不過王泮林眞是和節南契合，一模一樣的霸道，所以他又放棄糾正了。

「雖說懷化郎不是延大人的親兒子，以延大人的才智和眼力，看出字跡不同的可能性極大。就算他看不出來，還有那位厲害之極的延夫人。」王泮林坐下，反覆看著信上的字跡。「我來添吧。」

等墨跡乾了，崔衍知拿起一看，完全分辨不出，確實比自己強多了，不禁問：「你常仿他人字跡？」

王泮林雲淡風輕。「還好，上一回仿的是成翔知府的字，讓小山送去孟將軍那兒，哪知被孟將軍看出來，小山差點挨軍棍。但那回我只想著哄小山心安，有些應付她，仿得草率。」

不止崔衍知，赫連驊都聽得挺起勁。他好奇地問：「你害她差點挨軍棍，她居然就這麼放過你，如今還郎情妾意的？」

「那會兒——」回想當初，王泮林眼裡就有了笑意。「我對她又沒動心，彼此利用。再說，她後來報復我了。」那一腳，絕對把他游離的魂魄踹回了身。但王泮林又道：「現在想想，不打不成交，是歡喜冤家，注定天生一對。」

赫連驊抱臂一抖，甩甩頭，目光拐到神情沉沉的崔衍知，撇笑。「你收斂點兒吧，誰不知崔大人喜歡你的小山，而且你倆還沒成親，崔大人說不定先苦後甜，笑到最後。」

崔衍知冷看赫連驊一眼，又抬眉瞧王泮林。「難說。」

赫連驊拍桌大笑，幸災樂禍。

王泮林卻很認真地想了想。「有崔姊夫在，若我走在小山前頭，倒也放心。」

赫連驊笑聲戛止，莫名懊喪。

崔衍知哼了哼。「你要死，就死得早一點，遲了我會變心。」

王泮林吃驚狀。「你居然對我家小山不是海枯石爛永不變？」

「可以是可以，但你得從此消失。」交道打多了，崔衍知也琢磨出來了，跟王泮林說話，必須豁出臉皮。赫連驊對崔衍知簡直都生出欽佩來了。

王泮林一副孺子可教的表情，只是不再給對方希望。「老天爺待我不薄，而且客氣話要客氣聽，崔姊夫還是過於一本正經，變心也不會太順利。等到開了春，本家姊姊妹妹們過來玩，幫你挑一個，咱們眞當親戚。」

崔衍知冷道：「你好像從來不記，我祖母是安陽王氏，你我本就是表兄弟。」

王泮林托住下巴。「也對——」

堇燊進艙。節南那邊，來消息了。

25 還妳骨肉

正月十八，延夫人三夜難眠。

延昱自從元宵夜之後一直未歸，幸好她讓延文光打點過了，大理寺和兵部暫時不會有人留意。

那晚紮那曾派人送來消息，說崔玉眞被江賊劫持，延昱堅持要追，臨時調用一批好手。但她泰赤兀·賽朵爾是什麼人？當時聽到這個消息，震驚江賊如此大膽的同時，嗅到了不同尋常的陰謀味道，立覺此事極可能與桑節南有關。

上元夜，桑節南一直在萬德樓沒錯，可她清楚女兒手下有一兔幫，短短一年滅長白，大顯龍頭之威，江南各路紛紛順服，所以根本不需要親自動手。延夫人曾以此衡量女兒的能力，還挺驕傲，卻如今，突覺隱弓堂可能正處於長白幫去年的情勢，心生大不妙。

隱弓堂不是長白那種靠人數欺壓的雜牌幫，但隱弓堂不能像長白幫那樣光明正大造勢。和神弓門相同，隱弓堂也是暗司，黑暗裡悄悄滋延，而隱弓堂比神弓門選人更嚴格，核心力量只掌握在她一人手中。

隱弓堂當初從神弓門分立出來，就是因爲她的祖師爺不滿神弓門長老們之間的內部較勁，想要建立一個絕對服從領袖的組織。但分立之後，祖師爺遭遇背叛，又沒有強權可以依靠，大多數人離去。到她師父，隱弓堂幾乎名存實亡，只有師父和她的幾個師兄弟。

自她接任堂主後，將隱弓堂、神廟和魑離王權結成強大的力量，挑選最強的文者武者，重新振興了隱弓堂。她牢記祖師爺傳下來的教誨，寧缺毋濫，堅持獨掌霸權，而這些年跟著她輾轉各地的每個人，更經她親自挑選，哪怕只是報信的雜事丫頭，或執行任務的周邊殺手。

但這幾日來，她發現她親手建立起來的這個核心，正遭受到前所未有的破壞。

延昱沒回來，紮那沒回來，一船子的人當然也沒回來。她身邊的丫頭少了一個，連帶那丫頭帶著的、盯著節南的眼線，全都不見了。

觀音庵慧智圓寂，她任命了新一任庵主，每隔幾日會來取香油錢，可是元宵後還不曾出現過。因爲出了不少事，她擔心觀音庵也有意外，今日一早派人去庵裡。結果，這都晌午了，庵主沒來，派出去的人也沒回來。

那種感覺，就像是有人堵了她的耳朵、遮了她的眼，預感大凶，猜得到是節南在暗中操縱，又不大願意去相信節南已有那麼大的力量能夠操縱。

有本事是一回事，有力量是另一回事。

「來人。」延夫人有些心浮氣躁。

一個走路無聲的丫鬟進來，屈膝福禮。「夫人有何吩咐？」

「妳去趟觀音庵——」延夫人卻突然消聲，眼睫鋒芒，改變主意。「妳和其他人分配一下，去府裡各道門前探看仔細。記住，不要踏出府門一步，不要讓外面的人看到你們，每個人探完立刻直接稟報我。」

丫鬟道是，無聲出去了。

過了兩刻，幾名管事來報。延夫人聽後，很快找到共同點。延府各道門外，都有少年。

延夫人神情中閃過狠意，沉聲下令：「把那些孩子都給我安靜地帶進來。」

眾管事領命而去。

然而延夫人等了半個時辰，才有一婆子跑進來，還只是普通的婆子。她十分驚慌失措。「夫人，老婆子是守東小門的，本不該擅闖夫人的園子，可一時怎麼都找不到其他管事。」

管事的，都是她的心腹，自然去幫她辦事了，不過看這婆子的樣子——

延夫人面色發沉，心裡下沉。「直說。」

婆子驚道：「方才趙管事帶了兩人出東小門，那裡有兩個孩子在玩，趙管事才碰到他們，他們就大喊大叫。一群人突然出現，二話不說就跟趙管事三人動上了手。老婆子都不知道趙管事他們練過拳腳，還很厲害，所以一開始對方討不到便宜，誰知後來那些人拋出一大把鐵彈丸，冒黑煙，趙管事三人突然倒地不起，被那些人拖走了。」

「你看清那些是什麼人了嗎？」延夫人問是問了，卻也不抱希望。

婆子搖頭。「都把臉蒙著，看不清。他們還看到了老婆子我，本來要過來抓我，我趕緊鎖了門，就給夫人來報信了。」

延夫人上一刻還陰沉的神情，下一刻卻笑了，一如從前，溫和。

婆子看著心更驚。「夫人，要不要……是不是……趕緊告訴老爺？」

延夫人揮揮手。「妳下去吧，把好門，管好自己的嘴。」

婆子連聲道是，退下去。

延夫人走到花園裡，獨坐了一會兒，然後站起來，喊人備車。

馬車一直行到王家，她也沒叫車夫遞帖子，親自上去敲門，把王家大總管驚了出來。她始終淡雅笑著，說正好路過，也沒什麼事，就是來找南姑娘聊聊天，要是南姑娘不在家，就罷了。

大總管穩穩當當不怠慢，直道「南姑娘在的」，一邊派人往芷園通報，一邊親自領了不速之客去後宅。到了後宅門外，兩名婆子接了延夫人繼續走，而煙紋等在芷園外。

煙紋年紀雖小，說話也很穩當。「延夫人新年好，來得正巧，蘿江郡主帶了異邦的瓜果來，姑娘聽說延夫人到，就吩咐等您進了園子再上果盤。」

延夫人聽得蘿江郡主也在，眉梢挑。「郡主何時來的？」

煙紋回答：「郡主快晌午的時候來的，和姑娘一道用了午膳。」

延夫人沒再問，不一會兒就聽到姑娘們的笑聲，再轉過長廊，瞧見了湖亭裡的節南和蘿江郡主。湖光明亮，杏林新栽，兩位如花似玉美人兒的歡聲笑語，春色彷彿已經候在白牆青瓦上。

一見延夫人上亭，蘿江郡主起身來迎。「延夫人好。」

節南比郡主慢兩拍，落在郡主後面，似笑非笑，語調平平。「延夫人好。」兒子失蹤三日才找上門來，這位的耐心也眞夠好了。

節南對煙紋點點頭。「上果盤吧。」

延大公子的那封家書，也該上了，給這位的「夫君」，還是「屬下」，或是「家臣」，不管了，給樞密使大人。

用完瓜果，小廝就來傳話，說郡馬爺同中書大人說完了話，問蘿江郡主何時回府，要不要一道走。蘿江郡主便起身告辭，說晚上家裡還要宴客，得回王府幫母親的忙。

蘿江郡主一路神態如常，直到瞧見等在馬車旁的劉睿，眸瞳才起一絲火焰色，卻眨眼平息，撐著劉睿的手上馬車，回望劉睿。「郡馬同我一起坐車吧。」

劉睿有些意外，但點頭道好，招來小廝牽走他的馬，坐進車裡。

郡主的車駕十分寬敞保暖，街道的嘈雜聲傳不進來，兩人的說話聲也傳不出去。只是，劉睿不太習慣。除了大婚那日曾與郡主同車，兩人婚後各走各的，哪怕他接她送她，目的地相同。

他娶的是王爺之女，皇帝的堂妹，同入贅無異。他的媳婦去婆家一趟，他爹娘要跪迎，見面要隔著簾子，一套規矩下來，再到府門前跪送，連他妹妹都抱怨膝蓋疼，所以他內心希望，他媳婦最好今後都不要再去他家了。他爹告訴他，這都是爲了他們的將來，讓人再不敢小瞧庶出，可以光宗耀祖，比嫡子更有出息。

自從知道他爹的祕密後，他才明白爲何爹要教他拳腳功夫，爲何瞞著娘，爲何這麼多年不顧家裡。他明白了，但他也怕了，怕得要死。他爹的雙重身分、他爹強加於他的雙重身分，一旦在大功告成之前揭曉，就會萬劫不復。

叛國之罪，怎會有活路？

而他原本只想考取功名，當南頌的官，平步青雲，卻因為他爹的固執，讓他攀附炎王府，當了炎王爺的女婿，成為皇親國戚。說起來真是一步登天，可面對郡主這般高貴的妻子，他沒有丈夫的尊嚴，郡主呼之則來揮之即去，他只能唯唯諾諾，小心伺候。雖說蘿江郡主待他不算太差，面子過得去，日子也過得去，卻也是他咬牙忍耐、踐踏了自己的自尊，才換來的平寧。

他沒忘蘿江郡主如何鬧騰，逼母親帶季淑打掉了他的第一個孩兒；他也沒忘岳丈如何責備他貪婪忘本，好好的肥差不要，卻想要實權高位；他也不會忘，他的岳母從沒滿意過他，每回都不給他好臉色，嘲他寄人籬下。娶了郡主的郡馬爺，卻是同僚們背地的笑料。笑他吃軟飯，笑他靠臉靠關係，笑他只是炎王府一條狗，沒本事給結巴的妹妹找個好妹婿。他爹知道一切，卻根本不在乎，只說顧全大局，忍辱負重，總有一日否極泰來。

總有一日？

他怕這一日還沒到，他可能就會被當作逆黨，砍頭了。

「聽說三月就要在巴州修水壩，工部應該很忙了吧？」蘿江郡主聊起。

劉睿點頭。「是挺忙的。」

「工部之前出了那麼多么蛾子，如今要做如此大的工事，也怪不得閣部要派都水監察官范大人專管。」蘿江郡主又道。

劉睿不知此事，很是驚訝。「我以為會由尚書大人調派和任命主監官員。」

「皇上對工部尚有疑慮，而去年剛升任都水監察的范令易范大人，是巴州百姓敬仰的好官，在當地的政績顯著，也是。皇上很是欣賞，示意閣部擬旨，破格任用范大人主管巴州水利。」

南頌官職品階是一回事，實際負責的職務又是另一回事，根據能力口碑，或者皇帝高官們的私心，由低品階的官員做高品階的事務，是很普遍的現象。

「我完全不曾聽聞，郡主這消息從哪裡聽來？」劉睿挪用千萬錢，這時換工事主管，還得了？

蘿江隨口道：「自然是聽我爹說起，今早才知道的。不過，從擬旨到頒旨，大概還需幾日。」

劉睿手心發汗，一時心思煩躁。蘿江郡主全看在眼裡，卻當沒注意。「這麼一來，我爹可能就不用代天子巡視巴州了。范大人在當地有很好的口碑，而巴州水壩的工程圖都是范大人設計的，有范大人在，工程一定順利，而且，就算我爹去，你也不用去。我求到一支好籤，說今年可得子，但要是錯過今年，就得等上三年。你出門就是半年，那怎麼行？」

劉睿只覺雪上加霜，腦子裡面一團亂麻，神情大不好。「男兒當有所作為，生孩子的事不急，郡主年紀還不大，三年後再……」

蘿江郡主的驕橫頓顯。「一般男兒當有所作為，可你是郡馬，郡馬就是郡主的男人，當以郡主為尊，為皇族延續血脈就是你最大的作為。你我成親都大半年了，趙雪蘭比我晚成親，卻已有了身孕。你不急，我急！我爹我娘急！我都十八了，再等三年，就二十一，老得生不出來了！」

劉睿遲疑，還是說出。「只怕同僚說我公私不分。」

蘿江郡主哼道：「我不管！反正你今明兩年別想著出遠門，就在三城之內逛逛吧！再說，誰敢說你的不是，郡馬只管抬出本郡主來。」

這些蠻不講理的話，只有蘿江郡主說得出來。

劉睿心念一動，本就不想幫爹做事，拿郡主當擋箭牌，也許是個不錯的法子。而他也要盡快告訴爹，范令易會主管巴州水利，還來得及填補虧空。說實在的，他不懂挪動這筆錢的意義何在，他爹只說是給對方設下的陷阱，要剷除異己，徹底掌控工部。而他爹從來不跟他商量任何事，也不給他理由，只告訴他要做到什麼事。

劉睿兀自想得出神，始終沒發覺他妻子犀利的眼鋒。

蘿江郡主今日聽到了一個故事，這個故事會讓她六神無主，但多虧講故事的人給她出主意，她已經知道自己該怎麼做。她慶幸，劉睿是個不夠出息、且懦弱的男人。因爲不夠出息，因爲懦弱，她還能控制得住，避免他做出連累炎王府的事，釀成大禍。

節南利用劉家父子心意不合，將他們的事透露給蘿江郡主。嫁雞隨雞，嫁狗隨狗，即便尊貴如蘿江郡主，也不能免俗，而且只要不是窮途末路，一般都會選擇繼續過日子。更何況，節南的口才不錯，智謀早備好，能夠說服蘿江郡主配合。

劉睿，被解決。

這時，身在芷園的延夫人，還不知節南敢將劉家的事告訴蘿江郡主，但爲其他的事興師問罪。她惱怒。「妳有腦子嗎？」

節南指指自己的頭。「妳說這東西嗎？」一笑。「好端端在呢。」

延夫人笑不出來。「妳有腦子，怎麼做得出沒腦子的事？調開昱兒，反擊隱弓堂的眼線，尤其今日，竟敢光天化日在樞密使府外殺人。」

節南表情疑惑。「延夫人說什麼？」

福相的面容烏雲密布，延夫人哼。「芷園內有暗樁，而我隻身前來，就想把話說清楚，所以妳也不必跟我裝糊塗，只管認了就是。」

節南挑了一片蜜瓜，慢條斯理吃下去，才道：「我眞不知妳的意思。」

隱弓堂藏在影子裡這麼多年，陰謀不留痕，直到如今形勢明朗，魑離終於要動手了，才顯出眞形。如此沉得住氣，很值得尊明社學習。兔幫也會藏在尊明社的影子裡，等待撒腿放開跑的那一日。

現在嗎，死不承認。

聽明人和聰明人打交道，同道固然事半功倍，不同道卻也是雙倍的拖累，延夫人幾乎立刻明白，節南是不打算承認的。目前爲止，所有的事，她只能猜是節南主謀，卻半點證據也沒有。而節南對她的不信任，已經到了無可挽救的地步，即便她一個人，在這座滿是節南勢力的園子裡，都不能哄對方鬆口。

延夫人深吸一口氣，長長吐出，眼裡浮光掠影，最終幽暗了下去，嘴角彎起，溫柔的笑意。「我的兒啊——」

節南冷盯著延夫人。

「我爹讓人活活燒死，我娘因不堪受辱而自盡，我全族用身體砌出人牆幫我逃走，那時候我就發誓，這輩子不會再爲我自己而活，只要能爲爹娘報仇，只要我族人再不受欺凌，我願付出我的所有。把妳留給桑大天之前，我一直用這個誓言提醒自己。妳還小，妳會拖累我，妳會成爲敵人攻擊我的弱點，讓我心軟，讓我遲疑。這麼多年來，我從沒有後悔當初的決定。但妳眞有本事，此時此刻讓我後悔不迭。」

節南不說話，不想說話。

「我應該親自教養妳的，那樣的話，即便妳可能不贊同我的做法，也不會成爲我最大的敵人，至少我還能聽妳叫我一聲『娘』。」從沒想過有這麼一天，自己的親生骨肉成爲勢均力敵的對手。延夫人苦笑，眼乾涸。從很多年以前，就已經不懂流淚的滋味，她哭，只因爲能爭取盟友，只因爲能誘惑敵人。

節南瞇眸，底裡發燙，咬住牙。

世上血緣最親的兩個人，一個站在天涯，一個立在海角，心再不可能親近。父母對子女的愛，子女對父母的愛，是會消磨殆盡的，如果一直折騰不停的話。

「我每動一顆棋子，妳就吃掉一顆棋子，這種似乎不用腦子的下法，動搖不了我的根本，卻讓我暫時陷入被動，打亂我原本的謀畫。我不得不承認，妳這麼做，很讓我頭疼，也總算嘗到了強龍難壓地頭蛇的苦頭。即便事情鬧大，動用官府的力量追查，妳的兔幫也會立刻消失於江湖，無跡可尋，更追查不到妳身上，因爲妳最近乖得像個千金大小姐，滿城貴夫人，包括我在內，都可以是妳的證人。不過——」

節南心道，來了。

延夫人說得和緩。「我若和妳撕破臉，最後妳我必定兩敗俱傷……不，妳的損失更大，我會動用三個朝廷之力，將王家、趙家、紀家迫上滅亡之路，不惜人力物力，讓妳身邊所有人死光，而不止於小丫鬟小書童、幾十名刻雕版的匠人、出小報的先生。妳眞要做絕，我會比妳更絕。柒小柒、王十二，即便在外面，也難逃一死。我會追殺他們，直到他們嚥下最後一口氣。節南，妳也許很聰明，但妳還是太年輕，而我有今日，用了三十年，妳趕不上的。」

節南怎能不清楚？

「說話！」延夫人語氣帶著命令。「妳不是很能說嗎？」

節南嘆息。「能說，又不是愛說，我並不囉嗦。」

延夫人想想還眞是，這個女兒有時沉默得乖靜。

「我也不用妳囉嗦，只要告訴我昱兒在哪兒。」

「不知道。」有問就有答，節南把握分寸。

延夫人五指按桌，手掌竟似乎陷下去了一些。「節南，我對妳已是足夠耐心，妳若——」

煙紋忽然帶了一個人過來。

延夫人雙眉挑起，認得那是延文光身邊的隨從，但她隨即看向節南。「妳又做了什麼？」

節南一臉莫名。「延夫人今日火氣這麼大，不分青紅皀白，扣我一堆莫須有的罪名，可我當眞不知道啊。」

延夫人抿緊唇，起身到亭下。

節南的目光，從石桌上的掌印移到正在聽人說話的延夫人，好不冷峭。

延夫人走了回來，面無表情。煙紋帶那隨從走出去，園子裡又只剩母女二人。

「妳知道我剛聽到了什麼話？」延夫人沒再坐下，站離節南三步遠。「他說鬼泊幫劫持了我兒，向延府討要五百萬文贖金。這封信，三刻前送到延文光手中，延文光確認是昱兒的親筆。妳說好不好笑？」

節南望著延夫人。「至少延夫人可以不用再懷疑我。」

延夫人兩眼彎笑，話鋒卻轉狠。「妳這個沒家教的東西。以爲妳調虎離山，卻敢劫持昱兒。妳知道他是誰嗎？妳知道我在他身上花了多少心血嗎？妳知道我原本想要把妳嫁給他，讓妳成爲天下最高貴的女人嗎？他把我當親生母親，他會是未來的魑離王，我泰赤兀族會因爲妳和他的聯姻，與王族並列。而妳的兒子，會是天子——」

節南噗哧笑出了聲，隨即好像意識到了，連忙抿住嘴，做個手勢，請延夫人繼續說下去。延夫人沒再說一個字。

延夫人出了手！

那身法快得連節南都看不清，只覺一陣大風，將她整個人刮出了亭子，眼睜睜看延夫人的身影壓來，身體被一股強氣往下打，後背重重撞上磚地。

砰！

節南眼前發黑，左臂才要抬起反擊，就被一把二尺長的劍釘穿左肩骨。

劍尖，深入磚縫。人，動彈不得。

樹欲靜，風不止，七八道影子從芷園各處竄出。

延夫人的面容，宛若修羅，一腳膝蓋壓著節南的肋骨，一手握緊那柄釘住節南的劍，看都不看周圍一眼。「我們母女說話，別讓外人打擾，讓他們退開。」

節南疼得額頭見汗，咬牙，向周圍打個手勢。眾人卻不退。

延夫人手腕轉了轉。

節南倒抽口氣。

「速退。」一道聲音清朗，不容抗命。

節南吃力撇過頭，看到廊下站了一高一矮兩個人。矮的那個，名字叫書童的少年，表情要哭出來了；高的那個——山邊泮林。

他那是什麼臉色？要殺人嗎？就憑他一動氣就忘乾淨的毛病？還是饒了她吧！

節南扯出一絲笑，聲音嘶啞。「今日就是拆了這座園子，我和這位也必須算個一清二楚，誰都別插手！」

彷彿說給眾人聽，其實就是說給一人聽。

王泮林眸中深不可測，不答也不應，目光分寸不移，單袖垂落，單手背後。

延夫人沒看，也不關心，神色冷然望著節南。「說！妳的條件。」

節南轉回頭來，望著眼前的女人，瞠紅雙目。

這是生她的人啊！口口聲聲說她是她身上的肉！敢情自己扎自己，不會疼，是吧？

「妳帶著妳兒子立刻滾出南頌，延文光告老、隱弓堂撤走，妳有生之年不得進犯頌土。」

延夫人看了節南半晌，才露出好笑的神色。「要不要再加幾條，魑離不得稱國，不得封韓唐爲國相，別說頌土，連大今都不能進犯？」

節南聽到韓唐還活著，心裡沉了沉，但神情不顯驚訝。「可以啊，只要延夫人妳不嫌我要求太多——」

延夫人突然將劍拔出，站了起來。

節南蜷成一團，眼前全黑，差點失去意識，最後卻還能點穴止血，搖晃著起身，站得筆直，咬緊牙關。「條件可以再談，妳不滿意就直說；順著妳的話說，妳又不高興，還好我像我爹。」

「妳爹？」延夫人一抹冷笑。「妳說妳像桑大天？」

節南沒說話，暗暗運氣以積蓄體力。

延夫人再道：「我只能答應妳一個條件，妳篩選一下再說，不過這也是最後一次機會，妳想清楚。大不了，我再扶植一位，魑離王可不止一個兒子。」

「的確，魑離王有九子，最小的還不滿周歲，只是延夫人目光嚴苛，待延昱好，是因爲由妳親手養大，不僅母子情分比母女情分深得多，而且延昱各方面被妳教得合心意。延夫人說我少妳三十年，不知妳是否還有三十年，養一位王子，將他扶上王位，選一位泰赤兀的國后？也不知現任魑離王有沒有三十年？」節南歇口氣，但這時候話必須多，挨了一劍，還不讓她囉嗦？

「延夫人還眞不能小看兒媳婦，哪怕將來不是崔玉眞，也會有張玉眞，李玉眞的。俗話說得好，兒大不由娘，娶了媳婦忘了娘，延大公子對崔玉眞的感情就完全超出妳的預料。延夫人可要小心，哪天發現兒子孝心變狼子野心，聰明一世糊塗一時，下場淒涼。畢竟，一句不是親生的，妳就什麼功勞都沒有了。」

語言可怕，種瓜得瓜，種豆得豆，聽者心惡，播下的種子就會結惡果。延夫人卻似沒聽進去，但問：「妳考慮好了嗎？」

節南其實早預想過，才在一開始提出那麼多條件，明知對方不可能全答應，卻留下談判的餘地。「妳帶延昱回魑離，十年之內不得進犯。」就差說「請」了，夠客氣了吧。

延夫人一直盯著節南的臉，對她鮮血淋淋的左肩不拐一眼，沉默著。芷園牆邊，一道道兔影緊張僵立，節南也沒有拐一眼。

「五年。」延夫人終於開口。

這是答應了。

五年，比節南心中真正的預期多了三年，屬於意外收穫。

「但我也有條件。」延夫人手中短劍森冷對準節南。「到了今日這地步，我和妳的母女緣分似乎也到了頭，朋友之間還要割袍斷義，母女之間也不能隨隨便便，妳說不認就不認。而妳剛才說了，要和我算個一清二楚，也是和我斷絕母女關係的意思了。」

節南挑眉。「妳想如何？」

「妳是我的骨肉，我同昱兒說過，就算打斷妳的手腳都會帶妳回魑離，而今妳態度決絕，用昱兒逼我離開南頌，這口氣就算我能忍，又如何同昱兒說？」

節南垂眼看看自己的左肩。「妳到底要如何？」

「讓我斷了妳的手腳，就當妳還我這身骨肉，從此我沒生過妳，妳再不欠我——」

節南手握拳，對延夫人嗤笑一聲。「乖乖要我等著妳打斷我骨頭，不可能！要是打不過妳，別說手和腳，就算妳打死我，我也不怨。」

「十招。」延夫人劍尖指著節南的腰間。「妳可用蜻螭，我則會施展全力。」

「好。」節南一字出口，人也動了，碧光分水。

書童只見兩道人影捲風捲土捲枯葉，劍光似閃電，鏗鏘作響，根本看不清動作。忽然，卻瞧節南倒飛摔地，那位延夫人的劍扎進了節南的右臂。

節南沒叫，書童叫了起來。「六姑娘會被打死的！」

王泮林一動不動，墨眸無光。

然而，這一劍雖深，卻不如左肩的刺傷，因節南招式奇巧，蜻螭如游龍，往延夫人捉劍的右臂反手一抽，逼延夫人不得不後退，還被劃破了右臂。

延夫人眼睛不眨，節南也毫不在意兩袖子的血，竟還敢主動進攻，左手劍花六七朵，蜻螭發出憤怒的龍吟，直刺延夫人上身幾大要害。延夫人手中劍光突然拔長，連連擊碎蜻螭劍花，同時直刺節南脖頸。

節南急讓。

正中延夫人下懷，轉左足，踢右足，又快又狠，聚起強大內力，勾住節南左腿，往外折。

啪！左小腿骨折！

傷痕累累的節南悶哼一聲，卻趁延夫人折自己小腿之際，蜻螭挑飛了延夫人的劍，再劃了延夫人肩膀一道。

不過，還沒完。

好一個桑節南，蜻螭換到右手，單憑右足點地之力，旋似天女散花，碧芒萬道，氣勁一圈圈暴漲，到最後竟不輸給延夫人的氣勁，蜻螭化成青龍，往延夫人心口刺去。

只是，節南沒能刺進去。

她收氣，空中側翻，落地，蜻螭背身後。「十招已過。」

兩條胳膊，一條腿，從此不欠骨和肉。

延夫人卻不住手，掌風凌厲，彷彿非要打斷另一條腿才能甘心。

節南想笑，卻迸淚，天旋地轉往後暈倒，但覺身後暖流不絕。

一隻大掌摀住她雙眼，聲音清冷無邊，怒意濤濤——

「小山，她欠妳的，我來討。」

26 恰似春來

一月二十，鬼泊幫劫持延昱夫婦的消息傳入閣部，崔相上報頌帝。頌帝急召延文光入宮，考慮到人質安全，知情人不多。

頌帝打算借機剿滅鬼泊幫。

一月二十二，延文光前往迷沙水域交付贖金。不料尾隨的玉家水師被水賊發現，將延昱夫婦扔下江後逃進迷霧。水師循跡找到鬼泊幫的本島，並趁勢剿清鬼泊幫在內的數支水賊，平定迷沙諸島。

此戰是近年來南頌一場振奮軍心的大勝仗，可惜延昱不及救出，延文光失去了獨子，崔相也失去了愛女。可兩家不能張揚致哀，對外只說延昱得了急病，沒能捱過，而崔玉眞與延昱夫妻情深，哀慟過度，重病不起，可能也快熬不過去了。

頌帝感激兩位愛卿顧全大局，補償兩家，應允會將崔相的另一位女兒，崔玉眞妹妹崔玉好接入宮中爲妃，又給延文光加官進爵，與崔相並爲二相，一起主持閣部。

一月底，痛失愛子之後就不再在人前露面的延夫人，帶著悲痛欲絕的兒媳婦啓程回鄉。有人遠遠看到延夫人在城外路亭歇腳，灰袍從頭覆到腳，左手喝茶，右袖空空，竟似沒了胳膊，卻不見崔玉眞的身影。不過這樣的傳聞沒幾個人信，只唏噓崔玉眞的命不好，剋死未婚夫之後又剋死了丈夫。

二月初二，草龍抬頭，魑離稱國「大蒙」的消息傳入南頌，如大石投湖，濺起無數水花，隨即復歸平靜。大蒙和南頌之間隔了大今，三司六部的意見幾乎統一，大蒙的崛起可以牽制大今，未必不是一件好事。

頌帝暗訪暫歇府中的延文光，回宮後即想擬旨派使臣前往大蒙恭賀。

崔相、王中書、張蘭臺三位閣老呈奏天子，當前應以本國繁榮復興爲重，大蒙本是大今屬地，大今的態度尚且不明，南頌貿然恭賀，引起大今不滿，好不容易重開的榷場和友好盟約都可能面臨作廢，還是暫時觀望爲好。頌帝無奈，准奏。

這是朝堂最新要聞，其中隱情無數，傳到民間都成謠言，只有幾日新鮮。

二月起，輪到江湖波瀾起伏。

鬼泊糾集長白餘部，欲在江北重振賊威，卻一夜之間被人殺個片甲不留。

寧平府一樁拐賣兒童的舊案中，找到了人販團夥的老窩，官府苦無證據，不能捉拿，但也是在一夜之間，有人替天行道，將人販子們割喉，堆在官府鳴冤鼓下，受百姓稱道。

這時又有文心閣買下迷沙島嶼的消息，新建尊明社，在離銜莊設立第一分堂。

尊明社做事風格奇特，不一定賣名門正派的面子，也不一定對付邪門歪道。開門做買賣，凡事談一談，高興就幫人，不高興就趕人，正邪難分，但講道理。雖然不再像文心閣那樣分文武先生，日後卻開辦一所大學院，收各地學生，毋須束脩，只須通過兩輪面試，藉由爲尊明社做事抵日常用度。學院允許學生自由學習各科，挑戰各大家的名學名論，鼓勵追尋眞理。

正道頭疼，稱爲邪教；邪道頭疼，稱爲魔教。

堅持初心的尊明社，吸引了各行各業的有志之士，人才濟濟，精英薈萃，興盛不衰，更在很多年後助一位少年成就開天闢地的大業。

朝堂鬧，江湖翻，二月的芷園卻寧靜。

杏枝發葉，牡丹抽芽，花磚齊整，草皮泛青，大理石桌倒映天空之藍，看不出半點新翻修的痕跡，恰似春來到。

園子深處，堂屋門前，迎春金花垂成瀑布的牆下，節南躺在一張鋪著厚棉的竹榻上，脖子以下都被壓在一條厚錦被裡。

被子平得看不出躺著一個人。

節南臉色雪白，唇上的粉色幾乎要褪盡。曬著太陽，養了半個月，仍難看到一絲血色，彷彿要成透明的感覺。那雙靈氣逼人的葉兒眼，此時緊閉，看不出還在呼吸。

竹榻不遠的桌邊坐著趙雪蘭、紀寶樊和仙荷。

趙雪蘭本不知節南受傷的事，只是前幾日來探訪，看到節南的樣子，差點沒嚇暈過去，然後就日日過來作陪。紀寶樊婚期近了，本來有好多事要準備，卻也不走了，說要跟仙荷和趙雪蘭學女紅。天知道，仙荷本是司琴，趙雪蘭本是才女，都不曾在女紅上花過工夫。這三個臭皮匠，頭腦也許可以頂得一個諸葛亮，可是女紅的本事加起來，大概只能湊縫個口袋。

好笑的是，只會穿針引線的三個人，似模似樣在那兒挑小寶寶的肚兜花樣，嫌元寶俗，又嫌蝴蝶簡單，最後挑到一個福娃娃的花樣子，一致覺得好。

於是，紀寶樊把趴在節南腳跟睡午覺的花花抱過去，將小傢伙翻來翻去給趙雪蘭量他小身板，仙荷負責寫下尺寸。花花被折騰醒了，起床氣大，最近又變得很黏節南，看不見人就哇哩哇哩叫娘娘。

崔衍知讓煙紋領過來時，看到三女一娃這麼熱鬧的景象，再看竹榻上紋絲不動的節南，不由皺了眉。

「妳們究竟是照顧人，還是折騰人？」

崔衍知那一身浩然氣，那一張推官臉，立刻讓人肅靜。紀寶樊抱著花花率先走，趙雪蘭和仙荷抱起一堆東西跟著走，到前園做肚兜去了。

崔衍知搖了搖頭，回頭卻發現節南睜開了眼。

他問：「吵醒妳了？」

節南抿嘴笑了笑。「根本就沒睡著，聽三個不會女紅的姑娘大言不慚要繡福娃娃，把可憐的花花當皮球一樣滾來滾去，你不知道我忍笑忍得多辛苦，還好你把她們嚇走，不然傷口都要崩裂了。」

崔衍知看節南方才閉目躺著時，好似要化作一陣清風，但這時她雙目睜明，縱然不能和未受傷之前的靈氣相比，卻讓崔衍知放下了心。不過……嚇走？崔衍知不自覺摸摸臉皮，意識不到自己的問題。

煙紋走過去，小心翼翼托起節南的頭，用軟墊子一點點把她上身墊起來，端湯碗餵藥。

被子滑下一段，露出節南裹胖一大圈的左肩左臂，還有同樣被裹的右臂夾著兩片板子，用棉布條吊住，看得崔衍知心驚。

「樣子難看，傷其實沒那麼重。」節南喝藥異乎尋常地快。

味覺上的苦和身體上的痛，習慣就好。

書童氣喘吁吁跑過魚池，無視魚池那邊正拆屋要栽樹，穿過水廊，跳過門檻，看到王泮林的背影就喊：「九公子，崔五郎進芷園啦，你快去！」

王泮林還沒說話，從書架子後面走出丁大先生。「崔五郎進芷園又如何？」

王泮林轉過身，書童才發現他對面還有一人。黑衫白袖，約摸和丁大先生一般的年紀，神情冷漠。那人將手中的針扔進銅盆，在另一只銅盆裡洗過手，拿帕子擦乾，淡道：「我醜話早說在前頭。」然後那人就轉向丁大先生。「丁山，像他這樣的騙子，就該扔進荒蕪人煙的山裡去，我還能保證他多活幾年。」

書童一聽，就知這是在說九公子的病呢，立刻屏息側耳。

「醫鬼前輩，我保證是最後一回了。」王泮林要笑不笑。

醫鬼的樣子不像鬼，甚至長相俊朗到冒仙氣兒，但既然稱之爲鬼，當然是有原因的。

「做不到又有什麼用？」醫鬼的語氣明明波動挺厲害，神情卻一直冷著。「你不但謊稱內傷已好，還敢隱瞞記性變糟糕的程度。我問過當日在芷園的人，他們告訴我，你三招之後就不大對勁，狂性大發，蠢到會拿自己的身體擋對方數掌，雖然砍掉人一條胳膊，還居然把整個園子都打爛了，整整三日人事不省。而你根本不記得這些，我問你時，你卻一臉跟我裝冷靜，當自己說書哪。」

「多虧前輩的大還丹，內傷差不多好了。」王泮林避重就輕。

醫鬼哼了哼。

丁山攏眉。「老鬼，我聽你這麼說，似乎仍沒找到法子治這病。」

醫鬼搖頭，一邊上樓，一邊說道：「我要是還看得見，就敢在這小子腦袋上開個洞，如今只能治一點是一點，把眼前的人和事記住就算不錯了。趕了大半個月的路，我先睡一覺，不用叫我吃飯，我自己會醒。」

書童聽得眼珠子都要豁到耳朵邊去了。看醫鬼大步上樓，不至於比平常人敏捷多少，但絕對不像看不見的。

丁大先生看王泮林走回書桌後面，笑問：「不去芷園？」

「今早去過了。」王泮林翻開書本。「小山外傷無礙，躺三個月怎麼都好了。」

丁大先生道：「聽你說話眞輕巧，莫非其實連小山都忘了，裝記得？」

王泮林眉宇皺緊，因爲書本上密密麻麻的字頭疼。「我下月大考，有事您自去忙。」

敢給自己的師父下逐客令！丁大先生偏不理。「吉康說延夫人跟你說了些話，你當時臉色不對。延夫人說了什麼？」

書童坐到門邊小板凳上，假裝看門外湖光山色。

「不知赫連驊到哪兒了？他知道韓唐還活著，說不定殺到魑離去。」王泮林顧左右而言他。

「不用擔心小驊，由你堇叔帶著，出不了大事，而且他應該是想明白了。」丁大先生對小徒弟有信心，這會兒更擔心大徒弟。「延夫人說了什麼，能讓你變臉？」

王泮林沉默著。丁大先生也不催，比誰耐心更足。

「延昱殺了馬成均滅口，還有傅秦也死在延昱的安排之下；崔玉眞觀音庵遇險那回，是隱弓堂在背後操縱，利用了長白幫的餘孽作打手。先生可明白其中之意？」王泮林反問。

之前沒有閒下來的時候，這時聽王泮林一提，丁大先生神情頓肅。「當年你受莫名誣陷，竟也是隱弓堂所爲？延夫人知道你是王七？」

「不，是我問她的。當初知道馬成均讓延昱滅口後，我就一直想找機會問清楚，隱弓堂堂主就在我跟前，我怎能放過？她大概也想以那事給我們王家一個警告，不僅承認是隱弓堂策畫，爲防暉帝不殺我，懸崖設伏，又怕摔下去都不死，暗箭上抹了一種奇毒，會讓人漸漸失憶，想不起前塵往事，但還不止於此。」

丁大先生難得著急。「還有什麼？」

「腦子衰竭，成活死人。」王泮林說得好不輕巧，彷彿就跟自己一點關係也沒有似的。

丁大先生沉了臉，半晌冷問：「要多久？」

「我沒問。總不能說我就是王七，麻煩她告訴我還能活多久。不過那毒是她所製，她頗以爲傲，還說漏一句，就算是柒珍，也敗在此毒之下，因爲聰明人最怕笨死。」王泮林竟露出一抹好笑的神情。「我不得不承認，她說得很對。」

丁大先生嘆。「但她太狠毒了。這樣的人，竟是小山姑娘的娘親，造化弄人。」

王泮林默然。

丁大先生忽然想到。「等等！柒珍也中了這種毒，但在決意脫離隱弓堂之前，他是隱弓堂重要的成員之一，從收小山為徒開始，整整十年！若這毒就像赤朱，是隱弓堂用來控制屬下的，必定可以解開，否則柒珍為何待了十年？」

丁大先生能想得到，王泮林也能想得到，只是由延夫人送來的這道曙光，他不稀罕。

丁大先生看徒兒不以為然的神情就知他心裡怎麼想。「我當然知道，歷經芷園一戰，天生血脈已經切斷，今後就是死敵。我也沒寄望延夫人，但只要有解法，老鬼一定能找出來，這才是我高興的地方。」

王泮林神情更淡。「先生高興就好，只請您別把這事告訴小山，她已遍體鱗傷，折骨還血，與延夫人再無半點干係，若為我去求那人，我倒寧可一死，如她師父保護了她一樣。」

丁大先生應得毫不猶豫。「那是當然。」過一會兒，看王泮林始終不翻頁。「泮林啊，你跟我老實說，是不是之前讀的書忘乾淨了？」

王泮林裝不下去，無可奈何回道：「是。」

「你只剩一個月而已。」丁大先生真是佩服這徒兒的毅力，居然還堅持科考。

「我知。」王泮林應著。

「這種時刻，就需要你先生我了，儘管我平常教導你們，讀書不應該走捷徑，欲速則不達——」

王泮林不等話音落。「先生。」

丁大先生清清嗓子。「事關你終身大事，就不講究那麼多了，我給你押題就是。」

丁大先生押題，千金難求，一押一個準。

芷園裡，崔衍知面前一杯新茶。

新綠青翠，似乎煙氣兒都泛淡淡的綠，明明是茶芽，花香撲鼻。這叫財大氣粗。

崔衍知一喝就知。「雲茶今年已出新茶？」

「早春新品，前些日子下雨，天公作美，出芽成功。」節南也就只能聞茶香。柒小柒不在，王家請來的卻也是三城最好的大夫，只是規矩太多，各種古古怪怪的忌口，連茶都被禁了。

忽然，節南眼睛一亮。「難得沒人盯著，崔大人那杯就讓給我嘗鮮吧。我其實也沒那麼愛喝茶，但什麼都忌口，嘴裡淡出鳥來了。」

崔衍知看節南饞貓樣兒，連「淡出鳥來」這樣的話都說，不禁好笑。端起茶杯，在節南充滿希冀的注目下，慢悠悠自己喝了。

節南眼神頓凶，隨之卻是洩氣。「小氣。」

「我也盯著妳的。」崔衍知絲毫不動搖。

他對她的喜愛，並沒有減少半分。他還遇得到這樣的姑娘嗎？

「延家的事，你可知道了？」

節南受傷的事，王泮林並未隱瞞，早在和崔衍知制定剿匪計畫時就告訴他了，他聽得心膽俱裂，想不到延夫人對親生女兒竟做到如此決絕的地步。但他沒立即來探望，憋著一口氣要打個大勝仗，完成最後一步，將延家母子趕出南頌，不能讓節南白白折骨流血。

節南略一點頭。「還沒恭喜你，升任湖州提刑。」

提刑官，四品銜，手下有武官，可以動用地方兵力，還兼管當地農桑事。

崔衍知的升職，是平定鬼泊幫水賊的論功行賞，同時意味著崔相在朝堂地位重新穩固，壓制了延黨勢力的進一步擴張。

崔衍知沒有得意。「我只是執行王九郎制定的作戰計畫，可惜他無功名在身，又不讓我向皇上提名舉薦。」

「算了吧，同樣的計畫讓他自己去執行，勢必變成興風作浪，崔大人才是最合適的執行者，因你懂得把握分寸，熟知官場規則。顯然他有自知之明，計畫好定，執行的人卻要有智慧，既能貫徹始終，又不會不知變通。」此人，非崔衍知莫屬。崔衍知看似頑固，卻能接受她桑節南，還能接受王泮林，最終戰在統一戰線，足以說明一切。同樣是正經讀書出來的，節南就不覺得劉睿會成爲另一個崔衍知。

對節南的眞心評價，崔衍知不過淡淡一笑。「今日我除了來探望妳，還有一事。」

節南猜。「玉眞姑娘有消息了。」

崔衍知心嘆她聰明。「昨日收到她來信，已隨盛文帝去了大興府。」

大興府即大今都城。

據聞，紅葉觀的大火毀了龍首之氣，大今反對遷都的呼聲更高，以至於盛文帝只好打消了念頭，終於將親王府裡的九宮美妃搬去都城。而伴隨盛文帝身旁、同去大興府的第十位美人，大今史冊稱之茴妃、茴貴妃，某位重臣之女。

不久後，延文光的家鄉將送來崔玉眞病逝的消息，世上，從此，再無崔玉眞。

這時，節南卻有些愧疚。「她終究還是放不下。」

作爲兄長的崔衍知，倒比節南豁達。「字裡行間，我彷彿看到太后壽辰上踢蹴鞠的六妹，過去那些年她不曾活得痛快，所以，如此甚好。」

崔衍知沒說出口的是，其實節南和玉眞挺像，拋棄過往的方式皆毅然決然。

節南笑了笑。「崔大人——」

「我雖說過不想當妳姊夫，但如今，自認可以擔妳一聲『五哥』。」崔大人這稱呼太刺耳。

節南微微睜眸，褐瞳流轉，雖然沒氣力活潑起來，反而顯得認眞。「崔五哥。」

崔衍知應道：「六妹妹。」

他失去了一個六妹妹，得到了一個六妹妹，如此也甚好。

節南爲崔衍知那聲「六妹妹」一怔，隨即眼角濕潤。多好，她的親人還有那麼多，幫她接骨長肉補血。世道艱難與否，日子好過與否，只在用心。

「崔五哥何時到湖州上任，妹妹可趕得及送你？」節南笑問。

「三月初一出發，今日就算作別。」託節南和王九的福，南頌應該會太平一段時日。

崔衍知喝完了茶，大步走到竹榻前，突抬手掌，慢放上節南的頭，輕按一下。「早些痊癒。」說罷，轉身就走。

崔衍知走得很快，節南眨眼就看那背影要轉不見了，眼淚立刻滑出眼角，大聲送他。「五哥也保重。」

人影已消失，只有他揮起的半只青袖，揚風，晃動一片青杏綠枝。

大今正天府，原南頌北都，駿山腳下某座小縣。

小縣最熱鬧的街上，唯一一間藥舖子的對面，一根竹竿豎幡布，布條上寫著歪七扭八兩個大字「郎中」。幡布下面坐一姑娘，桃紅布裙，福娃髻，但覺髻盤比臉盤大。

那張圓月臉上，兩隻大眼烏溜溜，桃花粉的水潤雙頰，小嘴兒嘻嘻笑，坐在小藥櫃子上數數。數到三百三，就往嘴裡扔一顆蠶豆大小的零嘴兒，一看有人要進藥舖子，就搶人生意。

「看病不要錢，贈藥兩副。」胖呼呼，很福相，能招財。

於是，本來到藥舖子裡的人，貪免費看診送藥，被郎中攤子搶去一大半。藥舖子的夥計，抱著門板不敢露面，因爲已經讓女郎中打青一隻眼。

老闆在後頭坐堂，等半日都沒見幾個病人，還以爲今日清閒，也就打算偷個懶，哪知到了門口才知道有人搶生意，再看自家夥計那沒出息的樣子，一個毛栗子敲過去。夥計溜開，裝忙去也。老闆好氣又好笑，正想到對面說理，卻見一位風度翩翩的俊公子走到郎中攤旁。他想不知哪裡來的溫潤君子，看著頗有身分，可是府城裡的皇貴，故而收住了腳。

接下來的情景，讓人眼珠子差點掉出來。

溫潤君子放下一個食籃，蹲身，拿出兩碗飯幾碟小菜，擺在另一只藥櫃上，對胖姑娘說「吃飯了」。

胖姑娘也不管好幾人在等看病，過去端碗吃飯，狼吞虎嚥。反倒是君子過去，客氣地告訴排隊的病人，攤子休息兩刻時，請他們先去別處逛逛，這才走到胖姑娘身邊，和她一塊兒吃飯，還給她夾菜。吃完了，還是溫潤的俊美公子爺收拾碗筷，重新提起食籃，囑咐胖姑娘早點收攤，今日會做她最愛吃的烤鵝。

胖姑娘大咧咧，趕人。

街上所有女的，眼神突然怨念無限。

昆朋問聲：「有人在嗎？」同時推開門扉，正看見王楚風端著兩盤菜從灶屋裡走出來，身上穿一件布圍，戴兩只燈籠布袖，哪裡還有半點明琅之華，只爲心愛的姑娘保留了暖風而已。

昆朋想起另一對來。

安陽王氏之名，眞不是吹噓，如此至情至性，心中怎會少萬里錦繡？

「昆大先生來得正好，今日做了不少菜，可以下酒。」王楚風已經不會介意別人看到他這一身。

「柒柒應該很快回來了。」

昆朋跟進正屋，屋裡家具簡陋，卻收拾得很乾淨。掛版畫福娃，鋪藍花桌布，花几上放著一只白瓷瓶，瓶裡一叢明燦野菊，很會過日子的溫馨之感。

他看一眼擺桌的王楚風，不知怎麼，就覺得應該是這位的功勞，不禁嘆道：「小柒姑娘真有福氣……」對上王楚風那張溫潤君子面，話鋒一轉，遞出封挺厚實的信。「山主有信來。」

山主，就是節南。

王楚風謝過，接了，放在花几上。「我讓小柒寫信給小山報平安，小柒卻說沒消息就是好消息，小山若有事要找她，總有辦法找到她的。今日看到昆大先生，我才明白小柒說得沒錯。」

兩人在正天府周邊轉了兩個月，剛下船時去鯤鵬書舖喝過一回茶，後來就沒見過昆朋了。

昆朋笑。「你倆去通寶銀號取過一回銀子，而且小柒姑娘一路行醫問診，治好不少疑難雜症，要查你們的下落並不難。要不是山主指明這信要親自交到小柒姑娘手上，我也不想來打擾。」

「山主——」王楚風這才注意到這個詞，再想昆朋親自來送信，多半南頌那邊有大事發生。「小山姑娘答應接掌文心閣了？」

「正月十五立社，號尊明。」昆朋語氣一振。「小山姑娘是第一任掌社，設迷沙總社，統管六大分社，目前總社正建構各職，由左右光明司和執察長老司共同決策……」

「尊明社？不錯不錯！」柒小柒笑聲從窗外傳來。

昆朋轉頭，瞧見柒小柒挑一扁擔，幾乎與她一樣高的藥櫃子壓彎了扁擔，但那姑娘臉上笑呵呵的模樣，就好像挑著棉花。

王楚風那份君子氣頓顯明燁。「柒柒，可以吃飯了，昆大先生來作客，所以挖了一壇梨酒，可能尚未釀熟。」

柒小柒雙眼璀璨如寶石，一臉貓樣。「沒事，沒事。你釀喝的，怎麼都好喝；你做吃的，怎麼都好吃。我去洗手，等我上桌才能開飯啊。」

昆朋看那姑娘往屋後面跑，再看還望著窗外的王楚風。「小柒姑娘瘦了不少，也沒一刻不停地吃東西。」

王楚風眼中閃過痛芒。「柒柒吃了很多苦，沒有任何立刻根治的藥，只能一點點改變體質，好在已經熬過最難受的時候了。」

昆朋看在眼裡，但笑不語。年輕人多吃吃苦，不是壞事。

沒一會兒，柒小柒洗手進屋，熱情招呼昆朋，聽說小山來了信，她也不著急看，吃飯最大。

一頓飯吃下來，昆朋大概知道爲何是王楚風下廚，看似簡單的一盤炒青菜，和他吃過的所有炒青菜都不同，更別說那隻燒鵝了，那滋味兒打巴掌不放手。

柒小柒喝酒快，吃飯也快，吃完就到一旁看信，昆朋和王楚風聊著。

王楚風隱有所感。「昆大先生今日不打算走？」天已黑，昆朋不似要告辭的樣子。

昆朋不答反問：「小柒姑娘行醫這些日子，可有收穫？」

王楚風搖搖頭。

小柒說，當年他七哥從駿山跳崖，雖然得救，卻生了一種動輒失憶的怪病。小柒還說，本以爲他七哥是在安陽本家附近的山上跳崖的，所以一開始她就找錯了地方，希望在駿山有所收穫。當小柒這麼說了以後，王楚風才知七哥就是九哥的驚人眞相。如果他還在家裡，大概會衝到南山樓，找九哥問個一清二楚，而如今離家千里，小柒也不知詳情，一日日過去，他就剩一個想法——七哥大難不死，太好了。

他也漸漸明白，爲何九哥連大伯大伯母都不說。七哥之死，帶走了無法證實的冤屈，切斷了安陽王氏與暉帝的關連，使安陽王氏沒有受到任何牽連，還能得到當今皇上的信任。而一旦七哥回朝，要引起多少猜忌、恐慌和無中生有，可想而知。

所以，就這樣吧，九哥不提，他也不會提，從此放在心裡。

柒小柒忽然跳起來，把信扔進旁邊的藥爐裡。「十二，收拾行李，明日一早咱們就走。小山說，王九的怪病說不定和她娘有關。她娘在錦關山失憶，被桑爹所救，後來她娘記憶恢復，卻發現已懷了小山，因此失憶的時間並不久，最多兩三個月。鳳來沒什麼像樣大夫，成翔卻有一個還行的老大夫，沒準當年桑爹請老大夫給她娘看過病。」

昆朋看火光竄起，好奇爲何把信給燒了，不知柒小柒和節南一向不留手跡，但聽柒小柒說，整個稀里糊塗，沒聽明白。

「柒柒先收拾自己的衣物，其他的我來整理。」王楚風看柒小柒走進自己的屋子去，才轉看昆朋。「昆大先生已經知道我們要走？」

昆朋點頭。「山主給我一張便條，讓我幫你們準備走遠路的乾糧和馬車。她說她知道小柒姑娘想獨立，只是事出緊急，耽擱不起。不過，十二公子聽懂小柒姑娘說什麼了沒？我可有聽沒懂。」

「柒柒一著急，就會想到什麼說什麼，等她把事情做完，再慢慢問她就可以了，這會兒最重要的是，她明日一早要出發去錦關山。」

三個月朝夕相處，王楚風已經很瞭解柒小柒；瞭解了，就更加喜愛她。毫不做作的眞性情，一塵不染的單純心，不時顯出的大智若愚，令他驚豔。

柒小柒說，因爲帶著明琅公子，走到哪裡，她都被姑娘們的怨念包圍。王楚風沒說的是，因爲柒姑娘一日比一日瘦，像那種被打青一隻眼、還躲在門板後面偷瞧她的男子也愈來愈多，讓自己很是苦惱。近來要給她增肥的念頭不可抑制，又怕她發現。

要趕遠路了，只能就地取材，多數是肥大野味，從明日起改全肉，大不了他陪她胖。天公作美。

27 偷榜換捉

天蒼蒼，野茫茫，風吹草低見牛羊。

三月，載著延夫人的馬車，出了大今青州關隘，終於踏上屬於大蒙的草原乾漠。馬車停在沙漠一座小小邊鎮，延夫人，或者應該說泰赤兀．賽朵爾，進入一家飯莊。她靠窗而坐，也不點菜，只點了茶，一邊喝一邊看著外頭。

很快，小鎮街口就出現兩列騎兵，駿馬健蹄，鐵甲森重，上一刻騎士們還囂張跋扈喝讓人群，驚寂了整條街，下一刻就停在飯莊門前，齊整下馬，圍守住飯莊。從騎兵隊伍的最後馳上來一駕雙馬車，下來一位官員，雖不是草原部落的相貌，斯儒卻不乏氣魄，雙目毅然有神。這人走進飯莊，對著賽朵爾就是畢恭畢敬一跪。賽朵爾不笑，神情也絕對稱不上親切，但眉目之間卻多了別樣韻味，美得不可方物。「國相免禮，倒是想不到國相會親自跑這一趟。」

大蒙國相，即是韓唐。

「王上一聽說您要回朝的消息，本要親自來接的。」

賽朵爾很自然接過去。「魑離建國後的第一個草原春集，王怎能缺席？你來都出乎我意料之外。」

韓唐起身，目光不直視，也不坐，卻不是不敢，更似毛頭小夥，在傾慕的女子面前特別規矩。

「祭司大人突然決定回朝，可是有了什麼大變故？」

賽朵爾輕吐一口長氣，將月娥之死、慧智老尼之死，周邊被狠狠剝了層皮，延昱和棨那更是落在節南手裡，這一切都告訴了韓唐。

韓唐大吃一驚，沉吟半晌才嘆。「臣在青鴉山時，也未能救得了木子珩，臣無用，不能爲祭司大人分憂。」

賽朵爾搖搖頭。「別說你，連我都沒想到，我領隱弓堂這麼多年，頭一次受重挫，竟是被我的親生女兒。」

韓唐略攏眉。「正因著是祭司大人的嫡親女兒，才有如此本事。小山——」似想起從前，眉頭展開。「十三歲就非常機靈了。」

「是啊，機靈得讓我拿她莫可奈何，軟硬不吃，卻料不到她比我更狠，還設計昱兒中了圈套，以此要脅我退出南頌。我雖然不得已妥協，難免出手教訓了她，和她從此斷絕母女關係。」

韓唐又驚。「祭司大人何苦呢？小山雖是倔性子，但重情重義，只要能將她接回來，我保准假以時日，她會明白祭司大人並非無情之人。」

賽朵爾神情冷絕，左手放下茶杯，捉起右邊空蕩蕩的袖管。「我折了她雙臂一腿，她的愛慕者也不遑多讓，斷我右臂。你說，都到這地步了，還能勉強嗎？」

韓唐臉色頓然不好。「這……祭司大人……」

「而且那丫頭要多狡猾有多狡猾，你我皆知她右手已廢，哪知她最後一招竟使右手劍，要不是她大概還念及我生了她，那一劍會刺穿我心臟。可我少了右臂，這身功夫是確確實實廢去大半了。」賽朵爾目光也冷絕。「國相今後都不用再勸，我和她已經互不相欠，就算重逢，也只會在戰場上。」

韓唐心知這位一旦決定就不會更改，就換了話題。「昱王子之外，王族無人知曉祭司大人有女兒的事，更不會傳到眾部落首領的耳朵裡，暫時無憂。倒是祭司大人受傷回朝，怕那些人會對您不利，要盡快想出對策。」

「我已經急召所有雨護回神殿，他們應該會比我們還早到一步。」賽朵爾早出對策。

隱弓堂眞正的核心是風雪雲雨四大護力。長風劉昌在就是風護一員，木子期、木子珩是雪護，韓唐是雲護，柒珍曾經是雨護。

雨護，是江湖上歸順了隱弓堂的武林高手，隨時能夠抽調出來的防護。

韓唐安心，又問：「昱王子和紮那卻在何處？」

賽朵爾冷笑。「怕我出爾反爾，說要等我出關才放人，所以我選了這個鎭，既能與王派來的人會合，又能等昱兒和紮那他們。一路有人跟著我的馬車，相信他們不敢騙我。不過，不瞞國相，我對昱兒這回的表現十分失望。」

韓唐也是老奸巨猾的人，豈能不明？他瞇了瞇眼。「昱王子對崔相之女似乎過於在意，否則不會中了圈套。而發生那樣的事之後，也未同祭司大人商量，實在草率。」

「你說得一點不錯。」賽朵爾神色不佳。「我親手帶大昱兒，勝似親生，自以爲很瞭解他，卻不料他爲了崔玉眞不惜違背我的意願。明知我希望他娶節南，他一面敷衍我，一面打著自己的算盤，結果讓人利用得徹底。」賽朵爾稍歇口氣，再道：「比起節南的決絕，比起少了一條胳膊的疼痛，昱兒這回卻讓我撕心裂肺，如同被最親的人背叛之感，也深切體會何爲『有了媳婦忘了娘』。我這一路，想來想去，竟覺自己挑了個心太大的。從前覺得聰明些好，如今發現還是笨一點老實一點，至少不會娶了媳婦就跟我離心，不知道報恩了。」

節南播下的疑心種子，已經開始發芽。

「恕臣直言，」韓唐能得到泰赤兀．賽朵爾的信任，皆因兩人做事風格一致，想法也一致。「祭司大人被逼撤出南頌，並不完全因爲小山的計謀巧妙，而是昱王子衝動行事，以至於一步走錯，滿盤皆輸。」當然，韓唐偏心節南，動機也不單純。

「只是我親手養大的都不過如此，讓我如何相信其他有母妃的王子？」建立在利用上的母子之情，動搖起來也容易，母親的野心比兒子的野心大。

韓唐卻不以爲然。「祭司大人看中哪位王子，都是他的無上幸運。王的哪位妃子能有祭司大人的力量？讓王的某位妃子消失，甚至滅掉某個部落，但憑祭司大人一句話而已。而且臣以爲，紮那也可考慮在內。他雖不是王子，卻是世子。紮那的父親本就是大汗中意的繼承人，只可惜去世太早。」

賽朵爾終於笑起。「國相說得是。」

街口突然奔來兩匹快馬，馬鞍上正是延昱和紮那。

延昱看到窗邊的賽朵爾，高喊：「孩兒不孝，讓娘親擔心了！」

隨後，延昱下馬，神情閃過一絲惴惴，到窗前時卻跪，誠心誠意認錯的一張臉。

勝似親母子？聽過也就罷了。

同年三月，江南鬧春。

殿試結束，成績已出，這日即將張榜，報喜信的馬兒們蹬蹬踩蹄，只等信官兒們拿著紅帖子出來，可以奔向四方。

家有考生的，多數坐不住。安陽王氏在都安的宅子卻很靜，僕人們做事，比平時更輕手輕腳，連交談都沒有，拿眼神示意來示意去。芷園卻人多，還都是女眷，除了商花花。

芷夫人，王大夫人，三夫人，五夫人，湊了一桌打牌。仙荷輕撥一曲無名，清靜舒心。舒風華和趙雪蘭看同一本書，往書上添注。紀寶樊和小花花對招拆招，娃娃無忌的笑聲，似雨落湖。

節南從臥躺變成坐躺，在搖椅裡仰面看無雲藍天，因爲太舒心，大清早就覺昏昏欲睡。

養骨頭的漫長日子裡，節南終於明白爲啥有人能混吃等死。餓了渴了有人餵，無聊了沒勁了有人陪，不出門有人就把戲班子、雜耍班子各種熱鬧搬進門，嫌吵了有人便弄個萬徑人蹤滅，讓她對著好山好水養呆神。這麼頹懶的過法，起初還有些不甘心，後來居然會習慣。那麼過了大半個月，某夜裡夢見師父罵她笨死了，節南激靈嚇醒，趕緊起來給小柒寫了封長長的信，把尊明社的事務主動攬了一些過來，腦子重新開轉。

昨晚乾娘住回來，節南怕被嘮叨，才裝起乖女，今日一早重溫混吃等死的感覺。有醫鬼前輩接手，幾處骨頭癒合完滿，雖然還不能太使力氣，更被告知這一年別想恢復到能拿蜻螭的狀態，但已經可以寫字吃飯，不影響日常生活。傷得最重的是腿骨，雖然早拆了夾板，還不能正常走路，一著地就鑽心疼，陰天下雨也鑽心疼，疼得她打滾。

醫鬼說這是心病，心病只能心藥醫，他也沒辦法，只能靠她自己戰勝。

節南本來心焦，王泮林送來木劍，像以往那樣黑她，說正好給她當拐棍了，她不但沒有反嘲笑回去，破天荒任性發作，大哭大鬧，狠狠罵了王泮林一頓，讓吉康他們把王泮林扔出去。看吉康他們遲疑，她又很火大地扯斷了樟木珠串，扔進池子裡，說再不管尊明社尊明教的事了，讓他們和王泮林一起滾蛋。

據書童後來說，她很激動，很母老虎，很潑婦，很不桑節南，令大家對她的眞性子多認識了一面，感嘆山主也是姑娘家這一事實。還有，千萬別學九公子，沒遮沒攔終釀禍，打情罵俏也是有限度的——這便是追姑娘的眞諦。

吉康他們把樟木珠一顆不少撈出，改串成手珠送還她，說大夥兒知錯了，不該猶豫，就該趁機修理修理老愛欺負人的九公子。又說她戴著手珠更好看，而且扔起來直接一整串，好找。這些話，感動得她稀里嘩啦笑哭，反過來說對不住，承認自己任性。

節南知道，自己近來哭得太頻繁，但她已明白，流淚並不等於軟弱，是可以讓自己更堅強的。不過，自從那日發作之後，王泮林就沒再來，因爲很快就是連著三日的大比，丁大先生日日幫他惡補，聽書童說他連睡覺的時間都沒有。只是考完後節南也沒見著王泮林的人，最後得到的消息是，某九考完就陰沉著臉，封了南山樓，誰也不准進樓。人人猜他考砸了，故而心情不好，需要時日冷靜。她什麼也沒想，靜靜等著，等放榜這日，不管結果好壞，她會去找他。

花花玩累了，跑過來拽拽節南的裙子。她沒力氣抱小傢伙，往旁邊讓出半張椅子。花花爬上來，靠著她的好腿，肚皮朝天，兩腿蹺椅子扶手，玩自己的手指頭。紀寶樊走過來，也不說話，突然拆起節南的髮式，一股腦兒放下來重梳。實在靜得讓她發慌。

一陣腳步聲，讓園子裡所有心不在焉的人停止了動作。

紀叔韌出現在拱門前，見這麼多人，上一刻熱切盯著自己，下一刻就集體目光黯淡，心如明鏡，但笑。「妳們怎知我不是來報信的呢？」

王芷當著眾嫂嫂的面，還是給前夫面子的。「一早大總管就帶人去榜那兒等了。」意思是，輪不到他紀叔韌來報信。

「那是因為他們不知道裡頭發生了什麼事。」紀叔韌「啪」一聲打開摺扇。

節南對這位紀二爺的神通廣大還是深信不疑的。「裡頭發生了什麼事？」

「名榜不見了，鬧得雞飛狗跳，正到處找呢。一時不敢驚駕，只報說吉時算錯了，要多等一個時辰。雖說紅帖是早寫好的，可如果不能張榜，就不好先報喜信，所以一律往後延了。」紀叔韌搖扇。眾人面面相覷，幾曾聽過這種烏龍事。

「二叔別說笑，名榜怎會不見，難道誰還稀罕它，偷了不成？」紀寶樊噗哧笑出。但她的笑聲猛地煞住，眼睛一下子瞪大了，看著內牆方窗。

紀叔韌往回看一眼，起初什麼也沒瞧見，然後看到王泮林走進園子，單肩扛了一根木條，木條那頭有塊木牌，木牌上貼著錦帛裱底的淡黃紙書，他的眼立刻也瞪了起來，無法置信。

「那不是……吧？」他語不成句。

王芷眼力從來很好，一瞇眼就瞧紙上那些字，看不清，卻能聯想得到，又好氣又好笑，語氣卻淡定。「那不是。」

老實的五夫人帕子捣嘴，驚愕無言；頗有脾性的三夫人半張著嘴，闔不上。王大夫人先驚訝，但眼中一抹笑意閃現閃消，在別人都看著王泮林的時候，她卻看著節南，然後收回目光，站了起來。

「芷妹，三夫人，五夫人，到我園子裡坐坐去吧。」

王芷立刻道「好」，還叫上了那邊幾個小的。紀寶樊走在最後，捉了紀叔韌的胳膊肘往外帶。

紀叔韌不明所以，邊走邊問：「怎麼回事？九郎偷了登科名榜，雖不至於殺頭，萬一查出來，卻也不是鬧著玩的，妳們誰都不管管？」

王芷回頭。「什麼登科名榜？九郎不就拿了一塊木牌嗎？」

紀寶樊起哄架秧子。「就是，偷名榜幹嘛，難道安陽王氏子孫都落了榜，還能把自己的名字加上去不成？」

趙雪蘭一手拉住紀寶樊的手。「怎會都落榜？雲深公子肯定二甲以上，板上釘釘。」

舒風華頭也不回，腳步加快，挽著趙雪蘭的臂彎。於是，一串拎走，終於園子裡就剩下兩人，外加一個睡著的娃娃。

從王泮林進園，節南就一直沒說過話。她當然看到了他扛木牌的樣子，老實說，他真不能用那張神仙般清俊的臉幹這事，文謅謅的青衫都蓋不住亂竄的邪肆氣。她也很仔細看了木牌，還有那份精工細作的名榜，瞇眼心想，姓王的，排九的，真敢冒犯天子，偷登科名榜？不過，就算他膽大包天，又有息事寧人的本事，他把這東西弄來卻為了什麼？

王泮林也一直沒說話，將木牌放在節南前面，差不多坐直了伸手就能碰到的距離。接著，從花圃那兒找來小鏟子，挖了一個坑，把木牌豎插起來，踩結實，然後走進亭子，洗手。

節南不懂這人什麼意思，但這個距離卻能將榜上的字瞧得一清二楚。一邊是天子聖諭，一邊是這回科考的上榜人名和名次，按一甲到五甲畫分。這年一甲五人，二甲二十三人，三甲三十一人，四甲五甲各數十人。

王泮林的名字赫然列在三甲尾巴上，而雲深公子二甲第一，王十三甲第一。小十六他們到底年紀小，州試考得不錯，省試卻未能登榜。而不管王泮林吊尾巴，還是名列前茅，到底同進士出身。

節南笑道：「若這名榜是眞的，可要恭喜你了。」

王泮林聽得出其中的話外音。「我從禮部借來，小山妳快看個清楚仔細，一個時辰內我得還回去。」

節南奇怪得不行。「你說借就借罷，只是大費周章借來做什麼用？你若不借，這會兒喜報也到了。」

「只因妳行走不便，沒法去看榜。」

王泮林的回答讓節南更加一頭霧水。然而，他接著道：「我今日天未亮就等在榜下，吉時快到，卻不見妳姑丈。」

提到趙琦，節南有所了悟，抿唇斂笑，凝眸望住王泮林，「哦」了一長聲。「所以呢？」

王泮林擦乾了手，拍平了衫，走到他剛豎起來的名榜之下，背手而立。「那就請小山姑娘親自動手，榜下捉婿吧。」

花花翻了個身，臉蛋鼓得像只包子，貓咪一樣，往節南腿上蹭了蹭。

節南輕捏包子臉，沒動手捉什麼，但笑沒了眼。「我以爲你發憤讀書，非要參加大比，是爲了你新的抱負。」

王泮林突然神情迷惑。「我有何新的抱負？」

「爲民請命，爲民謀福。」節南比王泮林更迷惑。「不是嗎？」

王泮林一副別高看他的表情。「不是，就爲妳姑丈有意在新科進士中找侄女婿，我才臨陣磨槍。可我也想過，大概官運不會太好，和崔姊夫是比不得的。三甲授知縣，九品到七品，三年一升，當個十年官就差不多了。」

這人想得眞多，節南忍笑。「九公子就別貧了，明知趙琦不是我親姑丈，榜下捉婿更是老掉牙的笑話，而我瞧你這一齣，就跟當初『食言而肥』如出一轍，打什麼鬼主意吧？」

王泮林眼神很稀奇，瞧著節南。「我剛才說那麼明白，小山妳居然還不明白？」

節南腦瓜轉啊轉，笑起來。「我明白啊。因爲前些日子我衝你大發了一頓脾氣，你故意裝作偷了登科名榜來，想讓我著急上當，你就得逞報復了。」

王泮林失笑，半晌無言，最後才嘆。「怪不得小柒說妳用腦過頭，我從來不曾覺得，今日才知的確如此。」

節南撇笑呵呵。「別的不說，這登科名榜卻是假的。第一，你不可能置自家名聲不顧，爲了榜下捉婿，把這麼重要的名榜偷出來；第二，皇榜用的是九五至尊金黃裱褙，你這紙色也不對，而且玉璽和閣部大印都沒——」

王泮林俯身，單掌包住節南半張粉澈面頰，吃掉了她的聲音。

不知過了多久，王泮林才直起身，呼吸頗急，星眸裡璀璨明輝。「小山說得都對。偷名榜簡單，後果卻嚴重，我沒那麼蠢。不過我爲了這一齣，從考完後就日日到皇榜那兒揣摩，刻壞了一堆木頭，昨夜潛入禮部抄名榜，謄了一百四十八個名字，累得我眼花。榜下捉婿雖是玩笑話，最終決定重走仕途，卻是因爲妳改變了我。我以前覺得自己沒什麼做不到的，卻被現實嘲笑我渺小，所以我又覺得我什麼都做不到，索性逃避，直到大王嶺遇見妳。」

節南笑眼相望。「那時你爲了逃脫十二和堇大的緊盯，花樣眞不少，我好心給你指路，你當我要殺你滅口，跑得比兔子還快。」

回想當初，王泮林也笑。「可是小山，我可能已經著迷妳很久了。」

「我可能更久。」當她對那幅《千里江山》深深著迷，她也對畫它的少年深深著迷了吧。

王泮林微微往後退一步，站名榜之下，淺躬，伸手，遞袖。節南坐直，雙手捉袖，再捉住了手。

晨光初美，花花睜開惺忪雙眼，打個大大的呵欠，爬到節南的腿上，抬頭看看這個，又看看那個，抬起胖胳膊，抱住兩人的手，吧唧吧唧啃咬起來。王泮林認真的神色一掃而空，反手握緊節南的手，同時甩兩下，想要把花花抖掉。「有這小傢伙作見證，妳我這就算拜堂了。俗話說，金榜題名時，洞房花燭夜。小山——」

節南抽手，抱起花花轉身。「這是哪裡的俗話，我聽都沒聽過。不過，你既然是我捉來的夫婿，什麼時候侍寢，該由我說了算。」

王泮林聽得大笑，搶過花花，背脖子上。「小山夫人好霸道，不知何時召喚，讓我也好準備準備。」

忽聽園外一陣嘻哈哄笑，節南叉腰豎眼，大聲道：「好啊，妳們竟然偷聽！」

紀寶樊她們的賀喜聲剛鬧起來，那邊有僕人個個奔忙報喜——

「五公子二甲第一，九公子三甲三十，十公子三甲第一——」

多喜臨門。

五年後。巴州元縣。

縣衙巴掌大的後府，雪壓杏枝青松。

屋裡，火盆剛換，驅逐了夜寒，被子捲兩人，青絲纏，手指纏，旖旎春意繽紛色，氣息難分難捨，悄悄低吟淺笑，忽而促急，相歡不盡。

天光大亮時，彼此擁緊，絮絮說話，聽到窗外窸窸窣窣的悄步聲。

節南莞爾一笑，從那個火熱的懷抱退出來。「小傢伙們起來了，在外頭偷聽呢，我要拎耳朵去。」

王泮林也要起，卻讓節南推回去。

她皺眉。「你不才回來嗎？又要上哪兒去？這會兒衙門都還沒開。該不會是那群土財主？已經喝了一夜的酒，他們還沒完沒了？要我說，就一人灌一顆糊塗丸，個個蓋手印掏銀子，回頭敢不認帳，我就剃光他們的頭髮。」

王泮林笑不可遏。「他們昨晚已經畫押簽字，因我說明年水壩修好，錦關山那邊的香藥船就從我們縣裡經過，到時候讓他們優先憑引取貨。這麼一來，他們賺差價，我仍是依章程辦事，兩全其美。」

王泮林調任元縣縣令兩年，明年就是最後一年。除了平時辦案、把縣裡治理太平，因爲元縣與管轄的十來個鄉村道路不好，一直致力於造路。他一邊向上官死皮賴臉求留稅錢，一邊向土財主們不動聲色征捐。

而他比任何人都熟知辦事章程和頌刑統，找得出各種可鑽的空子，滑溜得跟泥鰍一樣。府城的上官們常常把他找去出主意，本地財主們也當他自己人，所謂喝酒聚會，其實就是請他辦事。但凡他答應下來，必定辦得妥當，又轉而讓他們有錢出錢有力出力，把修路造橋救貧戶這些事也辦妥當了。

但王泮林從不邀功，直接把功勞送給上官們，變成他們升官的踏板，又讓上官們抹消他鑽空子的痕跡，每年政績中平，同期多數升階升官，他就留在縣令的位置，處於平民百姓和官員那一條細線上，兩頭來回擺平。這其中，有著節南這位官夫人的大功。

節南通過尊明社的江湖地位，借助王芷的雄厚資本，掌握了錦關山一帶州府的交引大市，黃金、香藥、鹽茶、鐵銅，這些重要物資的價格，由她所領的幾個鉅賈富賈敲定，高低都在他們一念之間。然而，節南和王泮林一樣，不張揚，默默賺錢，默默花錢。她雖是巨賈芷夫人的繼承人，不代表她這時很富有；尊明社的營生遍布大江南北，不代表她私有的資產。

王泮林驕傲，節南也驕傲，都有原則，對自用的身外物更是看得很淡。而兩人互相扶持，在彼此開口求助的時候酌情出手，否則絕不多管對方的事，這是從認識之初就有的默契，保持至今。當然，涉及兩人家事，那就是偏心偏袒哄來欺去，一致對外。爲自己這個小家好，無所不用其極，什麼原則也沒有了。

這樣的一對，過得是平淡日子，卻時常鬧得周圍驚雷驚雨驚天驚地，人見人怕，人見人愛。

「今年鬧蟲災，明年香藥難收，巴州一帶香藥引大跌，他們貪便宜買進，我就能讓他們收不到貨，也賣不出引，你再拿香藥船勾他們，肯定乖乖捐錢。不過那個老說你壞話的葛員外，我聽說他每月一萬文包養外室，卻連區區兩萬文都捨不得拿出來，過一陣我請各家夫人來坐坐，捅給他夫人知道，讓他夫人幫他省錢。先說好，你說優先也沒用，我的香藥就不賣給姓葛的，比從前的紀二爺還風流，受不了。」

王泮林笑看著節南。老天其實很是垂愛她，五年的歲月，當了三個孩子的娘，容貌卻愈發明麗細緻。那個葛員外，他清楚，肖想著節南。慶幸節南大而化之，從來瞧不見這些暗開的桃花，所以他還能一視同仁，沒有以權謀私，姓葛的該燒高香。

「好幾日沒給小傢伙們上早課，今日我來教。范令易又遇到挖不動的岩區，昨晚就派人來請，我抽不出空，就打算今早開衙前去一趟，橫豎睡不得了，妳就多睡會兒吧。」

節南一聽，不客氣，重新躺回去。「雪蘭寫信來，說她懷了老三，本來不是說好開春要過來住一段時日嗎？只得等等了。」

王泮林對這樣的消息不太在意，卻道：「朱紅很快調任大理寺，也夠他們忙的了，不如等明年底我們回都述職再聚。」

節南點頭。「我就這麼回信的。她信上還提到蘿江郡主，說終於懷上一胎，別說出門，炎王妃連下床都不讓，所以沒去成她公爹的忌日，薛氏卻挑唆，蘿江郡主就把薛氏趕出了王府。婆婆和小姑子去求情，原來薛氏也有了身孕，比郡主晚一個月，這回挑得好時候。要說蘿江郡主這門親，眞夠折騰人的，蘿江郡主自己都笑說她爹悔不當初，早該選朱紅才對。」

王泮林一邊穿衣一邊笑。「女子嫁得好不好，都在她的智慧之中。蘿江郡主以前是個傻不愣登的任性小丫頭，成親後卻穩重起來了，她爹雖然悔不當初，她似乎安之若素。」

「劉夫人要是知道她丈夫做的那些事，還有劉昌在眞正的死因是被大今暗殺，而蘿江郡主知情，不但沒把劉睿踢出府，還幫著瞞天過海，最後只踢了個小妾出來，這對婆媳的關係大概才會破冰。不過，蘿江郡主不在乎。」節南對蘿江郡主，相見恨晚。

說完這些，節南翻身睡去。

王泮林穿戴停當，冷水無聲敷面，不走門，直接穿窗而出，將貓在窗下的五個小傢伙逮了正著。七歲商花花，六歲宋糖糖，四歲王小江、王小川，三歲王小珍，想要一哄而散，無奈碰到的是不會手軟的王泮林。

他先把最小的小珍掛上窗臺，對自己那對雙胞胎兒子一個一腳，踹進廊欄下的花叢裡，衝糖糖的背影喊聲「站住」，糖糖就定住了。最棘手的，就是商花花，王泮林和桑節南的大妖兒。

七歲的花花，大名商曜，讀書不費力，卻知道自己打架的資質一般，但在輕功上狂下苦功，倒也氣候小成，所以，得色了一下，衝到拱門那兒，才被他爹拎了回去。花花，從懂事起就知自己的身世，卻在還不懂事的時候就已經喊節南娘了。後來娘嫁給先生，改口喊王泮林爹。而王泮林和節南一說長子，沒有當作不當作的，花花就是親生的兒。

所以，早課就很簡單了，王泮林讓他們罰抄「非禮勿視，非禮勿言，非禮勿聽，非禮勿動」。另外，罰還是有講究的，以年齡乘百倍爲基準。雙胞胎，按年齡乘雙百倍；小珍是被商花花抱來的，只須抄三遍；糖糖態度好，減半，三百遍；花花老大，乘三百倍，另加小珍的二百九十七、糖糖的三百遍。

小珍是十二和柒小柒的女兒。不像十二不認字，也不像柒小柒不愛動腦，三歲娃娃對算學極其敏感，奶聲奶氣道：「花哥哥要抄兩千六百九十七遍。」

花花輕扣珍珍的小腦瓜。「叫曜哥哥。」

珍珍回：「小姨夫說應該叫花哥哥。」

「小馬屁精。」某花哥撇嘴表不屑。

「先生不用酌情減量，我跟大家一起偷聽了，該抄六百遍。」宋糖糖是宋子安和玉梅清的女兒，拜節南爲師習武，又跟王泮林讀書，長得甜靜，小名糖糖，性子更像她爹，有超出她年紀的沉慧。

王泮林道「好」。

江江川川什麼話也不說，堅決往老大身後一站。兩張一模一樣的臉，有節南的葉兒眼，也有王泮林的五官神韻，像兩隻小狐狸。早出生的江江跳脫張揚，川川清冷，但出鬼主意的，多是川川。江江練武的資質爲五個孩子中最高，川川文武平衡，自小就展現繪畫的天賦。

這一代雖然還沒成爲後浪，但已翻出屬於他們自己的小水花，將來一定精彩。不過這會兒，尙有很長一段路，正是天眞爛漫的美好時候。

五個孩子進書堂罰抄，王泮林陪坐兩刻，隨後叫來煙紋盯著，才出了門。

節南起床後，看到珍珍一人在吃粥，不見其他孩子的蹤影。她問過煙紋，方知他們被罰，就囑咐煙紋把早點送進書堂裡去。

王泮林一向嚴厲，節南則放任一些。兩人教法不同，互不干涉，卻也有張有弛。

平時吃早餐很熱鬧，難得今日清靜，節南和小珍珍耐心說話。

珍珍問：「小姨，娘娘和爹爹啥時候回來啊？」

節南答：「過年就回來了。」

柒小柒和王楚風，在節南和王泮林成親不久之後，就自拜了天地。姊妹倆再聚，是因爲節南懷了雙胞胎，柒小柒放心不下，趕回來幫節南調理身子，再從接生到坐月子，不假產婆之手。之後柒小柒又走了，一去三年。這年春天兩口子變成一家三口，來元縣住了大半年。

柒小柒說她雖然找到了病因，卻還沒找到治法，試製的草藥用光了，必須進山。王十二寵妻如命，自然跟了去。夫妻倆把三歲的珍珍留給節南照顧，也想王泮林給當個啓蒙先生。

然而，節南說小柒過年就回來，這話卻是哄孩子的。三個月裡，柒小柒沒有傳回半點消息。錦關山就在巴州以北，離元縣不過兩日車程，但錦關山之大，要找人也難。不過，沒有消息，就是好消息。

節南哄歸哄，還是很安心的。

午後，吉平之妻，魏氏來了。

尊明總社有丁大先生和堇燊主理。仙荷留在總社，碧雲進了雕銜莊，同節南之前的師傅伍枰學版畫。吉平吉康和祥豐等一批文武先生跟著節南。

吉平來之前，終於向魏姑娘求親。魏氏生一子一女，女娃娃兩歲，男娃娃剛滿百日。魏氏自身也能幹，是節南的好幫手。

兩人說著公事，煙紋卻帶著一個人走進書房。

節南驚喜。「梅清！」

來的是玉梅清，玉將軍之女，個性直爽。當年與柒小柒共過患難，柒小柒把她帶到宋子安那裡，夫妻得以團聚，因此與柒小柒極好。宋子安，臨危受命，當了鳳來知縣，如今已是成翔知府。

玉梅清笑笑，握了節南的手。

因爲成翔府離元縣近，有榷場，還有交引舖子，節南常去，而且就住宋子安和玉梅清家中，和玉梅清也成了好姊妹，所以能立刻察覺玉梅清的笑容發僵。

節南再一想，頓時斂起驚喜的神情。「梅清妳來早了，出什麼事了？」

玉梅清原本說十二月中旬來接女兒回成翔過年，這日才十一月中，整整早了一個月。

玉梅清從懷袋中掏出一封信。「我也覺得出事了，可子安他不肯告訴我，只讓我早些過來陪女兒。另外交給我這封信，千叮萬囑讓我一定交給妳和妳夫君。」

節南接過。「我不信梅清妳那麼乖，沒偷偷拆開看？」

玉梅清擺手。「妳以爲我還是當年咋咋呼呼的毛躁姑娘啊，怎麼著我也是當娘的人了。子安他怕我擔心，我就不讓他擔心，把信送過來，橫豎你們也會告訴我到底怎麼回事。」

宋糖糖文靜走進來，還沒叫娘，就被玉梅清抱住了，讓她娘連珠串地問近來過得好不好，功課好不好，怎麼沒長高，是不是挑食。

節南暗笑，剛才誰說已經不毛躁了？假裝沒看到門外那三顆好奇的小腦袋，節南打開信來看，卻是神情一變。魏氏瞧見，低問「怎麼了」。

節南將信再看一遍，對魏氏道：「妳和吉平祥豐他們今晚再來一趟，帶孩子一塊兒來也無妨。」

魏氏點點頭，趕緊走了。節南又找來今日當值的吉康。「去壩上瞧瞧，請縣令大人盡可能晚飯前回來，說宋夫人來了。」

吉康領命要去。

商曜走到節南身邊。「娘，是不是又要打仗了？」

玉梅清猛地轉過身來。「不可能！大今盛文帝年初才昭告天下，以和爲貴，讓兩國百姓過上太平日子。」

節南卻看商曜，摸摸他的頭。「怕不怕？」

商曜目光堅定。「我周歲就在娘的背上看打仗，不怕！」

節南一笑。

五年，可不是白過的。

28 虎狼與羊

星夜，月靜初，巴州水壩仍熱鬧。

不是熱火朝天的趕工廠面，卻是呼朋喚友、姊妹茶話、家人齊聚、老少出行的趕集場面。

范令易和王泮林合力向知州爭取，每逢初一和十五，午後工地停工，人們休息大半日，還開了集市、早市到夜市，甚至吸引了元縣百姓，如今小集市已經變成大集市。

節南到的時候，范令易正和妻兒在集市的小食攤上吃飯。六品的都水監，致力於巴州水壩多年，竭心盡力，人人回家過年的時候，他都不肯離開工地一日，以至於原本在都安的妻兒都搬到元縣安了家。只是即便離得這麼近，一家人同桌吃飯的機會也不多。范令易太忙了，小到工人們伙食，大到工事造圖，都不會疏慢，多數時候住工棚，比任何人都早起晚睡。

吉平要過去，節南拉住。「讓范大人好好吃完飯。」

吉平點頭，表示明白了。

「娘，妳看。」商曜指著不遠處一個畫攤。

畫攤專畫人物，二十文錢就能畫像，立等可取。價錢不貴，生意卻冷清。攤主是一對年輕夫妻，坐靠一起，一個約摸兩歲的女娃娃坐在父親腿上，一家三口分一張冒熱氣的烙餅，說著家常話，竟是其樂融融。

巴州處於西北，多窮山惡水，元縣因爲離錦關山近，山產富餘，沃土也不少，故而靠祖上庇蔭的土財主們腰纏萬貫，但一件衣裳都傳代的窮村也有，貧富差異厲害。

商曜拍拍腰間荷包。「娘，畫一張吧，，我正好帶了二十文。」

世道蒼涼，人心仍暖。

節南同意，眨眼刁俏。「給你吉平叔畫一張。我一直好奇，他在畫上也會是這麼老實的相貌嗎？」

吉平走在後面，嘴角不自覺下彎，老實人只能無奈。

節南繼續道：「一張好畫像能透出人物眞性子，還有——」

「未來。」商曜接過。「爹說過。」

節南翹大拇指，忽然想起來，囑咐道：「今夜我帶你出來，回去不能跟弟弟們炫耀。上回已經被他們念叨了半天，說我偏心眼，走到哪裡都帶你，卻不帶他們。」

「江流還是小溪，大川還是小坡，而我是娘的福星。」商曜嘻笑。

節南鄭重點點頭。「沒錯。」

家裡如今孩子多，商曜就顯得很穩重，帶著小的們，有老大的樣子。只有像這種時候，單獨在節南跟前，才露出孩子氣。而對節南而言，大兒子不止是第一個孩子而特別偏寵那麼簡單，還因爲共過一條命的經歷，對大兒有種獨一無二的依賴心理。於是，母子合力，也能天下無敵，更把老實吉平欺負慘了，站攤子前面當招牌。而商曜還練口才，拿全家福當賣點，幫畫攤攬了幾撥生意，先付一半當定金，不怕反悔。

畫攤前面好不熱鬧，把范令易一家都招來了。

「今晚這麼好興致？怎不見縣令大人陪同？」范令易笑問。

他對桑節南一直心存感激，當初沒有她提議找名人作詞賦，引起了皇上的重視，就根本不可能有今日的巴州水壩工事。王泮林調任元縣縣令後，更是全力配合，工事日進千里，讓他肩上重擔卸了不少。

節南寒暄兩句，才道：「王泮林去見知州大人了。范大人可有工夫，我們到壩後看看？」

范令易立刻明白這是正事，過去知會家人一聲，就跟節南走。

巴州水壩占地很廣，到壩後得騎馬坐車。吉平駕車，范令易坐在一旁。

等到四周沒人了，商曜掀起門簾，節南才對范令易說道：「昨日宋知府來函，從幾位來往兩國榷場的頌商那裡獲悉，錦關一線大今幾座邊府皆有異動，扣留商隊，封鎖邊境，增設兵馬。」

范令易回頭，神情不驚，但凝重。「大今終究還是要翻臉。」

商曜人小鬼大。「本就是虎狼，豈能裝綿羊？」

節南則看得更透澈。「大今窮兵黷武，盛文帝雖非庸帝，卻也是好戰好勝。先有魑離建國，再不當大今牧奴，後又多徵數十萬兵，勞民傷財，國力其實空虛。此番終下決心，一來因為大旱，各地饑民作亂，北燎舊部不忘復國，一直在找盛文帝的麻煩，盛文帝肯定想要借外戰平內亂；二來有大蒙暗中支持。據聞今年離妃娘家人來去頻繁，很可能密會盛文帝，甚至達成某種一致。」

「大蒙建國時，大今曾揚言開戰，這幾年關閉兩國邊界，衝突不斷，連離妃都受牽連，一度打入冷宮。如此交惡，實難想像會聯手。夫人的消息可確鑿？」雖然一戰難免，范令易卻難相信大今大蒙成為同盟。

節南不以為意。「並無確鑿證據，但覺不得不防。」

范令易沉默片刻，又道：「延文光一直削減西北線的軍力，國防之重都壓在楚州一線，因呼兒納親帶四十萬人馬駐守楚州，就算打仗，也一定是楚州那邊先打。」

節南嗤笑。「楚州靠海，南頌水師擁有天下最厲害的水上戰備，大今哪敢打海戰？一看就知是幌子。西北氣候嚴寒，平原開闊，大今騎兵優勝，又比頌兵耐得酷寒，不打錦關打哪裡？而錦關山險峻，是南頌最後一道天然防線，一旦攻破，半壁江山將拱手讓人。」

范令易一向佩服節南的見解，點點頭，不再說話。

烏蓬馬車不緊不慢，繞水壩工地大半圈，上一條小路，又行出數里地，進入一處山坳。

坳裡燈火點點，看著是個很寧靜的村莊，但快到山坳入口時，前方竟設鐵門石樓，有人在上面瞭望放哨，老遠就問什麼人，看清來者才趕緊開門。

馬車馳進去，經過空蕩蕩、好似曬穀場又好似農田的無邊平地，又經過幾十排長屋，最後進了一個大院子，在老槐樹下停了。

節南等人一下車，彩燕就迎了上來，連打手語。很大的水聲，從不遠處傳來。

節南對范令易道：「大夥都在屋裡。」

眾人進大屋，一張長桌已坐了不少人，個個都是大匠。

最年輕的，就是大馬了，所以敢吆喝——

「出發之前，要不要拜關公爺啊？」

⁂

十二月，北風扯不開沉雲，撕剝枯草黃沙。

錦關以北，大今邊府秦城，滿眼盡是鐵甲長槍，幾乎看不見普通老百姓。城樓上將軍堂，大今戰神呼兒納聽探子回報軍情。

「金鎮城樓一般兩個時辰換值，現在三個時辰換值，孟長河保持早晚巡視兩回的習慣。羊腸道之前有兩個營的人把守，如今只有一個營……」

探子報完，退下。

呼兒納得意笑道：「南頌小朝廷還不如當年，一國之君竟不知錦關山就是他江山的最後一面屏障，將孟長河的兵馬調走一半，去守楚州，卻不想楚州靠海，我們不善水戰，怎麼可能從楚州發兵。而金鎮一旦攻破，再無任何城池可抵擋我浮屠鐵甲，孟長河也會落得和趙大將軍一樣的下場。」

「南頌氣數將盡，大今即將一統南北，先預祝元帥馬到成功。」堂中還有一人，鷹鼻瘦臉，目光陰沉。

「泰和，沉香雖已不在，你卻還是我妻舅，我立功，自然也少不了你一份。要不是你說服了大蒙，暗中給我們送了五萬騎兵，皇上可能還下不定決心。」呼兒納忽嘆。「皇上還是親王時，與我稱兄道弟，說好一起打天下；登上帝位之後，竟有些英雄氣短，對他後宮裡的事要比國家大事還上心。」

「皇上日理萬機。」

這人是金利泰和，原神弓門少主，金利家僅存的一個。起先跟著盛文帝，後來神弓門被盛文帝廢掉，他母親慘死，凶手雖不是盛文帝，盛文帝仍怕他有異心，就調他到呼兒納手下做事。呼兒納起初並不重用泰和，但泰和這人近年頗有謀略，最大的功勞莫過於將大今大蒙的關係化干戈為玉帛。

「早該打的。」呼兒納一聽，就知泰和不敢說真話，但也罷。「六年前就該打了，要是當時能讓我大軍開進大王嶺，不但能吃掉成翔府，還能從背後襲擊金鎮，孟長河早完蛋了。」

呼兒納從沒有自知之明，盛親王一直在他影子之下操縱他，他卻真當自己戰無不勝。而如今，盛親王已成盛文帝，他成了將在外君命有所不受，才能發兩句牢騷。然而事實上，他這幾年都沒打過像樣的仗。沉香再沒回來過，連帶她那些美人細作不知去向。失去輔助力、失去決策力的戰神，平定內亂屢屢受挫。所以，呼兒納急需這一戰，而且還急需打贏它，因此無心去想一直受他欺壓的金利泰和為何突然盡心盡力起來了，還把借來騎兵的功勞歸給他。

泰和聽呼兒納說陳年舊事，也不予置評，只說去騎兵營看看，就走出將軍堂。

他眼前，天色蒼茫，望遠但見地平線。

「一切如你所願，呼兒納對你信賴十分。三日之後發兵，等這仗打贏，呼兒納戰死，所有功勞由你一人領，你還發什麼呆？」

杜子後靠著一人，身穿大蒙騎兵軟甲，面楞削酷，削薄雙唇抿成一條線，細葉長目飛入鬢，聲音冷到苛寒。

「我沒發呆，只在想，她會否也在金鎮，我和她會否在這一戰裡交手？」誰也不會知道，迄今泰和只愛一個女子，可惜那姑娘正眼不瞧他，明知他的心意，卻對他半點不留情，惡劣得讓他咬牙。整整七年，他不敢在她面前出現，怕自己動搖，怕自己退縮，怕自己依舊無可救藥，讓她耍個賴皮就怨念全消，而可悲的是，她是他的死敵，他和她一旦再遇，就注定只有一個能活。

「她在元縣。」那人涼聲涼氣。

「紮那將軍知道我說的是誰？」泰和一驚，收回目光，看向那人。

紮那，五年前還是延昱的影子，如今不但封王，還統率大蒙十萬鷹騎，崛起之勢洶洶。

「見過。」

紮那轉身，當然不可能說出桑節南與大蒙有何淵源，還有三年前讓王親自斬殺的謀逆者昱王子，臨終前最悔的是沒娶桑節南，高估了自己，以爲養恩能比得過生恩，料不到二十多年的母子情一朝變冷，淪爲棄子。

紮那和昱王子從小一起長大，但那一刻，對昱王子沒有半分同情。或者該這麼說，從昱王子五年前追崔玉眞的瞬間，紮那已經知道昱王子的結局。

一個有野心的男人、一個要統治天下的男人，可以對一個女人情有獨鍾念念不忘，但爲這個女人失去冷靜，甚至到了自欺欺人的地步，最後更是不惜對抗自己的母親，那只能說明這男人的內心遠不夠強大。

師父說，弱肉強食，而弱點人人有，能克服弱點的人才能成爲強者。昱王子沒能克服自己的弱點，他紮那是絕不會重蹈覆轍的。縱然，他知道，師父也許不止是他的師父，桑節南也許不止是他的對手和敵人，可是他這輩子都不會說出來。說出來了，就暴露了他的弱點，成爲他致命的傷。

他會是草原的下一個王，他會建起一個強大的國。

今生，專注這件事就好，換下輩子無牽無掛，當個平凡的兒子、平凡的兄弟，度過平凡的一生。

金鎭。

一駕駕大馬車駛入兵器庫，將油布罩著的大傢伙連串拉進去，引得大夥兒好奇不已，但誰也不知道是什麼東西。爲此，督軍常莫還跟孟大將軍吵了一架。

既然是督軍，那就是皇帝派來監督將軍的。

常莫這個督軍已在金鎭很久，和孟長河等將領相處融洽，大夥兒幾乎忘了他督軍的身分，把他當成軍師參軍諸如此類的自己人，因爲這回吵架，才重新意識到常莫是督軍。

這不，今日又吵了。

「大將軍覺得這像話嗎？」常莫吹鬍子瞪眼珠子。「什麼叫作絕密？我是皇上直接任命的督軍，有什麼絕密是不能知道的？」

孟長河語氣要好得多。「我不是說過了？除了我之外，誰也不知道，並非瞞你一個。你不信可以去問老陳他們，他們也跟我拍過桌子。」

「你別忘了，我的職權還在你之上！」常莫氣歸氣，說的都是事實。「這幾日我不再跟你提，是看在這些年的交情，但你現在依然故我，就別怪我參你一本！」

說完，常莫甩袖離去。

常莫在自己的院子裡踱來踱去，神情十分陰沉，自言自語道：「還有兩日……」

他的親隨跑進來。「大人，打聽到了！」

常莫大喜過望，沒看出那名親隨目光閃爍。「到底運進來的是什麼東西？」

「石炮。」親隨垂頭跪答。

這年頭，石炮這東西對普通人雖然還很新鮮，但常莫早就聽過，一下子心安，又一下子起疑。

「你查清楚了？誰透露的消息？」常莫問。

「守兵庫的阿查。」

常莫對手下的線人瞭若指掌，疑心去掉一大半。「那小子最是機靈，他的消息應該不錯。」

親隨不言語，等候指示。

常莫走了兩步，摸著下巴，眯眼沉思，半晌才道：「石炮沒什麼可怕，工部養的都是飯桶，這幾年沒造出像樣的兵器……不過，還是要想辦法送消息出去，以防萬一。」

常莫起身進屋，不一會兒拿了封信出來，遞給親隨。「放在老地方。」

親隨接過，起身走出去，轉眼卻又低頭走了進來。

常莫奇道：「還有何事？」

有人在門外念道：「突增石炮二百臺，慎之。」

常莫大吃一驚，眼珠子溜轉，猛地盯住親隨。「你敢出賣我?!」

親隨待在門邊，垂著腦袋，一步不動，也不說話。

常莫露出冷笑，眼中殺意分明，一掌拍向親隨。親隨不躲不閃，無風袖動，也拍出一掌。兩掌相撞，常莫只覺一股銳不可擋的氣勁衝擊他一整條胳膊，麻到沒了知覺。他想退，但讓對方捉了腕子，眼睜睜看對方很隨意地一彎一折，聽到自己的胳膊「啪啪」兩聲，又被對方一腳踢飛，愣半晌才覺胳膊上傳來劇烈痛楚，疼得他啊啊大叫。再一看，右臂好似無骨，蕩在身側，竟讓對方扯脫臼。

額頭冒冷汗，他抬眼看親隨，才發現不是親隨，而是一個穿了親隨衣裝的女子。

「多年不見，督軍大人別來無恙？」音色沙沙。

「妳是什麼人？」美麗的女子淡笑輕和，卻讓常莫心瑟。

「對了。」女子恍然大悟。「想來督軍大人已經不記得我了，我姓桑。」

「桑？」常莫睜目。「妳就是桑節南？」

節南笑意加深。「督軍大人竟然知道我的名字？這是不打自招了嗎？」

當年她到孟長河這裡來報信，瘦得跟鬼一樣，這麼些年不見，孟長河壓根認不出來。而雖然據說劉昌在那時監視著她，似乎也不怎麼上心，對她到軍鎮報信和殺回鳳來縣的事大概也不知情，所以她未聽那對母子提起過。畢竟，劉昌在不太聽話，自作主張滅了桑家滿門，先斬後奏。不過，劉昌在最終還是死在她的棋局裡，她到底爲她爹報仇雪恨了。

但常莫一聽桑姓，就能和桑節南對上號，而且身手竟然還不錯，在她看來，只有一種可能——常莫也是隱弓堂的？

常莫哼道：「招什麼？」

「招認你身爲朝廷命官，裡通外國，洩露軍機。」節南語氣輕嘲。「大概就這些吧，罪不大，掉一次腦袋就可以了。」

常莫雖然說漏了節南的姓名，照樣裝傻。「妳算什麼東西，敢在這裡大放厥詞！有本事，跟我去見大將軍，看看誰會掉腦袋！」

節南笑出了聲。「督軍大人說笑吧？我算什麼東西，有什麼本事，還敢跟你去見大將軍？縱然手上有一張你親筆所寫的便箋，應該不會是你平時的字跡。還有你的親信，就算這會兒還能活著作證，可能也活不到大理寺御史臺審你的時候。」

常莫又哼。「我本就無罪，這便箋是我寫的，我也問心無愧，不過因爲孟大將軍擅自運入大量石炮，須向朝廷稟報而已。」

便箋上又沒寫著給誰的，唯一的物證若不成立，能奈他何？

「說得一點都沒錯。」節南痛快承認。「督軍大人做事無可挑剔，如同六年前，呼兒納的前鋒軍潛入大王嶺，分兵攻打鳳來和成翔，和你也是一點關係也沒有。」

常莫眼皮跳。「虎王寨千眼蠍王同呼兒納勾結，在大王嶺中偷偷打通一條羊腸道，與我何干？」

「督軍大人知道得眞清楚。」節南神態自若，設下圈套。

常莫全無察覺。「當年呼兒納突襲鳳來，宋大人和崔相之子帶府兵前去解圍，不料遭遇數倍的敵人，只得藏進大王嶺中，後來兩人設局騙呼兒納從鳳來撤走，配合孟家軍解了成翔之危，這事已是人盡皆知。」

節南收圈套，獵物已經逃不了。「那就奇了。宋大人也好，崔大人也好，孟大將軍也好，都只提到成翔府官員集體和大王嶺山賊串通，有意投靠大今，才打通了山道，不曾提過虎王寨，更不曾提及千眼蠍王。至於爲什麼要留這個心眼，原因也很簡單。成翔府一群文官，要如何和山賊打交道，大王嶺卻在軍鎮的鼻息之下。」

常莫怔住，仔細一想還眞是如此，當即臉色就有些沉，隨後張口要狡辯。節南卻沒興趣聽，搶話。「督軍大人不用說話，我不是來問罪的。最後就問一句，督軍大人爲何一下子就喊出我全名？」

其實，她只能肯定常莫和大今有關係。

常莫的語調陰陽怪氣。「元縣縣令夫人桑氏，名聲響亮，即便在軍鎮，我也有所耳聞。」

「跟他廢什麼話！」門外有人不耐煩了。

常莫目光一閃。「妳……你們要幹什麼？」

節南的手從背後放下來，手裡多了一張兔面具。「明知督軍大人爲大今效命……」

常莫急吼：「你們有什麼證據？」

節南一笑，無情的。「沒有。所以，只能暗殺大人了！」

她那話一說完，從牆頭飛下十幾隻兔子，向常莫包抄過去。

常莫喊：「你們敢！這裡是——」

節南轉身走了出去，聽劈里啪啦的拳腳聲，還有常莫時不時的謾罵，最後再聽不到常莫的聲音，兔子們從門裡跑了出來。

節南才道：「常莫雖除，卻還有手下人。」

她的面前，有王泮林、孟長河、宋子安，三位官大人。

「這點不用擔心，先隱瞞常莫的死訊，那些人按耐不住，自會露出馬腳。兔幫來一個捉一個，到時候打起仗來，把人往對方陣營裡一送，是死是活，讓他們自己人看著辦。」王泮林一身縣令官服，說話卻沒個官樣子。

孟長河眉宇緊鎖。「常莫這個狗賊，只恨我自己不能親手處置他！」

王泮林笑道：「朝廷上下一片主和之聲，大將軍要是動手料理常莫，難免讓有心人借用，有證據都未必說得清楚，還是用江湖規矩省心。」

「泮林老弟說得是。常莫洩露軍情，我等一目了然，只是審理此類案件耗時耗力，大將軍置身事外得好，一旦打起來，也不知要多久，金鎮不能沒有大將軍。」宋子安則是有官樣子，溫和的性情從不乏熱血，很有魄力的人。

「大將軍，探子來報，昨日子夜，呼兒納直屬豹軍二十萬自秦城開拔，往我金鎮方向急行軍。」林溫腰間配刀，大步趕來，那架勢再沒有都城名少的半點影子，曬黑了，讓邊關的厲風吹得眼神驍勇，肩都闊出不少。

沒有人驚訝呼兒納來得這麼快。

自十一月中旬起，大今邊軍就蠢蠢欲動。孟長河向朝廷稟報，請求金鎮增兵，卻得回延文光爲首的閣部一紙輕飄言，要他莫大驚小怪。大今南頌太平已久，南頌前往大今朝賀的千人使團得到盛文帝的隆重款待，兩國友好是經得起考驗的，讓他不要無謂猜忌，爲戰而戰，南頌軍隊不是發動戰爭的侵略者，而是保家衛國的守護者。

孟長河就找宋子安商量。成翔和金鎮同命相連，金鎮失守，大今下一個攻占的目標就是成翔。以成翔往東南推進，再無軍鎮，不出一個月就能打到都安。

宋子安自然知道事態嚴重，才立刻寫信給王泮林和桑節南夫婦。王泮林就去見了巴州知州，以錦關一線山賊復起為由，提議巴州各地民兵趁著過年空閒，進行封城防禦等等的大演練，加固平時疏於維護的城牆工事。王泮林幫知州做了不少政績，知州對他一向頗為信任，加之搶糧擾民的事件突增，就應允了，因此錦關以南自發自覺穩固防線。

同時，孟長河向香州邊軍大將萬芳賀年，玉梅清給她爹發了家書。楚州是延文光的勢力範圍，沒人去拔老虎鬚，而且就算那邊出了問題，也是延文光的問題。

到了十二月，離除夕十日，錦關內線已然完成各種工事，香州萬芳發誓讓百姓過個安心年，邊城邊縣臨時設立保糧巡邏大營，而玉木秀給他姊姊回信，說父親今年會同西北水師過個熱鬧年。

因此，孟大將軍這時聽林溫報來呼兒納的動向，毫無所懼，大聲道：「來得好！我還就怕他們不來！讓那些說我大驚小怪的傢伙閉嘴！」

王泮林卻道：「呼兒納帳下四十萬大軍，如今只來一半……」

宋子安點頭。「的確。」

「該說還好只來了二十萬，金鎮只有六萬人。」赫連驊跟著節南，嘀咕。

剛才收拾常莫時，就是赫連驊在外念便箋，讓節南少廢話。

早在得到大今異動的消息時，尊明社也動了，到這時已往節南這裡送了六百餘兔，除了跟著節南的吉平那一批，赫連驊和李羊是最早趕來的。據李羊說，丁大和堇大隨後也會到。

「我就不信，等到真打起來，龍椅上那位還能坐得住，不派人增援？」節南笑道：「而且王泮林說了，一定會有援軍。」

「他說有就有啊？」赫連驊卻很懷疑。「一九品縣令，還能讓朝廷那些一品大員乖乖聽話？」

「我不能。」王泮林不知何時退到節南身邊的，牽她的手不放，一如既往，沒臉沒皮。「不過你可知道，一年前暉帝骸骨被大今作爲友好的象徵，祕密運進都安，還給了皇族。」

赫連驊眉毛扭在一起。「那又怎樣？」

「本來是件好事，畢竟南頌在暉帝手裡丟掉一半江山，如今暉帝能安放皇陵，只要看好風水，就可能成爲江山回歸之吉兆。哪知打開棺木一看，發現吉兆不吉，少了暉帝頭骨。」

赫連驊「啃」了一聲，怎麼聽都是幸災樂禍。「自古人帝爲天龍轉世，龍首沒了，就成了翻不了身的死龍。大今太損了，把沒了腦袋的屍骨當友好象徵？明明是欺人太甚，南頌還唱得出太平調？」

王泮林不置可否。「大今強兵強權，南頌不敢說不，只能吃悶虧，裝著歡天喜地收下，葬於新建的皇族陵園，由大今風水師指定方位，成爲南都第一座帝陵。」

赫連驊不是頌人，都覺烏雲蓋頂，情緒完全被王泮林帶著走。

節南卻笑。「赫兒先別替皇族委屈，聽他說下去。」

「我說完了。」王泮林要笑不笑。

節南斜王泮林一眼，知道他是要她接著說。「赫兒，這損主意就是他出的。大今有人煽風點火，盛文帝又很相信風水之術，一聽說沒了頭骨的暉帝有損國運，當然很痛快地將暉帝送回了南頌。」

赫連驊糊塗了。「這是爲何？」

想不到節南搖頭。「不知道。」

赫連驊再要問，王泮林卻拉著節南加快了腳步。那之後，軍鎭進入高度戒備，人人有任務，赫連驊也忘了骨頭不骨頭的事。

這時，遠在江南的、王泮林早布置下的棋面，正以暉帝頭骨爲中心，大勝收尾。

都安皇宮，果兒公主剛接完旨，冊封「長福公主」，賜婚定國侯之子，眾人跪下恭賀。

進宮五年，一直用慶和公主的舊號，因爲皇太后對她心存猜忌，遲遲不肯賜新，令她在宮中受了不少冷遇，但她牢記進宮前某人的話，堅守著她的初心。

年前又有一位自稱是她兄長之女的公主從大今逃來，結果未通過查驗，皇太后特意找她觀刑，看那可憐的女子被活活杖殺。

皇太后殺雞儆猴，對她始終抱有殺意。於是，她按某人天衣無縫的計策，向皇上巧獻暉帝頭骨。

皇上金口玉言冊封長福，並爲她賜婚，從今往後她公主的地位再不可動搖。

皇上也終於因此相信大今野心不死，難得腦袋清明了一回，越過延文光，命崔相密旨十萬西關軍，前往金鎮待命。

一切，如他所願。

一切，如她所願。

現在，她衷心祈求上蒼，讓南頌一雪前恥，減輕戰敗帶給弱女子的痛楚哀傷——

只求一戰大勝！

29 鐵心不碎

金鎮，深夜，鵝毛大雪。

節南一身杏華風袍，和包括林溫在內的兩位將軍，率一千三百名騎兵，在城門下整裝待發。最新探報，多虧惡劣的氣候，呼兒納二十萬大軍在三十里外紮營。不是進攻的好天氣，卻是偷襲的好時機。

孟長河、王泮林、宋子安定計，派騎兵突襲呼兒納的糧草後備營，且已查知它們就在呼兒納大營後方五里的坳谷中，約有今兵萬餘。

節南自告奮勇，挑選三百兔，加入奇襲行動。一千餘人，要燒毀一萬餘人把守的糧草營，需要她這等好身手的人，她可不是自吹自擂，而且這也不是應該謙遜的時刻。事實是，孟長河看節南一人單挑五十名天馬精兵，才最後定下這次奇襲。

孟長河在那兒囑咐他的將軍們，節南正奇怪王泮林竟不來送行，卻見他帶著商曜那隻小妖怪，還有那對一模一樣的小魔星過來了。

她根本不知這三個小傢伙在金鎮！所以，她劈頭蓋臉先一句責怪。「王泮林，你打算帶著全家和敵人同歸於盡？」

這話，引得身後一片側目，赫連驊乾咳連連。

節南不在乎。她雖然不是一個太盡責的娘，但愛子之心自問比得過天下任何當娘的人。

「這裡是戰場，不是兒戲。」

節南和王泮林時常鬥智，幾年夫妻下來，仍不亦樂乎，然而她和他對家人的態度從來一致，絕對護短。所以，她看到孩子們出現，才會生氣。

她不會嘴上說，但他們就是她的命根子。

「今早他們還在成翔，明早我就派人送他們回去。」王泮林神情平和。

節南沉吟，然後皺皺鼻子。「幹嘛呀？當我回不來了？」

商曜癟著嘴沒說話，江江川川到底小了兩歲，一聽娘親這麼說，就跑過來，一人抱一條腿，臉埋在她風袍裡。

節南一使勁，左右手各提起一個小傢伙，難得喊他們大名：「王羲和、王若華，不准哭鼻子，娘一定會回來的。娘的師父教過，打不過可以跑，保住自己的命最重要。」

赫連驊這回笑噴鼻涕，正好噴吉平下巴上，吉平一掌打開他。

兩個小傢伙四隻眼睛，有些像節南，細葉子，又有些像王泮林，狐狸目，說不哭就不哭，點著小腦瓜，已隱隱有父母的霸氣。

節南把人放下，拍著屁股，趕他們回商曜那兒。商曜一手牽一個，王泮林站在他身後。

節南看著這個場景，自己倒想哭了。「可惜柒小柒不在……」這種時候，聽小柒罵一聲「臭小山」，她大概就戰無不勝了！

「小柒不在，我在啊。」一聲銀鈴清脆音，紀寶樊也穿銀白雪袍，身後跟著兩長列劍客。她對孟大將軍抱拳。「北嶽劍宗一百二十名弟子前來助陣，紀寶樊聽憑大將軍差遣。」

這一支鋒芒直綻的劍宗好手，往每個人心中注入更多信心，士氣高昂到沸騰。

節南亦不客氣。「來得正好，奇襲要兵分三路，一百二十名好手正好夠分。」

孟大將軍略思，卻道：「不，雖然兵分三路，林副將他們卻是爲了掩護妳這一路，只爲起到干擾敵人的作用，妳才是奇襲主力，所以紀姑娘他們都跟著妳。」

節南看看王泮林，後者默然頷首。

節南就不含糊了。「好。」

宋子安和玉梅清夫妻二人親手端了香案。眾人叩拜，諸將諸官敬香。

宋子安走到節南面前，突然躬身作一長揖，但道：「當年桑姑娘鳳來接官，那情那景，宋某永不會忘，相信只要有像桑姑娘這般重情重義的人在，我們南頌就絕不會輸。」

節南眼角發熱，看向王泮林。「有無好酒送行？」

王泮林還眞備好了，一招手，士兵們抬酒缸分酒碗。

節南雙手舉碗，大口喝乾，空碗高過頭頂，突往地上一擲。「鐵心不碎！不勝不歸！」

眾人紛紛擲碗，大喝：「鐵心不碎！不勝不歸！」

城門大開，節南上馬。

一隻手緊緊握住她捉韁繩的手。節南低眼，瞧入王泮林的墨眼之中。

王泮林在笑，笑得清淺，卻眞情深。「上窮碧落下黃泉，小山妳不勝不歸，我亦會隨妳去。」

節南目光淡淡掃過不遠處的三個孩子，對王泮林展顏回笑。「我知道，所以我才不怕啊。」

王泮林放開手，微笑退開，節南就催馬奔了出去。心有所依，何所畏懼?!

王泮林感覺一隻小手捉緊自己，垂眼瞧見大兒商曜。長子總是特別的，因爲得到爹娘一心一意的關注，好比他對商曜的嚴厲，那都是獨一無二的。而商曜，自小跟他讀書，自小跟節南行走，小小身體，小小頭腦，擁有超越七歲的智慧和勇氣，不是他和節南的骨和肉，卻結合了他和節南的心和魂。

「她不是大義殺敵去的。」

商曜沒說話。不知何時起，爹和娘一樣，會對他自言自語。

「她那點心思，瞞得住別人，瞞不住我。她的重情重義，都是心血來潮，順帶的。」王泮林確實不需要一個七歲孩子的安慰。「她知道呼兒納二十萬兵馬裡有大蒙的人，自然要去這一趟。大蒙有她的死敵，雖然也是我的，但她把我的那份仇恨一併承擔了，我反而已經一身輕，做自己想做的事，只是我也希望她索性自私到底，連順帶的重情重義也不好……」

大風呼嘯，雪花似乎捲走了王泮林的聲音，低得商曜完全聽不清了。

「……花花，你是長子，記住。」

商曜這才回答：「是。」

王泮林拍拍大兒的肩。「明日一早，同玉姨回去，督促弟弟們功課，」

商曜再答：「是。」

玉梅清上來，帶三個男孩子走了。

王泮林朝孟長河走去。「大將軍，事不宜遲，把大傢伙們運上來吧。」

孟長河重重把頭一點，一聲令下。一大隊早就候命的天馬兵踩著齊步，朝兵庫方向小跑。

宋子安隨王泮林上城牆，茫茫黑夜中漫天灰白，雪勢借風勢，打在臉上如雹子，但誰也不覺得疼。

就等天明雪霽。

巡兵一列，快跑回營，一邊罵罵咧咧這鬼天氣，一邊搓手哈氣。

守門的士兵冷得縮脖子縮肩膀，冬帽壓住眉梁，跑跳跺腳打開門。突然，巡兵最後的兩個人迅速轉身，繞到門衛身後，摀住他們的嘴，匕首插心，拖了下去。又見兩道影，鬼魅飄，上兩旁望塔，無聲無息殺了瞭望兵。

隨後，門口重新站了兩人，發出一聲貓頭鷹咕咕，對面坡地就急躍出一片白影，像滾動的雪丘，滑進門裡去了。

門闔上，守衛看門，塔兵瞭望，看似一切如常。

糧草營守將正睡得香，忽然讓一陣煙嗆醒，睜眼卻見一張雪白兔子臉，嚇得去了半條命，說不出話。

兔子說話但沉穩。「我問你，這營裡到底多少人馬？」

守將牙齒咯咯響。「三……三千……」

雪兔面具後的雙眼睜了睜。「不是一萬？」

「有……有……騎兵七千……不不不歸我管……好漢饒命！」喊饒命的時候，舌頭才利索。

雪兔轉身就走。

守將從枕頭下摸出一把彎刀，正要撲過來，但見雪兔手一甩，他眼珠子就定住了，看到自己腦門上多了一尾箭羽，立刻仰倒斃命。雪兔看都沒看，出了主營，面對幾柄突然刺來的長槍，蹬地點槍頭，從那幾人頭上躍過，同時碧光寒波往回一掃。

「噗噗」幾聲，活人變死人，血濺薄雪。

四周火勢漸烈，大風捲起火舌。

雪兔發出一長一短兩聲哨，營地各處就有幾條影子急速趕到她面前。

赫連驊大概也已覺得不對勁。「人數不對，哪來的萬兵?!」

雪兔面具撩上，露出節南凝冷的面容，命令簡單直接：「速撤！」

吉平毫不遲疑，立刻發出連串示警短哨，和李羊帶頭向營門跑。

上百道身影在火光映照下，目的地一致，整齊往營外撤去。

節南和赫連驊押後，兩人雙劍，經過一個月的訓練，還是有些默契的，但有不怕死的今兵衝上來，皆喪命於全無死角的凌厲劍圈之下。

赫連驊還有餘力說話。「山主可知我這輩子最後悔的是什麼？」

節南翻個白眼，一手按矮赫連驊的頭，讓他避過一枝暗箭，右手扣腕弩，射殺某個角落裡的弓箭手。

她師父說，動手的時候不要說話。

話說回來，他赫連驊最後悔什麼關她屁事！千萬別跟她說，最後悔當初沒有跟著小柒走。就算他跟去，也是十二的手下敗將。瞧瞧她姊夫，寵妻那個癡，這麼多年煮飯縫衣帶奶娃，家事一手包辦，還能負責收拾小柒的爛攤子，和粗枝大葉的小柒是天生絕配。

赫連驊，哼，能和小柒一起惹禍之外，還能幹什麼?!

赫連驊道聲謝。「我最後悔離家之前跟我大哥鬧翻，可其實我這輩子除了師父，最佩服的人就是我大哥，結果這輩子再沒機會告訴他實話。」

還好分心了一次，也長了記性，赫連驊一劍偏鋒，幫節南解決側翼敵兵。

又衝來十幾個今兵，節南抓一把鐵彈丸扔過去，同時不耐煩地拉起赫連驊，一口氣跑出營門，加入吉平他們，才開口說話。

「赫兒不用急著說遺言，你這輩子還長，今後會後悔的事多著哪。」

赫連驊其實才說了一半，卻被節南嗆閉嘴。

這時，整片營地火光沖天。

節南突然發現少了一批人。「紀姑娘呢？」

紀寶樊領了數十名師兄弟，應該從糧草營後面潛入，但這會兒節南卻不見紀寶樊他們的蹤影。

吉平忽道：「快看！」

眾人順著吉平的目光看去。山坳讓火把圍起大半圈，一陣陣「哦哦」吆喝聲，跋扈囂張。

大今騎兵！

赫連驊瞠目。「要命，我們中計了！」

節南聽到身後也有急奔的馬蹄聲，回頭卻看見了吉康他們，帶著大夥兒的坐騎及時趕到，不由鬆口氣。

她總共帶了四百人，雖說遠遠少於敵軍人數，然而本來就是來偷襲的，挑選的都是身手敏捷的好手，打著放完火便跑的主意。而她還留了個心眼，讓吉康帶人守住拗口一個方位，一旦有變故就發訊彈。

「四周都讓他們包圍了，大家快走。」吉康喊。

眾人都看向桑節南，她是他們的頭兒。

節南說不上哪裡不對勁，而且紀寶樊沒有照預定計畫行動，讓她十分擔心。然而，此刻的情勢卻也由不得她猶豫，她不得不爲多數人著想，但喊一聲「走」。

眾人立刻上馬，跟著吉康往來路上奔。

節南仍走在隊伍的最後，回頭看大今糧草營裡混亂的景象，心裡七上八下。她做事並不馬虎，是確認糧草營裡有糧草之後才動手的，且殺了守將，讓今兵變成無頭蒼蠅，顧不上捉拿他們。

可是，那些騎兵太古怪了。她這邊一撤，騎兵們才衝下來，竟不是追她和她的人馬，而是包圍了糧草營。

到底怎麼回事？節南想著，又不可能殺回去看看，就這麼衝出山坳，進入寬闊的平原。

赫連驊鬆口氣。「只要到了這兒，什麼計也不用怕了。」

節南完全同意。然而前方吉平大喝一聲：「什麼人？」

節南和赫連驊急忙拍馬衝上前，只見不遠處三十餘騎烏甲騎兵一字排開。一名騎士領在他們前面，一手控著韁繩，一手捉一柄青龍長刀。

赫連驊冷笑。「才這麼點人，給咱塞牙縫？」

節南卻笑不出來，瞇眼仔細瞧，就發現那些馬上不止騎兵，鞍後還馱著人。

風雪呼嘯，吹得她臉上都快沒知覺了，但腦中靈光一現，忽然想明白了。

「吉平你帶大夥兒先走，赫兒你這隊人留下。」很好，沒讓她白跑這一趟。

赫連驊撇笑道聲「好咧」。自從國破家亡，他就愛打架，拳頭撞拳頭，解氣！

吉平讓李羊吉康帶隊，自己卻留下了。

節南看看這個忠厚老實人，但對也想留下的李羊吉康搖搖頭，知道他們都馳遠了，才衝對面揚聲道：「你們不是大今騎兵。」

那名騎士馬鐙一敲馬肚，帶著整排騎兵悠悠上前。

雙方只離七八丈遠。

這些人，看大今糧草營被偷襲而幸災樂禍，看偷襲者從旁邊經過都無動於衷，不可能是今兵。

節南斂眸，冷嘲熱諷。「大蒙狼騎和大今豹軍，真般配！就不知盛文帝得知自己引狼入室，還是否會同你們稱兄道弟？」

騎士摘下頭盔。「大今本來就不是我大蒙兄弟之國。」

這是一個長著丹鳳眼的男子，面容峻冷，輪廓分明，但比起其他人，身材不高。

明明從未見過，節南卻覺面善。不過，她無意多攀談，直奔主題。「你們既然不幫大今守著糧草，又將我們放走，何不好事做到底，放了人質？」

「我是紮那。」騎士答非所問。

紮那？節南陡然想起。「你是延昱的影衛。」還搶過她的蜻螭！「延大公子這幾年可好？」

「我是奇兒只．紮那。」騎士繼續不答。

節南收起笑容。如果五年前有人跟她提魑離部落的奇兒只，她根本不會知道有多了不起，如今大蒙一統草原，大蒙王族奇兒只，她當然知道得很清楚。再怎麼不濟，她好歹還是一九品官的夫人，同黨、政敵、他國皇貴權貴的名字還是記得住的。

「延昱已死。」紮那終於回答了節南一個問題。

延昱謀逆，是被扼殺在搖籃裡的，消息並未散播出去。而作爲師父的養子，隨師父在外多年，回到草原後還來不及建立根基，失去了師父的支持，生母出身卑微，沒有母族力量可以依靠，野心卻被餵大的王子，下場可想而知。只怕延昱到死都不知道，他的行動其實受師父暗暗操控，只能悲慘終結。

但紮那也不會忘記，是桑節南他們發現了延昱的弱點，並將它暴露在師父面前，師父雖然爲延昱離開南頌，卻也在師父心裡撒下一顆毒種。這顆毒種發芽長大，最終破壞了母子之間的信任。沒有後天的信任，沒有先天的血脈相連，還剩什麼呢？

節南一愣，隨即淡淡「哦」了一聲。「所以才輪到你。」

紮那心頭突生寒意，咬住半邊牙。「不用拿對付延昱的那招對付我，我不是他。」

節南靜望對面片刻，神情卻是好笑。「說者無意，聽者有心，顯然你是有心人。紮那殿下，還是王爺，還是啥，我對大蒙貴族的銜頭不大清楚，總之我還是很尊重閣下的，請閣下放人。」

「我本可以殺妳一個片甲不留，妳該慶幸被活捉的不是妳。」

「慶幸？」節南可不想從敵人那裡聽到這種話。「分明是你們大蒙的私心，借我的手燒了糧草，呼兒納就打不了持久戰了。」

「壯士斷腕，破釜沉舟。」紮那回應。

節南恍然大悟的表情。「原來如此。回頭我告訴呼兒納，讓他燒高香感謝你。」但歪腦瓜睇冷眼。「其實大今南頌哪邊贏哪邊輸，對大蒙都毫無損失，還能騙到不少好處，觀察兩軍實戰，收集各種情報。雖然，如果我是你，好歹穿著他送的浮屠戰甲，做不出這等雞鳴狗盜的破事兒。」

紮那一身烏沉鐵鎧，還有他身後那排騎兵，是浮屠鐵獨有的色澤。

「廢話少說！」讓節南說中，紮那有些惱羞成怒，青龍刀一指。

「你先說的！」節南突然跳下馬。

吉平赫連驊同聲喊：「山主。」

節南抬手，讓他們不用多說，蜻螭也指紮那。「你我單打獨鬥，我贏，你就放人！」

紮那下馬，大步上前。「正有此意。」

於情，他欠延昱一諾；於理，他是大蒙戰將。

而他雖然可以看大今糧草燒個精光，把營裡所有今兵滅口，事後推給南頌，斬斷呼兒納的後路，但什麼都不做就放桑節南回去，他這邊人心不服，哪怕身後這些人已是他的死士。

草原勇士，可以敗，不可以不戰而退。

節南提氣，雪上幾乎不留腳印，一劍「游龍嘯海」，劍光如打開的扇面，看似散，其實聚。因爲對手是紮那，出手就施展平生絕學。青龍長刀毫不遲疑，蜻螭快，它也快，一式「九雷落天」，眨眼拍擊道道刀光，對付節南的散劍光。

兩人，皆從了不得的師父，自身悟性又高，對招僅僅一式，就已經讓人感受到旗鼓相當的震懾力。

節南難得打架的時候說話，喝道：「好！」

紮那握刀杆的手顫了顫，暗暗驚訝節南的劍氣竟比五年前強勁得多。

當初，他一回讓她受內傷，一回奪她蜻螭，雖說是偷襲，但也是他技高一籌。如今正面交手，卻一點便宜都討不著，她的蜻螭還震得他的刀差點脫手。

紮那想著，但見節南一劍又來。這一式「龍王施雨」，人騰半空，倒手抖劍花，無數。

青龍刀再沒有以長剋短的優勢，紮那就地翻滾出去，一式「醉仙打花枝」，不劈劍，劈人。

節南眼觀六路，雙腳蹬點青龍刀，輕巧翻下。然而，才落地，似乎氣都不換，蜻螭直劍，沒有花樣，卻快得不及眨眼，已到紮那喉頭。紮那側翻，單掌拍地，躍起身，卻覺捉著青龍刀的手沉。他回眼一看，見節南站在青龍刀上，踩著刀杆，又是一式毫無花樣的殺劍，甚至比剛才慢了不少。

這要是一般對手，大概會輕瞧這一式。紮那卻不敢小瞧。

蜻螭是一柄三尺三軟劍，軟劍的劍光常游移，所以節南的劍式以發揮蜻螭的柔韌、化爲幻妙、令對手看不清實劍爲主。然而，此時蜻螭清清楚楚刺過來，但劍身竟然暴長——

紮那棄刀，往後退。

他退得已經很快，卻還是覺得肩肘一疼，低頭看去，見肩甲和胸甲的接縫處鮮血直流。

浮屠鐵甲，並非天衣無縫。顯然，桑節南十分了然，一劍刺中浮屠鐵護不到的地方。還有她的直劍，也不過看著沒有花樣而已。

五年來，他在大蒙培養自己的勢力，抬高自己的地位，讓「紮那」這個名字被各部首領欣賞看重，忙得頭頭轉，但滿足於每日一個時辰的武課。而今日和桑節南對招，他才發現自己原地踏步的同時，桑節南的功夫卻精進千里。

高手對決，一招可定勝負，他已然輸了這場。

儘管，他並不需要在武功上勝她。她是九品縣令夫人，他是大蒙王爺，不用爭江湖地位，今後，一個愈走愈高，一個愈走愈遠，到死都碰不上了。可他骨子裡就不喜歡輸，尤其還是輸在曾經的手下敗將手裡。

紮那心裡的滋味就甭提了，憋足一股氣，拔出腰間彎刀。「再來！」

「你不是我的對手。」紮那能看清的勝負，節南當然也看得清，一針見血。

紮那一刀劈去，節南借著擋刀的那一下子，往後飛退，蜻螭往雪地急速挑起幾面雪屏。

紮那只覺視線一片模糊，第一反應就怕節南偷襲自己，立刻將彎刀正反手掄得虎虎生風，護住自己周身。然而，等眼前的景象重新清晰，卻見桑節南已落到她的坐騎上，喝駕一聲。

「哪裡跑？」紮那好勝心起，這會兒爭的是意氣。

節南笑聲朗朗。「紮那殿下，還是王爺，還是啥，看看你身後。」

紮那急急停下，往後一看，不禁雙眼撐圓。

至少兩百隻兔子，身穿雪色風袍，趁自己和桑節南比武時，將他三十多名親隨從馬上拽下，腕上勁弩對準著他們的腦袋，只待人一聲令下。

馬背上那些劍客，已經被全部救下。

「什麼時候……」紮那吃驚。

節南率赫連驊等人騎過去，與大部隊會合。「我今晚帶了四百人，剛剛走了一百多，你自己算一算。」雪地設陷阱，又快又好。

節南舉起手，兔子們手臂一抬。

「住手！」紮那知道，桑節南關鍵時刻下手從不留情，但這三十多名死士卻得之不易，他因此冷喝：「領頭的女人還在我手上。」

「寶樊？」節南連忙看向那些昏迷不醒的劍客，果然不見紀寶樊。

「紮那，你敢傷她分毫？」紀寶樊不僅是她的好友，還是趙大將軍的後人，若在這裡出了事，要她如何同紀家人交代，如何同乾娘交代？

「人好得很，不在這兒，不過只要妳放了我的人，我自然也會放了她。」還好，他留了一手。

赫連驊呸道：「信你才怪！」

紮那不理，但看節南。「她是北嶽劍宗宗主的外孫女，又是江陵首富紀氏大小姐，雖說我並不怕他們，可也沒必要爲自己多豎一群敵人。我說到做到，妳走妳的陽關道，我走我的獨木橋，等我安然返回大蒙，自會放了她。」

赫連驊再呸。「還安然返回？敢情你覺得大今贏定了？還指不定呢！」

節南斂緊眸瞳。這時，山坳口火光隱隱，紮那的主部追來了。

紮那聽到動靜，回頭看看，再轉回來，冷盯節南。「不管誰贏，我大蒙只是看客，不會參與大今南頌的兩國紛爭。我向鷹神發誓，她若在我手上出事，我以命相抵。」

吉平聽馬蹄聲湍急，也不禁開口催：「山主。」

節南銀牙一咬。「紮那，記住你的誓言，否則任你躲到天涯海角，我也一定要你償命！」

節南命眾兔放人上馬，同時勒馬繩，要調頭。

「桑節南。」

節南側眼望紮那，不知他叫自己幹嘛。

「秦城原有四十萬兵馬，現在已是空城。」紮那說到這兒，走向他的坐騎。「我要是妳，絕不會回金鎮。」

四十萬兵馬全出來了，可南頌只探到了二十萬。

那麼，還有二十萬呢？在哪裡？

節南陡然意識到危機，來不及問紮那爲何要透露這麼重要的情報，也不明白自己爲什麼無來由相信紮那的話。

她冷笑一聲。「來得愈多，死得愈多。」

當下，再不猶豫，節南調轉馬頭，聲音長揚，讓人但覺士氣猛漲。「回金鎮！」

大蒙的騎兵把糧草營燒光殺光了，終於趕到紮那身前。

將軍上前來問：「剛才末將看到王爺好像在同南頌那些偷襲的人說話？」

紮那戴上頭盔，拾起地上青龍刀。「可惡，他們竟在此處設下伏兵，本王差點遭了暗算，要不是他們知道你們會趕來，只怕要活捉了本王去。你們怎來得這麼遲？」

那將軍喏喏，不敢再言。

紮那朝節南他們去的方向看了一眼，突然上馬。「索虎將軍，你先帶其他人到青州邊界等本王，本王決定去金鎮那裡親眼看一看。」

索虎大驚。「王爺使不得。」

紮那不聽。「我狼騎還有四萬餘隨呼兒納出征，即便呼兒納差使不動他們，但本王卻是他們的元帥，怎能躲在後方？你不必多說，本王心意已決。」

桑節南說來得愈多，死得愈多？他倒想看看，就憑金鎮那點人馬，能讓呼兒納死多少兵?!紮那想到這兒，帶上他那支死士，往節南去的方向，催馬奔去。

「桑六娘！」林溫又驚又喜，一高興就喊節南出嫁前的名兒。「總算沒白等！」

節南沒想到在之前的岔路口遇到林溫，心裡多少安心一下，畢竟林溫這小子不錯。「說好會合，卻沒等到你們，還以為出事了。」

「我那一路沒走多遠，就遇到呼兒納的前鋒營地，巡邏的全都是騎兵，過不去。」林溫語氣不甘，轉而又有點不大好意思。「本來可以回金鎮了，想想不能什麼都不做，還是等在這兒，有什麼事還能接應。」

當了兵的林溫，性格爽氣得多，說話也直。

節南問：「柯將軍呢？」

第三路人馬，也沒同節南他們會合。

林溫搖頭。「沒跟你們會合？」看節南也搖頭，就道：「我沒看見柯將軍。」

節南一路回來，把紮那的話想了又想。

金鎮到秦城一帶的地圖，已經刻在她腦子裡。金鎮以北百里地，一馬平川。金鎮背靠錦關山大王嶺，只有一條山峽進出。金鎮兩邊都是奇山深林，當年雖然讓山賊開出一條小道，後來就被千斤大石封了路，而且還有天馬軍把守，有什麼異常都會點火傳訊。呼兒納另外二十萬兵馬，深入大王嶺腹地，兩面夾擊的可能性是沒有的。

最有可能的是——

「有人來了！」吉平突道。

節南說聲「戒備」，兔幫全體拔劍。

那動作整齊畫一，林溫看得直嘆，比天馬軍都訓練有素，而且他們還都是箇中好手，一人抵十抵百。林溫不知，節南跟著柒珍這樣的師父，對練兵和布陣很是熟悉，因此用了五年時間，訓練出如今這支兔幫來，不是一般兵馬可以比的。

兩個人，兩匹馬，衝上前來。

林溫看清他們臂上繡徽。「是柯將軍的人！」

「你見過這兩人嗎？」節南謹慎些，因爲對人臉不太上心，不會以衣帽特徵來認人。

節南話音剛落，馬上一人就跳了下來，撲跪著哭喊——

「柯將軍和兄弟們都……」哽咽地說不下去。

林溫急忙上前，捉住那人手臂，搖動著。「阿追，說清楚！怎麼回事？」

節南聽到林溫喊對方名字，眼中厲色才減，並注意到阿追身上血跡斑斑，而另一個趴在馬上，顯然是鬆口氣之後撐不住了，胸口還綁著布條，布條暗黑，看似傷勢不輕。

「吉平，幫那位兄弟檢查一下傷勢。」同時，她拿出一瓶藥。「紅色的是止血丸，拿酒和開，塗傷口上。黃色的是補氣丹，直接服用。」

吉平接過藥瓶，過去把人扛下馬。

節南走到阿追面前，遞去一壺水。「慢慢說。」

阿追喝了一口，接著道：「我們走到半路，發現一小隊騎兵，聽他們抱怨下雪天還要趕路。柯將軍覺得不對勁，就臨時改道去偵查，結果看到數不清的今兵往東急行軍。」

節南心念一轉。「有沒有二十萬人？」

「不知道，我們只追上尾巴，隨後就被今兵發現，最後是柯將軍和其他兄弟們拚死殺開一條血路，讓我和老度跑出來……」

堂堂男兒，淚流不停，但無人苛責。

當兵的，除了共命的戰友，還有什麼更珍貴。失去了，這輩子就剩半條命，不哭不是人。

「赫兒，拿地經。」節南才伸手，就覺手一沉。

赫連驊早就準備好了。但這時候，節南也無心表揚他能幹，就地攤開地圖。「你可知道在什麼位置？」

阿追胡亂抹把臉，指定在地圖的某個點。「這裡！緋河附近！」

林溫奇道：「緋河？」

阿追斬釘截鐵。「不會錯！」

林溫就道：「從緋河到金鎮，橫有老牛峰，豎有珠璣峰，他們又繞遠路又走死路，胡來嘛！」

「……除非老牛峰有路可走。」節南垂眼沉吟，隨後指著老牛峰到金鎮一線。「我不記得孟大將軍提過這裡放了巡兵。」

「當然沒有，那裡老牛峰和珠璣峰兩道天險，誰能穿得過去？」

赫連驊來一句：「天險就是用來克服的。」

節南則道：「穿山甲。」

赫連驊再來。「愚公。」

林溫「哈」了一聲。「什麼時候了，二位還有心情說笑話？」

節南可是很認真的。「林溫，你別忘了，常莫是內奸。當年他能掩蓋大王嶺山賊幫大今挖羊腸小徑，你又怎知老牛峰珠璣峰下沒有暗隧？」

「不可能！當年出了事，大將軍親自將錦關山一線都巡過，再沒有異常。」林溫肯定。

「但你剛才又說老牛峰一帶沒有巡兵。以常莫的本事，掩蓋五年的時間沒問題。」節南想了想。「五年的話，珠璣峰大概來不及挖通，可在老牛峰上開條道，直接殺到金鎮前面，還是大有可能的。」都通了！

節南站起身，語氣微揚。「秦城原本有四十萬兵馬，而我們只探到二十萬。他們在三十里外紮營，讓我們以為他們會等雪停之後再攻金鎮，其實卻是障眼法。另二十萬兵馬暗走老牛峰，老牛峰山腳最近的，離金鎮不過五里，呼兒納今晚就會發起猛攻，要打我們措手不及！

林溫雖不知節南哪裡聽說秦城有四十萬兵馬的消息，但這一刻他就知道一件事：金鎮危急！

「那我們還等什麼，趕緊回去報信啊！」林溫大步過去，同時命令眾士上馬。

從軍這些年，光是練兵，沒真槍真刀打過仗，可是知道要開打的時候，他沒有心驚膽戰之感，現在背上卻直冒冷汗。二十萬已經難以對付，敵人四十萬，還走出一條想都想不到的行軍路線，金鎮區區幾萬天馬兵，如何抵擋這洶湧的攻勢？

「你只能帶走十個人，挑一挑吧。」節南卻沒動。

林溫知道桑節南的主意大。「妳要幹嘛？」

「柯將軍在緋河附近追到今兵的尾巴，緋河到老牛峰二十里，老牛峰到金鎮少說三十里，隧道他們是挖不出來的，肯定開的是山道。這種天氣，二十萬人急行軍，腳程也不會太快。緋河到我們這兒直線二十里，這兒到金鎮十五里，到老牛峰下十八里。」節南不再造弓，但是，算步數、算角度、算風速和箭速，小事一樁。

林溫則暈。「也就是說，我們有可能趕在敵方出老牛峰之前伏擊他們。」節南重新蹲身，指著老牛峰一處。「這裡有天然峽谷，今兵從這裡出來的可能性最大。」

林溫雖然終於聽明白了，可是反對。「我們才一千人。」

「一夫當關，適合設伏，而且只是擾敵，讓今兵以爲被我們識破，一時不敢輕舉妄動，爲孟大將軍爭取時間。」節南知道王泮林的防禦戰略，老牛峰是被疏忽的死角，自己必須做些什麼。

林溫看了節南半晌，立刻點了十個人，包括受傷的老度，將自己的權杖交給其中一兵，簡短交代過，那隊人就火速往金鎮方向去了。

林溫留下。節南也不多說，道聲「走」。眾人齊齊上馬，往老牛峰下趕去。

節南所料一點不錯，而且從老牛峰走的這二十萬兵馬，是由呼兒納親自帶領的。他的戰神稱號並非靠紙上談兵得來，而是自己上陣，靠實打實拚命得來的。所以，這支隊伍，呼兒納不可能交給別人帶。

後方有消息報來，說在緋河那邊遇到小股頌兵，大概三百人左右，多數已被剿殺，但逃了兩個。

呼兒納不甚在意，兩個小兵如何窺破他的計策？就算知道他在老牛峰上開了路，等他們回到金鎮報信，也回天乏術了。二十萬豹軍，即便對敵二十萬頌軍，他都有把握贏，更何況金鎮那點守軍，天馬生翅也無用，再加上大蒙四萬騎兵，他大今才是如虎添翼。

「報——」先鋒尉官跑來。「元帥，前方二百步已看到老牛谷！」

呼兒納點頭。「按原計畫行事，在谷裡集結前鋒軍，等我號令。」

「領命！」先鋒尉官轉身，到前頭傳令。

沒一會兒，呼兒納就進入了老牛谷。老牛谷不大，可也能容納下兩千急先鋒。

呼兒納按例說了一段鼓振士氣的話，最後道：「一旦我們發起進攻，三十里外的兄弟們就會趕來，天兵天將也不過如此！四十萬，打他孟長河，打他天馬軍，踩個齊步就能踩扁他們！我呼兒納，十二歲起東征西討，還真沒打過這麼有把握的仗！此戰，必勝！」
眾士不敢高呼，低沉咆吼。呼兒納得意地笑，揮一下手，各小將和尉官們領隊，有秩序地往谷口跑去。
只是呼兒納還沒笑完，忽聽谷口那邊有人喊——
「埋伏！頌軍有埋伏！」
呼兒納神色大變。本來已經出谷的人衝回來，弄散了谷口原來的陣型，連帶著波及谷裡的數千人，立刻紊亂。
呼兒納推開身前的親隨們，喊道：「怎麼回事？速速來個人報我！」
很快就奔來一名尉官。「稟報元帥，我們才出谷口就遭遇弓箭手，一下子死了兩隊人。」
一莽將道：「元帥，我們這麼多人，還怕頌軍埋伏？一鼓作氣衝出去，殺得他們找不到北。」
呼兒納攀上一塊大石，看著谷口方向。「再上五隊人！」
尉官傳令下去。卻聽一片慘呼，出去百人，回來十幾個。有兄弟情義重的，拖著被射成刺蝟的屍身回來，嚎哭連連。
呼兒納立刻喊道：「所有尉將聽令，原地待命！」然後跳下來，命人將他帳下的將軍們招來商議。
莽將叨叨：「就算孟長河把天馬軍全放在谷外，咱也不怕他。」
呼兒納皺眉。「谷口窄，一夫可當關，外面根本不用萬兵，就可令我軍損失慘重。外面雖然形勢不明，但我們出不去，他們也進不來，不用急躁，跟眾將商議了再說。」
莽將鼻子噴氣。

老牛谷外，兩邊有一段矮坡，稀稀拉拉一些樹。

節南藏在樹後，小心哈氣，手中神臂弓，身背兩筒滿滿的弩箭。

她的右手確實被金利撻芳廢掉過，只是小柒花了很多心思，她花了很多時間，才讓右手完全復原。甚至可能努力過頭了，比左手更上一層樓。木子珩運氣不好，正撞到她右手裡。

枯枝上的雪太沉，突然落在她頭上，只覺涼氣兒絲絲竄入經脈。

雪，落無盡。

除了半個時辰前的兩撥人，谷口再沒有一個今兵冒出頭來。

林温伏在一旁。「金鎮應該已經得到了消息，我們何時撤？」

「好歹把這些箭用完。」赫連驊就在林温近側。

「不，我突然想到一個更好的主意。」節南一笑。

赫連驊眼睛亮起。「算我一個。」

這叫，起哄架秧子。

30 江山千里

老牛峰，老牛谷。

中軍和押後陣的將軍們全都被召集上來，各抒己見了半天，反而沒有定論。

呼兒納看一直沉默著的泰和。「泰和，你說說。」

「外頭究竟多少人……」泰和遲疑了一下，還是繼續說了。「要是弄不清楚，前鋒三萬都不夠送死，畢竟這地形是易守難攻。」

「我正是此意。」呼兒納贊同點頭。「不過，也難保對方耍詐。」

這一點，泰和也明白。「那就只能試探。重組一支功夫最好的精兵隊，既可以刺探伏兵的戰力，還有機會看清到底多少伏兵。」

呼兒納略想。「就照你說的做，總不能乾等著。」

很快，挑選出兩百精兵，並交代他們不用拚命，只要刺探到敵情就立刻退回來。然而發生了剛才的事，人人知道外面有埋伏，這時出去如同送死，因此這些精兵多數心不甘情不願，最終被負責的尉官下令推出谷口。

谷中央的呼兒納沒瞧見這點小衝突和小動作，不然可能會親自送一程、再說一番熱血的話，讓人至少慷慨赴死。他只是等著，等谷外傳來動靜，等谷口守將傳來消息。

谷裡那麼多兵，這時竟一片沉寂，都在等。然而，這回奇了，沒有慘叫聲，沒有打鬥聲，送出去的那支最強兵彷彿是泥兵，外頭彷彿是沼澤，所以連咕隆咚的聲響都沒發出一聲。

兵士們交頭接耳，很快嗡嗡聲沸嚣起來，倉惶恐懼。呼兒納心知不妙，打仗憑的是士氣，沒有士氣，別說四十萬，百萬都是草灰。

他剛要吼一嗓子，卻聽谷口傳來興奮喊叫——

「有人回來啦！」喊著回來的聲音愈來愈多。

呼兒納這回按耐不住，推開眾將，大步往谷口走去。

兵士們紛紛讓出一條道，卻不僅僅是給呼兒納讓的，而是谷口那邊也有一隊人跑過來。那隊人到呼兒納跟前就一齊單膝跪地，領頭的是精兵隊隊長。

「元帥恕罪，出去那麼多兄弟，就我們這些逃回來……」隊長不敢抬頭，說話帶著鼻腔，又似乎嚇得不輕。

呼兒納難得好聲好氣。「莫慌，慢慢說，可看清了外面的情形？」

隊長再開口，嗓子卻啞了，於是，呼兒納讓人拿水來。

好一會兒以後，隊長才緩過來。「烏漆抹黑的，小的們又不能點火把，只知道谷口前面風大雪大，眼睛睜不開……」

剛才那名莽將再次搶話。「什麼都沒看見，你他娘扯淡半天！」

隊長吶吶。「也不是一點沒看見。一出谷就遇箭襲，死了一半兄弟。其他人跟著小的好不容易闖到百步外，頌軍密密麻麻，像鬼一樣不發聲響，直接到咱身後割喉管。小的拚死撤回來，給元帥報信……」說到這兒，單膝跪變雙膝跪，伏地。

呼兒納沉著臉，回身問手下將軍們。「接下來該如何？」還點名。「泰和？」

金利泰和神色如常。「剛才我軍派出兩百人，只讓頌軍弓箭手射死一半，可見弓箭手不超過三百。隊長帶人衝出百步遠，還能撤回這些，而不是無人生還，可見他們的步兵也不是太多。元帥，事不宜遲，照原計畫——」

轟！轟！轟！轟！轟！

老牛峰下山道那邊數道火光連續爆起，頃刻山搖地動，濺砂滾石，還有一片混亂人聲。

呼兒納和眾將驚望過去，想知道發生了什麼，突然四周冒出幾十道濃煙，眼前一下子朦朧不清，又嗆又熏，腦袋還覺暈乎。

「這是迷煙，很快會散，大家不要慌！」呼兒納一袖遮鼻口，一袖扇煙，心中卻知自己上當。恐怕不是頌軍埋伏少，而是頌軍故意放了些人回來，趁著混亂潛入谷中炸山道！

呼兒納雖然沒想到對方敢深入虎穴，頭腦卻冷靜得很快，煙霧中仍發號施令。「混進來的頌兵肯定不多，不要自亂手腳，發現可疑之人，斬立決！」

呼兒納才說完，就見濃霧中浮出一道影，漸漸窈窕。

女人？這地方怎會有女人?!

呼兒納拔出腰鞘中的刀，拿下背後的盾，警覺，卻無畏。這一身浮屠戰甲、浮屠刀、浮屠盾，幾乎無堅不摧。

女子走到了面前，呼兒納卻見她戴著一張兔面具，三瓣唇笑得好不詭異。

「妳什麼人？」呼兒納一直身處軍營，不曾聽說過兔幫，更不知道兔幫幫主是一個女子。

女子當然就是節南。她來炸山，她來斬戰神首級。

節南打架，盡量不說話，當然也不會回答呼兒納的問題，左手一柄尋常青劍，輕輕抖出劍花。

噹噹！噹噹！青劍撞烏刀，火花閃現。

呼兒納既爲戰神，硬家功夫很扎實，又有浮屠鐵罩身；而節南雖劍術精絕，拿的只是普通好劍，以快打快，一時卻也占不到上風。

呼兒納正想得意，忽覺耳邊吹過冷風，驚回身，看出是金利泰和，心才定。「是你。」

節南可不管來的是誰，劍勢絲毫不緩，呼兒納側身舉盾擋住。一個「啊」字沒吐出來，呼兒納喉頭就哽住了，多出一把短劍。

呼兒納眼珠子瞪凸，不可置信，惡狠盯著眼前的金利泰和。「金……金……你敢……」

短劍拔出，再刺，再拔出，再再刺。大今戰神徹底沒了氣，頹倒在地。

叱吒小半生，死在陰謀下，幾乎是多數亂世之雄的下場。

「嘖嘖，你眞是長進了。」音色帶沙，節南這個旁觀者看得好不清楚，怎能不嘲。「突然想起你拿劍指著我的從前，感激你當初手下留情。」

金利泰和望著這個女子，細眼細眉，容顏依舊。

桑節南從不是大美人，但她的聰慧令人心折，她的霸氣令人驚豔。這等不輸男人的女人，男人就想令其臣服。金利泰和就是如此，想桑節南臣服，卻想不到一次次在她手裡受挫，最後連自己的心都輸了，一敗塗地。

「桑節南。」但是，他永遠不會給她這種完勝感。

節南踢踢呼兒納的屍身，抬眼一笑。「你這是想要取而代之，還是已經投靠新主人？」

金利泰和神情不動，短劍入鞘，拾起呼兒納的浮屠刀和盾。

節南開始耍心眼。「你知不知道你娘死在隱弓堂的人手裡？沉香也是被隱弓堂的人逼得瞎眼丟命。神弓門就更不必說了，隱弓堂嫌它礙事，早開始挑撥離間。」

金利泰和竟毫不驚訝。「我早提醒過我娘，跟著盛文帝不能長久。沉香之蠢在於眼大心窄，連我娘那點氣量都比不上。不過妳也不用挑撥，她倆之死，怎麼都得算上妳桑節南一份。」

壞心眼不起作用，節南就乖乖收起來，想著要黑金利泰和一回。

「元帥你怎麼了？」金利泰和卻先喊上了，還一刀劈來。「狗賊，敢暗算元帥，哪裡走！」

喊得那個悲憤！節南張口結舌，心裡突然鬱悶，眞想揪下金利泰和的腦袋。

想到就做，她一運氣，怒擋那柄浮屠刀，冷眼看金利泰和被震退兩步，但她可不退，招招要命。

普通青鋒在手，殺氣半點不遜。金利泰和靠浮屠盾擋劍，根本已經無力還擊。只是，濃煙已經變淡，周圍人影重重，很快就會發現他們的戰神已死，泰和將軍陷入險境。節南當然留意到了，但她可不想替金利泰和背黑鍋。哪怕她是打著擒賊先擒王的主意來的，卻讓金利泰和利用，把罪名往她身上扣，金利泰和成了英雄，取代戰神呼兒納，不但不會令今兵陣腳大亂，反而能重振士氣。

節南忍不下這口氣，更是難得衝動，青劍攻勢絲毫不減，完全不管煙霧散開之後自己要怎麼從滿谷今兵中逃脫。

忽有一根紅繩繞上節南的手。

節南想都不想，就要揮劍斬斷——

「妳敢找死?!」一聲野蠻嬌叱。「忘了妳答應我什麼了?快走!」

節南發熱的腦瓜陡然冷下，回眼瞧著紅繩那頭的福氣兔子臉，無聲笑起，當下足尖一轉，對身後躲在盾下的男子再無半點憤恨，隨福兔子而去。

金利泰和雖早有殺呼兒納的心計，卻沒想到碰上節南，正好可以借她的手，又懷揣著活捉她的心思。哪知節南突然調頭，金利泰和怒不可遏，大吼：「元帥已死，凶手正逃往谷口，能活捉凶手者，本將軍賞百金!」

然而，煙霧仍有阻擾的作用，金利泰和的命令傳得也不如節南她們的輕功快。

「柒小柒，妳也不跟泰和師兄打個招呼?」出了谷口，節南笑道。

柒小柒「嗤」了一聲。「臭小山妳就貧吧!我奉妳家相公之命，來捉拿妳回去，家法伺候——」說到這兒，自己噴笑了。「九公子果真是臭小山的剋星，他比妳聰明多了。」

節南好笑。「從哪兒看出來的?」

柒小柒「嘿嘿」聲起。「從他娶了妳、妳家江江川川跟他姓，看出來的。」

節南就說:「妳家珍珍不也跟十二的姓嗎?」

柒小柒臉不紅。「明琅本就是我的剋星啊。」

節南翻個白眼。「瞧妳這沒出息的樣子，我都懶得說了。」

柒小柒吐舌頭。「我就說最後一句——妳家相公的病我能治好。」

節南捉住柒小柒的手。柒小柒表情無比認眞，點了點頭。

姊妹齊心，所向披靡。

節南和柒小柒跑到斜坡外，與大夥兒會合。

赫連驊一見柒小柒，怔了怔。「小柒妳怎麼從老牛谷裡出來？」

柒小柒這幾年到處跑，節南都見不到幾面，更別說赫連驊。

柒小柒嘻笑。「這麼久沒見，赫兒愈來愈漂亮了。」

赫連驊訕訕。「妳也是。」

柒小柒現在的身段是眞像楊貴妃了，節南卻看出王楚風的私心。小柒已經克服了吃不停的後遺症，而她本來是纖瘦身段，按說應該恢復到苗條才是，但自從年初小柒一家三口住到元縣，節南留意到王楚風這個掌勺的居心不良，早中晚三頓五道大菜以上，逢年過節至少十道菜，抓住任何機會就加菜，要麼就帶著母女倆找美食，正事不幹，就爲保持小柒現有的體重，可謂不遺餘力，連帶珍珍也比一般三歲女娃福圓。

節南看赫連驊的樣子，顯然小柒還是他的楊貴妃。不知王楚風有沒有料到，小柒即便還是福圓，照樣討男子的喜歡。因爲她們姊妹倆憑的不是「美貌」，而是憑自信，才吸引桃花朵朵開。師父教導，自信的女子最美，自己喜歡自己，才能讓別人喜歡妳。

「赫連驊，你厚此薄彼，我一說你漂亮，你就發飆。」節南打趣。

赫連驊斜睨節南一眼。「妳說我漂亮，那是冷嘲熱諷；小柒說我漂亮，那是眞心誇我。全然不同。」

節南挑挑眉，放兩人敘舊，把吉平等人叫過來，問炸山道的情形。

吉平說話從來實在。「炸下兩塊大石，其他都是碎石頭，只能堵得一時。」

「可有傷亡？」節南還關心混進去的其他兔子們。

「兩人傷得不輕，但都帶出來了。」吉平答道。

兔幫絕不丟下同伴。

節南這才憤憤。「呼兒納死了。」

林溫就在一旁，聽到這話大喜。「妳得手了？」雙手握拳，興奮地說：「群龍無首，這下就算堵不住，士氣也低落，不足為懼。」

吉平跟了節南這些年，聽她說話的語氣就能分辨好壞。「不在山主意料之中？」

節南氣道：「別提了，呼兒納不是死在我手裡，卻讓他手下將軍金利泰和暗算，我替他人作嫁衣裳。金利泰和還不要臉，讓我背了黑鍋，他自己順理成章替代了呼兒納戰神的位置。士氣不但不低落，很快就會被新戰神煽動，要孟長河和天馬軍血債血償了吧。」

林溫啞口無言，半晌後光火。「王八蛋！」

吉平問：「那我們現下該怎麼辦？」

林溫看節南。不知不覺，他以這女子馬首是瞻。

「回金鎮！」雖然人算不如天算，節南自認已經盡力，沒什麼可遺憾。「他既然能讓小柒來接我，金鎮那邊應是做好了準備。」

「他？」林溫一時反應不及。

吉平呼哨長長短短，守著谷口坡地的兔幫人齊整回撤，林溫帶著的兵士也跟著撤回來，再聽吉平說回金鎮，立刻上馬。

林溫心中再度感嘆兔子們的利索帶動了整支隊伍，脫口對節南道：「妳可以當教頭了。」

節南「哈」一聲，目光卻不放鬆，命各小隊的人點人頭，直到他們都報全了，才對吉平點點頭。吉平喝駕，領頭奔出。

「林溫你領中間，我和小柒赫連驊押後，走！」節南一拍林溫的坐騎。

林溫忙不迭伏低上身，催馬往前趕。不知從何生出的、一股源源不斷的勇氣，燙熱了他的血，竟然期待即將到來的大戰！

金鎭。

城樓上，傳訊兵們在孟長河那兒聚了散，散了聚。不但沒有慢下來，恨不得腳不沾地的景象，讓城樓上的兵士們感覺馬上就要打起來了。

明明在幾個時辰以前，上頭的命令還只是嚴防。

雖然呼兒納的二十萬大軍跨過界碑，在三十里外紮營，但大今擾境也不是頭一回。前幾年和談的時候，今兵動不動就過來挑釁，可從來沒動眞格。這一年更是頻繁，數萬騎兵過來舞大旗，吆喝聲就跟菜集販子們一樣，有時候會列陣，烏壓壓看著嚇人，以爲他們要打過來了，卻突然跑得一乾二淨。所以，儘管今晚突然緊急集合，所有人一個不落全部備戰，卻不是所有人都當回事的，哪怕感覺要打，還抱著打不起來、只是訓練的輕鬆心態。

王泮林站在瞭望口前，能聽到不遠處兩個士兵在閒扯，說打完仗後回家要做什麼，一個要娶媳婦生大胖小子，一個要養豬養牛孝順爹娘。

正巧，走過來的宋子安也聽見了，對王泮林笑道：「方才孟大將軍還擔心太多將士不把呼兒納要打來的消息當回事。要我說，這樣也好，沒必要一直緊繃著一根弦，還沒等到敵人，就繃斷了。」

王泮林也淡然。「確實，不見兔子不撒鷹。」

不見兔幫不撒鷹。不見月兔姑娘不撒鷹。

「你已經站了很久，回去喝口熱茶吧，我替你看著。」其實，他倆誰都不用看著，等兔子來了，自然有人會報。不過宋子安知道，自己要是不這麼說，王泮林是不會放心的。

只是，就算宋子安那麼說，王泮林也沒退一步，反而上前兩步，緊貼瞭望口，半身探出。彷彿配合他的預感，三顆紫光球畫開無邊無際的黑暗，冉冉升上。瞬間，似乎有幾個黑點從光縫中閃出，很快又變成幾十個黑影，拼湊起來還眞像一隻兔子，朝他跑跳而來。

「子安兄快請孟大將軍來，要撒鷹了。」王泮林斂眸凝望。

宋子安急忙去了，但回來得更快，跟在孟大將軍身側。

這時，訊彈燃盡，天地重歸漆暗。然而，孟長河能聽到尙遠的馬蹄聲、喝駕聲。他問王泮林：「是尊夫人和林溫他們嗎？」

王泮林道：「和當初說好的一樣，連發三顆紫球，這一點肯定不錯，只是離得還遠，未及看清，約摸千人。」

「出發時一千五百人，回來千人，比我們料想得好多了。」孟長河當機立斷。「傳令，立即發射訊彈三十，朝向正北，爲他們照明！讓城門那裡也準備好，等我命令，隨時開門！」

「東北。老牛峰方向過來的。也請大將軍另加二十枚彈，分別朝向西北和正北，以免遭遇大今騎兵攔截。」王泮林很冷靜。

孟長河二話不說，立刻做出調整，重新發令。訊兵得令，撒丫子跑開。

再說節南，訊彈正是她、赫連驊和柒小柒三人點的。早就說好，三顆火弩坊獨製的紫光球，代表平安歸來。

紫光上天，柒小柒就高興地喊：「我看見金鎮了！」

節南當然也瞧見了，衝著前面大喊。「大夥兒再加把勁兒，就在眼前了！」

眾人喝應，快馬加鞭。

前方突然升起幾十道紫星，不但照亮節南他們四周，甚至照得更遠。

枯原成了雪原，映出清冷的白。半邊彷彿華晝，半邊彷彿燦夜，好一幅奇景。節南對奇景不感慨。不像王泮林的高雅趣味，她對看風景從來沒有多大的興致，倒是謹愼的性子讓她一直不停張望，因此發現右前方的異樣。

被雪覆蓋的地面，一片突兀禿草皮，紫光照映下，草皮下凸動，又實在不像田鼠之類的動物。節南不確定是不是埋伏，可也相信自己的直覺，趕到吉平旁邊，飛快打幾個手勢。

吉平拽緊韁繩勒住馬。

隊伍停止前進。

林溫上前來，剛張口，就見節南做個噤聲的動作。赫連驊和柒小柒早下了馬，跟著節南，一左一右，亦步亦趨。

三人踏雪，幾近無聲無痕，卓絕的輕功令他們看起來那麼從容不迫。只有站得最前的吉平，知道他們如豹獵食，根本不似表面那般輕鬆，全身皆在戒備。

看節南他們停步不前了，林溫奇怪，禁不住好奇，壓低了聲，問道：「到底怎——」

草皮突然掀起，躍上七八個人，個個舉鋼刀，朝節南他們劈去。

林溫嚇一跳，正想奔過去幫忙，卻聽節南高喝——

「地道！今兵！你倆帶所有人走！快過去！」

草皮下果然一條暗隧，不知有多長，也不知從哪兒挖出來的，但絕對不是做不到的事。因爲有常莫這個內奸，實在是位高權重，幹壞事太方便了。

林溫猶豫。吉平撂一句：「兔幫跟我來，其他人跟林將軍走！」

隊伍立刻分裂，數百人跟著吉平衝過去，其中包括北嶽劍宗弟子。吉平直接空手奪白刃，反手劈趴了一個今兵，二話不說加入節南。

節南見林溫不動。「你們不走，只會拖死我們。」

赫連驊身法轉如輪，一囫圇單挑五六人，但眨下眼皮，地道裡又冒出來一批，逼得他跳腳罵娘。

節南又喊：「林溫你瞧見了吧？這會兒可沒人跟你假客氣。我不知道能撐多久，麻煩你們趕緊跑起來。等你們跑遠一點，我們才能撤。」

林溫知道，自己這麼點人，光有士氣，沒有兔幫和北嶽劍宗以一敵十的實力，確實只能拖後腿。於是，林溫也不爭這口氣了，舉臂對著他的人一揮。「跟我走！」

跑出挺遠，林溫才回頭對節南他們喊：「我們在城門下等你們，一定要活著回來！」

赫連驊一邊砍人，一邊「呸呸呸」。「說得我們好像要死了一樣。」

柒小柒一邊踹人，一邊呸赫連驊。「你才別招晦氣。」

兩人同時出拳，把偷襲對方的敵人打飛出去，一起得意喊「呀呼」，擊掌。

柒小柒和十二，那是天作之合；柒小柒和赫連驊，那是闖禍雙星，打起架來特別夠看。節南則是倒楣催，專門替他們收拾爛攤子的。騰身而起，一腳踢出一柄刀，一手刺出長劍，幹掉兩個要偷襲他倆後腦勺的今兵，卻連邀功的工夫都沒有，就投入下一個戰鬥了。

城樓上，孟長河也看到了突如其來的變故，一批人對抗從地下鑽出來的今兵，保護另一批人往這兒趕。他又是擔憂，又是氣惱。「今兵把地道挖到我眼皮子底下來了，我竟然什麼不知道。我當得什麼大將軍？」

王泮林目光緊鎖對抗今兵的人，淡淡道出一個名字。「常莫。」

孟長河一拳打牆上。「是了，常莫。我現在想來，常莫從成翔府新知府上任沒多久，就開始對金鎮的具體事務十分熱心，說要幫我分擔。他雖是督軍，一直還挺為我說話，我以為可以信任他。」
宋子安勸道：「大將軍不必惱，常莫已死得其所。」
王泮林卻報數。「一千步。」
孟長河和宋子安看向他。
王泮林繼續。「那條地道的出口卻在一千五百步。」
孟長河這才明白。「還不在射程裡。」
王泮林搖頭。「不在。」忽然瞇了瞇眼，淺揖作禮。「請大將軍允我出鎮。」
孟長河一怔。「我佩服你的出奇謀略，可是上戰場眞刀眞槍作戰這樣的事，還是該由我們來。」以為王泮林是普通文官。「我也擔心你夫人的安危，剛才就在想令前鋒戍馬去增援，先挫一挫敵人的銳氣，順便也把你夫人接回來。」
天馬軍的前鋒分為七支，戍馬為其中一支，是一千五百人的精銳騎兵。
王泮林但笑。「大將軍誤會我的意思了。我並非擔心小山才請求出鎮，只是臨時想到一個計策，或能敲山震虎。」
宋子安聽了。「泮林老弟就別賣關子了。」
王泮林卻不急不緩，似乎忘了他家小山正在外頭殺敵。「要不是小山他們派人送來老牛峰的消息，我們本以為要等雪停天亮，呼兒納的二十萬大軍才會打過來。雖然攻城難守城易，但要面對四十萬今兵，縱有神兵利器，我方兵力卻遠遠不足，興許逞強一時，最終是否能以少勝多，我亦不敢說心裡話。」
孟長河何嘗不知。不管他對手下將軍們，還是對士兵們，他都是豪言壯語，心裡即便知道兩軍兵力懸殊，也不能洩出半口嘆氣。而他，還不清楚王泮林的那些「利器」有多大威力，甚至到底有沒有威力。巧婦難為無米之炊，他手下就這麼點兵，敵軍卻有四十萬！

孟長河拉著王泮林和宋子安到一旁，不想讓其他人聽到。「泮林、子安，我年紀大，當你倆自己的子侄，我來說句心裡話。要是朝廷怎麼都不肯派援軍，金鎮一定會失守，只在於我們這些人能堅持多久。」

宋子安苦笑。

這話雖然是王泮林起的頭，但他並非悲觀，仍笑。「大將軍聽我把話說完。雖然難以獲勝，甚至我方死傷會很慘烈，但金鎮肯定能守住，朝廷更不會不派援軍，或早或晚的事。只不過如今卻出現了敲山震虎的機會，那就是老天爺幫咱們的意思了。」

孟長河急道：「怎麼說？」

「呼兒納放一半兵力駐紮三十里外，只為讓我們疏忽大意，他讓另一半人馬走老牛峰，打算攻我們個措手不及。老牛峰山勢奇險，就算他們能開出路來，也不可能帶著馬匹，至少帶不了太多馬匹。沒有呼兒納戰神最引以為傲的兩萬先豹騎兵開路，這仗怎麼打？只憑步兵攻城，他呼兒納就得先拿幾萬人的性命鋪一條路出來，不到萬不得已，他不會那麼做，也不用那麼做。」

王泮林和節南一樣，都喜歡隨身帶地圖，貼著城牆就打開。「這是大今營地，附近有些矮丘陵，只要分成幾股人，馬蹄包布，就可以繞過我們的前哨，因為前哨只盯大部隊的移動，而且，林溫在這個點遇到前鋒營，提到全是騎兵巡邏，我看也是障眼法，只出不進，其實悄悄往咱們門口聚集。至於地道，應該是從樺林子裡挖出來的，也就四百步長。」

孟長河這才知道，王泮林為何對那十名先回來報消息的人問了又問，不止是林溫的傳話，還有林溫和桑節南他們的對話都問得一清二楚。

宋子安就想到。「那就不止兩萬先豹騎兵了，還有大蒙騎兵。」

王泮林語氣譏誚。「這一點我和小山的看法一樣，大蒙騎兵不會真幫大今衝鋒陷陣。從他們任我們偷襲糧草營就可看出，大蒙揣著漁翁得利的心思，也有落井下石的叵測居心。大今破金鎮，他們就跟著撈好處；我們南頌守住了金鎭，他們不費一兵一卒，重挫大今，緩解他們的邊境壓力。」

孟長河牙齒咬得咯咯響。「大蒙也是狼子野心。」

「盛文帝最終還是選擇南下，拒絕我南頌與之聯手遏制大蒙的提議，一旦我們守住錦關山脈，盛文帝今後就被夾在兩國之間，就只有由盛轉衰的國運了。」

王泮林此時這話，孟長河和宋子安都當勵志之言，卻不知是精準的預言，盛文帝之後數十年，大今被南頌和大蒙的聯軍滅國。

王泮林接著道：「我認爲那些藏在地道裡的，正是先豹騎兵的哨探，而騎兵主力藏在樺林子後面的凹地，等待哨探的信號，好同老牛峰的二十萬今兵會合，形成先發攻打陣容。這邊打起來了，三十里外的二十萬今兵才會趕過來，帶著大型攻城器，發動第二輪猛攻，到那時我們人疲馬乏，彈盡箭竭。」

王泮林稍歇，語氣忽然加重。「所以，我們反敗爲勝的機會就是現在。」計畫趕不上變化，早前定下的戰略已有缺失。「小山他們身後沒有老牛峰那邊的追兵，可能用什麼法子拖住了今兵，而大今騎兵哨探又被小山發現，敗露行藏。」

孟長河和宋子安誰也不說話，等著王泮林說得更明白一點。

「請大將軍打開城門，允我帶五千人馬假意出城救人，實則誘敵進入千步之內，滅掉這兩萬先豹鋒騎，敲山震虎。運氣更好一些，甚至一舉擊潰敵軍的士氣也未可知。」王泮林說完了。

孟長河瞪看王泮林半晌，陡然踱起步子來，又陡然停步。「我有兩點疑問。第一，這五千人如果被兩萬先豹騎兵包圍，怎麼滅法？除了你，既能指揮作戰，又瞭解那些大傢伙的，沒有第二人。第二，就算我能再發兵解圍，老牛峰那二十萬殺過來，又該如何？這城可能一下子就破了！」

宋子安一直在思考王泮林的計謀，這時才開口。「我也有孟大將軍的疑慮，不過泮林的誘敵之計一旦成功，確實能扭轉戰局，是值得冒險的。」

王泮林頷首。「多謝子安兄贊同，那我——」

「不，我絕不贊同你帶人出城。孟大將軍說得一點不錯，你去救人，誰還能指使得動那些大傢伙？它們只是死物，而我見識過的，是你指揮下、它們的巨大威力。它們是你火弩坊造出來的，每個部分都經你參與、改造和檢測，沒有人比你更瞭解。」宋子安難得語氣帶著不容置疑。「我知你擔心你夫人……」

忽然，三人聽見林溫大喊——

「我們回來啦！兄弟們快開門！」

宋子安望下去，見林溫已在數十丈外，用不用王泮林的計策，已經刻不容緩，城門不可能開關兩次。

這時，有人往三人面前一站，指指自己，抱拳，竟然聽了半天壁角。

王泮林眼中頓明。

再說節南，打著打著，突然靈光一閃，也想到了王泮林想到的事，這些今兵應該是大今騎兵，等著跟老牛峰的步兵會合呢。眾所周知，呼兒納最信任他親手帶出來的兩萬先豹騎，這麼要緊的時候，肯定都派出來了。

節南瞇眼，看見一側的林子，腦子裡就開始翻地圖，想起林子那邊有一片凹地，同時立刻發覺地道是從林子裡挖過來的，心裡就有數了。騎兵是打前陣的主力，要是她能有把握困住老牛峰那邊的步兵，就會讓林溫回去把天馬軍全帶出來，囫圇吞了兩萬大今騎兵。

節南長嘆一口氣，只怪自己沒多帶王泮林的那些好東西，錯失殲滅大今騎兵的良機。

她當然知道，等老牛峰二十萬一來，就是第一波攻勢；再等三十里外二十萬來，發動第二波。四十萬大軍強壓，大不了就是死上一大片，拿九條命拚頌兵一條命，剩下四萬條，占領成了空城的金鎮，那也是贏了。

一柄刀，朝嘆氣的節南直面劈下，那隻拿刀的手臂卻被柒小柒剁了。

「臭小山不准嘆氣，招倒楣！」柒小柒氣呼呼，轉身又揮一記大寬刀，解決兩今兵，一手叉腰啐道：「你們想一屍兩命啊？」

呃？節南挑起一邊眉毛。

赫連驊直接呃三聲。「呃？呃？呃？一屍兩命?!」

連吉平的動作都遲滯了一下。

節南的心火一下子竄上腦門，罵道：「笨小柒，懷孕了妳還敢跑出來，找死啊妳！」

柒小柒歪笑，哈哈得樂。「我就知道能嚇妳一跳，還能讓妳長記性。看妳以後再敢瞞著我往死地裡衝！這都第幾回了？妳想想！」

節南感覺自己頭髮都燒起來了，頭皮發燙，正想罵得更粗狂，吉平卻高呼：「金鎮方向！」

節南看過去，一大隊騎兵舉著火把奔過來，似乎有數千之多。

赫連驊道：「來得好！」

節南心想，好是好，卻有點不簡單。

金鎮身為南頌邊境最重要的關隘，城門可不是普通城門，實鐵澆鑄的大門，萬斤之力也難開，一旦鎖城，自上而下六道鐵栓，重得要用齒車搖動，開趟城門費時費力。節南本來算好時候，等林溫到門下就撤，這樣的話城門只用開闔一次。現在天馬數千騎兵開出來，意味著大門要保持隨時開啓的狀態，是很容易讓敵人攻入的。

紫星只剩幾縷幾近消失的煙，雪地重新融入黑夜。火光由遠及近。

柒小柒一點沒有危機意識，哇喊著就要蹦過去。「彩燕！」

節南死死拉住柒小柒。「喊就喊，別蹦！」

十二，十二，在哪裡？如今的柒小柒怎麼比從前還能惹禍啊?!

柒小柒卻給節南白眼。「妳是大夫我是大夫？已經四個月了，懷的多半是小子，抓得可牢呢，我一蹦躂他就樂得翻筋斗，特別皮猴，生出來肯定像我。珍珍那丫頭，就像她爹，舌頭靈得不得了，立志要學她爹，害我鬱悶了好一陣。」

節南還柒小柒一個大白眼。「就妳那沒一個窟窿的實心眼，還鬱悶哪？」笑死人了！

別看柒小柒直率，和節南吵架還眞不太會輸。「我實心眼總比妳的太湖心強。」

太湖心，此處比喻太湖石，以滿身窟窿眼、風吹得嗚嗚作響爲特色，自古富貴人家多愛收藏。

赫連驊被七八人追得打圈跑，順風耳聽到姊妹倆吵鬧，氣笑。「二位姊姊這麼有工夫，不如來一個幫我打架？」

節南和柒小柒異口同聲：「誰是你姊姊！」

不過，柒小柒還是夠義氣的，過去幫赫連驊了。節南則看到彩燕一馬當先，雙臂環抱著馬脖子，騎馬的姿勢無比彆扭，但她很快發現彩燕那麼做，是爲了騰出雙手打手勢。然後，節南就明白了，王泮林和她的想法又一次不謀而合。

節南是知道金鎭軍備的，這五年陪著王泮林研究趙大將軍的祕密武器，當然也清楚大傢伙。剛察覺地道的時候，她就往金鎭城門那邊看過，已知這裡太遠，不在大傢伙的射程之內。

有人可能要問，那條載著鏽鐵塊的沉船不是已經讓延昱派人中途劫走了嗎？

答案很簡單。

節南心眼多，更何況當時月娥也在江陵，不可能不防，所以弄了一船假貨，專讓人劫。眞正的鏽鐵大疙瘩放在江陵沒動，直到開始對付延夫人和延昱，才運至迷沙水域，交到王泮林手裡。

要說出這大傢伙的名字，保准人人失望——炮。

並非趙大將軍手下的大匠們首創，和火銃一樣，炮早就出現了，動靜大，嚇唬人的玩意兒。火銃好歹可能燒幾根頭髮絲，那時候的炮轟隆一聲，屁都砸不到一個。

當然，砸不到屁的是炮祖宗，趙大將軍那一臺是十七八代炮孫，王泮林和他手下大匠們花了五年工夫，成就的是三十七八代炮孫孫。不像富貴人家多敗家子，工藝這東西是很實在的，付出就一定有收穫，一代賽過一代，一代比一代長進，從炮祖到炮孫孫，絕對突飛猛進。

王泮林派彩燕來，因爲彩燕的手語是柒珍所教，比簡化過的、兔幫通用的那套手勢更精準，保證敵人看不明白，無聲就能傳達給節南。

誘敵！節南讀完，不慌不忙，先沉澱一下心思。

她一向知道怎麼揚長避短，比起師父或王泮林的大局大謀，她擅長製作局部細略，而且還不能著急行動，愈急愈做不成事。她用的工夫也就彈幾下指，先東打一劍西踢一腳，其實借機和小柒赫兒吉平他們通了氣。

隨後她伏地貼臉，好像聽到了什麼動靜，隨即跳起來大喊：「老牛峰那邊的今兵快要趕到，孟大將軍還派騎兵全力增援咱們，大家別戀戰，快撤！這會兒城門還開著，萬一讓今兵趁勢攻破城門，或包圍了咱們騎兵，這仗就沒得打了！」

柒小柒他們大聲附和。

節南之前就看得清楚，地道裡一直有兩個大今尉官，顯然是領著這批探哨騎兵的，一聽到她的話後交頭接耳，其中一人就回去報信了。而這時，天馬騎兵還處於城門和地道中點，保持陣型，「神氣活現」過來。

節南率眾人則是撤得「艱難」，一步步退，其實等看樺林子那邊的動靜。

不一會兒，樺林子裡就亮起一大片火光，數不盡騎兵衝出，分成兩路包抄，大喊：「包圍天馬騎，殺盡天馬騎！」

行了！節南終於調頭跑了起來。她一跑，柒小柒他們也跟著跑，兔幫和劍宗弟子們全不打了，往天馬騎兵那兒跑。

地道裡的尉官往地道裡頭奮力大喝，帶頭衝上來，看到節南他們留下的馬匹，憑著騎兵的本能就吆喝兄弟們上馬，也不想想這批人爲什麼棄馬，只知道騎兵沒馬就沒戰鬥力，而且有兩萬騎兄弟撐腰。只是不知怎麼，起先老追不上，眼看大部隊都趕上了，他才追到尾巴，一拽馬頭，朝落到隊伍最後的節南狠撞過去。

節南發出三聲極其尖厲的哨音，原本是兔幫的坐騎們猛地煞蹄，將尉官爲首的地道騎兵整齊甩下馬鞍，並抬高蹄子亂踩亂蹬。

節南再吹兩聲長哨，她的坐騎帶頭，領著馬群上來，眾人紛紛蹬地上馬。

看似慌，實則誘。兩萬豹騎，因此被引向死亡圈，也無一人警覺。

❖

這時的樺林邊上，紮那冷眼看著，對於孟長河派出幾千騎兵來救援的行動抱有懷疑，但對於豹騎首將的判斷又找不到錯處。

兩萬豹騎本來就要打頭陣，二十萬步兵就要趕來，另二十萬大概也要出發了。這時，孟長河打開城門救人，數千精騎全跑出來，簡直就是天賜良機。如果能把握住，第一波攻勢就足夠攻下金鎮。這份功勞太大了，可以一步登天的機會，誰怎能抵抗這種誘惑？

「王爺，咱們眞不動？只要咱四萬騎直攻城門，金鎮就是咱吃下的！」一旁，紮那狼騎的左先鋒也眼饞。

紮那當然想過這種可能，可是他只要想到昱王子和自己在桑節南手上吃的虧，心裡就抵觸這個穩贏的主意。「沒這麼容易，金鎮可以將這數千騎棄之不顧，直接鎖城門。」

「那咱們也沒啥損失！」左先鋒道。

紮那瞇緊細目，眼看節南那批人同天馬騎兵會合，方列漸漸拉長，被包抄過來的豹騎逼得陣型大亂，最後更是斷成了兩截，而金鎮城門還敞開著。

怎麼看，都犯了兵法大忌！

最終，他卻決定：「不，我們還是觀戰。」

紮那看不透有沒有陷阱、怎樣的陷阱、對方究竟打什麼主意，但他熟知對手擅於謀略，正因爲沒有難度，反而不該大意。

不多會兒，節南和吉平等百人已被上千豹騎團團包圍，已經快跑到城門那裡的天馬騎兵卻調轉馬頭，擺出護城河大陣，護住城門。

雪，小了。風，收了。

空氣中的寒意，透入骨髓，令豹騎首將打個哆嗦，發熱的腦袋一激靈，急忙勒馬抬手。

天馬騎兵在城下三百步外，豹軍先鋒在五百步外，節南在七百步外，豹騎大部在千步外，無形的勝負線搖擺不定。

有人喊：「元帥他們來啦！」

豹騎首將回頭一看，老牛峰方向火光點點，腦袋頓時又熱起來了，目放貪光。大今號角吹響，綿長不絕。

節南笑道：「終於。」

刹那，一道又一道明亮的金球從城樓上沖出，砰砰爆出巨響，在半空綻開無數煙花鼠，迅速往騎兵們中間拋落。大今騎兵們起初還有些緊張，但發現這些只是煙花，邊咒邊笑。

再來十幾道騰起的火光，帶著聲聲沖響，這回沒轉出煙花鼠。豹騎首將哈哈大笑，心想頌軍也是蠢斃了，連煙花都用瑕疵品。只是他沒笑完，就聽身後慘叫。

他回頭再看，驚圓了眼珠。

千步外，地面炸開，煙瀰漫，土四濺，有一處正好炸飛幾個後騎。

豹騎首將雖驚，身爲戰神親信，不像其他人那麼手足無措，大喊：「大夥兒不用慌，這玩意兒叫炮，咱也有啊，嚇唬人還行，沒什麼殺傷力！」

首將話音才落，城樓那邊又冒幾十道火光，這回全落在八百步開外，驚了不少馬，十來個倒楣騎兵被驚馬摔下，卻一個人也沒炸著。

豹騎們大笑，繼續奔前。

節南也看得很清楚，一千步到八百步的空炸，全是給她的訊號，告訴她，敵人已經全部誘入陷阱，她的任務也已經完成。

節南發出一聲長嘯，連豹騎首將都看了過來。

隨著她的嘯音，攏在城門外的天馬騎兵速速往門裡收攏，很快就收得一個不剩，城門轟隆闔上。而被圍困的百人仗，不得了，策馬就突圍，前方黑壓壓一片豹騎，也無懼意，放開韁繩，飛身而起，踩著豹騎兵的腦袋或點著豹騎的馬背，一批批直接飛出了包圍圈，且迅速朝最近的城牆跑去。

節南、柒小柒、赫連驊、吉平，四個人跑在最後，確定沒有一個夥伴留下。

豹騎首將奇怪這些人爲何往城牆跑。

「將軍，咱們上當了！老牛峰根本沒有來人！」終於有個冷靜下來的副將，急吼吼哭喪。豹騎首將怔怔往後一瞧，遠方漆黑。

「將軍！陷阱！」「將軍！圈套！」豹騎首將在手下人的喊叫聲裡呆轉回眼，疑惑到底是什麼陷阱。

突然，城樓、峭壁、山頭，數百道火光騰躍。萬響齊發，萬炮轟鳴。

這回再不空炸坑，幾乎都落在大今騎兵頭上，一炸一大片血肉，一炸一大片淒呼。

「……給我追。」豹騎首將眼睛赤紅，聽不見撤兵的哀求。他雖然貪功，但他也有氣概，看著節南那群人奔跑的身影，留意到他們周圍一片不炸，就想到是他們誘他和兩萬人進入死地，心中報仇之念如烈火熊熊。

「逃不出去了……」豹騎首將血性衝頭，踢馬肚就朝節南他們追去，沉喝：「反正都是死，殺一個值了，殺兩個還賺一個！有種的，跟我來！」

他起先聽到不少馬蹄聲，然而隨著一聲聲轟鳴，馬蹄聲就變得零零落落，等他看到城樓上齊刷刷垂下幾十條繩，百人仗一個墊一個送上去，個個身手敏捷得驚人，一跳一蹬就能抓住繩子往上爬，他再回頭看看自己身後，已經沒有一個跟隨者了。

不是跑了，而是死了殘了傷了！

到處都是硝粉硫磺的味兒，到處都在爆土花，一個個的坑埋了他的兵、他的馬，他的兩萬精騎喪生在炮火下！他從未見過的、可怕的、炮火！

豹騎首將恨不得咬碎了牙，膽子卻讓耳中的轟鳴炸得發寒，眼看繩子一條條收上去，又眼看最後四人就要攀上城樓，他目光一凜，從馬鞍後摸出弓弩，另一手掏箭，往箭筒上一劃，點火，朝落在最後面那女子的背心，用盡全力，一箭！

那女子正是節南，聽到箭羽響風，立即捉繩回身，一腳踹飛。但見豹騎首將又拉開了弓，節南毫不含糊，抖捲起右袖，露出腕弩，對準他的眉心，射出鐵箭。

鐵箭刺進豹騎首將的眉心，然而他弓上已空。

節南連忙張望，見那支箭燒燃了柒小柒攀的繩，驚得心膽俱裂，一個飛身過去，在繩子斷開的千鈞一髮，抓住了柒小柒的手。

下方，也許是豹騎首將的死，激發了周圍幾十名倖存騎兵的士氣，一邊拿盾組成防罩，一邊由弓箭手從盾縫中找機會，對準節南和柒小柒就是一通亂射。

上方，弓箭手也冒出頭，一時箭如雨，但不容易穿透盾殼，也不能把射上來的箭打回去。

柒小柒腿上中了一箭，節南左臂中了一箭，最倒楣的是，唯一支撐著兩人的繩又被燒著了，估計撐不到上面拉她們上去。

柒小柒說：「臭小山，放手。」

節南說：「臭小柒，廢話。」

柒小柒嘆。「臭小山，說實話，我不想跟妳死一塊兒。」

節南嘆。「臭小柒，我就更不想和妳一起死了……」

「因爲，妳家相公我，不同意。」一聲清冷的笑，一道大鵬展翅的影，一振袖，所有的箭都掉轉了頭，釘進地面。

城牆上，已無一人吊著。

樺林邊，紮那沉臉轉身，對滿面驚懼的屬將冷問：「不會有損失？若聽了你的，我們都跟著陪葬了！立刻出發回大蒙，動用南頌所有關係，弄到這武器的造法！」

樺林裡，暗影退如潮。

此刻，柒小柒喊著「哦哦哦」，踩到城磚仍覺天暈地轉，掉進一人懷裡，對著那張惱怒的臉，毫無自覺，還敢嬉笑。

「明琅，我回來啦。」

王楚風看著柒小柒的笑顏，心火只化作一聲溫溫嘆息。「妳該告訴我有身孕的事，我又不會不讓妳去找小山，只……」

節南一手擱在自家相公的肩上，一手叉腰，搖頭好笑。「十二也太寵小柒了，長此以往，怎麼得了？」

王泮林一言不發，撕袖、拔箭、止血、塗藥、包紮，一氣呵成。節南也靜了，靜靜看他做著這一切，靜靜抬起右袖，擦過自己的眼角。王泮林抬起眼，淡笑著，捉自己的袖子幫她擦臉，目光深深。

夫妻多年，仍會相思。

「寶樊被紮那捉走了。」一開口，不訴相思，但訴情義。「紮那雖答應我一回大蒙就放人，可我不信他，所以可能要親自去一趟。」

「好。」王泮林直起身，對不遠處的宋子安點點頭，捉著節南的手往下城樓的階梯走去。「我看看能否同上官請假，陪妳走一趟，不然我就辭了這官……」

所有炮臺都在開火，不再需要他的調度，他的妻卻需要他照顧。

「那不好，好不容易考上的，又能做些實事兒，暫且九品縣令上待著吧。我自己能去，你不放心，我就把整個兔幫帶去，直接掀了大蒙皇都的草皮。」節南揉揉眼，睏意襲上。

王泮林下一級臺階，彎腰蹲身，雙手往後，作托狀。

要背她？節南胳膊往王泮林脖子裡一環，任他背起自己，貼靠他的側面，閉上眼，絮叨。「不知道小柒治好你的病之後你會不會變成弱書生，還是趕緊享一下這福氣。俗話說得好，走過路過莫錯過。哦，對了，你這麼走不要緊嗎？後頭還有四十萬的敵人……」

溫暖的背，強大的心，此生歸她依靠。

王泮林的聲音透過背心，沉而有力。「不要緊，孟大將軍收到旨意，朝廷已調兵十萬，算算時日，明日，不，今日就能趕到。還有丁大堇大，帶著一大批江湖志士剛剛安頓。之後，還會有更多的人來支援金鎮。」

節南沒說話，似睡著了，溫暖的呼吸拂過王泮林的臉，癢癢的，令王泮林想笑，最終不敢吵醒背上的人兒，一步步走下石階去。

金鎮上方，天空灰白卻清朗，東方烏雲爭金。剎那，都被潑成紅霞，托一輪紅日冉升，照江山千里。

〈全書完〉

後記

放完《霸官》的終章，很多讀者說意猶未盡，我則感覺這是到目前爲止，自己的幾部作品中，最滿意的結尾寫法了，就像登山看日出，最美正是紅日掙破天際，令人驚嘆的瞬間結束，恰到好處。

以前，我總喜歡寫上一段尾聲，平鋪直敘一些主角們之後的生活，配角們又怎麼樣了，寥寥半章，只想簡單交代一下，在讀者們看來可能歸於平淡，反而更多唏噓。所以這次，希望我寫下去的聲音比較多，那種屏息看到高潮迭起，沒有洩氣感，正是我想要的。

雖然女主的身世似乎還有謎團未解；江陵紀家大小姐被魑離王爺帶回草原，不知命運多舛，還是一段奇緣。就連最後那一戰，勝負也沒有交代得非常清楚；南頌與大今，南頌與魑離，大今與魑離，三國的命運又將如何。

其實，南頌、大今、魑離，雖然是架空的設定，但以南宋、金國、蒙古爲原型，展現的是南宋初期的歷史風貌，宋金元的眞實走向。翻翻歷史書，大家還是可以知道的，需要百年以上的時間，既不是一戰成就，也不是一戰亡國；上一場戰爭結束，下一場戰爭已經悄然等待，紛爭從未間斷。

對我們只看這個故事的人而言，能做到像男女主那樣，鍥而不捨，永不言棄，自己好好生活，同時力所能及地幫助需要幫助的人，已經很足夠了。

江陵紀家大小姐紀寶樊，是個不遜色於女主的人物，我相信她在魑離會演繹一段屬於她自己的精彩人生。她爲主角的傳奇故事，如同最終走入大今後宮的崔玉眞一樣，要寫她們，就是另一本書、另一個故事，將節南泮林全然翻篇，嶄新開始，所以沒辦法以番外應付過去，就請讀者親們自行發揮想像了。

至於女主桑節南的身世，她的母親是魑離某部的公主，在書中已經詳盡說明，但有讀者懷疑桑節南不是桑大天的女兒，因爲留意到了字裡行間的蛛絲馬跡，這裡就由筆者我親自來爆料吧。

桑節南不是桑大天的親生女。桑節南的母親賽朵爾被桑大天救起不久，發現自己有了身孕，才留在桑府。暗示之一，以賽朵爾天生的性格，就算失憶，也不會對桑大天那樣的男子許下終身；暗示之二，每每桑節南提起她爹桑大天，賽朵爾都是頗不以爲然的態度；暗示之三，桑節南和桑家人一點都不像。我沒有在書中明確指出，是因爲桑節南根本不會在乎她的親爹到底是誰，只認桑大天爲父而已。

再來一個關於紮那的爆料吧。延大公子身邊的影子紮那，桑節南母親賽朵爾的得意弟子，也是延大公子被放棄後的替代人物。將紀寶樊帶回草原的魑離王爺，筆者在最後給出了他的身分暗示。他是桑節南的嫡親兄弟，也是賽朵爾的嫡親兒子，同樣都不被賽朵爾承認，但識時務地選擇了後者。

桑節南的母親泰赤兀·賽朵爾也許被很多讀者討厭，可她的確是本書中最強大的 boss。如果單純從一個女性領袖的角度來看，類似武則天，追求至高的權勢，淡漠親情，兒女皆可爲自身的理想而犧牲，雖然不值得稱道，但確實是屬於造就時勢的人物。

爲此，我的下一本書要給女主配上一位溫柔善良的好媽媽，以彌補這本書裡淡漠到心涼的母女情啦。

最後，無比感謝讀者們對我一直的支持和喜愛，感謝平臺編輯大大，出版社編輯大大，以及校稿大大的悉心照料，讓《霸官》最終以實體書面市！

國家圖書館出版品預行編目資料

霸官：〔卷四〕霽山有色,水無聲（完）／清楓聆心
著；--初版--台北市：春光出版：家庭傳媒城邦分公
司發行；民107.3
ISBN 978-986-96119-5-4（平裝）

857.7　　107001254

霸官：〔卷四〕霽山有色,水無聲（完）

作　　者／清楓聆心
企劃選書人／李曉芳
責 任 編 輯／何寧

版權行政暨數位業務專員／陳玉鈴
資深版權專員／許儀盈
行 銷 企 劃／周丹蘋
業 務 主 任／范光杰
行銷業務經理／李振東
副 總 編 輯／王雪莉
發　行　人／何飛鵬
法 律 顧 問／元禾法律事務所　王子文律師
出　　版／春光出版
台北市104中山區民生東路二段 141 號 8 樓
電話：(02) 2500-7008　傳真：(02) 2502-7676
部落格：http://stareast.pixnet.net/blog E-mail：stareast_service@cite.com.tw
發　　行／英屬蓋曼群島商家庭傳媒股份有限公司城邦分公司
台北市中山區民生東路二段 141 號11 樓
書虫客服服務專線：(02) 2500-7718 / (02) 2500-7719
24小時傳眞服務：(02) 2500-1990 / (02) 2500-1991
服務時間：週一至週五上午9:30～12:00，下午13:30～17:00
郵撥帳號：19863813　戶名：書虫股份有限公司
讀者服務信箱E-mail: service@readingclub.com.tw
歡迎光臨城邦讀書花園　網址：www.cite.com.tw
香港發行所／城邦（香港）出版集團有限公司
香港灣仔駱克道 193 號東超商業中心 1 樓
電話：(852) 2508-6231　傳眞：(852) 2578-9337
E-mail : hkcite@biznetvigator.com
馬新發行所／城邦（馬新）出版集團　Cite(M)Sdn. Bhd
41, Jalan Radin Anum, Bandar Baru Sri Petaling,
57000 Kuala Lumpur, Malaysia.
Tel: (603) 90578822 Fax:(603) 90576622 E-mail:cite@cite.com.my

封 面 設 計／黃聖文
內 頁 排 版／極翔企業有限公司
印　　刷／高典印刷有限公司

■ 2018年（民107）3月29日初版
■ 2018年（民107）9月28日初版2刷
Printed in Taiwan

售價／350元

城邦讀書花園
www.cite.com.tw

本著作物繁體中文版通過閱文集團上海玄霆娛樂資訊科技有限公司 www.qidian.com，
授予城邦文化股份事業有限公司春光出版獨家發行。

ISBN　978-986-96119-5-4

廣 告 回 函
北區郵政管理登記證
台北廣字第000791號
郵資已付，免貼郵票

104台北市民生東路二段141號11樓
英屬蓋曼群島商家庭傳媒股份有限公司
城邦分公司

請沿虛線對折，謝謝！

愛情．生活．心靈
閱讀春光，生命從此神采飛揚

春光出版

書號：OF0042	書名：霸官：〔卷四〕霽山有色，水無聲（完）

請於此處用膠水黏貼

讀者回函卡

謝您購買我們出版的書籍！請費心填寫此回函卡，我們將不定期寄上城邦集最新的出版訊息。

姓名：______________________________

性別：□男　□女

生日：西元__________年__________月__________日

地址：______________________________

聯絡電話：__________________ 傳真：__________________

E-mail：______________________________

職業：□1.學生 □2.軍公教 □3.服務 □4.金融 □5.製造 □6.資訊

□7.傳播 □8.自由業 □9.農漁牧 □10.家管 □11.退休

□12.其他 ______________________________

您從何種方式得知本書消息？

□1.書店 □2.網路 □3.報紙 □4.雜誌 □5.廣播 □6.電視

□7.親友推薦 □8.其他 ______________________________

您通常以何種方式購書？

□1.書店 □2.網路 □3.傳真訂購 □4.郵局劃撥 □5.其他 __________

您喜歡閱讀哪些類別的書籍？

□1.財經商業 □2.自然科學 □3.歷史 □4.法律 □5.文學

□6.休閒旅遊 □7.小說 □8.人物傳記 □9.生活、勵志

□10.其他 ______________________________

請於此處用膠水黏貼